문화이론과 주체의 위치

문화이론과 주체의 위치

지은이

김용규 金容圭 Kim, Yong-gyu

부산대학교 영어영문학과에서 문화연구와 비평이론을 가르치고 있으며, 문화이론, 유럽지성사, 세계문학론, 탈식민주의에 관심이 있다. 지은 책으로는『혼종문화론─지구화 시대의 문화연구와 로컬의 문화적 상상력』,『문학에서 문화로─1960년대 이후 영국문학이론의 정치학』이 있고, 옮긴 책으로『무에 대한 탐구─불교와 비평이론』,『인류─비인간적 존재들과의 연대』,『멀리서 읽기─세계문학과 수량적 형식주의』,『문화연구 1983』,『글로벌 / 로컬─문화생산과 초국적 상상계』,『미술관이라는 환상─문명화의 의례와 권력의 공간』,『백색신화─서양이론과 유럽중심주의 비판』,『아래로부터의 포스트식민주의』,『비평과 객관성』 등이 있으며,『대담집─재일디아스포라의 목소리』,『세계문학의 가장자리에서』,『번역과 횡단─한국 번역문학의 형성과 주체』,『경계에서 만나다─디아스포라와의 대화』를 공동 편집했다.

문화이론과 주체의 위치

초판발행 2026년 3월 20일

지은이 김용규

펴낸이 박성모
펴낸곳 소명출판
출판등록 제1998─000017호
주소 서울시 서초구 사임당로14길 15 서광빌딩 2층
전화 02─585─7840
팩스 02─585─7848
이메일 somyungbooks@daum.net
홈페이지 www.somyong.co.kr

ISBN 979─11─7549─059─8 93800
정가 35,000원

이 저서는 부산대학교 인문학연구소의 지원을 받아 수행된 연구임.

문화이론과 주체의 위치

THE LOCATION OF SUBJECT
IN CULTURAL THEORY

김용규 지음

일러두기

1. 이 책에 수록된 글들은 대부분 전문학술지와 계간지에 게재되었던 것이며 이 책을 내기 위해 내용을 수정·보완하였다. 인용문헌이나 번역도 가급적 최근의 것으로 바꾸었다. 각 글의 출처는 참고문헌의 끝에 밝혀두었다.

2. 단행본, 편집서, 신문, 잡지, 장편소설 등은 겹낫표(『 』)로 하고, 논문, 시, 단편소설, 단행본 속의 개별 글은 홑낫표(「 」)로 하며 영화, 연극, 희곡의 제목명은 홑화살괄호(〈 〉)로 한다.

3. 인용문이 여럿일 경우 ①, ②, ③, ④의 번호를 표기해두었는데 이는 필자가 문단 관계를 명확하게 가리키기 위해 넣은 것이다.

4. 해외문헌의 서명과 논문을 본문에 밝힐 때는 보기 편하게 정자체로 표기한다.

1

　이 책의 전체적인 주제는 문화이론에서 주체와 사회변화의 문제를 다루는 데 있다. 더 구체적으로는 구조주의와 포스트구조주의가 주체의 죽음과 인간주의의 종언을 선언한 이후 주체의 위치를 어떻게 설정한 것인가, 즉 주체의 죽음 이후 어떤 주체가 오는가 하는 문제를 다루는 데 있다. 사실 이 질문 자체가 역설적일 수 있다. 주체가 죽었는데 어떻게 주체가 올 수 있는가? 죽음을 맞이한 '주체'와 그 이후에 도래하는 '주체'는 어떻게 다른 것인가? 주체의 위치를 질문하는 것은 바로 이런 차이 때문이다. 이 때 주체는 과거와 달리 다양한 의미를 지니게 된다. 주체의 '위치'를 묻는 것은 ① 주체가 사회구조로부터 초월적으로 존재하는 것이 아니라 특정한 사회적 구조와 배치 내에 존재한다는 것과 ② 주체가 그 내부에서 어떤 변화와 사건을 도래케 하는 중요한 계기라는 것을 전제한다. 이렇게 본다면 주체는 단순히 인간 주체에만 한정되지 않으며 사회구조와 상황 내에서 새로운 사건과 변화를 생성하게 하는 다양한 계기들도 포함한다. 따라서 여기서 말하는 주체는 주체의 죽음을 말할 때의 주체와는 차원을 달리한다. 후자의 주체가 인간 주체에 한정된다면, 전자의 주체는 인간 주체는 물론 그것을 넘어서 변화를 야기하는 다양한 행위적 계기들을 포함한다. 사회 내의 다양한 힘들의 관계, 상징계의 틈새를 열어놓는 실재의 작용, 사회적 상황 내의 돌발적 사건, 원자의 경로 이탈을 의미하는 클리나멘klinamen과 같은 우연성의 마주침 또한 주체적 계기들이라 할 수 있다. 그러므로 주체의 본질이 무엇인가 하는 물음보다 주체는 어디에 위치하고 어떤 변화를 일으키는가 하는 물음이 더 중요해진다.

주체에 대한 구조주의와 포스트구조주의의 비판 이후 '주체' 개념은 이데올로기, 구조, 언어, 권력에 의해 구성된 효과에 불과한 것처럼 간주되었다. 이는 이론적 질문을 제기하고 구성하는 문제설정의 중심이 주체의 실존과 실천보다는 주체를 구성하는 힘과 그 구조적 관계에 초점을 두게 되었음을 의미한다. 하지만 구조주의적 비판 이후에 주체의 문제는 해명되기보다 더욱 모호하고 복잡해졌다. 그만큼 구조 내의 변화의 계기들이 인간 주체를 넘어서 다양해졌기 때문이다. 구조주의적 비판이 시작되었을 때 그것은 주체를 구성하는 계기와 관계를 해명하는 데는 뛰어난 통찰을 보여주었지만 주체 개념을 구조와 권력의 수동적 효과로만 보는 한계를 드러냈다. 역설적이게도 그것은 주체의 통일성과 동일성을 집중적으로 비판하면서도 그런 통일성과 동일성이 주체의 실천적 행위의 산물이기도 하다는 점을 깊이 다루지 못한 못한 경향이 있다. 그 결과 구조를 넘어설 수 있는 예측 불가능한 행위적 힘을 사유하는 것은 쉽지 않아졌다. 이 때문에 주체 개념이나, 주체 개념을 직접 언급하지 않더라도 구조를 넘어서는 어떤 행위적이고 변혁적인 힘들을 새롭게 사유하는 이론들이 다시 등장하게 될 필요성이 생겨나게 된다. 구조주의와 포스트구조주의의 비판으로 인해 생겨난 성과를 포기하지 않으면서 다시 주체의 문제로 돌아가는 것은 어떻게 가능할까? 이 질문은 문화이론에서 주체는 어디에 위치하는가를 질문함과 동시에 문화이론에서 사회변혁은 어떻게 가능한가를 묻는 또 다른 방식이다.

2

가라타니 고진Karatani Kojin은 『트랜스크리틱Transcritique : On Kant and Marx』에서 주체와 구조의 문제를 풀어가는 독창적인 방법을 제안한다. 그는 실존주의, 구조주의, 포스트구조주의를 주체와 구조의 대립으로 설명하기보다 이론적 관점과 실천적 관점의 교체라는 시각으로 이해하는 것이 바람직하다고 주장한다. 실존주의자가 인간이 구조주의적으로 규정되어 있다는 것을 부정하는 사람이 아니라 인간이 구조주의적으로 규정되어 있음을 괄호긍정치면서도 여전히 자유가 있다는 '실천적 관점'을 갖고 있다면, 주체를 의심하고 주체를 구조의 '효과'로 보는 구조주의자는 실천적 관점을 괄호치고 '이론적' 태도를 취한 것이라는 것이다. 구조주의는 실존주의와 대척점에 있다기보다는 실존주의가 갖고 있는 실천적 차원을 괄호친 채 이론적 관점을 취한 것이라는 주장이다.[1] 여기서 고진은 괄호치기의 작업bracketing operation을 구조와 주체가 서로를 부정하는 것이 아니라 "긍정을 전제로 한 새로운 차원의 발견"이라는 의미로 해석한다.

고진의 주장이 주체와 구조의 문제를 이해하는 새로운 관점을 제공하면서도 실천적 차원$P1$ — 이론적 차원 — 실천적 차원$P2$의 순환 속에서 P1과 P2의 차이가 명확하지 않다는 점과 P2가 실천적 차원과 이론적 차원의 새로운 종합이라는 점은 잘 드러나지 않는다. 이렇게 다시 질문해볼 수 있다. 주체의 구조적 결정성이 이론의 중심적 지위를 차지하고 있음을 감안하면서 그런 구조적 결정성을 다시 괄호칠 때 어떤 주체가 나타나게 될 것인가? 이를 다음 그림을 통해 설명해보자.

---

1   Karatani Kojin, *Transcritique: On Kant and Marx* (Sabu Kohso ed.), Cambridge: MIT Press, 2003, p.120.

$$\text{주체1}^{S1} \longrightarrow \text{구조와 배치}^{\text{structure \& configuration}} \longrightarrow \text{주체2}^{S2}$$

주체1^{S1}과 주체2^{S2} 사이에 어떤 변화가 일어났고 그것들 사이에는 어떤 차이가 있는가? S1이 구조와 배치에 대해 대립적으로 설정되고 구조에 앞서 존재하는 주체라고 한다면, S2는 S1에 대한 구조주의적 비판을 괄호치고 난 뒤에 도래하는 주체이기 때문에 구조와 대립적이기보다는 오히려 구조에 내재적이면서 구조와 복합적인 관계를 맺고 있는 주체이다. 다시 말해, S1이 본질에 앞서는 실존처럼 구조에 앞서 존재하는 주체이자 구조 전체에 맞서는 주체라고 한다면, S2는 구조 없이 존재할 수 없으며 구조 내의 관계와 배치를 항상 고려하면서 그것을 바꾸려고 노력하는 주체이다. 이런 점에서 보면, S1과 S2는 서로 다른 문제설정 속에 존재하는 주체들이라고 할 수 있다.

예를 들면, 사르트르와 푸코는 자유^{freedom}의 문제를 사유의 중심에 두었지만 자유를 바라보는 방식에서는 서로 상당한 차이를 보인다. 사르트르는 "실존이 본질에 앞선다"라고 주장하면서 "인간은 우선 존재한다. 인간은 그 무엇에 앞서서 스스로를 미래로 기투하며 그렇게 기투한다는 것을 의식하는 존재이다. (…중략…) 자아의 기투 이전에 아무것도 존재하지 않는다. 심지어 신적 지혜조차 존재하지 않는다. 인간은 자신이 되고자 기투하는 것이 될 때만 실존에 이를 수 있다"[2]라고 말한다. 사르트르에게 자유는 무^{nothing}에 맞서 스스로를 미래로 기투하는 초월적 주체의 자유이다. 반면에 푸코의 자유는 무에 맞선 자유가 아니다. 그것은 권

2　Jean Paul Sartre, *Existentialism is a Humanism* (Carol Macomber trans.), New Haven: Yale University Press, 2007, p.23.

력 / 저항이 동시에 존재하는 '권력관계'나 예속화 / 탈예속화가 동시에 일어나는 '통치성'의 공간에서 통치하기에 맞서 통치받지 않을 가능성을 확장해가는 것이다. 푸코의 자유는 항상 통치성의 권력 / 역능의 관계 속에서 그 관계를 이용하여 탈예속화 곧 주체화의 가능성을 확장해가는 것이다.[3] 푸코에게 자유는 권력과 떼려야 뗄 수 없는 관계를 맺고 있다. 그런 점에서 푸코의 자유는, 자유를 권력으로부터의 독립으로 정의하는 자유주의나 신자유주의의 자유 개념과는 다르다.

정리하면, S2의 문제설정에서는 주체가 구조와의 복합적·내재적 관계 속에서 어디에 위치하는가 하는 것이 핵심적인 문제가 된다. 주체는 어떠한 전제도 갖지 않는 것이 아니라 구조적 관계와 배치에서 벗어날 수 없을 뿐 아니라 그 내부를 이동하면서 다양한 위치를 점한다. 프랑스 철학자 퀑탱 메이야수Quentin Meillassoux는 『유한성 이후―우연성의 필연성에 관한 시론』에서 칸트 이후의 근대적 주체철학을 비판하기 위해 상관주의 correlationism라는 용어를 사용한다. 그는 근대철학이 주체와 의미 중심의 사유에 초점을 두었고 주체와 상관관계를 갖지 않는 대상과 객체는 칸트처럼 물 자체로 간주되어 인식 대상에서 제외되거나, 헤겔처럼 의식과 정신에 의해 통합되어야 할 객체로만 간주되었다고 비판한다. 그는 이런 식의 사고를 '상관주의'라고 부르는데, 이는 대부분의 근대철학에 해당될 수 있다고 할 수 있다.[4] 상관주의의 핵심은 존재가 주체와 언어와 권력과 분리되어서는 사고될 수 없다는 것인데, 상관주의는 주체 중심의 근대철

---

3   Michel Foucault, "The Subject and Power," *Power: The Essential Works of Michel Foucault 1954-1984*, London: Penguin, 2002, p.342.

4   퀑탱 메이야수, 정지은 역, 『유한성 이후―우연성의 필연성에 관한 시론』, 도서출판b, 2010, 16면.

학은 물론 그것을 비판하면서도 여전히 언어와 의미의 문제에서 벗어날 수 없는 구조주의와 포스트구조주의를 비판하는 개념으로 사용된다. 그렇게 되면 S1과 S2 모두 상관주의로 비판받게 될 것이다. 상관주의에서 벗어난 이런 급진적 사유는 어떤 의미를 지닐까? 그것은 과연 급진적이라 할 수 있을까? 인간중심적 사유를 비판하는 것은 나름 의미가 있지만 그것이 주장하는 '주체성 없는 사유'란 어떤 것일까? 지젝은 메이야수에게 전적으로 결여되어 있는 것이 "지식을 낳는 출발점이 되는 주체적 입장으로서의 진리라는 수준," 즉 "주체의 언표의 위치와 관련되는 방식에 의해 확증되는 자기반성적인 '관여적' 또는 '실천적' 지식으로서의 진리"[5]라고 말한다. 주체의 위치와 주체성이 사라진 곳에서 진리의 의미는 어떻게 생성될 수 있는가? 주체성이 말소되거나 주체의 위치가 사라진 곳에서 사회 비판과 정치적·윤리적 책임은 어떻게 가능할까?

3

이 책에 실린 글들은 다양한 시점에 쓰인 것이다. 이 글들은 대부분 우리 사회는 물론 서구 사회에 불어 닥친 위기와 곤경에 맞선 주체들의 이론적·실천적 대응과 그런 위기를 바꿀 수 있는 변화의 계기들을 다루고 있다. 이 글들은 1980년대 이후 최근까지 전지구적 자본주의와 신자유주의의 통치성이 사람들의 삶과 사고를 지배하면서 해당 사회의 학계와 지성계를 몰아 붙였을 때, 이론가들은 거기에 어떻게 대응했고 어떻게 새로운

---

5   슬라보예 지젝, 조형준 역, 『라캉 카페』, 새물결, 1591면. 원서명은 *Less than Nothing: Hegel and the Shadow of Dialectical Materialism,* London: Verso, 2012.

대안을 모색했는가를 보여주고자 한다. 다루는 이론가도 많고 글을 쓴 시점도 다양하지만 이 글들을 관통하고 있는 주제는 신자유주의 시대의 문화이론에서 사회변화에 대응하는 주체와 그 위치에 관한 것이다. 이를 염두에 두고 읽다보면 이 글이 무엇을 말하고 있는지를 알 수 있을 것이다. 이 책은 4부로 이루어져 있으며 그 내용을 간략하게 소개하면 다음과 같다.

제1부 「미셸 푸코의 마지막 10년─권력에서 통치성으로」는 1975년부터 1984년까지 미셸 푸코의 이론적 변화와 실천적 활동을 추적하고 살펴보는 내용이다. 푸코의 마지막 10년 동안의 전체적인 활동은 푸코 전문가들을 제외하면 아직까지도 제대로 이해되지 못한 측면이 많다. 이 시기에 푸코의 사유는 광기, 담론, 권력 개념처럼 이전에 개진된 강렬한 작업들에 비하면 다소 혼란스러워 보이고, 『말과 사물』, 『감시와 처벌』과 같은 수준의 저작들도 별로 눈에 띄지 않는다. 푸코는 눈에 띄는 활동을 하지 않은 것인가? 전혀 그렇지 않다. 이 시기에 푸코의 이론은 프랑스 지성계의 국내외적 상황 변화에 따라 다양하면서도 활발한 활동들과 연결되어있었음을 보여준다. 이 시기의 푸코 이론의 핵심을 한 두마디로 말하기는 어렵지만 '권력에서 통치성으로'의 전환이라고 정의할 만하다. 이는 푸코의 권력 개념이 그 시효를 잃고 통치성 개념으로 대체되었다기보다는 그것이 통치성의 문제설정 속에서 새롭게 재배치되고 변경되면서 그 의미가 더욱 풍부해졌다는 것을 의미한다. 이 전환을 통해 더욱 명확해진 것은 푸코 이론에서 주체의 위치와 주체성 개념이다. 권력 개념에서는 권력과 저항이 서로 긴밀히 연결된 '권력관계'가 강조되었고 그 관계로부터 주체의 위치를 추론해볼 수 있었을 뿐이었다면, 통치성 개념에서는 통치의 작용과 반작용들, 즉 통치함, 통치 받음, 통치 받지 않음의 다양한 힘관계의 작용 / 반작용이 펼쳐지기 때문에 주체의 위치는 더욱 두드러진

다. 통치성 내에서 진행되는 예속화subjection와 주체화subjectivation의 과정은 주체subject의 자유를 사유하기 위한 기본 조건이 된다. 이를 이해할 때 푸코에서 가장 논쟁적이었던 생명정치와 생명권력이 어떤 상황에서 나왔고 어떻게 사라지게 되었는가를 알게 된다.

제2부 「주체의 행위와 윤리적 지평—슬라보예 지젝, 알랭 바디우, 조르조 아감벤」은 지젝, 바디우, 아감벤과 같은 이론가들의 이론을 소개하고 비교하며, 특히 그들이 바라보는 주체와 행위, 그리고 그것이 열어놓은 윤리적 지평의 문제를 다룸으로써 오늘날 문화이론에서 주체의 문제가 얼마나 다양한 시각을 가질 수 있는가를 보여준다. 세 이론가 모두 상대방의 이론을 염두에 두면서 자신의 이론을 펼치고자 했다는 점에서 이들의 이론을 서로 비교해보는 것은 문화이론에서 주체의 위치를 이해하는 데 큰 도움이 된다. 우선 '실재의 이론가'인 지젝에게 상징질서는 실재의 충동과 향락을 억압하고 그것을 다른 것으로 치환함으로써 생겨난 결여를 메우려고 하는 환상에 근거한다. 하지만 환상에는 여전히 실재의 중핵이 치환된 형태일지라도 잉여 향락으로서 움직이고 있다. 지젝이 말하는 실재의 윤리는 사회적 환상을 가로지르는 행위, 즉 사회적 환상이 깨어지고 상징질서의 한계가 드러나는 극한 상황에 실재의 중핵과 마주하려는 행위를 의미한다. 바디우의 주체도 지젝의 상징질서처럼 기존 사회의 사태나 그것을 뒷받침하는 타성적 지식과 단절함으로써 진리를 추구하는 자인데, 이는 지젝의 문제의식과 아주 유사한 구조를 갖는다. 하지만 바디우와 지젝이 바라보는 주체의 위치가 다르다는 점을 눈여겨볼 필요가 있다. 지젝이 실재와의 대면 자체를 주목한다면, 바디우는 그 대면 이후에 벌어지는 진리과정에 주목한다. 바디우에게 주체는 사건을 사건으로 명명하고 그 사건에 끝까지 충실한 행위, 즉 실재와의 대면 이후에

일어나는 주체화의 과정에 다름 아니다.

아감벤은 지젝이나 바디우와는 정반대의 과정을 밟아간다. 아감벤은 타자들을 배제-포함하는 기존 체제 및 구조와 단절하기보다 그 체제가 더 이상 작동하지 않게 하는 방법을 모색한다. 바디우의 주체가 사건과 진리를 끝까지 밀어붙이는 진리과정이자 그에 충실한 자라고 한다면, 아감벤은 체제 변화를 위한 주체의 행위를 작동중지inactivation함으로써 새로운 정치적 지평을 열고자 한다. 그는 체제의 작동을 주체의 행위를 통해 바꾸려고 하기보다는 그런 체계의 작동을 더 이상 작동하지 않게 할 때 어떤 일이 생겨나는가에 주목한다. 주체의 행위는 그런 체제를 바꾸기보다 그것을 재생산할 위험이 크기 때문이다. 바디우와 아감벤은 사도 바울을 자신들의 사유를 이론적으로 구현할 수 있는 개념적 페르소나conceptual persona로 삼고 있는데, 바디우에게 사도 바울이 기존의 상황과의 단절을 시도한 혁명적 주체라고 한다면, 아감벤에게 사도 바울은 체제의 구조를 '작동중지'비활성화함으로써 새로운 정치적 잠재성의 가능성을 열어가는 주체로 이해된다. 바디우의 주체가 '행하는 자'라고 한다면, 아감벤의 주체는 그런 행함을 작동중지할 때 생겨나는 '남은 자'이다.

제3부 「문화이론과 탈재현의 정치학」은 하이퍼리얼 이미지들이 지배하는 시뮬라시옹과 스펙터클의 사회에서 주체적 변혁의 계기를 어디에서 찾을 것인가를 살펴본다. 「시뮬라크르의 물질성과 탈재현의 정치학―장 보드리야르, 자크 데리다, 질 들뢰즈」는 보드리야르, 데리다, 들뢰즈의 이론을 통해 오늘날의 문화이론에서 현실 / 이미지 간의 구분에 근거하는 재현의 논리를 비판하고 그 대안으로 시뮬라크르의 탈재현적 가능성을 제안한다. 세 이론가들은 모두 근대의 '재현representation' 개념이 시뮬라크르의 가변성과 혼란스러움을 길들이고 통제하려는 메커니즘으로 인식

한다. 이들은 시뮬라크르가 단순히 현실의 반영이나 재현이 아니라 현실 그 자체의 생성임을 강조한다. 하지만 이 이론가들이 상상하는 시뮬라크르의 역할과 기능은 상당히 다르다. 보드리야르에게 시뮬라크르는 현실과 이미지가 내파되고 모든 것이 기호와 코드로 변해버린 하이퍼리얼 세계를 가리키는 개념이며 그 내부에서는 어떠한 저항의 가능성도 찾아보기 어렵다. 반면 데리다의 사유에서 시뮬라크르는 재현적 질서를 뒤흔들고 그것을 탈구시키는 유령적 시간의 흔적으로 존재하고, 들뢰즈에게 시뮬라크르는 재현적 질서에서 탈주하여 새로운 생성을 만들어내는 변이와 역량의 잠재성으로 인식된다. 하지만 두 이론가 사이에도 미묘하면서도 중요한 차이가 보인다. 데리다의 시뮬라크르가 정의와 타자성을 향한 초월적인 요구에 호응하는 기호라고 한다면, 들뢰즈의 시뮬라크르는 내재성의 평면에서 생성과 탈주의 선을 그려나가는 징표로 기능한다.

「코로나 이후의 세계를 맞이하는 방법」과 「기 드보르의 스펙터클 이론으로 바라본 부산공간의 변화」는 우리사회에 엄청난 영향을 끼친 최근 변화들, 특히 팬데믹 상황이나 도시공간의 변화를 스펙터클 이론을 포함하여 다양한 이론으로 설명해보고자 한 글들이다. 기 드보르의 스펙터클 사회는 현대사회를 사는 현대인들의 소외되고 파편화된 삶을 설명하는 데 아주 유용하다. 스펙터클 사회는 현대인의 일상적이고 구체적인 삶과 체험들이 자본주의적 개발과 발전에 의해 파괴되거나 추상화될 때, 그렇게 파괴되고 분리된 사람들의 삶을 스펙터클한 이미지를 통해 다시 허구적으로 통합하는 사회를 가리킨다. 이 개념은 격리되고 고립된 사람들이 직접 만나는 것을 차단하면서 그 분리된 삶을 가상현실을 통해 연결하는 언택트 경제가 지배한 팬데믹 상황이나 도시의 급속한 개발 속에서 전통적인 동네나 마을이 아파트와 고층건물로 대체되면서 생겨나는 삶의 양식적 변화를 설명하는 한편, 그러한 삶들이 어떻게 조작되고 유사통합되는지를 설명하는 데 아주 유용하다. 이 글들은 이런 현실을 분석하고 비판하면서 스펙터클 속에 감추어진 사람들의 삶과 그들의 연대 가능성을 고민하는 한편, 기 드보르의 스펙터클 개념의 한계를 들뢰즈나 하비의 이론을 통해 보완한다.

제4부 「신자유주의와 인문학, 그리고 문화연구」는 '모든 것을 시장과 경쟁의 논리 속으로' 몰아넣고자 하는 신자유주의의 시대에 인문학과 문화연구는 어떻게 변하고 있고, 그 변화에 어떻게 대처할 것인지를 논한다. 「폐허의 대학과 지금-여기의 인문학」은 우리 사회에서 인문학이 처한 역설적인 상황을 설명하고 있다. 비판적 이념으로서의 인문학은 심각한 위기에 처해있는 데 반해, 사회적 요구와 상품가치로서의 인문학에 대한 요구는 강력해지고 있는 것이다. 이런 역설적 현상은 신자유주의 시대에 '지금-여기의 인문학'이 무엇이고 무엇을 할 수 있는지를 묻게 한다. 근대 대학에서 인문학은 계급 분열과 갈등을 초월할 수 있는 국민국가의 통합적 이념을 제공하는 역할을 담당했다. 하지만 경쟁과 시장의 논리가 지배하는 신자유주의적 세계에서 국민국가의 기능은 쇠퇴하고, 국민국가의 통합적이고 이데올로기적인 역할 또한 더 이상 중요하지 않게 된다. 이에 따라 인문학의 가치와 역할도 급격한 변화를 맞이한다. 자본에 의한 경쟁과 우수성의 논리가 대학을 지배하고 유린하는 현실에서 인문학은 점차 실용적이고 전문화된 학문으로 주변화되거나 시장자본주의의 요구에 따라 문화상품이나 자기계발의 도구로 전락하고 있다. 이런 상황에서 인문학은 무엇을 할 수 있을까를 생각해보는 글이다.

마지막으로 「대처리즘 이후의 영국문화연구」는 신자유주의의 본격적 시작이라 할 수 있는 영국의 대처리즘 하에서 문화연구가 어떻게 변하고,

그런 변화에 맞서는 문화연구의 대안은 어떤 것이었는가를 살펴보면서 문화연구의 대안적 가능성을 생각하는 글이다. 대처리즘은 전후 영국에서 사회적 타협의 산물인 복지국가 시스템을 해체하고 시장과 경쟁의 논리를 영국 사회 전반에 관철시키려고 한 영국판 신자유주의였다. 대처 정부는 대학과 인문학에도 이런 시장과 경쟁의 논리를 강요했는데, 인문학이 시장 친화적인 문화연구로 대거 변신한 것도 이 시기의 주요 변화였다. 1960년대의 문화연구는 전통적 학문의 엘리트주의와 인문학의 폐쇄성에 대한 도전이자 비판으로 등장했다면, 1980년대 이후의 문화연구는 그런 비판적 가치를 포기하고 시장의 요구에 부응하는 형태로 변해간다. 당시 영국의 자본축적구조가 포디즘적 체제에서 포스트포디즘적 체제로 변해가면서 문화 자체를 상품소비의 전략으로 이용하려는 자본의 관심이 높아진다. 이런 상황에서 문화연구는 과거와 같은 현실 비판과 체제 극복의 가능성을 어떻게 확보할 수 있을 것인가 하는 중요한 질문과 마주하게 된다. 이 글은 소비가 생산과 분리 불가능하고 새로운 의사소통과 협력의 관계들을 창조적으로 생산한다는 비물질적 노동 개념이 신자유주의적 체제 하의 문화연구에서 어떤 가능성을 가질 수 있는지를 살펴본다.

4

지난 30년 동안 '이론의 시대'라는 말이 유행할 정도로 우리의 학문장에서 이론은 강력한 흐름을 형성했다. 다양한 이론들이 쏟아져 들어왔고 그에 관한 논의들이 활발하게 이루어졌다. 이 글들을 쓴 주된 목적은 문화이론을 가르치고 연구하는 학자로서 다양한 이론들을 신속하게 읽고 정확하게 소개하는 데 있었다. 하지만 이 글들을 써나가는 과정은 개인적 차원에서도 큰 의미가 있었다. 글을 쓰면서 각 이론가들이 주장하는 주체의 위치에 필자 자신을 대입시켜보는 상상적 전환의 작업을 시도해봄으로써 글 쓰는 과정을 필자 스스로가 주체로 성장해가는 과정으로 경험할 수 있었다. 따라서 이 글들에는 외국이론들을 비판적으로 소개하고 검토하는 것을 목표로 하면서도 그 이면에 비판적이고 자유로운 주체가 되고자 하는 글쓴이의 노력이 함께 하고 있음을 느낄 수 있을 것이다.

최근의 현실적 상황은 '나'라는 주체가 혼자의 힘만으로 유지되는 것이 아니라는 것, 즉 내가 존재하는 것이 나를 있게 해준 수많은 관계들로 인해 가능하다는 것을 깨닫게 해준다. 결국 주체란 다른 존재들과 함께 해야 하는 관계적 주체일 수밖에 없는 것이다. 글을 쓰는 과정 역시 다른 주체들과 상호 관계를 맺어가는 과정에 다름 아니다. 책을 내기 위해 글들을 다시 읽고 정리하면서 주변의 동학들과 선생들, 제자들로부터 참 많은 도움을 받았다는 생각이 들었다. 그 분들께 진심으로 감사드린다. 학술출판 시장이 녹록치 않은 상황에서 필자의 세 번째 책까지 흔쾌히 출판을 맡아준 소명의 박성모 사장님과 꼼꼼하게 편집하고 교정을 봐준 정예지 선생님, 그리고 이 책을 낼 수 있도록 지원해준 부산대 인문학연구소에 감사드린다. 끝으로 이 글을 쓰는 과정에 늘 함께 해준 가족에게 고마움을 전한다.

2026년 2월
봄의 기운이 깃든 금정산을 바라보며

차례

미셸 푸코의 마지막 10년

권력에서 통치성으로

미셸 푸코의 마지막 10년

제1장

주권권력에서 생명권력으로

푸코의 『성의 역사 1 – 앎의 의지』

1. 『성의 역사 1 – 앎의 의지』라는 텍스트

미셸 푸코^{Michel Foucault}는 1970년대 중반 『성의 역사』를 총 6권으로 기획했다. 하지만 그가 살아 있을 당시 『성의 역사』는 3권까지만 출간되었다. 원래 기획했던 것과 달리 『성의 역사 1 – 앎의 의지*The History of Sexuality 1 – The Will to Knowledge*』가 1976년 12월에 출간되었고, 그 8년 뒤인 1984년에 『성의 역사 2 – 쾌락의 활용*The History of Sexuality 2 – The Use of Pleasure*』과 『성의 역사 3 – 자기 배려*The History of Sexuality 3 – The Care of the Self*』가 각각 출간되었다. 바로 그 해에 푸코는 패혈증으로 사망했다. 여기서 주목해야 할 것은 제1권의 출간과 제2, 3권의 출간 사이에는 8년이라는 시간적 간격이 있다는 점이다. 제4권인 『성의 역사 4 – 육체의 고백*The History of Sexuality 4 – The Confession of the Flesh*』이 수고 상태로 있다가 최근에 출간되었지만 제5, 6권은 더 이상 쓰이지 않았다는 점에서 푸코의 『성의 역사』 프로젝트는 미완으로 그쳤다고 할 수 있다.[1] 그동안 1976년과 1984년 사이의 8년이라는 시간은 침묵, 공백, 혹은 잘 알려지지 않은 시간으로 남아 있었다. 우여곡절 끝에 그가 1970

---

1   Stuart Elden, *Foucault's Last Decade*, Cambridge : Polity, 2016, pp. 164~190.

년에 취임한 콜레주드프랑스Collège de France의 강의록들과 그의 대담들이 대거 발간되면서 이 시기에 푸코의 사상적 전개와 전환이 아주 활발하게 펼쳐지고 있었다는 사실이 드러나고 있다. 이 때문에 푸코 연구는 새로운 전기를 맞이하고 있다.

푸코는 자신의 수고들이 사후에 출간되는 것을 일절 허용하지 않는다는 유언을 남겼다. 『성의 역사 4 – 육체의 고백』도 유족 측의 동의를 얻어 겨우 출간되었다고 한다. 그렇게 된 데에는 그의 유언이 주된 이유라고 알려져 있지만 푸코의 글쓰기 방식이 매우 독특한 것도 나름의 이유가 되었다고 한다. 사상적으로 변증법적 사유에 매우 비판적이었던[2] 푸코는 그의 글쓰기 과정만은 원고1정-비판반-원고2합처럼 변증법적 과정과 유사한 절차를 밟았다. 책 출간에 앞서 푸코는 일단 초고를 완성하고 나면 제3자의 입장에서 원고에 대해 철저하게 비판적인 입장을 취한 뒤에 원고를 다시 대폭 수정하는 과정을 밟았다고 한다. 출간 직전의 수고란 바로 이 과정을 거친 뒤의 원고를 말하는데 푸코의 원고 대부분이 아직 이 단계에 도달하지 않았던 것이 아닌가 추측해볼 수 있다.

상황이 이렇다보니 그동안의 푸코 연구와 논의들은 그의 생전에 출간된 저작을 중심으로 진행될 수밖에 없었다. 『광기의 역사The History of Madness』1961나 『임상의학의 탄생The Birth of the Clinic』1963 그리고 『말과 사물The Order of Things』1966과 『지식의 고고학The Archaeology of Knowledge』1969과 같은 고고학 시기와 초기 계보학 시기의 묵직한 결작들을 제외하면, 1970년대 들어 콜레

---

2   푸코는 「진실과 권력」이라는 대담에서 변증법이 권력관계의 전쟁이나 전투와 같은 역동적 모델을 사고하는 데 한계를 지닌다고 비판하면서 "변증법이란 갈등을 헤겔식의 골격으로 환원시켜 버림으로써 언제나 미지수이고 위험스러운 갈등의 진정한 모습을 회피한다"고 비판한다. 미셸 푸코, 홍성민 역, 「진실과 권력」, 콜린 고든 편, 『권력과 지식 – 미셸 푸코와의 대담』, 나남, 1991, 147면.

주드프랑스의 취임강의였던 「담론의 질서^{The Order of Discourse}」1970, 1975년 2월에 출간된 『감시와 처벌^{Discipline and Punish}』과 그 1년 뒤에 출간된 『성의 역사 1-앎의 의지』, 그 8년 뒤인 1984년에 출간된 『성의 역사 2-쾌락의 활용』과 『성의 역사 3-자기 배려』가 그의 1970~1980년대의 주요 저작으로 거론된다. 이러한 저작들에만 주목할 때, 1970년대 저작들은 1960년대의 저작들에 비해 그리 풍성하거나 다채로워 보이지 않을 수 있다. 『감시와 처벌』을 제외하면 책 분량도 대부분 150페이지 남짓한 편이다.

그 결과 푸코 연구는 그동안 푸코의 주요 저작들을 중심에 두고 그것들 사이에 어떤 사상적 변화가 있었는가 하는 점에 초점을 둘 수밖에 없었다. 1960년대 푸코의 저작들을 제외하면 1970년대에 가장 주목받았던 푸코 저작으로는 단연 『감시와 처벌』을 꼽는다. 『성의 역사 1-앎의 의지』를 비롯한 성의 역사 저작들은 미완으로 평가받았고 일관성이 부족하며 단절과 불연속성이 두드러져 논란의 여지가 많았기 때문이다. 주요 저작들을 잇는 푸코의 사상적 변화도 담론과 진리의 관계, 특히 언표들의 결합과 담론의 형성 및 변환에 초점을 둔 고고학 단계^{『광기의 역사』, 『말과 사물』, 『지식의 고고학』}에서, 지식과 진리와 권력의 관계에 초점을 둔 계보학 단계^{『담론의 질서』, 『감시와 처벌』}, 그리고 『성의 역사 1-앎의 의지』를 거쳐 진리와 권력과 자아에 초점을 둔 윤리학 단계^{『성의 역사 2-쾌락의 활용』과 『성의 역사 3-자기 배려』}로 나아갔다는 식의 평가가 일반적이었다. 문제는 이런 평가가 틀렸다기보다는 저작들에 포함되지 않았던 푸코의 중요한 활동과 사상적 변화들에 대한 이해가 제대로 이루어지지 않은 채 일반론적이고 목적론적인 푸코 해석에 머물 수밖에 없었다는 점이다. 주요 저작을 통해서만 볼 경우, 푸코의 왕성한 활동이 1960년대에 집중되어있는 듯이 보이지만 푸코의 지적·실천적 활동은 1970년대 콜레주드프랑스에 취임한 후 더욱 활발해졌고, 연구 활동에서도 1960

년대를 능가하는 다채로운 모습과 활발한 활약이 눈에 띈다. 특히 1970년대 중반에 권력에 대한 사고를 비롯하여 그의 사상이 성숙한 절정기에 접어들고 있었음을 고려할 때 기존의 연구경향은 한계를 가질 수밖에 없다.

1970년대 그의 활동을 볼 때, 푸코는 1970년 콜레주드프랑스의 '사상체계의 역사the History of Systems of Thought'의 학과장으로 취임한 후 1977년 안식년으로 1년 쉬었을 뿐 그가 죽은 1984년까지 한 해도 거르지 않고 강의를 진행하였고, 68혁명 이후 마르크스주의와 일정한 거리를 두면서 감옥정보그룹GIP, Group for Information on the Prisons을 비롯한 소수자 운동들에 실천적으로 개입했으며, 유럽, 미국, 일본 등 다양한 나라에 초청받아 그곳의 지식인들과의 지적 교류와 연대를 활발히 전개해 나갔다. 이 시기 푸코의 활동은 매우 활발하고 왕성한 것이었음에도 불구하고 이 시기의 저작들이 1960년대에 비해 그리 풍성해보이지 않는 것은 아이러니한 일이다. 푸코의 콜레주드프랑스 강의는 매주 수백 명이 몰려들 정도로 인기 있는 강의였지만, 그 강의가 파리라는 현장에 국한되어 있었고 녹음된 기록으로만 존재한 채 그 일부 내용만 입소문으로 알려져 있었기 때문에 대다수 독자들은 물론 당대 지식인들과 푸코 연구자들조차 푸코 주장의 전체적 윤곽을 파악하기가 쉽지 않았다. 푸코 사후 녹음된 강의 테이프가 이미 공개된 것이라는 데 푸코의 유족 측이 동의하면서 강의록 출판이 급물살을 타기 시작했고 현재는 거의 완간된 상태에 이르고 있다. 그와 동시에 불어로 출간되지 않았던 그의 대담들 역시 대부분 알려지면서 강의록과 함께 푸코 연구의 새로운 르네상스를 이끌게 된다.

이런 변화는 푸코에 대한 연구에도 큰 영향을 끼치고 있다. 푸코의 저작이면에 있던 그의 실천적·지적 활동들이 밝혀지면서 '저작' 중심의 연구는 마치 섬과 섬을 이을 뿐 섬을 떠받치고 있는 거대한 바다의 흐름과 변화를 제대로 탐사하지 못하는 한계를 보이고 있다. 푸코의 강의록과 대담집의 출간으로 인해 특히 주목받기 시작한 것은『감시와 처벌』과『성의 역사 1 ─ 앎의 의지』에서부터『성의 역사 2 ─ 쾌락의 활용』,『성의 역사 3 ─ 자기 배려』에 이르는 기간 동안 있었던 푸코의 활동들이다. 이 시기에 푸코의 사유는 그 깊이와 넓이의 차원에서 1960년대의 성과들을 훨씬 뛰어넘는 진전을 보인다. 이 무렵 푸코의 계보학적 사유의 핵심인 권력론의 새로운 형태들이 구축되고, 권력에 대한 다양한 해석과 모델들이 실험된다. 푸코는 주권권력에 대한 비판을 넘어 규율권력, 생명권력, 안전권력, 사목권력, 통치성 연구신자유주의적 통치성, 자아와 타자의 통치 등 다양한 권력형태들에 대한 사유의 실험을 감행한다. 그런 점에서 이 시기는 현재 푸코 연구의 가장 논쟁적이고 문제적인 기간일 뿐만 아니라 푸코 사유의 형성과 이론적 전환을 잘 보여주는 기간이라 할 수 있다. 스튜어트 엘던Stuart Elden은『푸코의 마지막 10년Foucault's Last Decade』이란 책에서 이 시기를 다음과 같이 기술한다.

1974년 8월 26일에 미셸 푸코는『감시와 처벌』의 작업을 완성했고, 바로 그날『성의 역사 1 ─ 앎의 의지』를 쓰기 시작했다. 그 뒤 10년이 채 되지 않아『성의 역사 2 ─ 쾌락의 활용』,『성의 역사 3 ─ 자기 배려』가 출판된 직후인 1984년 6월 25일에 죽었다. 이 10년은 푸코의 이력 중 가장 매혹적인 시기에 해당한다. 이 기간은 성의 역사 기획과 함께 시작했지만 그의 때 이른 죽음으로 이 기획은 불가피하게 마감될 수밖에 없었다. 하지만『성의 역사 1 ─ 앎의 의지』의 서두를 쓰기 시작한 1974년 당시 그는 1984년에 그가 남기게 될 작업들과는 전혀 다른 것을 계획하고 있었다.『성의 역사 1 ─ 앎의 의지』는 그의 연구 중 독특하게도 다음에 도래할 것들에 관해 많은 것을 약속했다. 하지만 푸코는 약속한 것을 거의 쓰지 않았고 아무것도 출판하지 않았다. 오히려 그는 과거에 결코 언급한 적이 없었던, 그리고 과거에 그의 주된 관심대상이 아니었던 시기고대 그리스·로마 시기의 텍스트들에 관해 연구하고 썼다.[3]

푸코의 마지막 10년의 활동에는 상당히 중요한 이론적 변화들이 있었고 특히 그가 애초에 계획했던 것과는 아주 다른 형태의 결과물들이 생산된다. 푸코는 성의 역사를 기획하며 출발했지만 그 시기에 그의 관심은 성의 역사로만 한정할 수 없을 정도로 다양하고 복합적인 것이었다. 엘던의 지적처럼 푸코는 성의 역사를 총 6권으로 기획했지만 그 과정에 총 4권으로 수정하였고 이마저도 포기하고 만다.『성의 역사 1 — 앎의 의지』와,『성의 역사 2 — 쾌락의 활용』,『성의 역사 3 — 자기 배려』 사이의 8년 동안 어떤 변화가 있었을까? 푸코는 「진리, 권력, 자아」[1982]라는 대담에서 자신의 활동을 세 가지 문제로 정리한 바 있다.

내가 그동안 연구해온 것은 세 가지 전통적인 문제입니다.

① 학문적 지식을 통해 진리, 즉 문명화에서 너무나 중요하고, 그 속에서 우리를 주체이자 동시에 객체가 되게 하는 '진리게임들'에 대해 우리가 맺고 있는 관계가 무엇인가?

② 우리가 기이한 전략들과 권력관계를 통해 타자들과 맺고 있는 관계는 무엇인가?

③ 진리와 권력과 자아 간의 관계는 무엇인가?[4]

---

3   Stuart Elden, op.cit., p.1.
4   Michel Foucault, "Truth, Power, Self : An Interview with Michel Foucault," *Technologies of the Self : A Seminar with Michel Foucault* (Luther H. Martin et al. eds.), London : Tavistock, 1988, p.15.

편의상 이 문제들은 각각 푸코의 ① 고고학적 질문, ② 계보학적 질문, ③ 윤리학적 질문에 해당한다. 이를 따를 때 『성의 역사 1 – 앎의 의지』와, 『성의 역사 2 – 쾌락의 활용』과 『성의 역사 3 – 자기 배려』 사이에는 ②의 질문에서 ③의 질문으로 넘어가는 과정, 즉, 푸코가 권력과 지식과 진리의 관계에 집중하던 계보학 단계에서 권력과 진리와 자아의 관계에 집중하는 윤리학 단계로 넘어가는 과정을 보여준다고 할 수 있다. 하지만 이런 이해가 틀린 것은 아니지만 그것은 단순할 뿐만 아니라 그것만으로 드러나지 않는 푸코 사상의 복합적 흐름이 존재한다. 이런 과정을 계보학에서 윤리학으로의 전환으로만 판단하는 것은 그 사이의 복잡하고 다양한 과정을 간과하는 것이 될 수 있다. 다음에서는 이 시기의 활동 전체를 다루지 않으면서 그 중의 일부, 특히 『성의 역사 1 – 앎의 의지』 전후에 있었던 푸코의 사상적 변화, 특히 그의 권력론의 형성과 변화들을 중점적으로 살펴보고자 한다. 이 글은 통상적으로 계보학에서 윤리학으로의 전환보다는 이 무렵 푸코의 계보학적 문제설정 내부의 미세하면서도 중요한 변화들을 추적함으로써 윤리학으로의 전환으로 나아가는 과정뿐만 아니라 그의 권력론의 형성과정에 대한 이해를 제공하고자 한다. 특히 『성의 역사 1 – 앎의 의지』 전후에 출간된 강의록과 대담들을 참조함으로써 그의 사상의 중요한 전환과 그것이 갖는 의미를 드러내줄 것이다.

『성의 역사 1 – 앎의 의지』는 『감시와 처벌』과 거의 같은 시기에 쓰였지만 여러 가지 점에 중요한 차이를 보인다. 우선 권력 개념에 대한 사고라는 차원에서 『성의 역사 1 – 앎의 의지』는 『감시와 처벌』보다 훨씬 더 나아갔고, 윤리학적 문제를 다루는 그의 후기 작업의 여러 측면을 앞서 보여준다. 주권권력을 비판하고 규율권력을 강조하던 『감시와 처벌』을 넘어 인구의 정치, 즉 생명권력을 제기한 점은 『감시와 처벌』을 이미 넘어선 것이고, 특히 유순한 개별적 신체를 만들어내는 규율권력의 작동을 뛰어넘어 집단적 신체들, 즉 인구의 관리와 조절을 강조한 점은 그의 권력이론의 중요한 전환과 확장으로 볼 수 있다. 뿐만 아니라 섹슈얼리티^{sexu-ality},[5] 즉 성 담론 / 장치에 있어서 아르스 에로티카^{Ars Erotica}에서 스키엔티아 섹수알리스^{Scientia Sexualis}로의 전환과 그 핵심장치로서의 고백, 그리고 육체와 쾌락의 문제는 후기 푸코의 핵심주제이다.[6] 리처드 A. 린치^{Richard A. Lynch}는 푸코 사상에 대한 입문으로는 『성의 역사 1 – 앎의 의지』보다는 『감시와 처벌』이 훨씬 나을 것이며 『성의 역사 1 – 앎의 의지』가 대중적 인기에 비해 오해 받기 쉬운 저작임을 강조한다. 그에 따르면, "『성의 역사 1 – 앎의 의지』는 푸코를 이해하기 위한 이상적 텍스트가 결코 아니다. 그럼에도 불구하고 그것은 성의 구성과 권력의 행사를 이론적으로 치밀하게 할 뿐만 아니라 푸코 자신의 사상의 진화와 '관심들'을 이해하는 데도 필수적인 텍스트이다."[7] 이 글은 『성의 역사 1 – 앎의 의지』를 전후한 시기에 푸코의 권력이론의 변화, 특히 규율권력에서 생명권력으로의 전환이 갖는 의미를 살펴보고 그 한계와 성과를 지적함으로써 그 다음 시

---

5   푸코는 성(sex)과 섹슈얼리티(sexuality)를 구분한다. 성은 생물학적이고 해부학적 차원에서의 성을 의미하는 데 반해, 섹슈얼리티는 성을 규정하는 특성뿐만 아니라 그 특성을 역사적으로 구성해온 권력관계와 담론체제를 의미한다. 따라서 섹슈얼리티는 성 담론 / 장치를 포괄하는 의미로 사용되며, 푸코는 성이 섹슈얼리티의 토대라기보다는 섹슈얼리티가 성을 구성하는 핵심 장치라고 주장한다. 이것이 『성의 역사 1 – 앎의 의지』의 핵심적 주장이다.

6   리처드 A. 린치는 『성의 역사 1 – 앎의 의지』에서 두 가지 새로운 분석방향이 나타난다고 말한다. 하나는 그의 권력분석의 주요한 재배치이고, 다른 하나는 그의 분석틀로서의 윤리적 관심으로서의 전환이다. Richard A. Lynch, "Reading The History of Sexuality, Volume 1," *A Companion to Foucault* (Christopher Falzon et al. eds.), Cambridge : Blackwell, 2013, pp.159~162.

7   Ibid., p.154.

기의 푸코 연구에 발판을 제공하고자 한다.

2. 1970년대 푸코의 권력 개념의 형성과 진화

『감시와 처벌』과 『성의 역사 1 – 앎의 의지』를 전후한 시기에 푸코는 자신의 권력 개념을 다양한 차원에서 실험한다. 그는 권력을 소유가 아니라 행사되는 전략으로 이해하고, 그것을 저항과 권력 간의 투쟁과 갈등이 내재된 권력관계로 인식할 것을 강조한다. 특히 개인이 권력을 소유하는 것이 아니라는 것은 권력이 개인의 신체를 관통하여 개인을 구성한다는 점에서 개인은 권력의 효과에 불과한 것으로 이해된다. 그렇다고 푸코가 저항을 거부하는 것은 아니다. 그는 저항이 권력관계에 외재적이기보다는 내재적임을 강조한다. 그가 권력이 아니라 권력관계를 강조한 것도 권력관계 속에 내재하는 저항의 가능성을 강조하기 위해서이다. 이 시기에 푸코가 권력 개념을 어떻게 정의하는지 몇 가지 예들을 들어보자.

① 죄인을 처형함으로써 다른 사람에게 범죄의 대가가 얼마나 큰가를 보여주는 것보다는 사람들을 감시체제 안에 두는 것이 권력의 경제학이라는 차원에서 보다 효과적이고 비용이 적게 든다고 생각하기 시작한 때가 있었습니다. (…중략…) 권력의 작동메커니즘이라는 견지에서, 다시 말해, 새롭게 변화된 권력의 모습은 마치 모세혈관과 같은 것이어서 개별자에게 미치는 권력의 효과는 개인의 육체와 행동, 태도, 그들의 담론, 그리고 학습과정이나 일상생활의 구체적인 곳에까지 미치게 된 것입니다.[8]

② 행사되는 권력은 하나의 소유물로서가 아니라 하나의 전략으로 이해되어야 하며, 그 권력지배의 효과는 소유에 의해서가 아니라 배열, 조작, 전술, 기술, 작용에 의해서 이루어진다. (…중략…) 즉 권력은 소유되기보다는 오히려 행사되는 것이며, 지배계급이 획득하거나 보존하는 '특권'이 아니라, 지배계급의 전략적 입장의 총체적 효과이며, 피지배계급의 입장을 표명하고 때로는 연장시켜주기도 하는 효과라는 것이다.[9]

③ 내가 보기에 권력은 우선 작용영역에 내재하고 조직을 구성하는 다수의 세력관계, 끊임없는 투쟁과 대결을 통해 다수의 세력관계를 변화시키고 강화하며 뒤집는 게임, 그러한 세력관계들이 연쇄나 체계를 형성하게끔 서로에게서 찾아내는 거점, 반대로 그러한 세력관계들을 서로 분리시키는 괴리나 모순, 끝으로 세력관계들의 효력이 발생하고 국가기구, 법의 표명, 사회적 주도권에서 일반적 구상이나 제도적 결정화가 구체화되는 전략으로 이해되어야 할 듯하다.[10]

④ 실제로는 어떤 신체들, 몸짓들, 담론들, 욕망들이 식별되고 개인으로서 구성되는 것, 바로 이것이 권력의 일차적인 효과 중의 하나입니다. 달리 말하면, 개인은 권력과 마주보고 있는 것이 아닙니다. 제 생각에, 개인이란 권력의 일차적인 효과 중의 하나입니다. 개인은 권력의 효과이며 이와 동시에 바로 하나의 효과라는 의미에서 권력의 중계항이기도 합니다. 요컨대 권력은 자신이 구성해놓은 개인을 경유하는 것입니다.[11]

---

8   미셸 푸코, 「권력의 유희」, 『권력과 지식―미셸 푸코와의 대담』, 63~64면.
9   미셸 푸코, 오생근 역, 『감시와 처벌』, 나남, 2000, 56면.
10 미셸 푸코, 이규현 역, 『성의 역사 1―앎의 의지』, 나남, 2005, 112면.
11 미셸 푸코, 김상운 역, 『사회를 보호해야 한다』, 난장, 2015, 48면.

⑤ 권력이 있는 곳에 저항이 있지만, 더 정확히 말해서 바로 그렇기 때문에 저항은 권력에 대해 결코 외부에 놓이는 것이 아니다. (…중략…) 권력관계는 다수의 저항지점에 따라서만 존재할 수 있을 뿐이다. 즉 저항지점은 권력관계에서 반대자, 표적, 버팀목, 공략해야 할 돌출부의 구실을 한다. 이러한 저항지점은 권력망의 도처에 현존한다. 따라서 권력에 대한 커다란 거부의 '한' 장소, 이를테면 반항의 정신, 모든 반란의 원칙, 혁명가의 순수한 권위는 없다.[12]

푸코는 권력을 개인이나 주체가 소유할 수 있는 특권적 대상이 아니라 그런 소유 이전에 움직이는 생산적이고 전략적이며 관계적인 권력-지식power-knowledge의 관계로 사고한다. 즉 권력을 그것을 소유하는 주체를 떠나 작동하는 권력-지식의 관계로 인식한다. 그는 이러한 비주체적 권력관계를 규명하는 작업을 미시적 물리학, 분석학, 경제학, 기술체계, 장치, 게임 등으로 부르기 시작한다. 마크 켈리Mark G. E. Kelley는 『감시와 처벌』과 『성의 역사 1-앎의 의지』 등을 중심으로 한 시기에 푸코의 권력 개념이 갖는 주요 특징을 네 가지로 정리한다. 즉 ① 권력이 개인적 주체의 의지에 의해 지도되지 않는다는 점에서 권력의 비개인성 혹은 비주체성the impersonality or subjectlessness of power, ② 권력은 항상 사람들이 소유하는 권력의 양과 달리 사람들 간의 권력 관계의 한 심급이라는 점에서 권력의 관계성the relationality of power, ③ 권력이 개인이나 계급에 집중되어있지 않는다는 점에서 권력의 탈중심성the decentredness of power, ④ 권력이 단순히 더 많이 가진 자에서 더 적게 가진 자로 흐르는 것이 아니라 '아래로부터 생겨

---

12   미셸 푸코, 『성의 역사 1-앎의 의지』, 115면.

나는' 것이라는 점에서 권력의 다중방향성the multidirectionality of power이 그것이다.[13] 이는 1975년을 전후하여 푸코가 추구하던 권력 개념이 어떤 특징을 갖고 있는지를 잘 압축한 것이다.

하지만 그동안 푸코의 저작 중심의 논의에서는 그의 권력 개념의 형성과정에 대한 구체적 탐구보다는 권력 개념을 일반화하는 차원에 머문 감이 없지 않았다. 왜냐하면 그의 권력 개념이 어떻게 진화하고 발전하는가를 치밀하게 살펴보고 논의할 자료와 근거들이 많지 않았기 때문이다. 하지만 그의 강의록들과 대담들의 출간은 푸코의 권력 개념 자체에 대한 계보학적 탐구를 가능하게 해주고 있다. 다시 말해, 푸코의 권력 개념을 일반화하는 차원을 넘어 그것이 어떻게 진화하고 발전해왔는가를 계보학적으로 연구할 가능성이 열린 것이다. 이 시기의 푸코에 주목할 필요가 있는 것은 이 무렵 푸코가 이전의 권력 논의와는 다른 차원의 권력 개념을 다양하게 실험하고 전개하고 있었다는 점 때문이다. 푸코가 권력론을 자신의 문제설정의 중심에 놓았던 것은 1968년 이후 이미 프랑스 지식인들의 관성적인 틀이 되어버린 마르크스주의적 사고와 거리를 두려는 것과 무관하지 않았으며, 특히 1970년 콜레주드프랑스의 취임강의인 「담론의 질서The Order of Discourse」에서 본격적으로 시작되었다. 이 시기에 푸코가 푸코적인 방식으로 권력 개념을 다루기 시작한 첫 번째 글이 「도처에 존재하는 감옥La prison partout」이라는 글이었는데, 이 글은 1971년에 쓴 GIP의 활동에 관한 짧은 보고서이다. 이 글에서 푸코는 감옥을 "권력의 도구 중의 하나"로 지칭하면서 권력을 자유롭게 활용할 수 있는 도구로서, 즉 권력의 행사라는 개념으로 인식하기 시작한다.[14] 하지만 이 시기

---

13   Mark G.E. Kelly, *The Political Philosophy of Michel Foucault*, London : Routledge, 2009, p.37.

14   Mark G.E. Kelly, Ibid., p.32.

에 그의 권력 개념은 아직 제대로 형성되어 있지 않았다. 푸코는 「담론의 질서」의 '비판과 계보학'이라는 소절에서 계보학적 탐구를 본격 제기하지만 그것은 『감시와 처벌』에서처럼 권력과 진리의 관계에서보다는 여전히 고고학과 계보학의 차이라는 관점에서 제기되고 있을 뿐이다. 특히 이 차이가 담론과 권력과의 연관성보다는 담론 개념 자체의 형성과정의 차이, 즉 고고학이 "담론을 둘러싸고 있는 체계들"과 관련이 있는 데 반해 계보학은 "담론의 현실적인 형성의 계열들"[15]과 관련이 있다는 식으로 구분되고 있다. 권력과 계보학의 관계는 아직 제대로 사고되지 못하고 있고, 권력 개념은 여전히 과거의 전통적 방식에서 완전히 벗어난 것은 아니었다. 푸코는 이 시기의 권력 개념을 「성의 역사」라는 대담에서 다음과 같이 말한다.

「담론의 질서」는 내 생각에 변화를 겪고 있을 때 썼던 소품입니다. 그 이전까지만 해도 권력을 주로 사법적인 처리과정으로 파악하여, 권력이란 법을 제정하고 금지를 내리며 배제하기, 거부하기, 부정하기, 방해하기, 은폐하기 따위와 같은 부정적인 효과를 낳는 사법적인 처리과정으로 이해하고 있었습니다. 그러나 지금은 권력을 그와 같은 방식으로 이해하는 것이 잘못이라고 생각합니다. 『광기의 역사』까지는 사법적인 권력 개념이 그런대로 통용될 수 있었습니다. 왜냐하면 광기라는 것이 특별한 주제였고 고전주의 시대에 광기에 행사되었던 권력도 대부분 배제exclusion의 형식을 취하고 있었으니까요. 따라서 광기는 사회적으로 배제된 이성의 한 형태로 파악할 수 있었던 것입니다. 이와 같은 이유로 해서 나는 별 문제 없이 권력을 부정적인 개념으로 사용할 수 있

15　미셸 푸코, 이정우 역, 『담론의 질서』, 서강대 출판부, 2002, 45면.

었던 것입니다. 그러나 이런 권력 개념이 틀렸다는 것을 알게 된 계기가 있었는데 그것은 1971년과 1972년에 감옥에 대한 여러 가지 문제들을 체험하고 난 후였습니다. 형벌제도에 대해 연구한 끝에 나는 권력문제에서 필요한 것은 사법적인 권력 개념이 아니라 기술이나 전략, 때로는 전술적인 권력 개념을 완성하는 것이며, 바로 이러한 사법적이고 부정적인 권력개념을 기술적이며 전략적인 것으로 대치해 보려는 시도를 『감시와 처벌』과 『성의 역사』에서 응용해보았던 것입니다. 따라서 「담론의 질서」에 나오는 권력 개념 ― 권력을 부정적인 배제의 메커니즘으로서 담화에 연결시키는 권력 개념 ― 을 포기해야만 할 것입니다.[16]

푸코의 말은 푸코 자신의 권력 개념이 어떤 식으로 발전해왔는가를 직접 밝히고 있어 그를 이해하는 데 아주 유용하다. 『광기의 역사』나 「담론의 질서」와 같이 1970년대 이전의 저작에서 권력 개념이 배제나 억압과 같이 사법적이고 소유적이며 부정적인 개념으로 사용됨으로써 제대로 사유되지 않았다는 것, 그리고 1970년대 이후 감옥에서의 비인간적 처우에 대한 이슈들을 고민하면서 권력 개념에 대한 다른 차원의 사고가 가능해졌다는 것이다. 위의 지적에서 인상적인 것은 푸코의 권력 개념이 고정된 개념이 아니라 지속적으로 변형되고 확장되는 개념이라는 점이다. 푸코의 권력 개념은 그가 죽기 전까지 담론, 지식, 권력, 자아, 진리 등과의 관계망 속에서, 그리고 권력의 양식이 사회적 작동양상에 따라 규율, 생명, 안전, 통치, 사목 등 다양한 모델에 따라 심화되고 확장되어가고 있었다는 점에 주목해야 한다. 우리는 통상적으로 ① 담론-지식-진리에서 ② 담

---

16 미셸 푸코, 「성의 역사」, 『권력과 지식 ― 미셸 푸코와의 대담』, 224면.

론-지식-진리-권력을 거쳐 ③ 담론-지식-진리-권력통치-자아로 나아가는 확장과 심화의 복잡한 과정을, 고고학에서 계보학으로, 다시 계보학에서 윤리학으로의 전환이라고 말해왔다. 이런 확장과 심화를 이전 과정에 대한 대체나 부정보다는 긍정과 통합의 복잡한 확장의 과정으로 이해한다면, 그러한 전환 과정을 고고학에서 계보학을 거쳐 윤리학으로 나아간다는 식의 단순한 과정으로만 설명할 수는 없을 듯하다. 예를 들어, 나중에 『성의 역사 1 - 앎의 의지』에 대한 분석에서 드러나겠지만 그가 권력의 생산성을 강조하기 위해 '성을 억압하고 부정했다'는 성 억압가설을 부정하고자 했다고 알려져 있지만, 사실 그가 성 억압가설과 맺고 있는 과정도 그리 단순하지 않다. 정확하게 말하면, 그가 억압가설을 비판한 것은 맞지만 그것을 부정했다기보다는 권력-지식의 관계를 통해 그 가설을 성 담론 / 장치sexuality의 형성의 한 계기로 통합하고 있다고 볼 수 있다.

위의 인용에서 한 가지 더 주목하자면, 푸코가 『감시와 처벌』과 『성의 역사 1 - 앎의 의지』에서 거의 동일한 권력 개념을 사용하는 것처럼 말하지만 그 사이에도 그의 권력 개념 자체의 변화가 있었음을 간과해서는 안 된다. 그 사이에도 권력 개념뿐만 아니라 권력 모델의 중요한 변화가 일어나고 있기 때문이다. 『감시와 처벌』이 주로 규율권력에 주목하고 있다면, 『성의 역사 1 - 앎의 의지』는 규율권력을 넘어 생명권력에 주목하고자 한다. 유순한 신체들개인들을 관리하고 통제하는 권력이 신체와 신체 사이인구와 사회체의 관계들을 생산하는 권력으로 변화, 발전하면서 권력 개념 자체에도 새로운 변화들이 필요했던 것이다. 이런 점에서 『성의 역사 1 - 앎의 의지』에는 『감시와 처벌』에서 제기된 권력관계 개념을 기반으로 하되 그것보다 훨씬 저항적이고 생산적이며 확산적인 권력 개념이 등장하고 있다. 권력의 작용이 개인적 신체의 차원을 넘어 인구 전체의 생명을 표적으로 삼을 때, 다시 말해, 공장, 병원, 감옥 등과 같은 사회적 장치를 넘어 권력이 사회체 자체, 즉 사회적인 것의 전 영역에 침투할 때, 권력은 훨씬 더 편재적일 수 있고, 그러한 권력관계의 다양체 속에서 마주치게 될 저항의 여지도 훨씬 더 넓어질 것이며, 권력의 생산 또한 더욱 활발하게 전개되는 것이다. 『성의 역사 1 – 앎의 의지』에서의 권력 개념은 이런 변화를 반영하고 있다.

이 시기 푸코의 권력 개념의 변화를 보여주는 또 다른 사례는 『감시와 처벌』, 『성의 역사 1 – 앎의 의지』와 비슷한 시기인 1976년에 푸코가 콜레주드프랑스에서 강의한 『사회를 보호해야 한다』라는 강의록에서 보여주는 권력 개념이다. 그는 "전쟁이란 다른 수단에 의한 정치의 연장이다"는 칼 폰 클라우제비츠Carl von Clausewitz의 명제를 뒤집어 "권력이란 전쟁이다, 그것도 다른 수단에 의해 계속되는 전쟁이라는 가설"[17]을 제기한다. 여기서 그는 "만일 권력이 그 자체로 힘의 관계의 작동이자 전개라면, 권력은 (…중략…) 무엇보다 투쟁, 대결, 또는 전쟁 같은 용어로 분석되어야 하지 않는가?"라는 질문을 제기한다. 이 강의록에서 푸코는 권력 개념을 로크와 홉스식의 계약과 타협의 관점이 아니라 인종 간 '전쟁'이라는 명제를 통해 재구성하면서 영국사와 프랑스의 역사를 새롭게 읽는 한편, 근대국가의 탄생 이후 등장하는 인종주의와 파시즘의 문제를 새롭게 해석한다. 여기서 그 내용을 자세하게 설명할 수는 없지만 푸코는 향후 전쟁을 모델로 한 권력 개념에서 정치와 전쟁을 서로 다른 전략의 권력 개념으로 인식하는 방향으로 나아감으로써 전쟁으로서의 권력 개념을 부정하지는 않지만 이 개념으로부터 한발 물러서는 태도를 취한다. 만약 권력

---

17   미셸 푸코, 『사회를 보호해야 한다』, 34면.

을 전쟁의 시각에서만 사고한다면, 권력관계의 내재적 복합성을 단순화하면서 자신이 비판하고자 했던 이원론적 사고를 다시 도입할 가능성이 있었기 때문이 아닐까 생각해볼 수 있다. 푸코는 『성의 역사 1 ─ 앎의 의지』에서 다음과 같이 말한다.

그러면 그러한 표현을 뒤집어서 정치는 다른 수단에 의해 수행되는 전쟁이라고 말해야 할까? 전쟁과 정치 사이의 분리를 유지하고자 한다면, 어쩌면 우리는 이 힘 관계의 다양체가 오히려 '전쟁'의 형태로건 '정치'의 형태로건 ─ 결코 전적으로가 아니라 부분적으로 ─ 코드화될 수 있다고 가정할 수 있어야 할 것이다. 이는 그 불균형적이고 이질적이며 불안정할뿐더러 긴장된 힘 관계를 통합하기 위한 서로 다른 (그러나 항상 하나가 다른 하나로 쉽게 전환될 수 있는) 두 가지 전략일 것이다.[18]

이 말은 푸코 자신이 『사회를 보호해야 한다』에서 제기된 권력의 전쟁 모델을 수용하면서도 그로부터 일정정도 거리를 두려는 것으로 보인다. 일단 전쟁과 정치를 분리하는 한편 둘 사이의 전환 가능성을 단서로 덧붙임으로써 전쟁과 정치 간의 분리와 연속성을 제안하고 있는 것이다. 『성의 역사 1 ─ 앎의 의지』는 두 가지 점에서, 즉 앞서 지적했듯이 권력 개념을 『감시와 처벌』에서 제기된 규율권력을 넘어 생명권력으로 확장하고 있는 한편, 『사회를 보호해야 한다』에서 제기된 권력의 전쟁모델보다 힘 관계의 다양체가 갖는 복합성을 보다 유연하게 제기한다는 점에서 이 시기의 권력 개념을 잘 집약하고 있는 저작이라 할 수 있다.

18　미셸 푸코, 『성의 역사 1 ─ 앎의 의지』, 113면.

그런 점에서 『성의 역사 1 – 앎의 의지』는 「담론의 질서」 이후 제기된 푸코의 권력 개념의 종합이자 향후 새로운 권력 개념, 즉 통치성 연구로 넘어가는 이행기의 저작이라 할 수 있다. 푸코 스스로 『성의 역사 1 – 앎의 의지』의 4장 2절 「방법」에서 권력 개념을 명확하게 정리한다.[19] 그 핵심만 요약해보자.

① 권력은 무수한 지점으로부터 불평등하고 유동적인 관계들의 상호작용 속에서 행사된다.

② 권력관계는 다른 유형의 관계경제과정, 인식관계, 성관계에 대해 내재적이며 거기에서 생겨나는 분할, 불평등, 불균형의 직접적 결과이다.

---

19 푸코는 1977년에 「권력과 전략」이라는 대담에서도 자신의 권력 개념을 다음과 같이 정리한다. "나는 차라리 권력에 대하여 이렇게 생각합니다. ① 권력이 사회적 신체와 연결되어 있다는 것입니다. 복잡하게 연결되어 있는 권력의 그물망 안에서는 일말의 자유도 없습니다. ② 권력관계가 다른 관계들 — 생산관계, 인종관계, 가족관계, 섹슈얼리티 — 과의 맞물림으로 연결되어 있다는 것이죠. 그러한 맞물림을 통해서 서로서로 영향을 주고받는 것입니다. ③ 이러한 권력관계가 금지나 처벌과 같은 단일한 형태를 띠는 것이 아니라 다양하다는 것입니다. ④ 이러한 상호연결 관계가 지배의 조건을 결정짓는데 이 때 지배는 어느 정도 일관성을 갖는 단일한 전략의 형태로 조직된다는 것입니다. 확산되고 모양이 다르며 국지적인 형태의 권력이 이러한 하나의 전략에 의해서 재정비되고 다시 강화되며 변형된다는 것입니다. (…중략…) 지배자와 피지배자라는 배타적인 이중구조로 지배를 파악할 것이 아니라 궁극적으로 하나의 전략에 흡수되는 다양한 권력관계의 생산에 주목해야 하는 것입니다. ⑤ 권력관계는 실제로 봉사하는 기능을 갖고 있습니다. 누구를 위한 권력의 행사인가라는 질문은 성립되지 않습니다. 왜냐하면 권력은 경제적인 차원에서의 봉사라기보다는 위에서 언급한 전략이라는 차원에서 이용되고 있기 때문입니다. ⑥ 저항이 없는 권력은 생각할 수 없습니다. 저항은 권력관계가 시작되는 순간에 형성되는 것이기 때문에 더욱 실제적이며 효과적이라고 하겠습니다. 권력에 대한 저항은 다른 곳이 아닌 바로 권력으로부터 나오는 것이기에 권력이 있는 자리에 저항이 함께 있기 마련입니다. 권력이 그랬듯이 저항은 다양한 형태를 띠게 되며 또한 거대한 전략으로 통합될 수 있는 것입니다." 미셸 푸코, 「권력과 전략」, 『권력과 지식 – 미셸 푸코와의 대담』, 177면.

③ 권력은 아래로부터 나온다. 다양한 권력관계는 사회체 전체를 뚫고 지나가는 폭넓은 균열효과에 대해 생산적 매체의 역할을 한다.

④ 권력관계는 의도성과 동시에 비주관성을 갖는다. 일련의 목표와 목적 없이 행사되는 권력은 없지만 그것은 권력이 개별주체의 선택이나 결정에서 유래한다는 것을 뜻하지 않는다.

⑤ 권력이 있는 곳에 저항이 있다. 바로 그렇기 때문에 저항은 권력에 대해 결코 외부에 놓이는 것이 아니다.[20]

『감시와 처벌』보다 『성의 역사 1 − 앎의 의지』에서 권력 개념은 더욱 명확해지고 확장되며 특히 ⑤번의 주장이 두드러져 보인다. 푸코는 여기서 권력과 저항의 관계, 즉 권력관계를 구성하고 설명하는 데 노력한다. 그는 "권력관계는 다수의 저항지점에 따라서만 존재할 수 있을 뿐"임을 역설한다. 이 저항지점들은 권력망의 곳곳에 편재적으로 존재하며 "권력관계에서 반대자, 표적, 버팀목, 공략해야 할 돌출부"의 역할을 한다. 이러한 지점들을 전략적으로 코드화하는 것이 저항의 가능조건이 된다. 푸코는 권력관계를 벗어난, 즉 헤르베르트 마르쿠제Herbert Marcuse가 말하는 식의 위대한 거부Great Refusal의 장소, 즉 권력관계에 외재적인 "반항의 정신, 모든 반란의 원천, 혁명가의 순수한 권위"[21]란 존재하지 않는다고 주장한다. "권력이 있는 곳에는 저항이 있다"는 말은 권력관계 내에 권력과 저항이 내재적이고 복잡하게 얽힌 관계를 이루고 있음을 의미한다. 또한 이 말은 저항이 권력관계를 떠나 일반화될 수 없으며 특정하고 구체적이며 국부적일 수밖에 없음을 의미하기도 한다. 향후 푸코의 권력 개념은 저항

---

20   미셸 푸코, 『성의 역사 1 − 앎의 의지』, 113~115면.
21   위의 책, 115면.

개념을 보다 정교하게 구성하는 방향으로 나아간다. 『성의 역사 1 - 앎의 의지』에 나타난 권력 개념을 1982년에 발표한 「주체와 권력The Subject and Power」의 그것과 연결해서 읽는다면, 이런 방향성이 잘 드러난다. 이 글에서 푸코는 권력관계의 새로운 경제를 제안하면서 권력과 저항의 관계를 근본적으로 뒤집는다.

> 그것권력관계의 새로운 경제은 다양한 형태의 권력에 맞서는 저항 형식들을 출발지점으로 삼는 데 있다. 또 다른 비유를 들자면, 이러한 저항을 하나의 화학적 촉매제로 활용하여 권력관계들을 밝히고 그 관계들의 위치를 설정하며, 그 적용지점과 활용방법들을 발견하는 데 있다. 그것은 권력을 그 내재적 합리성의 관점에서 분석하기보다는 권력관계를 전략들의 적대를 통해 분석하는 데 있다.[22]

푸코는 새로운 권력의 경제가 권력관계 내에서 권력의 관점에서 저항을 읽는 것이 아니라 저항의 관점에서 권력을 읽는 데 있다는 것을 강조한다. 이러한 역전은 권력 개념에 대한 푸코의 초점이 계속 변화하고 있으며 특히 권력보다 저항에 더 역점을 두는 권력관계에 관심이 있음을 보여준다. 이는 후기 푸코의 권력 개념의 한 단면을 보여주는 것이며 나중에 통치성 개념과의 연관성 속에서 더 깊이 이해될 필요가 있다. 푸코는 이 글에서 권력 개념을 새롭게 정립하기 위해 전쟁 개념보다 통치 개념을 더 부각시킨다. 그는 "권력은 두 적대자들 간의 대결 혹은 그들 상호간의 맞대결이라기보다는 '통치'의 문제"임을 강조한다. 여기서 통치란 "정치구조나 국가경영의 문제"가 아니라 "개인이나 집단의 행위와 품

---

22 Michel Foucault, "The Subject and Power," *Power : The Essential Works of Michel Foucault 1954~1984*, London : Penguin, 2002, p.329.

행을 지도하고 통솔하는 방식"을 지칭한다. 그리고 통치는 권력에 종속된 사람들의 반란, 즉 대항행위counterconduct의 가능성까지 고려하는 "타자들의 가능한 행동 영역을 구성하는 것"[23]을 의미한다. 이에 대한 논의는 다음 장에서 다루어질 것이다. 여기서는 푸코의 권력 개념이 『감시와 처벌』의 권력 개념과는 다소 거리를 두면서 들뢰즈의 역능 / 권력의 개념과 유사한 모습을 보인다는 점을 지적해두자.

3. 규율권력에서 생명권력으로

우리는 푸코의 권력 개념이 보다 정교해지면서 특히 권력관계, 즉 권력과 저항의 관계에서 저항의 가능성을 부각시키는 방향으로 나아가고 있음을 눈여겨볼 필요가 있다. 그의 저작과 강의록, 대담집을 통해 푸코의 권력 개념은 1970년대 이후 끊임없이 진화하고 발전하고 있다. 하지만 이 무렵 푸코의 권력 개념의 진화와 더불어 권력의 모델을 사고하는 데도 전환이 있다는 것을 알 수 있다. 푸코의 권력 개념이 계보학적 탐구가 필요할 만큼 이 시기에 상당히 달라지고 있었던 한편, 그의 권력 모델 또한 주권권력을 넘어 규율권력『감시와 처벌』을 경유하며 전쟁모델과 생명권력『사회를 보호해야 한다』와『성의 역사 1—앎의 의지』으로 발전해가고 있었다(이후에도 안전권력, 사목권력, 통치성 연구, 특히 신자유주의적 통치성과 자기와 타자의 통치 개념으로 확장되어간다). 이 시기의 푸코에게는 권력 개념의 심화와 확장이 동시에 이루어지고 있었음을 볼 수 있다.

---

23   Ibid., p.341.

우선 권력 개념의 진화와 발전과 더불어, 특히 이와 같은 권력 개념을 통해 푸코가 비판하고자 한 주된 권력 개념은 잘 알려져 있다시피 기존의 왕이나 군주, 혹은 그를 계승하는 국민의 주권성을 중심에 둔 권력 개념이었다. 이것은 권력에 대한 주권적·법적 개념, 통칭 '주권권력'이라고 불린다. 사실 푸코 권력 개념의 일차적 특징은 권력의 장을 국가에서 사회로, 국가권력에서 사회권력으로 이동시킨 데 있다. 즉, 푸코는 권력의 역동적 장이 법, 계약, 권리, 재산 등의 소유를 확립하고 규정하는 국가나 정치구조에 있다기보다 투쟁과 갈등과 전쟁이 일상적으로 벌어지는 사회체 전체의 미시적인 관계망에 있다는 것을 보여주고자 하였다. 그가 주권권력의 모델을 비판한 이유는 그것이 권력을 억압적이고 소유적이며 부정적인 것으로 이해하는 18세기 권력 개념에 의지할 뿐 아니라 거기에 근거하지 않는 다른 권력의 형태들에 대한 이해를 배제하고 있다는 데 있다. 이 무렵 거의 모든 저작과 대담, 강의록에서 푸코는 자신의 권력 이론을 구성하기 위한 이론적 배경으로 법 담론과 주권권력의 한계를 지적한다. 푸코는 이를 은유적으로 "우리는 여전히 왕의 목을 자르지 못하고 있다"라고 말한다. 이 시기 푸코의 대부분의 저작들에 주권권력에 대한 비판들이 언급되고 있는데, 그 중 일부만 인용해보자.

① 그러니까 사법적 구조물에서 중심인물은 왕이라는 인물 주변에서, 왕권의 요청으로, 왕권의 이익을 위해 형성됐습니다. 이후 몇 세기 동안에 이 사법적 구조물이 왕의 통제를 벗어나 왕권에 반기를 들었을 때 문제가 된 것은 늘 이 (왕의) 권력의 한계이며, 그 (왕의) 특권의 문제입니다. 달리 말하면, 서양의 모든 사법적 구조물에서 중심인물은 왕이라고 저는 생각합니다. 문제가 된 것은 왕이며 서양의 사법적 구조물의 일반적 체계, 전반적 조직 속에서 근본적으

로 문제였던 것은 왕, 왕의 권리들, 왕의 권력, 그리고 왕권의 있을 수 있는 한 계인 것입니다.[24]

②시대와 목적의 차이에도 불구하고 권력의 표상은 군주제에 사로 잡혀 있었다. 사유와 정치 분석에서 언제나 왕의 목이 잘린 것은 아니다. 권력의 이론에서 당위성과 폭력, 법과 위법성, 의지와 자유, 특히 국가와 주권(더 이상 군주의 인격이 아니라 집단적 존재에 의거하여 주권이 검토된다 할지라도)의 문제에 여전히 부여되는 중요성은 이 사실로부터 유래된다. 이러한 문제들에 입각하여 권력을 사유하는 것은 우리 사회에 매우 특유한 역사적 형태, 매우 특유하지만 어쨌든 과도한 형태인 법적 군주제에 입각하여 이러한 문제들을 사유하는 것이다.[25]

③여기서 중요한 점은 권력의 양태를 주인의 형상으로 환원시키는 것은 권력을 법적인 금지의 기능으로만 파악하는 것이라는 것입니다. 이렇게 권력을 법으로 환원하는 데는 세 가지 기능이 있습니다. 첫째로, 권력이 발휘하는 층위와 영역을 구분하지 않고, 가족이든 국가든 또는 교육이나 생산의 층위를 가리지 않고 권력이 행사되는 양상은 동일하다는 가정을 갖게 하는 것입니다. 둘째로, 권력을 부정적으로만 파악하는 것입니다. 권력을 거절하기, 제한하기, 방해하기, 통제하기로만 파악하는 것입니다. 따라서 권력에 대한 도전은 오직 권력의 위반을 의미하게 됩니다. 셋째로, 권력의 기본적 작동 메커니즘은 언술행위가 됩니다. 법을 발표한다든지, 금지의 담화를 발표하는 따위가 그것입니다. 그러므로 권력의 발현은 '당신은 그것을 해서는 안 된다'라는 형태를 띠는 것입니다.[26]

---

24 미셸 푸코, 『사회를 보호해야 한다』, 42면.
25 미셸 푸코, 『성의 역사 1 – 앎의 의지』, 109면.
26 미셸 푸코, 「권력과 전략」, 174~175면.

주권권력이 근대 민주주의 혁명에도 불구하고 오늘날 여전히 지배적인 것은 근대적 대중이 왕과 군주를 대체했을 뿐 여전히 그 권력 형태를 자신의 권리를 정당화하기 위한 근거로 삼았기 때문이다. 뿐만 아니라 그들이 사회체의 미시적 관계망과 그 모세혈관을 통해 움직이는 구체적인 권력 형태를 간과한 채 국가나 정치기구 속에서 법률적 계약과 협상의 주체로서 법적인 자유를 누리고 있다는 환상에 여전히 매달리고 있기 때문이다. 실제의 왕은 사라졌지만 왕의 상징적 위치는 여전히 계승되고 있는 것이다. 근대적 법 이론이나 주권 이론은 왕은 없지만 왕의 상징적 위치를 대신 차지하고 있는 국가와 법의 정당성을 둘러싸고 계속 진행되고 있다. 특히 주권권력은 권력이 위에서 아래로 발산하는 것으로 파악하는데, 이는 군주, 아버지, 민중의 일반의지 등 무엇이든 하나의 중심적 위치를 상정함으로써 모든 사회에 존재하는 다양한 억압의 형태들을 단일하고 동질적인 것으로 파악한다. 이는 권력의 단일 근원을 표적으로 겨냥하기 때문에 유효한 듯 보이지만 사회체 곳곳에 작용하는 다양한 권력관계들을 하나로 일반화하는 심각한 오류를 범하게 된다. 따라서 필요한 것은 정말로 "왕의 목을 자르는 것",[27] 즉 "왕 없이 권력을 사유"[28]하는 것이다.

왕이나 국가를 통하지 않으면서 권력을 사유한다는 것은 어떻게 가능할까? 이를 위해서는 단일체적이고 중심적인 국가에서 다양체적인 그물망 사회로의 이동, 주권권력에서 규율권력으로의 이동이 필요하다. 푸코가 볼 때, 국가는 일련의 권력관계의 그물망 위에 존재하는 하나의 장치일 따름이다. 국가라는 장치는 "모든 권력의 영역에서 세심한 부분에까지 권력의 작동방식을 제어하지 못하고" "권력관계를 통하지 않고선 자신의

---

27   위의 글, 154면.
28   미셸 푸코, 『성의 역사 1 ─ 앎의 의지』, 111면.

권력의 효과를 달성할 수 없다."[29] 우리에게 필요한 것은 국가와 법을 괄호치고 바로 일련의 권력관계의 네트워크 작용을 이해하는 것이다. 그리할 때, 다양체로서의 권력관계가 드러난다.

권력의 가장 지역적이고 가장 국지적인 형태들과 제도 속에서, 특히 이 권력을 조직하고 그 범위를 정하는 법의 규칙들로부터 (권력이 스스로) 뻐어져 나오고, 따라서 이 규칙을 넘어서 연장되고, 제도들 속으로 투여되고, 기술들로 실체화되며, 때로는 폭력적이기까지 한 물질적 개입의 도구가 주어지는 그런 곳에서 권력을 파악하는 것입니다. 한 가지 예를 들어보죠. 철학이 제시했듯이 형벌권이 주권 속에서, 그것이 군주제적 법의 주권이든 민주제적 법의 주권이든, 어디에서 그리고 어떻게 정초되는가를 탐구하려고 하기보다는, 저는 실제로 처벌, 형벌권이 어떻게 고문이나 투옥 같은 몇몇 국지적·지역적·물질적 제도들 속에서, 그리고 효과적인 형벌기구들의 제도적이면서 물리적이고 법규적이며 폭력적인 세계 속에서 실체화됐는지를 알려고 노력했습니다. 달리 말하면, 권력의 행사가 점점 사법적이지 않게 되는 끄트머리에서 권력을 파악하기. 이것이 저의 첫 번째 수칙이었습니다.[30]

왕 없이 권력을 사유하기. 이것은 "어떻게 군주가 높은 곳에서 나타나는가를 자문하기보다는 오히려 신체·힘·에너지·물질·욕망·사유의 다양체에서 출발해 조금씩, 점진적으로, 실제로, 물질적으로 주체들이, 주체가 어떻게 구성됐는가를 알려고 하는 것"[31]을 의미한다. 푸코는 사회체

---

29   미셸 푸코, 「진실과 권력」, 155면.
30   미셸 푸코, 『사회를 보호해야 한다』, 44면.
31   위의 책, 45면.

의 말단과 모세혈관 속으로 파고드는 권력관계를 구체적으로 설명하기 위해 감옥『감시와 처벌』, 섹슈얼리티『성의 역사 1－앎의 의지』, 그리고 인구와 생명권력『성의 역사 1－앎의 의지』,『사회를 보호해야 한다』의 장치들을 집중적으로 탐구한다. 그는 『감시와 처벌』에서 감옥, 학교, 공장, 병원과 같은 근대적 규율제도들을 통해 권력의 미시적 물리학을 분석한다. 이런 권력의 미시적 물리학을 가장 가시적으로 보여주는 장치가 바로 '판옵티콘panopticon'이다. 이 장치는 잘 알려져 있듯이 18세기 철학자 제레미 벤담Jeremy Bentham이 고안한 건축적 장치에서 연유한다. 푸코는 이를 더욱 확장하여 감옥의 죄수들이 감시자 없이도 감시외부의 시선을 내면화하면서 스스로를 감시해가는 과정을 설명하고자 한다. 죄수는 "스스로 권력의 강제력을 떠맡아서 자발적으로 자기 자신에게 작용하도록" 함으로써 "권력관계를 내면화하여 일인이역을 하는 것"[32]이다. 즉, 죄수는 늘 통제받고 있을 뿐만 아니라 통제의 시선을 내면화하는 한편 스스로를 자기 자신을 통제하고 종속하는 원리로 삼는 것이다. 죄수는 외부의 통제 없이도 스스로를 통제한다. 그 결과 신체는 유순하고 말 잘 듣는 신체가 되는 것이다. 이것이 푸코가 설명하는 규율권력의 핵심 특징이다. 푸코에 의하면 판옵티콘은 주권권력과는 다른 새로운 배치로서 그것의 영역은 국가와 같은 상부구조가 아니라 "사회의 하층지대이고, 신체의 세부나 그 다양한 움직임, 이질적인 힘과 신체의 공간적 관련을 포함한 그러한 규율 없는 신체의 영역"[33]이다. 그런 점에서 판옵티콘은 권력이 사회의 모세 혈관 속으로 퍼져나가 인간의 신체를 전략적으로 통제하고 유순한 신체로 생산하는 규율권력의 주요 장치라고 할 수 있다.

---

32 미셸 푸코,『감시와 처벌』, 299면.
33 위의 책, 307면.

『성의 역사 1 – 앎의 의지』는 여기서 한 차원 더 나아간다. 푸코는 『감시와 처벌』을 마무리하자마자 바로 『성의 역사 1 – 앎의 의지』를 쓰기 시작했는데 두 저작 사이에는 상당히 다른 형태의 권력 개념과 모델이 나타난다. 『성의 역사 1 – 앎의 의지』는 1975년에서 1976년 사이에 푸코가 콜레주드프랑스에서 강의한 『사회를 보호해야 한다』의 내용과 상당히 겹쳐 있다. 『사회를 보호해야 한다』의 마지막 강의내용^{1976.3.17}과 『성의 역사 1 – 앎의 의지』의 제5장 「죽음의 권리와 생명에 대한 권력」의 내용은 모두 생명권력과 생사여탈권에 관한 내용을 다루고 있다. 푸코의 동반자였던 다니엘 드페르^{Daniel Defert}는 『성의 역사 1 – 앎의 의지』에서 푸코가 가장 먼저 쓴 것이 바로 제5장이었다고 말한 바 있는데,[34] 『사회를 보호해야 한다』에서의 강의내용과 『성의 역사 1 – 앎의 의지』는 상당 부분 동일하다. 사실 『감시와 처벌』에는 국가에 대한 사유가 빠져 있는 것처럼 보이지만 규율권력에 대한 푸코의 사유에는 국가에 대한 그의 독특한 사고가 전제되어 있다. 푸코는 자신의 규율권력을 국가권력과의 대립적 관계에 두고 국가권력의 역할을 법적이고 이데올로기적으로 해석하거나, 국가의 소유적이고 억압적이고 부정적인 성격을 강조하려는 경향이 있었다.

그 당시 푸코가 규율권력을 제기할 때 그가 주된 표적으로 삼았던 것은 권력을 '소유'의 관점에서 이해하는 부르주아적 자유주의의 사법적 모델과 그 연장에서 권력을 국가권력과 동일시한 마르크스주의적 권력 모델이었다. 부르주아적 사법적 모델이 권력을 어떤 개인이나 집단, 혹은 기구나 장치가 '소유'하는 것으로 이해한다면, 즉 권력을 법적인 의미에서 소유할 수 있는 고착화된 '실체'와 유사한 것으로 간주한다면, 마르크

---

[34] 김상운, 「옮긴이 해제」, 『사회를 보호해야 한다』, 375면.

스주의 역시 권력을 국가권력에 의해 소유되는 것으로 여기거나, 권력 문제를 경제적 생산관계에 대해 부차적인 것으로 간주함으로써 권력을 소유나 실체의 관점에서 보기는 매한가지였다. 마르크스주의는 주로 권력이 국가에서 대중으로, 위에서 아래로 흐르는 일방향적 관계에 주목한 결과 사회체의 미시적 네트워크를 관통하는 사회권력의 작동을 제대로 이해하지 못했다. 당시 가장 정교한 마르크스주의자였던 루이 알튀세르Louis Althusser는 국가가 인간을 통제하는 방식, 그리고 그 속에서 이데올로기가 사람을 개인적 주체로 호명interpellation하는 방식에 주목했는데, 인간이 기존의 경제적 관계를 어떻게 재생산하는가에 주안점을 두었던 그에게 권력은 이데올로기적이든 폭력적이든 국가장치에 속하는 것이었다. 권력관계들이 한 사회체 전체의 모세혈관 속에 미시적으로 침투하는 방식에 초점을 두는 푸코의 아래로부터의 권력 모델에 비춰 볼 때, 마르크스주의의 권력모델은 '소유'를 강조하는 기존의 권력 개념을 넘어서지 못하는 한계를 보였다. 즉 그것은 권력관계의 장을 간과하는 한편, 주체를 저항 가능한 행위자보다는 이데올로기에 의해 오인당하는 수동적 존재로 간주한다. 푸코는 「지형학의 몇 가지 질문」이라는 대담에서 판옵티콘이 갖는 의미가 마르크스주의적 국가권력 개념에 대한 비판임을 분명히 한다.

판옵티콘의 체계가 국가기구에 의해서 이용되었다기보다는 차라리 역으로 작고 국부적으로 확산되어 있는 판옵티콘 체제에 국가기구가 의존하고 있었다고 말하는 것이 옳을 것입니다. 결국 권력의 섬세한 작동 메커니즘을 제대로 포착하기 위해서는 분석의 초점을 국가기구에만 한정해서는 안 된다는 것이 나의 주장입니다. 그리고 바로 이 점이 권력의 문제를 국가기구에만 한정시켜 계급적 시각에서 분석하려는 마르크스주의적 시각의 한계라고 하겠습니다. 사실 권력은 그 작동메커니즘에 있어서 좀 더 섬세하고 때로는 불투명한 경로를 가지고 있는데, 이는 각각의 개별자가 일정한 권력을 소유하고 있다는 뜻으로, 이 때문에 권력은 자신의 영향력을 더욱 강화시킬 수 있다는 것입니다. 따라서 생산관계를 유지시킨다는 자본주의적 속성이 권력관계의 전부를 설명할 수는 없습니다. 지배와 착취의 체계가 상호 관련되어 있다는 사실마저 부인할 수는 없지만 지배가 곧 착취라는 기존의 인식은 수정되어야만 하는 것입니다.[35]

이와 같이 푸코의 권력 개념은 마르크스주의와의 대결과 그에 대한 비판과 긴밀하게 연관되어 있다. 영국의 유명한 푸코 연구자인 콜린 고든 Colin Gordon도 지적하듯이 푸코가 마르크스주의에 대해 명확하게 비판적 태도를 보이면서 그 대안으로 지식과 권력의 문제를 본격적으로 제기하기 시작한 것은 68혁명 이후였다.[36] 68혁명은 무엇보다 전후 보수적 권위주의 체제에 대한 저항일 뿐만 아니라 대중적 저항과 분노를 무시하며 국가권력과의 타협을 모색하던 프랑스 공산당과 정통 마르크스주의의 한계를 드러내는 역사적 계기가 되었다. 푸코가 볼 때, 이는 현실 권력의 일부가 되어버린 프랑스 공산당의 한계이기도 하지만 사회권력의 미시적 작동방식을 제대로 이해하지 못하는 마르크스주의의 한계이기도 했다. 푸코는 "지금까지 혁명적 논리가 가지고 있는 이론적 결함을 되풀이 하지 않기 위해 우리가 명심해야 할 것은 권력이란 국가기구에만 존재하는 것이 아니며 국가기구 바깥에 존재하는 보다 섬세한 권력의 작동 메커니즘이 변화하지 않는 한 그 어떤 혁명을 치른다 하더라도 사회

---

35 미셸 푸코, 「지형학에 대한 몇 가지 질문」, 103면.
36 콜린 고든, 「후기」, 『권력과 지식 – 미셸 푸코와의 대담』, 283~287면.

를 지탱하고 있는 권력의 성격에는 변화가 없었다"[37]라고 말한다. 마르크스주의에 대한 이러한 비판은 사회체 전체에 시장의 경쟁 원리와 규범을 자연 법칙처럼 작동시키려는 신자유주의적 통치성 개념을 비판적으로 제기하는 한편, 사회주의에는 통치성 개념이 부재한다고 지적하는 1978~1979년 강의인 『생명관리정치의 탄생』에 이르기까지 계속된다.

다시 『감시와 처벌』과 『성의 역사 1 − 앎의 의지』 시기의 권력 개념으로 돌아가 보면, 『감시와 처벌』에서 푸코는 권력관계의 미시적 그물망을 강조하다보니 국가권력의 기능을 단순화하거나 일반화한 측면이 없지 않았다. 그러다보니 『감시와 처벌』은 주권권력과 규율권력, 국가와 사회가 대립적인 것으로 이해되는 경향이 있다. 이런 상황에서 푸코에게는 사회체를 바라보는 것과 같은 권력의 새로운 이론을 통해 국가권력을 다시 이해할 필요성이 제기되었다. 즉 국가가 권력을 대표하는 것이 아니라 권력관계의 일부가 국가라면 과연 국가를 어떻게 이해해야 할 것인가 하는 것 말이다. 국가를 전쟁과 권력관계의 관점에서 새롭게 사고할 필요가 있다는 것이 『사회를 보호해야 한다』의 문제의식이었다. 생명권력 또한 이런 문제의식과 관련하여 제기된 것으로 볼 수 있다. 생명권력은 주권권력으로 돌아가지 않으면서 국가권력을 규율권력과 전략적 테크놀로지의 관점에서 다시 사고하려는 시도로 이해할 수 있는 것이다. 바로 이 점에서 우리는 『감시와 처벌』과 『성의 역사 1 − 앎의 의지』 간의 차이를 엿볼 수 있다. 『감시와 처벌』이 인간의 신체를 미시적으로 감시하고 통제하고 훈육함으로써 유순하고 길들여진 신체를 생산하는 규율권력의 장치를 해명하는 것이라면, 『성의 역사 1 − 앎의 의지』는 인간의 신체를 권력관계를 확

---

37 미셸 푸코, 「육체와 권력」, 89면.

산시키기 위한 표적으로 삼는 규율권력을 넘어 18세기 이후 등장한 '인구'와 '생명'을 관리하고 통치하려는 생명권력의 문제를 본격적으로 제기한다. 감옥이 규율권력을 구현하는 장이라고 한다면, 여기서 섹슈얼리티는 규율권력과 생명권력의 교차점에 위치하는 것으로 이해된다. 푸코는 성 억압 가설을 비판하면서 18세기 이후 성이 금지되거나 억압되기보다 인간의 육체를 매개로 하여 사회체의 표면 위로 확산되어가는 성 담론 / 장치에 대한 인식과, 근대국가의 등장과 더불어 인구와 생명이 정치적·경제적 중심문제로 부각되면서 개인의 육체를 넘어 인구와 생명을 통제하고 그것들을 생명권력 속으로 끌어들여야 할 필요성이 사회적 쟁점으로 대두하게 되었음을 강조한다. 『성의 역사 1 - 앎의 의지』(와 『사회를 보호해야 한다』의 강의)에서 푸코가 제기하는 핵심은 '인구'와 '생명'의 문제이다.

푸코는 『성의 역사 1 - 앎의 의지』에서 성에 관한 권력의 지식성 담론과 장치성 장치의 결합을 네 가지 현상, 즉 여성육체의 히스테리화, 어린이 성의 교육학화, 출산에 대한 태도의 사회화, 도덕적 쾌락의 정신의학화를 통해 논한다.[38] 이는 모두 여성, 어린이, 비정상인의 성을 권력과 지식의 표적으로 삼고자 한 성 담론 / 장치의 작동이 낳은 결과들이다. 따라서 문제는 성이 아니라 섹슈얼리티, 즉 성을 둘러싼 담론과 제도와 장치이다. 성은 억압되는 것처럼 보일지 모르지만 장치의 관점에서 보면 오히려 성은 확산된다. 즉, 성은 의학화, 교육화, 제도화의 과정을 통해 사회체 전체로 확산되어가는 것이다.[39] 이러한 권력의 확산은 종국적으로 무

---

38 미셸 푸코, 『성의 역사 1 - 앎의 의지』, 124~125면.

39 『성의 역사 1 - 앎의 의지』가 갖는 가장 중요한 의의 중의 하나는 성과 섹슈얼리티(성 담론 / 장치) 간의 관계를 새롭게 정립한 데 있다. 푸코는 한 대담에서 『성의 역사 1 - 앎

엇을 위한 것인가? 여기에서 푸코는 인구와 생명의 문제에 주목한다. 그가 볼 때, 18세기 이후 서구 사회의 최대 쟁점은 인구생명의 관리와 통제의 문제였다.

> 18세기에 권력의 기법에서 찾아볼 수 있는 중요한 혁신의 하나는 '인구'가 경제적이고 정치적인 문제로 등장한다는 점인데, 그것은 부로서의 인구, 노동력이나 노동 역량으로서의 인구, 증가 자체와 증가에 의해 마련되는 자원 사이의 균형으로 파악된 인구이다. 단순히 신민이나 심지어는 민족이 아니라 특수한 현상과 고유한 변수, 즉 출생률, 이병률罹病率, 수명, 생식력, 건강상태, 질병의 발생빈도, 식생활, 주거형태를 내포하는 '인구'가 통치의 대상이라는 것을 정부 쪽에서 알아차리는데, 이 모든 변수는 생명에 고유한 움직임과 제도에 특유한 영향의 교차점에서 결정된다. (…중략…) 한 사회의 미래와 운명이 시민의 수와 미덕, 결혼의 관습과 가족의 구성뿐만 아니라 각자가 자신의 성을 이용하는 방식과 관련되어 있다고 적어도 한결같이 단언되기는 그 때가 처음이다.[40]

의 의지』를 끝까지 읽은 사람은 극히 드물며 특히 마지막 장 「죽음의 권리와 생명에 대한 권력」은 많은 사람들에 의해 이해받지 못했다고 말한 바 있다. 이 장에서 푸코는 성의 확산이 어떻게 이루어지는가를 담론과 장치의 관점에서 볼 것을 강조하면서 성이 섹슈얼리티의 기반이 되는 것이 아니라 성이 섹슈얼리티에 의해 구성되는 것임을 강조한다. 만약 성이 섹슈얼리티의 기반이 된다면, 성은 성 담론 / 장치에 의해 억압되고 부정되는 것으로 간주되게 된다. 반면에 성이 섹슈얼리티에 의해 구성된다면, 성은 성 담론 / 장치를 통해 생산되는 것으로 이해될 수 있다. 푸코에 따르면, "성을 하나의 자율적 심급으로 상정하고 그것이 그 뒤에 권력과의 접촉면을 따라 섹슈얼리티의 다차원적인 효과들을 생산한다고 생각하는 우를 범해서는 안 된다. 반대로 성은 권력이 신체, 신체의 물질성, 신체의 힘, 신체의 에너지, 신체의 감각 및 쾌락을 장악할 때 조직되는 섹슈얼리티의 전개에서 가장 사변적이고 가장 관념적이며 가장 내재적인 요소이다." 미셸 푸코, 『성의 역사 1 － 앎의 의지』, 173면.

　푸코는 성에 대한 집중적 통제와 그런 통제를 위한 담론과 장치의 확산의 근원에 인구의 정치경제학이 자리하고 있음을 강조한다. 즉, 그 시기에 "인구의 정치경제학을 통해 성에 대한 관찰의 격자가 형성"[41]될 필요가 있었다는 것이다. 여기서 성 담론/장치의 전방위적이고 촘촘한 감시망의 확산, 즉 성에 대한 권력과 지식의 장치는 근대국가의 등장과 더불어 급증한 인구와 생명의 관리와 통치의 문제와 접속한다. 이 지점에서 푸코의 시각은 『감시와 처벌』의 문제의식을 넘어선다. 푸코는 이런 인구의 정치경제학을 '생명정치'의 관점에서 분석할 것을 제안한다. 그에 의하면, 17세기부터 두 가지 계열의 육체를 다루는 생명 권력이 등장했다. 기계로서의 육체와 종으로서의 육체(이는 『사회를 보호해야 한다』에서 각각 "신체-유기체-제도들의 계열"과 "인구-생물학적 과정-조절메커니즘-국가의 계열"[42]로 표현된다)가 그것이다. 전자가 "육체의 조련, 육체적 적성의 최대화, 체력의 강탈, 육체의 유용성과 순응성의 동시적 증대, 효과적이고 경제적인 통제체제로의 육체 통합", 다시 말해, 인간의 육체를 '규율화'하려고 하는 권력 절차, 즉 "인체의 해부정치an anatomo-politics of the human body"에 의해 보장되는 것이라면, 18세기 중엽부터는 후자의 육체, 즉 "생명체의 역학에 의해 검토되고 생물학적 과정에 대한 매개체의 구실을 하는 육체"[43]가 등장한다. 푸코는 후자의 육체를 관리하고 그런 관리를 사회체 전체로 확장하는 일련의 개입과 통제를 "인구의 생명정치a bio-politics of the population"라고 부른다. 이렇게 볼 때, 성은 기계로서의 육체와 종으로서의 육체라는

40　위의 책, 46면.
41　위의 책, 47면.
42　미셸 푸코, 『사회를 보호해야 한다』, 298~299면.
43　미셸 푸코, 『성의 역사 1-앎의 의지』, 155~156면.

두 가지 계열이 교차하는 지점이자 신체의 규율체계와 인구조절의 생명 정치라는 두 가지 층위가 결합하는 지점이다. 푸코에 의하면 "성은 두 가지 층위로 동시에 편입되고, 아주 미세한 감시, 끊임없는 통제, 지극히 세심한 공간적 구획정리, 한없는 의료 또는 심리검사, 육체에 대한 미시권력을 야기할 뿐만 아니라 대대적 조사, 통계학적 추정, 사회체 전체 또는 전체적으로 검토되는 여러 집단을 겨냥하는 개입을 불러일으키기도 한다."[44] 바로 여기에서 성이 근대국가 속에서 집중적 관리와 통제의 대상이 되기 시작한 이유를 볼 수 있다.

이 지점에서도 푸코는 자본주의적 생산관계에 대한 마르크스의 이론을 비판하고자 한다. 마르크스가 생산관계와 그것의 재생산을 보장하는 국가권력에 주목했다면, 푸코는 그 하부에 존재하는 미시적이고 다양하며 편재적인 권력관계들에 주목하고자 한다. 이런 권력관계에 대한 인식 없이, 즉 생산관계가 아니라 그 생산관계의 하부에 존재하는 미시적 사회관계망과 그 속에서 관리되고 조절되는 인구와 생명에 대한 인식 없이 자본주의에 대한 진정한 이해와 극복이 불가능하다는 것이 푸코의 생각이다.

권력 '제도'로서 발전한 커다란 국가기관들이 생산관계의 유지를 보장했다면, 사회체의 모든 층위에 현존하고 매우 다양한 제도가족과 군대, 학교나 경찰, 개인의 의학이나 집단의 관리에 의해 이용되는 권력 '기법'으로서 19세기에 창안된 해부 정치 및 생명 정치의 기본 원리는 경제 과정, 경제 과정의 전개, 경제 과정에서 일하고 경제 과정을 떠받치는 세력의 층위에서 작용했을 뿐만 아니라, 각 세력에 별도로 작용하고 지배관계와 패권 효과를 보증하면서 사회적 차별과 계층화의 요인으로서도 효과가 있었다. 자본의 축적에 의거한 인력 축적의 조절, 생산력 확대와 이윤의 차별적 배분에 대한 인간 집단의 긴밀한 관련은 다양한 형태와 방식으로 행사되는 생명권력에 의해 부분적으로 가능해졌다. 살아있는 육체의 투입, 살아있는 육체의 중시, 살아있는 육체의 힘에 대한 배분적 관리는 그 시기에 불가결한 것이었다.[45]

이상에서 보듯이, 푸코의 권력 개념은 이 시기에 심화되는 동시에 다양한 형태로 확장되어 간다. 그 양식의 차원에서 볼 때, 그것은 주권권력에서 규율권력으로, 나아가서 생명권력으로 발전해간다. 주권권력이 군주든 왕이든 그 권력의 위력을 보여주기 위해 사람의 생명을 빼앗는 죽음의 권력이라면, 규율권력과 생명권력은 그렇지 않다. 이것은 신체든 생명이든 간에 빼앗는 것이 아니라 생명을 장려하는 것을 목표로 한다.[46] 권력의 존재 이유는 인간의 신체와 생명이 살아있도록 관리하고 조절하는 데 있기 때문이다.

하지만 규율권력과 생명권력은 권력의 작동 대상과 방식에서 중요한 차이가 있다. 규율권력이 개별적 신체를 표적으로 삼는 개체화의 효과를 통해 유순하고 유용한 신체의 생산에 집중하는 권력이라면, 생명권력은 인구와 생명을 조절하고자 하는 권력으로서 인구라는 집단에게 발생하는 우발적인 위험과 사건들을 통제하려고 하는 안전 테크놀로지에 의지한다. 규율권력이 "신체가 타고난 능력을 지닌 유기체로서 개체화되는" "신체-유기체-제도들의 계열"에 따라 움직인다면, 생명권력은 "신체가 전체의 생물학적 과정 속에서 대체되는" "인구-생물학적 과정-조절메커니즘-국가의 계열"[47] 위에서 작동한다. 주권권력에서 규율권력으로 나아

---

44 위의 책, 163면.
45 위의 책, 158면.
46 위의 책, 138면.
47 미셸 푸코, 『사회를 보호해야 한다』, 298~299면.

가는 과정이 '위로부터의 권력'에서 '아래로부터의 권력'으로의 전환이라고 한다면, 규율권력에서 생명권력의 전환은 국지적인 권력에서 집단적인 권력으로, 미시적인 권력에서 보다 거시적인 권력으로, 나아가서 아래에서 작용하는 권력에서 위아래로 동시에 작용하는 권력으로의 전환이라 할 수 있다.

4. 생명권력을 넘어서

푸코의 생명권력 개념은 현재까지 뜨거운 논쟁의 대상이 될 뿐만 아니라 다양한 방식으로 수용되어왔다. 그 대표적 사례가 조르조 아감벤Giorgio Agamben과 마이클 하트 / 안토니오 네그리Michael Hardt & Antonio Negri를 들 수 있을 것이다. 이들은 모두 푸코의 생명권력 개념을 수용하면서도 그것을 새로운 차원으로 발전시킨다. 아감벤은『호모 사케르―주권권력과 벌거벗은 생명Homo Sacer—Sovereign Power and Bare Life』에서 푸코의 생명권력 개념을 받아들이면서도 푸코가 주권권력과 생명권력을 대립적으로 인식하다보니 생명권력에 작용하는 주권권력의 메커니즘을 제대로 검토하지 못했다고 비판한다. 그는 벌거벗은 생명이 근대정치 속에서 하나의 예외상태로, 즉 법적·정치적 질서로부터 배제되는 동시에 포섭되는 상태로 존재하고 있다고 주장하며 "벌거벗은 생명-정치적 존재, 조에-비오스, 배제-포함이라는 대립쌍"[48]의 관계를 새롭게 사유할 것을 강조한다. 이는 생명권력과 주권권력 간의 복잡한 메커니즘을 제대로 사유할 필요성이 있음을 보여

48　조르조 아감벤, 박진우 역,『호모 사케르―주권권력과 벌거벗은 생명』, 새물결, 2008, 45면.

준다. 반면에 하트와 네그리는 『제국*Empire*』에서 푸코의 생명권력 개념이 근대 정치에 머물러 있다고 비판하고 제국이라는 새로운 단계의 자본주의에서 경제와 정치, 생산과 재생산의 영역들 간의 경계가 사라지고 있음을 강조한다. 그들은 푸코의 지적처럼 생명권력의 전방위적 확장에 따라 생명정치가 다차원적 방향으로 흐를 가능성이 생겨난다고 주장한다. 생명권력의 확장은 다중multitude의 동시다발적인 저항과 동전의 양면을 형성한다는 것이다.

아감벤과 하트 / 네그리는 푸코의 생명권력과 생명정치를 수용하되 그것을 새로운 확장된 시각을 통해 비판적으로 수용한다. 아감벤이 푸코가 근대 생명정치가 (전)근대적 주권권력에 깊이 뿌리내리고 있다는 점을 제대로 보지 않는다고 비판한다면, 하트 / 네그리는 푸코가 생명정치를 근대에 한정함으로써 근대 생명정치가 오늘날 탈근대적 생명정치로 변형되고 있음을 간과한다고 비판하는 것이다.[49] 하지만 흥미로운 점은 푸코가 이후에 생명권력이나 생명정치에 대해 거의 언급하지 않는다는 사실이다. 애초에 푸코는 『사회를 보호해야 한다』와 『성의 역사 1 - 앎의 의지』 이후에 생명권력과 생명정치를 본격적으로 다루려는 의도를 갖고 있었다. 이는 1978년과 1979년 콜레주드프랑스 강의의 내용과 제목을 통해 알 수 있다. 1977년 안식년을 보낸 후 푸코는 1978년 강의인 『안전, 영토, 인구』에서 다시 생명권력을 언급하며 강의를 시작한다.

49　토마스 렘케, 심성보 역, 『생명정치란 무엇인가』, 그린비, 2015, 21면; Thomas Lemke, "Beyond Foucault : From Biopolitics to the Government of Life," *Governmentality : Current Issue and Future Challenges* (Ulrich Bröckling et al. eds.), London : Routledge, 2012, pp.167~169 참조.

올해는 제가 두루뭉술하게 생명권력이라고 불렀던 것을 연구해보려 합니다. 생명권력이란 제가 보기에 꽤 중요한 일련의 현상, 즉 인간이라는 종의 근본적으로 생물학적인 요소를 정치, 정치적 전략, 그리고 권력의 일반 전략 내부로 끌어들이는 메커니즘의 총체입니다. 달리 말해, 인간이라는 존재가 인간이라는 종을 구성한다는 생물학의 기초 사실을 근대의 서구사회가 18세기부터 어떻게 재고하게 됐는지 연구해보려고 하는 것입니다. 제가 생명권력으로 부르고, 그렇게 불렀던 것이 대략 이런 것입니다.[50]

하지만 이런 발언과 달리 1978년의 강의는 생명권력이 아니라 안전권력, 사목권력, 통치성과 같은 다른 권력 개념을 설명하는 데 대부분의 시간과 노력을 기울인다. 생명권력에 관한 언급은 거의 찾아보기 어렵다. 이듬해 1979년 강의의 제목으로 푸코는 『생명관리정치의 탄생*The Birth of Biopolitics*』을 제안했지만 역설적이게도 생명정치에 대한 언급은 전무하며 신자유주의와 신자유주의적 통치성에 대한 강의가 주를 이룬다. 어떻게 된 것일까? 우리는 푸코가 생명권력을 다루어야 한다는 강박을 느끼면서도 점차 생명권력이라는 용어로부터 멀어지고 있음을 느낀다. 이 시기 푸코의 주된 관심은 생명권력이 아니라 통치성governmentality 개념이다. 그는 인구의 문제를 생명권력의 관점이 아니라 "안전-인구-통치라는 계열"[51]의 시각을 통해 보려고 한다. 주권권력에 대한 푸코의 비판을 통해 알 수 있듯이, 통치성은 초월적 군주의 지배나 군주가 지배하는 영토와 관련이 있는 것이 아니라 유동적인 상태의 "사물과 인간으로 구성된 복합체와의 관계맺음을 보여주는 것"[52]이 관건이다. 푸코는 통치성을 "인구를 주요 목표

50　미셸 푸코, 오트르망 역, 『안전, 영토, 인구』, 난장, 2011, 17면.
51　위의 책, 131면.

로 설정하고 정치경제학을 주된 지식의 형태로 삼으며, 안전장치를 주된 기술적 도구로 이용하는 지극히 복잡하지만 아주 특수한 형태의 권력을 행사하게 해주는 제도·절차·분석·고찰·계측·전술의 총체"[53]라고 정의한다. 이후 푸코의 관심은 신자유주의적 통치성과 같은 현재 역사를 설명하기 위해 통치성 개념을 현재화하는 한편, 고대 그리스 로마 시대의 자기통치와 타자통치의 문제로 나아감으로써 통치성의 문제를 통시적으로 확장하고 계보학적으로 탐구하는 데 몰두한다. 통치성을 푸코 사상의 핵심으로 간주하는 푸코 연구자인 콜린 고든은 아감벤과 하트 / 네그리 식의 생명정치 해석을 "푸코를 포스트마르크스주의 속으로 포함하려는"[54] 시도라고 비판한다. 푸코에 대한 정확한 읽기를 강조하는 고든의 시각에서는 그렇게 보일지 몰라도 푸코의 생명정치에 대한 아감벤과 네그리의 해석 역시 푸코 사유의 확장에서 무시할 수 없는 설득력을 갖는다.

사실 생명정치와 생명권력 개념들이 그 자체로는 푸코의 강의나 저술에서 거의 다루어지지 않고 있다고 하더라도 그것은 통치성의 관점에서 새롭게 해석되고 있다고 할 수 있다. 렘케도 생명정치의 문제를 "통치성의 격자"를 통해 탐구할 필요가 있다고 주장하는데[55] 이는 타당한 지적으로 보인다. 푸코는 『안전, 영토, 인구』의 제4강에서 "주권사회를 규율사회가 대체했고, 규율사회를 통치사회가 대체했다는 식으로 사태를 이해해서는 안 됩니다. 실제로 우리 앞에 존재하는 것은 주권, 규율, 통치적 관리

---

52   위의 책, 147면.

53   위의 책, 163면.

54   Fabiana Jardim, "A brief genealogy of governmentality studies : the Foucault effect and its developments. An interview with Colin Gordon," *Educ. Presqui.* vol. 39, n. 4, Sao Paulo, 2013, p. 1077.

55   Thomas Lemke, "Beyond Foucault : From Biopolitics to the Government of Life," p. 166.

라는 삼각형입니다. 인구가 바로 이 삼각형의 핵심 표적이며, 안전장치가
바로 이 삼각형의 핵심 메커니즘입니다"[56]라고 말한다. 여기서 눈여겨 볼
것은 생명권력이 있을 자리를 통치적 관리가 대신하고 있다는 점이다. 이
무렵부터 푸코에게 통치성은 주권권력, 규율권력, 생명권력, 이어 등장하
는 안전권력 등을 아우르는 개념이며 저항의 가능성을 사고하는 데도 생
명권력에 비해 설득력있어 보인다.

---

56   미셸 푸코, 『안전, 영토, 인구』, 162면.

제2장

전쟁에서 통치성으로

『사회를 보호해야 한다』,『안전, 영토, 인구』,『생명관리정치의 탄생』을 중심으로

1. 1970년대 후반 푸코의 콜레주드프랑스 강의

푸코는 1975년에 『감시와 처벌』을 발표하고 이듬해 1976년 12월에 『성의 역사 1 ─ 앎의 의지』를 출간했다. 그 8년이 지난 뒤 1984년 5월 그는 『성의 역사 2 ─ 쾌락의 활용』을 출간하고, 6월 20일 출간된 『성의 역사 3 ─ 자기 배려』를 병상에서 받아본다. 그 5일 뒤인 6월 25일 푸코는 죽음을 맞는다.[1] 사실 『성의 역사 1 ─ 앎의 의지』가 출간되고 『성의 역사 2 ─ 쾌락의 활용』과 『성의 역사 3 ─ 자기 배려』가 출간되기까지 8년이라는 시간이 걸렸다. 그 사이에 푸코는 개인 저작은 거의 출간하지 않았다. 그렇다면 푸코는 그 사이에 별다른 이론적 활동을 펼치지 않았던 것일까? 그의 저작을 중심으로 이뤄져온 그동안의 푸코 연구에서 이 8년간의 푸코 활동은 간단히 언급되거나 그냥 간과된 측면이 없지 않다. 하지만 최근 들어 푸코의 대담들, 1970년대 콜레주드프랑스에 취임한 후 매년 진행된 그의 강의록들이 속속 출간되면서 이 시기 푸코의 활동에 대한 전반적 윤곽이 드러나고 있다. 1989년에 나온 디디에 에리봉Didier Eribon의 탁월한

---

1 Daniel Defert, "Chronology," "Chronology," *A Companion to Foucault* (C. Falzon et al. eds.), Chichester : Willey-Blackwell, 2013, pp.81~82.

푸코 전기인 『미셸 푸코, 1926~1984*Michel Foucault — 1926~1984*』[2]가 이 기간 동안의 푸코 활동에 대한 대략적인 내용을 소개하고 있지만 푸코 사상과 이론의 세부적인 전개과정까지 보여주지는 않는다.

이 시기의 푸코를 이해하는 데 필수적인 것은 푸코가 1960년대와 달리 개인 저작을 많이 출판하지 않았음에도 불구하고 매우 왕성한 이론적·실천적 활동을 펼쳤으며 특히 권력 개념과 그 변화에 대한 다양한 실험들을 풍부하게 전개했다는 점이다. 그의 저작과 강의록, 대담집을 통해 이 시기를 살펴볼 때, 1970년대 중반 들어 그의 권력 개념은 배제와 부정의 시각에서 생산과 긍정의 시각으로 전환하는 등 여러 가지 형태로 발전해간다. 그는 권력을 하나의 실체로 이해하기보다는 힘역능을 토대로 한 권력관계로 인식할 것을 강조한다. 이는 권력 개념을 그 당시 유행하던 의식이나 이데올로기의 관점, 즉 현상학적이거나 마르크스주의적인 해석과는 다른 방식으로 설명하고자 한 것이다. 푸코는 주체의 의식을 사유의 중심에 두는 현상학과 달리 "구성적 주체라는 개념 없이, 아니 주체라는 개념 자체를 없애버림으로써 역사 속에서 주체가 어떻게 형성되는가를 설명할 수 있는 새로운 분석틀,"[3] 즉 계보학적 사유를 통해 권력을 사고할 필요성을 강조하는 한편, 오류와 환상으로부터 벗어난 과학적 인식이나 "억압이라는 개념 뒤에 모든 억압과 훈련과 정상화의 메커니즘으로부터 자유로운 순수한 권력"[4]을 찾고자 하는 권력 개념을 비판했다. 사실 이는 현상학과 마르크스주의의 권력 개념을 겨냥한 것이다. 권력을 힘들

---

2   디디에 에리봉, 박정자 역, 『미셸 푸코, 1926~1984』, 그린비, 2012.

3   미셸 푸코, 홍성민 역, 「진실과 권력」, 『권력과 지식 ― 미셸 푸코와의 대담』, 나남, 1991, 150면.

4   위의 글, 151면.

의 권력관계로 이해할 경우, 힘 자체보다는 힘들의 '관계'를 유지하고 변형하기 위한 힘의 행사와 반발, 힘들의 투쟁과 갈등을 전제할 수밖에 없고, 권력과 저항 간의 권력관계 또한 이원론적으로 분리되기보다는 서로 내재적인 것으로 인식된다. 이를 근거로 푸코는 권력을 (소유적이기보다는) 관계적이고 (억압적이기보다는) 생산적이며 (거시적이기보다는) 미시적이라고 규정한다.[5] 푸코는 이를 '권력의 미시물리학' 또는 '미시권력의 물리학'으로 명명한 바 있다. 권력이 있는 곳에 항상 저항이 있다는 푸코의 유명한 말은 바로 이 권력관계를 전제로 할 때 이해할 수 있다. 모든 권력은 저항과 짝을 이루는 '권력관계' 속에 존재한다는 것, 즉 권력관계란 권력과 역능의 내재적 관계를 맺고 있다는 것이다. 이런 개념들이 보다 구체화된 것이 1970년대 중반, 특히『감시와 처벌』과『성의 역사 1 – 앎의 의지』를 쓸 무렵이었다.

여기서 주목할 것은 이 시기의 푸코의 권력 개념과 권력 모델의 변화이다. 푸코는 이 시기에 권력 개념에 대한 다양한 사유의 실험을 감행한다. 이를 간략히 소개하면, 이 시기에 푸코의 권력 개념은 주권권력에서 규율권력으로, 규율권력에서 생명권력으로, 생명권력에서 (안전권력을 포함해) 신자유주의적 통치성으로, 다시 신자유주의적 통치성에서 고대 그리스 로마 시대의 자아와 타자의 통치로 확장해간다.[6] 문제는 이런 변화의 과정을 그의 저작만으로는 추적하기에는 한계가 있다는 점이다. 여기에 그의 강의록들과 대담들이 추가될 때 비로소 푸코 사상의 전체적인

---

5   푸코, 미셸, 오생근 역,『감시와 처벌』, 나남, 2000, 57~58면.

6   푸코는 이러한 전개와 발전을 대체나 치환으로 인식하는 것을 경계한다. 그는 1978년 강의인『안전, 영토, 인구』에서 "주권사회를 규율사회가 대체했고, 규율사회를 통치사회가 대체했다는 식으로 사태를 이해해선 안 됩니다"라고 지적한다. 미셸 푸코,『안전, 영토, 인구』, 162면.

윤곽이 드러나게 된다. 따라서 오늘날 푸코 연구에서 그의 강의록과 대담에 대한 읽기는 필수적이라 할 수 있다. 그의 저작들과 강의를 시기적으로 나열해보면, 1975년 2월에『감시와 처벌』이 출간되었고, 이듬해 1976년 1월부터『사회를 보호해야 한다』가 콜레주드프랑스의 강의 주제였으며, 그 해 12월에『성의 역사 1 - 앎의 의지』가 출판되었다. 푸코는 1977년에 콜레주드프랑스에 취임한 이후 처음으로 안식년을 가진 후 1978년 초에 콜레주드프랑스로 돌아와『안전, 영토, 인구』를 주제로 강의했고, 1979년에는『생명관리정치의 탄생』을 강의했다. 이를 푸코의 권력 개념의 변화와 연결지어보면, 주권권력을 넘어 규율권력으로 나아가는 과정에 대한 탐구가『감시와 처벌』의 주요 주제였다면, 생명정치와 생명권력에 대한 논의는『성의 역사 1 - 앎의 의지』와『사회를 보호해야 한다』에서 집중적으로 다뤄진다. 1978년과 1979년 강의인『안전, 영토, 인구』와『생명관리정치의 탄생』은 그 제목에서 알 수 있듯이 1976년 이후 제기되었던 생명정치를 좀 더 본격적으로 다룰 생각을 가졌지만, 푸코는 주제의 방향을 틀어 통치성 연구로 나아간다. 두 강의에서 생명권력과 생명정치라는 단어는 몇 차례 언급만 될 뿐 주로 안전, 통치성과 그 역사, 사목권력, 국가이성, 자유주의적 통치성에 대한 연구가 핵심을 이룬다. 하지만 이 강의들은 이전 강의의 연장이면서 동시에 단절이기도 하다.

1976년 강의인『사회를 보호해야 한다』,『성의 역사 1 - 앎의 의지』, 1978년 강의인『안전, 영토, 인구』사이에는 연속성과 단절이 동시에 존재하는데, 그 중심에는 바로 '인구'의 문제가 놓여있다. 인구 문제는 푸코가『감시와 처벌』이후 어떤 형태로든 미시적 규율권력을 넘어 국가 권력의 문제를 다시 사고해야 했다는 점을 반영하고 있을 뿐 아니라 인구 문제에 대한 탐구를 통해 권력 개념과 모델 또한 다양하게 변해가고 있음을 보여준다. 즉 '인구'를 어떻게 다뤄야 하는가에 따라 그의 권력 개념과 모델의 초점이 달라지고 있었던 것이다. 하지만『안전, 영토, 인구』는 이전의 권력 개념과 거리를 두면서 그 이듬해 강의인『생명관리정치의 탄생』과 연속성을 이루고 있다.『안전, 영토, 인구』에서는 인구를 다루는 권력 모델이 생명권력에서 안전권력으로 이행해 가는 한편, 안전권력의 메커니즘은『생명관리정치의 탄생』에서 (신)자유주의적 통치성 문제와 연결된다. 그 결과『안전, 영토, 인구』와『생명관리정치의 탄생』은 인구에 대한 탐구를 이어가면서도 새로운 권력 개념, 즉 '통치성' 연구에 집중하고 있다.

이 시기의 푸코 이론은 이전 작업과의 연속성과 단절을 통해 확대, 발전해간다. 이런 변화의 이유는 푸코 개인의 사상적 변화와 발전, 즉 그의 권력 개념의 심화와 확장에서 찾아볼 수도 있지만 당시 프랑스 정치계와 지성계 내의 변화, 특히 푸코와 마르크스주의와의 달라진 관계에서도 찾아볼 수 있다. 우선 콜레주드프랑스의 강의록 내용은 푸코 사상의 이해에서 어떤 의미를 갖는가? 푸코는 죽기 전에 자신의 유고 출판을 일절 허용하지 않는다는 유언을 남겼다. 강의록의 경우 이미 대중에게 공개된 것이라는 이유를 들어 유족측이 동의해줌으로써 출판될 수 있었다고 하지만[7] 강의록의 위상을 두고도 의견이 분분한 편이었다. 매주 수요일마다 열린 푸코의 강의는 거의 500명에 달하는 청중들이 참여하였으며 엄청난 인기를 끌었다. 1975년 4월 7일『르 누벨 옵세르바퇴르』에 실린 한 기사는 이 강의의 인기가 어느 정도였는지를 잘 보여준다.

베르그송 시대 이후 조금도 변하지 않은 듯한 콜레주드프랑스의 오래된 강

---

7   Stuart Elden, *Foucault's Last Decade*, Cambridge : Polity, 2016.

당에는 연단까지 청중들로 빽빽하게 들어찼다. 푸코가 재빠르고 경쾌한 모습으로 강단에 들어설 때 그의 모습은 마치 물속으로 다이빙하는 영자 같았다. 그는 자신의 의자로 가기 위해 사람들의 몸을 뛰어넘고, 원고를 놓을 공간을 마련하고자 마이크를 뒤로 밀치고, 자켓을 벗고, 책상등을 켜고, 맹렬한 신속함으로 강의를 시작했다. 스피커로 중계된 그의 목소리는 강렬하고 명쾌했다. 회반죽색 전등갓에서 새어나오는 희미한 빛 때문에 전혀 밝지 않은 방에서 현대문명에 허용된 것이라고는 스피커뿐이었다. 300명을 수용하는 자리에 500명이 들어찼으며 약간이라도 비어있는 자리는 모두 사람들로 가득 차 있었다.[8]

푸코와 들뢰즈의 연구자인 폴 패튼Paul Patton은 푸코 제자들의 말을 빌어 푸코의 강의가 그의 미간행 수고나 학술세미나의 내용에 관한 단순 기록의 차원을 뛰어넘는 것이었으며 자신의 연구를 다른 방식으로 실천하고자 한 중요한 사회 형식이었다고 말한다. 생생한 현장성에 바탕을 둔 푸코의 강의는 그의 출간된 저작들보다 당대의 사회적·정치적·이론적 현재성과 긴밀하게 연결되어 있었다. 그의 강의록 편집에 직접 참여한 바 있는 미셸 세넬라르Michel Senellart는 푸코의 강의가 적어도 두 가지 조건을 충족시키려 했다고 말한다. 하나는 콜레주드프랑스의 취임연설인 「담론의 질서」가 밝힌 바와 같이 이 강의가 서구적인 앎의 의지의 형태와 그것에 관한 다양한 지식 형태들에 대한 탐구를 수행하는 것이었고, 다른 하나는 그것들이 쓰인 사회적·정치적 맥락에 개입함으로써 사건의 장을 이론적 담론의 질서 속으로 끌어들이고자 한 것이었다. 세넬라르는 이 두 가지 기능 사이에는 일종의 긴장, 즉 "두 가지 독특한 역사적·철학적

---

8   *La Nouvel Observateur* (1975.4.7). 이는 Daniel Defert, "Chronology," p.58에서 재인용함.

문제화의 양식들 간의 특정한 유희"가 펼쳐졌다고 말한다. 이 강의는 콜레주드프랑스 취임강의에서 밝힌 연구계획을 발전시키는 한편, 프랑스의 정치적·지적 상황과 연결되어 있었다. 위의 인용에서 드러나듯이 대중의 기대감을 만족시키고자 하는 푸코의 의도와 이해 또한 그런 상황과 연결되어 있었다.[9] 푸코가 이 강의록을 실제 공개하려고 했었는지, 그리고 책을 출간하는 푸코의 방식이 아주 엄격했었음을 고려할 때, 강의록을 자신의 이론적 업적의 일부로 받아들였는지는 명확하지 않다. 하지만 그의 권력 개념의 전환과 발전이라는 차원에서 볼 때, 강의록은 푸코의 저작에 맞먹는 위상을 지닌다고 해도 과언은 아니다.

이 글에서는 1976년 『성의 역사 1 ─ 앎의 의지』와 1984년 『성의 역사 2 ─ 쾌락의 활용』, 3권 『성의 역사 3 ─ 자기 배려』 사이에 있었던 변화들, 즉 규율권력에서 생명권력으로의 전환『감시와 처벌』에서 『성의 역사 1─앎의 의지』와 『사회를 보호해야 한다』까지, 생명권력에서 통치성 연구『사회를 보호해야 한다』에서 『안전, 영토, 인구』와 『생명관리정치의 탄생』까지로의 전환, 신자유주의적 통치성 연구에서 자아와 타자의 통치로의 전환1979년부터 1984년까지의 강의록과 『성의 역사 2─쾌락의 활용』, 『성의 역사 3─자기 배려』 중에서 두 번째 전환에 초점을 두고 푸코의 권력 개념의 변화를 추적하고자 한다. 이 변화는 푸코의 권력 이론의 발전에서 핵심적인 연결고리로 기능한다. 그것은 규율권력과 생명권력을 안전권력과 자유주의적 통치성이라는 보다 넓은 문제설정으로 확장하는 한편, 신자유주의적 통치성과 자기테크놀로지를 넘어 자기 배려와 자기수양의 문제설정으로 넘어가는 중간 단계를 이루고 있기 때문이다.

특히 이 전환은 푸코 자신의 이론적 변화뿐만 아니라 프랑스의 정치현

9　Paul Patton, "From Resistance to Government : Foucault's Lectures 1976~1979," *A Companion to Foucault* (Chistopher Falzon et al. eds.), Cambridge : Willey-Blackwell, 2013, p.174.

실과 관련된 지성계 내부의 변화와 연결되어 있다. 이 시기에 푸코는 68혁명 이후에 사회적 실천과 투쟁에서 함께 했던 급진적 좌파들로부터 거리를 두는 한편, 앙드레 글룩스만André Glucksman과 같은 프랑스 신철학자나 피에르 로장발롱Pierre Rosanvalon과 같은 사회당 내 제2좌파the Second Left의 입장에 공감을 표하면서 자유주의적 통치성에 큰 관심을 기울인다. 이 당시 푸코는 1968년 이후 마르크스주의와의 비판적 긴장을 유지하던 관계에서 마르크스주의에 대해 보다 비판적인 입장으로 옮겨가고 있었다. 이 시기의 상징적 사건 중 하나가 질 들뢰즈Gilles Deleuze와의 불화이다.[10] 이런 상황을 감안하면서 '전쟁에서 통치성으로'라는 푸코의 권력 개념의 전환을 이해할 필요가 있다.

2. 전쟁 모델과 생명권력 『사회를 보호해야 한다』

1976년 초 콜레주드프랑스에서 강의한 『사회를 보호해야 한다』는 그 전년도에 출간된 『감시와 처벌』에서 전개한 권력 개념을 이어가는 한편 그것을 새로운 방향으로 전환하고 있다. 이 강의에서 푸코는 그동안 사용해왔던 '권력'과 '계보학'과 같은 개념을 명료하게 설명하는 한편, 권력관계를 '전쟁'으로 정의하는 모델을 제안한다. 특히 전쟁으로서의 권력 모델을 통해 유럽 국가의 형성과정을 새롭게 해석하는 한편, 그 연장선에서 근대국가의 인종주의와 인구의 생명정치의 출현을 설명해나간다. 『감시와 처벌』에서 권력의 미시적 작동기제는 잘 보여주면서 권력과 국가의

---

10   디디에 에리봉, 『미셸 푸코, 1926~1984』, 441면; Daniel Defert, "Chronology," p.62.

관계처럼 거시적 관계를 간과한다는 비판을 받았던 푸코로서는 이 문제에 대한 새로운 이론적 대응이 필요했다. 이 강의는 여러 가지 측면에서 푸코의 전환점을 이룬다.[11] 푸코는 그동안 진행된 콜레주드프랑스 강의를 새롭게 평가하고, 콜레주드프랑스에 취임한 이후 자신의 연구가 봉착한 지적 위기를 토로하면서 강의를 시작한다. 그는 "제 연구들은 복수의 단편적 연구, 그래서 어떤 하나로 완결되지 않았고, 또한 후속연구도 이뤄지지 않았던 것들"이고 "매우 분산되어 있지만 이와 동시에 되풀이된 많은 연구에서 끊임없이 동일한 궤도, 동일한 주제, 동일한 개념에 다시 빠지게 되는 연구"였다고 지적하면서 "그 모든 것들이 종합된 결말을 만들어내지 못했다"[12]고 반성한다. 이 강의에서 푸코의 이런 위기와 반성이 어느 정도 극복되었는지는 구체적으로 살펴봐야겠지만 푸코는 이전과는 다른 연구를 시도하고자 한다. 여기서 그는 권력과 계보학 개념을 명확히 하는 한편 새로운 주제들, 즉 권력의 전쟁 모델과 생명정치와 관련된 새로운 권력 개념을 제안한다.

우선 푸코는 강의가 끝난 후 콜레주드프랑스에 제출한 강의요지에서 자신의 강의를 다음과 같이 정리한 바 있다.

> 권력관계들을 구체적으로 분석하려면 주권의 법적 모델을 버려야 한다. 실제로 이 모델은 자연권의 주체나 원초적 권력의 주체로서의 개인을 전제한다. 이 모델의 목표는 국가의 이상적 기원을 규명하는 것이며, 결국 법률을 권력의 기본적 현시로 간주한다. 관계의 원초적 항들로부터가 아니라, 관계가 대상으로 삼는 요소들을 결정하는 관계 자체로부터 출발해 권력을 연구하려고 시도

---

11   Paul Patton, "From Resistance to Government : Foucault's Lectures 1976~1979," p.174.

12   미셸 푸코, 『사회를 보호해야 한다』, 18면.

해야 한다. 예속화되기 위해 자기 자신과 자기 자신의 권력들 중 어떤 것을 양도할 수 있었는지를 이상적 주체들신민들에게 묻기보다는, 예속화의 관계들이 어떻게 주체들을 만들어낼 수 있었는지를 탐구해야 한다. 마찬가지로, 그 귀결이나 발전을 통해 권력의 모든 형태가 도출되는 유일한 형태나 중심점을 찾는 것이 아니라, 우선 권력의 형태들을 그 다양체·차이·특정성·역전가능성 속에서 부각시켜야 한다. 즉, 권력의 형태들을 서로 교차하고 참조하며 수렴하거나, 혹은 반대로 서로 대립하고 무화시키려는 힘 관계로서 연구해야만 한다.[13]

이 요약은 『감시와 처벌』에 이어 푸코가 권력을 소유와 권리로 이해하는 법적 주권 개념을 비판하고 새롭게, 즉 힘들 간의 관계에 바탕을 둔 권력관계로 파악해야 할 필요성을 잘 보여준다. 여기서 푸코가 비판적 표적으로 삼고 있는 것은 그 자신이 권력의 '경제주의'라고 비판한 자유주의와 마르크스주의의 권력 개념이다.[14] 푸코가 볼 때, 자유주의가 권력을 재산처럼 소유할 수 있고 계약이나 양도를 통해 타인에게 양도할 수 있는 사법적 권리로 인식하고 있는 반면, 마르크스주의는 "본질적으로 생산관계를 유지시키고 생산력의 발달과 이에 고유한 전유 양상을 통해 가능해진 계급 지배를 연장하는 것"[15]을 권력의 역할로 이해하고 권력을 자유주의와 마찬가지로 경제적 지배 내지 소유로 생각하는 경향이 있다. 푸코는 이런 권력의 경제주의에 맞서 권력에 대한 '비경제적' 분석을 제안한다. 그는 "권력은 주어지고 교환되고 되찾아지는 것이 아니라 행사되는 것이

---

13 위의 책, 315면.
14 푸코는 정치사상으로서의 자유주의에 대해서는 비판적이었지만 통치성 연구에서는 자유주의를 통치성으로 새롭게 인식한다. 푸코와 마르크스주의의 관계에 관해서는 많은 논의들이 있었지만 푸코와 자유주의의 관계에 관한 논의들은 많지 않은 편이다.
15 미셸 푸코, 『사회를 보호해야 한다』, 32면.

며, 행위 속에서만 존재"하며 그것은 "일차적으로 경제적 관계들의 유지
와 갱신이 아니라 그 자체에 있어서, 일차적으로 힘 관계"[16]임을 강조한
다. 그렇다면 이런 힘 관계를 가장 잘 표현하는 것은 무엇일까? 바로 여기
에서 푸코는 권력에 대한 새로운 명제를 제안한다.

> 만일 권력이 그 자체로 힘 관계의 작동이자 전개라면, 권력은 양도·계약·이
> 양의 용어로 분석되기보다는, 또는 더 나아가 생산관계의 재생산이라는 기능
> 적 용어로 분석되기보다는 우선 무엇보다도 투쟁, 대결, 또는 전쟁 같은 용어
> 로 분석되어야 하지 않느냐라는 대답입니다. (…중략…) 권력은 전쟁이다. 다
> 른 수단에 의해 계속되는 전쟁이라는 가설 말입니다. 바로 이 순간에 우리는
> 칼 폰 클라우제비츠의 명제를 뒤집어 정치란 다른 수단에 의해 계속되는 전쟁
> 이라고 말할 수 있을 것입니다.[17]

여기서 푸코는 권력관계를 힘들 간의 갈등, 대결, 투쟁의 관계로 이해
하는 '전쟁' 모델을 제안한다. 그는 "전쟁은 다른 수단에 의한 정치의 연
속에 지나지 않는다"는 칼 폰 클라우제비츠의 유명한 명제를 뒤집어 "정
치란 다른 수단에 의해 계속되는 전쟁이다"라고 말한다. 나아가서 푸코는
이 말이 갖는 의미를 설명한다. 즉, 권력관계는 특정한 역사적 시기에 전
쟁 속에, 그리고 전쟁에 의해 확립된 일정한 힘 관계에 근거하고 있고, 내
전은 물론 평화 역시 그 내부에는 권력들 간 항쟁이나 참여자의 역량을
강화하기 위한 힘 관계의 변경이 일어나기 때문에 전쟁의 연속으로 해석
되어야 하며, 최종적 결정은 전쟁에서의 힘겨루기에서 판가름날 수밖에

---

16   위의 책, 33면.
17   위의 책, 34~35면.

없다는 것이다.[18] 권력관계를 전쟁으로 해석하는 것은 마르크스주의와 자유주의의 권력 개념을 비판하는 의미도 있지만 거기에는 역사학자로서의 푸코 자신이 갖고 있는 유럽 역사에 대한 새로운 인식이 들어있다. 권력관계를 전쟁으로 읽는다는 것은 그리 새로운 것은 아니라고 하더라도 전쟁을 통해 유럽 역사이론과 국가 형성을 설명하고 그 연장에서 현재의 역사를 파악하고자 하는 것은 아주 독창적인 시도이다. 예를 들면, 푸코는 전쟁의 권력관계를 통해 토머스 홉스^{Thomas Hobbes}의 『리바이어던 ^{Leviathan}』을 비판적으로 읽는다. 푸코가 볼 때, 홉스가 만인의 만인에 대한 투쟁처럼 전쟁 담론을 사용하고 있지만, 이는 전쟁을 통해 정치를 설명하려고 한 것이 아니라 왕이나 주권의 시각을 통해 전쟁을 배제하기 위한 시도에 다름 아니었다. 즉, 홉스는 전쟁을 배제하기 위해 전쟁을 끌어들였을 뿐이었다는 것이다. 그는 다양한 개별적 신체들의 응고물로 국가를 사고하면서도 국가의 중심에 항상 국가를 국가로서 구성하는 주권권력을 전제하고 있다. 그는 주권권력의 입장에서 전쟁을 받아들이고 있는 것이다. 푸코는 질문을 바꿔 "어떻게 군주는 높은 곳에서 나타나는가를 자문하기보다는 오히려 신체·힘·에너지·물질·욕망·사유의 다양체에서 출발해 조금씩, 점진적으로, 실제로, 물질적으로 주체들이, 주체가 어떻게 구성되었는가?"[19]를 인식할 필요가 있다고 주장한다. 여기서 전쟁의 관점이란 위에서 아래로, 즉 주권권력을 출발점으로 삼기보다는 아래에서 위로, 즉 신체, 힘, 욕망, 에너지, 물질들로 구성된 다양체들의 힘 관계에서 출발하는 것을 뜻한다. 이런 식으로 볼 때 역사는 이전과는 다른 모습으로 나타나게 된다. 역사는 더 이상 기원이나 탄생에서 뻗어나가는

---

18 위의 책, 35면.
19 위의 책, 45면.

동질적이고 연속적인 역사가 아니라 다양한 힘들 간의 갈등적 관계에서 생겨나는 우연적 산물이다. 푸코는 "전쟁이 국가의 탄생을 주재했습니다. 법과 평화, 법률은 전장의 피와 진흙탕 속에서 태어났습니다"[20]라고 말하면서 이 말을 실질적인 의미에서 이해할 것을 강조한다. 철학자나 법학자가 상상하고 전제하는 관념적 의미의 전투나 관념적 야만 상태가 아니라 실제적인 의미의 전쟁으로, 즉 "실제의 날짜에 무시무시한 영웅이 실제로 등장하는 실제의 전투, 승리, 학살, 정복"이라는 의미로 이해할 필요가 있다는 것이다.

권력에 대한 전쟁 모델을 통해 푸코는 영국과 프랑스를 비롯한 근대 국가의 형성을 군주의 역사가 아니라 다양한 힘들, 집단들, 인종들, 민족들 간의 전쟁의 역사로 읽는다. 이 강의에서 인상적인 것은 그러한 전쟁과 투쟁들이 국가 내부로 편입됨으로써 국가인종주의와 생명정치가 탄생하게 되었다는 푸코의 주장이다. 불과 몇 달 전에 출판된 『감시와 처벌』의 권력 개념과 비교해볼 때, 이는 상당히 다른 권력 개념을 제기하고 있는 것이다. 『감시와 처벌』이 주권권력을 비판하고 인간의 신체를 통제하고 그것을 유순한 신체로 생산하는 규율권력에 초점을 두었다면, 이 강의는 규율권력을 넘어 권력관계와 국가의 얽힌 관계, 즉 근대의 생명정치와 생명권력에 초점을 두고 있다. 푸코는 17세기에서 18세기 후반 사이에 두 가지 종류의 권력이 등장했다고 말한다. 『감시와 처벌』에서 분석된 바와 같이 17~18세기에 개별 신체에 집중하여 "신체들의 분리, 정렬, 계열화, 감시화와 같은 개별 신체의 공간적 배분과 개별 신체들의 주변에서 가시성의 모든 장을 조직화하는 것을 보장하는 모든 절차"[21]가 등장했다

---

20 위의 책, 70면.
21 위의 책, 290면.

면푸코는 이를 "노동의 규율적 테크놀로지"라고 부른다, 이제 새로운 권력의 테크놀로지, 즉 18세기 후반에 규율적이지 않으면서 규율 테크닉을 통합하고 변경하고 재배치하는 새로운 권력이 등장한다. 바로 인간의 생명과 종을 표적으로 삼는 권력의 출현이다.

인간의 다양체가 감시되고 훈육되고 이용되고 경우에 따라서는 처벌받는 개별 신체로 해소될 수 있고 해소되어야 하는 한에서, 규율은 인간의 다양체를 규제하려고 합니다. 그런데 (권력이) 정착시킨 새로운 테크놀로지는 인간의 다양체를 겨냥합니다만, 이때의 인간은 신체로 파악된 인간이 아니라 정반대로 생명에 고유한 과정 전체, 그리고 탄생·죽음·출산·질병 등으로서의 과정에 영향을 받는 거대한 대중을 형성하는 인간입니다. 그러니까 개체화의 양태 위에서 이뤄진, 신체에 대한 권력의 첫 번째 파악 이후에 신체에 대한 두 번째 파악이 시도됩니다만 이 시도는 개체화하는 것이 아니라 대중화되며, 인간-신체가 아니라 인간-종의 방향으로 이뤄집니다.[22]

푸코는 인간 신체의 물리학을 해부하는 정치가 아니라 인간의 생명과 종을 표적으로 삼는 정치를 '생명정치bio-politics'라고 부른다. 이 생명정치에 근거한 생명권력은 왕이든 국민이든 주권자의 주권권력도 아니고 개별적 신체를 겨냥한 규율권력도 아니다. 그것은 새로운 신체, 즉 인구라는 "다수의 신체, 무한하지는 않더라도 셀 수 없을 정도로는 무수한 머리를 가진 신체"[23]를 타깃으로 삼는 권력이다. 이 권력은 인간 생명의 탄생, 사망, 출산, 생식력 등을 관리하는 권력이다. 바로 이때부터 "정치적 문제

---

22   위의 책, 291면.
23   위의 책, 294면.

로서, 과학적인 동시에 정치적인 문제로서, 생물학적 문제로서, 권력의 문제로서의 인구"[24]가 중요해진다. 이런 인구의 생명정치가 갖는 주된 특징은 그것이 생명을 죽이는 권력이 아니라 생명의 통제와 관리를 통해 생명을 살게 만드는 권력이라는 데 있다. 이 점에서 생명권력은 주권권력과 확연히 다른 목적을 지닌 권력이다. 주권권력이 주권자의 신성함이나 군주의 지엄함을 보여주기 위해 생명을 빼앗는 생사여탈권을 주장하는 권력이라면, 생명권력은 오히려 죽음을 배제하고 삶을 유지하고 관리하는, "점점 더 살게 만들기 위해 사는 방식에 대해, '어떻게' 살 것인가"[25]에 개입하는 권력이다.

생명정치에 대한 인식은 푸코의 사상적 발전에서 하나의 중요한 전환이다. 푸코는 이 무렵『감시와 처벌』의 규율권력을 뛰어넘어 두 가지 계열의 권력 문제를 제기한다. 하나가『감시와 처벌』에서 전개한 "신체-유기체-제도들의 계열"이라면, 다른 하나는『사회를 보호해야 한다』에서 처음 등장하는 "인구-생물학적 과정-조절메커니즘-국가의 계열"이다. 전자의 계열이 규율권력의 메커니즘에 대한 것이라면, 후자의 계열은 생명권력의 조절메커니즘에 대한 것이다. 이는 개별적 신체를 넘어선 인구와 국가의 문제, 즉 "생물학적이고 국가적인 전체, 즉 국가에 의한 생명-조절"[26]을 가리킨다. 푸코에 의하면 생명정치와 생명권력은 인종과 인종, 민족과 민족 간의 전쟁이 근대국가의 내부로 이동함으로써 사람들의 생명과 인구를 표적으로 삼아 '일종의 전쟁'을 벌이는 새로운 권력의 등장을 의미한다. 여기서 '국가'라는 단어가 눈에 띈다.『감시와 처벌』은 개인

24　위의 책, 294면.
25　위의 책, 296면.
26　위의 책, 299면.

의 신체를 통제하는 규율권력에 초점을 두다보니 국가의 문제를 제대로 다룰 수 없었을 뿐 아니라 국가를 중심에 두는 사고에 대해 비판적인 입장을 취했다. 특히 이 책은 규율권력이 갖는 독특성을 부각시키기 위해 국가의 기능을 주로 주권권력의 시각에서 이해하는 한계를 드러냈다. 국가권력에 주목할 경우, 주권권력을 넘어서고자 한 규율권력의 메커니즘을 제대로 해명할 수 없을 터이고, 규율권력에 초점을 둘 경우 국가권력은 규율권력을 이해하는 데 방해가 될 뿐이다. 『감시와 처벌』에서 보여준 주권권력에서 규율권력으로서의 전환은 국가의 영역에서 사회체로의 이동을 의미하는 것이었기 때문에 사회체의 시각에서 국가의 문제를 인식하려고 하거나 사회체와 국가의 관계를 이해하려는 시도들은 뒷전으로 밀려나게 되는 것이다.

이 시점에서 푸코는 두 개의 계열을 통합하여 사고함으로써 이런 한계를 극복하는 길을 모색한다. 푸코는 「지형학의 몇 가지 질문」이라는 대담에서 규율권력의 상징인 판옵티콘의 체계가 국가기구에 이용되었다기보다는 반대로 국가기구가 작고 국지적으로 확산되어 있는 판옵티콘의 체계에 의존하고 있음을 강조한 바 있다. 그는 권력의 섬세한 메커니즘을 포착하기 위해서는 분석의 초점을 국가에 두어서는 안 된다고 말한다. 푸코가 볼 때, 마르크스주의의 결정적 한계는 권력의 문제를 국가기구에 한정해서 바라본 것이다.[27] 1970년대 권력에 대한 푸코의 사유에서 마르크스주의와의 비판적 경쟁관계를 배제한다면 푸코의 사상을 제대로 이해할 수 없을 것이다. 사실 국가의 역할을 제대로 설명하지 못한 『감시와 처벌』의 한계는 마르크스주의 국가론을 비판해야 한다는 것을 민감하게 의

---

27 미셸 푸코, 「지형학에 대한 몇 가지 질문」, 103면.

식한 결과에서 비롯했다고 볼 수도 있다. 규율권력을 통해 마르크스주의의 국가주의를 비판하려다보니 정작 푸코 자신은 국가와 사회체 간의 복합적 관계를 제대로 설명하지 못한 것이다.[28] 푸코가 이런 한계를 깨닫게 되는 데는 오래 걸리지 않았다. 그는 국가의 메커니즘을 주권권력의 시각을 통해 법적으로, 또는 거시적 스케일로만 인식할 것이 아니라 그것을 사회체와의 연관성 속에서, 그리고 권력관계의 관점에서 다시 사유해야 한다는 것을 깨닫는다. 그동안 국가와 사회체의 문제를 위에서 아래로 보는 하향식 태도를 취했다면, 이제는 아래에서 위로 향하는 상향식으로 다시 볼 필요성이 생긴 것이다. 『사회를 보호해야 한다』의 강의 목적 중의 하나는 전쟁모델을 통해 국가의 출현과 형성을 설명하면서 그것이 인구와 생명에 미치는 과정을 설명하고자 한 데 있다. 즉, 그것은 사회체를 국가와 연결시켜 규율권력과 생명권력의 이중적 메커니즘으로 이해하고자 한 것이다. 푸코는 『사회를 보호해야 한다』의 마지막 강의에서 규율권력이 국가권력과 생명권력으로 확장되는 것의 불가피성을 강조한다.

저는 국가국가에 의한 생명-조절와 제도제도에 의한 유기적-규율 사이의 이런 대립을 절대적인 것으로 내걸고 싶지는 않습니다. 왜냐하면 사실상 규율은 늘 그것이 취하는 제도적이고 국지적인 틀을 벗어나기 때문입니다. 그리고 예를 들어 경찰 같은 규율기구인 동시에 국가기구이기도 한 몇몇 기구에서 규율은 손쉽게 국가적 차원으로 확대됩니다. 이것은 규율이 반드시 늘 제도적인 것은 아니라는 점을

---

28 푸코는 마르크스주의 좌파들로부터 『감시와 처벌』이 권력관계의 특수성, 특정한 기술 및 실천의 상세한 구조에 주목하면서 사회와 국가 간의 관계 같은 포괄적인 정치적 문제를 설명하거나 조명하지 못했다고 비판받았다. 콜린 고든, 심성보 외역, 「통치합리성에 관한 소개」, 『푸코 효과―통치성에 관한 연구』(콜린 고든 외편), 난장, 2014, 17면.

증명합니다. 마찬가지로 19세기 내내 확장됐던 이 거대하고 포괄적인 조절은, 물론 국가적 수준에서 발견됩니다만, 국가적 수준의 이하에서도, 의학적 제도, 구호기금, 보험 등과 같은 국가의 하위수준에 있는 일련의 제도들에서도 발견됩니다.[29]

푸코는 생명정치에 대한 강의내용을 그 해 12월에 출간 예정인 『성의 역사 1 ─ 앎의 의지』의 마지막 장인 「죽음의 권리와 생명에 대한 권력」에 상당부분 반영한다. 이 책에서 푸코는 성 억압 가설을 비판하고 성 담론 / 장치sexuality를 생명정치와 연결하는 탁월한 통찰을 제시한다. 푸코는 섹슈얼리티, 즉 성 담론 / 장치가 개인의 신체를 앎의 의지로 통제하는 규율권력과 인구를 생산하고 관리하는 생명권력 간의 연결, 즉 "육체의 경영과 생명의 타산적 관리"[30]의 교차점에 있음을 강조한다. 섹슈얼리티는 "한편에서는 육체의 규율, 즉 훈련, 체력의 강화와 배분, 에너지의 조절과 경제적 사용에 종속"되어 있고, "다른 한편으로 모든 총괄적 결과를 유도하기 때문에 인구조절의 영역에 속한다."[31] 따라서 섹슈얼리티는 두 개의 층위에 이중으로 편입되어 육체에 대한 미시적 권력의 대상이 되는 동시에 사회체 전체에 걸쳐 인구를 통제하고 관리하는 생명권력과 결합한다.

하지만 1976년 초의 강의록인 『사회를 보호해야 한다』와 12월 출간된 『성의 역사 1 ─ 앎의 의지』 사이에 푸코의 권력론에 미묘한 변화가 있는 것 같다. 푸코는 『사회를 보호해야 한다』의 마지막 강의에서 언급한 생명정치를 『성의 역사 1 ─ 앎의 의지』의 5장에 섹슈얼리티의 문제와 결부시

---

29 미셸 푸코, 『사회를 보호해야 한다』, pp. 299~300.
30 미셸 푸코, 『성의 역사 1 ─ 앎의 의지』, 156면.
31 위의 책, 162~163면.

켜 그것을 생명정치의 시각으로 풀어간다. 하지만 섹슈얼리티의 문제를 풀어가면서, 특히 섹슈얼리티의 쟁점처럼 사회체와 국가가 인구의 종과 생명을 관리하고 통제해나갈 때, 이를 설명하는 데 권력을 전쟁으로 바라보는 것이 타당한가 하는 의문을 갖게 된다. 전쟁 모델이 인구와 생명을 장시간 관리하고 통제하고 재생산하면서 그에 관한 지식을 지속적으로 생산하는 데 과연 적합한 것인가? 사실 권력의 전쟁모델은 권력관계 내의 지배와 저항의 직접적 관계를 설정하는 데는 유용하지만 권력과 저항의 복합적이고 내재적이며 장기적인 관계를 사고하는 데는 한계가 있어 보인다. 즉, 권력의 전쟁 모델을 따르게 될 경우, 권력과 저항의 내재적이고 복합적인 관계를 단순화함으로써 오히려 저항의 여지를 협소하게 만들거나, 개인이든 집단이든 주체적 저항의 여지와 가능성을 축소해버릴 수도 있는 것이다. 푸코는 『성의 역사 1－앎의 의지』에서 이런 고민을 내비친다. 그는 "정치는 다른 수단에 의해 수행되는 전쟁일 수 있다"는 『사회를 보호해야 한다』에서의 주장을 "정치는 다른 수단에 의해 수행되는 전쟁이라고 말해야 할까?"라고 의문을 제기하면서 정치와 전쟁이 불일치할 가능성을 암시한다. 그는 정치와 전쟁을 힘 관계의 다양체를 코드화하는 두 가지 방식으로, 즉 "불균형적이고 이질적이며 불안정할 뿐더러 긴장된 힘 관계를 통합하기 위한 서로 다른(그러나 항상 하나가 다른 하나로 쉽게 전환될 수 있는) 두 가지 전략"[32]으로 이해할 필요성이 있음을 강조한다. 특히 전쟁 모델이 사회적 장을 서로 경쟁하는 집단들, 인종들, 민족들, 세력들 간의 투쟁이 이분법적 대립으로 전개되는 장으로 상상하도록 만들어버리면, 푸코 자신이 제기했던 다양한 힘들이 교차하고 섞이고 부딪히

32　위의 책, 113면.

는 전방위적이고 다차원적인 권력관계를 사고하는 데 한계로 작용할 수 있는 것이다. 푸코가 전쟁의 권력모델에서 거리를 두기 시작한 것은 전쟁이 권력관계를 설명하는 원리라기보다는 오히려 들뢰즈Deleuze가 말한 영토화territorialization의 전략처럼 힘 관계의 다양체를 코드화하는 또 다른 방식이 될 수 있음을 깨닫게 된 것은 아닐까?

3. 안전권력과 통치성 연구
『안전, 영토, 인구』, 『생명관리정치의 탄생』

이런 의문은 향후 푸코가 권력의 전쟁 모델로부터 일정 정도 거리를 두게 만든 중요한 계기가 된 것 같다. 1978년 강의인 『안전, 영토, 인구』와 1979년 강의인 『생명관리정치의 탄생』에서 푸코는 권력에 대한 새로운 문제의식을 제안하는데, 그것이 바로 권력의 안전 모델과 통치성 연구이다. 푸코는 왜 이런 변화를 계속 시도하는 것인가? 푸코가 이 무렵 권력모델을 지속적으로 변경하는 일차적 이유는 권력과 저항의 관계를 보다 복합적이고 유연하게 사고하기 위해서이다. 그는 1976년 강의 후 1977년에 콜레주드프랑스에 취임한 이래 처음으로 안식년을 갖는다. 그 이듬해 1978년 초 『안전, 영토, 인구』라는 강의로 복귀하는데 이 강의의 특징은 이전과 같이 인구의 문제를 다루되 전쟁 모델이나 생명정치와는 다른 차원에서 권력 개념을 설명하는 데 있다. 그는 『사회를 보호해야 한다』의 마지막 장에서 제기한 생명정치와 생명권력 개념이 더 진전된 형태로 제시되기를 은근히 기대하는 청중들의 예상을 생각하여 생명정치와 생명권력을 거론하며 강의를 시작했다. 푸코는 서두에 "올해는 제가 두루뭉술하게 생명권력이라고 불렀던 것을 연구해보려 합니다. 생명권력이란 제가 보기에 꽤 중요한 일련의 현상, 즉 인간이라는 종의 근본적으로 생물학적인 요소를 정치, 정치적 전략, 그리고 권력의 일반 전략 내부로 끌어들이는 메커니즘의 총체입니다"[33]라고 말한다. 하지만 강의를 진행하면서 이 약속은 지켜지지 않는다. 푸코는 생명권력에 관해 한 두 차례 언급만 할 뿐 강의 내내 안전과 통치성에 대한 얘기에 집중한다. 이를 두고 푸코 연구자들 간에는 상당한 논란이 있다. 푸코가 생명권력의 중요성을 계속 강조하는 것인가, 생명권력 개념을 포기하고 안전과 통치성 연구로 나아간 것인가, 아니면 그 둘 간의 관계를 새롭게 조정하고자 한 것인가 하는 의문들처럼 생명권력과 통치성 사이의 관계에 대한 논의는 이 시기 푸코에 관한 논쟁에서 아주 중요한 문제였다. 안토니오 네그리Antonio Negri 와 조르조 아감벤Giorgio Agamben 같은 이탈리아 사상가들은 통치성보다는 생명권력과 생명정치에 더 주목하는 데 반해, 콜린 고든Colin Gordon이나 니콜라스 로즈Nikolas Rose와 같이 소위 '영국 통치성 학파'의 경우에는 네그리와 아감벤 식의 생명정치를 비판하면서 통치성 연구가 푸코의 핵심주제라고 주장한다. 하지만 토마스 렘케Thomas Lemke나 마크 G.E. 켈리Mark G.E. Kelley 같은 연구자들은 생명정치와 통치성 연구를 통합적으로 이해하려고 한다.[34] 즉 생명정치는 안전 모델이나 통치성 연구로 전환하는 과정에

---

33 미셸 푸코, 『안전, 영토, 인구』, 17면.
34 푸코 연구에서 생명정치의 중요성을 강조하는 글로는 Antonio Negri, "How and When I Read Foucault," *Marx and Foucault*, Cambridge : Polity Press, 2017; Giorgio Agamben, *Homo Sacer : Sovereign Power and Bare Life*, Stanford : Stanford University Press, 1998 을 들 수 있고, 통치성 연구의 중심성을 강조하는 글로는 Graham Burchell et al. eds., *The Foucault Effect : Studies in Governmentality*, Chicago : Chicago University Press, 1991; Andrew Barry et al. eds., *Foucault and Political Reason : Liberalism, neo-liberalism and rationalities of government*, Chicago : Chicago University Press, 1996이 있으며 생명정치와

포기되기보다는 그 과정에서 새로운 방식으로 재배치된다는 것이다. 필자 또한 생명정치나 생명권력이 그 유효성을 잃었다기보다는 전쟁 모델에서 통치성 연구로 넘어가는 과정에서 생겨나는 푸코의 새로운 사유 속에서 재배치된다고 생각한다.

푸코는 이 무렵 왜 이런 이론적 전환을 시도하려고 했을까? 앞서 얘기했듯이, 푸코의 강의는 그가 콜레주드프랑스에 임용된 이유인 서구적 앎의 의지와 다양한 종류의 지식들에 대한 고고학적·계보학적 탐구를 수행하는 동시에 당대의 사회적·정치적 맥락에 개입하고자 한 것이었다. 세넬라르의 말처럼 공개강의가 현재성에 대한 하나의 역사적·철학적 문제화의 양식이었다고 한다면, 푸코는 왜 이런 전환을 시도한 것인가?『사회를 보호해야 한다』의 전쟁 모델이 68혁명 이후 계속되어온 종속된 지식들subjugated knowledges의 계보학을 계승하는 탐구였다면,『안전, 영토, 인구』와『생명관리정치의 탄생』은 국가와 사회체가 어떻게 위험과 관계하는가, 그런 위험은 어떻게 안전과 통치의 대상이 되었는가, 특히 통치의 핵심기제로 자유는 어떻게 활용되었는가 하는 질문들에 대답하고자 한다. 전쟁 모델과 생명정치에서 안전 모델과 통치성 연구로 나아가는 것은 푸코 개인의 사상적 전환 못지않게 그와 관련된 프랑스 지성계 내의 변화를 반영하는 것이다.

그렇다면 이러한 전환에는 푸코와 관련된 어떤 지적·정치적 변화들이 있었던 것일까? 이 무렵 푸코는 마르크스주의자나 급진적 좌파들과의

통치성 간의 연속성을 강조하며 생명정치가 통치성의 문제설정 속에서 재편성된다고 보는 글로는 Thomas Lemke, "Beyond Foucault : From Biopolitics to the Government of Life," *Governmentality : Current Issue and Future Challenges* (Ulrich Bröckling et al. eds.), London : Routledge, 2012; Mark G.E. Kelley, *Foucault and Politics : A Critical Introduction*, Edinburgh : Edinburgh University Press, 2014를 참조하라.

비판적 연대로부터 거리를 두는 한편, 솔제니친과 같은 소련의 반체제지식인들, 프랑스 신철학자들, 그리고 프랑스 사회당 내의 제2좌파의 주장에 관심과 지지를 보냈다. 당시 프랑스 지성계의 스캔들이었던 신철학자들, 특히 앙드레 글룩스만과의 친밀한 관계는 푸코와 사상적 노선을 같이 한다고 생각했던 좌파지식인들의 입장에서는 푸코의 정치적·이론적 태도를 의심하게 만들었다. 푸코는 앙드레 글룩스만의 지적 수준에 대해서는 회의적이었으면서도 그와의 관계를 계속해서 유지해갔다.[35] 푸코는 1977년 5월 『르 누벨 옵세르바퇴르』에 글룩스만의 책 『사상의 거장들*Maîtres penseurs*』에 대한 우호적 서평을 써주기도 했다. 뿐만 아니라 푸코는 1978년 3월에 있을 총선에서 좌파연합의 집권가능성이 점쳐지면서_{실제로는 집권에 실패했다} 사회당이 공약하는 사회규제의 강화에 대해 비판적인 태도를 취했다. 이 무렵 복지국가의 정책을 비롯해 국가의 간섭을 전체주의와 동일시하는 신철학자들과, 전체주의를 직접 체험한 소련 반체제 지식인들의 영향으로 프랑스 내에 국가 혐오의 분위기가 팽배했는데, 푸코 또한 국가의 간섭과 규제를 비판적으로 보고 있었다. 그 연장선상에서 자코뱅적이고 국가 중심적이며 공산당과의 연합을 추진했던 사회당 내 주류 좌파와 달리 자율적 생산과 지역주의를 표방하며 공산당과의 연대를 거부한 소위 제2좌파의 주장에 공감을 보였다.[36] 푸코는 제2좌파의 주도적

---

35 푸코와 신철학자 앙드레 글룩스만 간의 관계를 자세히 추적하는 글로는 Michael Scott Christofferson, "Foucault and New Philosophy : Why Foucault Endorsed André Glucksman's *The Master Thinkers*," *Foucault and Neoliberalism* (Daniel Zamora et al. eds.), Cambridge : Polity, 2016, pp.6~23을 보라.

36 1977년 6월 17일에서 19일까지 낭트에서 거행된 사회당 전당대회에서 미셸 로카르(Michel Rocard)는 좌파의 두 정치문화를 구분한 바 있다. 하나는 자코뱅적이고 국가 중심적이며 공산당과의 연대를 받아들이는 진영이고, 다른 하나는 탈중앙집권적이고 지역주의적이며 공산주의자들과의 연대를 거부하는 진영으로 '제2좌파'(the Second

인물인 피에르 로장발롱이 주도하는 모임에 참가하기도 했다. 또한 푸코는 당시 중도우파 대통령인 발레리 지스카르 데스탱 Valéry Marie René Giscard d'Estaing이 소련 공산당 서기장 브레즈네프 Leonid Brezhnev를 프랑스로 초청했을 때 소련의 전체주의를 비판하면서 소련 반체제 지식인들의 지지를 위한 반대집회에 앙드르 글룩스만, 피에르 빅토르와 같은 인물들과 참여하기도 했다. 이에 반해 이탈리아 자율주의자들의 탄압에 맞선 펠릭스 가타리 Félix Guattari와 28명의 프랑스 지식인들이 조직한 선언서에는 서명만 해주었을 뿐 테러리즘을 지지하는 것으로 비춰지는 것을 원치 않아 집회에 참여하지 않았다.[37]

푸코의 이런 태도는 많은 좌파지식인들의 기대감을 좌절시켰고 들뢰즈와의 우정에 심각한 균열을 낳기도 한다. 푸코와 들뢰즈 사이의 반목이 처음 표출된 것이 신철학자 글룩스만의 책에 대한 서평 때문이라는 얘기도 있지만, 디디에 에리봉에 의하면 푸코와 들뢰즈 간의 불화는 1977년 클라우스 크로이산트 사건[38]을 바라보는 두 사람의 인식 차이에서 비롯되었고, '신철학자' 논쟁은 그것이 결정적으로 표출된 것이었다고 한다. 푸코가 글룩스만의 책에 대해 우호적인 서평을 써준 지 불과 한 달도 되

Left)로 불렸다. Daniel Defert, "Chronology," p.64.

37 Ibid., p.64.
38 디디에 에리봉, 『미셸 푸코, 1926~1984』, 436~438면. 디디에 에리봉에 따르면, 독일 적군파 안드레아스 바더(Andreas Baader) 사건을 변호했던 클라우스 크로이산트가 피고인에게 불법적 도움을 제공함으로써 변호사법을 어긴 혐의로 독일에서 유죄 선고를 받을 예정이었다. 프랑스에 정치적 망명을 요청한 크로이산트는 독일 정부에게 인도될 처지에 있었다. 이에 지식인들은 반대 서명을 했는데, 흥미로운 것은 푸코와 들뢰즈가 각각 다른 청원서에 서명한 것이다. 푸코는 피고인의 권리와 범인 인도 거부에 국한한 서명을 한 데 반해, 들뢰즈가 가타리와 서명한 청원서에는 서독을 경찰 독재국가로 치닫는 나라로 비판하고 있었다. 에리봉은 여기에서 푸코와 들뢰즈 간의 반목이 시작되었다고 말한다.

지 않아 들뢰즈는 글룩스만과 그의 무리들을 신랄하게 혹평하는 글을 쓴다. 즉 그들의 주장과 논리는 매우 공허한 것이며, 그들은 TV에 출연하기만 좋아하는 지식연예인들에 불과하다고 비난했던 것이다.[39] 하지만 푸코의 친구이자 동반자인 다니엘 드페르는 이런 사건들에 앞서 『성의 역사 1 – 앎의 의지』에 대한 두 사람의 입장 차이가 반목의 중요한 근거가 되었다고 말한다. 들뢰즈의 입장에서는 성의 해방 / 억압의 가설을 비판하는 차원을 넘어 욕망의 문제설정 자체를 비판하는 푸코의 『성의 역사 1 – 앎의 의지』가 성 해방을 옹호한 프로이트 좌파만이 아니라 바로 욕망의 능동적 생산을 주장한 들뢰즈 자신을 비판하고 있다고 생각했고, 반대로 푸코의 입장에서는 들뢰즈가 자신의 책에 적대적 태도를 취하고 있다고 생각했다는 것이다. 실제로 들뢰즈는 자신의 생각과는 맞지 않는 방향으로 푸코가 나아가고 있다고 느꼈다.[40]

이런 일련의 사건들은 푸코가 프랑스 지성계 내에서 마르크스주의자나 급진 좌파들로부터 점차 멀어지는 계기로 작용했다. 『생명관리정치의 탄생』에서 푸코는 통치술로서의 자유주의가 얼마나 효율적이었는지를 보여주는 한편, 사회주의적 통치성의 부재를 비판한 바 있는데, 사실 이런 비판 또한 푸코의 이런 변화와 관련이 있어 보인다. 뿐만 아니라 푸코는 1970년대 후반부터 미국의 여러 대학들로부터 초청받아 미국으로 자주 건너가 강의하게 되는데, 자연스럽게 미국 학계의 주된 관심사인 자유와 자유주의의 전통에 깊은 관심을 기울이기 시작했다. 전쟁에서 통치성으로, 특히 자유주의적 통치성 연구로 푸코가 방향을 전환한 데에는 이런 사정들도 작용했을 것으로 추측해볼 수 있다. 푸코의 이런 행보를 미국식 자

39　디디에 에리봉, 『미셸 푸코, 1926~1984』, 440면.
40　Daniel Defert, "Chronology," pp.62~63.

유주의, 특히 신자유주의에 대한 지지로 볼 것이냐, 아니면 그에 대한 비판으로 볼 것이냐 하는 문제는 현재까지 푸코를 둘러싼 중요한 논쟁의 불씨가 되고 있다. 어쨌든 푸코가 전쟁에서 통치성으로 전환한 데에는 프랑스 지성계 내에서 그가 마르크스주의로부터 멀어지면서 자유주의를 새롭게 평가하기 시작한 것과 관련이 있어 보인다. 일부 논자들은 푸코가 자유주의 자체를 신뢰했다고 하지만 그가 자유주의를 근대 통치성의 핵심적 테크놀로지로 보았다는 사실을 간과해서는 안 된다. 1976년을 기점으로 그 이전에는 푸코가 마르크스주의와 비판적 긴장을 유지하면서 마르크스주의와의 생산적 대화를 시도했다면, 1977년 이후에는 자유주의와의 비판적 긴장을 유지하며 자유주의와의 생산적 대화를 시도했다고 할 수 있다. 1975년을 전후하여 프랑스 지성계 내에서 가장 눈에 띄는 현상이 마르크스주의의 퇴조와 자유주의의 부상이었음을 감안하면,[41] 당시 푸코의 강의들은 이런 지성계 내부의 변화들에 대한 나름의 대응이었던 것이다.

이런 정치적·지성적 상황의 변화와 그 내부에서의 푸코의 위상 변화, 특히 자유와 자유주의에 대한 그의 새로운 성찰이 전쟁에서 통치성으로의 전환이라는 권력 개념의 전환에 중요한 배경을 이룬다. 이 시기에 푸코의 문제의식은 자유와 자유주의에 관심을 기울이면서 권력관계의 관점에서 지배와 저항의 복합적 관계를 사유하고자 한 것이었다고 볼 수 있다. 전쟁 모델에 비해 자유와 자유주의는 통치의 차원에서 권력의 작용 면적을 넓혀줄 뿐만 아니라 저항의 가능성도 넓혀준다. 『안전, 영토, 인구』와 『생명관리정치의 탄생』은 인구를 관리하는 안전권력과 통치전략으로서의 자유를 핵심적 주제로 다룬다. 이 강의들에서는 크게 네 가지

---

41 Iain Stewart, "France's Anti-68 Liberal Revival," *France Since the 1970s* (Emile Chabal ed.), London : Bloomsbury, 2015, p. 199.

영역, 고대 그리스와 초기 기독교 전통에서 유래하는, 즉 개인의 영혼을 지도하는 사목권력의 형태로서의 통치, 국가이성 및 내치와 관련된 근대 초기 유럽에서의 통치 원리, 18세기에 하나의 통치술로서의 자유주의의 등장, 마지막으로 통치성에 대한 새로운 사고방식으로서의 전후 독일, 미국, 프랑스에서의 신자유주의 사상들을 다룬다. 여기서는 그 세세한 내용들보다는 권력모델의 변화, 특히 안전권력과 통치성이 규율권력이나 생명권력과 같은 이전의 권력 모델과 어떤 차이가 있으며 전쟁에서 통치로의 권력론의 전환이 갖는 의미를 살피는 데 초점을 둘 것이다.

　푸코는 생명정치와 생명권력을 다루고자 한 약속을 미룬 채 생명정치와 생명권력보다는 점차 안전권력과 통치성의 역사에 관한 강의에 집중한다. 강의록을 읽다보면, 예전에 생명정치가 있던 자리를 이제 안전의 문제가 대신 차지함으로써 안전권력이 생명권력을 대체하고 있다는 인상을 강하게 느낄 수 있다. 사실 안전메커니즘은 『사회를 보호해야 한다』에 이미 언급된 바 있다. 여기서 푸코는 권력메커니즘의 변형에 관해 얘기하면서 규율권력과 안전권력을 구분하였다. 규율권력이 "신체에 집중되어 있고 개체화의 효과를 산출하며, 유용한 동시에 유순해야 할 힘들의 온상으로서의 신체를 조작"하는 것이라고 한다면, 안전권력은 생명과 인구 전체를 겨냥하는 메커니즘으로 "개별적 훈련이 아니라 전반적 균형에 의해 항상성과 같은 어떤 것을, 즉 내적 위험에 대해 전체의 안전을 목표로 하는 테크놀로지"[42]라는 것이다. 하지만 『사회를 보호해야 한다』에서 안전의 테크놀로지는 생명정치의 테크놀로지에 비해 비중있게 다뤄지지 않는다. 흥미롭게도 『안전, 영토, 인구』에서는 이 관계가 바뀐다. 안

42　미셸 푸코, 『사회를 보호해야 한다』, 298면.

전권력이 생명권력에 비해 훨씬 더 집중적으로 다뤄지고 있는 것이다. 푸코는 "주권은 영토의 경계 내에서 행사되고, 규율은 개인의 신체에 행사되며, 안전은 인구 전체에 행사된다"[43]고 말하는데, 단어에만 주목한다면, 인구에 행사된다는 점에서 안전권력이 생명권력을 대체하는 듯이 보인다. 하지만 푸코가 인구를 다루는 방식, 즉 인구의 어떤 측면에 초점을 두는가 하는 점에서 안전권력과 생명권력은 차이를 보인다. 이 강의에서 푸코가 생명권력이라는 단어를 아주 드물게 사용하긴 하지만 안전권력이라는 개념을 통해 생명권력을 비판하거나 대체하려고 하는 것 같지는 않다. 그는 생명권력을 "인간 종이라는 근본적으로 생물학적 요소를 정치, 정치적 전략, 그리고 권력의 일반 전략 내부로 끌어들이는 메커니즘의 총체"로 정의하거나 "권력관계라는 정치적 인공성 내부에 인간이라는 종의 자연성이 난입한 것"[44]이라 정의한다. 이 지적을 제외하면『안전, 영토, 인구』에서 생명권력은 거의 언급되지 않는 데 반해 안전, 안전권력, 안전메커니즘이 빈번하게 언급되고 있다.

푸코는 생명권력을 안전권력으로 대체하려고 하는 것인가? 푸코가 이듬해『생명관리정치의 탄생』을 강의 제목으로 선택했고, 강의에서 생명정치와 생명권력을 몇 차례 언급하는 것으로 봐서 생명권력 개념들을 포기하는 것 같지는 않다. 그렇다면 생명권력과 안전권력은 어떻게 다르고 어떻게 연결되는가? 눈여겨 볼 것은 푸코가 생명권력과 안전권력을 언급할 때 인구의 서로 다른 측면에 초점을 두고 있다는 점이다. 인구를 대상으로 한다는 점에서 안전권력과 생명권력은 동일하지만 이 두 권력은 인구의 서로 다른 측면을 겨냥하고 있는 것으로 보인다. 안전권력에 관해

43　미셸 푸코,『안전, 영토, 인구』, 30면.
44　위의 책, 17면.

애기할 때, 푸코는 인구의 생명이나 종보다는 인구의 '환경'에 초점을 둔다. 다시 말해, 안전권력은 인구의 종과 생명에 초점을 두는 생명권력과 달리 인구에서 발생하는 위험이나 사건과 관련된 '환경'에 초점을 두고 있는 것이다. 푸코는 인구를 "근본적이고도 본질적으로 자신이 그 안에 존재하는 물질성과 연결되어 생물학적으로 존재하는 개인들의 무리"로 정의하는 한편 "사람들이 개인, 인구, 집단이 만들어내는 사건들의 계열이 그 주변에서 발생하는 반자연적인 사건들과 상호작용"[45]하게 되는 것은 '환경'으로 인해 가능하다고 말한다. 그렇다면 생명권력이 인구가 생물학적으로 존재하는 생명과 종을 겨냥하는 권력이라면, 안전권력은 인구의 위험과 사건과 관련된 '환경'과 그 환경의 원활한 순환을 관리하는 권력이라는 점이 드러난다.[46]

주권이 통치(자)의 거처를 주요 문제로 제기하며 영토를 수도화한다면, 규율은 여러 요소의 위계적·기능적 분배를 핵심 문제로 제기하며 공간을 건축하려고 합니다. 한편 안전은 다가치적이며 가변적인 틀 내에서 조정되어야 할 사건, 혹은 사건들이 일어날 법한 여러 요소의 계열에 대응해 환경milieu을 정비하려고

---

45 위의 책, 50면.

46 마크 G.E. 켈리는 푸코에게 역사적으로 축적되고 있는 테크놀로지의 목록에서 안전이 생명정치를 대체하는 것처럼 보이지만, 그럼에도 불구하고 생명정치를 통치성은 물론 안전과 구분할 필요가 있다고 주장한다. 그에 따르면 생명정치가 권력이 생물학을 이용하기 시작할 때 출현하는 특정한 테크놀로지라면, 그리고 안전이 권력이 위험의 계산을 통합할 때 일어나는 것이라면, (좁은 의미에서의) 통치성은 생물학이 정치경제학이나 안전과 결합할 때 일어나는 것이다. 켈리는 생명정치, 안전, 통치성 간의 관계를 잘 설명하고 있다. 하지만 그의 설명에서 생명정치가 인구의 '생명'에 주목하는 데 반해 안전이 인구의 '환경'에 주목한다는 점은 잘 지적되지 않는 것 같다. 특히 통치성은 그의 말대로 매우 제한적으로 정의되고 있다. Mark G.E Kelley, *Foucault and Politics : A Critical Introduction*, Edinburgh : Edinburgh University Press, 2014, p.142.

합니다. 따라서 안전 특유의 공간은 가능한 사건들의 계열과 관련이 있습니다.

주권이 군주의 영토에 관계하고, 규율이 개인 신체의 위계적 공간에 관계한다면, 안전은 인구의 환경에 관계한다. 그렇다면 안전메커니즘은 어떤 특징을 갖는가? 푸코는 『안전, 영토, 인구』에서 안전메커니즘이 갖는 고유한 특징들을 규율메커니즘과의 비교를 통해 설명한다. 그는 안전의 공간적 특성[1강], 불확실한 위기에 대한 대처[2강], 규범화와는 다른 안전 특유의 정상화 형식과 안전테크놀로지[3강]의 문제를 살펴보면서 안전메커니즘의 특징들을 상세하게 제시한다. 이를 간략히 소개하면, 첫째, 규율이 개인 신체와 공간의 인위적 배치와 위계화, 그 속에서 신체의 배제와 포섭과 같은 권력관계를 통해 작용한다면, 안전은 인구에서 발생하는 환경의 문제를 다루며 그 위험에 대한 정확한 계산과 순환의 문제에 집중한다. 안전의 경우에 관건은 환경의 순환을 조직하고 위험을 관리하는 것이다. 범죄와 질병의 경우, 안전은 규율권력처럼 배제를 목적으로 하는 것이 아니라 그 위험을 최소화할 수 있는 최적화된 환경을 찾아내는 것을 목적으로 한다. 이때 이 위험의 수준과 정도를 계산하는 확률과 통계의 기능이 아주 중요해진다.[48]

둘째, 위기의 불확실성에 대처할 때 규율과 안전의 메커니즘은 서로 다른 방식으로 기능한다. 규율의 메커니즘이 공간을 구획하고 그 속에서 개인을 주로 배제와 포함을 통해 감시하고 훈육하고자 한다면, 안전의 메커니즘은 개인을 표적으로 삼을 필요 없이 환경 내에서 위험의 수위와 정도를 조절하고 계산함으로써 순환에 유리하도록 일정 정도의 위험에 대

---

47   미셸 푸코, 『안전, 영토, 인구』, 48면.
48   위의 책, 46면.

해서는 관용적인 태도를 취한다. 이렇게 볼 때, 안전은 푸코가 이전에 제시한 권력들과는 상당히 다른 방식으로 움직이는 권력이다. 여기서 자유, 특히 "하게 두고 일어나는 대로 내버려두라"는 자유방임이 새로운 권력테크놀로지의 핵심으로 등장한다.

> 사실 (쟁점이 되는 것은) 자유, 통치이데올로기이면서 통치기술이기도 한 이런 자유는 권력테크놀로지의 변이와 변용이라는 측면에서 이해되어야 한다는 것입니다. 더 정확하게, 자유란 당대에 전개된 안전장치의 상관물입니다. 제가 앞서 언급한 안전장치는 바로 이런 자유, 즉 18세기에 (이 단어가) 얻게 된 근대적 의미에서의 자유가 부여되고 나서야 제대로 작동할 수 있게 된 것입니다. 어떤 특정한 인물에게만 부여된 예외적 권리나 특권이 아니라 운동과 이동의 가능성, 사람이나 사물의 순환과정으로 이해된 자유 말입니다. 우리가 자유라는 단어로 이해해야 하는 것, 안전장치가 등장한 국면·양상·차원의 일환으로 이해해야 하는 것은 바로 이처럼 넓은 의미에서의 순환의 자유, 순환의 능력입니다.[49]

흥미로운 것은 자유가 안전장치의 상관물로 간주된다는 점인데, 이는 나중에 개인과 시장의 자유를 근간으로 하는 자유주의적 통치성의 문제로 이어진다. 인구의 환경을 다루는 안전권력은 자유를 통해 그 환경전체화의 원리뿐만 아니라 주체의 작동원리개체화의 원리로도 기능할 수 있다. 푸코는 "인간을 통치하려면 더 이상 인간의 악한 본성 같은 것이 아니라 무엇보다도 근본적으로 사물의 본성을 사유해야 한다는 관념"과 "사물을 관리하려면 우선적으로 인간의 자유, 인간이 하고 싶은 것, 인간이 행해서 득

---

49   위의 책, 87~88면.

이 되는 것, 인간이 하고자 생각하는 것을 우선적으로 사유해야 한다는 관념"이 서로 상관적인 관계가 있다고 주장한다. 그에 따르면 "자연의 요소들 안에서 이뤄지는 물리적 활동으로 간주된 권력"과 "각자의 자유에 의거하여 그 자유를 통해서만 작동할 수 있는 조절로 간주된 권력"[50]은 동전의 양면이다. 따라서 안전은 자유주의와의 연결을 통해 인구의 환경, 곧 사물에 대한 전체화의 원리이자 개인의 자유를 통치메커니즘으로 삼는 개별화의 원리로 규정될 수 있다. 이런 점은 『생명관리정치의 탄생』에서 시장의 자연성과 개인적 자유가 자유주의적 통치성의 근간이 되는 이유를 보여준다.

안전의 세 번째 고유한 특징으로 안전권력과 규율권력이 정상화와 관계하되 그것이 정상화와 맺는 방식에서 서로 차이를 보인다는 것이다. 푸코에 의하면 규율은 공간과 개인과 행위를 "변형 가능하고 지각 가능한 요소들"로 분해하고 분석하여 위계화하고자 한다. 특히 규율은 이런 요소들을 일정한 목표에 따라 분류하고 배분하여 최적의 배열구조를 만들어 내려고 한다. 이 때 배열의 구성 원리로서 규범의 역할이 중요한데, 규범과의 적합성 여부에 따라 정상과 비정상, 정상과 광기가 구별되기 때문이다. 따라서 규율에서는 정상과 비정상을 구분하는 규범화가 핵심이다.[51] 하지만 안전에서는 전혀 다른 체계가 작동된다. 규범화에 따라 정상과 비정상이 구분되는 규율과 달리, 안전에선 정상과 비정상의 구분보다 그것들이 다양하게 분포된 환경이 중요하다. 이런 환경 속에서는 "정상과 비정상의 포착, 상이한 정상곡선의 포착"이 이뤄지며 "상이한 정상성의 분포가 상호작용하도록 만들고, 가장 부적합한 정상성을 가장 적합한 정상

50 　위의 책, 88면.
51 　위의 책, 92면.

성에 근접시키는 식으로 정상화가 가동"[52]된다. 정상과 비정상을 나누는 규범보다는 정상화의 정도에 따른 다양한 분포가 우선한다. 규율권력이 환경 내의 구성요소들을 규범화에 따른 분류와 배분의 격자에 따라 구획하고 통제하고 배제하는 데 초점을 둔다면, 안전은 구성요소들의 구획과 통제보다는 그것을 전체적으로 포괄하는 환경 내의 정상화의 분포와 환경 자체의 원활한 순환에 주목한다. 가령, 범죄의 경우 규율권력에서는 범죄자를 가두고 길들여서 유순한 신체로 만듦으로써 그의 본성에 변화를 주려고 한다면, 안전권력이 겨냥하는 것은 범죄자 개인의 성격보다는 범죄 자체를 하나의 사물로 다루는 환경 자체이다. 범죄와 위험의 적정 수준과 정도를 계산하여 일정 수준의 위험을 유지하고 관리하며 순환하게 하는 과정이 중요하다. 이 때문에 개인보다는 '인구'의 순환이 결정적인 문제로 등장할 수밖에 없다. 사회체를 통치하는 데는 인구의 개별 요소들을 구획, 배분하는 것보다는 인구의 환경을 사물처럼 다루는 것이 더 효과적일 수 있기 때문이다.

안전에서 인구가 왜 문제인가? 바로 이 물음이 안전의 네 번째 특징이다. 규율이 개인과 공간적 배치 간의 관계에 초점을 두는 데 반해, 안전은 인구와 환경과 순환의 문제에 초점을 둔다. 푸코에 따르면 인구는 개개인의 구체적 집합이 아니다. 오히려 인구는 일련의 변수에 따라 통치되고 관리되어야 하는 사물이자 환경이다. 즉, 인구는 "각각의 입장, 신분, 재산, 임무, 역할 등에 의해 차별화된 법권리의 주체가 모인 것과는 완전히 다르며," 확률적으로 분석되고 계산되고 설명되고 예측될 수 있다는 조건 속에서 "우리가 (우연한) 사고에서조차 상수와 규칙성을 목격할 수 있고, 만

---

52   위의 책, 100면.

인의 이익을 규칙적으로 생산하는 욕망의 보편성을 포착할 수 있으며, 그 것이 의존하는 몇몇 수정 가능한 변수를 포착할 수 있는 집합"[53]이다. 다시 말해, 인구는 개별적 요소와 개인들이 모인 집합체가 아니라 계산과 변수 들에 의해 관리되고 통치되는 '자연스런' 집합체와 같은 것이다. '자연스 러운'이라는 말은 규율의 '인위적' 메커니즘과 달리 순환되어야 할 자연스 런 환경이라는 의미로 이해되는 것으로 이미 통치의 관점을 전제하는 것 이다. 여기서 푸코는 인구를 다루는 학문으로서 정치경제학의 등장에 주 목한다. 정치경제학은 18세기에 등장한 '인구'의 환경과 경제를 통치 대 상으로 삼기 위해 등장한 학문이다. 그것은 인구라는 주제가 인구학적 측 면에서만이 아니라 부와 경제의 대상이 되었을 때 생겨난 학문이다.[54]

우리는 인구 문제가 생명정치를 넘어 안전과 통치성의 문제로 이동하 는 것을 보고 있다. 안전권력의 특징들은 향후 푸코가 자유주의적 통치성 연구로 나아가는 데 중요한 계기가 된다. 『사회를 보호해야 한다』와 『성 의 역사 1 - 앎의 의지』에서 생명정치의 대상으로 다뤄진 '인구'가 안전권 력과 안전테크놀로지, 그리고 정치경제학의 대상으로 분석됨으로써 권 력 개념의 의미는 더욱 확장되고 풍부해진다. 푸코가 『안전, 영토, 인구』 와 『생명관리정치의 탄생』에서 생명정치와 생명권력을 드물게 사용하고 있는 이유는 그의 주된 관심이 인구의 생명정치보다는 인구의 환경과 순 환을 관리하고 조절하는 안전권력, 즉 통치성에 있었기 때문임을 알 수 있다. 여기서 푸코가 구축하고자 한 계열은 『사회를 보호해야 한다』에서 제시된 "인구-생물학적 과정-조절메커니즘-국가의 계열"국가에 의한 생명조절 이 아니라 "인구-정치경제학적 과정-안전메커니즘-통치"국가에 의한 환경조절

53　위의 책, 121면.
54　위의 책, 104면.

의 계열이다. 전자가 생명정치의 관점에서 구성된 계열이라면, 후자는 통
치성의 관점에서 구축된 계열이다.[55]

계열의 이러한 변환은 이 무렵 푸코 사고의 중심에 통치성 개념이 있
다는 것을 보여준다. '통치성'이라는 단어는 1978년과 1979년에 푸코가
가장 많이 사용하는 개념 중의 하나이다. 앞서 설명한 생명, 안전, 인구,
사목 등 푸코의 핵심적 개념들 또한 통치성의 문제설정 속으로 통합되고
있다. 그러다보니 통치성 개념의 의미는 애매하거나 그 적용의 범위가 너
무 포괄적인 경향이 있다. 푸코는 『안전, 영토, 인구』에서 통치성의 의미
를 다음과 같이 정의한다.

올해 강의에 더 정확한 제목을 부여하려 했다면, 저는 '안전, 영토, 인구'라는
제목을 선택하지 말았어야 했습니다. 제가 진정으로 하고 싶었고, 실제로 지
금 하고 싶은 것은 '통치성'의 역사라고 부를 수 있는 어떤 것입니다. 저는 '통
치성'이라는 용어를 세 가지 의미로 사용합니다. ① 인구를 주요 목표로 설정
하고, 정치경제학을 주된 지식의 형태로 삼으며, 안전장치를 주된 기술적 도
구로 이용하는 지극히 복잡하지만 아주 특수한 형태의 권력을 행사케 해주는
제도·절차·분석·고찰·계측·전술의 총체를 저는 '통치성'으로 이해합니다.

55　푸코는 『생명관리정치의 탄생』에서도 "저는 올해 생명정치에 관해 강의할 수 있을 것이
　　라고 생각했습니다. (…중략…) 그러나 생명정치의 분석은 통치이성의 일반적 체제가
　　이해될 때에 비로소 행해질 수 있습니다"라고 말한다. 그는 『안전, 영토, 인구』와 『생명
　　관리정치의 탄생』에서 생명정치를 다루려고 했지만 생명정치가 통치성의 일부라는 것
　　을 깨닫는다. 그에 따르면 "자유주의라는 체제, 국가이성에 대립하는 이 체제 내에서 혹
　　은 차라리 (국가이성의) 토대를 문제화하지 않으면서 근본적으로 변형시키는 이 체제
　　내에서 무엇이 문제인지를 충분히 이해하고 자유주의라 불리는 이 통치체제가 무엇인
　　지를 알게 될 때 생명정치가 무엇인지를 파악할 수 있다고 생각합니다." 미셸 푸코, 『생
　　명관리정치의 탄생』, 49면의 각주와 50면.

② '통치'라고 부를 수 있는 권력 유형, 한편으로 통치에 특유한 일련의 장치를 발전시키고 (다른 한편으로) 일련의 지식을 발전시킨 이 권력 유형을 서구 전역으로 꽤 오랫동안 주권이나 규율 같은 다른 권력 유형보다 우위로 유도해간 경향, 힘의 선을 저는 '통치성'으로 이해합니다. 마지막으로 ③ 저는 중세의 사법국가가 15~16세기에 행정국가로 변하고 차츰차츰 '통치화'되는 절차, 혹은 그 절차의 결과를 '통치성'이라는 말을 통해 이해할 필요가 있다고 생각합니다.[56]

여기서 푸코는 통치성의 정의와 유형, 역사를 제시한다. 하지만 강의의 진행 중에 통치성의 의미는 더 확장되어간다. 그는 통치성 개념을 통해 자신이 사용해온 다양한 권력 개념들, 특히 국가와 사회체의 작용을 통합적으로 사고하고자 한다. 뿐만 아니라 권력관계를 통치성의 관점으로 보면, 권력의 지배와 저항의 상호작용 또한 내재적이면서 복합적인 것으로 인식될 수 있다. 콜린 고든은 푸코가 통치성을 제시한 것이 근대 서구 사회가 "전부에 대한 통치이자 각자에 대한 통치이며 '전체화'하는 동시에 '개별화'하는 데 중점을 둔 정치적 주권형태 쪽으로 발전해가는 통치 실천"[57]을 주목하게 되었기 때문이라고 말한다. 푸코는 통치성 개념을 통해 인구의 환경을 관리하고 통치하는 안전권력과 개인 영혼의 지도로서의 사목권력을, 그리고 시장의 작동원리로서의 자유주의와 인적 자원이나 호모 에코노미쿠스의 신자유주의적 자기테크놀로지를 동시에 설명하고자 한다. 푸코의 기존 권력 개념과 비교해보면, 개인의 영혼에서 국가와 사회체의 통치에 이르기까지, 자기의 통치에서 타자의 통치에 이르기까지 통치성의 의미가 갖는 스펙트럼이 아주 넓다는 것을 알 수 있다.

56　미셸 푸코, 『안전, 영토, 인구』, 162~163면.
57　콜린 고든, 「통치합리성에 관한 소개」, 17면.

사실 통치성은 푸코가 국가를 어떻게 생각하는가를 잘 보여준다. 푸코의 통치성은 앞서 지적했듯이 개인의 영혼에서 국가와 사회체의 관계까지 아우른다. 우선 푸코의 통치성은 국가에 대한 그의 인식을 명확히 보여준다. 통치성은 사회체_{규율권력}와 국가_{생명권력과 안전권력}를 매개한다. 규율권력은 권력의 지향을 국가로부터 사회체로 옮기는 한편, 소유적·계약적 관계로서의 국가 아래에 미시적이고 다양한 사회체의 권력들이 존재한다는 것을 보여준다. 다시 말해, 사회체의 권력관계가 국가기구에 의해 이용되었다기보다는 오히려 역으로 미시적이고 국지적으로 확산되어 있는 권력관계들에 국가기구와 장치가 의존하고 있음을 보여준다. 하지만 이렇게 규정해버릴 경우, 국가를 계속적으로 법적·소유적 권력관계로만 이해하도록 내버려둠으로써 국가의 복합적이고 미시적인 작용과 권력의 관점에 의한 국가의 이해는 차단될 수 있다. 통치성 개념에는 이런 경향을 극복하고자 하는 푸코의 고민이 들어있다. 푸코는 국가를 '냉혹한 괴물'로 보는 감성적이고 비극적인 인식을 취하거나, 마르크스주의처럼 생산력의 발전이나 생산관계의 재생산으로 환원하는 두 가지 경향을 모두 비판한다. 이 두 경향들은 "국가를 공격해야 할 표적으로 만들거나 점유해야 할 특권적 위치에 올려놓음으로써 국가 자체를 절대적으로 본질적인 존재"처럼 인식하게 만든다. 이와 달리 푸코는 통치성의 관점에서 국가를 볼 것을 강조한다. 그가 볼 때, 국가는 통치성의 행위주체가 아니라 통치성의 돌발사건에 다름 아니다.[58] 그는 "국가의 운명, 국가의 한계를 이해하기 위해서는 통치성의 일반적 전술에 근거"[59]할 수밖에 없음을 강조한다. 푸코는 이를 '사회의 국가화'와 대립하는 '국가의 통치화'^{governmen-}

---

58   미셸 푸코, 『안전, 영토, 인구』, 345면.
59   위의 책, 164면.

talisation'라고 부른다.[60] 국가의 통치화란 인구-정치경제학-안전의 계열에 따라 움직이는 국가, 즉 통치국가를 말한다. 푸코에 의하면, 통치국가는 봉건적 유형의 영토성 안에서 탄생한 사법국가나, 국경이라는 유형의 영토성 안에서 탄생했지만 이미 봉건적이지 않은 국가로서 통제와 규율에 따라 움직이는 행정국가와 달리, "본질적으로 영토성에 의해 정의되지도 않고, 점유된 지표면에 의해서 정의되지도 않는," 즉 "인구 대중"에 의해 정의되는 사회이다. 그것은 "본질적으로 인구를 지니고 있고 경제적 지식을 도구로 참조하고 활용하며" "안전장치에 의해 통제되는 사회"[61]를 의미한다. 푸코는 이런 사회의 역사를 추적하고자 초기그리스도교의 사목권력, 새롭게 등장한 외교적·군사적 기술로서의 국가이성, 내치를 탐구하면서 통치화의 역사를 추적한다.

뿐만 아니라 『생명관리정치의 탄생』에서 사회체와 국가의 관계를, 18세기에 등장한 통치술로서의 자유주의와 통치성의 새로운 형태로서의 전후 독일, 미국, 프랑스의 신자유주의를 통해 검토한다. 『생명관리정치의 탄생』은 인구, 정치경제학, 통치성의 문제를 계승하는 한편, 자유주의를 통치성의 체제로 인식할 필요성을 강조한다. 여기서 주목하게 되는 것은 자유주의가 특정한 이념이나 주의가 아니라 통치체제이자 진실체제라는 푸코의 주장이다. 그동안 정치사상가들은 자유주의를 하나의 정치이론으로 다루어왔지 그것을 사회체제 내에서 안전메커니즘으로 작동하는 통치성의 시각으로 보지 않았다. 과거에 푸코 역시 자유주의에 매우 비판적이었는데 주로 정치사상의 측면에서 그러했다. 이제 그는 자유주의를 통치성으로, 즉 통치체제와 진실체제의 결합이라는 시각으로 이해하고자 한

---

60 위의 책, 164면.
61 위의 책, 165면.

다. 자유주의를 진실체제로 본다는 것은 그것이 담론과 진리의 결합을 통해 새로운 권력관계를 구축하는 체제라는 의미이고, 그것을 통치체제로 본다는 것은 그러한 진실체제를 바탕으로 인구 대중을 정치경제학적으로 관리하고 통제하는 핵심적 통치의 원리로서 본다는 것을 의미한다.

통치성으로서의 자유주의는 인간 자체의 자본화, 즉 인적 자본과 호모 에코노미쿠스를 통해 신자유주의로 수정되고 확장된다. 자유주의가 국가와 사회체의 관계에서 시장의 통치술이었다면, 신자유주의에서는 그 관계가 인간 자체의 통치술로 확대 발전한다. 신자유주의적 통치성을 통해 푸코는 시장의 자유라는 바탕 위에서 교환하는 인간이라는 고전적 의미의 경제적 인간을 뛰어넘어 스스로를 자본으로 인식하는 새로운 인간존재인적 자본의 등장을 해명하기 시작한다. 신자유주의의 "호모 에코노미쿠스는 기업가, 자기 자신의 기업가"이며 "교환상대방으로서의 호모 에코노미쿠스를 매 순간 자기 자신의 기업가로서 대체"한다. 신자유주의적 호모 에코노미쿠스는 "자기 자신에게 자기 자신의 자본, 자기 자신을 위한 자본, 자기 자신을 위한 자기 자신의 생산자, 자기 자신을 위한 '자가 소득의 원천'으로"[62] 등장한다. 바로 여기가 통치성으로서의 자유주의가 완성되는 지점이자 푸코의 통치성 연구가 도달하는 지점이다. 『안전, 영토, 인구』에서 통치성의 전체화안전권력와 개별화사목권력의 쌍방향적 작용은 『생명관리정치의 탄생』에서 국가의 통치화에서 신자유주의적 자기 통치화로의 전환을 통해 완성된다.

---

62 푸코, 『생명관리정치의 탄생』, 319면.

4. 푸코의 '비판'이 갖는 의미

1976년과 1979년 사이에 있었던 푸코의 콜레주드프랑스 강의들은 푸코가 권력 개념을 두고 얼마나 치열하게 사고하고 있었던가를 잘 보여준다. 이 시기 권력에 대한 푸코의 사유를 가장 잘 보여주는 것이 '전쟁에서 통치성으로' 권력 개념을 전환한 것이라면, 푸코의 강의록은 그의 저작을 통해서 알 수 없었던 이런 전환 과정의 생생한 모습을 전달해주고 있다. 그런 점에서 푸코의 강의록은 그의 사상과 권력 개념을 이해하는 데 필수불가결하다. 사실 전쟁에서 통치성으로 전환하고 자유와 자유주의를 통치성의 핵심적 테크놀로지로 인식한 것은 폭력이나 규율과 같은 방식을 통하지 않고서도, 즉 '자유'라는 통치원리를 통해서 권력의 지배가 가능하다는 점을 깨닫게 해줌으로써 권력의 메커니즘을 심층적으로 이해하게 해주는 측면이 있다. 가령 신자유주의처럼 인적 자본이나 호모에코노미쿠스는 바로 그런 메커니즘의 가능성을 잘 보여준다. 하지만 역으로 자유의 통치원리는 저항의 가능성에 대한 사고 또한 크게 확장시켜준다. 사실 『생명관리정치의 탄생』에서는 자유주의와 신자유주의가 어떻게 통치의 테크놀로지가 될 수 있는가를 설명하는 데 집중하다보니 자유가 갖는 저항의 의미가 제대로 설명되지 못한 경향이 있다.

푸코는 『안전, 영토, 인구』에서 사목권력과 관련하여 저항의 가능성을 강조한다. 그에 의하면 그리스도교의 사목권력은 "목자의 권력이 행사되고 복종이 이뤄지며, 전면적인 복종관계를 확보하고, 공덕과 죄과의 경제를 행하는데 어떤 진실, 은밀한 진실, 내면의 진실, 숨겨진 영혼의 진실이 필요한 요체가 되는 그런 구조와 기술"의 체제를 구축하고 "구원의 문제를 일반적 주제 안에서 취하며 경제, 순환의 기술, 전이, 공덕의 역전 전체를 포괄적 관계 안으로 집어넣은 권력형태"[63]이다. 사목권력은 서구의 통치성의 역사에서 (신분이 아니라 공덕과 죄과의 균형과 순환에 의존하는) 분석적 판별, (만인의 만인에 의한 전반적인 예속뿐만 아니라 개인의 중심적 형식인 자아, 자기, 이기주의의 배제와 관련된 네트워크에 예속된) 종속화, (내밀하고 은밀하고 숨겨진 진실의 생산에 의해 획득되는) 주체화라는 매우 독특한 개인화의 방식을 구축한다.[64] 푸코는 이런 사목권력의 형태가 인간의 정치적 통치로, "영혼의 오이코노미아에서 인간과 인구의 통치로"[65] 이행해갔다고 주장한다. 하지만 푸코는 인간의 영혼을 지도하고 그들의 행위와 품행을 통솔하려는 사목권력에는 늘 저항의 가능성, 이른바 푸코가 말한 대항적 품행 내지 행위의 가능성이 존재한다고 말한다. 다시 말해, 기존의 인도자나 목자가 잘못된 판단이나 그릇된 품행으로 지도할 때, "다른 인도자나 다른 목자에 의해 다른 방식으로 인도되고 싶다거나, 다른 목표나 다른 형식의 구원을 향해 다른 절차와 다른 방법으로 인도되고 싶다는"[66] 반항과 저항의 행위가 일어나 기존의 통치에서 벗어남으로써 각자가 자신의 품행을 스스로 결정하려고 할 가능성이 늘 상존한다는 것이다. 인간의 영혼을 지도하는 통치에는 그에 반하여 통치 받지 않으려는 저항의 투쟁이 상존한다는 것이다. 푸코는 수덕주의修德主義, 공동체, 신비주의, 성서의 해석, 종말론적 신앙과 같은 대항적 품행의 사례들을 언급하며 그것들이 전략이나 전술의 형태로서 그리스도교에 대항적 행위로 내재적이었음을 강조한다.

푸코는 1978년 『안전, 영토, 인구』의 강의를 끝낸 지 약 1달 반 뒤인 5

---

63 미셸 푸코, 『안전, 영토, 인구』, 262면.
64 위의 책, 263면.
65 위의 책, 313면.
66 위의 책, 269면.

월 27일 소르본에서 프랑스철학회의 초청으로 「비판이란 무엇인가?」라는 제목의 강연을 하게 된다. 여기서 푸코는 『안전, 영토, 인구』의 주제를 이어가며 칸트적 비판의 의미를 통치성과 연결하여 설명한다. 그는 통치화에는 "어떻게 통치받지 않을 것인가" 하는 물음이 반드시 수반된다고 말한다. 특히 그는 지배와 저항의 권력관계에서처럼 통치화와 '통치 받지 않고자 함'이 서로 내재적 관계를 이루고 있음을 강조한다. 통치 받지 않고자 함은 '나는 통치 자체를 거부한다'는 식으로 통치에 초월적이거나 대립적이기보다는 구체적인 질문제기로서, "어떻게 하면 이런 식으로, 이들에 의해서, 이런 원칙들의 이름으로, 이런 목표들을 위해, 이런 절차들을 통해, 그런 식으로, 그것을 위해, 그들에 의해 통치 당하지 않을 것인가?"라는 문제제기와 같은 것이다. 바로 이러한 문제제기를 푸코는 '비판적 태도'라고 정의한다. 여기서 푸코는 비판의 일차적 기능을 "통치 받지 않기 위한 기술"로 정식화한다.[67]

> 만일 통치화가, 사회적 실천의 현실 속에서 진실을 주장하는 권력메커니즘을 통해 개인을 예속화하는 문제와 관련된 활동이라면, 저는 비판이란 진실에 대해서는 그 진실을 유발하는 권력효과를, 권력에 대해서는 그 권력이 생산하는 진실 담론을 문제 삼을 수 있는 권리를 주체가 자신에게 부과하는 활동과 관련된 활동이라 말하고 싶습니다. 비판은 자발적 불복종의 기술, 숙고된 불순종의 기술일 것입니다. 비판은 한마디로 진실을 둘러싼 정치라고 부를 수 있는 활동 속에서 탈예속화를 그 본질적 기능으로 갖는 것입니다.[68]

---

67 푸코, 오트르망 역, 「비판이란 무엇인가?」, 『비판이란 무엇인가 / 자기수양』, 동녘, 2016, 44~45면.

68 위의 책, 47~48면.

비판은 통치 받지 않기 위한 문제제기이자 기술이다. 비판은 지식과 진리와 권력의 관계를 탐구함으로써 진실체제와 권력체제가 어떻게 긴밀하게 연동해왔는가를 파헤치는 푸코의 계보학의 다른 용어이다. 나아가서 비판은 통치 받지 않기 위한, 즉 자유의 문제와 연결된다. 푸코에게 자유는 절대적이거나 초월적인 가치가 아니다. 푸코가 자유주의자들과 다른 점은 바로 이 점이다. 앞서 보았듯이, 푸코에게 자유와 자유주의는 인구를 둘러싼 권력관계를 관리하고 자연스럽게 순환시키는 통치성의 테크놀로지로 기능한다. 그것은 인간을 예속화하는 통치화의 핵심메커니즘인 것이다. 하지만 통치화는 자유로 인해 성공이 보장될 수 없다. 자유는 통치성의 테크놀로지에 대한 문제제기이며 통치 받지 않기 위한 전력과 전술이기 때문이다. 푸코는 1982년 「주체와 진리」라는 글에서 이를 명확하게 표현한다. 그에 의하면 권력관계와, 예속화에 대한 자유의 거부는 서로 분리될 수 없다. 권력이 행사되려면 그것은 "자유로운 주체들에 대해서만, 그리고 그들이 '자유롭다'는 조건 하에서만 행사"될 수 있다. 그런 점에서 권력관계의 중심에는 "의지의 반항과 자유의 비타협성"[69]이 항상 존재한다. 바로 여기서 우리는 푸코가 권력의 전쟁모델에서 통치성 연구로 이행해가고, 특히 자유를 통치성의 한 형태로 주목한 이유를 이해할 수 있다. 전쟁이라는 권력 모델에서는 자유가 들어서거나 저항할 수 있는 여지가 매우 협소하기 때문이다. 자유가 없다면 통치화도 비판도 불가능하다. 자유는 권력의 행사를 위한 필수조건인 것이다.

---

69   Michel Foucault, "The Subject and Power," *Power : The Essential Works of Michel Foucault 1954~1984*, London : Penguin, 2002, p.342.

제3장

후기 푸코의
통치 받지 않을 자유

1. 1980년대 푸코의 이론적 실천에 대해

미셀 푸코의 1980년대 활동은 오랫동안 산발적으로만 알려져 있었다. 그동안 푸코에 관한 연구는 대체로 그의 저작을 중심으로 이루어져 왔고, 이 시기에 그의 가장 중요한 활동, 특히 콜레주드프랑스의 강의와 대담들은 그가 죽고 난 뒤 한참 지나서야 비로소 소개되었다. 푸코는 1975년에 『감시와 처벌』을 출간하고 이듬해 1976년 12월에 『성의 역사 1－앎의 의지』를 출간한다. 그 8년 뒤인 1984년 5월에 『성의 역사 2－쾌락의 활용』을 출간하고 6월 20일 병상에서 『성의 역사 3－자기 배려』를 받아보고는 5일 뒤 죽음을 맞이한다. 여기서 주목할 것은 『성의 역사 1－앎의 의지』와, 『성의 역사 2－쾌락의 활용』과 『성의 역사 3－자기 배려』의 출간 사이에는 8년이라는 시간 간격이 있다는 점이다. 저작의 출간만 볼 경우, 이 8년 사이에 푸코의 저작이 거의 출판되지 않았기 때문에 푸코의 활동이 적극적이지 않거나 일관성이 없었던 것으로 보일지 모른다. 하지만 그의 대담과 강의, 해외에서의 활동을 보면 그의 이론적 활동을 파악하는 데 그의 저작에 대한 읽기만으로는 한계가 있다는 것을 알 수 있다.

푸코는 1970년 콜레주드프랑스에 취임한 이후 안식년이었던 1977년을 제외하고 한 해도 거르지 않고 매년 강의를 진행했다. 그의 육성을 전사한 강의록들이 모두 출간되고, 그 사이에 있었던 푸코의 다양한 강연과 대담들이 속속 출간되면서 그의 마지막 5년의 활동들이 구체적으로 드러나고 있다. 이 강의와 대담들을 통해 볼 경우, 『성의 역사 1-앎의 의지』와, 『성의 역사 2-쾌락의 활용』과 『성의 역사 3-자기 배려』 사이의 8년은 새로운 조명을 받게 된다. 강의록의 출간으로 푸코 연구는 새로운 전기를 맞고 있다. 강의록의 출간 전에는 푸코 연구가 대부분 『감시와 처벌』과 『성의 역사 1-앎의 의지』에서 멈췄다면, 강의록과 그의 대담의 출간은 푸코 연구를 그의 죽음 직전까지로 확장한다. 푸코의 마지막 5년 동안의 활동의 간략한 이력만 살펴봐도 그의 왕성한 활동에 놀라지 않을 수 없다. 다음은 다니엘 드페르^{Daniel Defert}가 작성한 푸코의 연대기에서 주요 부분만 추린 것이다.

1980년 1~3월 콜레주드프랑스에서 『생명존재의 통치에 관해』라는 제목으로 강의.

1980년 9월 콜린 고든이 편집한 『권력 / 지식』을 출간

1980년 10월 버클리 소재 캘리포니아대 호위슨 강연에서 「진리와 주체성」이라는 제목으로 강연하고, 「고대 후기와 초기 기독교 시대의 성적 윤리」라는 세미나를 개최.

1980년 11월 뉴욕대 인문학연구소에서 리처드 세넷과 공동 세미나를 개최하고 「섹슈얼리티와 고독」을 발표

1980년 11월 17~24일 다트머스 대학에서 「주체성과 진실」, 「그리스도교와 고백」을 강연.[1]

---

1   미셸 푸코, 오트르망 역, 『자기해석학의 기원』, 동녘, 2022.

1981년 1~3월 콜레주드프랑스에서 『주체성과 진실』이라는 제목으로 강의.

1982년 1~3월 콜레주드프랑스에서 『주체의 해석학』이라는 제목으로 강의.

1982년 5월 그르노블 대학에서 「파레시아」를 강연.[2]

1982년 5~6월 토론토 대학에서 「자기 자신에 관해 진실 말하기」 세미나 개최

1982년 10~11월 버몬트 대학 종교학과에서 「자기의 테크놀로지」 세미나 개최

1983년 1~3월 콜레주드프랑스에서 『자기와 타자의 통치』라는 제목으로 강의.

1983년 3~4월 버클리대에서 자기 테크닉과 자기 수양에 관한 글을 발표한 후 철학과, 사학과, 불문학과에서 토론하고,[3] 푸코 자신의 작업 상황을 폴 레비나우, 허버트 드레퍼스, 찰스 테일러, 마틴 제이, 리처드 로티, 레오 로웬탈과 토론함. 그 성과들이 드레퍼스와 레비나우의 『미셸 푸코―구조주의와 해석학을 넘어』에 포함됨. 가을에 버클리대의 학생들에게 1930년대 이후의 통치성의 역사를 토론할 것을 제안함.

1983년 10~11월 버클리 소재 캘리포니아 대학에서 6회에 걸쳐 파레시아의 역사를 강연하고,[4] 볼더 대학과 산타크루즈 소재 캘리포니아 대학에서 두 번 강의함

1984년 2~3월 콜레주드프랑스에서 『진실의 용기』를 강의.

1984년 2월 『성의 역사 2―쾌락의 활용』을 교정봄.

1984년 3월 버클리대 학생그룹(키스 겐덜, 데이비드 호른, 스티븐 코트킨 등)과 1930년대 통치성의 변형과 새로운 합리성의 출현(제1차 세계대전 이후 서구사회의 재구성 방식, 사회생활을 위한 프로그램, 새로운 경제계획, 새로운 정치조직)에 관해 토론을 계획함.

---

2   미셸 푸코, 오트르망 역, 『담론과 진실―파레시아』, 동녘, 2017.
3   미셸 푸코, 오트르망 역, 『비판이란 무엇인가? / 자기수양』, 동녘, 2016.
4   미셸 푸코, 『담론과 진실―파레시아』, 동녘, 2017.

1984년 4월『성의 역사 4-육체의 고백』의 수고 작업.

1984년 5월 14일『성의 역사 2-쾌락의 활용』출간.

1984년 6월 20일『성의 역사 3-자기 배려』출간.

1984년 6월 25일 미셸 푸코의 죽음.1982년에 폴란드로 떠나기 전에 사후 출간 금지(No posthumous publications)를 유언으로 남김[5]

이 연보는 푸코가 1980년대에 미국과 유럽의 여러 나라들에서 강연하고 그곳의 지식인과 학자들과 연대를 맺는 등 왕성한 지적 활동을 펼쳤을 뿐 아니라 새로운 주제들, 특히 생명정치, 통치성, 주체, 진실, 고백 등과 같은 개념들을 통해 권력과 주체에 대한 이론적 탐구를 지속해가고 있었음을 보여준다. 오랫동안 푸코의 마지막 5년에 접근할 수 있는 경로로는『성의 역사 2-쾌락의 활용』,『성의 역사 3-자기 배려』를 통하는 길이었다. 하지만 이 저작들만으로는 푸코의 사상적 발전과 전환을 정확하게 짚어내는 데는 한계가 있었다. 하지만 푸코의 강의들과 대담들이 출간됨으로써 그의 저작을 통해서는 가능하지 않았던 푸코의 1980년대 이론 활동에 대한 구체적인 접근이 가능하게 되었다.

이 글은 푸코의 저작들보다 그의 강의록과 대담을 중심에 두고 푸코 사상의 마지막 5년에 대한 전체적 모습, 특히 그의 마지막 시기의 이론적 변화에 접근할 수 있는 단서를 제공하고자 한다. 푸코는 1976년『성의 역사 1-앎의 의지』와 1984년『성의 역사 2-쾌락의 활용』,『성의 역사 3-

---

5   이것은 필자가 다니엘 드페르의「연대기」("Chronology")에서 푸코의 강의와 대담을 중심으로 정리하였고 거기에 일부 추가한 것이다. 자세한 것은 Daniel Defert, "Chronology," *A Companion to Foucault* (C. Falzon et al. eds.), Chichester : Willey-Blackwell, 2013, pp.62~82를 참조.

자기 배려』 사이에만 몇 차례의 이론적 변화를 시도하였다. 나중에 드러나겠지만, 사실 이 시기는 그의 사상적 공백기가 아니라 푸코 사상의 엄청난 변화와 확장의 시기였다. 『성의 역사』 연작에만 초점을 둘 경우, 푸코의 이론적 발전은 고고학과 계보학의 단계를 넘어 윤리학의 단계로 나아간 것으로 보일지 모른다. 하지만 푸코는 계보학에서 윤리학으로 나아간 것이 아니라 통치, 진실, 주체, 윤리, 비판의 문제설정을 새롭게 구성함으로써 이전에 진행하던 계보학적 탐구를 계속 이어나갔다. 그는 이 시기에 그리스도교의 사목권력과 고백의 테크놀로지를 계보학적으로 탐구하고 그것을 넘어 고대 그리스와 로마 시대의 자기 테크놀로지와 자기 배려를 통해 주체와 진실의 관계를 새롭게 조명했는데 이러한 탐구는 계보학적 방법을 철저하게 따르고 있다. 푸코는 자신의 방법론으로서 계보학을 한 번도 떠난 적이 없다고 할 수 있다.

여기서는 푸코의 마지막 시기의 활동을 크게 세 측면에서 살펴보고자 한다. 그것은 각각 푸코 사상의 방법적 문제, 탐구 대상과 주제, 그리고 그것이 갖는 현재의 비판적 의미에 관한 것이다. 우선 푸코의 권력 개념에 어떤 변화가 일어나고 있었는가를 살펴보기 위해 푸코의 이론적 방법과 변화를 살펴볼 필요가 있다. 이 시기에 푸코의 권력 개념은 어떻게 변화하고 있었는가? 1970년대 후반에 등장한 통치성 개념이 1980년대 들어 핵심적 개념으로 등장하는데 이는 푸코 사상의 어떤 변화를 보여주는 것인가? 이는 이전의 푸코의 권력 개념의 연장인가 확장인가 단절인가? 둘째는 이런 방법적 문제설정을 바탕으로 푸코가 연구한 대상과 주제의 변화를 살펴보고자 한다. 1980년대 들어 푸코는 고대 그리스 시대에서 헬레니즘과 제정 로마 시대를 거쳐 초기 그리스도교 시기로 나아가면서 자기 배려, 고백, 파레시아진실 말하기의 문제를 집중적으로 탐구한다.[6] 끝으로 푸코는 자신의 고고학과 계보학을 항상 현재에 대한 비판이자 문제제기로 인식해왔다. 이 시기의 푸코의 방법과 주제 탐구들이 현재에 대한 비판과 어떻게 연결되는지를 볼 것이다. 이 세 측면에 대한 탐구는 1980년대 푸코 사상의 구체적 형태를 드러내 줄 것이다.

2. 권력에서 통치로 주체와 자유의 문제

1980년대 들어 푸코는 콜레주드프랑스에서 『생명존재의 통치에 관하여On the Government of the Living』1980, 『주체성과 진실Subjectivity and Truth』1981, 『주체의 해석학The Hermeneutics of the Subject』1982, 『자기와 타자에 대한 통치The Government of Self and Others』1983, 『진실의 용기The Courage of Truth』1984라는 제목으로 5차례 강의를 실시한다. 이 강의 제목에서 우리의 주목을 끄는 것은 주체, 진실, 통치와 같은 단어들이다. 1980년 강의제목에 '생명존재the living'가 들어 있는 것으로 봐서 1976년 『성의 역사 1 – 앎의 의지』에서 제기된 바 있지만 그 뒤에 다루려고 하다 미뤄두었던 '생명정치'를 다루려고 하는 것인가 하는 생각이 들지만 『생명존재의 통치에 관하여』의 주제와 내용은 전혀 그렇지 않았다. 이 강의는 생명정치의 문제가 아니라 "진실에 의한 (주체의) 자기 통치"[7]의 문제를 주로 다루었다. 1980년대 강의에서 통치, 주체, 진실이 가장 빈번히 거론되는 단어들이듯이, 이 시기 푸코의 구체적인 탐구대

---

6   콜레주드프랑스에서 푸코의 실제 강의 순서는 초기 그리스도교 시대에서 시작해 고대 그리스 시대로 올라갔다가 다시 헬레니즘과 제정 로마 시대로 내려오는 순서를 따른다.

7   Michel Senellart, "Course Context," Michel Foucault, *On the Government of the Living : Lectures at the Collège de France 1979~1980*, New York : Picador, 2016, p.327.

상은 이 단어들 간의 관계, 즉 통치-주체-진실의 계열에 관한 것이었다.

1980년대를 기점으로 푸코의 작업에서 뚜렷한 변화를 읽을 수 있는 것은 두 가지 이유와 관련이 있다. 하나는 푸코가 탐구 영역을 그동안 주로 관심을 두었던 서구의 근현대 시기에서 고대 그리스 및 로마 시대의 철학과 초기 그리스도교 사상으로 이동한 것이고, 다른 하나는 이를 탐구하기 위한 방법론으로 권력에서 통치로 전환한 것이다. 권력에서 통치로의 전환은 이미 1970년대 후반부터 진행되고 있었다. 1978년 강의인 『안전, 영토, 인구』와 1979년 강의인 『생명관리정치의 탄생』에서 통치성은 이미 핵심 개념으로 부상했다. 특히 후자의 강의에서 푸코는 신자유주의를 국가장치를 통한 시장의 적극적 개입과 주체가 스스로를 인적 자본으로 생각하는 호모 에코노미쿠스^{Homo Economicus}라는 인간 유형의 탄생에 근거한 새로운 통치성으로 인식한다. 시장을 자연 상태로 간주했던 자유주의와 달리, 시장에 대한 정부의 적극적 개입을 강조하는 신자유주의적 통치성은 새로운 주체성의 구축과 긴밀히 연결되어 있다. 즉 그것은 외부에서 주체를 통제하고 규율화하는 방식이 아니라 주체가 스스로를 자기 통치하는, 즉 "피통치자들의 합리성이 곧 통치합리성에서 규칙화의 원리로 작동해야 하는"[8] 새로운 주체성 개념을 제안한다. 하지만 1980년대 들면 통치 개념의 내포와 외연은 크게 확장된다. 1970년대 후반 푸코의 권력 개념이 지속적으로 확장과 심화의 과정을 겪듯이, 통치 개념에도 일정한 전환이 일어난다. 여기서 전환이라는 말은 기존 단어의 함의 속에 새로운 의미가 추가됨으로써 의미가 확장되는 차원을 넘어 기존 단어의 경계를 넘어서는 것, 즉 기존 단어가 지닌 의미의 문턱을 넘어서는 것을

---

8   미셸 푸코, 오트르망 역, 『생명관리정치의 탄생』, 난장, 2012, 432면.

의미한다. 그런 점에서 푸코에게 통치로의 전환은 기존 권력 개념의 확장
이면서 그것을 넘어서는 변화를 함축한다.

　권력에서 통치로의 전환은 무엇보다 주체와 주체화subjectivation의 문제
에 대한 미묘한 인식 변화와 관련이 있다. 권력의 문제설정 역시 주체화
의 양식과 연결되어 있었지만 주로 권력의 관점에서 주체가 어떻게 구
성되는가에 초점을 두었다면, 통치성의 문제설정은 통치성의 전략 속에
서 주체가 어떻게 스스로를 구성하는가 하는 데 보다 집중한다. 통치성은
곧 주체화의 양식의 문제에 다름 아닌 것이다. 푸코는 1980년대 들면서
이전과 달리 주체와 저항의 문제를 더욱 강조하는 모습을 보인다. 그는
1982년 「주체와 권력The Subject and Power」이라는 글에서 "(권력에 대항한) 저
항을 권력관계를 밝혀줄 수 있는 화학적 촉매로 사용"할 필요가 있다고
강조하는 한편, "나의 연구의 일반적 주제는 권력이 아니라 주체이다"[9]라
고 주장한다. 여기서 흥미로운 것은 푸코가 주체를 강조하는 차원을 넘어
이제 자신의 탐구를 권력이 아니라 주체를 축으로 새롭게 구성하고 있다
는 점이다. 1970년대 내내 푸코가 자신의 권력 개념을 정교하게 다듬고
확장해갔다는 사실, 즉 앞서 그가 권력 개념을 규율, 전쟁, 생명, 안전, 통
치의 관점을 통해 확장해갔다는 점을 보았듯이, 주체에 대한 이러한 강조
는 1980년대 푸코 이론에서 뚜렷하게 드러나는 측면 중 하나이다.

　무엇보다 나는 지난 20년 동안 나의 목표였던 것을 말하고 싶다. 그것은 권력
현상을 분석하는 작업이나 그런 분석의 토대를 정교히 하는 작업이 아니었다.
　오히려 나의 목적은 우리 문화에서 인간 존재자들이 주체가 되는 다양한 양

9　Michel Foucault, "The Subject and Power," *Power : The Essential Works of Michel Foucault 1954~1984*, London : Penguin, 2002, p.327.

식들의 역사를 창조하는 것이었다. 즉, 나의 작업은 인간 존재자들을 주체로 변형하는 객체화의 세 가지 양식들을 다루어왔다.

첫째는 스스로에게 과학의 지위를 부여하려고 하는 탐구 양식이다. 가령, 일반문법과 문헌학과 언어학에서 발화하는 주체의 객체화, 이 첫째 양식에서 생산적 주체, 즉 부와 경제의 분석에서 노동하는 주체의 객체화, 그리고 세 번째 예에서는 자연역사와 생물학에서 생명이라는 사실의 객체화 같은 것 말이다.

나의 작업의 두 번째 부분에서 나는 내가 "분할하는 실천들^{dividing practices}"이라 부른 주체의 객체화를 연구해왔다. 주체는 자기 자신의 내부에서 혹은 다른 사람들로부터 분리된다. 이런 과정은 주체를 객체화하는데, 광인과 정상인, 병자와 건강한 자, 범죄자와 '착한 소년들'을 그 예로 들 수 있다.

마지막으로 나는 인간 존재자가 스스로를 주체로 전환하는 방식 — 이것이 나의 현재 과제이다 — 을 연구하고자 해왔다. 예로 들어, 나는 섹슈얼리티의 영역 — 인간들은 어떻게 스스로를 '섹슈얼리티'의 주체로 인식하도록 배워왔는가? — 을 선택해왔다.

따라서 나의 연구의 일반적 주제는 권력이 아니라 주체이다.[10]

푸코는 자신의 작업을 권력이 아니라 주체에 초점을 두고 설명한다. 특히 그는 자신의 작업을 주체의 객체화와 주체화로 구분하여 설명한다. 푸코가 말하는 주체의 객체화는 사실 권력의 문제라고 할 수 있다. 권력은 주체를 구성하는, 즉 객체화하는 작용인 것이다. 하지만 여기서 주목할 점은 그가 권력의 문제를 주체의 객체화라는, 즉 주체의 문제로 재진술하고 있는 것이다. 즉, 그는 주체의 관점에서, 즉 문법의 주체, 규율과 합리

10　Ibid., pp.326~327.

성의 주체, 섹슈얼리티의 주체를 축으로 자신의 작업을 재구성한다. 그동안 푸코의 글에서 주로 권력의 작동방식이 주된 초점이었다면, 이제 주체화의 작동방식이 주된 초점의 대상이 되고 있는 것이다. 여기서 눈에 띄는 것은 권력에서 주체로의 초점의 이동만이 아니다. 푸코는 현재 자신의 관심이 권력의 전략들에 의해 주체들이 권력의 대상으로 구성되는 관점에서 "주체가 권력에 맞서 스스로를 구성하는" 주체화에 있다고 말한다.

이를 근거로 푸코가 '권력에서 주체로', '권력에서 저항으로' 관심을 이동했다고 생각하기 쉽고, 이를 토대로 그가 권력의 계보학에서 주체의 윤리학으로 전환했다고 생각할지 모른다. 하지만 이런 이동과 전환을 이해하기 위해서는 푸코의 주장을 1980년대 그의 다양한 강의와 강연, 대담들과의 관계 속에서 면밀하게 읽을 필요가 있다. 푸코는 주체화의 양식들을 제대로 파악하기 위해서는 권력 개념을 확장할 필요가 있다는 점을 적극적으로 강조해왔다.[11] 1970년대 후반 푸코는 자신의 권력 개념을 규율권력, 전쟁권력, 생명정치, 사목권력, 안전권력, 통치합리성과 같은 개념들을 통해 확장하고 심화해왔다. 하지만 그러한 확장 속에서도 주체와 저항의 작용을 설명하는 데는 다소 어려움이 있었던 것 같다. 푸코는 권력에 저항이 내재한다는 점을 지속적으로 강조해왔다. 하지만 그가 관심을 둔 것은 항상 권력의 작동방식이자 권력의 테크놀로지였기 때문에 저항과 주체의 가능성은 제대로 설명되지 않는 느낌을 주었다. 다시 말해, 푸코의 탐구는 권력 관계가 주체를 어떻게 예속화subjection하는가권력작용 하는 문제에 대해서는 정교한 분석을 제공하면서도 정작 그 반대급부인 주체화subjectivation의 가능성에 대한 분석에는 적극적이지 않은 편이었다. 푸

---

11 Ibid., p.327.

코의 이론에서 항상 앞에 위치한 것은 권력의 작동이었지 주체의 작동이
아니었다. 푸코가 '권력에서 통치로' 전환한 것은 이런 점을 일부 수정하
는 것이며 주체화의 문제에 좀 더 초점을 두겠다는 의도로 읽을 수 있다.

1980년 콜레주드프랑스의 『생명존재의 통치에 관해』라는 제목의 강
의에서 푸코는 '통치' 개념이 갖는 의미를 적극적으로 피력한다. 이 강의
에서 푸코는 '진실에 의한 주체의 통치'를 다룰 생각과 동시에 이 작업을
그동안 자신이 실천해온 지식-권력과는 다른 방식으로 접근해볼 계획임
을 제안한다. 푸코가 볼 때, 지식-권력의 방법은 상당히 유용하면서도 너
무 빈번하게 사용된 나머지 이제 신선함이 떨어졌다. 우선 지식-권력의
틀은 이데올로기 개념의 허구성을 비판하는 데 아주 유용했다. 지배이데
올로기 개념은 진실과 허위, 현실과 환상, 과학과 비과학, 합리성과 비합
리성이라는 이분법적 대립에 근거한 "잘못 구성된 재현이론"으로서 주체
를 구성하는 예속화의 실제적 메커니즘을 간과했다. 지식-권력의 틀은
이런 이분법이 분리 불가능하게 상호 작용하는 "대상과 개념의 영역들을
구성하는 실천들", 즉 "구성적 실천들"의 문제를 제기하고, 그런 이분법에
근거한 재현체계의 문제를 "권력 관계가 실질적으로 실천되는 절차들과
기술들에 대한 분석의 문제"로 대체할 수 있게 해주었다. 이것이 1970년
대 푸코가 시도한 작업이다. 하지만 푸코는 지식-권력의 틀이 유용하지
만 그 개념의 지나친 남용으로 이제는 타당성과 시의성이 반감되었을 뿐
만 아니라 주체화의 문제를 사고하는 데 한계가 있음을 깨닫는다. 여기
서 푸코는 권력보다는 통치를, 특히 '진실에 의한 주체의 통치'라는 개념
을 제안한다. 지배이데올로기 개념을 비판하기 위해서는 지식-권력의 문
제설정이 필요했지만 이제 주체화의 문제, 즉 '진실에 의한 인간의 통치'
를 사고하기 위해서는 다른 틀이 필요하게 된 것이다. 푸코는 지식-권력

의 틀이 통치-주체-진실의 문제설정에 의해 대체될 필요가 있다고 주장한다.[12] 물론 지식-권력의 틀이 갖는 유용성이 사라진 것이 아니라 새로운 문제설정 속에서 보다 정교한 의미를 지니게 된다. 푸코는 "지식-권력의 개념에서 진리에 의한 통치의 개념으로의 이행은 근본적으로 지식과 권력이라는 이 두 용어에 대해 긍정적이고 차별화된 내용을 불어넣어준다"[13]고 말한다.

> 지난 2년 동안 나는 통치라는 개념을 기술해보려고 노력해왔습니다. 물론 통치 개념을 국가 체제에서 최고 수준의 행정적·실무적 결정이라는 현행 통용되는 협소한 의미에서가 아니라 인간의 행위와 품행을 형성하고, 그들의 품행을 지도하고, 그들의 품행을 인도하도록 의도하는 메커니즘과 절차들이라는 넓고 오래된 의미에서 이해할 경우에 통치 개념은 나에게 권력 개념보다 훨씬 더 유용하게 기능하는 것 같습니다.[14]

비슷한 시기의 「'진실과 주체성'에 관한 토론」에서도 푸코는 통치 개념의 중요성을 강조한다.

> 현재 제 문제는, 한 사회 내에서 사람들 사이에는 언제나 힘의 관계들이 있음에도 불구하고, 또 바로 그 덕분에 어떤 사람들이 다른 사람들의 삶을 지휘할 수 있도록 허용하는, 그런 테크닉으로 이해되는 통치가 무엇인지를 분석하

---

12 Michel Foucault, *On the Government of the Living : Lectures at the Collège de France 1979-1980*, New York : Picador, 2016, pp.11~12.
13 Ibid., p.12.
14 Ibid., p.12.

는 것입니다. 바로 이 힘들의 관계의 비대칭을 통치라 부를 수 있다고, 혹은 통치를 가능하게 하는 힘들의 불균형이라고 (말할 수 있다고) 생각합니다. 이해가 되시죠? 그래서 지금 제 문제는 권력관계들이 아닌 통치를 분석하는 것입니다. 통치는 힘의 순수한 관계도 아니고 순수한 지배도 아니며 순수한 폭력도 아닙니다. (⋯중략⋯) 문제는 지배의 구조와 자기의 구조 혹은 자기 테크닉이라고 부를 수 있을 그것을 통해 통치자와 피통치자들 간의 이러한 관계를 분석하는 것입니다.[15]

이러한 지적은 푸코가 이 시기에 통치 개념을 얼마나 중심에 두고 사유하고 있었는지를 보여준다. 푸코가 통치를 강조하기 시작하는 것은 『성의 역사 1─앎의 의지』 이후 1978년과 1979년 강의에서다. 푸코는 『안전, 영토, 인구』 강의에서 통치라는 개념이 '군림', '지휘', 혹은 '법 집행'과 같지 않고, 특히 통치를 그런 군림과 지휘와 법집행의 주체들, 즉 "주권자·봉건제후·영주·판사·장군·지주·선생·교수가 되는 것"과는 다른 차원의 것이며 이 개념에는 "뭔가 특별한 것"이 있는데 "이 개념이 포괄하는 유형의 권력"이 무엇인지를 설명하겠다고 말한다.[16] 푸코가 통치 개념을 끌어들인 것은 규율권력의 한계 때문이다. 그는 통치권력의 한 사례로 사목권력pastoral power을 들었는데, 사목권력은 권력이 개인을 통제하고 훈육하는 규율권력과 달리, 개인이 스스로를 통치하고 무리를 통치하는, 즉 개인의 영혼을 표적으로 삼고 그의 품행을 지도하고 통솔하는 통치권력이다. 푸코에 의하면 사목권력은 지배자와 피지배자의 주권관계를 영혼을 지도하는 목자와 무리의 관계로 설정하고 "선행"에 기초

---

15   미셸 푸코, 「'진실과 주체성'에 관한 토론」, 『자기해석학의 기원』, 115~116면.
16   미셸 푸코, 오트르망 역, 『안전, 영토, 인구』, 난장, 2011, 167면.

한 "무리의 구제"를 목표로 하는 돌봄의 권력이며, 한 마리의 양도 포기하지 않기 위해 철저히 "개인화하는 권력"이라는 특징을 갖는다.[17] 이는 규율권력과는 다른 유형의 권력이다. 푸코는 인간의 신체를 훈육하는 규율권력에 대한 대안으로 인간의 영혼을 통제하고 그의 품행을 인도하고 통솔하는 사목권력을 통치권력의 새로운 유형으로 이해하는 한편, "전체를 위해 하나를 희생하고 하나를 위해 전체를 희생하기"[18]라는, 그리스도교 제도를 통해 들어오게 된 이 권력에서 인구의 생명정치와 관련해서 근대 국가의 권력 기술이 맞닥뜨리게 될 중차대한 문제를 꿰뚫어본다. 여기서 푸코가 설명하고자 한 것은 자신이 규율권력을 다루면서 옆으로 제쳐두었던 국가의 문제, 즉 전체적이면서 개별적인 방식으로 작용하는 "국가의 통치화"[19]의 문제이다. 푸코는 "실제로 우리 앞에 존재하는 것은 주권, 규율, 통치적 관리라는 삼각형입니다. 인구가 바로 이 삼각형의 핵심 표적이며, 안전장치가 바로 이 삼각형의 핵심 메커니즘입니다"[20]라고 말한다. 여기서 푸코가 통치성 개념을 제안한 것은 두 가지 의도와 관련이 있다. 하나는 『감시와 처벌』에서 다룬 규율권력이 국가권력의 문제를 단순하게 이해한다는 지적들을 의식해 국가권력의 문제를 다루되 기존의 국가론과는 다른 방식으로 다루어야 할 필요성이 생겨난 것이고, 다른 하나는 『성의 역사 1 − 앎의 의지』에서 제기된 바 있는 '인구의 생명정치'를 제대로 이해하기 위해 규율권력을 넘어설 필요성이 있었기 때문이다.

하지만 1980년대에 들어서면 통치 개념은 국가의 통치화와 관련된 권

---

17   위의 책, 180~189면.
18   위의 책, 189면.
19   위의 책, 164면.
20   위의 책, 162면.

력 문제보다는 개인이나 집단의 행위와 품행을 지도하고 통솔하는 방법의 문제에 더 초점을 두게 되면서 푸코 이론의 핵심 개념으로 등장한다. 푸코는 통치를 "개인이 타자에 의해 통솔되는 방식이 개인이 자기 자신을 통솔하는 방식과 유기적으로 연결되는 지점"[21]이라 정의하면서 통치를 지배의 테크닉과 자기의 테크닉 간의 상호 관계와 작용이라고 주장한다. 즉, 통치는 개인이나 집단이 주체로서 자기의 품행을 돌보고 이를 통해 타자의 품행을 인도하고 통솔하는, 자기와 타자의 관계를 조절하는 방식이기 때문에 "강제를 확보하는 테크닉과 인간이 자기 자신을 스스로 구축하고 변화시키는 절차 간의 상보성이 늘 존재하고 갈등을 수반하는 불안정한 평형"[22]을 항상 유지한다.

'통치'는 단순히 정치구조나 국가의 경영을 가리키는 것이 아니다. 오히려 그것은 개인이나 집단의 품행이 인도되고 통솔될 수 있는 방식을 지칭한다. 즉 아이들의 통치, 영혼의 통치, 공동체의 통치, 가족의 통치, 병자의 통치 같은 것 말이다. 그것은 적법하게 구성된 정치적·경제적 예속화의 형태들을 포함할 뿐만 아니라 다른 사람들의 품행의 가능성들에 작용을 가하도록 의도된, 대체로 고려되고 계산된 행위의 양식들을 포함한다. 이런 점에서 통치한다는 것은 다른 사람들의 품행의 가능한 장을 구조짓는 것이다. 따라서 권력에 고유한 관계는 폭력이나 투쟁 혹은 자연발생적 연결들(이 모든 것은 잘해야 권력의 도구가 될 수 있을 뿐이다)의 관점에서는 얻을 수는 없을 터이다. 오히려 그 관계는 전쟁 같지도 않고 법적이지도 않은, 즉 통치라는 독특한 품행의 양식에서 구해야 할 것이다.[23]

---

21   미셸 푸코, 『자기해석학의 기원』, 43면.

22   위의 책, 43면.

23   Michel Foucault, "The Subject and Power," p.341.

통치는 자기와 타자가 서로의 행위와 품행을 인도하고 통솔하는 '가능한 품행들의 장'을 지칭한다. 주체는 이 장 안에서 자기의 품행을 인도할 뿐만 아니라 그런 품행을 통해 타자의 태도와 품행을 지도하고 통솔하기도 한다. 특히 이 장에서는 지배의 힘과 저항의 힘, 그리고 지배의 테크닉과 자기의 테크닉이 항상 서로 교차하고 충돌한다. 주체는 이런 힘들과 테크닉들의 교차 속에서 자기 자신을 주체로 구성한다. 즉 주체는 힘들과 테크닉들의 교차점에서 접힌 주름이자 매듭인 것이다. 권력에서 통치로의 전환은 권력 개념보다 예속화의 방식들에 맞선 저항, 즉 탈예속화의 가능성을 확장하기 위한 것이다. 특히 푸코가 초점을 두고 있는 것은 행위자로서의 주체가 아니라 지배^{예속}와 저항^{탈예속}의 복합적 관계에서 생겨나는 주체화의 과정이다. 그에게 통치는 주체의 예속화와 주체의 주체화가 동시적으로 일어나는 장에 관한 것이며, 통치의 역사는 이 장에서 형성되는 주체구성^{주체화}의 계보학에 관한 것이다. 푸코는 "주체의 계보를 연구함으로써, 요컨대 현대의 자기 개념으로 우리를 유도한 역사를 통해 주체 구축의 절차를 연구함으로써, 주체 철학으로부터 벗어나려고 시도해 왔다"[24]라고 주장한다.

1980년대 들어 푸코 이론의 핵심어는 고백, 자기 테크놀로지와 자기 배려, 파레시아와 같은 것이다. 하지만 이런 개념들을 이해하기 위해서는 통치-주체-진실의 계열이 전제되어야 한다. 특히 푸코가 권력-지식을 통치-주체-진실로 대체하면서 '진실에 의한 주체의 통치'를 강조하듯이, 통치와 주체와 진실은 서로 분리 불가능한 계열을 형성한다. 푸코는 이를 하나의 체제, 즉 진실 체제^{regime of truth}로 규정한다. 통치가 자기의 품행을

24 　미셸 푸코, 『자기해석학의 기원』, 38면.

잘 인도함으로써 타자의 품행을 지도하고 통솔하듯이, 진실 체제는 "개인들을 일련의 진실행위들에 강제하는 체제, 즉 진실행위들의 형태들을 정의하고 결정하며 그 실행과 구체적 효과들의 조건들을 구축하는 체제"[25]로 정의된다. 통치가 지배 테크닉과 자기 테크닉이 서로 교차하는 장에서 주체가 자신의 품행을 인도하고 형성함으로써 타자를 지도하고 통솔하려고 하듯이, 통치는 주체의 예속화와 주체화 사이의 관계의 장을 전제한다. 여기서 진실 체제는 그런 통치를 진실을 말하는 주체, 즉 자기와 타자의 품행과 행위와 서로 연결하는 체제이다.

통치-주체-진실의 계열은 1980년대 푸코 이론을 이해하는 핵심이며 이 계열은 그의 마지막 강의까지 그의 방법론으로 유지된다. 1983년 강의인 『자기와 타자의 통치』에서 푸코는 통치-주체-진실의 계열을 자신의 방법론으로 받아들인다.

지식의 역사를 진실 말하기의 형태들에 대한 역사적 분석으로 대체하는 것, 지배의 역사를 통치성의 절차에 대한 역사적 분석으로 대체하는 것, 그리고 주체 이론 혹은 주체성의 역사를 자기의 화용론the pragmatics of self과 그것이 취하는 형태들에 대한 역사적 분석으로 대체하는 것은 내가 이른바 '경험'이라 불리는 것의 역사의 가능성을 정의하기 위해 사용해온 다양한 접근방법들입니다.[26]

권력-지식의 관계는 통치-주체-진실의 계열에 의해 대체되거나 재구성된다. 1980년대 푸코의 기획은 이 계열 관계를 방법론으로 구축하면

---

25 Michel Foucault, *On the Government of the Living*, p.93.

26 Michel Foucault, *The Government of Self and Others* : *Lectures at the Collège de France 1982~1983*, New York : Picador, 2011, p.5.

서 고대 그리스에서 헬레니즘과 제정 로마 시기를 거쳐 초기 그리스도교 시기, 나아가서 서구의 근대로 이어지는 주체의 계보학을 탐구하는 데 있다. 1980년대 들어 푸코가 이런 계열을 자신의 이론적 탐구의 중심에 둔 이유는 무엇일까? 이런 계열의 변화는 푸코의 권력 이론에 어떤 변화를 낳고 있는가? 이런 변화는 푸코의 후기 이론에서 어떤 의미를 지니는가?

가장 중요한 것은 통치-주체-진실의 계열이 권력의 관점에서 다루기 힘들었던 주체의 주체화의 계기를 보다 적극적으로 사유할 수 있는 가능성을 제공해준다는 점이다. "권력이 있는 곳에 항상 저항이 있다"는 푸코의 말에서 저항과 주체화의 문제가 부차적이라 느껴졌던 것은, 그가 항상 주체의 예속화 과정에 대한 치밀한 분석에 집중하는 것으로 보였기 때문이다. 권력의 미시물리학의 관점에서 권력이 주체를 유순한 신체로 어떻게 훈육하는가? 주체가 어떻게 규율권력과 생명정치의 대상이 되는가? 즉 주체가 권력에 의해 어떻게 구성되는가 하는 질문에 초점이 두어져 있다면, 푸코가 아무리 권력과 저항의 권력관계를 강조하더라도, 예속화에 부여된 개념적 무게감 때문에 주체화의 문제는 제대로 사유될 수 없었다. 하지만 통치-주체-진실의 계열에서 볼 경우, 그러한 관계와 관점은 수정되거나 바뀔 수 있다. 통치 속에서 주체는 스스로를 어떻게 구축하는가? 주체는 어떻게 스스로의 진실을 말하는가? 즉 주체는 "타자의 행위와 품행에 영향을 주는 자기의 행위와 품행"이라는 통치 속에서 자기와 자기, 자기와 타자 간의 관계를 조절하고 변형하는 주체로 이해된다.

푸코는 통치의 관점에서 주체화의 과정을 진실 게임 속에서 펼쳐지는 예속화와 탈예속화의 상호 과정으로 설명한다. 그에게 주체화의 과정은 통치함to govern, 통치받음to be governed, 그리고 통치받지 않음not to be governed 이 동시에 일어나는 과정이다. 다니엘 로렌지니Daniele Lorenzini는 후기 푸코에게 "예속화와 주체화의 과정 외부에서 주체는 존재하지 않으며" "주체는 그 자체로 하나의 과정이자 생성"이라고 주장한다. 그에 의하면 푸코가 제기하고 싶은 핵심적 질문은 "우리가 비판의 주체가 되어 동시대의 진실 체제 내부에서 우리를 통치하려고 하는 권력의 통치 메커니즘을 논박하고, 나아가서 (함께) 살고 주체가 되는 새로운 방식을 발명하려고 함으로써 우리 자신을 긍정적으로 구성할 수 있는가?"[27]를 묻는 것이다.

통치-주체-진실의 계열이 갖는 또 다른 중요한 의미는, 이것이 주체화의 과정을 통해 통치받지 않을 자유를 사유할 수 있는 길을 열어준다는 데 있다. 푸코에게 자유는 주체화의 과정 속에서 통치받지 않을 가능성을 확대해가는 작업 그 자체이다. 여기서 자유는 권력이나 통치로부터 벗어나는 것이 아니라 오히려 그것들과 내재적·복합적 관계를 맺고 있다. 자유가 존재할 수 있는 것은 권력과 통치가 있기 때문이고, 역으로 권력이나 통치가 가능할 수 있는 것은 자유와 주체가 있기 때문이다. 이런 점에서 푸코의 자유 개념은 억압과 통제로부터의 자유, 즉 권력과 통치의 대립항으로서의 자유를 전제하는 자유주의나 신자유주의의 자유 개념과는 구분될 필요가 있다. 자유주의와 신자유주의에서 주체는 사회의 억압적 권력관계로부터 벗어난 상태에서 그런 억압에 맞설 수 있는 자연본성과 실체로 간주되는 경향이 있다. 하지만 푸코의 주체는 통치-주체-진실의 계열의 한 계기이기에 이 계열로부터 독립적으로 존재하는 것이 아니다. 푸코가 주체가 아니라 예속화와 탈예속화가 일어나는 주체화의 과정을 강조한 것은 바로 이 때문이다. 그에게 자유란 통치 과정에서 통치 받지

---

27 Daniele Lorenzini, "Foucault, Regimes of Truth and the Making of the Subject," *Foucault and the Making of Subjects* (Laura Cremonesi, et al. eds.), London : Rowman & Littlefield, 2016, p.74.

않음의 가능성을 넓혀가는 것이다. 즉, 자유는 예속화와 탈예속화의 가능성이 존재하는 장에서 통치의 예속화 과정에 맞서 탈예속화의 가능성을 넓혀나가는 것이다. 권력이 자유와 대립적일 수 없는 이유는, "권력이 자유로운 주체들에 대해서, 그리고 주체들이 자유로울 때에만 행사될 수 있기" 때문이다. 즉 자기의 행위와 타자의 행위가 서로 교차하는 통치의 장에서 주체는 "몇 가지 행동 방식들, 몇 가지 반응들 및 태도들이 현실화될 수 있는 가능성들의 장과 대면하는 개인적·집단적 주체들"[28]로 존재하기 때문이다.

끝으로, 통치-주체-진실의 계열을 전제로 할 때, 푸코의 『성의 역사』 연작들 사이에 존재하는 중요한 차이를 명확히 드러낼 수 있다. 사실 『성의 역사 1 − 앎의 의지』와, 『성의 역사 2 − 쾌락의 활용』, 『성의 역사 3 − 자기 배려』 사이에는 시간적 간격만 있는 것이 아니라 통치와 자유의 실천에 대한 푸코 사유의 전환이 자리하고 있다. 『성의 역사 1 − 앎의 의지』는 사목권력이나 고백, 생명정치를 통해 1980년대 푸코 이론의 중요 부분을 선취하고 있지만 그 핵심 내용은 여전히 권력-지식의 모델에 의존하고 있다. 그 중요한 문제의식은 인간의 성이 개인을 통제하고 훈육하는 규율권력과 인구를 조절하고 통제하는 생명정치의 교차점에 위치한다는 데 있다. 『성의 역사 1 − 앎의 의지』의 주요 과제는 권력 개념을 정교하게 설명하고 확장하는 데 있다. 다시 말해, 이 책은 개인의 성적 욕망을 통제하고 훈육하는 규율권력, 자신의 성과 관련된 진실을 끊임없이 실토하게 만드는 '고백과 사목권력'과 이를 계승한 정신의학, 성을 인구의 관리와 통제와 결합하는 생명정치를 다루되 대체로 권력-지식의 계열에 기반을

---

28   Michel Foucault, "The Subject and Power," p.342.

두고 있다. 반면에 『성의 역사 2 ― 쾌락의 활용』과 『성의 역사 3 ― 자기 배려』, 그리고 최근 출간된 『성의 역사 4 ― 육체의 고백』은 권력에서 통치로의 전환, 즉 통치-주체-진실의 계열에 근거하면서 성과 관련된 자기와 타자의 테크닉과 테크놀로지에 초점을 두고 있다. 즉, 주체는 어떻게 자기의 성을 욕망의 문제가 아니라 쾌락의 문제로 다루었는가? 주체는 타자와의 관계에서 쾌락을 어떻게 활용해왔는가? 주체는 성을 어떻게 자기의 육체를 돌보는 한편 그것을 영성의 문제와 연결짓는가? 이를 일반화하면, 통치 속에서 주체는 어떻게 자기의 진실을 말하는가? 진실을 말할 때 주체는 자기와 타자의 테크닉을 어떻게 활용하는가? 이런 질문이 1980년대 들어 푸코가 진지하게 탐구하고자 한 질문이었다. 따라서 『성의 역사 1 ― 앎의 의지』와, 『성의 역사 2 ― 쾌락의 활용』, 『성의 역사 3 ― 자기 배려』 사이에는 방법에 대한 푸코의 사유에 중요한 변화가 일어나고 있음을 알 수 있다.[29]

3. 자기 테크놀로지와 진실의 문제 고백에서 파레시아로

1970년대 후반을 기점으로 푸코는 문제설정의 차원뿐만 아니라 탐구 대상의 차원에서도 이전과는 다른 차이를 보인다. 문제설정에서 권력에서 통치로, 즉 통치-주체-진실의 계열로 이동했다면, 탐구의 대상에서도 푸코는 근대에 대한 관심을 고대 그리스, 헬레니즘, 고대 로마 제정기와 초기 그리스도교 시대로 옮긴다. 이때부터 푸코의 이론적 기획은 이 시기

---

29 Mitchell Dean & Daniel Zamora, *The Last Man Takes LSD : Foucault and the End of Revolution*, London : Verso, 2021, p.88.

의 진실 체제, 즉 통치 속에서 주체가 진실을 어떻게 말하는가를 해명하는 데 몰두한다. 푸코가 집중적으로 조명하는 고백, 자기 배려, 파레시아와 같은 주제들은 통치-주체-진실의 계열에서 주체가 진실을 말하기 위해 자기 테크놀로지를 어떻게 사용했는가 하는 주체화 양식을 설명함으로써 서구적 주체의 계보학을 밝히는 데 있다.

푸코는 1979년 콜레주드프랑스 강의인 『생명관리정치의 탄생』에서 자유주의와 신자유주의의 통치성을 강의하였고, 다니엘 드페르가 작성한 연보를 보면, 1984년 3월에 버클리 학생그룹과 1930년대의 통치성의 변형과 새로운 합리성의 출현(1차 세계대전 이후 서구사회의 재구성, 사회생활 프로그램들, 새로운 경제적 기획과 정치조직)을 논의하기로 계획했지만 성사되지 않았다. 1930년대의 통치성 연구를 토론 주제로 채택한 것은 『생명관리정치의 탄생』에서 강의했던 18~19세기의 자유주의적 통치성 연구와 2차 세계대전 이후의 신자유주의적 통치성 연구 사이에서 제대로 탐구되지 않았던 영역을 다루려고 한 것이 아닌가 하는 추측을 하게 된다. 아마도 그가 살아있었더라면 이 시대에 대한 통치성 연구를 시도함으로써 통치성 연구를 완결짓고자 하지 않았을까 짐작해볼 수 있다.

푸코는 자신의 탐구 주제와 대상을 왜 이렇게 변경하려고 했을까? 당시 푸코 이론의 내외적 상황을 통해 이러한 변경의 대체적인 이유를 짐작해볼 수 있다. 당시에 그가 주체성의 문제로 전환하게 된 데에는 몇 가지 계기들이 있었다. 1978년 푸코는 이탈리아 일간지인 『일 코리에레 델라 세라*Il Corriere della Sera*』의 편집장의 부탁을 받고 이란 혁명을 취재하러 이란을 방문하게 된다. 이때 기록한 보고서에서 푸코는 이란이 근대화와 근대적 발전과는 반대로 가는 현실, 즉 근대화를 추진해온 독재정권 샤Chah에 맞서 이란 지식인들과 민중들이 보여준 독특한 반근대적인 정치적 영성에 깊은 인상을 받는다. 1978년 9월 28일에서 10월 22일까지 『일 코리에레 델라 세라』에 실린 기사가 10월 16일 『르 누벨 옵세르바퇴르』에 축약 게재되었는데, 푸코는 거기에 "그 땅과 지하를 차지하기 위해 전 세계가 전략적 각축을 벌이고 있는 이 지역의 사람들에게 있어서 그들이 생명의 희생까지 감수하며 정치적 영성political spirituality을 추구한다는 것은 어떤 의미를 갖는 것일까? 이런 영성 정치의 가능성을 우리 서구인들은 르네상스 이래, 그리고 기독교가 커다란 위기를 맞았던 역사적 사건들 이래 완전히 잊어버리지 않았던가?"[30]라고 쓰고 있다. 그는 이란 혁명에서 본 독특한 정신적 영성에 강한 인상을 느꼈는데, 반근대적으로 보이는 종교혁명에서 급진적 영성을 읽어내는 이런 분석은 푸코도 예상했듯이 프랑스의 진보적 지식인들에 의해 가혹한 비판을 받게 된다. 그렇더라도 이것이 푸코가 이란에서의 정신적 영성에 비교할 만한 서구의 정신적 영성의 계보학을 탐구하고 싶은 소망을 갖게 된 계기가 되었을 것이라고 생각해볼 수 있다.

이 시기에 주체에 대한 푸코의 관심에 영향을 준 또 다른 계기로는 『생명관리정치의 탄생』에서 다루어진 신자유주의적 주체성에 대한 그의 강의를 드는 경우도 있다. 신자유주의적 인간은 18세기에 자유방임을 통해 사회 환경을 새롭게 재조직하려고 했던 자유주의적 통치성의 산물인 호모 에코노미쿠스[31]를 계승하면서 스스로를 하나의 자본으로 인식하는 새로운 인간형이다. 이 인간 유형은 외부에서 통제되고 통치되는 인간이 아니라 스스로를 인적 자본으로 인식하는, 즉 "자기 자신에게는 자기 자신의 자본, 자기 자신을 위한 자기 자신의 생산자, 자기 자신을 위한 '자

---

30   디디에 에리봉, 『미셸 푸코, 1926~1984』, 486~487면.
31   미셸 푸코, 『생명관리정치의 탄생』, 372~373면.

기' 소득의 원천으로서의 호모 에코노미쿠스"[32]이다. 신자유주의적 인간은 특정한 공간이나 인구를 통제하고 관리하는 식으로 주체를 객체화하는 규율권력이나 생명정치와 달리, 주체가 스스로를 자본으로 인식함으로써 스스로를 이용하고 착취하는 인간이다. 이런 자기계발형 인간은 주체가 스스로를 착취함으로써 스스로를 주체로 세우는 독특한 인간 유형이다. 주체화의 새로운 방식인 이런 주체에 대한 탐구가 푸코로 하여금 1980년대 주체화의 과정과 주체의 윤리학으로 나아가는 과정에 중요한 계기가 되었을 것이다.[33] 어떤 의미에서 1980년대 푸코의 작업은 바로 이런 신자유주의적 통치성과 호모 에코노미쿠스적 주체에 대한 비판으로서 그것과 다른 주체성의 계보를 해명하고자 한 데 있다고 볼 수 있다.

하지만 이런 계기들이 1980년대 푸코의 이론적 변화에 중요한 역할을 했다고 하더라도, 푸코의 이론 내에서도 그런 변화의 계기를 찾아볼 수 있다. 1970년대 후반부터 푸코는 고백이 서구적 주체성의 형성에 결정적이라는 점을 깨닫고, 고백의 메커니즘이 어디에서 온 것인지를 계보학적으로 탐구할 필요성을 절실하게 느낀다. 그는 『성의 역사 1 – 앎의 의지』에서 환자가 자신의 내면을 끊임없이 털어놓는 정신분석과 그 이상을 추적하는 정신의학의 근원에 사목권력, 특히 고백의 메커니즘이 자리하고 있음에 주목하고 이 메커니즘이 서구적 주체의 계보학에 결정적임을 강조한다.[34] 이는 푸코에게 고백의 계보학에 대한 탐구의 중요성과 필요성을 일깨워 주었다. 고백에 대한 계보학적 탐구는 고백을 주체가 자신의

---

32 미셸 푸코, 『생명관리정치의 탄생』, 320면.

33 Daniel Zamora, "Introduction," *Foucault and Neoliberalism* (Daniel Zamora et al. eds.), Cambridge : Polity, 2016을 참조.

34 Stuart Elden, *Foucault's Last Decade*, Cambridge : Polity, 2016, p.129.

진실을 끊임없이 털어놓는 진실 체제 또는 통치의 일환임을 이해하게 해주었고 고백에 대한 권력-지식권력의 테크놀로지의 틀을 넘어 통치-주체-진실의 계열에 근거한 자기테크놀로지, 즉 주체화의 양식에 대한 분석을 본격적으로 착수하게 만들었다. 이를 탐구하기 위해 푸코는 16세기 반종교개혁을 넘어 제정 로마 시대의 그리스도교 시기에 대한 연구로 나아갔고, 그 뒤에는 고백이 그리스도교에 의해 제도화되기 이전의 시기, 즉 고대 그리스와 헬레니즘 시대와 초기 제정 로마 시대로 나아간다.

푸코는 『성의 역사 1 ─ 앎의 의지』에서 기존의 성 억압 가설을 비판하기 위해 성이 억압되는 외중에도 성 담론 / 장치가 확산되고 팽창하고 있었다고 주장했다. 그는 성 억압을 비판하면서 "성에 관해 점점 더 많이 말하도록 부추기는 제도적 선동, 성에 관해 말하는 것을 듣고 성 자체로 하여금 끝없이 누적되는 세세한 것을 통해 분명히 말하도록 만들기 위한 권력의 집요한 권유"가 있었으며 "요점은 권력 자체가 행사되는 장에서 성에 관한 담론이 증가했다는 것"[35]이라고 주장한다. 그는 성에 관한 이러한 고백의 근원을 찾아 16세기 트리엔트 공의회 이후, 특히 반종교개혁 이후 카톨릭 교서와 고해성사의 변화로 거슬러 올라가서 추적한다.

고백, 특히 육체의 욕망에 대한 고백의 범위는 끊임없이 넓어진다. 모든 카톨릭 국가에서 반종교개혁으로 말미암아 연간 고해의 횟수를 더 증가시키려고 하기 때문이다. 그리고 반종교개혁으로 인해 철저한 자기성찰의 규칙을 부과하려는 노력이 이루어지기 때문이다. 특히 고해성사에서, 어쩌면 몇 가지 다른 죄는 묵과하더라도, 육욕의 기미가 있는 모든 것에 갈수록 더 많은 중요성

---

35   미셸 푸코, 『성의 역사 1 ─ 앎의 의지』, 38면.

이 반종교개혁에 의해 부여되기 때문이다. 즉, 생각, 욕망, 음탕한 상상, 열락, 영혼과 육체의 순차적 움직임, 이 모든 것은 그때부터 조목조목 고해와 영성 지도의 대상이 된다.[36]

1978년 강의인 『안전, 영토, 인구』에서 푸코는 이러한 관심을 제정 로마 시대의 그리스도교의 사목으로 확대하면서 고백의 역할 및 제도화에 대한 분석에 집중한 바 있다. 그는 그리스도교의 사목이 갖는 독특성, 즉 그것이 이전의 그리스 로마 세계에서 찾아보기 힘들 뿐 아니라 동방의 히브리 문화의 사목과도 다른, 그리스도교에 고유한 사목의 특징이라는 점을 강조한다. 그에 의하면 그리스도교의 사목은 "그리스도교의 사유에 의해 풍부해지고 변형되고 복잡해졌기 때문"에 "다른 곳에서는 발견되지 않는, (적어도) 히브리 문명에서는 전혀 그렇지 않았던 엄청난 제도망을 탄생"시킴으로써 "완전히 새로운 것"[37]이었다.

그리스도교에서 사목은 인간을 인도하고 지휘하며 이끌고 안내하고 손을 내밀어 조종하는 기술, 인간을 따라다니며 한걸음 한걸음씩 앞으로 밀어붙이는 기술, 이렇게 집단적·개별적으로 인간의 일생에 걸친 매 단계를 책임지는 역할을 하는 기술입니다. (…중략…) 고대 세계가 끝나갈 무렵부터 근대 세계가 탄생할 무렵까지 그리스도교 사회보다 더 사목적인 문명이나 사회는 결코 존재했던 적이 없습니다. (…중략…) 사목은 인간을 통치하는 기술이고 바로 이런 측면에서 통치성의 기원, 통치성이 형성되는 지점, 통치성이 결정화되는 지점, 통치성이 발아하는 지점을 찾을 필요가 있습니다.[38]

---

36   위의 책, 39~40면.
37   미셸 푸코, 『안전, 영토, 인구』, 230면.

　『성의 역사 1 ― 앎의 의지』가 고백을 성 담론 / 장치의 확산 및 팽창과 연결지으면서 고백의 연원을 16세기 반종교개혁의 시기로 확장한다면, 『안전, 영토, 인구』는 근대 국가의 통치방식을 파악하기 위해 사목권력의 연원을 초기 그리스도교의 제도화 과정으로까지 확장한다. 전자가 고백을 성 담론 / 장치와 연결한다면, 후자는 사목권력을 근대 국가권력 및 장치와 연결한다. 여기서 주목하게 되는 것은 고백이나 사목권력이 다른 장치들과의 연관성 속에서 탐구되고 있을 뿐 그 자체로는 연구되지 않고 있다는 사실이다. 특히 고백은 다른 장치들의 일부로서 취급되고 있을 뿐 그 자체로서 독자적인 개념으로 다루어지고 있지 않다. 하지만 1980년대 들어 고백은 푸코 작업에서 중심적 개념으로 부상하게 되는데, 이는 푸코가 고백의 계보학적 탐구가 서구적 주체성의 계보를 이해하는 데 열쇠가 된다는 점을 깨닫게 되었기 때문이다. 권력에서 통치로의 전환은 이 점을 더욱 분명하게 해준다. 『성의 역사 1 ― 앎의 의지』에서 고백이 권력-지식의 대상이었다면, 1980년대에 고백은 통치-주체-진실의 계열, 즉 권력에서 통치로의 전환 속에서 자기 테크놀로지 또는 자기 해석학의 핵심 개념이 된다. 즉, 고백은 '진실에 의한 주체의 통치' 내지 '주체의 진실 말하기'에서 핵심 개념이 된다. 바로 이 때문에 푸코는 원래 계획했던 성의 역사에 대한 작업을 미루면서 고백과 주체, 통치의 문제에 집중하게 된 것이다.

　고대 그리스 로마 시대에 대한 탐구는 푸코 자신에게도 미답의 영역이었고 서구의 앎과 관념의 역사적 계보를 연구하고자 한 푸코 입장에서도 이 시기는 피할 수 없는 탐구 대상이었다. 하지만 푸코에게 이 시기는 오랫동안 단편적으로만 다루어졌을 뿐 본격적인 탐구의 대상은 아니었다.

38　위의 책, 230~231면.

하지만 성의 역사와 고백의 메커니즘을 탐구하기 위해서는 이 시기에 대한 탐구가 꼭 필요하다는 생각이 들기 시작했다. 1970년대 후반 정통 마르크스주의자들이나 질 들뢰즈와 같은 급진 지식인들과의 사이가 벌어진 점, 앙드레 글룩스만과 같은 신철학자들과의 친교와 그에 대한 비난들, 이란 혁명에 대한 푸코의 독특한 해석과 오해, 나아가 미국 학계와의 빈번한 교류는 푸코를 프랑스 지성계 내에서 고립적인 위치로 내몰거나 그로 하여금 프랑스의 긴박한 현실적 정치와 사상적 논쟁으로부터 일정한 거리를 두게 만들었다. 더욱이 당시 프랑스에는 고대 그리스 로마 시대의 역사와 철학에 대한 연구들이 붐을 이루고 있었는데 이 시기의 철학을 근대철학의 시각과는 다른 시각에서 바라보는 해석들이 쏟아지고 있었다. 푸코가 콜레주드프랑스 강의에서도 종종 언급했듯이, 고대 로마사의 탁월한 연구자인 폴 벤느Paul Veyne의 역사연구나 그리스 로마 철학을 삶의 방식a way of life으로 해석하는 피에르 아도Pierre Hadot의 새로운 해석들이 속속 출간되었는데, 당시 이런 성과들이 푸코가 이 시대에 관심을 갖는 데 큰 영감과 영향을 주었다.

우선 푸코가 고백, 자기 배려, 파레시아와 같은 주제들을 구체적으로 어떻게 다루었는지를 그의 강의와 대담을 통해 따라가 보자.[39] 1980년도의 콜레주드프랑스의 강의인 『생명존재의 통치에 관해』는 고백의 문제를 중심에 둔 본격적 강의라고 할 수 있다. 이 강의는 "인간의 품행을 지도하고 통솔하기 위한 테크닉과 절차들"이라는 통치성의 관점에서 고백과 양심 검증의 문제를 집중적으로 조명한다. 여기서 푸코는 고백을 진실 체제

---

39   이 시기의 푸코 이론의 내용을 자세하게 정리하고 설명하는 글로는 심세광, 「미셸 푸코와 서양 고대철학―권력론의 심화로서의, 서양 고대철학에 대한 윤리적 해석」, 『인문과학』 73, 2019.5를 참조하라.

와 관련짓는다. 푸코가 던지는 핵심 질문은 다음과 같다. "서구 그리스도교 문화에서 어떻게 인간의 통치가 인도를 받는 사람들에게 복종과 순종의 행위뿐만 아니라, 주체가 진실을 말해야 하고 그가 자기 자신에 관해, 그의 결점과 욕망과 영혼의 상태 등에 관해 진실을 말해야 한다고 요구하는 독특성을 갖는 '진실행위'를 요구하게 되었는가? 사람에게 단순히 순종할 것을 요구하는 데 멈추지 않고 자신이 무엇인지를 끊임없이 말함으로써 자신을 표현하는 인간 통치의 유형이 어떻게 형성되었는가?"[40]

이 질문에 답하기 위해 푸코는 초기 그리스도교, 특히 2~3세기의 그리스도교에 의해 굴절된 영혼 검증과 고백의 절차들, 특히 세례, 전향, 참회 등과 같은 개념들이 이전과 어떻게 다른 의미를 갖게 되었는지를 엄밀하게 검토한다. 가령, 푸코는 메타노이아metanoia의 의미 변화를 상세히 설명하는데, 여기서 그는 플라톤주의 또는 신플라톤주의적 시각에서는 전향, 개종, 각성, 진실에의 접근, 자기 진실의 발견, 인정, 기억 등과 같은 의미들이 서로 긴밀히 통합된 단어인 메타노이아가 그리스도교, 특히 그리스도교 사상가인 테르툴리아누스Tertullian와 더불어 해체되는 과정에 주목한다. 푸코에 의하면 이런 해체로 인해 진실과 주체성 사이에 새롭고 복잡한 관계들이 생겨났으며, 이로 인해 그리스도교 사상과 서구의 관념사에도 큰 변화가 일어난다.[41] 여기서 푸코는 그리스도교에 의해 굴절된 변화들을 통해 고대 그리스 로마 시대에서 그리스도교 시기로의, 즉 후기 제정 로마 시대로의 전환에 일어난 메타노이아 개념의 해체와 변형에 대한 계보학적 읽기를 시도한다.

---

40   Michel Foucault, *On the Government of the Living*, p.321.
41   Ibid., p.145.

대략적으로 우리가 말할 수 있는 것은, 서로에게 요구하고 서로에게 의지하며 서로에서 반응하는 일련의 과정들을 통해 이 시기에 일어난 것이 한편에서는 영혼이 자신의 진실과 자신 속에 깊이 자리하고 있는 것의 진실을 발견하게 되는 통로가 된 기억이 그리스도교에서는 개인적 체험에 그치지 않고 제도화된 전통성이 되고 있다는 점입니다. 교서와 성경과 교회의 권위에 의해 보증된 전통이라는 관념이 생겨나면서 기억은 영혼이 자기 자신의 기억의 깊은 곳에서 자신을 발견함으로써 진실을 발견하는 그런 작용 속에서 했던 것과 같은 역할을 더 이상 할 수 없게 됩니다. 다른 한편에서 기억은 제도화된 전통성의 문제가 되고, 동시에 진실, 영혼 그 자체에 의한 영혼의 진실의 발견은 많은 과정들과 절차들, 테크닉들의 대상이 되는데, 이런 과정들과 절차들, 테크닉들 또한 제도화되면서 이를 통해 영혼이 진실과 구원을 향해 나아가는 매순간 영혼이 무엇인지를 보여주고 표현할 필요가 있게 됩니다. 전통으로 제도화된 기억과 자신이 무엇인지를 말하고 표현해야 하는 기억의 의무 사이에서 영혼은 정말로 진실을 향해 나아가지만 메타노이아에 대한 신플라톤주의적 주제 속에서 보이던 것과는 완전히 다른 권력의 틀을 통해서 나아가게 됩니다. 거기에는 기억의 재조직화가 있고, 그 결과로서 진실과의 관계의 재조직화가 있습니다. 이런 조직화는 이제 우선 교리로서의 진실과의 관계가 될 것이고, 둘째는 더 이상 자기 자신의 깊은 곳에 있는 것을 재발견하라는 명령에 대한 것이 아니라 영혼이 무엇인지를 말해야 하는 영혼의 의무에 대한 것인 자기와 자기의 관계가 될 것입니다. 한편에서는 교리를 믿는 것과 다른 한편에서는 자신이 무엇인지를 말하는 것은 신앙과 고백의 두 가지 극입니다. 이 두 가지는 기독교적 경험에서 근본적이고 독특한 것을 구성하게 되고, 이 둘의 상호작용은 의심의 여지없이 기독교적인 서구에서 진행된 주체성과 진리의 기나긴 역사에서 조직적인 역할을 하게 될 것입니다.[42]

자기와 자기의 관계가 "자기 자신의 깊은 곳에 있는 것을 재발견하라는 명령에 대한 것이 아니라 영혼이 무엇인지를 말해야 하는 영혼의 의무에 관한 것"으로 바뀌는 과정을 통해 푸코는 전향, 개종, 각성, 진실에의 접근, 자기 진실의 발견, 인정, 기억 등과 같은 복합적 의미를 지닌 메타노이아가 그리스도교 전통 속에서 신앙과 고백으로 재구성되어가는 과정을 읽어낸다. 자기 자신의 진실을 영혼의 깊은 곳에서 발견하고 기억해내는 신플라톤주의의 메타노이아가 그리스도교 속에서 영혼의 진실을 끄집어내 끊임없이 털어놓아야 할 의무로 바뀌고 있는 것이다. 즉 다양한 의미를 지니던 메타노이아는 그리스도교에 의해 개종과 그 절차의 제도화로 정착되어가는 것이다.

푸코는 이 과정에서 고백의 메커니즘 뿐 아니라 그리스도교의 독특한 자기 테크놀로지의 형성을 읽어낸다. 그에 따르면 자기 자신의 진실을 말할 의무는 두 가지 형태를 띠었는데 엑소몰로게시스^{exomologesis}와 엑사고레우시스^{exagoreusis}가 그것이다. 이 둘은 각기 다른 역할을 수행한다. 전자는 참회자가 자신이 죄인임을 언어적 표현보다는 일종의 공적인 현시를 통해 극적으로 표현하는 것을 의미한다. 엑소몰로게시스는 '믿음의 행위'를 현시하는 것으로, 자신이 배운 진실들을 단순히 받아들여야 할 믿음의 문제가 아니라 "자신이 반드시 헌신해야 할 의무, 즉 자신의 믿음을 유지하고, 그 믿음의 진정성을 공인해주는 권위를 받아들이며, 그것을 공개적으로 공언하고, 그 믿음에 따라 살아야 하는 의무"[43]로 인식하는 것이며 그리스도교인들에게는 필수적인 일이다. 엑소몰로게시스는 자신의 죄나 자신이 죄인임을 말이 아니라 상징적 의례를 통해 공개적으로 나타내

---

42   Ibid., pp.145~146.
43   Ibid., p.322.

는 행위라는 특징을 갖는다. 그것은 개인이 신 앞에서 자신이 죄인임을, "영생보다 영적 죽음을 선호한 자임을 스스로에게 인정하는 죽음의 상연이자 집단적 의례"와 같은 것이다. 즉, "엑소몰로게시스는 죽음과 죽어가는 자로서의 죄인의 연극적인 상연인 것이다." 따라서 엑소몰로게시스는 "죄인이 이 세계로부터 해방되고 자신의 육신으로부터 해방되며 자신의 육욕을 파괴하고 새로운 영적인 삶에 도달하고자 하는 의지를 표명하는 방식"[44]인 것이다.

반면에 엑사고레우시스는 수도원 제도에서의 고백을 가리키며 자기를 영적으로 인도하는 지도자에 대한 완전한 복종 관계 속에서 자신의 양심을 검증하고 말하는, 분석적이고 지속적인 표현행위와 관련이 있다. 엑사고레우시스에서는 세 가지 측면이 분석 대상이 되는데 "연장자나 지도자에 의존하는 양식, 자기 자신의 양심에 대한 검증을 수행하는 방식, 충동적 생각에 대한 모든 것을 철저한 의도 하에 만들어진 정식절차를 통해 말해야 하는 의무무조건적인 순종, 끝없는 자기 검토, 철저한 고백"가 그것이다. 우선 수도원 제도에서 수련자는 생활의 모든 측면에서 영적 지도자에게 무조건적이고 지속적으로 복종하는 형태를 취해야 하고, 자신의 생각의 일거수일투족을 감시하고 그 생각이 어디에서 생겨난 것인지를 면밀하게 살펴봄으로써 자신의 양심을 검증해야 하며, 자신의 생각의 미세한 움직임을 언어를 통해 지속적으로 털어놓아야 한다. 이를 통해 영혼의 충동을 다른 사람들을 위한 진술로 변형하는, 즉 "의식의 '비밀'을 언어를 통해 지속적

---

44 미셸 푸코, 『자기해석학의 기원』, 75면. 『자기해석학의 기원』은 푸코가 『생명존재의 통치에 관하여』에서 강의한 핵심 내용 중에서 주체성과 진실, 고백과 그리스도교에 관한 부분을 1980년 11월 7일과 24일에 미국 다트머스대학에서 한 강연록이다. 고백과 그 두 의례에 관해 간결하고 명쾌하게 설명하고 있다.

으로 외재화"[45]하는 일이 일어난다.

푸코에 의하면 엑소몰로게시스가 "죄인의 현시, 그 죄인으로서의 존재의 현시를 지향하는 자기에 대한 진실의 테크놀로지"라는 점에서 "그리스도교의 존재론적 경향"이라 부를 수 있다면, 엑사고레우시스는 "사유에 대한 항상적인 담론적 분석을 지향하는 진실의 테크놀로지"라는 점에서 "그리스도교의 인식론적 경향"[46]이라 할 수 있다. 특히 푸코는 후자가 서구인의 사고에 결정적인 것이 된다고 보는데, 자신의 생각과 양심의 가장 미세한 움직임을 포착해 그것을 언어로 표현해야 하는 엑사고레우시스의 자기 테크놀로지는 지금도 서구 문화의 곳곳에서 그림자를 드리우고 있기 때문이다. 우리는 그 예들을 수상록이나 일기, 자서전, 문학작품에서처럼 서구문화의 도처에서 찾아볼 수 있다. 여기서 그리스도교의 고백을 통해 푸코가 보고자 하는 것이 무엇인가가 드러난다. 푸코의 주된 관심은 서구에서 자기 포기와 자기 희생에 근거한 주체화와 그에 근거한 자기 해석학이 어디에서 생겨난 것인지, 그리고 그것이 갖는 현재적 의미가 무엇인지를 파악하는 데 있다. 왜 서구적 주체는 주체화의 과정 속에 이미 자기 포기를 함축하고 있는가? 왜 서구 문화에서는 주체화 양식이 예속화의 과정과 떼려야 뗄 수 없이 결합되어 있는가? 자기 포기에 근거한 이런 예속화의 통치에 맞설 수 있는 다른 주체화의 가능성은 없는가? 푸코의 질문에서 우리는 원망과 죄의식에 사로잡힌 최후의 인간에 맞서 초인의 긍정적 삶을 내세웠던 니체적 사유의 공명을 느낄 수 있다.

심지어 엑사고레우시스에서 파생된 이 해석학적 테크닉들 내에서조차도 진

---

45   Michel Foucault, *On the Government of the Living*, p.324.
46   미셸 푸코, 『자기해석학의 기원』, 95면.

실 생산은 매우 엄격한 조건 없이 달성될 수 없었습니다. 그 엄격한 조건이란 자기 희생을 내포한 자기해석학입니다. (…중략…) 제 생각에 서구 문화의 큰 문제들 중 하나는, 초기 그리스도교에서 그랬던 것처럼, 자기해석학 창설의 가능성을 자기 희생에서 발견하지 않고, 반대로 실정적인 자기의 출현, 이론적이고 실천적인 자기의 출현에서 발견했다는 것입니다. 그것은 사법 제도들의 목표였고, 또한 의학적 실천과 정신의학적 실천의 목표이기도 했으며, 정치 이론과 철학 이론의 목표이기도 했습니다. 그것은 명확한 자기의 뿌리로서의 주체성의 토대를 구성하는 것으로, 서구 사유의 항구적 인간중심주의라 부를 수 있는 것입니다. 그리고 제 생각에 이 인간중심주의는, 그리스도교에서는 무한한 해석의 장으로서의 자기를 여는 조건이었던 희생을 인간이라는 실제적인 형상으로 대체하고자 하는 심층적 욕망과 연결되어 있습니다. 최근의 두 세기 동안 이 문제는 다음과 같았습니다. 우리가 수 세기 동안 발전시켜 온 자기 테크놀로지의 실정적 토대는 어떤 것일 수 있을까? 하지만 아마도 정말 우리에게 이 자기 해석학이 필요하냐고 자문해야 할 순간이 온 것 같습니다. 자기의 문제는 실정성 내에서 자기 자신이 무엇인지를 발견하는 것이 아닌 것 같고, 실제 존재하는 자기나 자기의 실제적 토대를 발견하는 것도 아닌 것 같습니다. 지금 우리의 문제는 아마도, 자기라는 것은 우리의 역사 속에서 구성된 테크놀로지의 역사적 상관물에 다름 아니라는 것을 발견하는 것이라 생각됩니다. 아마도 문제는 이 테크놀로지들을 변화시키는 일일 것입니다. 그리고 그런 경우에, 오늘날 정치의 가장 중요한 문제 가운데 하나는 엄밀한 의미에서 우리 자신에 대한 정치가 될 것입니다.[47]

---

47 위의 책, 95~97면.

이 글은 1980년대 푸코가 추구하고자 한 기획이 어떤 것인지를 잘 보여준다. 이 글은 1960년대 『말과 사물』에서 보여준 인간중심주의에 대한 푸코의 비판이 자기 해석학을 통해 훨씬 더 정교해지고 있을 뿐 아니라 그것을 넘어설 가능성을 보여준다. 이 글의 내용은 크게 세 가지 주장에 근거한다. 즉, ① 서구의 자기해석학의 근저에는 그리스도교에 의해 굴절된 자기 희생을 내포한 자기해석학이 자리하고 있다. ② 자기해석학의 근거를 이러한 자기 희생 위에 구축한 자기테크놀로지보다는 실정적 자기, 즉 실체와 본질로서의 자기의 출현에서 발견한 것이 서구의 인간중심주의이며, 결국 서구적 주체의 출현은 자기 희생을 직시하지 않은 채 그것을 인간이라는 실정적 형상으로 대체해버렸다. 하지만 서구의 인간중심주의는 그런 자기 희생과 긴밀히 연결되어 있다. ③ 우리에게 주어진 과제는 자기를 우리 역사 속에서 구성된 자기 테크놀로지의 역사적 상관물로 재인식하는 한편, 이런 인식을 토대로 이러한 테크놀로지를 변화시키는 것이다. 우리는 여기서 푸코가 주체가 아니라 주체화의 양식과 계보에 주목한 이유를 주목할 필요가 있다. 푸코는 인간적 본질을 실제 존재하는 본질로 상정하는 인간중심주의를 비판하고 주체의 계보, 즉 주체 구성주체화의 절차를 연구함으로써 실제로는 주체 철학으로부터 벗어나는 것을 목표로 하고 있다.

이런 주체화의 양식의 변화는 어떻게 가능한가? 푸코에게 가장 중요한 과제는 자기 희생의 자기 테크놀로지를 자기 긍정의 자기 테크놀로지로 변화시킬 수 있는 통치의 가능성은 무엇인가, 즉 고백처럼 자기 희생에 근거한 주체화 양식에 맞서 자기 긍정에 근거한 주체화의 양식, 통치받지 않을 자유를 가진 주체화 양식은 어떻게 가능한가를 묻는 것이다. 이를 위해서는 통치-주체-진실의 계열 속에서 주체는 어떻게 자기 자신을 변화의 주체로 구축하는가 하는, 즉 특정 시기의 통치-주체-진실의 계열 속에서 주체가 스스로를 구축하는 데 필요한 기술인 '자기 테크닉techniques of self'의 절차에 대한 탐구가 제대로 이루어져야 한다. 푸코는 '자기 테크닉'을 "모든 문명 속에 존재하는 것으로서 개인들이 특정한 목표의 관점에서 그리고 자기 지배 혹은 자기 인식의 관계 덕분에 자신의 정체성을 결정하거나 유지하거나 변형하기 위해 그들에게 추천되거나 규범으로 제시되는 절차들"[48]이라 정의한다. 이 절차는 "개인은 자기 자신과 어떤 관계를 맺는가? 자기 자신에게 어떤 작업을 수행해야 하는가? 개인은 스스로 목표가 되고 적용되는 영역, 사용하는 도구, 그리고 행동하는 주체가 되는 행위들을 실천함으로써 어떻게 '스스로를 통치'해야 하는가?"[49]를 질문한다. 따라서 자기 테크닉은 개인이 특정한 사회에서 자기 자신을 '자기'로 구축하기 위해 사용하는 테크닉과 규범으로 구성된 절차들이라 할 수 있다.

푸코의 이후 강의들은 초기 그리스도교 사회에서의 자기 테크닉들이 어디에서 연유하고 어떤 굴절을 통해 제도화되었는지를 면밀히 추적하는 데 초점을 둔다. 그는 초기 그리스도교 사회에서 고대 그리스 시기, 헬레니즘 시기, 제정 로마 시대로 나아가면서 그리스도교의 고백, 자기 희생, 자기 포기와 같은 자기 테크놀로지와는 다른 방식의 자기 테크놀로지를 탐구한다. 푸코의 강의들은 바로 이런 자기 테크놀로지에 대한 탐구를 본격적으로 추진하는데, 이것이 바로 자기 배려care of self, 자기 수양cultivation of self, 파레시아parrēsia에 대한 일련의 탐구들이다. 1981년 강의인 『주

---

48 Michel Foucault, *Subjectivity and Truth* : *Lectures at the Collège de France 1980-1981*, New York : Picador, 2017, p.293.
49 Ibid., pp.293~294.

체성과 진실』에서는 전년도의 강의 주제인 고백을 주체성에 대한 보다 일반적인 자기 테크닉의 문제로 발전시키는 한편, 주체성과 진실의 문제가 초월적인 탐구 대상이 아니라 자기 인식의 제도적 형태와 그 역사에 관한 문제로 다루어져야 한다고 주장한다. 여기서 푸코는 주체성과 진실에 대한 계보학적 탐구를 주장한다. 푸코는 "어떻게 해서 주체가 서로 다른 순간, 서로 다른 제도적 맥락 속에서 지식의 가능하고 바람직하고, 혹은 불가결한 대상으로 확립되었는가?"[50]를 질문한다. 이 강의에서 푸코는 자기 자신을 구성하는 자기 테크닉의 절차들에 대한 논의를 고대 그리스 로마 시기로 확장하면서 "자신의 행동을 조절하고 스스로를 자신의 목적과 수단에 합치시키기 위해 삶의 양식과 존재의 선택을 성찰하는 것, 즉 자기 테크닉들이 헬레니즘과 로마 시대에 엄청난 발전을 경험했고 철학적 활동의 중요한 부분이 되었다"[51]고 말한다. 여기서 푸코는 자기 테크닉, 즉 존재의 양식이 그리스 로마 시대에 어떠했는가를 살펴보면서 이를 초기 그리스도교 시대의 고백의 주체화 양식과 비교한다. 특히 마지막 강의에 이르기까지 그의 강의들은 그리스도교의 고백의 주체화와는 다른 주체화의 양식들, 즉 자기 배려와 그에 기반을 둔 진실 말하기인 파레시아의 탐구에 모든 노력을 기울인다.

1982년 강의록인 『주체의 해석학』은 고백의 자기 테크놀로지와는 다른 주체화, 즉 자기 배려에 대한 탐구에 집중한다. 푸코는 고대 그리스 시대에 '너 자신을 알라'라는 자기 인식의 문제보다 자기 배려와 자기 수양의 원칙이 더 근원적이었음을 지적함으로써 삶의 방식으로서의 철학philosophy as a way of life을 강조한다. 푸코는 고대 철학을 삶의 방식으로 읽은 피

---

50   Ibid., p.293.
51   Ibid., p.295.

에르 아도의 이론에 공감하면서 자기 인식보다 자기 배려가 더 선행적이었음을 강조함으로써 고대 그리스 로마 시대의 주체의 자기 테크놀로지를 설명한다.

그리스 사유 내에서 자기 인식gnôthi seauton의 원칙은 독자적이지 못합니다. 고대의 사유에서 자기 인식과 자기 배려의 지속적인 관계를 고려하지 않는다면 그 의미와 역사를 이해할 수 없다고 생각합니다. 자기 배려는 단순히 인식이 아닙니다. 오늘 여러분들에게 보여주려는 것처럼 이 자기 배려epimeleia heautou가 가장 금욕주의적인 형태에서나 가장 수련에 가까운 형태 내에서도 인식의 문제에 연관되어 있다 할지라도 그것은 근본적·절대적으로 전체적으로 인식의 활동과 실행은 아닙니다. 자기 배려는 완전히 상이한 성찰의 형식을 발생시키는 복잡한 실천입니다. 그래서 우리가 자기 인식과 자기 배려의 접합을 받아들이고 그것들 간의 연결과 상호 간섭을 받아들이며, 더욱 내가 보여주려고 한 바처럼 자기 배려가 '너 자신을 알라'라는 명령적 정언의 진정한 근간을 이룬다는 것을 우리가 받아들인다면, 즉 자기 자신을 돌봐야 하기 때문에 자기 자신을 인식해야 한다면 그 순간 자기 인식의 상이한 형식들을 분석할 수 있는 인지 가능성과 원칙을 자기 배려의 상이한 형식들에서 찾아야 할 것입니다.[52]

푸코가 그리스도교적 사유에서 고백이 자기 인식과 자기 해석학에 근거하고 있음을 비판하였다면, 『주체의 해석학』에서는 고대 그리스적 사유에서 자기 인식에 앞서 자기 배려가 선행하고 있음을 강조한다. 고백의 자기 테크닉에서는 자기 인식이 자기 배려와 분리됨으로써 자기 해

---

52   미셸 푸코, 『주체의 해석학』, 487면.

석학이나 자기 인식론으로 나아갔다고 한다면, 자기 인식이 자기 배려와 결합되어 있을 때 자기 배려의 테크닉은 삶의 방식이자 실존의 양식이었다고 할 수 있다. 푸코가 볼 때, 이런 자기 배려와 실존의 양식이 파레시아라는 진실 말하기의 핵심 조건이었다. 1983년 강의인『자기와 타자의 통치』와 1984년 강의인『진실의 용기―자기와 타자의 통치 II』에서 푸코는『주체의 해석학』강의에서 제기한 바 있는 파레시아의 문제를 본격적으로 탐구한다. 푸코는 자기 희생과 자기 포기에 바탕을 두지 않는 자기 테크네, 즉 진실 말하기에 수반된 위험을 기꺼이 무릅쓰면서 삶 속에서 진실을 실천하는 파레시아의 계보학을 탐구하는 데 전념한다. 파레시아의 주체에게는 진실을 말하기 위해서는 삶의 위험을 무릅쓰는 용기가 요구된다. 자기 배려를 전제로 한 파레시아는 항상 타자와의 관계 속에 존재하기 때문에 자기 배려가 개인주의의 고독 속으로 침잠해 들어가는 것을 막아준다. "자기 배려가 고독한 자폐의 실천이 아니라 타자와 맺는 관계를 구축할 수 있는 자기와의 관계를 구축하는 방식이라면" "자기 배려의 시작은 바깥으로 표출되는 단호하고 솔직한 말의 반복",[53] 즉 파레시아에 근거하는 것이다.

푸코의 강의록을 읽다보면, 전체적으로 볼 때 그것들이 일관적이고 체계적인 탐구처럼 보일지 모르지만 한 해 한 해의 강의 진행 속에서 강의의 내적 필요성과 푸코의 관심에 따라 그 다음 해의 주제가 새롭게 발굴되고 있다는 느낌을 받게 된다. 푸코는 고백의 자기 테크닉에 대한 계보학적 탐구를 시도하다가 그 이전의 자기 테크네, 즉 자기 배려와 자기 수양에 대한 탐구로 나아간다.『주체의 해석학』의 초점은 자기 배려에 두어

---

53 미셸 푸코,『담론과 진실―파레시아』, 17면.

저 있다. 이 강의는 고대 그리스 철학에서 헬레니즘 및 제정 로마 시대의 스토아학파의 철학으로 나아가는 시기에 자기 배려가 어떻게 변화하는 지를 탐구하지만 파레시아는 아직 본격적인 탐구 대상이 아니었다. 이 강의에서 파레시아의 어원을 설명하거나 "파레시아란 말의 의미는 내가 논의하는 철학, 자기 테크닉, 자기 실천에서 아주 정밀한 기술적 의미를 지니며, 철학자들의 영적인 고행에서 언어와 말의 역할은 대단히 흥미롭다고 생각되며 바로 이 점을 나는 강조하고 싶습니다"[54]라고 말하는 것으로 봐서 푸코는 이 무렵 파레시아라는 개념의 중요성을 인식하기 시작했을 뿐이며 그 의미의 전체성을 파악하고 있는 것처럼 보이지는 않는다. 하지만 그 다음 해의 강의들은 전적으로 파레시아에 대한 계보학적 탐구에 바치고 있다. 이는 푸코가 초기 그리스도교 시기와 고대 그리스 로마 시기의 자기 테크네를 비교할 때, 자기 포기에 근거한 진실 말하기인 고백과 대립적인 위치에 존재하는 것이 자기 배려가 아니라 자기 배려에 근거한 진실 말하기, 즉 파레시아임을 분명하게 인식하게 되었기 때문일 것이다.

진실에 의한 주체의 통치라는 관점에서 볼 때, 고백이 자기 내면의 비밀을 면밀히 검토하고 그 진실을 끊임없이 털어놓아야 하는 자기 포기와 자기 희생를 바탕으로 한 주체의 통치라고 한다면, 파레시아는 자기 배려와 자기 수양을 근거로 한 진실 말하기이다. 그것은 고백과는 전혀 다른 통치의 방식이다. 푸코에게 파레시아는 스승과 제자, 파레시스트와 군주, 자기와 타자 간의 관계를 변화시키고, 설령 군주나 사회의 권력자라고 하더라도 그의 영적 결함과 오만함에 대해 위험을 무릅쓰고 진실을 말하는 용기를 의미한다. 파레시아는 "진실을 단언함으로써, 그리고 이러한 단언

54　미셸 푸코, 『주체의 해석학』, 394면.

적인 행위를 통해 개인이 스스로를 진실을 말하는 사람, 진실을 말했던
사람, 스스로를 진실을 말한 그 사람 속에서, 그리고 그 사람으로서 인식
하게 되는 개인으로 구축하는 방식"[55]이다. 고백이 자기 인식과 자기 배
려를 분리함으로써 자기 배려를 간과하고 자기 인식을 우선하는 방식이
라면, 파레시아는 자기 인식과 자기 배려의 긴밀한 관계와 자기 배려를
토대로 한 진실 말하기라는 점에서 자기 배려를 필수적 조건으로 삼는다.
따라서 푸코에게 파레시아의 필수 조건은 자기 배려이자 자기 수양이다.
자기를 돌보는 자만이 위험을 무릅쓰고 타인에게 진실을 말할 수 있는
자이다. 특히 푸코는 고백과 파레시아 사이에서 진실을 말하는 자의 위치
가 전도되는 점, 즉 고백과 파레시아 사이에서 진실을 말해야 하는 자의
'책임의 전도'에 주목한다. 고백에서는 말을 해야 한다는 책무가 제자, 즉
인도 받는 자에게 있다면, 파레시아에서는 진실을 말하는 책무가 스승에
게 있다.[56] 이는 자기 포기와 자기 배려의 주체와 연결된 것으로 고백에서
진실을 말하면서 자기를 포기하는 자가 제자, 수련자, 고해자라고 한다
면, 파레시아에서는 진실을 말하기 위해 위험을 무릅쓰는 자는 스승, 철
학자, 파레시스트인 것이다. 고백과 파레시아 사이에는 이러한 책임의 전
도와 관련된 주체화 양식의 차이가 자리한다.

파레시아의 특징들을 설명하기 위해 푸코는 파레시아적 발화를 수행
적 발화performative utterance와 비교하는데, 이는 파레시아의 특징들을 부각
시키기 위한 것이다. 푸코에 의하면 수행적 발화는 언표화가 언표 대상
을 실행시키는 발화의 형태로서 특정한 맥락이나 엄격히 제도화된 맥락

<hr>

55   Michel Foucault, *The Government of Self and Others : Lectures at the Collège de France 1982-1983*, New York : Picador, 2011, p.68.

56   미셸 푸코, 「파레시아」, 『담론과 진실―파레시아』, 12~13면.

과 그 속에서 필수적인 지위를 갖거나 명확한 상황 속에 있는 사람을 전제한다.[57] 하지만 파레시아는 언표 대상을 실행시킨다는 점에서 수행적 발화와 유사하지만 둘 사이에는 명확한 차이가 있다. 우선, 수행적 발화에서는 일단 발화가 발생하면 그 뒤 어떤 효과가 일어날지 사전에 알려져 있고 예정되어 있고 이미 코드화되어 있는 데 반해, 파레시아의 발화는 그 효과가 코드화되어 있지 않고 규정되지 않은 위험에 노출되어 있다. 즉 "발화를 파레시아로 만드는 것은 진실 담론의 돌입 또는 돌발적 발생이 (…중략…) 상황을 열어놓고 정확하게 알려지지 않은 효과를 낳는다." 수행적 발화에서는 언표화가 발화가 일어나는 제도화된 장과 일반적 코드의 기능으로서 완전히 결정된 사건을 일어나게 하는 것이라면, 파레시아는 "균열을 창출하고 위험을 열어놓는, 즉 하나의 가능성, 위험의 장, 혹은 규정되지 않는 사건성을 열어놓는 진실 말하기"[58]이다. 둘째, 수행적 발화에서도 주체의 지위가 중요하고, 이런 지위가 수행적 발화의 실행을 위해 필수적이기도 하지만 발화하는 사람과 수행되어야 할 발화 사이에 개인적인 관계가 있을 필요가 없다. 반면에 파레시아에는 개인적 관계가 필수적이며 이중적 차원에서의 진실의 공표가 발생한다. 첫 번째 차원이 수행적 발화와 마찬가지로 진실 그 자체의 진술이라는 차원이라고 한다면, 두 번째 차원에서는 그 진실의 진술이 진실이라고 말하는 주체의 행위, 즉 "나는 진실을 말하고, 나는 진정으로 그것이 진실이라고 생각하고, 내가 그것을 말했을 때 나는 진정으로 진실을 말하고 있다고 생각한다"[59]라는 단언이 있다. 즉, 파레시아적 발화는 진실의 단언에 대한 단언

---

57   Michel Foucault, *The Government of Self and Others*, p.61.
58   Ibid., p.63.
59   Ibid., p.64.

the affirmation of the affirmation이라는 이중적 차원을 갖는 것이다. 바로 여기에 파레시아적 발화의 고유성이 있다. 셋째, 수행적 발화에는 발화하는 사람에게 발화 내용을 말하고 실행할 수 있도록 해주는 지위나 위치가 사전에 주어져 있는 데 반해, 파레시아적 발화에는 그런 규범화된 지위와는 상관없이 개별적 발화행위로서의 자신의 자유가 존재한다.[60] 푸코는 "파레시아는 진실의 언표화에 자유가 있을 때만 존재하고" "파레시아의 중심에서 발견하게 되는 것은 주체의 사회적·제도적 지위가 아니라 바로 그의 용기이다"[61]라고 말한다.

> 파레시아는 (…중략…) 첫째, 말하기의 특정한 방식입니다. 둘째, 더 정확하게는 진실을 말하는 방식입니다. 셋째, 진실을 말한다는 바로 그 사실 때문에 사람을 위험에 노출시키는 진실을 말하는 방법입니다. 넷째, 파레시아는 자신이 말할 때 자기 자신을 자기 자신의 파트너로 구성함으로써, 자기 자신을 진실의 말함과 진실을 말하는 행위에 결부지음으로써 진실 말하기와 연결된 이런 위험을 열어놓는 방식입니다. 마지막으로 파레시아는 진실을 말할 때 자기를 자기 자신에 결부짓고, 특히 용기 있는 행위의 형태로 자기를 자기 자신에게 자유롭게 결부짓는 방법입니다. 파레시아는 진실을 말하는 행위 속에 자기 자신을 묶어세우는 자유로운 용기입니다. 다시 말해, 파레시아는 위험하고 자유로운 행위로서의 진실 말하기의 윤리입니다.[62]

1983년과 1984년 푸코의 강의내용은 고대 그리스 비극에우리피데스의 『이온』

---

60 Ibid., p.65.

61 Ibid., p.66.

62 Ibid., p.66.

에서부터 소크라테스의 철학『라케스』, 디오게네스와 에픽테투스의 견유학파, 그리고 초기 그리스도교로 이어지면서 파레시아의 개념이 어떻게 달라지는가를 추적하는, 파레시아와 파레시아적 주체의 계보학에 관한 것이다. 에우리피데스의 『이온』에서는 아테네 폴리스의 시민의 자격으로 여겨지던 파레시아가 소크라테스의 『라케스』에서는 스승과 제자 간의 교육적·영적 지도적 관계로 다루어지고, 견유학파에서는 가령 알렉산드로스 대왕에게 해를 볼 수 있도록 비켜달라고 하는 디오게네스의 도발적 대화처럼 제왕에 대한 비판적 설교와 파문을 일으키는 도발적 대화의 형태를 띠게 된다. 이렇게 형태를 달리 하더라도 파레시아는 진실을 가리는 아첨이나 진실을 장황하게 뒤트는 수사학적 궤변과 달리 영적 지도를 위해서는 에두르지 않고 솔직하게 진실을 말해야 하기 때문에 위험하지만 그런 만큼 용기있는 자유에 근거한다.

푸코에 의하면 파레시아는 진실에 대한 인식과 삶의 방식 간의 관계에 대한 그리스적 사유에 근거한다.[63] 앞서 지적했듯이, 진실 말하기로서의 파레시아는 자기 포기와 자기 희생에 바탕을 둔 고백과 달리 자기 영혼과 삶을 발견하고 돌보는 삶의 방식에 근거한다. 자기 인식과 자기 배려가 서로 분리될 수 없는 삶의 방식과 연결되어 있기 때문에 파레시아는 실존적이고 심미적인 실천이라고 할 수 있다. 자기 배려를 간과하는 자기 인식 위에서 파레시아는 위험한 독단으로 흐르거나, 고백처럼 자기 포기로 나아갈 수 있다. 진실을 말하기 위해서는 자기의 영혼과 삶을 돌보고 배려할 줄 알아야 한다. 이것이 타자를 배려하고 통치할 수 있는 테크네이다. 파레시아는 프쉬케psukhē라는 영혼을 발견하는 문제이면서 동시에

63　미셸 푸코, 『담론과 진실─파레시아』, 279~285면 참조.

비오스bios라는 삶에 형태와 스타일을 불어넣는 문제로 여겨질 때 가능하다.[64] 전자가 영혼의 형이상학의 문제라고 한다면, 후자는 실존의 미학aesthetics of existence의 문제이다.

(…중략…) 나는 소크라테스적인 파레시아의 출현과 이를 바탕으로 실존bios이 그리스적 사유에서 심미적 대상으로, 심미적 정교함과 지각의 대상으로, 즉 아름다운 작품으로서의 비오스로 구성되는 방식을 파악하고 싶었고 보여주고 싶었습니다. 이는 지극히 풍부한 역사의 장을 열어줍니다. 영혼의 형이상학의 역사가 있다면, 또한 실존의 스타일들의 역사, 미적 가능성으로서의 삶의 역사 또한 존재합니다. 오랫동안 주체성의 역사에서 이런 측면은, 그것이 삶을 심미적 형식을 위한 대상을 구성하는 한, 형이상학의 역사, 프쉬케의 역사, 영혼의 존재론이 근거하고 구축되는 방식의 역사라고 불리는 것에 의해 숨겨지거나 가려져버렸습니다. 아름다운 형식으로서의 실존에 대한 연구 가능성은 사물, 실체, 색채, 빛, 소리, 단어에 형식을 불어넣고자 하는 그런 심미적 형식들에 대한 특권적 연구에 의해 또한 가려져버렸습니다. 심지어 그렇다고 하더라도 우리는 인간이 스스로 존재하고 행위하는 방식, 그의 실존이 타인들이나 자기 자신에게 드러내는 양상, 이런 실존이 그의 죽음 후에도 타인의 기억 속에 남길 수 있고 남길 자취들, 이런 존재의 방식, 이런 출현, 이런 자취는 그의 심미적 관심의 대상이었음을 기억해야 합니다. 그것들은 미, 웅장함, 극치에 대한 관심을 낳고, 사람들이 신들, 사원들, 혹은 시들에 불어넣고자 했던 형식만큼이나 (자신의 실존에) 형태를 불어넣고자 하는 지속적이면서도 끊임없이 갱신하는 작업을 낳습니다. 이런 실존의 미학은 영혼의 형이상학을 위해서든 사물과 언어

---

64 Michel Foucault, *The Courage of Truth* (*The Government of Self and Others II*) *Lectures at the Collège de France 1983~1984*, New York : Picador, 2012, p.161.

의 미학을 위해서든 무시되어서는 안되는 역사적 대상입니다.[65]

삶을 실존의 미학으로 삼을 때 진실의 추구와 파레시아가 가능하다는 것, 이것이 푸코의 사상이 마지막으로 다가간 지점이다. 여기서 푸코는 심미적 대상이자 실존의 미학의 대상으로서의 삶의 방식이 그 뒤에 영혼만을 추구하는 형이상학의 역사에 의해 가려졌고, 실존의 미학이 협소한 심미적 형식을 추구하는 것으로 축소되고 말았다고 지적한다. 여기서 서구적 사유의 중심을 꿰뚫어 보는 푸코의 혜안이 돋보인다. 푸코는 파레시아나 자기 배려와 같은 개념들에 대한 계보학적 탐구를 시도하면서 이런 개념들을 대안으로 제안하는 것을 극도로 경계하는 태도를 보인다. 자신의 탐구가 계보학적 탐구인가, 대안의 제시인가에 대한 푸코의 애매한 태도에도 불구하고 그가 관념들과 사상들을 선명하게 비교하는 것은 우리로 하여금 그것을 마치 대안처럼 느끼게 한다.

이 강의를 끝으로 몇 개월 뒤 푸코는 죽음을 맞는다. "우리는 인간이 스스로 존재하고 행위하는 방식, 그의 실존이 타인들이나 자기 자신에게 드러내는 양상, 이런 실존이 그의 죽음 후에도 타인의 기억 속에 남길 수 있고 남길 자취들, 이런 존재의 방식, 이런 출현, 이런 자취는 그의 심미적 관심의 대상이었음을 기억해야 합니다"라는 구절은 이미 병증이 깊어진 푸코의 유언처럼 들린다. 1984년 콜레주드프랑스의 마지막 날 강의에서 푸코는 파레시아가 그리스도교 속에서 굴절되는 과정을 설명하며 강의를 마무리한다. 푸코는 그리스도교에서 자기와 타자 간의 관계 속에서 진실 말하기로서의 파레시아의 용기는 신에 대한 믿음, 즉 "구원에 대한, 신

65　Ibid., pp.161~162.

의 선함에 대한, 신이 듣고 있음에 대한 확신"[66]으로 변하고, 순교자야말로 최고의 파레시스트가 된다고 말한다. 이런 변화는 고백에서처럼 파레시아의 전도이다. "이 세계 속에서 자기의 진실을 파악함으로써, 신 앞에서 두려움에 떨면서 자기 자신과 세계를 불신하는 자기를 파악함으로써만 우리는 진실한 삶에 접근하게 되는 것"[67]이다. 그리스적 사유에서는 삶의 진실the truth of life과 진실한 삶true life이 하나였다면, 그리스도교적 사유에서는 삶의 진실과 진실한 삶이 분리되고, 삶의 진실신에 대한 확신이 진실한 삶보다 우위에 놓인다. 푸코는 이런 전도를 언급하면서 준비한 원고를 모두 읽지 못한 채 서둘러 강의를 마무리한다. 여기서 흥미로운 것은 1980년 강의의 시작이 고백이었다면, 1984년 강의가 초기 그리스도교 속에서 파레시아의 전도로 끝을 맺고 있다는 점이다. 한 바퀴를 돌아 다시 처음으로 돌아온 듯하다. 반복하되 차이를 품은 채 말이다. 푸코의 기획은 전체적으로 보면 일관된 기획처럼 보이지만 세부적으로 들여다보면 많은 굴절과 변화를 담고 있는 실천적 탐구라고 할 수 있다.

4. 비판과 계몽으로서의 파레시아

푸코의 관심이 고대 그리스 로마와 초기 그리스도교 시대로 이동한 것을 두고 당대의 현실성을 외면한 것이라는 비판과 지적이 많았다. 1978년 강의인 『안전, 영토, 인구』와 1979년 강의인 『생명관리정치의 탄생』에 비하면, 1980년대의 강의들은 다루는 주제와 시기에서 아주 달라졌

66　Ibid., p.332.
67　Ibid., p.338.

을 뿐만 아니라 그 사회적 파급력이라는 측면에서도 이전 강의에 비해 강도가 좀 떨어진다는 느낌을 받는다. 『안전, 영토, 인구』가 푸코가 규율 권력에서 간과했던 국가권력의 통치성을 기원에서부터 현재까지 계보학적으로 추적하는 강의였다면, 『생명관리정치의 탄생』은 국가권력의 통치성 논의를 이어받아 자유주의와 신자유주의가 시장의 논리와 결합하여 국가장치와 어떻게 대결하고 이용해왔는가에 대한, 즉 자유주의적·신자유주의적 통치성에 대한 탁월한 해석과 당대 현실에 대한 문제적인 강의였다. 이 강의들은 푸코의 강의 중에서도 가장 문제적이며 많은 푸코 학자들 사이에서도 가장 흥미로운 강의로 평가된다. 그에 비해 고대 그리스 로마에서 초기 그리스도교 사회로 전환하는 시기에 고백, 자기 배려, 파레시아를 다루는 1980년대 강의들은 덜 문제적이고 덜 논쟁적이며 시의성도 떨어지는 것처럼 보인다. 당대 현실과의 직접적 연관성이 떨어지다 보니 덜 정치적으로 느껴지고, 현실 제도와 권력관계를 보여주는 것이 아니다 보니 계보학적 방법에서도 다소 떨어져 있는 듯한 느낌을 준다. 1980년대의 푸코가 고고학과 계보학에서 윤리학으로 넘어갔다는 주장들이 많은데 사실 이런 주장은 푸코 이론의 정치성과 현실적 타당성에 대한 의문으로 볼 수도 있다.

하지만 이런 비판들이 타당한 것인가는 좀 더 따져볼 필요가 있다. 1980년대 푸코의 이론이 덜 당대적이고 덜 정치적이며 더 윤리적으로 보이는 것은 사실이다. 그리고 현실 권력 장치와 제도에 대한 분석이라는 차원에서도 통치가 과연 권력보다 더 풍부한 설명력을 갖는 개념인가 하는 것도 논란의 대상일 수 있다. 또한 자기와 타자의 행위와 품행의 문제로 확장된 통치성 개념이 주체와 주체화의 가능성은 넓혀주었을지 모르지만 오히려 권력관계에 대한 분석을 자기와 타자의 관계로 협소화시키지 않았는가 하는 의문이 제기될 수도 있다. 권력에서 통치로의 전환이 주체의 가능성을 넓혀주면서 역으로 푸코 사유의 강점인 권력에 대한 치밀한 분석을 약화시키고, 나아가서 계보학적 설명의 타당성을 제한할 수도 있지 않을까? 이런 제약은 1980년대 푸코의 이론 작업에서 이미 드러나고 있다. 고백, 자기 배려, 파레시아가 고대 그리스 로마의 권력구조나 정치 체제의 변화와 긴밀하게 연결되어 설명되고 있지 않을 뿐 아니라 주체와 윤리에 대한 강조는 정치적 권력관계를 괄호 쳐버린 측면이 없지 않다. 주체의 계보가 갖는 (불)연속성은 잘 설명되고 있는 데 반해, 권력 관계와 장치의 (불)연속성은 제대로 다루어지고 있지 않은 것이다. 계보학이 지식과 진실과 권력과 분리될 수 없고 특히 권력의 작용이 지식과 진실을 어떻게 이용하는가, 그리고 그런 권력의 작용이 현재의 권력구조에 어떤 효과를 낳는가를 질문하는 것이라면, 1980년대 푸코의 계보학은 '개념'과 '관념'의 계보학에 머물러 있다는 느낌을 주기도 한다.

이런 한계에도 불구하고 푸코의 1980년대가 윤리학에만 머물렀다거나 현실의 정치적 의미를 저버렸다는 비판과 달리 그것을 현실에 대한 우회적 해석으로 보는 것도 가능하다. 푸코의 강의내용 중에서, 비록 그것이 고대 그리스 로마의 정치적 현실에 관한 것이라 하더라도, 당대 프랑스 현실에 대한 비판으로 볼 수 있는 여지가 많다. 가령 1984년 강의인 『진실의 용기』에서 푸코는 아테네 민주정에서 파레시아의 어려움을 설명하면서 민주주의와 파레시아 간의 긴장과 역설을 설명한다.

(…중략…) 진실은 말하는 주체들 간의 차별화가 사라진 그런 특징을 갖는 정치적 장에서는 이야기될 수 없습니다. 진실은 다수와 소수 간의 분할, 즉 선한 사람과 악한 사람, 더 나은 사람과 더 나쁜 사람 간의 윤리적 차별화ethical differentiation를 특징으로 하거나 그런 차별화에 의해 조직된 정치적 장에서만 이야기될 수 있습니다. 민주정^{민주주의}이 진실 말하기가 가능할 수 있는 토대가 되는 윤리적 차별화를 인식할 수 없고 그런 차별화를 위한 공간을 만들어낼 수 없는 한 진실 말하기는 민주적 게임에서 제 역할을 할 수 없습니다.[68]

푸코는 전제정이나 참주정에서 파레시아가 불가능하다고 분명히 말한다. 그는 전제정을 침묵과 아첨이 진실을 대체함으로써 파레시아가 불가능한, "진실 말하기와 양립 불가능한 통치 형태"[69]로 규정한다. 이 강의에서 푸코는 파레시아를 진실을 가리거나 현혹하는 아첨이나 화려한 수사와는 다른 것임을 명확히 한다. 그러나 흥미로운 것은 위에서 보듯이 푸코가 이 강의에서 민주정에서도 파레시아가 어렵다는 점을 강조한다는 점이다. 그가 볼 때, 민주정에서는 선함과 악함, 뛰어남과 비천함과 같은 윤리적 차별화와 상관없이 모든 시민이 말할 자격을 갖기 때문에 역설적이게도 파레시아는 어려워진다. 누구나 말할 수 있다면 진실과 진실이 아닌 것을 구별하기란 쉽지 않아진다. 민주정에서는 누가 진실에 더 가까운가, 누가 더 선한가 하는 윤리적 차별화의 문제들은 모두가 다 말할 수 있다는 주장 속에 묻힐 수 있다.[70] 푸코의 이러한 지적은 1980년대 프랑스에서 좌우 이데올로기와 매스미디어의 선정적이고 당파적인 주장이 난

---

68   Ibid., p. 44.
69   Ibid., p. 59.
70   이는 개인주체들 간의 관계에 초점을 두는 푸코의 입장에서는 불가피한 딜레마일 수도 있다. 하지만 랑시에르나 발리바르처럼 주체화와 정치체의 변화를 동시에 사고하는 입장에서 이는 딜레마가 아니라 변혁을 통해 해소될 수 있는 문제일 수 있다. 진태원은 푸코의 권력이나 통치성 문제에서 인민주권의 문제가 제대로 다루어지지 않는 점이 갖는 한계를 지적한다. 진태원, 「정치적 주체화란 무엇인가―푸코, 랑시에르, 발리바르」, 『을의 민주주의』, 그린비, 2017, 283면 참조.

무하는 공론장에서 진정한 비판과 진실 말하기의 어려움을 토로하는 것으로 읽어볼 여지가 다분하다.[71]

파레시아가 사라질 경우 민주정에서 민주주의가 위태로워진다는 점과 윤리적 차별화가 사라지고 모두가 동등하게 말할 수 있게 되는 민주정에서 파레시아의 존립이 불가능해진다는 점은 서로 양립할 수 있는가? 이 질문은 민주주의와 파레시아 간의 아포리아적 관계를 보여준다. 푸코가 볼 때, 민주주의를 파레시아를 위한 중요한 조건으로 간주하면서도 민주주의는 항상 파레시아를 위태롭게 하는 대중 선동 정치로 전락할 처지에 놓여 있다. 푸코는 민주주의의 구조적 취약성에 주목한다. 여기서 푸코가 말하는 윤리적 차별화는 지도자 개인의 도덕적 자질이나 익명의 다수와 구분되는 예외적인 개인의 실존적 특성이 아니다. 윤리적 차별화는 "자기와의 관계를 구축할 때 진실의 차이를 활용하는 것, 혹은 진실을 차이로, 그리고 여론이나 상식적인 확실성으로부터 취하는 거리로 활용하는 것"[72]을 의미한다. 파레시아를 가능하게 하는 이런 윤리적 차별화는 민주주의에서 불가능한 것은 아니지만 그렇다고 쉬운 일도 아니다. 문제는 바로 이런 윤리적 차별화가 최상의 정치체politeia의 존립을 가능하게 한다는 사실이다.

---

71 이와 다른 차원에서 소크라테스의 죽음을, 죽음을 앞 둔 푸코 자신의 상황에 대한 비유로 읽는 경우가 있는데, 프레데릭 그로는 철학적 활동을 용감한 진실 말하기로 간주한 소크라테스가 정치에 관여하기를 거부했던 것이 죽음을 두려워했기 때문이 아니라 자신이 사라짐으로써 파레시스트로서의 결정적 임무가 타락하게 될 것을 두려워했기 때문이라고 말하면서 이를 푸코의 경우와 비교한다. 그는 푸코가 다가오는 죽음을 두려워한 것을, 자신이 무로 사라지는 것을 두려워서가 아니라 진실을 말해야 하는 자신의 작업을 중단해야 한다는 것 때문이라고 말한다. 그로는 소크라테스적 죽음 위에 푸코의 현재 상황을 겹쳐서 읽는다. Frédéric Gros, "Course Context," Michel Foucault, *The Courage of Truth (The Government of Self and Others II) Lectures at the Collège de France 1983~1984*, New York : Picador, 2012, pp.347~348.

72 Ibid., pp.345~346.

　파레시아의 이런 역설적 위상은 오늘날의 사회에서 바로 '비판'이 처한 위치이자 곤경으로 해석해볼 수는 없는가? 비판이 가능하기 위해서는 파레시아처럼 윤리적 차별화가 필수적으로 요구된다면, 이런 윤리적 차별화의 존립이 위태로워진 현실에서 비판의 위치 또한 위태로워지는 것은 아닌가? 자유로부터 도피하는 예속화가 자유의 처방으로 제안되는 오늘날 그런 예속화를 뛰어넘어 탈예속화를, 즉 자유의 실천을 꿈꾸는 주체화는 어떻게 가능한가? 우리는 이런 물음에 대한 푸코의 답변을 칸트의 계몽 개념에 대한 그의 해석과 전유를 통해 우회적으로 엿볼 수 있다. 푸코는 1983년 콜레주드프랑스의 『자기와 타자의 통치』의 첫날 강의[1983.1.5]를 칸트의 계몽 개념으로 시작한다. 이 강의와 유사한 내용의 글이 영어로도 발표되었는데 그 글이 「계몽이란 무엇인가?[What is Enlightenment?]」이다. 강의와 발표된 글 사이에는 상당한 차이가 있지만[73] 여기서는 그런 차이보다 이 글들에서 푸코가 말하는 비판 개념을 소개하는 데 초점을 두고자 한다. 칸트는 1784년 12월에 쓴 「베를린 월간학보[Berlinische Monatsschrift]」에 실은 「계몽이란 무엇인가 하는 문제에 대한 답변」에서 "계몽이란 인간이 스스로의 잘못으로 초래한 미성년 상태로부터 벗어나는 것이다. 미성년 상태란 다른 사람이 이끌어주지 않으면 자신의 지성을 사용할 수 없는 무능력 상태를 말한다"[74]라는 유명한 말로 시작한다. 푸코는 이 글을 통해

73　푸코는 「계몽이란 무엇인가?」의 영어 글과 콜레주드프랑스 강의, 그리고 1978년 프랑스 철학회의 강연인 「비판이란 무엇인가?」에서 칸트의 계몽과 비판의 의미를 설명한다. 이 세 편의 글과 강의들 간에는 상당한 차이가 있는데, 이 글들의 내용은 푸코가 계몽을 태도로 읽는 기본적 문제의식은 공유하면서 그 당시의 상황과 맥락에 따라 수정되고 있다. 이에 대한 설명은 이상길, 「열광의 정치학 ─ 미셸 푸꼬의 「계몽이란 무엇인가?」에 관하여」, 『안과밖』 38, 2015, 129~158면 참조.

74　칸트, 임홍배 역, 「계몽이란 무엇인가 하는 문제에 대한 답변」, 『계몽이란 무엇인가』, 길, 2020, 28면.

칸트의 계몽이 갖는 역사적·현재적 의미를 읽어낸다. 푸코는 칸트의 계몽에 관한 글이 "비판적 반성과 역사에 관한 반성의 교차점에 위치"하며 "자신의 작업에 대한 동시대적 지위에 관한 칸트의 반성"이라고 말한다. 푸코는 칸트가 이 글에서 제시하고자 하는 것이 "'오늘'을 역사의 차이로서 그리고 독특한 철학적 임무를 위한 동기로서 반성하는 것"[75]이라고 말한다. 즉 푸코는 칸트의 계몽이 자리하는 '현재'에 주목하는데 그것은 고유한 특징들이나 어떤 극적인 사건을 통해 다른 시대와 구분되는 "세계의 특정한 시대"도 아니고, "도래할 사건을 알리는 징조들을 읽어내기 위한 순간"도 아니며, "새로운 세계의 동틈으로 나아가는 이행의 시점"도 아니다. 푸코는 칸트가 계몽을 "거의 완전히 부정적 방식으로 하나의 '출구' 혹은 '탈출구'로 정의했다"고 말한다. 즉 미성년 상태로부터의 벗어남 말이다. 푸코가 볼 때, 칸트의 질문은 현재를 "차이로, 즉, 어제와 비교해서 오늘은 어떤 차이를 도입하고 있는가?"하는 것이다. 칸트의 질문에서 어제는 미성년 상태, 즉 주체가 여전히 권위와 지배에 예속되어 있는 상태를 말한다. 그렇다면 어제와 다른 차이로서의 현재란 어떤 상태인가? 이것이 푸코가 생각하는 칸트의 계몽의 가장 핵심적인 질문이다. 푸코는 계몽의 문제를 보들레르의 근대성의 문제로 확대하면서 근대성을 역사의 시대나 그 시대의 고유한 특징으로서보다는 계몽과 마찬가지로 '태도'의 문제로 볼 것을 강조한다.[76] 이렇게 볼 경우 계몽과 근대성은 특정한 시점과 시대의 문제가 아니라 태도, 즉 철학적 문제제기로 간주된다. 푸코는 '태도'를 "동시대 현실과 관계 맺는 방식, 특정한 사람들이 행하는 자발적

---

75   Michel Foucault, "What is Enlightenment?," *Ethics : The Essential Works of Michel Foucault 1954~1984*, *vol.*1. London : Penguin, 1997, p.309.

76   Ibid., p.309.

선택, 사유와 감정의 방식, 소속 관계를 나타내면서 동시에 스스로를 하나의 임무로 제시하는 행위와 행동의 방식"으로 정의한다. 흥미롭게도 푸코는 태도가 "그리스인들이 에토스라고 불렀던 것"과 유사하다고 말한다. 이를 근거로 푸코는 "'근대'를 '전근대' 혹은 '탈근대'와 구분하려고 하기보다는 오히려 근대성의 태도가 그 형성부터 줄곧 '반근대성'의 태도들과 어떻게 투쟁해왔는가를 알아보는 것이 더 유용할 것이라고 생각한다"[77]고 말한다. 이와 같이 푸코는 칸트의 계몽과 근대성을 '태도'로 이해할 것을 강조하면서 태도에 대한 자기 나름의 역사적-비판적 분석을 시도하고자 한다. 그러한 분석은 태도나 에토스에 대한 역사적 한계를 구성하는 한계-태도와 그런 한계를 뛰어넘는 실험적 태도를 탐구하는 작업으로 구성되는데, 푸코는 이를 통해 '우리 자신의 역사적 존재론the historical ontology of ourselves'을 설명하고자 한다.

> (…중략…) 우리 자신의 역사적 존재론은 하나의 이론, 하나의 교리로 간주되어서는 안 되고, 심지어는 축적되는 지식의 영구적 체제로서 간주되어서는 안 됩니다. 그것은 하나의 태도, 에토스, 철학적 방법으로 파악되어야 합니다. 그러므로 우리의 존재에 대한 비판은 우리에게 부과된 한계에 대한 역사적 분석이면서 동시에 그런 한계를 넘어갈 가능성에 대한 실험이 됩니다.[78]

계몽을 시대가 아니라 태도로 인식하는 것이 중요한 점은, 미성년 상태에서 벗어나는 태도를 취한다는 것은 곧 철학적 문제제기이자 비판임을 깨닫게 해주기 때문이다. 미성년 상태가 권위에 대한 예속화의 상태라고

한다면, 비판적 태도는 그런 예속화의 근거가 되는 권위에 대한 문제제기이자 권위로부터의 탈예속화를 의미한다. 결국 푸코에게 계몽은 곧 비판적 태도와 같은 말이다. 1978년 프랑스철학회에서 한 강연인 「비판이란 무엇인가?」에서 푸코는 '비판'을 칸트가 말한 계몽과 동일한 의미로 설명한다. 푸코는 "통치화가 사회적 실천의 현실 속에서 진실을 주장하는 권력 메커니즘을 통해 개인을 예속화하는 문제와 관련된 활동"이라면, "비판이란 진실에 대해서는 그 진실이 유발하는 권력 효과를, 권력에 대해서는 그 권력이 생산하는 진실 담론을 문제 삼을 수 있는 권리를 주체가 자신에게 부여하는 것과 관련된 활동"이라고 주장한다. 그렇게 되면 "비판은 자발적 불복종의 기술, 숙고된 불순종의 기술"이자 그 핵심적 기능은 "진실을 둘러싼 정치라고 부를 수 있는 활동 속에서 탈예속화"[79]에 다름 아니다. 푸코는 이 강연에서 통치 받지 않으려는 기술을 비판의 가장 일차적인 정의라고 말한다. 이것이 푸코가 칸트의 계몽을 태도로 해석한 이유이면서 계몽의 태도가 비판인 이유이기도 하다.

그렇다면 고백에서 파레시아로의 전환 역시 비판의 다른 이름이 아닌가? "다른 사람이 이끌어주지 않으면 자신의 지성을 사용할 수 없는" 미성년 상태에서 벗어나서 다른 사람의 지도를 받지 않고서도 지성을 사용할 결단력과 용기를 갖는 것이 계몽이라면,[80] 그리고 이러한 예속 상태에서 벗어나 통치 받지 않을 자유를 추구하는 것이 비판태도이라고 한다면, 비판은 고백에서 파레시아로의 전환 자체를 말하는 것이기도 하다. 통치-주체-진실의 계열을 토대로 예속화에서 벗어나 탈예속화하는 주체, 즉 자유의 실천을 펼치는 주체를 탐구하는 것이 1980년대 푸코의 작업

79　미셸 푸코, 「비판이란 무엇인가?」, 『비판이란 무엇인가 / 자기수양』, 47면.
80　칸트, 「계몽이란 무엇인가 하는 문제에 대한 답변」, 28면.

이다. 그런 점에서 푸코의 작업이 고대 그리스 로마 시대에 대한 연구이기 때문에 우리의 현재와 무관하며 우리의 정치적 현실을 외면하고 있다는 비판이나, 푸코가 정치를 외면하고 윤리학으로 넘어갔다는 지적들은 푸코의 비판이 갖는 실천적 의미를 간과하는 것일 수 있다. 푸코의 탐구 주제와 영역의 변화만 보다보면, 정작 푸코가 추구한 문제설정이 갖는 의미를 놓칠 수 있다. 사실 푸코가 현재의 시기를 탐구 주제로 삼지 않았다고 하더라도 그는 그 내부에 존재하는 우리 자신의 현재적 현실과 우리 자신의 역사적 존재론에 대해 지속적으로 문제를 제기하고 있다. 푸코가 추구한 방식이 적절한 것인지는 따로 논의되어야 하겠지만 그의 마지막 작업은 통치받지 않기 위한 주체화와 자유의 실천을 통해 현재에 개입하는 비판 작업이었음은 분명하다.

제2부

주체의 행위와 윤리적 지평

슬라보예 지젝, 알랭 바디우, 조르조 아감벤

제1장

실재의 윤리와 주체의 행위
지젝의 문화이론

1. 유전공학과 인간의 조건

리들리 스콧 감독의 〈블레이드 러너Blade Runner〉는 여러 가지 점에서 우리의 주목을 끈 SF영화의 고전이다. 무엇보다 이 영화는 인간과 (기계를 포함한) 복제 인간의 일상적 관계를 절묘하게 전도시켜 복제인간을 통해 인간들에게 인간이란 무엇인가, 인간의 고유한 특성이란 무엇인가, 나아가 인간이 그동안 자신의 고유한 속성으로 주장해온 가치들이 인간만의 것인가 하는 문제들을 제기한다. 자신들에게 주어진 4년이라는 짧은 생명을 연장하기 위해 지구로 귀환하여 동료들간의 사랑과 우정, 연대를 보여주는 복제인간들에 비해 인간은 그러한 가치들을 상실한 채 자신의 생명을 복제하고 연장함으로써 생명이 갖는 가치를 무의미한 것으로 만들고 있다. 이 영화의 가장 큰 아이러니는 무의미한 삶을 영위하는 인간보다 4년이란 짧은 생명의 시간을 가진 복제인간들이 더 인간다움을 보여준다는 점이다.

우선 이 영화는 인간들에게 인간의 가치를 소중하게 생각하고 다시 가슴 속에 새길 것을 주문하는 영화로, 즉 인간성 회복을 역설하는 영화로 볼 수 있다. 하지만 이 영화의 메시지를 좀 더 급진적으로 밀고 나가면, 인간이 아니라 인간에게 주어졌던 조건이 복제인간에게 주어지면 그들도 인간적이 될 수 있다는 점이 드러난다. 인간이 인간적이게 되는 것은 그가 어떤 내재적 속성을 갖기 때문이 아니라 특정한 조건 속에서 인간과 관련된 조건들을 수행함으로써 가능해지는 것이다. 그렇기 때문에 복제인간은 바로 그 인간의 조건과 만나게 됨으로써 인간과 마찬가지로 인간적이 될 수 있는 것이다. 그런 점에서 이 영화는 우리로 하여금 인간의 것이었던 가치와 조건이 인간으로부터 분리되어 복제인간과 접속함으로써 인간들이 복제인간 속에서 그동안 자신의 것이라고 생각하던 인간다움을 보는 불안한unhomely 상황을 연출한다. 호미 바바Homi Bhabha는 탈식민적 상황에 처한 인간들을 염두에 두고 집의 친숙함을 잃은 낯선 불안감, 즉 식민지인들이 그동안 순응하며 살아온 친숙한 삶의 공간이 이질적이고 낯선 공간으로 변해가는 것을 깨닫는 것을 기이한 불안감을 들어 설명한 바 있다.[1] 이를 〈블레이드 러너〉의 상황에 적용하면, 인간들은 복제인간의 인간다움을 통해 그동안 너무도 친숙했던 자신의 인간다움에 대한 낯선 불안감을 느끼게 되고 인간의 조건에 대한 낯설음과 대면하게 되는 것이다.

이 영화는 인간성의 회복을 다루었다기보다는 인간성의 조건이 인간에게 우연적이고 낯선 것일 수 있다는 점을 볼 수 있게 해준다. 그것은 상실한 인간의 가치를 회복하자는 상투적인 주장보다는 인간과 그의 조건, 인간과 그의 가치 사이에 존재하는 깊은 심연을 봄으로써 인간의 문제를 새로운 각도에서 볼 수 있게 해준다. 동유럽 슬로베니아의 이론가이자 지식인인 슬라보예 지젝Slavoj Žižek의 이론이 위치하고 있는 지점도 이런 각도에서 생각해볼 수 있다. 지젝이라면 〈블레이드 러너〉를 통해 우리들에게

---

1   Homi Bhabha, *The Location of Culture*, London & New York : Routledge, 1994, pp. 9~10.

그동안 인간성을 떠받쳐주었던 상징적 질서의 붕괴를 회복하기 위하여 또 다른 상징질서를 구축하기보다는 오히려 인간과 그 조건이 분리되는 심연을 통해 인간성이 근거하는 실재와 우연성을 직시하라고 요청할 것이다. 즉, 지젝은 인간성에 대한 새로운 환상을 구성하기보다는 그 환상을 가로질러 환상에 의해 억압된 실재the Real와 대면하라고 말할 것이다.

2003년 한국을 처음 방문한 지젝은 다산기념철학강좌에서 「유전공학으로부터 정신분석학으로From Biogenetics to Psychoanalysis」라는 주제로 강연을 한 적이 있다. 여기서 그는 유전공학이 인간의 존엄과 자율성에 관해 우리가 지켜온 의미체계에 어떤 영향을 미치는가를 질문하면서 유전공학의 등장을 통해 인문학이 근거해온 인간주의적 가정을 새로운 관점에서 제기한 바 있다. 그는 유전공학의 최대결과는 자연의 종말, 즉 자연의 구성규칙이 밝혀지고 자연적 유기체가 조작 가능한 대상들로 변함으로써 인간적이든 비인간적이든 자연의 탈실체화가 발생하고 자연의 침투 불가능한 밀도하이데거의 '대지' 같은 것가 사라지게 하는 것이라고 말한다. 그는 유전공학의 결과가 우리에게 제시한 새로운 지평 앞에서 "이제 우리는 우리의 '자연적' 성향 그 자체를, 단지 직접적으로 주어진 것으로서가 아니라, '매개된' 어떤 것으로, 즉 원칙적으로 조작 가능한 (그리하여 단순히 우연적인) 어떤 것으로 경험"하게 됨으로써 "이전의 순진한 직접성으로 다시 돌아갈 수는 없다"[2]고 말한다. 물론 지젝이 유전공학이 상업적 자본의 이익과 국민에 대한 통제를 증가시키는 방향으로 이용될 가능성을 부정하는 것은 아니다. 하지만 그는 그러한 가능성 앞에서 유전공학이 열어놓은

---

2   슬라보예 지젝, 홍준기 역, 「유전공학으로부터 정신분석학으로」, 『탈이데올로기 시대의 이데올로기』(김상환 외역), 철학과 현실사, 2005, 90~92면; Slavoj Žižek & Glyn Daly, *Conversations with Žižek*, Cambridge : Polity, 2004, p.92.

심연의 결과를 외면한 채 과거의 인간적 가치를 다시 주장하는 방향으로 되돌아갈 수는 없다고 주장한다.

이 점에서 지젝은 하버마스와 견해를 달리한다. 하버마스는 한 학회에서 유전공학이 윤리적 문제와 계몽의 결정적 이슈에 어떤 영향을 끼치는가 하는 강연을 한 적이 있는데, 여기서 하버마스는 한 인간의 생물학적 유전공식에 개입하여 그의 신체적·정신적 특징을 변화시키는 것이 가능해지면, 이것이 자율성, 자유, 개인적 책임과 같은 우리의 가치를 잠정적으로 약화시킬 것이라 보았다. 이에 대한 하버마스의 대안은 우리의 자율성과 자유에 치명적 영향을 끼칠 수 있는 유전공학을 금지하거나 제재하자는 것이었다. 이는 우리가 갖고 있는 상식적 입장이자 인문학이 전통적으로 근거하고 있는 주장이기도 하다. 하지만 지젝은 인문학과 하버마스의 논리를, 유전자를 조작할 수 있는 방법을 알고 있는 상황에 처해있으면서도 인간의 자유를 위해 그것을 모른 척 해주는, 물신주의적 분열 fetishist split이라고 말한다.[3] 여기서 지젝은 계몽의 계승자인 하버마스(혹은 우리)의 주장에서 인간의 존엄을 지키기 위해 너무 깊이 들어가지 말자는 식의 반계몽주의적 입장을 받아들이는 역설을 읽어낸다.

지젝이 볼 때, 진정한 철학적 도전은 물신주의적 분열과 그러한 분열에 의존하는 인문학적 통념을 거부하는 것, 즉 인간 자유의 개념을 다시 이론화하고, 과연 어떤 의미에서 우리가 자유로운 것인지, 자율성이란 무엇을 의미하는 것인지를 유전공학이 열어놓은 맥락 속에서 밝혀내는 작업이다.[4] 지젝이 볼 때, 유전공학은 그동안 인간이 의지해온 상징적 질서를 새롭게 열어놓고 이론화해야 할 실재의 역할을 수행한다. 그는 "게놈이라

---

3   Slavoj Žižek & Glyn Daly, *Conversations with Žižek*, p.93.
4   Ibid., p.94.

는 무의미한 실재와의 대면은, 그것을 통해 내가 현실을 지각하는 환상의 스크린을 제거한다. 게놈 공식에서 나는 직접적으로 실재에 접근한다. 하버마스와 반대로 우리는 게놈의 객관화를 완전하게 취해야 할 윤리적 필요성을 주장해야만 한다"[5]라고 말한다.

이런 주장은 지젝에게 낯선 것이 아니다. 지젝은 우리에게 상징적 질서의 이면, 즉 실재가 상징적 질서에 남긴 잔여와 흔적을 통해 실재와 정면으로 대면하는 윤리적 태도를 강조해왔다. 나아가 그는 이런 실재와의 대면 속에서 상징적 질서의 대타자가 부여해온 것과는 다른 차원의 인간 주체의 자유와 책임을 주장해왔다. 이런 이유로 테리 이글턴은 지젝을 '실재의 이론가'라고 부른다. 지젝은 셸링, 헤겔, 칸트와 같은 독일관념론자들 뿐 아니라 히치콕, 키에슬로프스키, 데이비드 린치와 같은 영화감독들, 나아가 보스니아전쟁, 나치즘, 9·11테러 등과 같은 다양한 문화현상들을 자유롭게 넘나들면서 놀라운 기지와 통찰력 있는 이론을 보여준다. 하지만 그 이면에는 이글턴이 말하듯이, 실재라는 "동일한 주제에 대한 강박적 반복"[6]이 자리하고 있다. 다음에서는 지젝의 실재 개념과 그것이 갖는 정치적·윤리적 함의를 살펴봄으로써 지젝 이론의 독특함을 설명하고자 한다.

이글턴 자신도 인정하듯이, 지젝의 이론은 라캉과 비교하면 상당히 정치적이다. 지젝은 라캉의 정신분석학을 현실 정치적 상황 속으로 이동시킴으로써 정신분석학을 정치적으로 해석한다. 이는 그의 이론이 동구권 특유의 정치문화적 현실에 근거하고 있기 때문이다. 그가 한 때 슬로베니

---

5   슬라보예 지젝, 「유전공학으로부터 정신분석학으로」, 106면.

6   Terry Eagleton, *Figures of Dissent : Critical Essays on Fish, Spivak, Žižek and Others*, London : Verso, 2003, pp. 202~203.

아 대통령 선거에 뛰어들기도 했다는 사실은 그의 이론의 정치성의 일단을 보여주는 것이기도 하다. 슬로베니아 라캉학파의 또 다른 일원인 레나타 살레클Renata Salecl에 의하면 대통령 선거 당시 슬로베니아와 구 유고연방에서는 민족과 인종에 대한 환상을 조장하는 우파민족주의가 부상하고 있었다. 이 상황에 맞설 수 있는 유일한 세력이 지젝이 주도하는 슬로베니아 라캉주의 지식인들이었다고 한다. 그들은 민족의 우선성, 민족을 위한 자기희생, 민족의 유기적 공동체를 강조하는 우파 민족적-유기적 포퓰리즘national-organic populism에 맞서 그것들이 사회적 적대실재의 다른 이름를 억압하고 민중의 주이상스를 전치하고 억압하는 환상임을 드러내고자 했다.[7] 따라서 지젝을 비롯한 슬로베니아 라캉학파가 라캉의 해석가로만 머물러 있는 것이 아니라 슬로베니아의 정치적 경험을 라캉의 정신분석학으로 해석하고 전유하는 실천적 지식인들임을 잘 보여준다. 다음에서는 지젝의 이론이 라캉의 이론을 정치적 현실과 대면시킴으로써 라캉보다 더 라캉적으로 보이는 정치적·윤리적 행위의 문제를 제기하고 있음을 살펴볼 것이다.

2. 대타자의 법과 초자아의 외설적 욕망

1) 케 보이대타자의 결여와 환상의 구조

지젝의 이론은 후기 라캉의 이론, 특히 그의 '실재' 개념에 의존한다. 지젝에 따르면 라캉은 『정신분석의 윤리학The Ethics of Psychoanalysis 1959~1960』을 기

---

7   Renata Salecl, *The Spoils of Freedom : Psychoanalysis, Feminism and Ideology After the Fall of Socialism*, London : Routledge, 1994, pp.21~44.

점으로 일정한 이론적 변화를 보인다. 즉 라캉의 이론은 "욕망의 변증법으로부터 주이상스^{향락}의 관성^{inertia}으로, 코드화된 메시지로서의 징후로부터 향락이 스며있는 문자로서의 징환으로, 그리고 언어처럼 구조화된 무의식으로부터 모든 상징화에 저항하는 환원 불가능한 주이상스의 중핵인 물 자체로"[8] 나아간다. 우선 라캉이 욕망의 문제설정에서 주이상스의 문제설정으로 나아갔다는 것은, 그의 관심이 "상상계와 상징계 사이의 선택의 문제^{상상적 형태에 대한 매혹 대 텅 빈 상징적 구조}에서 상징계와 실재 사이의 선택의 문제^{상징적 그물망 대 거기에서 빠져 나가는 실재의 외상적 중핵}로"[9]이동하고 있다는 것을 보여준다. 왜냐하면 욕망의 문제설정이 상상계와 상징계의 관계에 근거하는 것이라면, 주이상스의 문제설정은 상징계와 실재의 관계를 근거로 하기 때문이다. 자크 알랭 밀러^{Jaques-Alain Miller}에 따르면, "처음에 라캉은 (상징계의) 욕망에 핵심적 기능을 부여하려고 했다. 하지만 그는 충동을 욕망과 구별하고, 욕망을 금지에 대한 부정에 근거한 것이라 판단하면서 욕망에 대해 부정적 평가를 내리기 시작했다. 이때부터 근본적인 것은 욕망이라기보다는 주이상스를 생산하는 충동이 되었다."[10] 초기 라캉에게 욕망은 항상 상징적 질서의 언어를 매개로 한 타자에 대한 욕망이었고, 타자를 위한 욕망이었으며, 타자의 욕망에 대한 욕망이었다. 욕망의 주체는 만족을 위한 자신의 충동을 억압하고, 언어의 환유적 연쇄고리 속에서 타자의 욕망을 충족시키기 위해 끊임없이 방황하는 존재이다. 즉, 그는 언어에 의해 대상으로부터 소외된 분열된 주체(\$)일 뿐이다. "무의식은 언어로 구조화

---

8   Slavoj Žižek, *Žižek Reader* (Elizabeth Wright & Edmund Wright eds.), Oxford : Blackwell, 2000, pp.13~14.

9   슬라보예 지젝, 주은우 역, 『당신의 징후를 즐겨라―할리우드의 정신분석』, 한나래, 1997, 150면, 각주 17 참조.

10   부르스 핑크, 맹정현 역, 『라캉과 정신의학』, 민음사, 2002, 357면.

되어 있다"는 라캉의 유명한 말은 상징적 질서에 의해 구성된 분열된 인간의 욕망을 설명하기 위한 것이다. 하지만 후기 라캉은 주체를 욕망이 아닌 충동의 자리에 위치시킨다. 주체는 상징적 세계의 언어에 구속된 금지와 거기에 근거하는 욕망의 주체에서 언어 이전의, 상징질서의 언어 주체에게는 숨겨진, 항상 향락의 추구와 관련된 물 자체실재와 관계되어 있다.

충동의 개념은 초기 라캉에게는 그리 분명한 것이 아니었다. 그는 충동의 특징인 향락과 주이상스를 쾌락과 명확하게 구분하지 않은 채 사용하다가 1960년대 들면서 향락enjoyment과 쾌락pleasure의 대립적 관계를 명확하게 인식하기 시작한다. 이 무렵 그는 향락이 쾌락과 다르며 쾌락의 원리를 넘어서 존재하는 것, 즉 "쾌락이 균형과 만족의 방향을 따라 존재하는 것이라면, 향락은 불안정한 것이고 외상적이며 초과적인 것이라는 것"[11]을 깨닫게 된다. 쾌락의 원리가 가능한 한 향락을 적게 즐길 것을 명령하는 법이고 향락에 대한 제한이라면, 향락의 주체는 자신의 향락에 부과된 금지와 제한을 위반하고 '쾌락원리'를 넘어서려고 한다. 그리고 이 쾌락의 원리를 위반한 결과는 더 이상 쾌락이 아니다. 그것은 주체가 감당할 수 있는 선을 넘고 주체의 한계를 넘는 고통으로 다가온다. 이 '고통스러운 쾌락'을 라캉은 향락이라 불렀다.[12]

이런 인식은 실재와 상징계의 의미를 보다 명확하게 이해하는 계기가 된다. 충동의 문제설정으로의 변화는 사실상 실재의 중요성에 대한 인식에 다름 아니다. 왜냐하면 주이상스는 곧 실재의 현현顯現이기 때문이다. "만일 우리가 실재를, 비록 존재하지 않더라도 일련의 속성을 갖고 일련

---

11 Slavoj Žižek & Glyn Daly, *Conversations with Žižek*, p.113.
12 Dylan Evans, *An Introduction Dictionary of Lacanian Psychoanalysis*, London & New York : Routledge, 1996, pp.92~93.

의 효과를 생산할 수 있는 역설적이며 키메라와 같은 실체로 정의한다면, 최상의 탁월한 실재는 주이상스이다."[13] 여기서 강조할 것은 실재가 초월적 실체가 아니라는 점이다. 지젝은 라캉의 실재를 초월적인 것으로 물신화하는 것을 가장 경계해야 한다고 말한다.[14] 실재는 실체화할 수 없는 순수하게 위상학적 범주이다. 그것은 상상계와 상징계와 더불어 하나의 삼각형 구조를 구성한다. 이 구조의 세 차원들은 인간 존재의 각 전제들, 즉 이를 토대로 뭔가가 존재하고 정립되어 있다는 것실재, 이것 없이는 어떤 것도 말해질 수 없다는 것상징계, 그리고 보로메우스 매듭이 유지되어야 한다는 것상상계을 가리킨다. 라캉은 인간의 존재를 위해서 이 세 가지 전제가 필수적이라고 본다. 그에 따르면 보로메우스 매듭 외부에는 아무 것도 없으며, 이 매듭의 본질을 내려다볼 수 있게 해주는 초월적 외부, 즉 메타적 차원은 존재하지 않는다.[15] 그런 점에서 실재는 상상계와 상징계를 통과하지 않고서는 결코 드러날 수 없으며, 상상계와 상징계의 외부에 실제로 존재하는 실체가 아니라 상상계와 상징계를 가능하게 하면서도 그 존립을 불안정하게 만드는 부정적 결여이자 텅 빈 공간이다.

라캉이나 지젝에게 실재the Real는 현실reality과 다른 것이다. 이론적으로 볼 때, 실재가 공, 무, 물 자체 등과 같이 보이지 않는 대상과 관계를 가리킨다면, 현실은 그것들에 근거하여 만들어진 세계 내지 재현이다. 즉, 현실은 실재를 속성이나 양태로 드러낸 것이다. 따라서 실재가 객체적이라면, 현실은 주체적이라 할 수 있다. 라캉과 지젝에게도 현실은 실재를 억압하고 금지함으로써 상상계와 상징계의 차원에서 구성된 것이다. 그것

---

13 Slavoj Žižek, *The Sublime Object of Ideology*, London : Verso, 1989, p.164.

14 Slavoj Žižek & Glyn Daly, *Conversations with Žižek*, p.78.

15 페티르 비드머, 홍준기 역,『욕망의 전복』, 한울, 1998, 184면.

은 감당할 수 없는 실재의 충동을 억압한 것이고, 욕망의 구조와 마찬가지로 의미작용을 통해 표현되는 것이며, 실재와의 대면을 회피하는 주체의 환상의 지지대이다. 이에 반해 실재는 의미작용의 질서, 즉 상상계와 상징계에 속하지 않으며 오히려 상징계와 상상계의 질서를 뒤흔들고 거기에 통합될 수 없는 차원이다. 그것은 영원한 결여와 부정의 차원이며 모든 상징적이고 상상적인 구성은 바로 이 결여를 메우려는 대응과 관련이 있다. 특히 실재는 의미화의 질서에 부정의 한계를 부과하는 동시에 한계의 부과를 통해서 바로 그 질서를 구성하는 역할을 수행한다.

실재는 상상계와 상징계와 함께 보로메우스 구조의 한 축을 이루면서 그것들에 내재적이면서도 의미화의 체계와 그 가능성의 조건에 극복할 수 없는 부정성의 한계와 지평으로 기능한다. 그 결과 현실은 실재가 아니라 실재의 형태들인 외상, 상실, 불안 등을 회피하려는 불가능한 시도로 남을 수밖에 없다.[16] 부르스 핑크Bruce Fink는 실재를 상징계와 관련하여 다음과 같은 그림을 통해 설명한다.[17]

실재1R1 → 상징계S → 실재2R2

이 표는 실재의 기능과 내용이 상징계와의 관계를 통해 다양한 형태를 띨 수 있다는 것을 보여준다. 특히 상징계에 의한 실재의 통합이란 불가능하다는 것을 보여준다. 설명의 편의를 위해서 우선 실재는 ① 순수한 가정으로서 문자상징계 이전의 실재와 ② 상징적 질서의 요소들간의 관계

---

16   Glyn Daly, "Introduction : Risking the Impossible," *Conversations with Žižek* (Žižek & Glyn Daly), Cambridge : Polity, 2004, pp.6~7.

17   Bruce Fink, *The Lacanian Subject : Between Language and Jouissance*, Princeton : Princeton University Press, 1995, p.27.

덕분에, 즉 상징계를 통과함으로써 생성되는 문자 이후의 실재로 구분된다. 특히 문자 이후의 실재는 상징계의 잔여remainder로서 존재한다. 잔여로서의 실재R2는 "최초의 실재인 외상과 고착화로서의 실재R1가, 상징적 질서가 그 핵심을 건드리지 않으면서 그 주변을 돌 수밖에 없는 중력의 중심의 형태로 돌아온"[18] 것이다. 역설적인 것은 실재가 상징계를 불안정하게 만들기도 하지만 상징계 자체가 상징적 질서를 넘어서는 차원실재을 생산한다는 점이다. 다시 말해, 상징계로 인해 문자 이후의 새로운 차원의 실재가 존재하게 된다는 것이다.[19]

이런 변화를 가장 집약적으로 보여주는 글이 라캉의 「프로이트적 무의식에서의 주체의 전복과 욕망의 변증법The Subversion of the Subject and the Dialectic of Desire in the Freudian Unconscious」1960이며, 이를 지젝 자신의 정치적이고 문화적인 설명으로 바꾼 글이 「케 보이?Che Vuoi?」이다. 여기서는 주로 지젝의 글을 참조하면서 설명할 것이다.[20]

지젝에 의하면 그래프는 우선 의미의 차원하단과 향락의 차원상단이라는 두 개의 차원으로 구분된다. 하단부는 주로 초기 라캉이 관심을 기울인 거울단계와 상상계, 상징계에 대한 설명이며, 상단부는 실재와 충동의 영역으로서 상상계와 상징계의 의미가 향락과 주이상스, 실재를 통해 새롭게 설정되는 과정을 보여준다. 이를 동일시의 관점에서 보면, 하단부는 상상적 동일시e — i(o), e는 자아; o는 이상적 이미지의 타자와 상징적 동일시$ — s(O), $는 분

18　Ibid., p.29.

19　Ibid., pp.27~28.

20　자세한 것은 Jacque Lacan, "The Subversion of the Subject and the Dialectic of Desire in the Freudian Unconscious," *Ecrits* (Bruce Fink trans.), New York : W.W. Norton & Company, 2004; Slavoj Žižek, "Che Vuoi?," *The Sublime Object of Ideology*, London : Verso, 1989 를 참조하라.

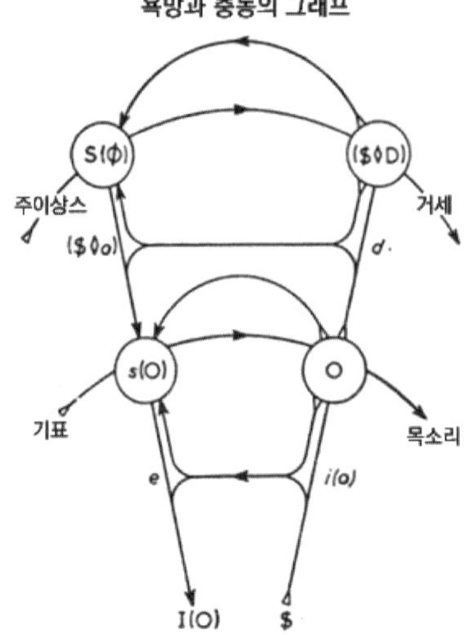

열된 주체; s(O)는 대타자의 기표를 설명하고 있으며 "의미화의 연쇄고리와 신화적 의도△ : 그래프에서는 분열된 주체($)가 있는 자리의 교차가 의미의 효과를 생산하는 방식"을 보여주는 데 반해, 상단부는 동일시의 차원을 넘는 '케 보이?'의 문제, 그리고 환상의 공식$◇o과 충동의 공식$◇D을 설명한다. 그것은 "기표의 질서의 장, 대타자의 장이 상징 이전의실재적 향략의 흐름에 의해 구멍 뚫리고 관통될 때, 즉 상징 이전의 '어떤 것', 물질화되고 육화된 향락으로서의 육체가 기표의 네트워크에 걸려들 때 무슨 일이 일어나는가?"[21]를 보여주고자 한다.

우선 하단부에서 상상적 에고[e]와 그 상상적 타자[i(o)]를 연결하는 평행선은 상상적 동일시를 나타내는 것으로 자신의 외부에 자신이 그렇게 되었으면 하는 이상적 자아ideal ego의 이미지와 자신을 동일시하는 것이다. 이는 라캉의 거울상 단계와 일치하며 상상적 동일시의 과정을 보여준다. 이에 반해 대타자의 기표s(O)와 대타자O의 평행선이 상징계 이전의 어떤 의도△, 즉 역전의 효과the effect of retroversion에 의해 분열된 주체$가 있는 지점에서 대타자와의 동일시를 통해 구성된 자아-이상I(O)이 있는 지점으로 이어지는 곡선과 교차하는 부분은 그 의도가 대타자의 기표s(O)를 통과하면서 대타자의 상징적 질서에 의해 구성되는 상징적 동일시의 과정을 보여준다. 상징적 동일시는 상상적 동일시처럼 "우리가 되고 싶은 이미지"가

---

21   Slavoj Žižek, *The Sublime Object of Ideology*, London : Verso, 1989, p.122.

아니라 "우리가 관찰당하는 위치와 우리가
우리 자신에게 사랑받을 가치가 있고 좋아할
만한 것으로 비춰지도록 우리 자신을 바라보
게 되는 위치",[22] 즉 대타자의 욕망의 위치와
동일시하는 것이다. 여기서 유념할 것은 이미
"이상적 타자(o)가 항상 이미 자아-이상(O)에
종속되어 있다는 점"이다. 왜냐하면 우리가
이미지, 즉 우리 자신에게 좋아할 만한 대상
으로 보이도록 만드는 상상적 형식을 지배하
고 결정하는 것은 바로 상징적 동일시이기 때문이다.[23]

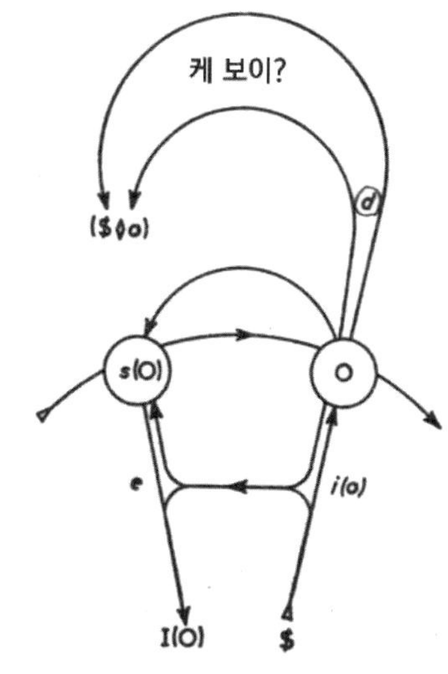

　이 그래프에서 핵심적인 것은 상단부, 특히 '케 보이?Che Vuoi?'의 문제이
다. '케 보이?'는 "당신은 무엇을 원하는가?", "당신은 나에게 그것을 말하
고 있는데, 도대체 그것을 통해 무엇을 원하고 무엇을 노리는 것인가?"하
는 질문으로서 이 질문은 정신분석에서 분석주체analysand[24]가 자신의 욕
망을 질문함으로써 상징적 동일시에 의해 구성된 자신의 자아-이상(O)으
로부터 거리를 두게 만드는 역할을 한다. "당신은 무엇을 원하는가?"라고
질문하는 이유는 주체와 자아-이상, 즉 주체가 원하는 것그래프의 상단부과 대
타자가 원하는 것그래프의 하단부을 분리하기 위한 것이다. 욕망의 그래프의
상단부는 주체와 대타자 사이에 간극과 틈새를 도입하는 새로운 차원의
욕망의 문제그래프의 ⓓ를 제기함으로써 요구를 넘고 언어의 소외를 넘는 길

22　Ibid., p.105.

23　Ibid., p.108.

24　analysand는 정신분석을 받는 환자 또는 내담자로서 정신분석학에서 분석가의 도움을
　　받아 자신의 환상을 횡단하는 자라는 의미에서 분석주체로 번역된다. analysand에서
　　-and는 수동형 의미로 '분석받는 사람'을 의미한다.

을 나타낸다.[25] '케 보이?'의 질문이 제기되는 이유는 그것이 상징적 질서 속에서 우리 자신이 맡은 역할이 갖는 자의적 성격을 드러내기 때문이다. 상징적 질서 속에서 우리가 맡은 역할은 우리 자신이 갖고 있는 실체적 속성 때문에 생겨나는 것이 아니라 상징적 질서 속에서 우리에게 위임된 위치와 그 위치의 수행을 통해 생겨나는 것이다. 그러므로 분열된 주체에게는 인식되지 않지만 상징적 질서와 주체 사이에는 간극이 있다. 바로 이 간극이 질문으로 나타난 것이 '케 보이?'이다. 이 간극은 "당신은 나에게 말하고 있다"는 언표의 주체와 "도대체 그것을 통해 무엇을 원하고 무엇을 노리는 것인가?"하는 언표행위의 주체 사이의 간극이기도 하다.

주체는 항상 자신을 타자에게 나타내는 기표에 고정되고 매달려 있다. 바로 이 고정을 통해 그는 상징적 위임을 받고, 상징적 관계의 상호주관적 네트워크 속에서 자리를 부여받게 된다. 핵심은 이 위임이 궁극적으로 항상 자의적이라는 사실이다. 그 위임의 성격이 수행적이기 때문에 그 위임은 주체의 '실제적' 속성이나 능력을 통해 설명될 수 없다. 그리하여 주체는 이런 위임을 부여받음으로써 자동적으로 '케 보이?', 즉 대타자의 질문과 마주치게 된다. 대타자는 주체에게 그가 이 위임을 부여받게 된 이유에 대한 대답을 소유하고 있는 것처럼 말하고 있다. 하지만 이 질문은 당연히 대답될 수 없다. 주체는 상징적 네트워크에서 이 자리를 차지하고 있는 이유를 모른다. 대타자의 '케 보이?'에 대한 주체 자신의 대답은 '나는 왜 나라고 추정된 내가 되었는가?, 왜 내가 이 위임을 받게 되었는가? 왜 나_{교사, 지배자, 왕, 혹은 조지 카플란}인가? 간략히 왜 나는 당신_{대타자}

25　Bruce Fink, *Lacan to the Letter : Reading Ecrits Closely*, Minneapolis : University of Minnesota Press, 2004, pp.119~120.

이 나라고 말하는 존재가 된 것일까?[26]

　'케 보이?'의 물음은 주체로 하여금 대타자의 일관성을 의심하게 만드는 질문이면서 동시에 대타자의 비일관성을 회피하게 만들기 위한 질문이다. 환상이란 바로 '케 보이?'의 질문에 대한 주체의 대응이다. 다시 말해, 환상이란 '케 보이?'의 질문을 회피하는 것, 즉 '당신이 무엇을 원하는가?'하는 질문과 대면하기보다는 그 질문의 공백을 채워 넣으려는 시도이고, 언표의 주체와 언표행위의 주체 사이의 간극을 메우기 위한 것이다. 환상에 대한 지젝의 공식 $\$ \lozenge o$에서 대상o는 일단 '케 보이?'라는 질문을 회피하는, 대타자의 비일관성과 결여를 메우기 위한 주체의 환상의 대상물이다.

　환상의 구조를 보다 정확하게 이해하기 위해서는 그래프의 상단부 좌측에서 아래로 내려가는 세 벡터$S(\emptyset) - (\$ \lozenge o) - s(O)$의 관계를 이해할 필요가 있다. $S(\emptyset)$는 대타자의 결여, 즉 상징적 질서가 주이상스에 의해 관통될 때 드러나는 상징적 질서의 비일관성을 나타내고, 이에 대해 환상의 공식 $\$ \lozenge o$는 이런 비일관성을 가리고 대타자의 결여를 은폐하는 스크린의 역할을 하며, $s(O)$는 환상에 의해 지배되는 주체의 의미작용의 효과를 나타낸다. 따라서 환상의 동학이란 칸트의 선험적 도식처럼 "우리가 세계를 일관적이고 의미있는 것으로 경험하는 틀, 의미작용의 특수한 효과가 일어나는 아프리오리한ª priori 공간"을 구성하는 것이다.[27] 특히 환상을 설명하는 수직축을 수평선주이상스 → 대타자의 결여($S(\emptyset)$) → 충동의 공식($\$ \lozenge D$) → 거세과 관련지을 때, 환상의 의미는 주이상스와 결부되어 설명될 수 있다. 지

26　Slavoj Žižek, *The Sublime Object of Ideology*, p.113.
27　Ibid., p.123.

젝에 따르면, 육체가 의미작용 혹은 대타자의 장에 들어갈 때, 육체는 거세된다. 대타자에 굴복하는 순간, 우리는 우리의 육체에 접근할 수 있는 직접적 통로를 차단당하고 언어를 매개로 한 간접적 관계에 구속된다. 결국 의미작용 속의 분열된 주체로부터 배제되는 것은 향락의 육화로서의 신체이다. 주체가 상징적 질서, 즉 대타자의 질서 속으로 들어간다는 것은 실재의 향락 즉 주이상스가 거세되어야 한다는 말이다. 하지만 실재와 향락이 상징적 질서의 의미작용에 의해 완전히 제거되는 것은 아니며 그 대부분은 상징화되지 못한 채 상징계 내에 남게 된다. 상징적 질서는 향락을 완전히 설명할 수 없을 뿐만 아니라 대타자의 질서로부터 빠져나가는 부분이 있음을 보여준다. 대타자는 향락의 배제와 추방을 중심으로 구성되기 때문에 결여를 가질 수밖에 없으며 비일관적이다. 환상의 역할은 바로 대타자의 결여와 비일관성을 은폐하는 데 있다. 즉, 환상이란 주체가 주이상스를 조직하는 방식이자 상징화될 수 없는 향락의 외상적 상실을 관리하고 길들이는 방식이라 할 수 있다.[28]

여기서 주목해야 하는 것은 지젝이 라캉 이론의 가장 급진적 차원으로 들고 있는 것이 분열된 주체$라는 개념이 아니라 "대타자, 상징적 질서가 근본적 불가능성에 의해 빗금 그어져 있으며, 불가능한 외상적 중핵과 중심적 결여를 중심으로 구성되어 있다"[29]는 점이다. 대타자의 결여에 대한 인식은 정신분석 과정에서 분석주체가 분석가[analyst]가 자신보다 더 많은 것을 알고 있을 것이라는, 즉 자신의 문제에 대한 해결방안을 갖고 있을 것이라는 전이의 환상을 중단하는 점과 연결되어 있다. 이 점이 중요한 이유는 대타자의 결여와 비일관성이 주체의 환상의 구조를 밝혀줄 뿐

---

28   Tony Myers, *Slavoj Žižek*, London : Routledge, 2003, p.97.
29   Slavoj Žižek, *The Sublime Object of Ideology*, p.122.

만 아니라, 전이를 중지하고 주체화의 과정으로 나아가는 정신분석의 과
정처럼, 주체가 소외를 넘어 대타자와의 분리를 통해 탈소외로 나아가는
급진적 가능성을 열어주기 때문이다. 만약 대타자의 결여가 전제되지 않
는다면, 대타자는 닫힌 구조로 남을 것이고 주체는 대타자의 지배 속에서
영원히 소외의 상태에 머물게 될 뿐이다. 바로 이것이 이데올로기의 구조
이다. 대타자의 결여는 대상이 대타자로부터 분리되어 있고, 대타자가 최
종 답안을 갖고 있지 않으며, 대타자 또한 욕망한다는 것을 보여준다. 지
젝에 의하면 대타자의 결여가 갖는 급진적인 의미는, 그것이 "주체에게
숨 쉴 공간을 제공하고, 주체로 하여금 자신의 결여를 메움으로써가 아니
라 자신과 자신의 결여를 대타자의 결여와 동일시함으로써 기표 내에서
의 완전한 소외를 피할 수 있게 해주기"[30] 때문이다.

2) 이데올로기 비판과 초자아의 외설적 욕망

후기 라캉에 대한 지젝의 적극적 이해, 특히 대타자의 결여에 대한 급
진적 이해는 루이 알튀세르Louis Althusser의 호명interpellation으로서의 이데올
로기 개념의 한계와 그의 라캉 이해의 한계를 동시에 드러내는 계기가
된다. 알튀세르는 인간이 주체로 구성되는 과정을 '호명' 개념으로 설명
한 바 있다. 그는 "이데올로기의 '작용'과 '기능'이 내가 '호명' 혹은 호출
이라 부른 바 있고 일상생활에서 경찰이 '어이 거기 당신!'하고 부르는 아
주 흔한 일상생활 속에서 상상될 수 있는 바로 그러한 조작을 통하여 개
인들 중에서 주체를 '모집하거나' 아니면 개인들을 주체로 '변형하는'이데
올로기는 그들 모두를 변형한다 방식으로 이루어진다"[31]라고 말한다. 알튀세르는 주

---

30 Ibid., p.122.

31 Louis Althusser, *Lenin and Philosophy and Other Essays*, New York : Monthly Review Press,

체의 호명 과정에 주체를 중심화하는 메커니즘이 이미 작용하고 있기 때문에 주체를 상징적 질서로 편입시키는 데 준거의 역할을 하는 라캉의 대타자 개념처럼, 개인을 주체로 구성하는 데도 어떤 준거가 있어야 한다고 주장한다. 알튀세르는 이런 과정을 종교를 예로 들어 설명한다. 그에 의하면 개인을 주체로 변형시키기 위해 개인을 호명하는 종교의 이데올로기에는 신의 중심적 위치가 전제되어 있다. 즉 "유일하고 절대적인 대타자적 주체Other Subject, 즉 대주체Subject인 신이 존재한다는 절대적 조건 하에서만 수많은 종교적 주체들이 존재할 수 있다." 여기서 알튀세르는 "신이 대주체이며 모세와 그를 따르는 백성들을 자기의 거울들, 즉 반영물로 호명하듯이" 절대적 대주체와 주체들 사이의 관계는 서로를 인식 / 오인하는 이중적 거울구조를 이루고 있다고 말한다. 개인의 주체로의 호명, 주체의 대주체에로의 예속, 주체와 대주체의 상호 인정, 자기 자신에 대한 주체의 인식 / 오인과 같은 일련의 과정들은 이데올로기의 이중적 거울구조 속에서 일어나는 일련의 사태들이다.[32]

우리는 알튀세르의 대주체 개념이 인간이 상징적 질서 속으로 편입되는 과정에서 중요한 역할을 하는 라캉의 대타자 개념을 차용한 것임을 알 수 있다. 특히 알튀세르가 주체의 형성과정에서 대주체의 역할을 설명하기 위해 라캉의 상징계 개념을 빌렸다고 하더라도 주체와 대주체 간의 관계를 '이중적 거울관계'로 설명하는 알튀세르의 방식은 라캉의 거울단계나 상상계 개념과도 유사해보인다. 호명과정이 라캉의 상징계 개념과 더 유사한가, 거울단계와 더 유사한가 하는 문제를 떠나 주체를 호명하는 알튀세르의 대주체, 즉 대타자는 결여나 비일관성을 전혀 찾아볼 수 없

1971, p.174.
32 Ibid., p.180.

는 충만하고 일관적인 대타자인 것이다. 지젝이 말한 것처럼 이런 대타자는 닫힌 대타자로서 주체에게 숨 쉴 여지를 제공하지 않는다. 그런 대주체를 전제하는 알튀세르에게 모든 이데올로기는 현재의 지배체제를 그대로 재생산하는 것으로 여겨질 수밖에 없다. 알튀세르는 「이데올로기와 이데올로기 국가장치들」에서 기존 생산관계의 재생산을 강조함으로써 이데올로기 개념과 특정 형태의 이데올로기, 즉 지배이데올로기 개념을 동일한 것으로 취급해버리는 경향이 있다. 아마 이는 호명 과정에서 드러난 바와 같이 알튀세르는 대주체의 충만함, 라캉식으로 말하면, 대타자의 일관성을 전제하고 있기 때문일 것이다. 그러므로 호명과정의 모순적 성격이나 복잡성을 단순화하는 사태가 일어나고 이데올로기와 정치 간의 관계를 구분짓는 데 어려움을 겪을 수밖에 없게 된다. 그 결과 모든 이데올로기가 국가의 부속물처럼 간주되고 국가는 기존 체제를 어김없이 재생산하는 것으로 이해된다. 지젝이 볼 때, 알튀세르의 이데올로기 개념은 라캉 욕망의 그래프의 하단부에 한정된 것이다. 그것은 거울단계와 상징적 질서 속에서 이루어지는 동일시의 메커니즘을 통해 이데올로기 개념을 설명하는 것으로 호명의 너머에 존재하는 차원을 보지 못한다. 욕망의 그래프에서 볼 수 있듯이, 호명의 차원 너머에는 욕망, 환상, 대타자의 결여, 견딜 수 없는 충동과 같이 이데올로기를 뒤흔들 수 있는 것이 존재하고 있는 것이다.

바로 여기에 지젝의 이데올로기 이론이 갖는 새로움이 있다. 지젝은 라캉적 대타자 개념과 알튀세르적인 대주체 개념 간에는 중요한 차이가 있다고 말한다. 브루스 핑크의 그림이 보여주듯이, 상징계가 필연적으로 실재의 잔여를 남기는 것처럼, 상상적 동일시와 상징적 동일시는 항상 불안정하며 통합될 수 없는 잔여를 남긴다. 이 잔여는 욕망의 공간을 열어주고 대타자를 비일관적인 것으로 만든다. 따라서 라캉의 대타자 개념은 주체의 구성에 선행하면서 주체를 구성하는 알튀세르의 충만하고 일관적인 대타자 개념과 달리 근본적으로 결여이자 비일관적인 것이다. 지젝에 의하면 "대타자 자체는 주체가 결여하고 있는 것을 소유하지 못하며, 어떤 희생도 이 대타자의 결여를 보상할 수 없다. 이제 우리는 '줄을 조종하고' 주체의 자기 경험을 조절하는 구조적 질서로서의 '대타자'에 대한 어떤 찬미도 라캉에게는 낯선 것이다."[33] 라캉에게 최고의 환상은 대타자의 비일관성을 회피하는 것, 즉 대타자의 일관성에 대한 믿음이다. 라캉에게 중요한 것은 대타자가 아니라 오히려 대타자의 일관성을 믿는 주체이다. 주체가 "비물질적인, 관념론적인 질서의 일관성을, 즉 궁극적인 의미와 주체의 경험의 일관성을 보증하는 또 다른 장소를 (선)정립"[34]하는 것이다. 알튀세르의 이데올로기 개념에는 바로 대타자의 일관성과 충만성이 전제되어 있다면, 지젝에게는 대타자의 선행적 존재성과 대타자의 충만성 자체를 믿는 과정, 즉 대타자의 결여와 비일관성을 은폐하는 과정이 바로 이데올로기적 과정인 것이다. 알튀세르처럼 대타자의 일관성을 미리 전제하는 것과 지젝처럼 그것의 일관성을 믿는 '과정'을 전제하는 것 사이의 차이는 사회를 바라보는 인식의 차이로 나타난다. 지젝에게 사회는 알튀세르처럼 기존의 체제가 재생산되는 곳이 아니다. 그곳은 대타자의 비일관성이 드러나는, 지젝의 다른 말로 하면, 화해할 수 없는 분열된 사회적 모순과 적대실재의 다른 이름를 은폐하는 사회적 환상들의 투쟁이 벌어지는 곳이다.

　이러한 이데올로기 비판이 더 구체적인 형태를 띨 수 있는 것은 대타

33　슬라보예 지젝, 『당신의 징후를 즐겨라―할리우드의 정신분석』, 123면.
34　위의 책, 123면.

자의 결여를 향락과 주이상스와 결부지을 때이다. 대타자의 결여는 대타자가 비일관적이고, 충만하지 않으며, 주체와 마찬가지로 대타자 또한 욕망하고, 대타자의 결여가 향락과 연결되어 있다는 것을 보여준다. 바로이 대타자의 결여를 회피하고 주이상스와 직접 대면하지 않으려는 주체 측의 대응이 환상이라는 것은 앞서 얘기했다. 하지만 욕망의 그래프의 상단부의 좌측에서 아래로 내려가는 벡터, $S(\emptyset)$-$(\$ \diamond o)$-$s(O)$에서 알 수 있듯이, 실재의 잔여를 낳을 수밖에 없는 상징계처럼, 환상은 상징 질서 속으로 통합될 수 없으면서도 상징적 질서의 동일성을 구성하는, "튀어나와 있는stick out"[35] 부분을 갖는다. 이 돌출된 부분이 환상 내에 들어 있는 실재의 잔여이다. 역설적인 것은 주체가 대타자의 결여를 회피함으로써 자신의 환상을 구축하지만, 반대로 대타자 역시 주체로 하여금 자신의 욕망을 어기게 만듦으로써 주체의 환상을 알고 즐기고 있다는 점이다. 그렇다면 주체의 환상이 문제가 되는 것은 그것이 주체 자신의 욕망을 즐기는 것이 아니라 오히려 대타자의 욕망을 자신의 욕망으로 즐기게 된다는 것이다. 지젝은 여기서 대타자의 상징적 법의 이면에 초자아의 외설적 욕망이 있다는 것을 파악한다. 초자아는 대타자가 주체에게 즐기라고 명령한다는 점에서 대타자의 향락 의지의 표현이고 대타자의 외설적 이면이기도 한 것이다. 그런 점에서 초자아는 주체 자신의 의지와는 무관한 대타자의 의지인 것이다.[36] 지젝 이론이 제공하는 새로운 통찰은 바로 이 초자아의 외설적 욕망이 이데올로기와 관련되어 있음을 설명해준 데 있다.

지젝에 의하면 상징적 법과 초자아의 외설적 향락 사이에는 긴밀한 관계가 있다. "법 — 공적인 법, 공적 담론 속에 표현된 법 — 이 좌절할 때,

---

35   위의 책, 162면.

36   Dylan Evans, *An Introduction Dictionary of Lacanian Psychoanalysis*, p.201.

초자아가 출현한다. 바로 이 좌절의 지점에서 공적인 법은 불법적 향락 속에서 자신의 지지를 찾을 수밖에 없다. 초자아는 마치 그림자처럼 필연적으로 공적인 법을 배가하고 공적 법을 수반하는 외설적 '밤의' 법이다."[37] 지젝은 그 예로 〈어 퓨 굿맨A Few Good Man〉의 '코드 레드Code Red'의 역할에 주목한다. 두 명의 해병대원이 동료를 구타하여 살해한다. 군 검찰은 이 살인이 의도적인 것이라고 주장하지만, 두 병사는 그것이 '코드 레드', 즉 동료병사나 상급장교가 볼 때, 해병대의 윤리적 코드를 어긴 병사를 밤에 은밀히 구타하는 관행을 따른 것일 뿐임을 강조한다. 지젝이 주목하는 것은 바로 이 코드의 기능이다. 이 코드는 밤에만 실행되어야 하며, 누구도 발설해서는 안 되는 것이다. 공개적으로는 모두 모른 척해야 하고 그것이 있다는 것조차 부정해야 한다. 그런 점에서 코드 레드의 역할은 위법행위를 용인하는 동시에 집단의 결속을 강화시켜주는 것이다. 그것은 "개인에게 집단적 동일시의 위임을 따를 것을 강요함으로써 순수한 형태의 '공동체의 정신'을 보여주지만 동시에 공동체 생활의 공개적 규칙을 위반"[38]하는 것이다.

지젝은 '코드 레드'의 기능에서 모든 사회의 작동방식과 그 속에서 움직이는 주체의 환상의 구조를 읽는다. 그는 "쓰인 공개적 법과 그 이면인 쓰이지 않은 외설적 코드로의 법의 분열"이 "공적 법의 비-완결적이고 비-전체적 성격"에서 비롯한다고 말한다. 다시 말해, "명시적이고 공적인 법으로는 충분하지 않으며, 그것은 어떤 공적인 법칙을 어긴 바도 없지만 공동체의 정신과 내적인 거리를 두거나 동일시하지 않는 사람들을 겨냥

---

37 Slavoj Žižek, *The Metastases of Enjoyment : Six Essays on Woman and Causality*, London : Verso, 1994, p.54.

38 Ibid., p.54; Slavoj Žižek & Glyn Daly, *Conversations with Žižek*, p.128.

한, '쓰이지' 않은 은밀한 코드에 의해 보충되어야"[39] 한다는 것이다. 지젝은 이 법의 분열이 파시즘적인 나치 공동체와 미국 남부의 백인공동체뿐만 아니라 오늘날의 다문화주의적 미국사회, 특히 평등한 민주주의 사회에서도 작동하고 있다고 주장한다. 전통적 가부장제 사회에서는 공식적으로 법을 위반하는 것은 미하일 바흐친Mikhail Bakhtin이 말하는 것처럼 공식문화의 권위를 희화화하고 뒤집는 카니발의 형태를 띠었다. 하지만 오늘날에는 공식적 법이 가부장제적 외관을 버리고 보다 중립적이고 평등주의적인 모습을 보임으로써 그 외설적 이면의 성격에 근본적 변화가 일어난다. 오늘날 '평등주의적인' 공적 법의 카니발적 중지 속에서 분출하는 것은 역설적이게도 권위주의적이고 가부장제적 논리인 것이다. 지젝은 "카니발은 특정인종에 대한 집단적 폭동이나 집단강간처럼 억압된 사회적 주이상스의 출구가 된다"라고 말한다.

초자아가 이데올로기적 장으로 침입하는 향락을 가리키는 한, 상징적 법과 초자아의 대립이 이데올로기적 의미와 향락 사이의 긴장을 가리킨다고 말할 수 있다. 즉, 상징적 법은 의미를 보장하는 데 반해, 초자아는 인정받지 못한 채 의미를 지탱하는 역할을 하는 향락을 제공하는 것이다. 오늘날의 탈이데올로기 시대에도 이데올로기적 체계를 지탱하는 환상과 이데올로기적 의미를 혼동하지 않는 것이 아주 중요하다. 그렇지 않다면, 탈공산주의와 파시즘적 민족주의 사이의 역설적 결합을 어떻게 설명할 수 있겠는가? 의미의 차원에서 보면 그것들간의 관계는 상호배제의 관계에 있다. 하지만 그것들은 공동의 환상적 지지를 공유한다. (공산주의가 권력의 담론이었다면, 그것은 스탈린에서 차우세스쿠

---

39 Slavoj Žižek, *The Metastases of Enjoyment : Six Essays on Woman and Causality*, p.55.

에 이르기까지 민족주의적 환상들과의 유희를 즐기기도 했다.)[40]

지젝의 이데올로기 이론에서 새로운 점은 그가 이데올로기를 의미의 차원이 아니라 향락의 차원에서 볼 것을 강조하는 것이다. 향락의 차원에서 볼 때, 이데올로기는 상징적 법의 이면인 외설적 초자아의 향락과 거기에 연루된 주체의 환상 사이에서 작동한다. 특히 초자아의 외설적 향락이 작동할 수 있는 근거는 대타자의 불투명성, '당신은 무엇을 원하는가?'케 보이?' 하는 물음이 주체 자신에게 분명하지 않다는 점과 무관하지 않다. 특히 이 '케 보이?'의 물음은 죄의식과 연관되어 있다. 사회의 근간에 공유된 죄의식이 자리하고 있다는 것을 지적한 사람은 프로이트이다. 그는 우리가 죄의식을 느끼는 것이 우리의 억압된 무의식 욕망 때문이라고 설명했다. 우리의 의식적 자아는 무의식적 욕망에 대하여 전혀 알지 못하지만 초자아는 "모든 것을 보고 모든 것을 안다", 즉, 초자아는 무의식적 이드에 관해 자아보다 훨씬 더 많이 알고 있다.[41] 이 때문에 주체는 의식하지도 못한 채 자신의 인정받지 못한 욕망에 대하여 책임감과 그 책임을 다하지 못했다는 죄의식을 갖게 된다. 초자아는 모든 것을 알고 있기에 아무런 정당화 없이도 복종을 요구할 수 있고, 주체는 이유도 모른 채 죄의식에 빠지게 되는 것이다. 그런 점에서 죄의식은 철저하게 비합리적으로 작동한다. 지젝은 초자아적 앎의 예로 카프가의 『소송』과 같은 소설에 묘사된 관료주의를 들면서 그것을 "맹목적으로 움직이고 견딜 수 없는 '비합리적인' 죄의식의 감정을 자극하는 전적으로 무용하고 불필

---

40   Ibid., pp.56~57.

41   Slavoj Žižek, *Looking Awry : An Introduction to Jacques Lacan through Popular Culture*, Cambridge : The MIT Press, 1991, p.152.

요한 지식"[42]이라고 말한다.

　프로이트에게 초자아 개념은 죄의식과 관련되어 있기는 하지만 자아와 이드와 더불어 하나의 구조를 이루며 자아를 판단하고 검열하는 기제로 기능한다. 지젝에게 초자아의 기능 중의 하나는 주체로 하여금 자신의 근본적 욕망을 배신하고 상징적 질서 속에 자신에게 강요된 역할을 즐기도록 만드는 외설적 기제이다. 우리가 상징적 질서 속으로 들어갈 때, 우리는 자신의 향락을 포기할 수밖에 없다. "내가 그것을 가질 수 있다"는 생각은 '내', '그것', '가지다'는 말 자체가 상징적 질서 속에서만 의미를 가지기 때문에 주체의 착각에 근거한다. 사실 초자아는 우리가 상징적 질서 속에서 바로 이 강요된 선택을 받아들였다는 사실, 즉 주체가 사회적으로 결정된 상징적 역할을 따라야 할 이상으로 받아들임으로써 주체 자신의 더욱 근본적 욕망을 배반했다는 죄의식에 기생한다. 즉, 초자아에 의해 지지되는 죄의식은 주체가 자신의 욕망을 배반했거나 타협했다는 사실을 증명하는 것이다. 초자아의 기본적 역설은 우리가 상징적 질서의 명령을 따르면 따를수록 더 많은 죄의식에 사로잡히게 된다는 점에 있다. "라캉의 요점은, 자아-이상사회적으로 결정된 상징적 질서의 요구를 따를 때, 사실상 나는 죄를 짓고 있다 ― 나의 근본적 환상, 즉 '열정적 애착'을 배반하는 죄를 짓고 있다 ― 는 것이다. 다시 말해, 초자아는 어떤 '비합리적인' 죄를 먹고 사는 것과는 거리가 멀며 오히려, 주체가 사회적·상징적 공간으로 들어가서 그 안에 있는 미리 결정된 자리를 취하는 대신 지불해야만 했던 대가로서의 자신의 근본적 '열정적 애착'에 대한 주체의 현실적 배반을 조종한다."[43] 초자아가 외설적인 것은, 상징적 법이 상징적 권위를 갖고 분명한 명령으

42　Ibid., p.151.
43　슬라보예 지젝, 이성민 역, 『까다로운 주체』, 도서출판b, 2005, 432면.

로 기능하는 데 반해, 초자아는 강요된 선택임에도 불구하고 마치 주체가 자유롭게 선택한 것처럼 가장함으로써 훨씬 더 강력하게 작용한다는 데 있다. 우리로서는 초자아의 그러한 명령에 굴종하면 할수록, 우리의 욕망을 더럽힌 데 대한 죄의식도 거기에 비례하여 증가하게 되는 것이다.[44] 바로 여기에서 초자아의 명령을 따르면 따를수록 주체의 죄의식이 더 커지게 되는 초자아의 역설적 구조가 드러난다. 우리는 여기서 지젝이 사회나 집단과의 상징적 동일시가 궁극적으로 "공유된 죄의식, 더 정확히는 이 죄의식에 대한 물신적 부인"[45]에 기초한다고 말한 의미를 이해하게 된다.

다시 이데올로기 문제로 돌아가 보자. 지젝은 알튀세르의 이데올로기 호명 개념에 기본적으로 의지하면서도 그것을 새로운 차원으로 변형시킨다. 그는 공개적 법과 그 이면으로서의 외설적 초자아, 그리고 죄의식의 구조를 통해 알튀세르의 호명 개념에서 드러나지 않던 새로운 차원을 드러낸다. 즉. 알튀세르의 호명 개념에서 크게 주목받지 못했고 제대로 사고되지 않았던 부분들이 새롭게 드러난다. 지젝이 알튀세르의 호명 부분에서 주목하고자 하는 것은 다음과 같다.

내가 상상하는 이론적 장면이 길거리에서 일어난다고 가정해보면, 호명된 개인은 뒤돌아 볼 것이다. 이 단순한 180도의 물리적 선회에 의해 그는 주체가 된다. 왜? 그 이유는 그가 호명이 '진정으로' 그에게 행해졌으며, '호명된 것이 (다른 사람이 아닌) 바로 자신'이라는 사실을 깨달았기 때문이다. 경험을 통해 우리는 호명이라는 실천적 전달이 호명이 바로 그 사람을 놓치는 일이 없는 그런 것이라는 것을 알 수 있다. 말로 부르거나 호각을 불어서 호명된 자는 항상 호

---

44 Sarah Kay, *Žižek : A Critical Introduction*, Cambridge : Polity, 2003, pp.107~108.
45 Slavoj Žižek, *The Metastases of Enjoyment : Six Essays on Woman and Causality*, p.57.

명되고 있는 것이 바로 자신이라는 것을 안다. 그럼에도 불구하고 이것은 이상한 현상으로서, 대다수의 사람들이 '자신의 양심에 뭔가를 갖고' 있음에도 불구하고 '죄의식'의 감정으로는 설명되지 않는 것이다.

나 자신의 작은 이론적 연극의 편의와 명확성을 위해 나는 사건을 연속된 형태로, 앞이 있고 뒤가 있으며 따라서 시간적 연속의 형태로 제시해야 했다. 산책을 하는 개인들이 있다. 어디선가 (일반적으로 그들의 등 뒤에서) 호명이 들려온다. '어이 거기 당신!' 한 개인^{10번 부르면 그 중에 9번은 정확히 그 사람이다}이 그것이 자신이라는 것을 믿고 의심하고 알면서, 다시 말해, 호명에 의해 겨냥된 사람이 '바로 자신'이라는 사실을 인지하면서 돌아선다. 그러나 **실제로는** 이런 일은 어떤 연속성이 없이 일어난다. 이데올로기의 존재와 개인의 호출 내지 호명은 하나의 동일한 사태인 것이다.⁴⁶(강조-필자)

지젝은 알튀세르의 호명에서 이중 부정을 읽어낸다. 그것은 첫째, 호명이 죄의식의 감정을 통해 설명되는 것을 부정하고, 둘째, 호명 과정의 시간성을 부정한다."개인은 주체가 되는 것이 아니라 항상 이미 주체이다" 지젝은 이런 부정을 일종의 프로이트적인 부정으로 읽는다. 지젝은 호명의 과정이 알튀세르가 '편의와 명확성'이라는 수상쩍은 알리바이를 통해 은근슬쩍 넘어 가려고 하는 '이론적 연극'보다 훨씬 더 복잡한 것이라고 주장한다. '어이 거기 당신!'이라고 경찰이 부를 때 우선 우리들은 처음에 어떤 반응을 보일까? 지젝은 그 반응 속에 두 가지 요소가 혼재되어 있음을 지적한다. 왜 나인가? 경찰이 나에게 원하는 것은 무엇인가? 나는 무고하지 않은가? 나는 내 일만 신경쓰고 걷고 있을 뿐이지 않은가? 우선 나는 당혹스런 반

---

⁴⁶ Louis Althusser, *Lenin and Philosophy and Other Essays*, pp.174~175.

응을 보일 것이다. 하지만 지젝은 자신의 무고함에 대한 이 당혹스런 반응에는 '추상적인' 죄의식과 같은 아주 불확정적인 카프카적 감정이 수반된다고 말한다. 권력의 시각으로 볼 때, 내가 정확하게 어떤 죄를 범했는지 모른다고 하더라도 나는 아프리오리하게 무슨 죄를 지었다는 느낌_{내가 범한 죄가 무엇인지 모르기 때문에 나는 훨씬 더 심한 죄의식을 갖게 된다}이 수반된다는 것이다. 우리는 여기서 "대타자로부터 나오는 불투명한 부름_{'어이 거기 당신!'}, 대타자가 그로부터 원하는 것이 무엇인지가 주체에게 분명하지 않은 부름_{'케 보이?'}에 직면하여 '자신의 무고함'과 '추상적이고 알 수 없는 죄의식' 사이에 분열된 라캉적 주체"[47]를 보게 된다. 지젝은 바로 이 구조에서 알튀세르의 "동일시에 선행하는 호명_{interpellation prior to identification}"의 메커니즘을 설명한다. 지젝에 의하면 대타자의 부름 속에서 개인이 자신을 '항상 이미 주체'로 구성하는 과정 이전에 자신의 무고함이 추상적인 죄의식과 결합하게 되는 메커니즘이 있다. 그렇게 보면 알튀세르처럼 우리가 상징적 위임을 받고 자신을 권력의 주체로 인식하는 이데올로기적 동일시가 사실 그것보다 앞서는 근본적인 메커니즘에 대한 반응에 불과했던 것이다.

여기서 우리는 지젝의 이데올로기 개념의 이중성을 보게 된다. 한편에서 알튀세르처럼 대타자의 부름에 응하고 공적인 법의 주체로서 대타자와 동일시함으로써 상징적 질서 속에서 자신에게 주어진 역할과 위치를 받아들이는 것과, 또 다른 한편에서 추상적이고 알 수 없는 죄의식이 동일시와 상징적 위임에 대한 인정에 앞서 이해할 수 없는 부름과 연결되는 것이다. 지젝은 바로 이 후자, 즉 외설적 초자아의 이면이 공적인 상징적 법의 필수적 지지라고 주장하는 한편, 공적인 법이 그 이면을 보이지 않

47　Slavoj Žižek, *The Metastases of Enjoyment : Six Essays on Woman and Causality*, p.60.

게 하려고 하기 때문에 오히려 자신의 근거를 불안정하게 만든다고 말한
다. 지젝은 알튀세르에게서 제대로 사고되지 않았던 부분이 바로 상징적
동일성을 확보하기 위해서는 보여서는 안 되는, 즉 동일시 없는 외설적이
고 이해할 수 없는 호명과정이라고 말한다. 결국 알튀세르의 호명 개념은
이데올로기의 더 근본적인 부분을 보지 않고 보이는 부분만 본 것이다.

이제까지 우리는 지젝이 대타자의 결여와 비일관성을 해명함으로써
이데올로기와 환상 개념을 새롭게 해석하는 것을 보았다. 이데올로기나
환상 개념이 문제가 되는 것은 대타자의 결여와 비일관성을 충만하고 일
관적인 것으로 인식하고, 그 틈새를 메우려고 작은 대상을 창조함으로써
주체가 자신의 욕망이 아니라 대타자의 욕망이나 초자아의 외설적 욕망
을 대리하고 있기 때문이다. 주체는 겉으로는 자신의 의지와 욕망을 따르
는 것처럼 보이지만 속으로는 대타자의 욕망과 초자아의 외설적 욕망을
실행하고 있는 것이다. 그것은 실재, 대타자의 결여와 비일관성과 대면하
지 않으려는 태도로서, 파시즘이나 노골적인 인종차별만이 아니라 우리
의 일상생활과 제도 속에 움직이는 다양한 차별의 논리에도 작용하고 있
는 것이다.

3. 실재의 윤리와 행위 선을 넘어서

지젝에게 이데올로기는 환상의 형식을 띤다. 이데올로기가 환상의 형
식을 띤다고 해서 그것이 현실과 무관한 환영이나 허위의식이라는 의미
는 아니다. 환상은 대타자의 결여를 막고 비일관성을 회피하려고 하는 한
편, 주이상스와 정면으로 마주할 수 없기 때문에 실재와 향락에 의해 상

징적 질서에 남겨 놓은 잉여향락이나 잔여와 마주한다. 그런 점에서 환상은 실재를 억압하면서도 실재에 의하여 동일성을 유지한다. 지젝은 『이데올로기의 숭고한 대상』에서 환상과 관련하여 두 가지 주장을 제시한다. 첫째, 현실은 우리의 욕망의 실재를 은폐할 수 있게 해주는 환상-구성물fantasy-construction이고, 둘째, 그러한 은폐 과정에서도 향락의 잔여인 잉여향락이나 그 무엇으로 환원될 수 없는 단단한 중핵과 잔여는 남기 마련이라는 것이다.[48] 따라서 지젝은 이데올로기 분석을 위해서는 상징적 질서에 의해 인간이 주체로 구성되는 과정을 다루는 담론적 분석을 넘어서 실재와 향락의 차원, 즉 "향락의 중핵을 추출하는 것, 이데올로기가 환상 속에 구성된 전前이데올로기적 향락을 함축하고 조작하고 생산하는 방식을 명확히 하는 것"[49]을 목표로 해야 한다고 주장한다.

지젝은 반유대주의의 기능을 이데올로기의 기능과 구조를 설명하기 위한 대표적 사례로 활용한다. 우선 그는 반유대주의를 "이데올로기의 순수한 육화"[50]라고 말한다. 지젝은 반유대주의를 이해하는 데 담론적 요소의 전치와 응축을 절합하는 담론분석으로는 한계가 있다고 주장한다. 그가 볼 때, 사회의 적대와 갈등을 건전한 사회조직체와 그것을 타락시키는 힘으로서의 유대인 간의 갈등으로 전치하거나, "유대인은 더럽고 동시에 지적이고, 음탕하면서 동시에 성적으로 무능력하다"는 식으로 서로 다른 계급적 특성들을 유대인에게 응축시키는 것으로는 유대인이 사회 속에서 사람들의 욕망을 사로잡는 이유를 설명할 수 없다. 그것을 설명하기 위해서는 향락과 환상의 메커니즘, "'유대인'이 우리의 향락을 구성하는

---

48   Slavoj Žižek, *The Sublime Object of Ideology*, pp. 45~47.
49   Ibid., p. 125.
50   Ibid., p. 125.

환상의 틀 속으로 들어오는 방식"에 대한 탐구가 필요하다. 지젝은 사회가 유대인을 필요했던 것은 "상징적 질서 속으로 통합될 수 없는 사회의 적대적 분열"을 "적대적 분리에 의해 분열되지 않은 사회, 부분들의 관계가 유기적이고 상호보완적인 사회의 비전"으로 구축하기 위해서였다고 말한다. 그런 점에서 "유대인은 건전한 사회조직체 속에 타락을 끌어들이는 외재적 요소이자 이질적 신체"이며, "'사회'의 구조적 불가능성을 부정하면서 동시에 그것을 구현하는 물신"이다. 다시 말해, 유대인은 사회의 장에서 향락의 분출을 막으면서 동시에 분출하는 지점을 가리킨다.[51] 그렇다면 문제가 되는 것은 유대인이 아니라 환상을 구축하기 위해 유대인을 필요로 하는 바로 그 유기적 사회의 구조적 불가능성이다. "사회 유기체에 해체와 적대를 끌어들이는 이물의 역할을 유대인에게 부여함으로써 일관되고 조화로운 전체로서의 사회의 환상-이미지가 가능해지는 것이다."[52] 유대인은 사회의 구조적 불가능성을 은폐함으로써 유기적이고 통일적인 사회라는 환상을 조장하는 데 기여할 뿐 아니라 그런 사회의 통일성이 부재와 우연성에 근거하고 있다는 사실을 드러낸다. 유대인은 사회에 내재되어 있는 적대관계가 구체적인 형태를 띠고 사회의 표면 위로 분출하여 "사회가 제대로 작동하지 않는다", 즉 사회의 메커니즘이 원활하게 돌아가지 않는다는 것을 보여주는 사회적 징환의 역할을 한다. 그런 점에서 유대인은 지젝에게 초자아의 외설적 향락이 작동하는 메커니즘을 아주 잘 보여주는 예라고 할 수 있다.

사실 반유대주의가 중요한 것은 그것이 특정사회에 국한된 문제가 아니라 대타자의 결여와 사회의 근본적 불가능성을 채우는 방식과, 유대인

---

51 Ibid., p.126.
52 슬라보예 지젝, 『당신의 징후를 즐겨라—할리우드의 정신분석』, 164면.

처럼 사회적 소수자를 포함하고 있는 모든 사회의 작동방식을 보여주기 때문이다. 특히 반유대주의는 자신의 불가능성과 결여와 우연성을 보지 않으려고 하는 사회의 환상적이고 비윤리적 태도를 전형적으로 보여준다. 그렇다면 타자의 결여와 불가능성을 이야기함으로써 지젝이 말하고자 하는 바는 무엇인가? 지젝이 환상과 이데올로기를 새롭게 정식화함으로써 나아가고자 하는 대안 같은 것은 무엇일까? 지젝에게서 대안이 모호해 보이는 것은 사실이다. 모든 사회의 작동방식이 그러하며 모든 사회가 자신의 불가능성을 은폐하고자 한다면, 과연 어디에서 대안을 마련할 수 있을 것인가? 지젝의 이론은 이런 물음에 섣부르게 대답하지 않으려고 하는 것 같다. 아마 그것은 그의 이론이 갖는 한계일 수도 있지만 그가 처한 정치적 현실의 한계이기도 한 것 같다. 우리는 그의 이론에서 그 어떤 성급한 대안도 마련할 수 없는 동구 지식인의 곤경 같은 것을 느낄 수 있다. 현실사회주의는 붕괴되었지만, 더 역설적인 것은 그 붕괴가 급속하게 우파 민족적 포퓰리즘이나 우파 파시즘의 형태로 변질되거나 거기에 자리를 내어주고 있다는 사실이다. 그렇다고 해서 서구의 자본주의적 자유주의가 대안이 될 수도 없다. 지젝에게 특정 이데올로기로부터의 탈피는 또 다른 이데올로기에 의한 구속이 될 뿐이다.[53]

명확한 대안의 제시나 해결책은 없어보지만 지젝의 주장은 어떤 점에서 기존의 대안과는 다른 차원에서 매우 급진적이고 실천적인 윤리성을 보여준다. 그는 주체의 죽음을 선포하고 해체함으로써 주체가 짊어져야 할 책임을 덜어주는 포스트모던식 다원주의나, 원인을 사회적 조건이나 복잡한 상황 탓으로 돌리면서 주체의 책임을 회피하는 정통 마르크스주

---

53 Slavoj Žižek, "Introduction : The Spectre of Ideology," *Mapping Ideology* (Žižek ed.), London : Verso, 1994, pp. 2~3.

의 모두 환상을 유지하려는 태도에 불과하며 자신의 욕망의 심연과 마주
하려는 책임 있는 자세가 아니라고 반박한다. 그는 성급하게 이데올로기
적 대안을 구성하거나, 혹은 그런 대안을 모두 부정하기보다는 실재의 윤
리ethics of the real를 바탕으로 한 책임과 자율을 강조한다. 실재의 윤리가 갖
는 급진성은 그것이 기존의 정치적 틀 내에서 도덕적 규범을 마련하는
것과는 아무런 관련이 없고, 오히려 그러한 규범과 단절하는 주체의 자율
성을 주장함으로써 윤리의 정치화를 강조한 데 있다.[54] 지젝의 글에서 라
캉의 정신분석을 보는 데 몰두할 때 쉽게 놓치게 되는 부분이 바로 지젝
의 급진적 윤리와 행위 개념이다. 사실 지젝이 라캉보다 훨씬 더 라캉적
인 면을 보여주는 것은 바로 이 윤리를 정치적 급진성으로 해석하는 점
이다. 지젝은 윤리와 충동의 관계에 집중적 관심을 기울이면서 그것을 실
재의 차원으로 이동시켰고 이를 정치적으로 해석하는 길을 모색한다.[55]
지젝은 이미 초기부터 윤리의 문제를 거론한 바 있지만 최근 들어 칸트,
사드, 키에르케고르, 셸링, 바디우와 같은 이론가들의 이론을 통해 실재
의 윤리를 본격적으로 탐구한다.

　지젝에게 실재의 윤리는 주체의 행위와 결정을 절대적으로 승인하는
것처럼 보이지만 사실 그 결정과 행위를 부정하는, 즉 대타자의 결여를
은폐한 채 그 일관성을 전제하는 상징적 질서와의 ‘단절’을 주장하는 것
이다. 대타자의 결여와 이데올로기적 환상에 대한 지젝의 해석은 이미 그
에게 실재의 윤리가 왜 필수적인 것인지를 보여주었다고 할 수 있다. 라
캉과 지젝이 실재의 윤리를 설명하기 위해 대표적 예로 들고 있는 것이
바로 소포클레스의 작품 〈안티고네〉에서 산 채로 죽음을 고집하는 안티

54　Glyn Daly, "Introduction : Risking the Impossible," *Conversations with Žižek*, p.18.
55　Sarah Kay, *Žižek : A Critical Introduction*, p.107.

고네의 모습이다. 안티고네는 크레온 왕의 명령을 어기고 전장에서 죽은 오빠 폴리니케스의 시신을 묻어준다. 그럼으로써 안티고네는 크레온 왕의 명령상징적 질서의 법을 따르기보다는 "국가에 대항하는"[56] 죽음자신의 욕망을 순순히 받아들인다. 그녀는 크레온 왕으로 대표되는 상징적 법의 질서 앞에 굴복하지 않는 태도를 취한다. 그녀는 죽기를 선택했으며 나아가서 자신을 국가의 상징적 법 밖에 두었다. 그녀는 라캉이 말한 "두 죽음 사이 between two deaths"의 영역에 자신을 던져 넣는다.[57] 지젝에 따르면, 안티고네의 행위는 "말 그대로 자살적이고, 그녀는 스스로를 공동체로부터 배제하며, 그럼으로써 그녀는 새로운 어떤 것도, 어떤 실제적인 프로그램도 제공하지 않는다. 그녀는 다만 자신의 무조건적인 요구를 고집할 뿐이다."[58] 이러한 안티고네의 무조건적 고집에서 지젝은 대타자의 욕망과 단절하고자 하는 주체의 욕망을 읽는다.[59] 즉 그녀에게서 "당신의 욕망을 포기하지 마라"는 정신분석의 윤리적 공리를 본 것이다.

대타자의 욕망을 거부함으로써 대타자의 결여를 드러내고 자신의 욕망을 고집하는 안티고네의 무조건적 요구는 라캉과 지젝이 칸트Kant와 사

---

56 소포클레스·아이스퀼로스, 천병희 역, 『오이디푸스 왕』, 문예출판사, 2001, 269면.

57 Jacques Lacan, *The Seminar of Jacques Lacan VII : The Ethics of Psychoanalysis* 1959~1960, New York : W. W. Norton & Company, 1997, p.279.

58 슬라보예 지젝, 『당신의 징후를 즐겨라─할리우드의 정신분석』, 101면.

59 여기서 지젝은 안티고네를 통해 남성적인 것과 여성적인 것의 대립을 발전시키기도 한다. 그는 크레온 왕으로 대표되는 대타자의 상징적 질서를 남성적인 것으로 봄으로써 '남성적인' 수행문, 즉 새로운 질서의 위대한 정초 몸짓과는 대조적으로 그 내재적인 논리를 따르자면 실재의 행위는 '여성적'이라는 가설을 세우기를 감행해야 할 것이다'라고 말한다. 그렇게 되면 남성적인 활동은 여성적인 행위의 심연적 차원으로부터의 탈출이 되고 "'자연과의 단절'은 여자의 편에 있으며, 남자의 강박적인 활동은 궁극적으로 이 파열의 외상적인 절개를 치료하려는 절망적 시도 외에 아무것도 아니게" 된다. 슬라보예 지젝, 『당신의 징후를 즐겨라─할리우드의 정신분석』, 101면.

드^{Marquis de Sade}의 관계를 새롭게 인식함으로써 보다 분명해진다. 라캉은 「칸트와 사드^{Kant with Sade}」에서 칸트의 윤리를 사드의 세계를 통해 보완하려고 하고, 지젝은 이를 「사드와 함께한 칸트 / 사드에 맞선 칸트^{Kant with (or against) Sade}」에서 보다 상세하게 다룬다. 지젝에 따르면 칸트와 사드는 "주체로 하여금 모든 우연적이고 병리적 대상에 대한 집착을 포기할 것을 명하는 무조건적 명령, 즉 '당신의 소명을 다하라!' 혹은 '당신의 향락을 즐겨라!'라는 차가운 명령"[60]을 공유한다. 우선 라캉은 칸트 대 사드를 상징적인 도덕적 법 대 외설적인 초자아라는 낡은 대립으로 읽는 것에 동의하지 않는다. 오히려 라캉은 사드를 통해 죽음의 충동을 완전한 파괴의 가능성 뿐 아니라 새로운 창조적 능력과 연결짓는다. 그는 사드에게서 초자아의 도착적 향락과는 무관한 무조건적 주체의 자율성을 보았다. 이는 특정한 상황의 논리를 떠나서 "당신의 소명을 다하라!"는 칸트의 정언명령과 동일한 구조를 갖는다. 지젝에 따르면, 칸트의 윤리학에서 가장 급진적 차원은 "도덕적 행위란 오로지 도덕적 행위 그 자체를 위하여 행사되어야 한다는 주체의 자율성의 논리"[61]이다. 그런 점에서 칸트의 윤리는 최고선의 윤리와 근본적으로 단절한 것이다. 칸트에게 윤리적 행위는 이 세계의 상징적 구조 속에 유기적으로 확립되어 있는 것이 아니다. 오히려 그것은 세계의 인과적 관계나 구조에서 하나의 단절을 나타낸다. 윤리적 자유란 "이 단절, 스스로로부터 시작하는 것"[62]이다. 즉, 칸트의 도덕적 법은 실용적 고려나 상황적 논리에서 연역될 수 없는 것이다.

지젝에 의하면 칸트는 도덕적 법을 말하는 언술행위의 주체, 즉 "당신

---

60   Slavoj Žižek, *Žižek Reader*, p.295.

61   Slavoj Žižek & Glyn Daly, *Conversations with Žižek*, p.124.

62   Ibid., p.124.

의 소명을 다하라!"라는 무조건적인 윤리적 명령을 누가 말했는가의 문제는 다루지 않았다. 칸트에게 이 질문은 무의미한 것이다. 도덕적 법이란 "그 어디에서 오는 것이 아닌" 절대적인 명령이기 때문이다. 라캉이 사드를 통해 보고자 했던 부분은 사드가 바로 이 칸트에게서 보이지 않는 언술행위의 주체를, 즉 자신의 욕망의 목소리를 '쾌락의 원리'를 넘어서서 추구하는 자의 모습을 정직하게 외재화하고 있다는 것이다. 사드적 쾌락을 추구하는 사람은 고통을 새디스트적으로 즐기는 초자아의 대행자가 아니라 절대적인 향락을 즐기는 자이다. 쾌락을 찾는 자연적 성향에 맞서 절대적인 윤리적 기준을 주장한 칸트처럼, 사드는 절대적이고 무조건적 향락을 추구했다. 사드의 향락은 어떤 쾌락의 기준을 실현하려는 것이라기보다는 그것들과 단절하는 절대적 향락을 추구하는 것이다. 따라서 사드는 초자아로 환원될 수 없다. 초자아는 우리가 어떤 선을 추구할 때 우리의 욕망을 위반하는 과정에서 생겨나는 것이기 때문이다. 그런 점에서 칸트와 사드는 모두 '행위의 무조건적 성격'을 공유한다.[63] 지젝과 라캉은 자연적 질서 자체를 깨고 절대적 향락을 추구하는 사드의 관념이 칸트의 윤리적 행위와 동일한 구조를 갖는다고 본 것이다. 그들은 칸트와 사드가 기존 도덕의 권위적 구조와 초자아의 외설적 이면을 넘어서는 것, 즉 "당신의 욕망을 더럽히지 않는 방법"[64]을 고민한 두 극단을 나타낸다고 본다. "사드의 지나친 향락은 칸트적 급진적 자율성에 의해 열린 것이고, 향락의 궁극적 변덕이 성취될 수 있는 것은 그것이 칸트적인 자율성의 지위를 획득할 수 있을 때 가능하다"[65]는 것이다.

---

63   Ibid., p.125.

64   Ibid., p.126.

65   Ibid., p.125.

지젝과 라캉은 사드와 칸트를 통해 우리의 욕망에 따라 행동하는 것이 대타자의 상징적 질서에 의해 강요된 욕망을 위해 우리의 욕망을 배반하는 병리적인 이해에 근거할 수 없음을 보여주고자 한다. 그들은 칸트와 사드를 통해 자신의 욕망에 충실하면서 병리적인 것과 단절하는 실재의 윤리를 강조하고자 한다. 그런 점에서 지젝과 라캉에게 윤리와 도덕은 동일한 것이 아니다. 도덕은 상징적 질서에 속하고 그 이면에는 자신의 욕망을 따르지 않고 대타자의 욕망을 따르는 병리적 동기가 작용하고 있는데 반해, 윤리는 실재와 깊은 관련이 있다. 그것은 "자신의 소명을 다하라"가 "자신의 욕망을 따르라"와 결합되는, 어떤 공동의 선을 넘는 근본적 충동의 영역에 속한다. 그것은 "선과 악의 개념이 파괴와 창조의 힘에 굴복함으로써 서로 구분될 수 없는" 지경이고, "우리에게 세계를 무에서 창조할 가능성을 제공해준다."[66] 이런 관점에서 볼 때, 병리적인 것의 대립은 정상적인 것일 수 없다. 정상적인 것은 병리적인 것의 또 다른 얼굴이기 때문이다. 지젝에게 상징적 질서 속에서의 강요된 선택을 자신의 자유로운 선택으로 오인하는 분열된 주체의 삶이 정상적인 것이라면, 그것은 대타자의 욕망을 위해 자신의 욕망을 배반하는 병리적인 욕망에 근거할 수밖에 없는 것이다. 그런 점에서 사드를 통해 본 칸트적 윤리학은 병리적인 것에 대한 대안이 정상적인 것이 아니라 그것과 단절하는 자유, 자율, 의지의 형식적 결정 같은 것"[67]임을 보여준다. 또한 그것은 윤리적 차원에 도달하기 위해서는 우리의 비천한 동물적 욕망을 순화시키고 더욱 세련되고 고귀한 목표를 추구함으로써 이루어지는 것이 아니라 "병리적인 것으로부터 윤리적인 것으로의" 분명한 단절 내지 패러다임의 전환

---

66 Sarah Kay, *Žižek : A Critical Introduction*, p.109.
67 Alenka Zupančič, *Ethics of the Real*, London : Verso, 2000, p.7.

이 필연적이라는 것을 보여준다.[68] 지젝이 말한 것처럼 실재의 윤리란 주체가 정상적이고 병리적인 상징적 법의 구속으로부터 벗어나는 자유, 즉 "원초적인 강요된 선택의 극한에 도달하여"[69] 실재와 대면하는 것이다.

분석주체가 자신의 뒤엉킨 욕망의 매듭을 풀고 충동을 자신의 것으로 만들어가는 주체화의 과정이 정신분석의 과정이듯이, 실재의 윤리 또한 주체가 대타자에 의해 지배되고 있는 자신의 욕망을 자기에게 보다 충실한 것으로 바꾸어가는 과정에 다름 아니다. 그러기 위해서는 도덕적 선으로 나아가는 점진적인 자기 고양의 과정 이전에 상징적 질서에 의한 강요된 선택을 자유로운 선택인 것처럼 보이게 만든 기존 사회의 도덕과 단절하는 위험을 무릅쓰는, 자율과 책임이 따르는 행위와 결단이 요구된다. 지젝이 희생을 부정하고 자살의 기능에 주목했던 것은 희생이 기존 질서를 유지하려는 병리적 욕망에 근거하는 데 반해 자살은 기존 질서의 결여와 우연성을 동시에 드러냄으로써 순간적이지만 기존 질서의 심연을 노출시키기 때문이다. 여기서 희생과 자살이 모든 경우에 그렇다는 것은 아니다. 그 반대 역시 마찬가지이기 때문이다. 자살 역시 기존 질서를 유지하려는 병리적 욕망에 근거할 수 있고 희생이 기존 질서의 결여와 우연성을 드러낼 수 있기 때문이다. 중요한 것은 거기에 실재와 대면하고자 하는 윤리적 결단이 존재하는가의 여부이다. 이런 윤리적 단절 이후 주체는 근본적으로 변형되고 이전과 동일한 존재로 머물 수는 없다.[70] 바로 그런 윤리적 행위 속에서 이전의 존재는 죽고 뒤이어 새로운 주체가 다시 태어나는 것이다. 행위의 결과는 근본적으로 예측할 수 없다. 행위란 그 뒤에

---

68   Ibid., p.10.

69   슬라보예 지젝, 『당신의 징후를 즐겨라－할리우드의 정신분석』, 142면.

70   위의 책, 97면.

아무것도 똑같이 남아 있을 수 없는 파열이기 때문이다.[71]

4. 타자를 넘어 다시 주체로

알랭 바디우Alain Badiou에 의하면, 레비나스는 동일자의 논리, 즉 존재와 자기 동일성을 우위에 두는 그리스적 사유가 "타자의 부재를 실제적인 사고로 보장하고, 타인에 대한 모든 진정한 경험을 억압하며, 타자성에 대한 윤리적 열림으로 나아가는 길을 차단한다"고 반박하는 한편, 사고를 동일성의 구성에 존재론적으로 선행하는 "타자에 대한 최초의 근본적인 열림을 제안하는 다른 기원, 즉 비그리스적 기원으로 나아가도록"[72] 밀어붙였다. 바디우가 볼 때, 레비나스의 타자의 윤리학은 특히 타자의 유한한 경험을 초월하는 타자성의 원리, 즉 신의 윤리적 이름이라 할 수 있는 무한한 타자성infinite alterity을 전제하다는 점에서 종교적 공리와 연결되어 있다. 그리고 바로 이 종교적 공리가 레비나스의 윤리학적 원칙이다. 하지만 바디우는 오늘날 종교가 우리의 진리를 구성할 수 없게 되었다고 주장한다. 특히 오늘날의 현실에서 레비나스적 원칙은 변질되고 있다. 즉 오늘날 레비나스의 진지한 윤리적 문제의식에서 종교적 본질은 사라지고, 유행하는 것은 '타자'와 차이의 인정이라는 추상적이고 앙상한 논리 뿐이라는 것이다. 바디우는 이런 상황에서 타자의 존중과 인정을 강조하는 것이 우리 시대 윤리적 의식의 원칙이 되기보다는 윤리적 이데올로기

---

71 위의 책, 100면.

72 Alain Badious, *Ethics : An Essay on the Understanding of Evil*, London : Verso, 2001, pp.18~19.

의 징후일 수 있다고 주장한다. 레비나스처럼 무한한 타자성이라는 종교적 원리와 연결될 수 없는 오늘날의 타자와 차이의 윤리의 이면에는 "나처럼 되어라, 그러면 너의 차이를 존중해주겠다"[73]는 식의 다문화주의적 이데올로기가 작용하고 있기 때문이다.

바디우는 오늘날의 비종교적인 시대에 "타자의 인정에 근거하는 모든 윤리적 입장은 완전히 그리고 간단하게 포기해야 한다"[74]라고 말한다. 우리 시대에 타자와 차이의 인정은 단순히 주어져 있는 조건에 대한 승인에 불과한 것이기 때문이다. 바디우가 볼 때, 진정한 윤리적 문제가 시작되어야 하는 곳은 레비나스가 비판했던 바로 그 동일자의 차원이다. 바디우는 레비나스처럼 동일자를 앞서 존재하고 있는 것으로 보지 않는다. 오히려 동일자는 주체와 진리의 차원에서 다시 사고되어야 한다. "동일한 것은 존재하는 것차이들의 무한한 다양성이 아니라 존재하게 될 것이다. 우리는 이미 동일자의 도래를 통해서만 일어나는 것, 즉 그것을 진리라고 부른 바 있다."[75] 바디우에게 진리의 탄생은 지젝의 행위처럼 주어진 평범한 상태로부터 이탈하는 사건의 영역에 위치한다. 그에게는 진리가 있는 만큼 주체들이 있다. 다양한 평범한 상태로부터 이탈하는 진리의 순간에 주체의 결단과 새로운 주체성의 구성이 요구되기 때문이다. 지젝에 따르면, 바디우에게 있어 사건과 주체는 기존 존재의 질서로부터 추론되거나 연역될 수 없는, 즉 무로부터 출현하는 것이며 심연의 자기 정초적인 자율적 행위와 같은 것이다.[76]

---

73   Ibid., p. 24.
74   Ibid., p. 24.
75   Ibid., p. 27.
76   Slavoj Žižek & Glyn Daly, *Conversations with Žižek*, p. 136.

사회의 병리적 요구로부터의 단절을 추구하고 새로운 주체의 자율과 책임을 강조한다는 점에서 바디우의 진리의 윤리학은 지젝의 실재의 윤리와 유사한 위상을 갖는다. 특히 바디우와 지젝은 모두 주체의 책임과 자율을 부정하고 다양한 차이와 타자성만 인정하는 포스트모던 윤리에 반대한다. 두 사람 사이에는 이론적 차이가 있지만 그 차이는 동일한 문제의식을 공유하는 이론 내부의 차이에 가깝다. 가령, 지젝은 바디우의 사건과 주체에 깊은 공감을 표현하면서도 바디우가 사건(과 주체)과 존재 사이의 관계를 너무 관념론적으로 보고 있다고 비판한다. "실재를 억압하는 상징적 질서와 그 질서를 가능하게 하는 실재"를 강조하는 지젝이 볼 때, 바디우적 사건은 이미 상징적 질서에 내재해있는 것이기 때문이다.[77] 하지만 여기서는 지젝의 실재의 윤리가 바디우의 사건과 주체의 개념과 유사하다는 점만 지적하고 그 차이는 다음에 자세하게 논할 것이다.

지젝의 실재의 윤리는 "자신의 욕망에 충실하라"는 정신분석의 윤리에 따라 대타자의 욕망과 단절하는 주체의 입장에서 위험을 무릅쓰고 책임을 감당하는 자율적 행위를 강조하는 것이다. 그의 이런 윤리가 개인의 자율성을 억압하고 집단주의적 논리를 강요했던 동유럽의 전체주의적 정치문화에 근거하고 있다는 점을 읽어내는 것은 어렵지 않다. 하지만 실재의 윤리는 바로 타자를 관용하는 것처럼 보이지만 속으로는 비관용의 논리에 의지하면서 동시에 책임의 문제를 회피하는 서유럽 문화, 나아가서 우리 자신에게도 해당되는 것이다. 오늘날 주체가 상징적 질서와 대타자의 욕망을 대리함으로써 자신의 욕망을 잊거나, 아니면 자신의 욕망을 사회적 상황의 논리_{상징적 질서의 욕망}의 탓으로 돌리는 것에 맞서 지젝은

77　슬라보예 지젝, 이성민 역, 『까다로운 주체』, 도서출판b, 2005, 258~274면.

자신의 욕망에 충실할 것을 강조한다. 이미 설명했듯이, 이때 자신의 욕망이란 자신의 쾌락을 추구하는 것과는 관련이 없다. 자신의 쾌락이 주체의 욕망보다 사회적 초자아의 외설적 욕망과 더 큰 관련이 있을 수 있기 때문이다. 오히려 자신의 욕망에 충실하라는 주문은 "사회의 요구와 그 욕망이 무엇에 근거하는 것인가?" "그 욕망의 이면에는 어떤 타자의 외설적 욕망이 작동하고 있는가?" "그런 요구와 욕망으로부터 나 자신의 자율적 욕망을 어떻게 확보해야 하는가?" 하는 문제들을 제기하면서 그에 따르는 책임과 위험을 감수하는 것이다. 지젝은 다소 극단적인 예이지만 생명의 존엄성을 강조하면서 사형제 폐지를 주장하는 입장의 이면에서 죄에 대한 주체의 자율적 책임을 회피하려는 현대적 징후를 읽는다. 매일같이 맥도날드에 가면서 자신의 비만에 대한 책임을 맥도날드에 돌리거나, 숱한 세월 동안 담배에 탐닉하면서 자신의 폐암의 원인을 담배회사의 탓으로 돌리는 행위들은 자율적 책임을 회피하려는 현대적 징후일 수 있다. 이런 의문이 담배회사나 맥도날드의 논리를 뒷받침하는 것으로 읽힐 수 있다는 것은 경계하면서 우리는 새로운 차원에서 주체의 책임과 자율을 물을 필요가 있다. 결론적으로 지젝의 실재의 윤리는 주체에 대한 책임과 윤리적 행위만이 타자에 대한 진정한 이해로 나아가는 길이 될 수 있다는 의미를 담고 있다.

제2장

'주체로의 복귀'와 윤리의 가능성
바디우와 지젝의 주체이론

1. 주체의 죽음과 포스트모던 문화

1960년대 이후 이론의 장에서 벌어진 주요 논쟁은 '주체의 죽음'이라는 쟁점을 둘러싸고 진행되었다. 구조주의의 등장 이후, 특히 68혁명 이후 주체의 죽음이 본격적으로 제기되었을 때, 그것은 근대적 주체와 자아를 역사적으로 정당화해온 기존 부르주아 이데올로기와 그 제도적 형성을 문제삼기 위한 것이었다. 주체의 죽음이 최초 제기된 프랑스 이론에서는 물론이고 그것이 수입된 영국에서도 영국적 전통주의와 인간주의적 경험주의를 해체하는 급진성으로, 특히 문학계 내에서는 문학연구 / 문화연구, 고급문화 / 대중문화의 경계를 해체함으로써 기존의 문학정전의 전통과 존립 근거를 의심하는 전복적 가치로 받아들여졌다. 하지만 이제 주체의 죽음은 그것이 처음 제기되었던 이론적 차원을 넘어 일상문화나 대중매체를 다루는 문화연구에서도 널리 통용되는 유행어가 됨으로써 그 용어가 원래 갖고 있던 참신하고 급진적인 의미는 상당히 약화된 편이다. 우리는 다음과 같은 질문을 제기해볼 수 있다. '주체의 죽음'이라는 용어가 일상화되면서 그것이 원래 갖고 있던 급진적 의미에 어떤 변화가 초래되지 않았는가? 오늘날 주체의 죽음이 갖는 급진적 의미는 그것을 기정사실로 받아들이는 포스트모던 문화의 주된 특징이 되지 않았는가? 대중매체와 일상문화의 담론조차 주체의 죽음을 일상적으로 거론하는 상황이라면, 주체의 죽음이 갖는 의미는 이미 퇴색한 것은 아닌가?

미국 문학비평가 프레드릭 제임슨Fredric Jameson은 내면적 깊이에서 생겨나는 감정이 사라지고, 주체가 파편화됨으로써 근대적 개인주의와 자아와 관련된 불안과 소외 같은 개념들이 무의미해진 것을 포스트모더니즘의 주된 특징으로 설명한 바 있다. 하지만 제임슨이 포스트모더니즘에서 주체의 죽음이나 해체를 강조한 것과 주체의 죽음이 프랑스의 이론에서 최초 제기된 것 간에는 역사적 상황의 변화로 인해 차이가 있어 보인다. 주체의 죽음이 프랑스 이론에서 제기되었을 때만 해도 그것은 근대적 주체와 그것에 근거해온 이데올로기적인 제도를 비판하기 위한 것이었던 데 반해, 제임슨이 말하는 주체의 죽음은 후기자본주의의 문화적 지배소가 되어버린 포스트모더니즘의 주요 특징으로 간주된다. 특히 제임슨이 주체의 쇠퇴와 해체를 지적할 때, 그가 비판적 작품들이 정전화되고 체제에 흡수된 점, 역사적 과거와 미래에 대한 의식이 사라진 허약한 현재주의가 팽배한 점, 그리고 비판적 거리와 방향감각을 상실한 포스트모던적 공간이 출현한 점을 거론하는 것으로 볼 때, 그가 말하는 주체의 죽음은 이미 비판적 함의를 상실한 포스트모던 문화의 특징이고, 프랑스 이론에서 말하는 주체의 죽음과 동일 선상에서 논하기는 어려워 보인다.[1] 문화비평가인 모리스 버먼Morris Berman은 『미국문화의 황혼The Twilight of American Culture』이라는 책에서 미국문화의 몰락의 징후로 포스트모던 문화 현상을 예로 든다. 그는 포스트모더니즘이 이제 학계를 지배하는 철학적

---

1   Frederic Jameson, *Postmodernism or The Cultural Logic of Late Capitalism*, Durham : Duke University Press, 1997, pp. 10~16.

관점이자 우리가 숨 쉬는 공기의 일부가 되었다고 말한다. 그에 의하면 포스트모던 문화 내에서는 "어느 것도 절대적인 것이 없고, 하나의 가치란 다른 가치와 마찬가지이고, 지식과 일반적 의견의 차이가 없으며, 어떤 텍스트 내지 관념도 누군가의 정치적 의제를 은폐하는 가면의 구실을 한다."[2] 차이와 문화상대주의가 지배하는 문화 속에서 '주체의 죽음'이나 '탈중심적 주체'와 같은 개념들의 범속화는 현실을 비판하기 위한 것이라기보다 기존의 포스트모던 현실을 정당화하고 합리화하기 위한 것일 가능성이 커 보인다. 포스트모던 문화가 자신의 급진적이고 진보적인 의미를 근대적 문화 및 제도와의 긴장 속에서 찾았다면, 그리고 그 문화가 근대 문화들이 원래의 진보성을 상실하고 제도화되어버린 것을 비판하는 과정에서 급진적 의미를 띠었다면, 이제 포스트모더니즘이 문화의 지배소가 되어버린 상황에서 그것은 비판적이고 급진적인 의미를 잃어버렸다고 할 수 있다. 이제 주체의 죽음은 급진적 문제제기로서보다는 분석하고 해명해야 할 징후적 사태로 간주되어야 할 시점에 이르게 된 것이다.

이 글은 "주체의 죽음이라는 사태 이후 주체의 문제를 어떻게 제기할 것인가?" 하는 질문을 진리와 사건과 주체라는 문제로 풀어가는 알랭 바디우와, 실재의 윤리를 통해 바디우에 대해 우애적 비판을 제기하는 슬라보예 지젝을 살펴보고자 한다. 지젝이 타자의 욕망을 자신의 욕망으로 착각하는 주체의 환상을 횡단하는 실재의 윤리와 행위를 주장한다면, 바디우는 기존의 사태와 지식과의 실천적 단절을 통해 진리와 사건과 주체가 탄생할 수 있음을 강조한다. 바디우와 지젝의 이론은 어떤 형태로든 주체와 연관된 윤리와 책임이 진부해져가는 시대에 진리와 행위를 통해 우리

---

2 Maurice Berman, *The Twilight of American Culture*, New York : W. W. Norton, 2001, p.50.

의 정신적 마비를 일깨우고자 한다. 우리는 어느 순간 책임과 윤리의 문제를 자신의 외부에 존재하는 것으로 가정하거나, 초월적이든 현실적이든 나와 무관한 상황의 탓으로 돌리려는 경향이 있다. 앞에서 말했듯이, 매일같이 맥도날드에 드나들면서도 비만에 대한 책임을 맥도날드의 탓으로만 돌리거나, 담배에 탐닉하면서도 자신의 질병의 원인을 담배회사의 탓으로 돌리는 행위들은 원인을 제공한 회사에 책임을 묻기 전에 책임을 져야 할 윤리적 주체가 사라진 포스트모던 문화의 징후일 수도 있다. 오늘날 차이와 다름에 근거한 정체성의 추구나 보편적 진리가 사라진 상대주의적 문화 속에서 '주체'의 공간은 새로운 의미로 다가온다. 다시 말해, 한 개념의 의미가 그 자체로부터 유래하기보다 다른 개념들이나 제도적 장과 맺고 있는 관계에서 생겨나듯이, 주체의 죽음이라는 개념을 그것이 처음 제기되었을 때의 의미로 계속 볼 수는 없게 된 것이다. 오늘날 주체의 죽음이 갖던 급진적 의미는 차이와 다양성을 강조되는 포스트모던 문화 속으로 흡수되어 가고 있다. 이런 과정을 감안할 때, 타자와 차이의 정치란 현 상황을 용인하고 유지하기 위한, 즉 바디우가 말하는 상태state와 유사하며 새로운 정치적 가능성이나 윤리적 대안으로 제안될 수 없다. 따라서 차이와 다양성을 대안으로 내세우는 다문화주의는 더 이상 진보적이라 할 수 없다.

우선, 지젝은 다문화주의적 사회에서 "사회적 체제를 관통하는 '수직적' 적대와 같은 개념들은 모두 검열되고 '수평적' 차이라는 전혀 새로운 개념으로 대체되거나 번역된다"[3]라고 말한다. 그는 호미 바바와 같이 보편성을 비판하는 탈식민주의적 태도에 대해서도 "실제적 보편성은 하나

---

3   Slavoj Žižek, *Welcome to the Desert of the Real*, London : Verso, 2002, p.65.

의 특별한 문화에서 다른 문화로 나아가는, 결코 성취될 수 없는 중립적인 번역 공간이 아니라 문화적 분열을 가로질러 우리가 동일한 적대를 어떤 식으로 공유하는가를 인식시켜주는 격렬한 경험"[4]이라고 주장한다. 나아가서 그는 "표준적인 이데올로기에서는 편파성이나 특정 내용의 특권화라는 왜곡을 보지 못하게끔 우리의 시야를 차단하는 것이 보편성이었으나 더 이상은 아니다"라고 말한다. 바디우 또한 오늘날의 차이와 다양성의 문화가 얼마나 위선적일 수 있는가를 강조한다. 즉 차이와 그 차이에 수반된 타자성이라는 용어는 "도덕적·문화적 다양성에 대한 관광객의 매혹"을 반영할 뿐이며 그것도 "'선량한' 타자들 — 즉, 나 자신과 같은 타자들, 다시 말해, 진정한 의미에서의 타자가 결코 아닌 타자들 — 만 받아들일 뿐이다. 그것은 자신이 소중하게 여기는 차이를 존중하지 않는 사람들의 차이에 대해서는 조금도 존중하지 않는다."[5] 다음에서는 '주체의 죽음'이 제기된 과정, 특히 주체와 실천의 문제설정이 구조와 배치의 문제설정으로 넘어가게 된 과정을 살펴보면서 주체의 죽음이 갖는 급진적 의미를 검토할 것이고, 그 비판적 의미와 문제의식이 변질되고 변형되는 포스트모던 문화 속에서 주체로의 복귀가 갖는 의미를 살펴볼 것이다.

2. 포스트모던 윤리에 맞서 주체의 죽음 '이후'의 주체의 문제

1) 사르트르의 주체 철학과 포스트구조주의의 '주체의 죽음'

1991년 카다바Eduardo Cadava, 코너Peter Connor, 낭시Jean-Luc Nancy가 '주체의

---

4   Ibid., p.66.

5   Alan Badiou, *Ethics : An Essay on the Understanding of Evil*, London : Verso, 2001, p.25.

죽음 이후의 주체'라는 문제를 다루기 위해 편집한 유명한 책의 제목이
『주체 이후에 누가 오는가?*Who Comes After Subject?*』였다. 이 책은 1968년 이후
프랑스에서 주체를 둘러싸고 전개된 일련의 논의들을 소개하고 있다. 현
재의 시점에서 생각해보면, 그 제목은 '주체의 죽음 이후 누가 오는가?'가
더 적절해 보인다. 다시 말해, 주체의 죽음 이후, 즉 주체의 죽음이 급진적
의미를 상실한 오늘날의 포스트모던 문화에서 지금 새로 도래할 주체를
어떻게 사유할 것인가를 질문할 필요가 있기 때문이다. 이 글은 '주체의
죽음 이후의 주체'라는 문제에 답하는 하나의 방식을 살펴보고자 한다.

우선 주체로의 복귀를 이해하기 위해서 주체의 죽음이 제기된 과정을
잠시 살펴볼 필요가 있다. 주체의 죽음이라는 문제의식은, 단적으로 말
해, 코기토의 의심을 철학의 근거로 삼았던 데카르트, 주체의 초월적 의
식 외에 모든 것을 인식 불가능한 물 자체로 간주한 칸트, 순수한 의식의
본질과 현상으로의 복귀를 주장한 후설로 이어지는 주체 중심의 서양철
학에 대한 도전이며, 실존을 본질에 앞세우며 현실의 장을 자아의 초월과
기투의 공간으로 이해한 사르트르*Jean-Paul Sartre*의 실존적 인간주의에 대한
비판을 전제하고 있다. 무엇보다 사르트르의 실존적 인간주의는 이런 주
체의 철학을 현실적이고 이론적으로 구축했을 뿐만 아니라 주체 철학을
통해 프랑스 지성계에 실천적으로 개입했다는 점에서 일차적인 비판의
표적이 되었다.

전후 프랑스에서 마르크스주의와 실존주의를 통합하려고 했던 실존적
마르크스주의는 1940년대 후반부터 프랑스의 지적·실천적 논의를 주도
하고 1960년대에 사르트르의 『변증법적 이성 비판*Critique of Dialectical Reason*』의
출간을 계기로 정점에 이른다. 당시 실천적 실존주의는 앤더슨이 말하듯

이 "강력한 분노에 찬 주체의 존재론"[6]을 내세우고 있었는데, 사르트르의
이 책은 주체의 존재론을 변증법적으로 구축하려는 중요한 시도로 여겨
졌다. 사르트르의 기획은 역사적 필연성이라는 정통 마르크스주의 개념
과 개인의 진정한 자아와 자유를 선택할 가능성이라는 실존주의적 개념
을 어떻게 통합할 것인가, 다시 말해, "인간의 실천을 역사적 결정론 속에
재배치하고, 개인적인 것과 사회적인 것, 행위성과 필연성, 그리고 자유
와 역사를 어떻게 화해시킬 것인가?"[7]하는 것이었다. 그러면서도 사르트
르는 항상 필연성보다는 실천적 행위와 실존적 자유를 우선에 두었다. 그
는 주체의 복귀를 통해 마르크스주의의 객관성을 실존주의의 주체성을
통해 재해석하려는 시도, 즉 인간 주체를 마르크스주의의 중심에 두려는
시도에 몰두했다. 『변증법적 이성 비판』이 사르트르가 마르크스주의의
역사 개념을 수용하고 난 이후의 저작이고 개인의 자유보다 집단의 가능
성을 더 높이 평가하고 있다고 하더라도 그 이론의 기본 구조는 『존재와
무*Being and Nothing*』의 그것과 유사했다. 그는 『존재와 무』에서 실존의 핵심적
양태를 개인적 자아의 '자유'에 두었다. 사르트르에게 자아의 기본구조는
항상 존재를 넘어서 자신을 지양하는 '초월'이며, 의식의 기본양태인 실
존적 자유란 이미 존재하는 것으로부터 벗어나는 양식으로 존재하는 실
천적 자유였다. 하지만 사르트르는 실존적 주체의 역할을 본질이나 기능
으로 환원하지 않는 주체의 정교한 기능을 정식화했지만, 실존적 자유를
구조나 규정적 속성에 앞서는 것으로, 그리고 어떠한 역사적 형태로부터
자율적인 것으로 간주했다. 그러다보니 자유 자체는 어떠한 전제도 필요
치 않는 출발점으로 간주됨으로써 인간적 실존의 조건과 근거를 따지는

---

6   Perry Anderson, *In the Tracks of Historical Materialism*, London : Verso, 1983, p.35.

7   로버트 J.C. 영, 김용규 역, 『백색신화』, 경성대 출판부, 2008, 132면.

작업이 약화될 가능성이 있었다.[8]

　이런 구조는 『변증법적 이성 비판』에서도 되풀이된다. 집단을 실천의 본질적 양태로, 그리고 물질을 집단적 실천의 토대로 인정함으로써 사르트르는 역사에 훨씬 더 근접해갔지만 "역사의 변증법의 출발점은 여전히 개인의 실천"이라는 주장을 고수했다. 그는 "변증법이 다시 신성한 법칙, 즉 형이상학적 운명이 되는 것을 원하지 않는다면, 변증법의 출발점은 초개인적 전체가 아니라 개인들이 되어야 한다"라고 주장한다. 나아가서 그는 "변증법은 집단과 사회 그리고 개개인에게 부과되는 현실이며 단일한 역사를 창조하는 총체화의 법칙이지만, 동시에 그것은 수백만 명의 개인들의 행위로 짜여져야 한다"[9]고 주장함으로써 개인의 실천을 역사의 기본 전제로 삼는다. 『존재와 무』에서와 달리 개인은 억압적으로 분배된 희소성의 소외구조를 폐지하고 상황을 변화시킬 수 있는 자유를 누리지 못하게 되었더라도 이러한 소외구조를 감내하고 내면화한 자유로운 존재로는 계속 남는다. 결국 『변증법적 이성 비판』은 『존재와 무』의 형이상학적 전제, 즉 "데카르트적 주체와 세계 간의 갈등"[10]을 기본 전제로 삼고 있다. 사르트르에게 개인 주체의 실천은 근본 전제이며 모든 변증법은 그의 실천에서 생겨나는 것이다. 개인 주체는 자유를 필연성과 능숙하게 통합하는 변증법적 총체화의 주체이면서 동시에 총체화의 대상이 되기도 한다. 이런 논리가 역사가 인간주체를 창조하는 한편, 인간이 어떻게 역사를 창조할 수 있는가 하는 문제를 설득력 있게 풀고 있는 것처럼 보일

8　Mark Poster, *Existential Marxism in Postwar France : From Sartre to Althusser*, Princeton : Princeton University Press, 1975, p.291.

9　Jean-Paul Sartre, *Critique of Dialectical Reason*, vol.1, London : Verso, 1976, p.36.

10　Kate Soper, *Humanism and Anti-Humanism*, La Salle : Open Court, 1986, p.72.

지라도 이것은 개별주체의 행위와 그 산물들이 어떻게 변증법적 합리성의 논리에 의해 요구되는 전체적 총체화로 총체화될 수 있는가 하는 더 큰 문제에 대해서는 선뜻 답변하지 못한다.[11]

변증법은 몇 개의 집단들, 몇 개의 사회들, 그리고 하나의 역사 ─ 즉, 개인에게 부과되는 현실들 ─ 를 창조하는 총체화의 법칙이다. 하지만 동시에 그것은 수백만의 개별적 행위들로부터 직조되어야 한다. 우리는 변증법이 결과물이자 동시에 총체화의 힘일 수 있다는 것, 즉 변증법이 어떻게 분산적 확산과 통합의 통일성을 계속해서 생산할 수 있는지를 보여주어야 한다.[12]

하지만 사르트르는 이런 총체화 과정의 메커니즘을 해명하기보다 다시 주체의 자아의식의 결여라는 문제의식으로 옮겨가버린다. 결국 사르트르처럼 주체의 실천적 의식을 강조하는 것은 사회를 주체의 실천과 독립된 공간으로 물화하는 것을 경계하는 이점은 있지만, 개인 주체를 문제 설정의 중심적 위치에 둘 때, 주체 자체에 대한 반성적 사고는 더 깊이 이루어지기 힘들고 결국 주체-객체라는 근대적인 이분법의 사유공간에서 벗어나지 못하게 된다. 사르트르에 대해 메를로퐁티가 역사를 부정하고 모든 것을 "오직 '나'라는 절망적 영웅주의hopeless heroism를 통해"[13] 주체와 역사를 결합하려고 한다고 비난한 것도 이 때문이었다.

1960년대 초에 이르면 사르트르의 이런 점은 특히 구조주의의 등상으로 집중적 비판의 대상이 된다. 호시탐탐 그의 명망성에 도전하고 그

---

11 로버트 J.C. 영, 앞의 책, 135면.
12 Jean-Paul Sartre, op.cit., p.36.
13 로버트 J.C. 영, 앞의 책, 128면에서 재인용.

의 이론적 한계를 지적하고자 하는 다음 세대의 지식인들의 보다 치밀한 이론적 시선으로 볼 때, 사르트르의 주체철학은 주체의 논의를 확장하는 데 많은 허점을 드러냈다. 레비스트로스^{Claude Lévi-Strauss}를 필두로 알튀세르, 라캉, 푸코, 데리다는 인간 주체의 실천을 중심에 둔 사르트르의 인간적 실존주의를 일차적 비판의 대상으로 삼았다. 우선 레비스트로스는 사르트르가 상정하는 '인간' 개념의 비역사성과 자민족중심주의를 정면으로 비판했다. 사르트르는 소위 '후진 사회'는 균형 상태로 존재하고 역사가 없다는 식으로 주장한 바 있다. 즉 그는 "후진 사회에서 인간 집단은 원시적인 기술과 도구로 생활을 영위하고, 서로 간에 대해 전혀 모르며, 식물처럼 생장할 뿐 반복의 순환을 깨고 절대 나오려고 하지 않는다"고 말하면서 "어떠한 역사도 없는 사회라는 발상에는 논리적^{변증법적} 부조리가 전혀 없다"[14]고 말했다. 레비스트로스의 시각에서 볼 때, 사르트르의 이런 주장은 '인간'이 변증법적 관점에서 미리 역사적 인간으로 정의되고, 나아가 역사는 서양 사회에만 존재하는 것으로 한정됨으로써 다른 사회들이 배제되는 자민족중심주의를 전제하는 것으로 보았다. 레비스트로스는 사르트르처럼 서양사회 내에서 경험적으로 인식되는 인간의 정의를 제공하려고 하기보다는 오히려 그런 인간을 '해체'해야 한다고 주장했다. 즉, 레비스트로스의 주장은 사르트르가 '인간'을 미리, 다시 말해, 20세기 전후 프랑스 사회에서 인간이란 무엇인가에 관한 특별한 경험에 의해 '미리 결정된' 것으로 정의하는 데 대한 비판이었다.[15] 우리는 여기서 '인간'과 '주체'의 범주에 대한 본격적인 비판의 시작을 보게 된다. 레비스트로스의 비판과 동일한 연장선상에서 데리다는 사르트르의 아무런

---

14   위의 책, 156면.
15   위의 책, 158면.

규정도 받지 않는 실존적 자유는 '인간존재의 통일성'을 전제로 하기 때문에 '인간' 개념의 역사가 결코 심문의 대상이 되지 않는다고 비판한다. 사르트르에게 '인간 주체'는 마치 아무런 기원도 없고 어떠한 역사적·문화적·언어적 한계도 없는 것처럼 전제되어 있으며 심지어는 형이상학적 한계조차 없는 것으로 간주되고 있다는 것이다.[16] 라캉은 사르트르가 주관적 자율성과 '의식의 자기 충만성'을 욕망의 상호주관적 변증법 이전에 존재하는 것으로 가정했다고 비판한다.[17] 푸코는 사르트르식의 주체 개념이 주체의 발언을 투명한 것으로 간주함으로써 주체가 담론적 구성물이라는 사실을 간과한다고 비판한다. 특히 푸코는 주체와 진리는 모두 담론이 낳은 효과와 같은 것이며 인간 주체 역시 특정한 역사적 시기의 담론적·제도적 구성물임을 강조하면서 그 종언의 시기가 다가오고 있다고 선언하기도 했다. 나아가서 알튀세르는 사르트르와 같은 주체철학을 인간주의로 간주하고 이를 이데올로기적 개념으로 규정한다. 그가 볼 때, 인간주의라는 개념은 '인간과 그 행위'를 이론적으로 사고하는 데 방해가 된다. 그는 마르크스의 예를 들면서, "마르크스는 인간 본질을 이론의 중심에 놓는 것을 거부함으로써 그에 의존하는 전제들의 유기적 체계 전체를 거부한다"[18]라고 주장한다.

　정치적·실천적 현실의 문제들과 결부되어 있긴 하지만 이러한 비판의 결과 그동안 이론의 중심적 위치를 차지하고 있던 '인간', '주체', '실천', '행위'와 같은 인간주의적 개념들은 의심의 대상으로 변하고 그 대신

16　Jacques Derrida, "The Death of Man," *Margins of Philosophy*, Chicago : Chicago University Press, 1982 참조.

17　Jacques Lacan, "The mirror stage as formative of the function of the I as revealed in psychoanalytic experience," *Ecrits*, New York : Norton, 1977, p.6.

18　루이 알튀세르, 이종영 역, 『마르크스를 위하여』, 백의, 1996, 228~229면.

에 '구조', '체계', '이론', '반인간주의'와 같은 전혀 새로운 개념들이 들어서는 이론적 변화가 일어났다. 이를 벵상 데콩브Vincent Descombes는 전후의 3H헤겔, 후설, 하이데거의 유산으로부터 마르크스, 프로이트, 니체의 유산으로 이행한 것이라 말하기도 했다.[19] 이런 이행에서 하이데거의 지위가 모호하고 특히 사르트르와 같은 실존주의에 의해 해석된 하이데거였음을 감안해야 하지만 이 이행은 주체철학이 쇠퇴하고 주체의 죽음이 등장하는 변화를 집약적으로 표현한 말이다. 이런 변화를 범박하게 '구조주의'의 등장이라고 말하는데, 이는 사르트르의 주체 철학을 철학의 무대 뒤로 물러나게 하는 데 결정적인 영향을 끼쳤다.

하지만 68혁명은 구조주의의 한계를 드러내고 주체의 부활을 다시 요청하는 사건이었다. 68혁명은 "젊은 사회정치적 힘의 분출이며 그 당시 부상하고 있던 기술관료적인 정치구조에 의한 통합과 관리의 메커니즘에 대항하는 새로운 유형의 계급투쟁을 통해 스스로를 초월하려고 한, 천 개의 얼굴을 가진 진정한 얼굴 없는 혁명"[20]이었다. 그것은 "모든 역사를 회피하고 싶어 하던 시대에 일어난 역사의 폭력"이며 "단순히 파리에 일어난 학생소요일 뿐만 아니라 구조주의의 사망증명"[21]이기도 했다. 이런 상황에서 사르트르의 주체철학에 대한 관심도 재차 활기를 띨 것으로 기대되었다. 실천적 타성태에 사로 잡힌 개인의 소외에 대한 분석이나, 집단적 참여와 자유를 통해 고립과 원자화를 탈피할 수 있는 개인의 총체화의 능력을 강조한 바 있는 사르트르는 "구조적 연쇄, 종속된 주체, 스

---

19   Vincent Descombes, *Modern French Philosophy* (L. Scott-Fox et al. eds.), Cambridge : Cambridge University Press, 1981, p.3.

20   François Dosse, *History of Structuralism*. vol 2, Minneapolis : University of Minnesota Press, 1997, p.114.

21   Ibid., p.114.

스로를 재생산하고 통제하는 체계에 관한 그 어떤 구조주의적 입장보다 1968년 5월을 보다 더 잘 조명해준다."[22] 하지만 라캉의 말처럼 거리로 내려온 것은 주체가 아니라 구조였다. 이는 은유적 표현이겠지만 1968년 과 그 이후에 거리의 저항은 대학으로 옮겨가게 되면서 구조주의의 세례 를 받은 68세대들은 전통적 학문제도와 고전적 인문학을 비판하는 세력 으로 성장한다. 이론적 엄밀성을 지향하고 학문적 서열화에 저항하는 새 로운 세력은 철학을 왕좌에서 끌어냈으며 사회과학, 인류학, 정신분석학, 언어학을 부상하게 만들었다. 이런 상황에서 사르트르의 실천철학은 오 히려 시대에 낡은 것으로 간주되었고 이론적으로 엄밀성을 결여한 것으 로 여겨졌다. 1968년 이후의 이론에서 주체 혹은 저자를 해체하고 저자 의 죽음을 선포한 더욱 급진화된 구조주의, 이른바 '포스트구조주의'가 득세하게 된다.

무엇보다 극단적 구조주의가 권장되었다. 그것은 본질적으로 구조주의적 방향성을 갖고 있지만 다양성을, 그리고 그 다음 시기에 사고의 지배적 범주가 된 불확정적이고 '노마드적' 개념들을 지향했다. 1968년 이전에 내부로부터 구조주의를 괴롭혔고 그것의 초월이 있어야 함을 보장해주었던 모든 것 ― 발 생주의, 언술행위의 이론들, 상호텍스트성, 로고스중심주의 비판 ― 은 1968년 5월 덕분에 승리했고 만프레드 프랭크가 '신구조주의'라고 부른 과정을 가속 화했다. 모든 총체화의 범주들은 해체되었고 체계적으로 다원화되었다. 인과 성이라는 관념은 의문시되었고, 어떠한 조직적 중심도 없이 다양한 분화가 이 루어지는 주변성과 관계적 패턴들이라는 개념으로 대체된다. 첫 번째 시기의

22　Ibid., p.112.

구조주의는 이미 인과성의 개념을 공격했고 관계적 사유에 특권을 부여한 바 있다. 극단적 구조주의는 이런 단절을 강조하고 그 단절을 규범보다는 욕망, 일자보다는 다자, 기의보다는 기표, 동일자보다는 타자, 보편적인 것보다는 차이의 방향으로 추구하고 굴절시켰다.[23]

이와 같이 1968년 이후 프랑스의 이론에서 강력한 영향력을 끼치게 된 이론은 주체 철학과는 거리가 있었다. 오히려 그것은 주체 중심의 역사성과 인간주의적 이데올로기를 해체하고자 한 포스트구조주의, 특히 이론적 반인간주의를 선포한 알튀세르주의와, 주체를 구성하는 권력과 지식 간의 미시적 관계를 탐구한 미셸 푸코의 계보학이었다. 두 이론은 주체의 행위와 기능보다는 주체 범주를 구성하는 핵심적 기제를 파악하고자 한 대표적 이론이었다. 알튀세르는 1960년대 중반부터 라캉의 정신분석학 개념을 이용하여 인간이 주체로 구성되는 이데올로기의 제도적·물질적 과정을 탐구하기 시작했고, 특히 1970년 「이데올로기와 이데올로기 국가장치Ideology and Ideological State Apparatuses」에서는 이데올로기의 물질성을 강조하는 차원을 넘어 이데올로기를 생산관계의 재생산 기능과 결합함으로써 허위의식과는 다른 이데올로기 개념을 주장한다. 여기서 알튀세르는 재생산과정에서 결정적인 것이 그것을 뒷받침해줄 주체 형식subject form의 구성임에 주목한다. 기존의 생산관계를 재생산하기 위해서는 사회의 요구를 충족시켜줄 개인들이 존재해야 하는데, 그러기 위해서는 "구체적 개인을 사회적 주체로 구성하는 과정", 즉 호명의 과정이 필요하다는 것이다. 특히 이 글은 이런 개인의 주체로의 구성 과정을 실현하는

---

23 Ibid., p.132.

장치로서 이데올로기 국가장치에 주목한다. 알튀세르는 물리적 강제력과 폭력에 의존하는 억압적 국가장치와 달리 교회, 학교, 가족, 정당, 노동조합과 같은 이데올로기 국가장치는 억압적 국가장치가 제공하는 보호막 뒤에서 생산관계의 재생산을 이데올로기적 주체의 생산을 통해 보완하고자 한다.[24]

　한편 푸코 역시 학교, 공장, 병영 등의 역할에 주목하는데, 알튀세르와는 다른 차원에서, 즉 이데올로기가 아니라 권력의 관점에서 이 문제를 풀어간다. 그에 따르면 학교와 병영과 공장은 모두 근대의 미시적 규율권력들로서 개인을 주체로 '생산'하는 장치들이다. 여기서 푸코가 알튀세르와 다른 것은 그가 새로운 권력의 시각에서 마르크스주의의 이데올로기 개념과 기존의 근대적 권력 개념을 모두 비판한다는 점이다. 그는 부르주아적 자유주의의 사법적 모델이나 마르크스주의의 권력 모델 모두 권력을 어떤 개인 또는 집단, 나아가서 기구와 장치가 권력을 '실체'로 간주함으로써 권력을 '소유'할 수 있는 것으로 본다는 점에서 동일한 권력 개념을 갖고 있다고 비판한다. 푸코가 볼 때, 권력을 이런 식으로 본다면, 권력은 소유 여부에 따라 억압적이거나 부정적인 것으로 여겨질 수밖에 없게 된다. 푸코의 이론적 특징은 이런 식의 권력 개념에 비판적인데, 그가 시도하고자 한 것은 권력에 대한 소유적이고 부정적인 관점에서 사람과 제도의 일상적 관계 내에서 권력이 능동적이고 미시적이며 관계적으로 작동하는 방식을 검토하는 방향으로 사고를 이동시키는 것이다. 『감시와 처벌』과 『성의 역사 1』에서 푸코는 권력이 특정한 행동을 억압하거나 검열하기보다는 새로운 행동의 형태를 발생시킨다는 점에서 억압적 장치

24　Louis Althusser, "Ideology and Ideological State Apparatuses," *Lenin and Philosophy and Other Essays*, New York : Monthly Review Press, 1971, p.149.

가 가장 구속적인 순간에서조차 생산적일 수 있음을 강조한다. 푸코에 의하면 "권력은 하나의 소유물로서가 아니라 하나의 전략으로 이해되어야 하며, 그 권력지배의 효과는 소유에 의해서가 아니라 배열, 조작, 전술, 기술, 작용에 의해서 이루어진다."[25] 결국 권력을 소유로 보는 것은 권력관계의 생산성과 긍정성을 놓치는 것이라 할 수 있다. 알튀세르가 국가가 사람을 억압하는 방식, 그리고 이데올로기가 사람을 주체로 호명하는 방식에 주목할 때, 그의 모델에서 개인은 이데올로기적 호명의 대상으로 단순화되는, 즉 이데올로기와의 능동적이고 생산적인 관계를 갖지 못하는 측면이 없지 않다. 그러나 권력관계들이 사회 내의 모든 미시적 관계들에 침투하는 방식에 주목하는 푸코의 권력 모델은 권력이 경쟁하고 타협하는 일상적인 방식을 설명해주는 한편, 주체가 권력을 소유하는 것이 아니라 권력관계가 주체를 생산한다는 점을 분명히 한다.

그렇지만 알튀세르와 푸코의 이론적 차이에도 불구하고 주체에 대한 이들의 주장은 상당한 유사성을 갖고 있다. 그것은 주체가 행위성의 주체가 아니며, 아니 행위성의 주체일 때조차도 이데올로기나 권력에 의해 호명되고 생산된다는 점이다. 우리가 말하는 '주체'는, 알튀세르식으로 말하면, 기존의 생산관계를 재생산하는 이데올로기적 주체이고, 푸코식으로 말하면 부르주아적 사법적 모델에 의해 구성된 주체를 의미한다. 이런 주체를 이론적 문제설정의 중심에 세우는 것은 그 주체가 구성되는 과정을 은폐하는 것이고 이론적 탐구의 결과가 되어야 할 것을 이론적 전제로 삼는 것이다.

25　미셸 푸코, 오생근 역, 『감시와 처벌』, 나남, 2000, 56면.

2) 주체로의 복귀와 바디우의 주체

하지만 주체로의 복귀를 더 강력하게 요청한 것은 역설적이게도 68혁명이 아니라 1980년대 미테랑 사회당 정부 하에서 진행된 정치적 우경화와 친기업적인 실용주의적 사회 분위기, 전 지구적 자본주의의 확산과 포스트모던 문화논리의 유행, 이민자들을 혐오하는 극우민족주의의 등장과 기존의 급진적 혁명 전통을 뒤집으려는 보수진영의 수정주의적 역사 해석과 같은 것이 중요한 이유가 되었다. 이런 상황이 계기가 되어 지식인들은 달라진 현실에 대한 주체적 개입을 고민하게 된다. 페리 앤더슨Perry Anderson에 의하면 1980년대 초의 파리는 "유럽 지적 반동의 수도"[26]였다. 이 시기의 특징은 그동안의 좌파의 급진 문화에 대한 대대적인 반동이었다. 베르나르 앙리 레비Bernard-Henri Levy, 앙드레 글룩스만Andre Glucksmann, 크리스티앙 얌베르트Christian Jambert와 같은 전향한 신철학자들이 마르크스주의를 집단수용소의 전체주의와 연결지으며 좌파들을 공격했고, 이 와중에 수세에 있던 프랑스 보수주의와 일부 자유주의가 재평가되기 시작한다. 사후이긴 하지만 레이몽 아롱Raymond Aron과 같은 자유주의자가 전후 프랑스 정치이론의 아버지로 부상하고, 알렉시 드 토크빌Alexis de Tocqueville이나 벤자민 꽁스탕Benjamin Constant 같은 자유주의자들이 프랑스 정치사상의 기원으로 새롭게 조명받는다. 특히 역사학 분야에서 한때 공산주의자였던 프랑스와 푸레Francois Furet의 수정주의적 역사관은 관심과 우려를 자아냈다. 그는 프랑스 혁명에 대한 수정주의적 역사기술을 시도했는데, 프랑스혁명을 절대왕정의 부패를 일소하고 근대적 진보와 근대사의 여명을 개척한 혁명이라고 본 기존의 해석들을 비판하며 공포와 또

---

26   Perry Anderson, *In the Tracks of Historical Materialism*, London : Verso, 1983, p.32.

다른 부패를 낳은 사건에 불과한 것으로 해석한 것이다. 지적 세계의 보수화와 반동화는 미테랑 정부 시대[1981~1995]의 정치경제적 전환과도 거의 일치했다. 1980년대 초반 미테랑 사회당 정부는 전통적인 사회당 노선과 기존의 사회주의적 기조를 상당부분 포기하면서 신자유주의적 자본주의의 변화에 따라 기업문화와 강력한 중앙정부를 강조했는데, 이런 우경화의 분위기 속에서 공산당과 마르크스주의, 좌파의 진보적 문화는 빠르게 약화되고 강력하던 노동조합도 과거만큼 전투적이지 않게 되었다.[27]

이 시대의 지식인들도 이런 분위기에 편승하여 이론적으로 탈이념적인 실용주의적 논리를 주장하고 나섰다. 특히 이론적으로 1960년대 이후 주체의 죽음을 강조한 급진적 구조주의의 유행은 1970년대 후반 이후 이런 분위기 속으로 급속히 함몰되어가면서 탈정치화의 경향을 띠기 시작했다. 해방과 진리에 대한 주장은, 그것을 거대서사라고 공격하거나 집단수용소의 전체주의와 은유적으로 접합시키는 포스트모던 논리에 의해 회의와 의심의 대상으로 간주되었다. 1979년에 출간된 리오타르[Jean-Fran-cois Lyotard]의 『포스트모던 조건[The Postmodern Condition]』은 이런 시대적 변화를 잘 보여주었다. 리오타르는 계몽과 연결된 과거의 '거대서사들'은 이미 그 타당성을 잃었다고 주장함으로써 해방적 서사와의 단절을 가장 명확하게 선언했다. 그에 의하면 오늘날의 현실에 대한 재현들은 완전히 파편화되고 분산적이며 이질적이라서 현실 변혁은 고사하고 현실에 대한 총체적인 인식조차 불가능하게 되었다.[28] 장 보드리야르[Jean Baudrillard] 또한 현실

27　Nick Hewlett, *Badiou, Balibar, Rancière : Rethinking Emancipation*, London : Continuum, 2007, pp.11~13 참조.

28　Jean-Francois Lyotard, *The Postmodern Condition : A Report on Knowledge*, Minneapolis : University of Minnesota Press, 1984.

과 이미지 사이의 내파로 인해 이미지가 현실을 지배하게 됨으로써 전통적인 인식과 재현이 불가능하게 되었다고 역설한다. 그는 우리 시대를 시뮬라시옹의 시대로 정의하는데, 이 시대에 현실은 모두 기호와 코드로 변하고 현실과 모델, 실재와 코드, 본질과 기호 간의 구분 자체가 내파되고, 과거의 기억과 도래할 미래의 시간조차 시뮬라시옹의 시간 속으로 함몰되고 만다. 이런 상황에서 혁명이나 주체의 존재는 불확실한 것이 된다. 오직 이런 현실에 동의하는 침묵하는 다수만이 존재할 뿐이다. 역사적 주체가 혁명의 무대인 정치와 사회의 장에서 출현한다면, 침묵하는 다수는 바로 그러한 정치의 종언을 상징한다.[29] 어떤 식으로든 저항과 봉기의 가능성이 잠재되어 있는 기 드보르의 스펙터클 사회에서 그런 가능성이 체제 내로 흡수되어버린 보드리야르의 시뮬라시옹 사회로의 전환은 1968년 체제에서 1980년대 체제로의 변화에 대한 상징이었다고 할 수 있다.

알렉스 캘리니코스Alex Callinicos는 사회비판의 불가능성을 강조하는 포스트모더니즘을 68혁명의 유산이라기보다는 1968년의 실패의 일부로 보는 것이 더 정확하다고 말한 바 있다.[30] 이는 타당한 지적이라 할 수 있다. 이 실패 속에서 주체의 죽음은 재평가될 필요가 있다. 앞서 지적했듯이, 주체의 죽음을 둘러싼 담론적 배치가 변화한 것이다. 다시 말해, 1960년대 후반에 제기된 주체의 죽음과 1980년대 포스트모던 문화 속에서 주체의 죽음이 갖는 의미는 구분될 필요가 있다. 1960년대에 제기된 주체의 죽음은 사실 주체의 구성과정을 드러냄으로써 주체가 사유의 출발점이 아니라 분석되고 해명되어야 할 이론적 사태임을 주장하는 급진적 의

---

29   Jean Baurdrillard, *In the Shadow of Silent Majorities or, The End of the Social and Other Essays*, New York : Semiotext, 1983, p.23.

30   Alex Callinicos, *Against Postmodernism*, Cambridge : Polity, 1989, p.171.

미를 갖고 있었다. 주체의 죽음 이면에는 실천, 주체, 행위의 문제설정에서 구조, 구성, 담론, 배치의 문제설정으로의 전환이 있었고, 주체의 죽음은 기존 주체 개념이 갖는 한계에 대한 급진적 문제제기였으며 사유의 지평을 주체의 한계를 넘어선 차원으로 개방하는 급진적인 의미를 갖고 있었다. 하지만 이런 사유가 진보적이고 급진적일 수 있었던 것은 그것이 주체 중심의 근대적 사유구조와의 비판적 긴장관계를 맺고 있었기 때문이었다. 하지만 주체의 죽음은 그런 사유와의 긴장 관계로부터 벗어나 차이와 다양성의 포스트모더니즘이나 차이의 정체성을 강조하는 다원주의 문화와 접속하게 되면서 이전과는 다른 새로운 차원의 문화현상이 된다. 포스트모던 문화 속에서 차이와 다양성은 서로 소통할 수 없는 상대주의적 개별성으로 분산되고, 보편성과 일반성은 폭력의 기제일 뿐이며, 주체는 진리를 추구하는 존재가 아니라 탈중심적인 무책임하고 비윤리적인 존재로 전락한다. 여기서는 주체의 개입을 필요로 하는 정치와 윤리는 실종되고 다원주의와 상대주의의 현실추수적인 문화만 유행하게 된다.

바디우의 '주체로의 복귀'가 중요한 의미를 갖는 것은 바로 이런 현실 때문이다.[31] 바디우의 철학은 주체의 죽음 이후 주체에 대한 새로운 사유로의 복귀, 그리고 그 복귀가 차이와 다양성이라는 포스트모던적인 조건을 뛰어넘는 (보편적) 진리의 정치에 기초해야 한다는 것을 강조한다. 그

---

31 포스트구조주의 이후 현재 이론적 논의의 지형은 실천과 구조의 관계를 어떻게 해결하는가 하는 문제에 집중되어 있으며, 이 문제를 해명하고자 하는 데 대략 두 가지 입장이 있다. 하나는 들뢰즈의 이론을 들 수 있는데, 그의 핵심 개념인 '기계'(machine)는 구조와 주체의 미궁을 풀려는 그의 고민을 담고 있다. 들뢰즈에게 문학은 재현이 아니라 생산이자 실험이고, 기계로 간주된다. 들뢰즈에게 기계는 접속과 이접과 통접의 종합을 통해 새로운 생성과 욕망을 형성해가는 장치이다. 다른 한편 구조와 주체의 문제를 해결하고자 하면서도 들뢰즈와는 다르게 실재의 윤리에 초점을 둔 후기 라캉의 이론에 근거하는 지젝과 바디우의 윤리적·정치적 주체 이론이 있다.

의 철학은 주체적인 개입의 철학이라 할 수 있는데, 특히 그것은 윤리적이고 정치적인 결단의 성격을 강하게 띤다. 우선 윤리적 차원에서 볼 때, 바디우에게 1980년대 이후 차이와 다양성을 존중하는 포스트모던 상황은 예찬해야 할 상황이 아니라 진리와 주체가 구성되기 위하여 단절해야할 사태에 다름 아니다.

바디우는 '차이'와 '다양성'에 근거한 포스트모던 윤리를 통렬히 비판하는데, 이는 이런 담론들이 단지 변혁과 혁명의 의지도 없이 현 상황과 그 타성적인 제도들을 묵인하는 문화주의적 입장에 근거하기 때문이다.

> 오늘날의 윤리학은 '문화적' 차이에 대해 야단법석을 떤다. '타자'에 대한 윤리학의 관념은 주로 이런 종류의 차이에 의해 형성되었다. 그것의 위대한 이상은 문화적, 종교적, 민족적 '공동체들'의 평화공존, 즉 '배제'의 거부이다. 그러나 우리가 인식해야 하는 것은 이런 차이들이 사고에 전혀 흥미를 유발하지 않는다는 것, 즉 그것들이 인간의 무한하고 자명한 다양성에 지나지 않는다는 것이다. (…중략…) 오늘날 윤리학의 객관적이고 역사적인 토대는 문화주의에 대한 매혹, 사실상 다양한 도덕들, 관습들, 신앙들, 그리고 특히 잡다한 상상적 형성물들종교적·성적 재현들과 권위의 구현물들에 대한 관광객의 매혹과 같은 것이다. 그렇다. 윤리학의 핵심적 '목표'는 야만인들과의 식민적 조우의 놀라움으로부터 직접적으로 물려받은 속류 사회학에 근거한다.[32]

오늘날 차이와 다름을 주장하는 윤리 그 자체는 진보적이지 않다. 그것은 기존 상황을 공고히 하는 상황의 윤리가 되어 버린 것이다. 바디우에

---

32 Alan Badiou, *Ethics : An Essay on the Understanding of Evil* (Peter Hallward trans.), London : Verso, 2001, p. 26.

의하면 오늘날 어떤 구체적 상황도 '타자의 인정'만으로 해결되기는 어렵다. "차이가 이미 존재하는 것이라면, 그리고 모든 진리가 아직 존재하지 않는 것의 도래라고 한다면, 차이들이란 정확히 진리들이 제거하거나 무의미한 것으로 만들어버려야 하는 것이다."[33] 그러므로 "타자와 그 인정에 대한 모든 윤리적 서술은 완전하게 그리고 단순하게 폐기 처분되어야 한다."[34] 바디우가 볼 때, 정말로 어려운 것은 타자와 차이가 아니라 오히려 그것을 넘어선 동일성의 문제이다. 바디우는 '주체의 죽음'을 주장한 이론가들이 생각하듯이, 동일성을 이미 존재하고 있는 것으로 보지 않는다. 존재하는 것은 차이나 타자성이지 동일성이 아니다. "동일성이란 존재하는 것차이들의 무한한 다양성이 아니라 미래에 존재하게 될 것이다." 동일성의 출현과 관련하여 미래에 출현할 것, 그것을 바디우는 '진리'라고 부른다. 따라서 동일성은 사태나 상황의 차원이 아니라 진리의 차원과 관련되어 있으며, 그것의 진정한 의미는 진리의 차원에서 사고되어야 한다. 바로 여기에서 "오직 진리만이 차이들에 무관심하다"[35]는 바디우의 주장이 나온다. 이 말은 차이와 다양성이라는 상황과 단절하고 진정한 보편주의를 획득하는 것이 진리의 기능이라는 의미이다. 특정한 공동체의 상대적 가치나 문화적 차이에 무관심하다는 것은 그런 차이들을 무시한다는 말이 아니라 그런 차이들을 횡단하는, 즉 "진리는 모든 것에 동일한 것이라는" 진리의 보편주의에 관심을 갖는 것이다.

바디우의 철학은 1960년대 이후 프랑스의 철학적 전통과 1980년대 프랑스의 지적 상황에 의해 조건지어져 있다. 테리 이글턴은 바디우의 철

---

33 Ibid., p. 27.
34 Ibid., p. 25.
35 Ibid., p. 27.

학이 자기이익의 무제한적 추구, 해방적 정치의 소멸과 취약함, 인종적 갈등의 확산, 무제한적 경쟁의 일반화를 특징으로 하는 당대의 정치적 상황에 맞선 윤리적 대응이라고 규정한다.[36] 이런 점은 바디우의 『사도 바울Saint Paul—The Foundation of Universalism』에서 바울을 주체적 인물로서 불러와야 할 이유를 설명하는 대목에서 잘 드러난다. 그에 의하면 현재 프랑스에는 전 지구적 자본의 논리에 따른 신자유주의의 추상적인 보편 논리와, 르펭LePen의 국민전선의 출현과 같이 이민자에게 가혹한 프랑스 공동체주의적 정체성의 논리가 경멸스럽게 공모하고 있으며 이런 사이비보편주의와 특수주의의 공모의 결과로서 공적 영역의 공동체화와 법의 초월적 중립성의 포기가 팽배해지고 있다.[37] 차이와 다양성을 주장하는 포스트모던적 문화의 논리는 이런 상황을 극복하기보다는 오히려 묵인한다. 바디우의 철학이 공동체의 도덕에 대항하여 주체의 보편주의와 진리의 개입을 주장하는 것은 바로 이런 상황에 대한 비판적 인식 때문이다.

바디우의 철학은 이러한 상황을 타파하고자 하기 때문에, 대체적으로 인간행위의 영역을 — 서로 중첩적이면서도 명확하게 구분되는 — 두 개의 영역으로 구분하려는 경향이 있다.[38] 즉 상황과 사건, 지식과 진리, 인간 동물과 주체의 대립처럼 기존의 이해관계와 차이로 구성되고 고착화된 정체성들을 명명하고 승인하는 데 기여하는, 즉 승인된 지식들로 구성된 인간 동물의 '일상적' 영역상황과, 스스로를 진리의 주체로, 자신의 대의에 충실한 주체들의 전투적 선언을 통해서만 가능한 새로운 혁신 내지 혁

---

36 Terry Eagleton, *Figures of Dissent : Critical Essays on Fish, Žižek and Others*, London : Verso, 2003, p.248.

37 알랭 바디우, 현성환 역, 『사도 바울』, 새물결, 2008, 23면.

38 Peter Hallward, "Translator's Introduction," Alain Badiou, *Ethics : An Essay on the Understanding of Evil*, p.vii.

명이라는 진리들의 '예외적' 영역진리으로 양분된다.[39] 지식이 이미 주어진 것을 그대로 승인하는 일상적인 상황에 관한 것이라고 한다면, 진리는 그런 지식과의 단절을 통해서 새롭게 생성되는 것이다. 다시 말해, 지식이 근본적으로 정적이고 대상적이며 상황을 지배하는, 즉 상황을 명명하고 분류하고 분리하는 상황의 상태the state of situation를 통제하는 자들의 이익에 따라 구성되는 것이라면, 진리의 조건들은 이런 상황의 상태로부터 단절하는 절차로 구성된다. 그리고 이런 진리과정들에 의한 일상적 상황과의 단절을 바디우는 '사건event'이라 명명한다. 사건은 "순수하게 우연적이고, 상황으로부터 추론될 수 없는 것이다." 그것은 우연과 우연의 예측 불가능한 결과이며 진정한 존재의 새로움이 존재한다는 선언을 가능하게 해주는 것이다. "사건적 충실성[40]은 (그것이 정치적이든 사랑이든 예술적이든 과학적이든 간에) 사건이 발생하는, 특정한 질서 내부의 현실적 단절"[41]을 의미한다. 사건의 고유한 특징은 그것이 기존의 일상적 상황에 대한 지식으로부터의 단절이기 때문에 지식의 객관적 내용을 가지지 않는다. 사건은 기존 지식에 의해 증명될 수 없으며 단지 긍정되고 선언될 뿐이다.

나는 '진리'하나의 진리를 사건에의 충실성이라는 현실적 과정이라 부른다. 즉 그것은 이러한 충실성이 상황 속에서 생산한 것이다. 예를 들면 중국의 문화혁명과 프랑스의 1968년 5월이라는 두 가지 얽힌 사건들에 대한 충실성을 사유

---

39 Ibid., p.vii.
40 바디우 철학의 주요 개념인 충실성은 사건의 관점에서 상황을 다루는 것으로, 상황에 대한 단절을 구성하는 작업이다. 그러므로 충실성은 현실적 이해와 이익과 같은 객관적 토대나 내용을 갖지 않으며 그것들과의 단절을 수행해가는 작업이다. 충실성의 지속은 불안정하며 모험적이며 진리적이다.
41 Alan Badiou, *Ethics : An Essay on the Understanding of Evil*, p.42.

하고 실천하려고 했던 1966년과 1976년 사이의 프랑스 마오주의자들의 정치학, 20세기 초반의 위대한 비엔나 작곡가들에 대한 충실성인 소위 '현대' 음악, 1950년대와 1960년대 (그로텐디크Grothendieck가 말하는 의미에서의) 우주의 개념에 충실했던 대수기하학과 같은 것이 그것이다. 본질적으로 진리란 상황 내에서 사건적 보충작업에 의해 추적되는 물질적 과정이다. 진리는 **내재적 단절**이다. '내재적'인 것은 진리가 다른 곳이 아니라 ─ 진리의 천국은 없다 ─ 상황 **내**에서 진행되기 때문이다. 그리고 그것이 단절인 것은 진리과정 ─ 사건 ─ 은 지배적 언어와 기존의 상황의 지식을 따르는 것을 전혀 의미하지 않기 때문이다.[42]

바디우에 의하면 진리과정은 상황의 제도화된 지식들에 전적으로 낯선 것이다. 그것은 지식 내부에서 지식을 초과하는보충하는 공백void을 확인하는, 라캉의 표현을 빌리면, 지식 내부에 '구멍'을 내는 과정이다. 만약 진리가 지식에 구멍을 내는 것이라고 한다면, 그리고 진리에 대한 지식이란 존재하지 않고 오직 진리의 생산만이 존재하는 것이라고 한다면, 그것은 하나의 진리가 유적산출적[43]이고 모든 지식과 상황으로부터 뺄셈되

---

42 Ibid., pp.42~43.

43 바디우는 유적 절차에 의한 사유를 초월적 사유와 구성주의적 사유와 구분한다. ① 초월적인 사유는 어떤 지고의 존재자라는 관념 또는 어떤 초월적 힘이라는 관념 하에 취해지는 사유이다. 따라서 초월적 사유는 이 지고의 존재자 또는 초월적 힘에 따라 초과의 벗어남을 그 힘에 고정시킴으로써 "초과와 그로부터 유래하는 방황을 제거"해 나간다. ② 구성주의적 사고 또한 "초과와 그로부터 유래하는 방황을 제거"하고자 하는 사유이다. 구성주의적 사고는 상황의 부분들 중에서도 분명하게 명명될 수 있는 부분들만을 존재하는 것으로 인정함으로써 초과를 최소한으로 줄여나간다. ③ 유적 사고는 초과와 그로부터 유래하는 방황을 사고하는 사건의 사고이다. 이 사고는 "사건 그리고 사건의 이름과 마찬가지로 공백으로부터 비롯되는 것, 상황과 상황의 상태를 벗어나는 것, 초과와 방황을 보여주는 것, 언어가 되었든 셈이 되었든 상관없이 기존의 모든 법칙으로부터 벗어나는 것"을 사고하는 것이다. 알랭 바디우, 『존재의 함성』, 312~314면.

는 것이며 이런 지식들이 이해하고자 하는 것을 초과하는 것이기 때문이다.[44] 여기서 진리과정이 유적인 이유는 그것이 상황에 속하면서도 상황에 포함되지 않고, 상황의 가장 보편적인 부분을 직접 체현함으로써 상황을 전복하는, 즉 특정한 이해관계로부터 벗어나는 보편적 성격을 갖기 때문이다. 가령 바디우는 『사도 바울』에서 현재 프랑스를 지배하는 두 가지 지배적 경향, 즉 자본의 추상적 보편주의와 프랑스의 공동체주의의 반진리성을 비판하기 위해 진리과정을 다음과 같이 설명한다.

한편으로 모든 진리과정은 상황을 지배하고 그러한 상황 속에서 반복적으로 연속되는 것들을 조직하고 있는 모든 공리적 원리와 단절한다. 진리과정은 반복을 중단시키며, 따라서 어떤 한 계산 단위에 고유한 추상적 지속성에 의해 지탱될 수 없다. 지배적인 계산의 법칙에 따라 진리는 언제나 계산에서 빠진다. 어떠한 진리도 자본의 동질적 확장에 의해서는 지탱될 수 없다.

그러나 다른 한편으로 진리과정이 정체성을 지향하는 것들 안에 닻을 내릴 수 있는 것도 아니다. 왜냐하면 모든 진리가 개별적인 것으로서 돌발하는 것이 사실이라면, 그것의 개별성은 즉각 보편화될 수 있기 때문이다. 보편화될 수 있는 개별성은 필연적으로 정체성을 추구하는 개별성과 단절한다.[45]

진리과정과 유적 절차는 사건에 기원을 두고 있기 때문에 기존의 지식이나 그 지식의 축적인 백과사전으로부터의 내재적인 단절 과정이다.[46]

---

44 Alain Badiou, *Manifesto for Philosophy*, New York : State University of New York Press, 1999, p.80.

45 알랭 바디우, 『사도 바울』, 27면.

46 Alain Badiou, *Manifesto for Philosophy*, p.36.

이런 과정은 기존 지식과의 단절을 통해 개별적이고 예외적이며 보편적인 성격을 갖는다. 이런 진리과정철학의 네 가지 조건들의 다른 이름이 바로 사랑, 예술, 과학, 정치이다.[47] 이 조건들은 철학과 진리의 조건들에만 국한되지 않는다. 이 조건들은 진리과정에 냉담하고 적대적인 오늘날의 세계에 저항하기 위한 바디우의 전략적 영토이자 진리를 선언하기 위한 정치 투쟁의 장이기도 하다. 바디우가 볼 때, 오늘날의 세계는 "'문화'라는 이름이 '예술'이라는 이름을, '기술'이라는 이름이 '과학'을, '경영'이라는 이름이 '정치'라는 단어를, '성'이라는 단어가 '사랑'을 지워버리는", 즉 자본과 경영의 논리가 진리의 조건을 압도하는 시대이다. 즉 "시장에 동질적이라는 엄청난 이점을 갖고 있으며, 게다가 관련된 모든 항목이 하나의 상품적 제시를 나타내는 '문화-기술-경영-성'이란 체계는 진리 공정들을 유형적으로 식별하는 '예술-과학-정치-사랑'이란 체계를 은폐한다."[48]

예술·과학·정치·사랑이 진리의 유적 과정들이라면, 그것들을 움직이는 욕망은 혁명, 논리, 보편성, 모험이다. 이 욕망들은 현대 사회의 상황적 논리에 지배당한 욕망에 맞서는, 즉 그런 욕망과의 단절을 위한 진리의 욕망들이다. 자유로움을 선언하면서도 자본의 상품 욕망에 포획되어가는 자기기만적인 현대 사회에 맞서기 위해서는 혁명의 욕망이 필요하고, 세계가 비논리적 의사소통 체제에 내맡겨지고 단절된 이미지와 추상적

---

47 바디우에 의하면 진리 사건의 네 영역은 오늘날 공적 담론 속에서 그것들의 가짜 분신들에 의해 대체된다. 예술, 정치, 사랑, 과학 대신에 문화, 경영, 성, 기술이 지배한다. 예술은 역사적으로 특수한 문화의 표현 / 분절화로 환원되고, 사랑은 성의 낡은 이데올로기적 형태로 환원된다. 과학은 거짓 보편화된 형태의 실천적 지식으로 처리되어 버린다. 정치는 (그 개념이 내포하고 있는 일체의 열정이나 투쟁과 더불어) 사회관리 기술의 미성숙한 이데올로기적 판본이나 선구로 환원된다. 슬라보예 지젝, 이성민 역,『까다로운 주체』, 도서출판b, 2005, 229면.
48 알랭 바디우,『사도 바울』, 29면.

스펙터클에 의해 지배되는 비논리적이고 비일관적인 의사소통의 세계는 우리로 하여금 논리에 대한 사유의 충실성을 요구하고, 전문화되고 파편화되어가는 차이와 다양성의 사회에 맞서기 위해서는 보편적인 논리가 필요하며, 실존이 이해타산적인 계산과 안전에 내맡겨진 채 우연과 위험을 무릅쓰지 않으려고 하는 사회에서는 주사위 던지기의 우연성을 강조하는 말라르메적인 모험이 필요한 것이다.[49] 이 욕망들은 기존의 상황과 단절하고자 하는 진리의 욕망들이다. 바디우는 이런 욕망을 끌고 갈 결정적 계기로서 새로운 '주체'의 철학이 필요하다고 주장한다.

주체는 우연성에 개방되고 무조건적인 논리를 고수하는, 즉 사건의 독특성과 진리의 보편성을 추구하는 데 위험을 무릅쓰고 헌신하는 존재이다. 주체는 진리과정에 뛰어들어 진리의 욕망을 실천에 옮기는 자, 즉 "충실성의 담지자the bearer of a fidelity"[50]인 것이다. 바로 이 충실성이 주체를 정의하는 핵심적 특징이다. 주체는 사건 이후에 출현하며, 자신의 상황 내부에서 사건의 자취를 파악하고 사건이 일어났음을 알아채고 사건을 사건으로 명명하고 사건에 충실하고자 하는 자이다. 바디우에게 주체란 사건과 관련된 하나의 유한하고 우연적인 출현이다. 여기서 우리가 주의해야 할 것은 주체가 상황이나 진리와 분리된 독립적인 계기로서 외부로부터 상황에 개입하는 초월적 존재가 아니라는 점이다. 바디우 철학에서 '단절'에 지나치게 주목할 경우, 주체는 마치 독립적인 것처럼 여겨질 수 있고 심지어는 모험주의적으로 보일 수도 있다. 바디우의 철학은 종종 그런 비난과 오해를 받기도 했다. 앞서 바디우의 철학이 인간의 행위를 서

49 Alain Badiou, "Philosophy and desire," *Infinite Thought : Truth and the Return of Philosophy*, London : Continuum, 2003, pp. 40~41.

50 Alan Badiou, *Ethics : An Essay on the Understanding of Evil*, p. 43.

로 중첩적이면서도 명확하게 구분되는 두 개의 영역으로 나누려는 경향이 있다는 주장들이 있는데, 바디우 철학을 보다 명확하게 이해한다는 미명 하에 주로 단절과 분리에 주목하는 경향이 없지 않았다. 하지만 바디우가 강조한 것은 상황과 사건 간의 단절이 아니라 상황 속에서 일어나는 내재적 단절이다.

나에게 무엇보다 가장 흥미로운 것은 사건과 상황의 대립이 아닙니다. 그것은 나의 관심의 초점이 아닙니다. 이런 견지에서 나는 잘못된 방식으로 읽혀지거나, 나의 책『존재와 사건』의 앞 장만 읽는 데 대해 항상 불만이 있습니다. 나의 주장의 핵심을 읽고 있는 사람은 거의 없지요. 내가 볼 때 나의 작업의 핵심적 기여는 상황과 사건을 대립시킨 데 있지 않습니다. 어떤 의미에서 그것은 최근 들어 모든 사람들이 다 하는 것이지요. 나의 핵심적 기여는 다음과 같은 질문을 제기하는 데 있습니다. 상황의 관점에서 무엇을 연역하고 추론할 수 있는가? 궁극적으로 나의 관심은 상황입니다. 나는 사건의 절대적이고 급진적인 도래라는 가설 없이 상황 속에서 진리의 궤적이 무엇인지를 완벽하게 파악할 수 있다고 생각하지 않습니다. 그러나 결국 나에게 흥미로운 것은 사건 그 자체의 초월이나 구축이 아니라 사건의 상황적 전개입니다.[51]

바로 이런 점을 염두에 둘 때, 바디우의 주체철학이 무엇을 강조하고 있는가를 이해할 수 있다. 상황과 사건의 단절에만 주목할 경우, 우리는 바디우 철학을 오독할 가능성이 있다. 실제 바디우는 상황과 사건의 단

---

51 Bruno Bosteels, "Can Change Be Thought? : A Dialogue with Alain Badiou," *Alain Badiou : Philosophy and Its Conditions* (Gabriel Riera ed.), New York : State University of New York Press, 2005, p. 252.

절과 관련하여 두 가지 해석을 비판하려고 했다. 부르노 보스틸스[Bruno Bosteels]에 따르면, 상황에 의해 오염되지 않은, 즉 절대적으로 순수한 사건을 주장하는 입장[극단적 주관주의]과 사건의 발생을 부정하는 입장[극단적 구조주의]이 그것이다.[52] 전자가 절대적으로 상황의 외부에 머무는 예언적이고 메시아적인 사건의 철학을 주장하는 것이라면, 후자는 상황의 상태의 차원에 머물고 객관적으로 주어진 것에 대한 순전히 구조적인 분석만을 강조하는 것이다.[53] 바디우 철학이 갖는 의미는 바로 이런 두 극단을 뛰어넘어 오늘날 주체와 구조 간의 관계, 즉 주체의 죽음 이후 주체로의 복귀의 문제를 해명하고자 하는 데 있다. 그의 주체는 진리에 복무하지만 진리의 무한한 질서를 추구하지 않는다. 그가 강조하듯이, 주체는 언제나 상황의 유한한 다양성 내부에서 움직인다. 즉, 주체는 "자기 자신의 (정치, 과학, 예술, 사랑의) 상황에 속하면서 도래할 진리에 동시에 속하는"[54] 자로서 "알려진 다양성을 '통과'하는 진리에 의해 내적으로, 그리고 지각 불가능하게 분열되고 구멍 뚫린"[55] 어떤-자[some-one]인 것이다. 그의 주체철학이 구조주의 이전의 사르트르의 주체철학이나 알튀세르의 구조주의와 구분되는 이유는 알튀세르의 지배 내의 구조[바디우의 상황]와는 거리를 두면서도 사르트르처럼 주체를 초월적으로 설정하지 않는다는 점일 것이다.

바디우에 의하면 충실성의 담지자인 주체는 진리과정에 앞서 존재하지 않는다. 주체는 진리과정 속에서 사건의 장에 개입하여 사건의 출현을 명명하고 그 사건에 대한 충실성을 끝까지 밀어 붙이는 자이다. 주체

---

52 이는 정치적으로 모험주의와 기회주의, 무정부주의와 결정론, 망상적 자발성과 역사의 필연적 법칙의 대립으로 나타나기도 했다. Bruno Bosteels, Ibid., p.246.

53 Ibid., p.246.

54 Alan Badiou, *Ethics : An Essay on the Understanding of Evil*, p.45.

55 Ibid., p.46.

를 유도하는 것이 진리과정이지 그 반대는 아니다.[56] 바디우의 주체는 심리적 주체, (데카르트적 의미의) 반성적 주체, 혹은 (칸트적 의미의) 초월적 주체와는 다르다. 그런 주체들은 모두 진리과정과 사건 이전에 인간 본성이나 주체의 본질적 선재성을 상정하고 있다. 하지만 그 반대이다. 주체는 진리과정과 사건에 의해 탄생하게 된다. 이를테면 사랑의 주체는 사랑이라는 사건적 조우에 대한 충실성에 의해 생겨나는 주체이지 사랑하는 본성을 가진 주체가 아니다. "연인들은 연인들을 초과하는 하나의 사랑하는 주체의 구성 속으로 들어가는 것이다."[57] 혁명적 정치의 주체도 개인의 실천적 기투나 사회관계가 만들어내는 계급 위치와는 무관하다. 투사가 혁명적 정치의 주체가 되는 것은 자신을 초과하는 주체의 구성 속으로 들어감으로써 생산되는 것이지 특정한 계급적 위치를 차지하고 있기 때문이 아니다. 마지막으로 예술적 과정의 주체 또한 천재적 예술가가 아니다. "예술의 주체-지점은 예술작품이다. 예술가는 이들 주체의 구성^{작품}_{이 그의 주체이다} 속으로 들어가되 작품들은 '그'로 환원될 수 없다."[58]

바울이 바디우에게 의미있는 주체인 이유는 그가 기독교적 진리사건 — 그리스도의 부활 — 을 보편적 독특성_{개인들을 보편적으로, 즉 그들의 인종, 성, 사회계급 등과 무관하게 주체로 호명하는 단독적 사건}으로 표명하고 그 사건에 대한 추종자로서의 충실성의 조건들을 천명했기 때문이다. 바디우는 다음의 네 가지 점에서 바울적 주체가 보편적 독특성으로서의 진리의 요구를 따른다고 주장한다.

---

56   Ibid., p. 43.
57   Ibid., p. 43.
58   Ibid., p. 44.

① 그리스도교적 주체는 그가 선언하는 사건^{그리스도의 부활}보다 먼저 존재하지 않는다. 따라서 그리스도교적 주체의 실존이나 정체성의 외재적 조건들을 논박해야 할 것이다. 그리스도교적 주체에겐 유대인^{할례받은 사람}임도 그리스인^{현인}임도 요구되지 않는다. (…중략…)

② 진리는 전적으로 주체적이다(그것은 사건에 관한 확신을 증언하는 선언에 속한다). 따라서 진리의 생성을 법에 포섭시키려는 모든 것을 논박할 것이다. 이를 위해서는 이미 폐기되고 유해한 유대적인 율법과, 오로지 구원의 길들에 대한 현학적 무지일 뿐으로 운명을 우주적 질서에 복속시킬 뿐인 그리스적인 법칙에 대한 근본적인 비판이 불가피하다.

③ 선언에 대한 충실성은 결정적으로 중요하다. 왜냐하면 진리는 하나의 과정이지 계시가 아니기 때문이다. 진리를 사유하기 위해서는 세 가지 개념이 필요하다. 선언하는 순간에 주체를 명명하는 개념(피스티스^{πίστις}. 통상 ‘믿음’으로 번역하지만 ‘확신’으로 하는 것이 더 적절하다)과 이 확신을 투쟁적으로 말을 건네는 순간에 주체를 명명하는 개념(아가페^{ἀγάπη}. 통상 ‘자애’라고 번역하지만 ‘사랑’으로 하는 것이 더 적절하다) 그리고 마지막으로 진리과정은 완성된 성격을 가진다는 가정에 의해 주체에게 부여되는 전위^{轉位}의 힘에 따라 주체를 명명하는 개념(엘피스^{ἐλπίς}. 통상 ‘희망’이라고 번역하지만 ‘확실성’으로 하는 것이 더 적절하다).

④ 진리는 그 자체로는 예를 들어 로마 제국의 상태와 같은 상황적 상태와는 무관하다. 그것은 진리가 이러한 상태에 의해 규정되어 있는 부분 집합들의 조직으로부터 빠져나와 있음을 의미한다. 이러한 이탈에 상응하는 주체성은 국가상태에 상응하는 것 ― 의견이라는 장치 ― 에 대한 일종의 필연적 거리다.[59]

---

59 알랭 바디우, 『사도 바울』, 33~34면.

바디우에게 진리, 주체, 사건은 모두 동일한 과정의 양상들이다. 진리는 진리를 선언하는 주체를 통해 존재하고, 주체는 사건에 대한 충실성을 통해 주체가 된다. 바디우는 『존재와 사건*Being and Event*』에서 주체를 상세하게 정의한다. 그에 의하면 주체는 실체도 공백도 아니고, 경험적 감각의 조직도 현시화의 상수도 아니며, 기원도 결과도 아니다. 만일 실체가 "상황에 속하고 상황 속에서 하나로 셈해진 배수"를 가리킨다면, "유적 절차에 의해 구성된 상황의 일부는 상황의 셈의 법칙에 속하지 않으며 모든 백과사전적 지식으로부터 뺄셈되는 것"이기 때문에 실체를 갖지 않는다. 주체가 공백이 아닌 것은 공백이 비주체적비인간적이기 때문이다. 주체는 지식에서 공백을 발견하고 이 공백을 통해 기존 지식과 단절하는 진리과정에 충실한 자이다. 경험이 현시된 것을 가리키는 것이라면, 기존 상황에서 그것에 포함되지 않는, 즉 기존 구성을 초과하는 정원 외적인supernumerary 요소를 발견하는 유적 절차는 현시된 것과 일치하지 않는다. 특히 기존 지식의 현시와 달리 유적 절차는 상황과 대칭을 이루기 때문에 주체는 예외적이고 드문 것이지 현시화의 상수일 수 없다. 주체는 진리과정과 유적 절차의 국부적 지위, 즉 상황을 초과하는 과정 속에 존재하는 형상이기 때문에 기원도 결과도 아니다. 바디우는 모든 주체는 한정적이라고 말한다. 즉 그것은 사랑, 정치, 예술, 과학이 '있는 한에서만' 존재할 수 있기 때문이다.[60] 결국 주체가 있다고 선언할 수 있는 것은 상황의 지식이 아니라 진리과정이 낳은 사건 때문이다.

---

60   Alain Badiou, *Being and Event* (Oliver Feltham trans.), London & New York : Continuum, 2005, pp.391~392.

3. 바디우의 주체와 지젝의 비판

바디우는 주체, 진리, 사건을 통해 진리의 윤리학을 주장한다. 그는 진리의 윤리학을 "진리과정의 지속성을 가능하게 하는 원리, 즉 진리과정에 의해 유도되는 주체의 구성 속에서 어떤-자의 현존에 일관성을 부여하는 원칙"[61]이라고 정의한다. 진리의 윤리학을 판단하는 것은 바로 진리과정에 대한 충실성과 지속성의 여부이다. 그에 따르면 진리의 윤리학이 제기하는 핵심적 질문은 "어떤-자로서의 내가 어떻게 해서 나 자신의 존재를 지속적으로 초과할 수 있을 것인가?" 그리고 "나의 다양한-존재의 특이한 시간 속에서, 그리고 이 존재의 물질적 자원을 갖고, 진리가 주체의 구성 속에서 나를 통해 도래하게 된 불멸의 것을 어떻게 유지할 것인가?"[62]하는 것이다. 이런 진리의 윤리학은 기존의 상황, 상황에 대한 알려진 지식, 그리고 사회적 통념에 근거한 의견과 상식을 승인하는 모든 윤리들과 정면으로 대결한다. 이런 윤리에는 현존의 악에서 인간의 윤리적 본성을 찾고자 하는 인권의 윤리, 차이와 다양성에 근거한 포스트모던 윤리, 공동체의 관습에 근거한 도덕주의적 윤리들이 포함된다. 바디우가 볼 때, 악을 구분하는 선험적 능력에 따라 선을 기존 현실의 악에 대항하는 것으로 설정하는 보수적인 윤리에 근거한 인권의 윤리, 의견과 지식의 상황 윤리에서 벗어나지 못하는 차이와 다양성의 윤리, 소속된 자와 그렇지 못한 자의 구분을 바탕으로 공동체의 지향점을 구성하는 공동체의 윤리들은 보편주의와 진리를 외면한다. 특히 바디우는 레비나스의 타자와 환대의 윤리에 대해서도 비판적인 태도를 취한다. 그는 동일자에 선행하는

---

61   Alain Badiou, *Ethics : An Essay on the Understanding of Evil*, p. 44.
62   Ibid., p. 50.

초월적 타자성의 윤리를 주장하는 레비나스의 윤리도 진리의 윤리학과는 거리가 있다고 말한다. 레비나스의 윤리는 유한한 경험을 초월하는 절대적 타자성의 원리, 즉 신의 윤리적 이름이라 할 수 있는 "전혀 다른 타자"를 주장함으로써 철학보다는 종교에 가깝다는 것이다. 바디우는 레비나스에겐 철학이 존재하지 않는다고 말한다. 그에게는 철학이 아니라 "신학에 의해 폐지된 철학"[63]이 존재할 뿐이라는 것이다.

바디우의 진리의 윤리학은 선을 악으로부터 추론하지 않는다. 왜냐하면 그것은 상황의 상태와 그에 대한 지식과 의견에서 진리를 추론하는 것과 같은 것이기 때문이다. 진리과정에 대한 충실성 여부가 진리의 윤리학의 관건이라면, 진리의 윤리학이 의견이나 의견들의 도식에 불과한 도덕적 윤리 일반과 대립적이라면, 선은 악에서, 진리의 윤리학은 상황의 윤리에서 절대 도출될 수 없다. 바디우는 "악이 존재한다면, 그것은 선을 출발점으로 삼아 사고되어야 한다"[64]라고 말한다. 악은 "선 그 자체의 (가능한) 효과"[65]이기 때문에 악이 존재하는 것은 진리와 진리의 주체들이 존재하기 때문이다. 악이 있다면, 그것은 "진리의 힘의 통제 불가능한 효과" 때문에 존재한다. 바디우에게 악은 진리의 위배이며 진리과정에 대한 주체의 충실성 자체에 대한 배반일 따름이다.

악은 세 가지 이름을 갖는다.
• 사건이 이전의 상황에서 공백을 불러오는 것이 아니라 그 충만성을 불러온다고 믿는 것은 **시뮬라크르**, 혹은 **공포**라는 의미에서의 악이다.

---

63   Ibid., p.23.
64   Ibid., p.60.
65   Ibid., p.61.

• 충실성에 따라 살 수 없는 것은 **배반**이라는 의미에서, 즉 자기 자신 속에 자신인 불멸적인 것에 대한 배반이라는 의미에서의 악이다.

• 진리를 총체적 힘과 동일시하는 것은 **재앙**이라는 의미에서의 악이다.

공포, 배반, 재앙은 진리의 윤리학이 ― 인권의 무기력한 도덕성에 대한 대립으로서 ― 진행 중인 진리에 의존하는 개별성 속에서 막으려고 애쓰는 것이다. 그러나 이것들은 진리과정 그 자체를 통해서만 생겨나는 가능성들이다. 선이 진행하는 과정에서만 악이 존재할 수 있다는 것은 확실하다.[66]

바디우에게 진리의 윤리학은 진리에 대한 충실성을 끝까지 밀어 붙이는 것이고 그것이 진리과정으로부터 벗어나는 것, 즉 악을 막는 것이라 할 수 있다. 악은 초월적인 것도 실체적인 것도 아니다. 진리의 윤리학은 "세계를 법의 추상적 규칙에 맡기는 것도 아니고 외부의 근본적인 악에 맞서 투쟁하는 것도 아니다. 반대로 그것은 진리에 대한 충실성을 통해 악을 막으려고 노력하는 것이다."[67] 악은 진리의 이면이자 어두운 면인 것이다.

바디우가 말하는 진리의 윤리학과 진리과정에 대한 충실성은 우리로 하여금 사건에 대한 주체의 개입과 결연한 의지를 느끼게 한다. 그 개입의 결연한 의지 때문에 바디우의 진리 충실성은 종종 바디우 자신이 경계한 바 있는 극단적 주관주의와 실천적 모험주의로 오해받기도 한다. 하지만 바디우의 진리 탐구가 좀 더 나아갔어야 한다는 비판도 있다. 슬라보예 지젝이 이런 입장을 대변한다. 앞의 장에서 보았듯이, 지젝 또한 상황의 논리와 내재적으로 단절하는 진리과정을 옹호하는 바디우처럼 대타자의 이름에 의해 지배되는 상징질서로부터 단절하는 윤리적 행위와

---

66   Ibid., p.71.
67   Ibid., p.91.

실재의 윤리를 강조한다. 지젝에게 '행위'는 대타자의 욕망을 중심으로 구성된 상징계의 질서와 그에 대한 주체의 환상을 가로지르는, 즉 위험을 감수하면서 실재와 대면하려는 행위이다. 실재의 윤리 또한 바디우처럼 '자신의 욕망에 충실하라'는 라캉의 윤리에 따라 대타자의 욕망과 단절하고 자신의 욕망을 정확하게 인식하는 행위를 강조하는 것이다. 사회의 외설적이고 병리적인 요구로부터 단절하고 새로운 주체의 행위와 자율을 강조한다는 점에서 지젝의 실재의 윤리와 윤리적 행위는 바디우의 진리의 윤리학과 비슷한 이론적 위상을 갖는다. 지젝은 바디우에게서 자신의 윤리적 행위에 대한 우애를 발견한다.

바디우와 지젝 사이에는 여러 가지 유사성이 있다. 우선 두 사람은 자본주의의 현재 상황과 그 문화적 현상에 대한 비판적 인식을 공유한다. 그들은 모두 주체의 죽음을 선언함으로써 주체가 감당하고 위험을 무릅써야 할 책임과 행위를 차이와 다양성으로 무력화하려는 포스트모던 주체나, 주체가 감당해야 될 행위의 원인을 사회적 조건 탓으로 돌리는 현존의 상황 논리에 동의하지 않는다. 특히 그들의 이론적 구조는 유사한데, 지식과 진리, 상황과 사건, 그리고 진리와 주체에 대한 바디우의 주장은 도덕과 윤리, 현실과 실재를 구분하고 실재의 윤리를 바탕으로 한 행위에 초점을 둔 지젝의 이론과 상동적 구조를 가지고 있다. 무엇보다 바디우의 상황과 사건의 구분은 지젝의 현실과 실재의 구분과 유사하다. 지젝에게 현실은 바디우가 말하는 기존의 상황 내지 질서와 유사한 기능을 한다. 현실은 실재를 억압하거나 금지함으로써 상상계와 상징계의 차원에서 구성되는 것이다. 그것은 실재의 감당할 수 없는 충동을 억압한 것이고, 그 충동을 의미작용의 그물망 속에 가두어 실재와의 대면을 차단하는 주체의 환상의 지지대인 것이다. 반면에 실재는 의미작용의 질서, 상상계나 상징계에 속하지 않으면서 동시에 그 질서를 가능하게 해주는 순수한 부정성에 가깝다. 지젝에게 실재는 상징계의 도덕적 질서에 구멍을 내고 그 한계를 드러내는 윤리적 행위의 근거가 된다. 즉, 지젝의 주체화의 과정은 실재를 통해 현실과 환상을 횡단해가는 과정이며 그 과정에 실천적으로 뛰어드는 행위이다. 뿐만 아니라 두 사람 모두 라캉의 공백과 결여 개념을 토대로 주체화의 과정을 이론화한다. 두 사람에게 주체화의 과정은 공백과 무, 우연성에 근거하며, 윤리는 상황의 사태로부터의 단절이나 상징질서의 한계와의 대면으로부터 생겨난다.

하지만 이런 구조적 유사성에도 불구하고 그들의 이론적 차이가 간과될 수는 없다. 지젝은 라캉과 바디우 간에는 결정적 차이가 있다고 말한다. 그가 라캉에 충실하고자 한다는 점에서 이는 지젝 자신과 바디우 사이의 차이를 보여주는 것이기도 하다. 지젝의 말처럼 그들이 "근본적인 단절 / 파열, 사건, 새로운 질서 창조, 즉 승화의 작업을 다시 시작할 수 있게 하는 실재와의 만남"[68]이라는 개념을 공유한다고 하더라도, 그들은 이론적 문제설정의 차원에서 견해를 달리한다. 그 결정적 단서가 '주체' 개념인데, 자세히 들여다보면, 두 사람이 말하는 주체 개념은 서로 다른 차원을 말하고 있다. 바디우에게 주체가 진리과정에 의해 생겨난 사건을 명명하고 그것에 대한 충실성을 끝까지 밀어붙이는 자라고 한다면, 지젝에게 주체는 그런 과정에 앞서는 우연성, 공백, 부정성 그 자체를 의미한다. 주체가 이렇게 해석된다면, 주체에 대한 지젝과 바디우의 개념은 서로 다른 지점을 가리키고 있는 것이다. 다시 말해, 바디우의 주체는 라캉이 말하는 공백, 즉 실재와의 대면 이후의 주체화 과정을 지칭하는 것이기 때

68　슬라보예 지젝, 박정수 역, 『그들은 자기가 하는 일을 알지 못하나이다』, 인간사랑, 2004, 107면.

문에, 주체화 이전의 주체^{죽음 충동의 순수한 부정성}를 염두에 둔 지젝의 주체가
더 선행적인 것으로 보인다.

라캉식으로 하자면, 주체화 이전의 주체는 어떤 새로운 주인기표와의 동일
화로 반전되기 이전의 죽음 충동의 순수한 부정성이다. 혹은, 다른 방식으로
표현하자면, 라캉의 요점은 주체가 우주의 바로 그 존재론적 구조 속에 그것의
구성적 공백으로서 기입되어 있다는 것이 아니라, '주체'라는 것이 존재의 바
로 그 존재론적 구조를 지탱하는 행위의 우연성을 지칭한다는 것이다. '주체'
는 존재의 온전한 질서 속에 구멍을 열어놓는 것이 아니다. '주체'는 존재의 바
로 그 보편적 질서를 구성하는 우연적-과잉적 몸짓이다. 따라서 존재의 질서
의 존재론적 토대로서의 주체와 우연적인 특수한 출현으로서의 주체 간의 대
립은 거짓이다. 주체는 존재의 바로 그 보편적 질서를 지탱하는 우연적인 출
현 / 행위이다.[69]

이와 같이 주체에 대한 해석을 달리하면서 지젝의 행위 개념은 바디
우적 주체의 행위 개념과 다른 차원에 놓이게 된다. 지젝에게 행위는 진
리과정에 대한 충실성과 주체의 실천적 개입과 명명의 과정이 아니라
그 보다 더 앞선 차원인 죽음 충동, 즉 실재와의 대면 그 자체이다. 행위
는 주체가 상징계의 가장자리에서 "원초적인 강요된 선택의 극한에 이르
러"[70] 실재의 중핵과 그것이 상징계에 남겨놓은 실재의 잉여들과 마주하
는 것이다. 그렇기 때문에 지젝의 윤리적 행위는 실재와의 대면을 회피하
거나 억압하면서 새로운 상징 질서를 세우는 것과는 관련이 없다.

---

69   슬라보예 지젝, 『까다로운 주체』, 도서출판b, 2005, 261~262면.

70   슬라보예 지젝, 주은우 역, 『당신의 징후를 즐겨라』, 한나래, 1997, 142면.

라캉에게 행위는 순수하게 부정적인 범주이다. 바디우의 용어로 표현하자면 그것은 존재의 제약들을 깨뜨리고 나오는 몸짓을 나타낸다. 그것은 공백을 메우기 이전의, 그 중핵에서의 공백에 대한 참조를 나타낸다. 바로 이런 의미에서 행위는 (헤게모니적 동일화를 성취하려는, 진리에 충실하려는) 결단을 근거짓지만 결단으로 환원될 수 없는 죽음 충동의 차원을 내포한다. 그리하여 라캉적인 죽음 충동_{바디우가 완강하게 반대하는 범주}은 다시금 존재와 사건 사이에 있는 '사라지는 매개자'이다. 주체에 대해 구성적인, 하지만 그리고 나서는 '존재'_{확립된 존재론적 질서} 속에서, 사건에 대한 충실성 속에서 흐려지고 마는 '부정적' 몸짓이 있다.[71]

지젝에 따르면 라캉의 이론이 집중하는 지점은 바로 "주체가 승화로 반전되기 이전의 그 순수한 지점에서의 죽음 충동과 대면하는 자신을 발견하는 한계-경험들"[72]이다. 이 한계-경험과의 대면은 선과의 대면이 아니라 그 너머의 차원, 즉 "선과 악의 개념이 파괴와 창조의 힘에 굴복함으로써 서로 구분될 수 없는" 차원과 대면하는 것이고 "우리에게 세계를 무에서 창조할 가능성을 제공해준다."[73] 지젝은 바디우가 파악하지 못한 것이 바로 이 차원이라고 말한다. 바디우는 "인간존재가 인간 경험의 궁극적 한계로서의 죽음의 충동과 조우하며 근본적으로 주체의 궁핍을 겪는""선 너머의 영역"[74]을 보지 못했다는 것이다. 바디우의 진리가 주목하는 것은 그 이후의 차원이다. 지젝이 볼 때, 라캉과 바디우가 두었던 초점은 서로 다르다. 즉, 라캉이 부재하는 원인인 실재의 한계-경험에 초점을 두었다면,

---

71   슬라보예 지젝, 『까다로운 주체』, 262~263면.

72   위의 책, 263면.

73   Sarah Kay, *Žižek : A Critical Introduction*, Cambridge : Polity, 2003, p.109.

74   슬라보예 지젝, 『까다로운 주체』, 264면.

바디우는 그런 경험이 일관된 논리로 변형되는 진리에 초점을 두었다.[75]

바디우와 라캉의 궁극적인 차이는 실재와의 압도적인 조우와, 이런 부정성의 분출을 새로운 질서로 변모시키는 힘겨운 작업과의 관계와 관련이 있다. 바디우에 따르면, 이 새로운 질서는 분출하는 부정성을 새로운 일관된 논리로 '지양한다.' 이에 반해 라캉에게 모든 진리는 (상징적) 허구의 구조를 지니기 때문에 그것은 실재에 닿을 수 없다.[76]

그렇다면 지젝이 말하듯이, 라캉은 제대로 보고 바디우는 잘못 본 것인가? 바디우는 라캉이 가리킨 곳을 보지 않으려 한 것인가? 그리하여 바디우의 주체 개념은 심각한 한계를 갖는 것인가? 라캉과 바디우 간의 차이는 결정적인 차이인가? 오히려 그 차이란 상호 보완적인 것은 아닐까? 지젝은 실재와 대면하는 행위는 그 뒤에 아무것도 똑같이 남아있지 않은 파열이고 그 결과는 예측 불가능하다고 말한다. 특히 "행위는 행위의 담지자를 근본적으로 변형시키는 것"이고 "행위 후에 행위자는 이전과 똑 같을 수가 없다."[77] 바디우가 이론화하려고 한 것이 행위가 아니라 행위의 결과진리과정에 대한 충실성이라고 하더라도 그런 주체가 존재해야 하는 것은 아닐까? 예수의 부활이 행위라면 그것을 사건으로 명명하는 사도 바울이 있어야 하는 것은 아닌가? 역설적이지만 이 지점이 실재와의 대면 이후를 사고하지 못하는 지젝의 정치적 곤경이 드러나는 지점일 수도 있다. 보스틸스는 극단적 구조주의가 주체를 우회하여 구조의 변화

---

75 슬라보예 지젝, 『그들은 자기가 하는 일을 알지 못하나이다』, 106면.
76 위의 책, 114면.
77 슬라보예 지젝, 『당신의 징후를 즐겨라』, 97~100면.

를 설명하고자 하면서 구조 자체에 대한 구조의 공백 또는 초과를 찾아
내고자 하는데, 그렇게 되면 사건은 사건에 대한 충실성을 밀고 나갈 주
체 없이 공백 자체의 순간적 출현으로만 해석될 가능성이 크다고 지적한
다. 이 지적은 바디우에 대한 지젝의 비판을 염두에 둔 것일 터이다.[78] 바
디우는 지젝에게 실재와의 대면 이후 그 결과, 즉 진리를 끝까지 밀어붙
일 주체가 없다는 반박을 돌려줄 수도 있다. 바디우와 지젝의 차이는 단
순히 이론의 차이라기보다는 두 사람이 처한 정치적 상황과 입장의 차
이일 수도 있다. 전체주의적인 잔재가 외설적으로 작동하는 동유럽 현실
사회주의와 서유럽 자본주의의 신자유주의 모두에 쉽게 동의할 수 없는
지젝에게 그 어떤 대안즉, 진리라는 상징적 질서의 구축도 위험스럽게 보인다면,
1968년 이후 프랑스의 정치상황에 개입해온 바디우에게 사건 자체보다
는 사건의 변질을 막는, 즉 사건 이후의 주체의 충실한 실천이 더 절실하
게 느껴진 것 같다.

---

78   Bruno Bosteels, "Can Change Be Thought?: A Dialogue with Alain Badiou," p. 246.

제3장

주체와 윤리적 지평
알랭 바디우와 조르조 아감벤의 '바울론'

1. 왜 바울적 '주체'인가?

주체 개념에 대한 (포스트) 구조주의적 비판 이후 '주체' 개념은 이데올로기, 구조, 권력의 '효과'에 지나지 않는 것처럼 다루어지고 있다. 레비스트로스를 필두로 알튀세르, 데리다, 라캉, 그리고 푸코의 비판들이 일차적으로 겨냥했던 것은 사르트르의 실존주의에서 엿볼 수 있는 그런 주체 개념이다. 이 주체 개념은 이론적 사유의 출발점으로서 자명한 전제로 간주되고 있다. 하지만 이들은 주체 개념이 전제하고 있는 자아의 초월과 통일성이 그 자체 결코 자명한 것이 아니며 해명되고 분석되어야 할 대상임을 강조한다. 즉 그것은 사유의 출발점이 아니라 사유의 결과이자 효과라는 것이다. 라캉과 알튀세르는 주체의 통일성이란 주체 자체의 환상과 오인의 산물에 지나지 않음을 강조했고, 데리다는 사르트르가 강조하는 바와 같은 근대적 주체의 실존적 자유란 인간 존재의 통일성을 전제한다고 비판하고 그런 통일성은 언어작용의 효과로 구성된 것임을 역설했다. 이와 같은 비판 이후 주체 개념은 이론적 출발점에서 밀려나서 분석과 해체의 대상이 되었다고 해도 과언은 아닐 듯하다.

주체가 '효과'로 간주된다는 것은 이론적 질문을 제기하고 구성하는 문제설정의 초점이 주체의 실존과 실천보다는 주체를 구성하는 (언어와 사회, 무의식의) 구조에 초점을 두어야 한다는 것을 의미한다. 하지만 최근 들어 주체 개념이나, 주체 개념을 직접 언급하지 않더라도 구조를 초과하는 어떤 잠재적이고 주체적인 역능 / 권력에 대한 사유들이 새롭게 등장하고 있다. 이런 사유들의 등장 배경에는 이론의 장을 둘러싼 다양한 이유들이 있다. 우선 이론의 장 내부에서 볼 때, 구조주의와 포스트구조주의의 주체 비판이 더 이상 비판적이거나 전복적이지 않고, 오히려 상식적이고 지배적인 관념으로 자리 잡고 있기 때문일 것이다. 즉 구조주의와 포스트구조주의 이후 이론은 주체의 구성된 성격을 기본 전제로 수용하였고, 주체의 종언과 해체라는 관념을 전면적이든 부분적이든 전제하지 않을 수 없는 상황에 놓이게 된 것이다. 과거 실존주의가 있던 자리에 이제 구조주의나 포스트구조주의가 대신 자리하고 있는 것이다. 주체에 대한 새로운 사유가 요구되는 것은 구조주의와 포스트구조주의가 지배적 흐름으로 자리 잡고 있는 현재의 이론적 지형에 맞설 필요가 있기 때문이다.

사실 구조주의와 포스트구조주의의 이론들은 주체를 에워싸고 있는 구조적·구성적 계기들을 밝혀내는 데는 예리한 통찰들을 보여주었지만 주체 개념을 구조와 권력의 수동적 효과로만 바라볼 뿐 구조를 변혁하는 능동적 역할을 설명하는 데는 한계를 보였다. 즉, 이 이론들은 주체의 통일성과 동일성을 집중적으로 공격하는 외중에 주체의 또 다른 특징인 행위성의 문제를 깊이 사유하지 못한 경향을 보였다.[1] 그리하여 주체를 구조를 넘어설 수 있는 예측 불가능한 행위적 힘으로 사유하는 것은 쉽지

---

1   Oliver Feltham & Justin Clemens, "An Introduction to Alain Badiou's Philosophy," *Infinite Thought* (Oliver Feltham & Justin Clemens trans.), London & New York : Continuum, 2003, p.4.

않아졌다. 가령 푸코는 근대적 규율권력들이 주체를 생산하고 주체의 은밀한 공간을 통제해가는 과정을 미시적으로 분석했지만 '권력은 저항을 생산한다'는 말을 설득력 있게 풀어내는 데는 애를 먹었다. 푸코가 자신의 후기 저작에서 자아의 테크놀로지를 분석하면서 주체에 행위성을 새롭게 부여하는 방향으로 나아갔다는 점도 푸코가 주체의 문제를 평생 고민했다는 것을 보여준다.

이제 주체와 행위성을 새롭게 사유해야 할 시점에 이르렀다. 하지만 다시 자아의 통일성이나 주체의 본질적 실체를 전제하는 근대적 주체로 돌아가는 것도 해답이 될 수 없다. 이미 포스트구조주의의 주체 비판에 치명적인 상처를 입게 된 처지에 구조에 선행하는 통일적 주체 개념을 전제로 삼는 것은 쉽지 않아졌기 때문이다. 오히려 포스트구조주의 이후 주체의 문제를 사유하기 위해서는 구조와 주체의 관계를 새로운 방식으로 접근해야 할 필요가 있다. 가라타니 고진^{Karatani Kojin}은 자신의 저작인 『트랜스크리틱^{Transcritique—On Kant and Marx}』에서 실존주의, 구조주의, 포스트구조주의를 주체와 구조의 관계에서 서로 대립적인 위치에 있는 것이 아니라 이론적 관점과 실천적 관점이 서로 교체되는 현상으로 이해하는 것이 바람직하다는 참신한 시각을 제안한다. 그에 따르면 실존주의자가 인간이 구조주의적으로 규정되어 있다는 것을 부정하는 사람이 아니라 인간이 구조주의적으로 규정되어 있다는 것을 인정하면서도 여전히 자유가 있다는 '실천적 관점'을 갖고 있는 사람이라면, 구조주의자가 주체를 의심하고 주체를 구조의 '효과'로 본 것은 실천적 관점을 괄호치고 '이론적' 태도를 취한 것이라고 볼 수 있다는 것이다. 즉 고진은 구조주의가 실존주의와 대척점에 있다기보다는 실존주의가 갖고 있는 실천적 차원을 괄호^{긍정}친 채 이론적 관점을 취한 것이라고 주장한다. 그렇기 때문에 주체를 괄호침으로써만 구조적 결정이 발견되기 때문에 구조주의적 관점에서 주체를 강조하거나 주체를 찾아내려는 것은 무의미하다는 것이다. 그 반대 역시 마찬가지다. 구조주의적 관점을 괄호치는 시점에서야 비로소 주체와 책임의 차원이 출현할 수 있기 때문이다.[2] 여기서 고진은 괄호치기 작업bracketing operation을 기존 이론을 부정하기 위한 것이 아니라 "긍정을 전제로 한 새로운 차원의 발견"이라는 의미로 해석한다. 따라서 주체보다 구조를 강조한 구조주의나 주체의 죽음을 급진적으로 선포한 포스트구조주의는 주체의 실천적 차원을 괄호친 채 주체의 구조적 결정성을 탐구한 것이 된다. 고진의 논리는 주체와 구조의 갈등을 해결하려는 그 나름의 이론적 대응이라 할 수 있다. 하지만 그것이 주체와 구조의 문제를 파악할 새로운 관점을 제공하면서도 실천적 차원P1 — 이론적 차원 — 실천적 차원P2의 순환 속에서 P1과 P2의 차이가 분명하게 들어오지 않는 순환 논법에 빠질 수도 있다는 것은 주의할 필요가 있다.

그런 순환에서 탈피하기 위해서는 주체의 구조적 결정성이 이론 내의 중심적 지위를 차지하고 있는 현실을 감안하는 동시에 포스트구조주의의 구조적 결정성을 괄호긍정치면서 주체의 문제를 탐구하고, 그런 탐구가 어떤 정치적·윤리적 지평의 확장을 가져올 수 있는지를 질문할 필요가 있다. 다음에서는 이런 질문을 전제로 알랭 바디우와 조르조 아감벤의 이론, 특히 그들의 바울론을 중심으로 주체와 정치적·윤리적 지평에 대한 그들의 탐색 및 차이를 살펴보고자 한다. 이 시점에 왜 '바울'인가 하는 질문이 제기될 법하다. 오늘날 벤야민Walter Benjamin을 비롯하여 데리다, 바디우, 아감벤과 같은 이론가들은 바울에 관한 책을 직접 쓰거나, 바울적인

---

2   Karatani Kojin, *Transcritique : On Kant and Marx* (Sabu Kohso ed.), Cambridge : MIT Press, 2003, p.120.

계기들Pauline moments을 사유를 위한 실천적 근거로 삼고 있다.

이들이 바울에 적극적인 관심을 기울이는 것은 무엇 때문일까? 역사적이고 실존적인 인물로서 바울과 그의 행적이 매력적인 것은 사실이다. 그의 서편을 통해 알 수 있듯이 바울은 모세의 율법law에 복종하던 바리새인 유대교도였다가 다마스커스로 가는 도중 꿈속에서 메시아 예수를 만나 회심한 후 율법보다 메시아의 은총grace과 사랑love을 충실하게 실천한 역사적 실존인물이다. 특히 회심 이후 바울은 율법보다 메시아 예수에 대한 믿음과 사랑과 희망을 통해 유대교도와 이교도, 자유인과 노예, 남성과 여성 간의 차이를 가로지르는 기독교의 보편주의를 설파했다.

하지만 바울에 대한 최근 관심 이면에는 현재 유럽이 당면한 사회문화적 위기와 갈등이 자리하고 있으며, 특히 율법을 뛰어넘는 바울의 횡단적이고 독특한 보편주의가 이론가들에게 현실의 곤경을 타개할 수 있는 중요한 사유의 단서를 제공해주고 있는 것 같다. 사실 전지구적 자본주의를 토대로 한 유럽의 정치경제적 통합은 여전히 자본 통합의 수준에 머물러 있을 뿐 노동과 사람의 통합에는 많은 한계를 보이고 있다. 자본의 전지구화와 기후 변화는 세계적 차원의 양극화를 낳고 있으며 수많은 이주민과 난민들을 유럽으로 이주하도록 내몰고 있다. 이런 현상은 유럽사회의 사회문화적 성숙의 한계를 시험에 들게 한다. 유럽사회는 이들을 진정으로 받아들이고 통합하기보다는 수많은 인종차별과 배제의 정체성 정치를 조장하면서 자신의 역사적 과오를 몰각하고 현재의 이익에 맹목적으로 집착하는 이기적이고 폐쇄적인 공동체주의를 양산하고 있다. 2005년 프랑스의 대도시 교외지역에서 아랍계 이민자들의 불만이 폭발한 것처럼 유럽공동체는 유럽 내부의 차별 뿐 아니라 유럽과 비유럽 간의 차이를 강화하고 있다. 기득권을 가진 집단들은 자신의 특권과 이익을 잃지 않기 위해 민족이나 인종 집단에 근거한 배타적인 공동체주의적 법의 논리를 강화하거나, 근본적인 차원의 해결을 외면한 채 현상만 유지하려는 차이와 다양성의 다문화주의적 논리를 대안으로 제시하고 있다.

이런 상황은 진지한 사상가들로 하여금 사회의 암울한 미래를 둘러싸고 근본적인 차원의 철학적·이론적 반성을 모색하게 만들고 있다. 이들은 자본 중심의 유럽공동체 이후 도래할 새로운 공동체와 정치의 윤리적 가능성, 그리고 그것을 실천할 수 있는 이론적 방안을 고민하게 되었고 이 과정에서 자연스럽게 보편주의를 지향해온 바울적 주체 내지 바울적 계기와 만나게 되었다. 각자의 이론적 차이에도 불구하고 이들은 비슷한 현실인식을 공유하고 있다. 이들이 볼 때, 현재 유럽의 지배이데올로기, 특히 배타적 차이와 관용적 다양성에 근거한 다문화주의적 정치는 모든 이에게 평등을 약속하는 보편적 가치를 제안하는 것처럼 보이지만 실은 기득권의 이익을 관용이라는 미명 하에 보호하는 닫힌 공동체주의적 이념에 지나지 않는다. 그것은 현실적 모순과 갈등을 해소하기보다는 오히려 그 모순과 갈등을 묵인하는 태도를 보이는 한편, 차이만을 강조함으로써 차이를 뛰어넘는 진정한 통합의 정신을 제시하지 못하고 있는 것이다. 바디우의 말처럼 이미 차이가 현실이 된 상황에서 차이의 정치학은 무력할 수밖에 없어 보인다. '차이를 넘어서는' 이론적 사유는 어떻게 가능할까? 이것이 이들에게 닥친 가장 중요한 질문이다. 바울은 이 과정에서 새로운 사유를 가능케 할 중요한 개념적 페르소나conceptual persona로 등장한다. 여기서 중요한 것은 바울의 신학적 의미가 아니라 바울의 정치철학적 의미이다.

우선 바울에 대한 관심이 바디우와 아감벤에만 한정된 것이 아니라는 점을 지적할 필요가 있다. 이들 외에도 바울적 계기는 벤야민과 데리다와 같은 이론가들에도 매우 중요했다. 벤야민은 「역사 개념에 관하여^{On} ^{the Concept of History}」에서 메시아적 시간을 일직선적인 진보의 역사 개념에 맞서 역사주의와 진보의 시간을 중지시킬 새로운 시간의 도래로 설명한다. 즉, 그는 역사의 법칙을 확신하는 역사주의의 동질적이고 텅 빈 시간을 중지시키고 "역사의 연속체를 열어 제치는" 충만한 메시아적 시간을 복원하고자 한다. 아감벤은 벤야민의 '지금'의 '충만한' '중지'의 '메시아주의'에서 바울적 계기의 강력한 영향을 감지한다.[3] 벤야민이 바울적 계기를 간접적으로 드러내고 있다면, 그것을 더욱 직접적으로 수용하고 있는 이론가로는 자크 데리다를 들 수 있다. 데리다는 1980년대 후반부터 법으로 환원불가능한 정의, 빚을 넘어선 의무, 경제를 넘어선 증여, 무조건적 환대라는 개념을 통해 해체의 윤리정치적 지평을 확장하기 시작했다. 여기서 그는 법과 빚과 경제교환의 '가능한 것들의 불가능성'의 지평으로서 정의, 증여, 환대, 의무의 문제를 제기했다. 데리다에 따르면 법과 빚과 경제가 해체 가능하다면, 그것은 정의, 증여, 환대가 해체 불가능하기 때문이다.[4] 이때부터 데리다는 해체를 정의와 증여와 환대와 같은 차원에서 이해하기 시작한다. 그에게 해체는 "법과 분리된", "법과 권리로 환원 불가능한" 정의의 해체불가능성^{undeconstructibility}을 의미한다. 이와 같은 데리다의 주장 속에서 바울적 계기를 읽어내는 것은 어렵지 않다. 우리는 법을 넘어선 정의, 경제를 넘어선 증여와 은총에서 '율법을 넘어선 은혜', 율법을 가로지르는 사랑과 정의와 믿음을 강조하는 바울의 흔적을 느낄 수 있기 때문이다. 제닝스^{Theodore W. Jennings, Jr}는 『데리다 읽기 / 바울 사유

---

3 Giorgio Agamben, *The Time That Remains : A Commentary on the Letter to the Romans* (Patricia Dailey trans.), California : Stanford University Press, 2005, pp. 138~145.
4 자크 데리다, 진태원 역, 『법의 힘』, 문학과 지성사, 2004, 33면.

하기^{Reading Derrida / Thinking Paul}』에서 데리다 읽기가 바울이 관심을 가졌던 것의 진정한 의미를 이해하는 데 유용할 뿐만 아니라 바울에 대한 이해가 데리다 읽기에 결정적 계기임을 강조한다. 특히 그는 '법을 넘어선 정의'라는 데리다의 개념이 바로 바울적 계기라고 주장한다.[5]

다음에서는 이런 사상가들 중에서 바울에 대한 책을 직접 쓰면서 자신의 독특한 사상을 펼치고 있는 바디우와 아감벤에 초점을 둘 것이다. 바디우가 『사도 바울―보편주의의 정초^{Saint Paul―The Foundation of Universalism}』에서 바울을 통해 차이와 불평등을 넘어선 새로운 보편주의를 모색할 새로운 사건적 주체로서 바울에 주목한다면, 아감벤은 『남은 시간―로마서에 대한 해설^{The Time That Remains―A Commentary on the Letter to the Romans}』에서 율법의 작동을 중지시키는 메시아적 소명의 시간과, 인위적 주체화를 작동 중지시키는 탈주체적인 무위화의 잠재성을 강조한다. 이 두 사람 모두 자기 나름의 방식으로 포스트구조주의 이후의 주체의 문제를 고민하고 있는 것이다.

2. 바디우의 바울적 주체와 독특한 보편주의

바디우는 오늘날 주체의 죽음이 선언된 이후 주체로의 복귀를 가장 강력하게 주장하는 이론가라고 할 수 있다. 그의 이론적 자취를 살펴보면, 바디우는 알튀세르의 제자이던 시절부터 1960년대 후반 마오주의를 신봉하던 단계를 거쳐 수학의 집합이론에 근거한 자신의 정치이론을 개진

---

5   Theodore W. Jennings, *Reading Paul / Thinking Paul*, Stanford : Standford University Press, 2006, p. 2.

하는 단계에 이르기까지 시종일관 구조와 주체의 문제, 특히 구조를 뒤흔
드는 주체적 계기를 탐색하는 작업에 몰두해왔다.[6] 프랑스 68혁명에서도
주체의 실천적 개입을 강조하면서 참여했듯이, 바디우의 철학은 기존 상
황과의 단절을 주장하는 사건과 진리의 철학이다. 특히 그의 사건과 진리
의 철학은 진리와 사건을 실천해갈 주체의 실천적 개입 없이는 불가능하
다. 바디우 철학의 독특한 점은 진리는 의견이나 지식으로 구성된 기존의
기준들과 단절하는 과정을 통해서만 도달할 수 있다는 것이다. 진리는 그
러한 단절로 이루어진 사건에 실천적으로 개입함으로써만 획득될 수 있
다. 바로 이 사건에의 개입을 통해 출현하는 자가 주체이다. 바디우에게
주체는 사건의 진리에 충실하고 그것을 끝까지 밀고 나가는 탐구를 실천
하는 자이다.

바디우의 철학적 의도는 단순히 구조주의와 포스트구조주의에 의해
밀려난 주체를 다시 복권하려고 하는 데 있지 않다. 사실 그의 주저인 『존
재와 사건Being and Event』에서 볼 수 있듯이, 주체의 장은 진리와 사건, 특히
진리과정을 논한 다음에야 비로소 등장한다. 이 말은 주체가 진리와 사건
을 유발하는 주체라기보다는 진리와 사건의 우연적 돌발을 명명하고 그
것을 끝까지 밀고 나가는 자임을 보여준다. 즉 주체는 주체화의 과정에
다름 아닌 것이다. 주체와 관련해서 바디우의 관심은 "하나의 주체가 어
떻게 자율적인 방식으로 행위를 촉발하는가가 아니라 주체가 변화하는
상황 내에서 어떻게 연쇄적인 자율적 행위를 통해 출현하는가?"[7]에 있다.
이 말은 주체가 사건과 진리를 낳는 행위적 주체가 아니라 "자신이 처한

---

6   이 과정에 대한 상세한 설명은 Oliver Feltham, *Alain Badiou : Live Theory*, Lon-
don & New York : Continuum, 2008을 참조하라.

7   Oliver Feltham & Justin Clemens, "An Introduction to Alain Badiou's Philosophy," p.6.

상황을 뒤흔드는 사건과의 우연한 만남에 충실하게 행동하는 자"[8]임을 의미한다.[9] 상황, 사건, 충실성은 바디우의 이론에서 핵심적인 개념들이다. 이 개념들이 어떻게 유기적으로 연결될지는 바디우 철학, 특히 그의 집합적 존재론과 관련된 것이라 이해하기가 쉽지 않은 편이다.

여기서는 바디우의 집합적 존재론을 주체와 관련하여 간단하게 살펴보자. 하나의 집합에 유한한 원소들이 있다면, 사실 그 집합에는 이 원소들만 있는 것이 아니라 집합의 부분들, 즉 공집합과 부분집합들도 포함된다. 이때 원소들은 집합에 귀속belonging된다고 하고, 부분집합은 집합에 포함inclusion된다고 말한다. 귀속과 포함의 불일치에서 집합의 변화들이 발생한다. a,b,c로 이루어진 집합이 있다고 할 때, 원소의 수는 a,b,c 세 개지만 그 부분집합의 수는 원소 수의 제곱, 즉 3의 제곱인 9개가 된다. 만약 원소의 수가 늘어나면 부분집합의 수도 늘어날 것이고, 그 늘어남에 비례하여 집합의 잠재성도 거의 무한대로 늘어나게 될 것이다. 여기서 바디우는 제시된 원소들로 구성된 현시적 다양성presented multiplicity을 상황situation으로, 그리고 부분집합의 제곱으로 구성된 집합을 상황의 상태the state of situation로 정의하는 한편, 이것들을 넘어서 집합의 무한한 증식을 가능하게 하는 배수적 다양성multiple multiplicity이 있음을 강조한다. 그는 어떠한 통일성의 원리도 없는 무한성을 특징으로 하는 바로 이 배수적 다양성을

8　Ibid., p.6.

9　앞글에서 설명했듯이, 슬라보예 지젝은 바디우의 주체와 라캉의 주체가 다르다고 말한다. 바디우의 주체가 사건을 명명하고 사건의 과정을 탐구하고 그것을 충실하게 밀고 나가는 자라고 한다면, 라캉의 주체는 이런 과정에 앞서는 우연성, 공백, 부정성 자체라는 것이다. 이렇게 볼 때, 바디우의 주체는 라캉이 말하는 우연성, 공백, 부정성 이후에 일어나는 주체화의 과정과 관련이 있다. 지젝은 바디우의 주체가 실재와의 대면을 회피하고 새로운 상징적 질서를 세우는 작업에 관심이 있다고 비판한다. 슬라보예 지젝, 이성민 역, 『까다로운 주체』, 도서출판b, 2005, 262~263면을 참조.

자신의 존재론을 설명하기 위한 근거로 삼는다. 배수적 다양성과 달리 현시적 다양성은 "그것이 어떤 양식으로 존재하든 상관없이, 즉 그것이 필연적인지, 가능한지, 우연적인지, 잠재적인지와 상관없이 존재하는 것을 수용하기 위해 고안된"[10] 것이다. 현시적 다양성은 나름의 셈하기 방법과 통일성의 원리를 갖는다. 즉, 상황은 다양성들을 상황의 원소로 셈함으로써 상황에 귀속되는 것과 귀속되지 않는 것을 구분한다. 바디우는 다양성의 존재양식과 상관없이 그것을 원소로 귀속시키는 과정을 '하나로 셈하기count-for-one', 즉 상황의 구조라 부르고, 이런 하나로 셈하기를 체계화하고 통일시키는 이차적 셈하기의 재현적 메커니즘을 상황의 상태the state of situation라고 설명한다. 상황의 상태는 부분집합을 형성하는 메커니즘을 포함하는 것이며 상황을 명명하고 분류하고 지식으로 만드는 재현적 메커니즘과 같은 것이다. 개인들을 국민으로 셈하는, 즉 체계화하는 국가state 역시 상황의 상태에 속한다고 할 수 있다. 여기서 바디우가 배수적 다양성과 현시적 다양성의 차이를 통해 설명하고자 하는 것은 상황에 속하지만 재현되지 않는 것, 가령 국가 내에 존재하면서도 국민으로 재현되지 않는 난민과 이주자, 혹은 서발턴과 원주민과 같은 존재처럼 하나로 셈하기에서 제외되면서 그런 재현에서 빠져 있는 차원, 즉 현시되지만 재현되지 않는 차원이다. 사건과 진리는 이 차원에서 우연적이고 돌발적으로 생겨난다.

하지만 바디우의 우선적 관심은 상황의 구조에 있다. 바디우의 이론을 진리와 사건의 철학으로 규정하고 상황과 사건, 지식과 진리, 인간 동물과 주체 간의 대립과 단절에만 주목하는 경향이 있는데, 그럴 경우에 그

---

10   Oliver Feltham & Justin Clemens, op. cit., p.10.

의 관심이 상황의 구조 내에서 발생하는 내재적 단절과 그로 인한 돌발적 우연에 있다는 점은 간과될 수 있다. 바디우는 자신의 관심이 사건과 상황의 대립에 있지 않음을 분명히 한다. 그는 자신이 기여한 것은 "상황의 관점에서 무엇을 연역하고 추론할 수 있는가?"를 물은 데 있다고 말한다. 그는 "사건의 절대적이고 급진적인 도래라는 가설 없이 상황 속에서 진리의 궤적이 무엇인지를 완벽하게 파악할 수 없지만" 중요한 것은 "사건 그 자체의 초월이나 확립이 아니라 사건의 상황적 전개"[11]라고 주장한다. 바디우적 주체에 대해 급진적 주의주의 내지 모험주의라는 비난들이 있다는 것을 감안할 때, 바디우의 이런 주장에 주목하지 않는다면 바디우가 상황에 오염되지 않은 절대적으로 순수한 사건을 주장하는 입장^{극단}^{적 주관주의}과 사건의 발생을 부정하는 입장^{극단적 구조주의}을 동시에 극복하려고 했다는 점은 이해되지 못할 것이다.

바디우는 『존재와 사건』에서 상황과 상황의 상태와 관련하여 세 가지 유형의 배수, 즉 현시되고 동시에 재현되는 일상적^{normal} 유형, 재현되지만 현시되지 않는 파생적^{excrescent} 유형, 마지막으로 현시되지만 재현되지 않는 특이하고 독특한^{singular} 유형을 구분한다.[12] 이 세 가지 유형은 각각 상황의 상태와 관련된 것들이다. 여기서 결정적인 것은 첫 번째 유형의 셈하기^{현시의 차원}에서만 나타나고 두 번째 셈하기^{재현의 차원}에서는 나타나지 않는 독특한 배수의 작용이다. 이 배수는 "계속해서 상황에 귀속하되 하나의 근본적 변칙, 즉 상황의 장소에서 기이하게 이탈한 것, 사물이 존재

---

11 Bruno Bosteels, "Can Change Be Thought? : A Dialogue with Alain Badiou," *Alain Badiou : Philosophy and Its Conditions* (Gabriel Riera ed.), New York : State University of New York Press, 2005, p.246.

12 Alain Badiou, *Being and Event*, London : Continuum, 2005, pp.99~100.

해야 하는 방식의 위반으로 귀속된다."[13] 그것은 더 이상 상황의 고유한 일부로 조직될 수 없고, 상황의 다른 요소들과의 안정적이고 지각 가능한 방식으로 배치될 수 없으며, 상황의 상태에 의해서도 분류될 수 없다. 이 것이 문제적인 것은 이 배수가 상황과 관련되면서도 상황을 벗어난 차원을 사유할 수 있게 해주기 때문이다. 바디우는 이 배수의 형태를 사건적 장evental-site이라 부른다. 하지만 사건적 장은 변화의 가능성을 열어주지만 변화의 발생을 보장해주지 않는다. 사건적 장에는 보충되어야 하는 그 이상의 뭔가가 존재해야 한다. 바디우는 그것을 '사건event'이라 부른다. 사건은 "상황과 사물의 상태 속에 아무런 고유한 자리도 갖고 있지 않는 분열적 사건"[14]이고, 존재를 초과하는, "존재로서 존재하지 않는 것"[15]이며, "특정한 질서 내부에서 발생하는 현실적 단절"[16]이다. 바디우에 의하면 사건은 결정 불가능성undecidability 그 자체이다. 이런 사건을 사건으로서 보장해주는 것, 즉 사건이 일회성 해프닝으로 끝나지 않게 해주는 것이 진리과정이다. 바디우는 진리과정을 "사건에 대한 충실성이라는 현실적 과정"이자 "상황 내에서 사건적 보충작업에 의해 추적되는 물질적 과정"[17]으로 정의한다. 특히 진리과정은 내재적 단절인데, 그것이 "내재적인 것은 진리가 다른 곳이 아니라 상황 내에서 진행되기 때문이고, 그것이 단절인 것은 진리과정 —사건— 이 지배적인 언어와 기존 상황의 지식을

---

13 Peter Hallward, *Badiou : a Subject to Truth*, Minneapolis : University of Minnesota Press, 2003, p. 99.

14 Oliver Feltham & Justin Clemens, "An Introduction to Alain Badiou's Philosophy," p. 27.

15 Alain Badiou, *Being and Event*, p. 193.

16 Alain Badiou, *Ethics : An Essay on the Understanding of Evil* (Peter Hallward trans.), London : Verso, 2001, p. 42.

17 Ibid., p. 42.

따르지 않기"[18] 때문이다. 바디우는 이런 진리과정을 집합이론의 용어를 빌려 '유적 절차the generic procedure'라고 부른다. 바디우에 따르면 진리는 상황의 상태가 제공하는 제도화된 지식들이나 의견들과는 무관하다. 진리는 기존 지식이나 의견과의 단절이라는 점에서 예외적이고 그런 지식이나 의견에 관심을 두지 않고 거기에 매이지 않는다는, 즉 상황의 지식에 무관심indifferent하고 비특정적aspecific이라는 점에서 보편적이다.

진리와 사건을 이렇게 설명할 때 주체는 어디에 위치할까? 바디우에 의하면 주체는 진리과정 내에 존재한다. 주체는 진리과정을 실천하고 진리의 욕망을 행동으로 옮기는, 진리에 대한 충실성 그 자체인 것이다. 주체는 사건을 촉발하는 자가 아니라 사건 이후에 사건에 충실하고자 하는 자이다. 즉 주체는 진리과정에 뛰어들어 사건의 사건성을 알아채고 사건을 명명하고 사건의 단서들을 충실하게 연결지어가는 탐구자인 것이다. 이렇게 볼 때, 주체를 유도하는 것이 진리과정이지 그 반대가 아니다.[19]

사건의 결정 불가능성이 사건의 주체의 출현을 유도한다. 그러한 주체는 내기 형태의 발언에 의해 구성된다. 이 발언은 다음과 같다. '사건이 일어났다. 그것은 내가 평가할 수도 증명할 수도 없는 것이다. 하지만 내가 그것에 충실할 수 있다.' 우선 주체는 결정 불가능한 사건을 고정시킨다. 왜냐하면 그 또는 그녀는 그것에 대해 결정해야 할 우연성을 갖고 있기 때문이다.[20]

---

18   Ibid., pp.42~43.

19   Alain Badiou, *Ethics : An Essay on the Understanding of Evil*, p.43.

20   Alain Badiou, *Infinite Thought : Truth and the Return of Philosophy*, London : Continuum, 2003, p.62.

주체는 결정 불가능한 것을 촉구하고 요구하는 자이다. "결정 불가능한 것은 증명의 과정에서 주체의 순수한 지점을 조직한다."[21] 하지만 주체는 우연과 내기에 맡겨진 존재이지 처음부터 사건과 진리의 전모를 알고 있는 자는 아니다. 앎은 여전히 상황과 지식의 영역에 구속되어 있기 때문이다. 바디우는 주체를 "진리를 입증하는 유적 절차의 국부적 형태local configuration"[22]로 정의한다. 여기서 '국부적'이란 진리의 전모를 알 수 없다는 것, 그것을 알기 위해서는 진리에 대한 충실한 천착과 탐구가 필수적이라는 것을 의미한다. 이는 바디우의 주체가 주체화의 과정과 동일하다는 것을 보여준다. 이렇게 볼 때, 바디우의 주체는 기존의 주체 이론에서 말하는 심리적 주체, 반성적 주체데카르트, 초월적 주체칸트와는 차이가 있다. 이런 주체들은 모두 진리과정과 사건 이전에 인간 본성이나 주체의 근원적 선재성에 근거하고 있기 때문이다.

바디우의 주체 이론이 갖는 기본 특징들을 간략히 보았다. 바디우의 주체 이론은 구조와 주체의 관계라는 곤경을 수학적 집합론에 근거하여 해결하고자 하는 정교한 시도라고 할 수 있다. 특히 고진이 말하는 주체와 구조에 대한 해법, 즉 구조를 밝히기 위해 주체 이론을 괄호치거나 주체를 밝히기 위해 구조 이론을 괄호치는 것과는 다른 방식으로 구조와 주체 간의 동시적 작용을 해명하고자 한다. 구조주의와 포스트구조주의가 주체를 의미와 기호의 존재론 속으로 해소함으로써 존재의 변화를 설명하는 데 한계가 있다면, 바디우는 주체의 위상을 존재론 속에 다시 복권시킴으로써 존재와 구조의 관계를 설명하고자 하는 것이다.

바디우의 바울을 이해하기 위해서는 바디우의 이론에 대한 이러한 이

---

21   Ibid., p.63.
22   Alain Badiou, *Being and Event*, p.391.

해는 필수적이다. 왜냐하면 바울은 바디우 자신의 사유를 펼칠 수 있는 개념적 페르소나이기 때문이다. "왜 바울인가, 대놓고 신이 보낸 사람이라고 자처한 것처럼 보일뿐더러 그의 이름이 종종 교회, 도덕적 규율, 사회적 보수주의, 유대인들을 미심쩍어 하는 태도 등 그리스도의 가장 제도적이고 가장 폐쇄적인 측면들과 결부되어 있어 한층 더 미심쩍은 이 '사도'가 왜 필요한 것일까?"[23] 이에 대한 대답으로 바디우은 자신의 과제를 바로 바울을 통해 "진리라는 주제를 희생시키지 않으면서 주체의 실존을 다중적 존재의 순수한 우연에 종속시키는 동시에 사건의 우발적 차원에 종속시킬 수 있는 주체 이론을 재-정립하는 것"[24]으로 설정한다. 그는 바울을 통해 자신의 주체 이론을 구성하고자 하는 것이다.

바디우의 『사도 바울』의 주된 내용을 소개하면 이렇다. 그리스도의 죽음 이후 다마스커스로 가는 길 위에서 그리스도의 부활이라는 예상치 못한 사건과 만난 바울은 그 후 유대교 율법의 전통(이나 그리스 지혜의 철학)에 얽매이지 않고 유대교도와 이방인교도, 자유인과 노예, 남성과 여성의 차이를 뛰어넘는 보편적 믿음을 사랑과 희망으로 실천했다는 것이다. 이 내용에 바디우의 용어를 대비시켜 보면, 바디우의 이론뿐만 아니라 바울의 독특함이 드러난다. 우선 바울에게 기존 상황을 뒤흔드는 분열적 사건과 진리는 그리스도의 죽음이 아니라 "길 위에서의 우연한 만남", 즉 그리스도의 부활이다. 바디우에 의하면 그리스도의 죽음은 율법의 편인 육체의 죽음을 통해 "영을 내재화하기 위한 장치"[25]일 뿐이다. 그것은 "주체적 상황 안에서 부활부활은 전혀 죽음으로부터 추론되지 않는다을 운명짓는다는 점에서"

---

23 알랭 바디우, 현성환 역, 『사도 바울』, 새물결, 2008, 15면.

24 위의 책, 15면.

25 위의 책, 134면.

사건적 장을 형성할 뿐이다. 유대교 바리새인 사울을 그리스도의 사도 바울로 바꿔게 만드는 주체적 계기는 그리스도의 죽음이 아니라 그의 부활이다. 그리스도의 부활이라는 이해 불가능한 진리-사건과의 우연한 만남을 통해 바울은 존재론적 변화를 겪는다. 바디우에게 주체화의 과정이 상황이나 상황적 지식과의 내적인 단절과 사건에 대한 충실성이라는 이중적 과정을 거치듯이, 바울의 주체화는 유대교의 율법과 그리스 지혜의 철학이라는 상황적 지식들과 단절하는 과정과, 나아가서 율법이 아니라 확고한 믿음을 근거로 차이와 분리를 뛰어넘는 보편적 사랑과 희망을 전파하고 실천해가는 사건적 충실성의 과정과 같은 것이다.

그렇다면 진리 사건과의 만남 이후 결정적으로 무엇이 출현하는가? 유대인과 이방인, 자유인과 노예, 남성과 여성 간의 차이에 무관심하고보편적인 그런 차이에 근거한 기존의 지식이나 법과 단절하는예외적인 보편적 독특성universal singularity의 윤리적 정초가 가능해진다. 바디우는 "보편주의란 항상 새로운 진리와 더불어 열리는 위대한 과정의 결과이며, 보편적인 것을 창조하는 것은 분명한 차이와 분리를 넘어서는 것이다"[26]라고 주장한다. 우리는 바디우의 보편적 진리과정에는 분리와 차이에 무관심해지기becoming indifferent의 전략이 있다는 것을 기억해야 한다. 뒤에 살펴보겠지만 아감벤은 바디우의 이 주장을 문제 삼는다.

바디우는 바울의 보편적 독특성을 진리, 사건, 주체 개념으로 다음과 같이 정리한다.

① 그리스도교적 주체는 그가 선언하는 사건그리스도의 부활보다 먼저 존재하지

---

26 Alain Badiou, "Universal Truths and the Question of Religion : An Interview with Alain Badiou," *Journal of Philosophy and Scripture* 3-1, Fall 2005, p.39.

않는다. 따라서 그리스도교적 주체의 실존이나 정체성의 외재적 조건들을 논박해야 할 것이다. 그리스도교적 주체에겐 유대인^{할례 받은 사람}임도 그리스인^{현인}임도 요구되지 않는다. (…중략…) 마찬가지로 그리스도교적 주체는 이러저러한 사회계급에 속할 필요도 없고^{진리 앞에서의 평등 이론}, 이러저러한 성에 속할^{여성 이론} 필요도 없다.

② 진리는 전적으로 주체적이다(그것은 사건에 관한 확신을 증언하는 선언에 속한다). 따라서 진리의 생성을 법에 포섭시키려는 모든 것을 논박할 것이다. 이를 위해서는 이미 폐기되고 유해한 유대적 율법과 오로지 구원의 길들에 대한 현학적 무지일 뿐으로 운명을 우주적 질서에 복속시킬 뿐인 그리스적인 법칙에 대한 근본적인 비판이 불가피하다.

③ 선언에 대한 충실성은 결정적으로 중요하다. 왜냐하면 진리는 하나의 과정이지 계시가 아니기 때문이다. 진리를 사유하기 위해서는 세 가지 개념이 필요하다. 선언하는 순간에 주체를 명명하는 개념^{믿음, 확신}, 이 확신을 투쟁적으로 말 건네는 순간에 주체를 명명하는 개념^{자애, 사랑}, 그리고 마지막으로 진리과정은 완성된 성격을 가진다는 가정에 의해 주체에게 부여되는 전위의 힘에 따라 주체를 명명하는 개념이 그것이다.

④ 진리는 그 자체로는 예를 들어 로마 제국의 상태와 같은 상황적 상태와는 무관하다. 그것은 진리가 이러한 상태에 의해 규정되어 있는 부분 집합들의 조직들로부터 빠져나와 있음을 의미한다. 이러한 이탈에 상응하는 주체성은 상태^{국가}에 대한, 사고방식들 속에서 그러한 상태^{국가}에 상응하는 것 — 의견이라는 장치 — 에 대한 일종의 필연적 거리이다. 바울 말대로 시류적 의견들에 대해 논쟁해서는 안 된다. 진리는 집중적이고 진지한 절차이기 때문에 결코 기존의

의견들과 경쟁해서는 안 된다.[27]

『사도 바울』은 이 네 가지 주장을 자세히 설명하는 책이다. 여기서는 주체와 관련하여 율법과 진리의 관계를 중심으로 살펴보자. 이 관계는 두 가지 질문으로 풀어볼 수 있다. 진리의 주체는 어떤 담론적 지형 속에서 움직이고 있는가? (주체는 어떤 상황의 지식으로부터 단절하고 있는가?), 그리고 육체와 영 사이에서 분열된 주체는 어떻게 해서 율법 하에 있지 않고 은총 하에 있게 되는가? (주체는 어떻게 법에서 진리로 이행해 가는가?) 우선 바디우는 주체의 네 가지 담론적 위상학을 제시한다. 유대담론, 그리스담론, 바울의 담론, 신비주의적 담론이 그것이다. 유대담론이 주로 예언자의 형상에 근거하며 모호한 신의 표징들을 판독하여 알림으로써 신의 초월성을 증명하고자 하는 담론이라면, 그리스담론은 현자의 형상에 근거하여 주체를 자연적 총체성 안에 위치시키는 것으로 우주적 질서와 관련이 있다. 여기서 주목할 것은 외양과 달리 두 담론이 모두 상동적 구조를 갖고 있다는 것, 즉 모든 것이 이미 세계 안에 있다는 총체성의 담론이라는 것이다. 유대담론이 그리스담론과 달리 표징을 통해 자연적 총체성을 넘어선 초월성을 가리키는 예외성의 담론이라고 하더라도, 표징의 기적적인 예는 "단지 모자라는 하나, 즉 이미 그 자체로 우주적 총체성을 전제하고 있는 (전체)에서 결여된 부분일 뿐"[28]이기 때문이다. 바디우가 볼 때 이 두 담론은 "우주적 질서가 그 자체로 투사되든 아니면 표징의 예외에 근거하여 해독되든 모든 경우에 (하나의 법에 대한) 지배와 결부된"[29] 지배

---

27   알랭 바디우,『사도 바울』, 33~34면.
28   위의 책, 84면.
29   위의 책, 85면.

아버지의 담론으로서 이미 세상에 모든 열쇠가 다 있기 때문에 그리스도라
는 사건의 고지의 보편성을 차단할 수밖에 없는 담론들이다. 결국 이 두
담론은 상황에 대한 지식이나 상황을 재현하는 지배적 상태의 담론들인
것이다. 이에 반해 바울의 담론은 전체든 전체에 대한 예외든 총체성과
지배법에는 이질적이고 그것들과는 화해 불가능한 사건과 진리의 담론이
다. 그것은 상황이나 상황적 상태 속에서는 결정 불가능한 "순수한 사건,
한 시대의 열림, 가능한 것과 불가능한 것 사이의 관계의 변화"[30]를 다루
는 진리의 담론이다.

바울의 계획은 보편적인 구원론은 어떠한 법 — 사유를 코스모스에 연결하
는 법이든, 아니면 (신의) 예외적인 선택의 결과들을 고정시키기 위한 법이든
상관이 없다 — 과도 화해가 불가능하다는 것을 보여주는 것이다. 전체가 출발
점일 수도, 또 이 전체에 대한 예외가 출발점일 수도 없다. 총체성도 표징도 맞
지 않다. 오히려 사건 그 자체로부터, 비-우주적이며 탈-법적인 사건, 어떤 총
체성에의 통합도 거부하며, 어떤 것의 표징도 아닌 사건 그 자체로부터 출발
해야 한다. 하지만 사건으로부터 출발한다는 것은 어떠한 법칙도, 어떤 형태의
지배 — 현자의 지배든 아니면 예언자의 지배든 — 도 가져오지 않는다.[31]

바디우는 바울의 담론을 공동체를 복종의 형태로 속박하는 아버지의
법과는 무관한 아들의 담론으로 규정한다. 예언자와 현자는 공동체의 모
든 법을 소유하고 있기 때문에 그 너머를 알지 못한다. 따라서 그들은 새
로운 사건을 진리가 아니라 지식의 관점에서만 바라볼 뿐이다. 이들의 담

---

30 위의 책, 89면.
31 위의 책, 85면.

론에서 진리와 사건은 지식의 사례에 해당할 뿐이다. 오직 아들^{사도}의 담론만이 사건의 예외성을 선언하고 "모든 특수주의에서 벗어나 보편적인 것이 될 잠재력"[32]을 갖는다. "철학자는 영원한 진리를 알고 예언자는 일어날 것의 확실한 의미를 안다. 그 자체로 사건의 은총에 의존한 채 전대미문의 가능성을 선언하는 아들^{사도}은 엄밀히 말해 아무것도 알고 있지 않다."[33] 아들은 단지 사건을 사건이라고 명명하고 사건에 의해 열린 가능성에 충실한 자인 것이다. 여기서 주목할 것은 바울의 담론이 유대담론이나 그리스담론과 변증법적 관계를 맺고 있지 않다는 사실이다. 바울의 담론은 이 담론들과는 비변증법적이고 탈변증법적인 관계를 맺고 있다.

이와 같은 담론의 위상학은 자연스럽게 두 번째 질문에 대한 답변을 숙고하게 만든다. 육체와 영 사이에서 분열된 주체는 어떻게 해서 율법 하에 있지 않고 은총 하에 있게 되는가?(주체는 어떻게 법에서 진리로 이행해 가는가?) 도대체 율법은 어떤 메커니즘을 갖고 있기에 삶^{진리와 사건}을 부정하고 육체를 죽음으로 몰아가는가? 이 지점에서 바디우는 라캉의 욕망 이론에 의지하여 율법이 죄를 양산하는 죽음의 메커니즘임을 정교하게 분석한다. 율법은 주체의 욕망을 차단하고, 마치 지젝이 말하는 초자아의 외설적 욕망처럼 대상에 대한 자동화된 욕망으로 변해 주체에게 죄의식을 심고 주체를 죽음으로 내몬다. 바디우에 따르면 "율법에 의해 고정되고 해방되는 욕망의 삶은 주체라는 중심축으로부터 이탈하여 무의식적인 자동성으로서 완성된다."[34] 바로 이런 욕망의 대상적 자동성이 주체를 죄에 시달리게 하고 죽음이라는 육체의 길로 이끈다. 결국 "율법의 조건

---

32   위의 책, 85면.
33   위의 책, 90면.
34   위의 책, 153면.

하에서 만약 주체가 죽음의 편에 선다면 삶은 죄의 편에 서는 독특한 배치"[35]가 만들어진다. 이 배치를 바꾸는 것, 즉 "주체가 삶 쪽에 서고 죄 곧 반복의 자동성이 죽음의 위치를 차지하는 또 다른 배치"[36]를 만드는 것, 바로 그것이 바울적 주체[바디우]의 핵심이다. 그러기 위해 주체는 율법과 단절하고 사건이 가져다준 '은총의 넘쳐흐름'에 자신을 맡겨야 한다. 은총은 "율법에 이질적인 것이며 모든 규정들 위로 넘쳐흐르는 순수한 범람이고 개념도 적절한 의례도 없는"[37] 사건 그 자체이기 때문이다.

"여러분들은 율법 하에 있지 않고 은총 아래 있으므로"[『로마서』 6장 14절]에서 바디우는 주체화 과정에 대한 독특한 통사구조를 읽어냄으로써 율법과의 단절이 갖는 의미를 설명한다. 즉 그는 '율법 하에 있지 않음'과 '은총 아래 있음' 사이에 '사건'이라는 단절을 읽어낸다.

'~이 아니라 ~임'에 따른 주체의 구조화와 관련해 우리는 그것이 하나의 상태가 아니라 도정이라는 것을 이해해야 한다. 왜냐하면 '율법 하에 있지 않음'은 육체의 길을 주체의 운명의 중단으로 부정적으로 가리키는 데 반해 '은총 아래 있음'은 사건에 대한 충실성으로서의 영의 길을 가리키고 있기 때문이다. 새로운 시대의 주체는 일종의 '~이 아니라 ~임'이다. (…중략…) 요컨대 우리는 사건을 통한 단절이 주체를 항상 '~이 아니라 ~임'의 분열된 형태로 구성하며, 바로 그러한 형식이 보편성을 담보한다고 주장할 것이다. 왜냐하면 '~이 아니라'는 폐쇄적 특수성['율법'이 그것의 이름이다]에 대한 잠재적인 해체인 반면 '~임'은 사건['은총'이 그것의 이름이다]에 의해 열린 이 과정의 주체들이 동역자[coworkers]로서

---

35   위의 책, 156면.
36   위의 책, 156면.
37   위의 책, 112면.

임해야 하는 과업과 충실한 수고를 가리키기 때문이다.[38]

'~이 아니라'와 '~임' 사이의 관계는 비변증법적이다. 그 사이의 관계는 점진적 종합의 과정도, 점차적인 이행의 과정도 아니다. 바로 그 사이가 사건의 일어남이고 그 사이에서 내재적 단절이 발생한다. 내재적 단절이 사건이 되는 것은 그 단절에서 사건으로 나아가는 과정에서 진부한 특수성율법의 논리가 예외적인 독특한 보편성으로 전환되는 진리의 유적 절차가 일어나기 때문이다. 특히 이 과정에서 바디우적 사건의 핵심적 작용이 일어난다. 이 과정은 현재 유럽을 휩쓸고 있는 신자유주의적 자본의 지배에 근거한 사이비 보편주의와, 이 사이비 보편주의를 묵인하는, 차이와 다양성에 근거한 공동체적 윤리 둘 모두로부터 거리를 두는 새로운 창조적 보편주의가 생겨나는 지점이고, 오늘날 자본에 의해 추동되는 진부한 문화-기술-경영-성의 논리들에 의해 은폐된 예술-과학-정치-사랑의 진리과정들이 새롭게 출현할 수 있는 지점이다.

3. 아감벤의 남은 자와 작동중지

조르조 아감벤은 오늘날 이론의 장에서 아주 독창적인 사유를 보여주는 이론가이다. 언어와 주체성과 법에 대한 그의 독특한 사유는 해체론적 방법이 지배하던 문화이론의 장에 일대 혁신을 일으키고 있다. 아감벤은 이미 젊은 시절 하이데거로부터 직접 가르침을 받은 바 있고, 소쉬르, 데

38　위의 책, 124~125면.

리다, 특히 벤야민의 영향을 많이 받았으며, 주체를 둘러싼 윤리적, 언어적, 실존적 지평의 확장을 추구해왔다. 특히 이탈리아 판 발터 벤야민 전집을 편집하기도 한 아감벤에게 벤야민의 폭력, 예외상태, 역사주의에 대한 비판, 메시아주의, 언어 개념 등과 같은 사상의 영향은 아주 깊다. 사실 아감벤의 관심은 바디우와 마찬가지로 문학, 정치, 철학, 법학, 신학 등 전 영역에 걸쳐 있으며 법, 철학, 정치의 독특한 결합을 통해 이론의 심오한 윤리적 지평을 드러내는 데 있다. 클립핑거^{Clippinger}에 따르면 아감벤의 가장 중요한 기여는 사회성에 대한 모든 논의에서 어떻게 하면 정체성 정치에 대한 포스트모던적 초점을 다시 윤리학이라는 중심으로 복귀하도록 만들 수 있는가를 사고한 데 있다.[39]

아감벤의 핵심 질문은 상황^법과의 단절에 개입하는 주체의 능동적 역할을 강조하는 바디우와 달리 주체와 언어와 법의 작용들이 윤리적 지평 속에서 작동 중지^{inactivation} — 아감벤은 이를 무위화^{inoperativeness}를 통한 잠재성으로의 복귀라고 부른다 — 됨으로써 그런 언어와 법의 인위적 구별과 법의 폭력적 작용이 어떻게 중지될 수 있는가, 그리고 그러한 중지로 드러난 잠재성과 잔여^{remainder}, 남은 자^{remnant}가 어떻게 새로운 (메시아적) 공동체를 도래하게 하는 힘이 될 수 있는가 하는 것이다. 아감벤에게는 바디우와 같이 사건에 뛰어드는 '적극적인' 주체적 개입과 같은 것은 없다. 오히려 그의 전략은 주체의 인위적 구별을 작동 중지^{무위화}시키고 비활성화하는 탈주체화의 소극적인 듯하지만 매우 급진적인 전략이다. 이 때 '적극적', '소극적'이라는 의미는 힘의 작동양상일 뿐 힘의 영향력과 급진성의 정도를 판단하는 기준이 아니라는 점을 기억해두자.

---

39 David Clippinger, "Agamben, Giorgio," *Encyclopedia of Postmodernism* (Victor E. Taylor & Charles E. Winquist eds.), London & New York : Routledge, 2001, pp.5~6.

아감벤은 『남은 시간』에서 바울을 무위화의 전략을 통해 현실의 법을 중지시키고 진정한 예외상태를 도래하게 하는 메시아적 힘으로 해석한다. 『남은 시간』은 바울의 「로마서」의 10개 단어"Paulos Doulos Chistou Iesou, Kletos Apostolos Aphorismenos Eis Euaggelion Theou"에 대한 철저한 문헌학적 탐구를 통해 "바울의 편지를 서구적 전통에 있어서 근본적인 메시아적 텍스트의 지위로 되돌려"[40] 놓고자 한다. 아감벤은 지난 2000년 동안 기독교 교회의 역사와 관련된 번역과 주석의 작업은 바울의 텍스트에서 메시아적인 것과 메시아라는 단어를 지우는 데 주력해왔다고 주장한다. 이와 달리 아감벤은 벤야민과 타우베스Jacob Taubes 이후 바울의 편지를 메시아적인 것과 메시아적 시간으로 해석하는 독특한 전통에 따라 "메시아적 시간의 구조, 기억과 희망, 과거와 현재, 충만과 결여, 기원과 기원이 함축하고 있는 종말의 독특한 결합과 관련된 아포리아"[41]를 해명하고자 한다. 하지만 이 책의 결론에서 드러나듯이, 이 책은 엄밀한 의미에서 바울에 대한 문헌학적 연구로만 그치지 않는다. 이 책은 벤야민의 역사철학에 대한 철저한 주석이자 현재의 정치상황에 대한 급진적 개입이기도 하다. 왜냐하면 아감벤은 이 책에서 벤야민이 말하는 시간의 연속성이 정지된 변증법처럼 바울의 메시아적 시간구조와 벤야민의 독특한 시간 개념, 즉 "지금까지 존재했던 것이 섬광처럼 지금과 결합하여 하나의 성좌를 형성하는"[42] 벤야민의 '지금 이 순간Jetztzeit'을 나란히 배치하는 독법을 구사하기 때문이다.

이런 논의와 연결해서 볼 때, 아감벤의 주장은 바디우의 바울론에 대한 철저한 비판이기도 하다. 이 책에 그 좋은 단서가 들어있다. 흥미롭게도 아

---

40   Giorgio Agamben, *The Time That Remains : A Commentary on the Letter to the Romans*, p.1.
41   Ibid., pp.1~2.
42   Ibid., p.145.

감벤은 자신의 책에서 딱 한번 바디우의 바울론을 언급하고 지나간다. 하지만 이 언급은 바디우의 바울론 전체를 겨냥하는 예리한 비판을 가하고 있기 때문에 그냥 지나치기는 쉽지 않다. 긴 내용이지만 이를 바울을 바라보는 바디우와 아감벤의 입장 차이를 드러내기 위한 단서로 삼아보자.

① 바울에 관한 최근 책에 '보편주의의 정초'라는 부제가 붙어있는데, 이 책은 정확히 "다른 존재들_{유대인, 그리스인, 여성, 남성, 노예, 자유인 등등}의 세속적인 증식 위에서 진행되는 보편적 사상이" 어떻게 해서 "같음과 평등(더 이상 유대인도, 그리스인도 없다)을 생산하는가?"를 증명하려고 한다. 그러나 이것은 정말로 정확한 것인가? 하나의 보편자를 바울에게서 "같은 것의 생산"으로 사고하는 것이 가능한가?

② 아펠레스의 메시아적 절단_{the cut of Apelles}[43]은 결코 하나의 보편자를 낳지 않는다. '영에 따른' 유대인은 보편자가 아니다. 왜냐하면 유대인은 모든 유대인의 술어가 될 수 없기 때문이다. 마찬가지로 '육체에 따른 비-유대인' 또한 보편자가 될 수 없다. (…중략…) 바울적인 조작과 근대적 보편주의를 분리시키는 거리(가 있다). 후자에는 가령 인간의 인간성과 같은 것이 모든 차이들을 폐지하는 원리 또는 더 이상의 분리가 불가능한 궁극적 차이로 받아들여지고 있다. 이것이 앞서 언급한 책에서 바디우는 바울의 보편주의를 "관습과 의견에

---

43 이 용어는 '분할 내의 분할'(division within division)이라는 의미를 지니며 알렉산더 대왕 시절 유명한 화가였던 아펠레스(Apelles)와 그의 경쟁자인 프로토게네스(Proto-genes)와 관련된 전설적인 일화에서 나온 용어이다. 두 화가는 누가 더 섬세한 선을 그을 수 있는가를 두고 경쟁하였는데 아펠레스의 마지막 선긋기가 너무나 섬세하고 탁월한 것이라 누구도 그 선을 알아볼 수 없을 정도였다고 한다. 아감벤은 이를 은유로 차용한다. 아펠레스의 절단은 분리의 분리이자 너무나 섬세하여 분리된 것인지 통합된 것인지를 알아챌 수 없을 만큼 미세하고 정교한 분할이면서도 분리된 것이 새로운 차원의 의미를 낳는 것을 보여주고자 한다.

대한 관용" 또는 "차이를 용인하는 무관심"으로 사유할 수 있으며, 이는 결국 "보편성 그 자체가 구성되기 위해 반드시 가로 질러야 하는 것"이 된다.

③ (…중략…) 이 개념들'관용', '무관심'은 확실히 메시아적이지 않다. 바울에게는 같음이나 그 너머에 숨어있는 보편자를 가리키기 위해 차이들을 '관용'하거나 묵인하는 문제는 없다. 보편적인 것은 차이들이 지각될 수 있는 초월적 원리가 아니다. 이런 초월의 시각은 바울이 이용할 수 있는 것이 아니다. 오히려 이 '초월적인 것'은 율법 그 자체의 분리를 분리함으로써 어떤 최종적 토대에 도달하지 않으면서 율법을 작동하지 못하게 하는 무위화하는 조작과 관련이 있다. 유대인이나 그리스인의 깊이 속에서 어떠한 보편적 인간도 보편적인 기독교인도 찾아볼 수 없다. 즉 거기에는 원리이든 목적이든 존재하지 않는다. 남는 것은 유대인이나 그리스인이 자기 자신과 일치할 수 없음, 즉 남은 자이다. 메시아적 소명이란 모든 소명에 어떤 다른 동일성을 결코 부여하지 않으면서 그 소명klesis을 자기 자신으로부터 분리시키고, 자기 자신 내부에 긴장을 야기하는 것이다. 따라서 비-유대인유대인이 아닌 자으로서의 유대인Jew as non-Jew, 비-그리스인그리스인이 아닌 자으로서의 그리스인Greek as non-Greek이 있는 것이다.[44](강조-필자)

아감벤이 이 책에서 바디우를 유일하게 언급하는 대목이다. 어디에서도 바디우에 대한 언급을 찾아볼 수 없다. 하지만 더 이상 언급할 필요가 없었을지도 모른다. 왜냐하면 이 짧은 내용 속에 바디우의 바울 해석 전체에 대한 비판이 들어있기 때문이다. 우선 아감벤은 바디우의 바울 해석이 전혀 새롭지 않다고 주장한다. 아감벤이 볼 때, 바울을 보편주의의 사도로 간주하고 기독교를 '보편적인catholic' 것으로 간주하는 것은 이미 기

---

44   Ibid., pp. 51~53.

독교의 오랜 전통이기 때문이다. 아감벤은 바디우가 바울에 대한 상식적 읽기를 반복하고 있다고 생각한다. 의견과 상식에서 벗어나 진리와 사건을 주장하는 바디우에게는 이런 지적은 상당히 불편한 것일 수 있다. 또한 아감벤은 바디우가 바울의 메시아적 소명이 갖는 독특함을 간과하고, 특히 율법의 작동을 너무 안이하게 이해하고 있다고 지적한다. 그는 차이를 뛰어넘는 관용과 자비, 즉 바디우의 보편주의의 핵심이라 할 수 있는 차이에 대한 무관심이 바울의 메시아적 소명과는 현저하게 거리가 있는 근대적 개념이라고 주장한다. 철저한 문헌학적 해석에 근거한 아감벤의 바디우 비판은 바디우의 바울 해석에 상당히 영향을 주었을 것으로 추정해볼 수 있다. 여기서 우리는 일반화의 오류는 피해야 한다. 이 대목에서 아감벤의 해석이 더 설득력 있어 보인다고 하더라도, 그리고 아감벤이 이 비판 속에서 바울에 대한 바디우의 해석 전체를 겨냥한다고 하더라도, 이 비판이 바디우의 바울 해석을 넘어 바디우의 철학 전체에 대한 비판이라고 하기에는 성급한 것이며 또 다른 연구가 필요해보인다.

우리는 아감벤이 상당히 독특한 바울 읽기를 제시하고 있는 문단 ②와 ③에 주목할 필요가 있다. 여기서 아감벤은 자신의 이론과 관련된 핵심적 질문을 제기하고 있다. 율법은 어떤 구조를 갖고 있는가? 아펠레스의 절단, 즉 분리의 분리란 무엇인가? 바디우처럼 율법과의 단절이 아니라 "율법 그 자체의 분리를 분리함으로써 어떤 최종적 토대에 도달하지 않으면서 율법을 작동하지 못하게 하는^{무위화하는} 조작"이란 무엇인가? 분리의 분리라는 이중적 조작 이후의 '남은 자'란 도대체 무엇이고 누구인가? 사실 이러한 질문들은 아감벤의 바울 해석뿐만 아니라 아감벤 사상과 깊이 관련된 문제이다. 아감벤은 「메시아와 주권자^{The Messiah and the Sovereign}」에서 철학과 법, 종교와 법의 문제가 철학의 핵심 문제임을 강조하고 벤야민이 말하는 메시아적 시간과 법의 관계를 탐구한다. 특히 그의 주저인 『호모 사케르―주권권력과 벌거벗은 생명』은 주권적 법과 예외상태 간의 관계를 집중적으로 분석한다. 아감벤이 가장 잘 알려진 것은 법의 경계에 대한 복잡한 위상학적 탐구이다.

우선 법의 문제에서 출발하자. 「메시아와 주권자」에서 아감벤은 벤야민이 "주권자란 예외상태를 결정하는 자이다"라는 칼 슈미트Carl Schmitt의 말을 인용하면서 "우리가 그 안에 살고 있는 예외상태가 곧 규칙이다"로 바꾼 변경의 의미에 주목한다. 슈미트는 "주권자란 예외상태를 결정하는 자이다", 즉 주권자가 비상상태나 계엄령을 선포할 때 법의 효력을 합법적으로 중지시킬 수 있는 자임을 강조했다. 여기서 슈미트는 "법을 중지시킬 수 있는 합법적인 권력을 가지고 있는 주권자가 법질서의 바깥에 있는 동시에 안에 있다"는 주권의 역설을 보여주고자 한다. 즉 주권자는 "주권자인 나, 법의 바깥에 있는 나는 법의 바깥에는 아무것도 없다는 것을 선포"하는 역설적 위치에 있는 것이다. 그렇다면 법의 바깥으로 배제된 것은 배제된 것으로만 머무는가? 오히려 법은 예외에 기생해서 예외를 근거로 생존하고 있는 것은 아닌가? "법은 중지의 형태로 예외와 관계를 맺으면서 유지된다. 규칙은 더 이상 적용되지 않으면서, 예외로부터 물러나면서 예외에 적용되는 것이다."[45] 아감벤은 여기서 예외상태가 법과 맺고 있는 위상학적 구조, 즉 배제적 포함exclusive inclusion의 구조에 주목하고 이를 『호모 사케르』에서 집중적으로 분석한다.

벤야민은 「역사철학에 관하여」의 6번 테제에서 슈미트의 주장을 간단

---

45 Giorgio Agamben, "The Messiah and the Sovereign : The Problem of Law in Walter Benjamin," *Potentialities : Collected Essays in Philosophy* (Daniel Heller-Roazen trans.), Stanford : Stanford University Press, 1999, p.162.

하게 뒤집는다. "억압당한 자들의 전통은 우리가 그 속에서 살고 있는 '비상상태'예외상태가 예외가 아니라 규칙임을 가르쳐준다. 우리는 이런 통찰과 일치하는 역사의 개념에 도달해야 한다. 그 때 비로소 우리는 진정한 비상상태예외상태를 야기하는 것이 우리의 과제임을 명확하게 보게 될 것이다."[46] 벤야민은 역사철학 테제의 뒤에서 이 진정한 예외상태를 메시아적인 것과 연결짓는다. 여기서 아감벤은 벤야민의 간단한 전도가 갖는 급진적 의미에 주목할 것을 강조한다.

여기서 파악해야 하는 것은 이러한 의식적인 변경의 의미이다. 메시아적 왕국을 슈미트의 주권이론의 용어로 정의할 때 벤야민은 메시아의 도래와 국가권력의 한계 개념 사이에 평행이론을 구축하려는 것 같다. "우리가 그 안에 살고 있는 예외상태"이기도 한 메시아의 날에 법의 숨겨진 기반이 드러나게 되고, 법 그 자체는 영원한 중지의 상태에 진입한다. 이러한 유비를 확립할 때 벤야민은 진정한 메시아적 전통을 그 발전의 가장 극단적 지점으로 끌고 갈 뿐이다. 메시아주의의 본질적 성격은 정확히 그것이 법과 특수한 관계를 맺는다는 점이다.[47]

아감벤에게 벤야민의 메시아적인 것이란 예외상태가 중지되는 진정한 예외상태의 도래를 의미한다. 여기서 주목할 것은 진정한 예외상태의 도래가 법으로부터의 탈피나 법과의 단절이 아니라는 점이다. 아감벤이 볼 때, 법으로부터의 탈피는 기존의 법을 변경하지 않거나 그대로 존속시키는 것이나 마찬가지다. 오히려 진정한 예외상태란 법의 작동을 중지시키

---

46   Michael Löwy, *Fire Alarm : Reading Walter Benjamin's 'On the Concept of History'* (Chris Turner trans.), London : Verso, 2005, p.57.

47   Giorgio Agamben, op. cit., p.162.

거나 법을 영원한 유예상태로 두는 것, 즉 법의 무위화와 같은 것이다. 은총을 율법과의 단절로 보았던 바디우와 달리 아감벤은 바울에게 율법과 은총의 분리란 없다고 말한다. 바울은 "우리가 이 믿음으로 율법을 폐지하려고 하는 줄 아십니까? 결코 아닙니다. 오히려 우리는 율법을 지키고자 합니다"^{「로마서」 3:31}, "메시아는 율법의 텔로스입니다"^{10:4}라고 말한다. 따라서 아감벤은 바울에게 "은총의 영역과 율법의 영역 사이의 복합적 관계는 결코 단절과 분리로는 설명될 수 없고, 오히려 믿음 속에서 율법의 정의의 성취를 볼 수 있고, 반대로 율법을 메시아적인 것으로 나아가는 '교육과정'[48]이었음을 강조한다.

바디우처럼 율법과 단절하고 율법을 초과하는 은총으로 극복할 수 없다면, 아감벤은 다음과 같이 질문한다. 유대인^{할례를 받은 자}과 이방인^{할례를 받지 않은 자}을 나누는 "율법의 기본적 분할과 대면했을 때 바울의 전략은 과연 무엇일까? 메시아적 관점에서 율법의 분할을 어떻게 중립화할 수 있을까?"[49] 그것은 율법을 작동 중지^{무위화}시키고 영원한 유예상태에 두는 새로운 차원의 분할, 즉 아감벤은 이 메시아적 분할을 '아펠레스의 절단'으로 설명한다. 아펠레스의 절단은 기존 율법의 분할을 새로운 차원의 분할, 즉 영과 육체라는 새로운 분할로 절단하는 것이다. 이 절단은 "자신에게 고유한 어떠한 대상도 갖지 않으면서 율법에 의해 생겨난 분할을 분할하는"[50] 역할을 한다. 그 결과 유대인과 비-유대인은 다시 두 개의 부분집합으로 나누어진다. 유대인은 영에 따른 유대인과 육체에 따른 유대인으로, 비-유대인도 영에 따른 비-유대인과 육체에 따른 비-유대인으

---

48   Giorgio Agamben, *The Time That Remains*, p.120.
49   Ibid., p.48.
50   Ibid., p.50.

로 나누어진다. 그렇다면 이 분할의 결과로 인해 무엇이 생겨나는가? 유대인과 비-유대인의 구분은 명확하다. 그것은 어떤 잔여와 남은 자도 남기지 않는다. 하지만 그 분할 위에서 또 한 번의 분할영/육신을 그었을 때 생각하지 못했던 잔여, 즉 새로운 남은 자가 나타난다. A와 비-A 사이에 비-비-A non-non-Jew가 생겨나는 것이다.

이 분할의 효과로 인해 율법의 분할유대인/비-유대인은 더 이상 명확하지도 철저하지도 않다. 왜냐하면 유대인이 아닌 유대인들some Jews who are not Jews이 있을 것이고, 유대인이 아닌 것이 아닌 비-유대인들some non-Jews who are not not-Jews이 있을 것이기 때문이다. 바울은 이를 분명하게 말한다. "이스라엘 사람이라고 해서 모두 이스라엘 사람이 아닙니다Not all of those of Israel are Israel"「로마서」9:6, 나아가서 호세아를 인용하면서 "내 백성을 나 자신의 백성이 아닌 백성으로 부를 것입니다."9:25 이는 메시아적 분할이 모든 사람들에 대한 율법의 분할 속에 잔여 즉 남은 자를 도입하고, 유대인과 비-유대인이 구성상 '전부가 아님not all'을 의미한다.

'남은 자'는 어떤 수치적인 부분도 실체적인 잔여도 아니다. 그런 부분이나 잔여는 이전의 분할들과 질적으로 동일한 전체를 수반하고 있고 그 자체로 차이들을 초월하는 능력을 갖되 정확히 어떻게 초월하는지를 이해하지 못할 것이다. 오히려 인식론적 관점에서 볼 때, 남은 자는 유대인/비유대인이라는 양극화된 분할을 절단함으로써 직관주의적 종류의 논리, 더 정확히는 니콜라우스 쿠사누스의『다른 것이 아닌 것De non aliud』에서 제시된 것과 같은 논리로 나아갈 수 있게 해준다. A/비-A의 대립이 이중 부정의 형식을 띠는 제3항, 즉 A가 아닌 것이 아닌 것non non-A의 형식을 가능하게 해줄 것이다. 바울의 텍스트, 특히「고린도전서」9:20-23에서 이 논리적 패러다임을 떠올릴 만한 근거들이 있다.

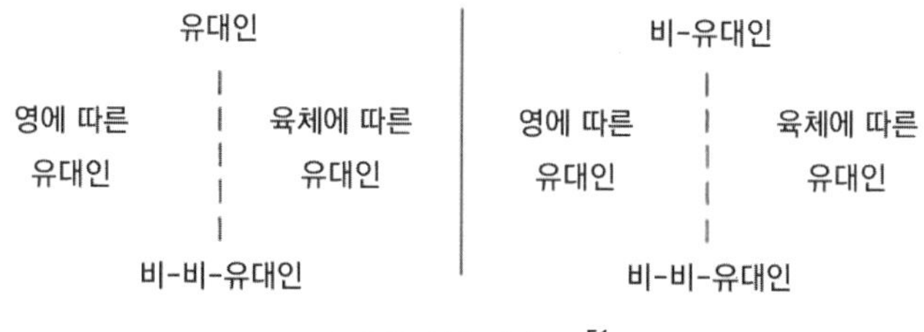

〈그림 1〉 남은 자의 구조[51]

여기서 바울은 유대인hypo nomon, '율법 아래 있는 자' / 비유대인anomoi, '율법 없는 자'의 분리에 대한 자신의 입장을 "율법이 없는 자에게는, 내가 하나님의 율법이 없이 사는 자가 아니라 그리스도의 율법 안에 있는 자hos anomos, me on anomos theou all'ennomos christou"라는 특이한 표현으로 정의한다. 그리스도의 율법 안에서 자신을 지키는 자는 율법 안에 있지 않은 것이 아닌 것not-not in the law이다.

율법을 유대인 / 비-유대인으로, 그리고 율법 안에 있는 자 / 그렇지 않은 자로 분할하는 것은 이제 양측 모두에 잔여, 즉 남은 자를 남기는데, 이는 유대인으로도 비-유대인으로도 정의될 수 없다. 그리스도의 율법 속에 거주하는 자는 비-비-유대인, 즉 유대인이 아닌 것이 아닌 자non-non-Jew이다. 이는 다음〈그림 1〉과 같은 도식에 따라 움직인다.

비-비-A가 A와도 비-A와도 일치하지 않듯이, 비-비-유대인은 유대인과도 비-유대인과도 일치하지 않으면서 "유대인과 비유대인이 자기 자신과 일치하는 것의 불가능성"[52]을 의미한다. 아펠레스의 절단 이후, 즉 메시아적 분할 이후 전체와 부분의 논리는 통하지 않는다. 오히려 "전체도 아니고 전체의 부분도 아니며 부분과 전체가 자기 자신 혹은 서로 간에

---

51   Ibid., pp.50~51.

52   Ibid., p.52.

일치하는 것의 불가능성",[53] 즉 남은 자가 생겨난다. 아감벤은 바울이 받아들이고 펼친 것이 바로 이 남은 자의 메시아적이고 예언적인 개념이었음을 강조한다. 아감벤이 볼 때, 이 남은 자 개념은 그 작동의 방식에서 바디우가 말하는 보편주의와 다르게 움직인다. 보편주의가 전체와 부분의 논리 속에서 작동하는 것이라면, 메시아적 잔여는 "부분을 넘어서는 것이 아니라 부분의 분할의 결과로서 생겨나는 것으로 이 분할과 긴밀하게 연결되어 있는"[54] 것이다. 하지만 바디우가 말하는 독특한 보편성이 아감벤이 생각하듯이 전체와 부분의 논리 속에서 움직이는 것인지는 더 생각해볼 필요가 있다. 왜냐하면 바디우의 독특한 보편성 역시 전체라는 추상적 동일성과 차이라는 부분의 논리를 동시에 뛰어넘고자 했기 때문이다.

어쨌든 위대한 사상가들에게 자신의 모든 저작들이 사상가 자신의 이론의 변주들이듯이, 『남은 시간』 또한 아감벤 사상의 변주곡이다. 작동 중지무위화와 마찬가지로 잔여 또는 남은 자는 아감벤의 바울론에서뿐만 아니라 아감벤 철학에서 매우 중요한 개념이다. 이 개념은 『남은 시간』 외에도 그의 호모 사케르 3부작 중 마지막 권인 『아우슈비츠의 남은 자들 *The Remnants of Auschwitz*』과 『도래하는 공동체*The Coming Community*』에서도 핵심 개념이다. 아감벤은 이 개념이 구원과 관련된 신학적-메시아적 개념임을 강조하면서 종말론적 전체와 율법적 부분의 논리와는 전혀 다른 정치철학적 개념임을 강조한다. 특히 아감벤은 이 개념을 통해 오늘날의 정치적 주체의 문제를 고민하기도 한다. 아감벤은 한 인터뷰에서 "주체란 남은 자잔여의 일종이다. 그것은 남은 것이다. 그것은 차이를 나타낸다. 그것은 한 주체가 자기 자신과 완전히 일치하는 것의 불가능성이다. 항상 남

---

53   Ibid., p.55.
54   Ibid., p.56.

은 자잔여는 남는다"[55]라고 말한다. 『남은 시간』에서도 아감벤은 남은 자를 바울이 오늘날 우리들에게 남긴 중요한 정치적 유산으로 평가한다.

바울의 편지에서 직접적으로 찾아볼 수 있는 정치적 유산을 언급해야 한다면, 나는 남은 자잔여라는 개념이 중요한 역할을 하리라고 믿는다. 더 구체적으로 말해, 그것은, 우리가 민중이나 민주주의라는 개념을 포기하는 것이 불가능하다고 하더라도, 민중이나 민주주의에 대한 낡은 통념들을 제거하는 새로운 시각을 열어준다. 민중은 전체도 부분도 아니며 다수파도 소수파도 아니다. 그 대신 그것은 전체로서든 부분으로서든 결코 자기 자신과 일치하는 것이 불가능하다는 개념이고 모든 분할 내에서도 무한히 남거나 저항하는 것이다. 그것은 우리를 통치하는 사람들에 대해서도 우리를 결코 다수파나 소수파로 환원될 수 없게 하는 것이다. 이 남은 자잔여는 결정적인 순간에 민중들의 형상이고 민중들이 취하는 실체성이며 그 자체 유일한 진정한 정치적 주체이다.[56]

오늘날의 지배 상태를 작동 중지시키고 그것을 진정한 예외상태 속에서 영원히 유예시키는 것은 남은 자들의 몫이다. 아감벤의 남은 자들은 안토니오 네그리Antonio Negri와 마이클 하트Michael Hardt의 다중multitude 개념과 유사한 면이 있다. 다중 또한 부분과 전체의 논리에서 벗어나 현재의 지배 상태, 즉 제국의 논리를 뒤집고자 하는 역할을 맡고 있기 때문이다. 하지만 아감벤의 남은 자는 네그리의 다중과는 다르다. 아감벤이 법이 예외상태인 법의 위상학적 역설, 특히 법 내부의 식별 불가능한 지대에 관

---

55 Leland de la Durantaye, *Giorgio Agamben : A Critical Introduction*, Stanford : Stanford University Press, 2009, p.300.

56 Giorgio Agamben, op. cit., p.57.

심을 두고 있다면, 네그리와 하트는 법 내부에 존재하는 단절에 주목하기 때문이다. 아감벤은 『호모 사케르』에서 "네그리가 제헌적 권력(그는 이것을 자유 속에서 갱신되며 일련의 자유로운 '실천'을 통해 조직되는 어떤 구성적 행위의 '실천'으로 정의한다)은 어떤 구축된 질서의 형태로도 환원될 수 없다는 점을 보여주는 동시에, 제헌적 권력이 주권 원칙으로 환원되는 것을 반박하려 했다"[57]라고 말한다. 이는 네그리에 대한 비판이다. 네그리가 구성하는 권력제헌적 권력과 구성된 권력주권적 권력을 구분하는 데 반해, 아감벤은 "제헌적 권력과 주권적 권력 모두 규칙의 차원을 초과하지만 이러한 초과의 대칭성은 곧 식별 불가능한 지경에 이를 정도로 양자가 근접성을 갖는다는 사실을 말해준다"[58]라고 주장한다. 네그리에게 다중이 구성하는 권력과 구성된 권력 사이에 존재하는 단절의 지점이라면, 다중과 같은 능동적 주체를 설정하지 않으면서 구성하는 권력과 구성된 권력 간의 식별 불가능한 지대예외상태를 설정하는 아감벤의 경우 바로 그 지대를 작동 중지시키는 것, 그럼으로써 생겨나는 남은 자를 진정한 예외상태의 도래로 인식하는 것이 중요해질 수밖에 없다. 네그리와 바디우는 전혀 다른 사상적 배경과 이론을 갖고 있지만 아감벤에게는 동일한 구조를 갖고 있는 것으로 보인다. 율법을 초월하여 은총으로 나아가는 것이나 구성하는 권력을 통해 구성된 권력을 해체하는 다중이나 유사한 구조를 갖기 때문이다.

여기서 바디우와 다른 아감벤의 독특한 통사구조에 주목해보자. 바디우에게 율법에서 은총으로 나아가는 사건으로서의 문장구조가 '~이 아니라 ~임'의 이행적 단절의 구조였다면, 아감벤의 남은 자, 즉 작동 중지와

---

57   조르조 아감벤, 박진우 역, 『호모 사케르―주권권력과 벌거벗은 생명』, 새물결, 2008, 107면.

58   위의 책, 107면.

무위화의 통사구조는 '~이 아닌 것처럼as not(hos me)'의 구조이다. 아감벤에 따르면 '~이 아닌 것처럼'의 구조는 작동 중지와 철회의 통사적 구조이다. 바울은 「고린도전서」에서 "형제들아! 이제 때가 되었습니다. 이제부터는 아내를 가진 자들은 아내를 가지지 않은 것처럼 살고, 슬픔을 가진 자는 슬프지 않는 것처럼 지내고, 기뻐하는 자는 기쁘지 않은 것처럼 살고, 물건을 산 사람은 소유하지 않는 것처럼 지내고, 세상을 이용하는 자는 세상을 모두 다 사용하지 않는 것처럼 살아야 합니다"「고린도」7:29~32라고 말한다. 아감벤은 바울의 통사구조에서 '~이 아닌 것처럼'이 아주 특별한 역할과 의미를 갖는다고 주장한다. 아감벤에 따르면 이 통사구조는 "아주 특별한 형태의 장력tensor"을 느끼게 한다. 즉 "그것은 한 개념의 의미론적 장을 다른 개념의 의미론적 장으로 밀어붙이는 것이 아니다. 오히려 하나의 개념을 '~이 아닌 것처럼'의 형태로 자기 자신과 대립시킨다."[59] '~이 아닌 것처럼'의 구조는 현재의 상황을 형식을 전혀 바꾸지 않으면서 중지시키고 철회시킨다. 바로 이 구조가 아감벤에게 일체의 소명을 철회하는 메시아적 소명과 메시아적 시간의 구조로 작용한다.

메시아의 도래는 모든 만물들, 심지어 그것을 사고하는 주체조차 '~이 아닌 것처럼'의 형태로 부름을 받으면서 동시에 철회되는 상태에 놓이게 됨을 의미한다. 어떠한 주체도 특정한 순간에 '마치 ~인 것처럼as if' 바라보거나 행동할 수 없다. 메시아적 소명은 주체 전체를 전위시키고 무엇보다 무화시킨다. (…중략…) '~이 아닌 것처럼'의 구조는 (…중략…) 결코 허구와도 이상과도 관련이 없다. 상실되고 잊힌 것들에 대한 동화가 절대적이다. "우리는 이 세상의 쓰

---

59 Giorgio Agamben, *The Time That Remains*, p.24.

레기이며 만물의 오물처럼 살게 되었습니다."「고린도Ⅰ」 4:13 바울적 소명은 메시아적인 것과 주체 간의 상호관계의 이론이다. 그것은 동일성이나 그 지속적인 속성을 전제하는 이론과의 차이를 단호하게 주장하는 이론이다. 이런 의미에서 존재하지 않는 것이 존재하는 것보다 더 강력하다.[60]

4. 행하는 자와 남은 자

바디우와 아감벤은 사상적 계보와 이론적 주장이 상당히 다른 이론가이다. 하지만 그들 간에는 차이만 존재하는 것은 아니다. 그들은 바울을 통해 삶과 지금-현재의 순간, 그리고 수동적이든 능동적이든 급진적 변화를 강조한다. 그들의 바울은 니체의 바울과는 상당히 다른 모습을 하고 있다. 니체는 「안티크리스트」에서 바울을 "로마와 세상에 찬달라적[61] 증오의 유화이자 찬달라적 증오의 천재"[62]로 규정했다. 니체에 의하면 바울은 십자가의 신이라는 상징을 가지고 "유대교 변두리의 작고도 종파적인 그리스도교 운동을 이용하여 세계적인 불길을 일으킨" 사람이다. 니체에게 바울은 원망과 죄의식을 퍼뜨린 사람, 즉 "찬달라적 종교들의 매혹 수단이었던 표상들을 자신의 고안물인 '구세주'의 입 안에 집어넣은" 사람이다. 바디우와 아감벤 모두 니체의 이런 주장에 동의하지 않는다. 두 사람 모두에게 바울은 "지금의 순간"을 강조한 삶의 철학자이다. 바디우는

---

60 Ibid., p.41.
61 인도의 카스트제도의 네 계급에 속하지 않는 최하층천민을 가리키는 용어로서 니체는 이 용어를 통해 '스스로 긍정적일 수 없는 자'의 원한과 원망을 설명한다.
62 니체, 프리드리히, 백승영 역, 「안티크리스트」, 『바그너의 경우·우상의 황혼·안티크리스트·이 사람을 보라·디오니소스 송가·니체 대 바그너』, 책세상, 2002, 310면.

바울이 "부정에 대한 긍정의 승리, 죽음에 대한 삶의 승리"를 염원했으며 바울의 진정한 기획은 "죽음을 죽여버리는 것"[63]이었음을 역설한다. 아감벤에게도 바울적 메시아는 과거에서 현재를 보거나 미래에서 현재를 보는 율법과 역사의 논리를 작동 중지시킬 '지금의 순간,' 즉 "역사 전체의 엄청난 압축"으로서의 메시아적 시간을 도래케 하는 자이다.

한편 바디우와 아감벤 모두 초월의 철학자가 아니라 내재성의 철학자들이다. 사건의 주체이든 구조의 작동 중지를 강조하든 그것은 초월적 외부에서 오는 것이 아니다. 사건의 주체가 상황의 장 내에서 발생한 사건과 진리의 내재적 단절을 충실히 탐구하는 자이듯이, 아감벤의 바울적 메시아조차 외부의 초월적 위치에서 도래하는 것이 아니다. 율법이든 메시아적 시간이든 이미 외부는 내부와 연결되어 있다는 위상학적 인식에서 아감벤만큼 철저한 사상가도 드물 것이다. 바디우와 네그리에 대한 아감벤의 비판은 그들이 생각만큼 내재성의 원칙에 충실하지 않다는 인식에 근거한다. 작동 중지, 무위화, 남은 자는 모두 초월과는 다른 논리 구조를 갖고 있다. 바디우는 아감벤의 비판에 대해 다음과 같이 말한다. "아감벤의 바울 읽기가 나와는 많이 다르다는 것을 알고 있다. 하지만 이 차이가 정말로 모순일까? 내가 질문하는 이유는 사실상 분할의 문제가 보편주의의 문제에 속하기 때문이다. 내가 볼 때, 둘 사이에 반드시 모순이 있지는 않다."[64] 바울 읽기라는 차원에서 사실 아감벤의 읽기가 바디우보다 정교해 보이는 것은 사실이다. 바디우는 『존재와 사건』과 달리 『사도 바울』에서 몇몇 허점을 드러내고 있다. 아감벤이 주목했듯이 바디우는 율법과의

---

63   알랭 바디우, 『사도 바울』, 139~140면.

64   Alain Badiou, "Universal Truths and the Question of Religion : An Interview with Alain Badiou," p.39.

단절을 지나치게 강조하는 경향이 있으며, 특히 내재성의 철학과는 다른 초월의 철학자처럼 읽히는 대목이 종종 눈에 띈다. 아마 바디우에게는 현재의 정치적 현실에 개입하기 위한 요구가 더 강력했기 때문이지 않았을까 추측해본다.

사실 바디우가 율법의 상황적 성격에만 지나치게 초점을 두고 은총을 그 너머에 둔 것처럼 보이는 것은 사실이고, 아감벤 또한 바디우의 이 측면에 초점을 두긴 했지만 바디우 또한 『사도 바울』에서 법의 이중성과 비슷한 지적을 하고 있다. 바디우는 죽음의 법과 사랑의 법을 대립시키고 있다. 즉 그는 문자로 된 율법과 달리 "문자를 넘어선 법", "율법과의 단절에 대한 법", "율법의 진리에 대한 법"[65]을 강조한다. 물론 바디우는 아감벤처럼 그것을 법 내부의 복합적 관계로 읽어내지는 않는다. 바디우는 여전히 아감벤이 네그리에게 말했던 것, 즉 구성하는 권력과 구성된 권력 간의 '단절'과 유사한 구조를 보여주고 있다.

하지만 바디우와 아감벤의 이론 중에 어느 한 이론이 더 낫다거나 대안처럼 생각할 필요는 없어 보인다. 두 이론가 모두 내재성의 이론가들이라면, 바디우는 내재성 내부의 변화와 사건을 극대화할 수 있는 주체라는 능동적 계기가 필요하다고 생각하는 데 반해, 아감벤은 그런 능동적 계기가 오히려 초월과 단절을 도입함으로써 현재의 구조를 영속화하는 역할을 할 수 있다고 말한다. 아감벤은 현 상황과의 단절보다 상황의 중지를 강조한다. 하지만 단절을 부정하다보면 주체는 여전히 대상으로만 존재할 뿐이고 주체적 힘으로 인식되지 않을 가능성은 계속 남게 된다.

---

65   알랭 바디우, 『사도 바울』, 170면.

제3부

문화이론과
탈재현의 정치학

제1장

시뮬라크르의 물질성과 탈재현의 정치학
보드리야르, 데리다, 들뢰즈

1. 근대의 재현적 사고와 시뮬라크르

플라톤Plato의 국가에서 시인은 추방되어야 했다. 시인은 진리와 로고스의 세계인 이데아의 형상을 노래하기보다 그 모사물과 그것을 다시 모사하는 시뮬라크르를 모방할 뿐이기 때문이다. 플라톤이 볼 때, 항상 변화와 생성과 시뮬라크르를 노래하는 시인은 국가의 변치 않는 진리와 존재의 세계를 불안하게 만드는 혹세무민의 이질 분자에 다름 아니다. 『국가Republic』의 9장 「선의 우월성The Supremacy of Good」에서 플라톤은 그림자의 세계를 현실로 오인하며 어둠 속에 갇혀 살아가는 사람들을 빛과 진리의 세계로 인도하는 것을 '선'으로 정의한 바 있다. 거기에서 스승 소크라테스는 제자 클라우콘Glaucon에게 동굴의 그림자를 바라보던 "몸 전체를 돌려세울 때만 어둠에서 밝음으로 전환할 수 있는 눈을 상상할 수 있다면, 우리의 이해의 기관 또한 그와 같다. 그 방향전환에는 진정한 존재와 실재를 볼 수 있을 때까지 마음을 변화하는 생성의 세계로부터 떼어내는 작업이 수반되어야 한다"[1]라고 말한다. 이 말에서 우리는 플라톤이 존재의 세계와 생

---

[1] Plato, *Republic* (Robin Waterfield trans.), Oxford : Oxford University Press, 1993, p.245.

성의 세계를 분리하는 한편, 전자의 세계를 후자의 세계 보다 더 고차원적 세계로 간주하고 있음을 어렵지 않게 볼 수 있다. 플라톤에게 세계의 존재들은 등급화되어 있다. 이데아의 정신은 모사물의 가변적이고 물질적인 세계보다 우위에 있고, 시인과 예술가의 이미지와 시뮬라크르의 세계는 진리에 도달할 수 없을 뿐만 아니라 현실계의 사물들에도 미달하는 하찮은 그림자의 세계일 뿐이다. 플라톤이 볼 때, 재현의 투명한 철학적 진리는 불투명하고 애매한 시뮬라크르의 언어보다 상위에 존재한다.

들뢰즈는 플라톤 철학의 가장 중요한 특징을 나눔의 방식에서 찾는다. 즉 플라톤에게 "나눔의 목적은 하나의 유를 종으로 나누는 것이 결코 아니며 혈통을 선별하는 것, 즉 경쟁자들을 구별하고 순수한 것과 그렇지 못한 것, 진정한 것과 불순한 것을 구별하는"[2] 데 있다. 그 나눔의 스펙트럼의 양극단에 진리와 시뮬라크르, 선과 악이 배치되어 있으며 모든 존재자는 진리 형상과의 유사성의 정도에 따라 등급이 매겨진다. 그 극단에 있는 시뮬라크르는 이데아의 형상과는 유사성을 갖지 않는 '본질적인 도착' 내지 '일탈'로 간주되며 이데아의 형상과의 '비유사성dissimilarity'의 관계 위에 세워져 있다. 들뢰즈에 따르면 바로 이 구별의 작동원리 속에 플라톤 철학의 근원적 동기가 자리한다.

이제 우리는 플라톤 철학의 전체적 동기를 정의할 수 있는 더 나은 위치에 있다. 그것은 경쟁자들 사이에서 선별하는 것, 선한 모사물과 악한 모사물을 구별하는 것, 혹은 (항상 잘 근거 지워진) 모사물과 (항상 비유사성 속에 휩싸여 있는) 시뮬라크르를 구별하는 것과 관련이 있다. 그것은 시뮬라크르에 대한 모사물

2　　Giles Deleuze, *The Logic of Sense* (Mark Lester trans.), New York : Columbia University Press, 1990, p.254.

의 승리를 보장하는 문제이며 시뮬라크르를 억압하고 그것들을 완전히 수면 밑에 둠으로써 표면으로 올라오거나 도처에서 여기저기 끼어드는 것을 차단하는 문제인 것이다.[3]

"모사물이 유사성을 부여받은 이미지라면, 시뮬라크르는 유사성이 없는 이미지인 것이다."[4] 플라톤에게서 시뮬라크르가 추방되어야 하는 이유는 바로 여기에 있다. 그것은 시뮬라크르가 유사성과 동일성이라는 재현의 논리에 따라 움직이지 않는, 오히려 이데아의 형상과의 동일성이나 유사성을 전혀 찾아볼 수 없는 불안하고 혼란스런 뭔가를 갖고 있기 때문이다. 플라톤 철학이 수행하고자 한 것은 시뮬라크르를 부정하고 추방하기 위한 것에 그치는 것이 아니라 시뮬라크르의 이 정의할 수 없고 해체 불가능한 뭔가를 재현의 틀 속으로 밀어 넣음으로써 그 위협성을 제거하고자 하는 것이었다.

플라톤 철학에 대한 들뢰즈의 지적은 유사성의 원칙에 근거한 플라톤의 나눔의 방식이 재현의 완벽한 틀을 갖추지는 않았다고 하더라도 그것이 이미 재현 철학의 시작임을 강조하기 위한 것이다. 이미 플라톤에서부터 사물에 대한 언어와 이미지가 갖는 불투명성은 투명한 재현의 논리로 환원되거나 그러한 논리 속에서 사유되기 시작한다. 플라톤이 서구철학의 근원인 이유는 시뮬라크르의 생동하는 물질성을 진리와 인식의 투명한 재현의 틀로 환원됨으로써 향후 물질성과 무관한 이념의 세계 내지 의식의 투명성으로 나아갈 수 있는 길을 예고하고 있기 때문이다. 데카르트, 칸트, 후설로 이어지는 서구의 근대적 사유들은 명증한 인간 의식의

3　Ibid., p.256.
4　Ibid., p.257.

관점에서 사물이나 시뮬라크르의 다양하고 불투명한 물질성의 세계를 설명 가능한 것으로 만들거나, 그것을 넘어서는 투명한 인식과 재현으로 환원하고자 했다. 그들에게 사물이나 그 모사물인 시뮬라크르의 풍부함과 불확실성은 투명한 재현과 명증한 인식을 방해하는 것으로 간주되거나, 의식의 투명성 앞에서 사라져야 할 대상에 불과했다.

이는 그들의 철학적 사유의 문제만이 아니라 개념의 차원과 다른 풍부한 감각의 문제를 다루어야 할 미학의 차원에서도 마찬가지였다. 서구 미학에서 사물의 구체적이고 풍부한 감각의 세계는 추상적이고 일반적인 재현과 의식의 문제로 환원되는 경향이 있다. 쉽게 통제될 수 없는 생동하는 감각이나 정동, 그리고 시뮬라크르의 감당하기 어려운 물질성은 제외된 채 항상 "구상적이고 삽화적이고 서사적인"[5] 재현의 비례와 균형이 미학의 중심을 차지하게 된 것이다. 그 결과 재현 세계를 넘어서는 사물의 물질적 감각이나 시뮬라크르의 생동하는 숭고의 세계는 억압되거나 길들여진 미적인 재현의 세계만이 지배적이게 되었다. 서구 미학에서 재현의 논리 속으로 통합되지 않고 재현의 틀을 초과하는 숭고보다 인간의 재현적 인식 속에서 안정과 조화를 갖는 미가 더 중심적이었던 이유는 바로 불확실하고 어지러운 감각의 세계를 영토화하고자 한 재현의 논리 때문이다. 파올로 비르노Paolo Virno는 칸트의 숭고 분석에서 두려움과 공포의 방어기제가 작동하고 있는 것을 읽어낼 수 있다고 주장한다. 그에 의하면 그 두려움과 공포의 방어기제가 칸트에게서 초월적 도덕률, 즉 "도덕적인 '나' 속에서 우연적이지 않은 것, 또는 진정으로 세속적인 것을 넘

---

5   Gilles Deleuze, *Francis Bacon : The Logic of Sensation* (Daniel W. Smith trans.), Minneapolis : University of Minnesota Press, p.6.

어선 것"[6]으로 나타나고 있다.

이와 같이 공포와 두려움의 방어기제로서의 재현의 논리는 이미 철학적 인식의 문제를 넘어 정치적 문제라고 할 수 있다. 재현representation은 그 의미에서 알 수 있듯, '선별'과 '대리'라는 의미를 동시에 갖는다. 근대정치는 다중multitude의 욕망을 재현의 그물망 속으로 끌어들임으로써, 즉 그 욕망을 대신하는 재현적대리적 메커니즘을 통해 권력의 안정성을 보장하고 유지하는 장치라고 할 수 있다. 들뢰즈가 모사물이 이데아의 형상과의 유사성에 근거하는 데 반해 시뮬라크르에는 근거할 유사성을 찾아볼 수 없다고 말하듯이, 비르노는 민중people이 국가의 재현 논리 속에 존재하는 데 반해 다중은 그런 재현 논리의 한계점에 존재한다고 말한다. 즉 "민중이 있다면 다중은 없고, 다중이 있다면 민중은 없다"[7]는 것이다. 근대적 재현의 정치에서 다중은 순전히 부정적인 한계 개념으로서 국가로부터 배제되어야 할 위협을 의미하였다. 그런 점에서 근대 재현의 정치는 근대 미학처럼 기본적으로 재현의 논리 속으로 편입될 수 없는 생동하는 시뮬라크르와 다중의 감각적 욕망이 낳은 두려움과 공포에 대한 방어기제는 아니었을까? 데리다 식으로 말하면, 근대 부르주아의 재현 정치는 지배자의 동질적이고 연속적인 재현의 시간을 탈구시키고 정의의 질적 시간을 되불러오고자 한 마르크스의 유령을 막기 위한 유럽부르주아지의 신성동맹은 아니었던가?

하지만 오늘날 이런 근대적 재현의 논리는 현실 세계를 다루는 데 심각한 한계에 봉착하고 있다. 그 이유는 그것이 오늘날의 세계를 설명할

---

6   Paolo Virno, *A Grammar of the Multitude* (Isabella Bertoletti et al. trans.), New York : Semiotext, 2004, p.31.
7   Ibid., p.23.

수 있는 능력을 상실하고 있으며 재현의 논리 속에서 배제되었던 시뮬라크르가 재현의 구조를 넘어 새로운 생성의 힘을 회복하고 있기 때문이다. 우선 정보기술혁명이 가져온 근대적 생산양식의 변화는 물질적 노동에 기반한 근대적 노동을 비물질적인 생산이라는 새로운 생산양식으로 대체하고 있다. 현실보다 더 현실적인 잠재적이고 가상적인 현실은 정신과 물질, 마음과 육체, 모델과 시뮬라크르 사이의 구분을 해체하고 그 사이의 새로운 인터페이스로 등장하고 있다. 이에 전통적으로 근대 학문들이 근거해온 초월주의적이고 인간주의적인 전제들, 즉 그 동안 당연한 것으로 여겨져 온 정신 / 물질, 마음 / 육체, 인간 / 기계, 문명 / 자연의 이분법적 대립 위에 구축되어온 '인간'의 구성은 해체되고 인간에 대한 기존 관념을 넘어선 새로운 개념이 요구되고 있다. 특히 자본주의의 전 지구적 지배는 민족국가의 정치체를 약화시키고 국가 간 경계를 해체하고 있으며 사람들의 이동을 손쉽게 만들고 있다. 이는 국민에 근거한 근대적 재현의 주권정치에 큰 변화를 낳고 있다.

이런 새로운 변화 속에서 이 글은 시뮬라크르 개념의 새로운 가능성을 검토하고자 한다. 여기서 집중적 분석의 대상은 시뮬라크르에 대한 보드리야르, 데리다, 들뢰즈의 이론이다. 이들은 정신 / 물질, 이념 / 시뮬라크르, 본질 / 현상을 구분하여 그 중 전자에 특권적 지위와 가치를 부여해온 서구적 재현의 논리를 비판하고, 본질과 현상, 현실과 모델 사이의 구분이 내파된, 현실보다 더 현실적인 시뮬라크르보드리야르, 동질적 현재의 시간을 이접 또는 탈구시키고 과거와 미래의 질적 시간을 다시 불러오고자 하는 유령적인 시뮬라크르데리다, 재현의 논리에서 벗어나 강도와 역량과 변이를 펼치는 잠재적이고 내재적인 시뮬라크르들뢰즈를 주장함으로써 시뮬라크르 이론의 다양한 가능성을 제기하고 있다. 또한 이들의 이론들은 근대 서구의 '재현'의 논리를 비판할 뿐만 아니라 그것이 갖는 정치적 의미를 비판함으로써 '탈재현'의 정치적 가능성을 보여주고 있다. 특히 이 글은 보드리야르, 데리다, 들뢰즈의 시뮬라크르 개념을 통해 그들이 재현의 논리를 넘어 어떤 실천적 가능성을 보여줄 수 있는지를 살펴보고자 한다.

2. 보드리야르의 내파된 시뮬라크르와 허무주의

돈 드릴로Don DeLillo의 『화이트 노이즈White Noise』에서 히틀러학과 교수인 주인공 글래드니Gledney는 미국환경학과라는 대중문화학과의 방문교수인 머레이Murray와 함께 '미국에서 가장 사진이 많이 찍힌 헛간the most photo-graphed barn in America'이라는 명소를 찾아간다. 이곳은 수많은 관광객들이 찾는 관광지로서 사진이나 엽서나 슬라이드와 같은 이미지가 현실을 대체해버린 곳으로 유명하다. 대중문화이론가인 머레이의 말처럼 그 누구도 헛간을 직접 보지 못한다. 즉 "일단 헛간에 관한 표지들을 보게 되면, 헛간을 보기란 불가능하게"[8] 되는 것이다. 그 곳에는 실체는 존재하지 않고 수많이 축적된 이미지와 시뮬라크르만 존재하며 우리는 새로운 이미지를 포착하기보다 기존 이미지들을 유지하는 데 기여할 뿐이다.

여기 오는 것은 일종의 정신적 항복입니다. 우린 그저 다른 사람들이 보는 것만 보죠. 과거에 여기 온 수천의 사람들, 미래에 올 많은 사람들이 보는 것 말입니다. 우린 집단적 지각의 일부분이 되는 데 동의한 거지요. 이것이 글자 그

---

8 돈 드릴로, 강미숙 역, 『화이트 노이즈』, 창비, 2005, 25면.

대로 우리의 시각을 채색하지요. 관광이 그렇듯이, 어떤 의미에서 이건 종교적
인 경험이죠.[9]

현대사회의 핵심을 지적하는 이 구절은 여러 비평가들에 의해 발터 벤
야민이 말한 기술복제 이미지나, 시뮬라크르가 현실을 대체한 보르리야
르의 시뮬라시옹 사회의 구체적 예로 간주되었다. 더 흥미로운 것은 그
다음 대목이다.

"사진이 찍히기 전에 이 헛간은 어땠을까요?" 그가 물었다. "어떻게 생겼을
까요? 다른 헛간과 어떻게 달랐고 어떤 점이 비슷했을까요? 우린 이런 물음에
답할 수가 없어요. 이미 표지판을 읽었고 사진을 찍어대는 사람들을 봐버린 때
문이죠. 우린 이 아우라 바깥으로 나갈 수 없어요. 이 아우라의 일부인거죠. 우
린 여기에 존재하고, 우린 지금 존재하고 있어요."[10]

실재를 대체한 시뮬라크르에 에워싸인 채 그 바깥을 상상할 수 없게
되었다는 머레이의 지적은 보드리야르처럼 실재와 시뮬라크르 간의 구
별이 사라지고 시뮬라크르가 실재를 대체한 시뮬라시옹의 사회를 압축
적으로 보여준다. 하지만 머레이가 말하는 사회는 보드리야르의 시뮬라
시옹 사회와 유사하면서도 차이가 있다. 보드리야르가 말하는 시뮬라시
옹 사회란 "사진이 찍히기 전에 이 헛간은 어땠을까요? 어떻게 생겼을까
요? 다른 헛간과 어떻게 달랐고 어떤 점이 비슷했을까요?"와 같은 질문
자체가 제기될 수 없는 사회이다. 그곳에선 실재에 대한 향수조차 존재

---

9   앞의 책, 25면.
10   앞의 책, 26면.

할 수 없다. 이미 바깥의 실재는 존재하지 않으며, 존재한다면 그것은 시뮬라크르의 환상을 위해 존재할 뿐이다. 시뮬라시옹의 사회에선 존재하지도 않는 실재에 질문을 던진다는 것은 불가능하다.

보드리야르에게 실재를 전제한 가장dissimulation과 실재가 사라진 시뮬라시옹simulation은 분명하게 구분된다. 가장에서는 부재와 현존, 또는 실재와 지시 사이의 관계가 유지된다. 즉 가장은 인 체 하는 것을 통해 자신의 실제 감정을 숨기는 것이다. 보드리야르에 따르면 군인이 아프지 않으면서 아픈 척 하듯이, "가장하는 것은 자신이 가진 것을 가지지 않은 척하는 것"[11]으로 뭔가실재를 숨기고 은폐한다는 점에서 "실재는 존재한다"는 현실 원리reality principle가 지배한다. 이에 반해 "시뮬라시옹은 진리와 허위, 실재와 상상 사이의 차이를 위협"[12]함으로써, 그리고 그 차이가 내파implosion됨으로써 현실의 원리는 더 이상 작동하지 않는다. 시뮬라시옹의 상태에서는 실재나 지시대상이 사라짐으로써 더 이상 실재를 전제로 한 "모방도, 복제도, 심지어 패러디의 문제"[13]도 제기될 수 없는 것이다.

그것은 실재의 기호들이 실재 자체를 대체하는 문제이다. 그것은 모든 실재적 과정을 그 조작적 분신double으로 저지하는 작업, 즉 실재의 온갖 기호들을 제공하면서 실재의 변화들을 방해하는, 프로그램화되고 준안정적이며 완벽한 기술기계descriptive machine로 저지하는 작업의 문제인 것이다. 실재는 결코 다시

---

11   Jean Baudrillard, *Simulations* (Paul Foss, Paul Patton & Philip Beitchman trans.), New York : Semiotext, 1983, p.5.

12   Ibid., p.5.

13   Ibid., p.4.

는 생산될 수 없을 것이다. 바로 이것이 죽음의 체계 속에서, 또는 죽음의 사건조차 일어날 가능성조차 남아있지 않은 예정된 부활의 체계 속에서 모델의 핵심적 기능이다. 상상으로부터, 실재와 상상의 구별로부터 자유로운 하이퍼리얼한 것은 오로지 모델들의 궤도적 순환과 시뮬라시옹적 차이의 생산을 위한 여지만 제공할 뿐이다.[14]

모델과 실재, 시뮬라크라와 원형 간의 내파 위에 세워진 시뮬라시옹의 세계은 반재현적이고 반지시적인 세계일 수밖에 없다. 그 세계에선 "실재와의 교환은 결코 일어나지 않으며 지시나 주변도 없는 끝없는 순환회로 내에서 스스로와만 교환되는"[15] 시뮬라크르만 존재할 뿐이다. 이 세계에서는 어떤 것이 다른 것을 위한 실재나 모델이 될 수 없다는 점에서 지시와 재현의 원리는 작동하지 않으며 시뮬라크르들의 지시 없는 수행의 원리만 작동할 뿐이다. 이 세계에서는 아픈 척하는 것이 아니라 아픔을 수행함으로써 아픔과 아픈 척 하는 가장의 경계가 사라진다.

보드리야르에게 시뮬라시옹 세계의 두 가지 대표적 사례가 디즈니랜드와 워터게이트 사건이다. 그것들은 모두 미국사회가 실재한다는 것과 미국자본주의가 건전하고 도덕적이라는 것을 '상상'하기 위해 존재하지만 시뮬라시옹의 세계에서 그런 '상상'은 무의미하다. "디즈니랜드는 실재의 나라, 즉 실재의 미국이 바로 디즈니랜드라는 사실을 숨기기 위해 거기에 존재"[16]할 뿐이다. 디즈니랜드를 에워싸고 있는 미국사회는 더 이상 실재하지 않으며 현실보다 더 현실적인 하이퍼리얼과 시뮬라시옹의

---

14   Ibid., p.4.
15   Ibid., p.11.
16   Ibid., p.25.

질서에 속한다. 따라서 디즈니랜드의 문제는 실재는 존재하고 그것을 허위적으로 재현하는 문제이데올로기일 수 없으며 오히려 "실재가 더 이상 실재하지 않는다는 것, 그렇기 때문에 현실의 원칙을 인위적으로라도 구원해야 한다는 사실"[17]을 보여준다. 워터게이트 사건 역시 마찬가지다. 워터게이트에 연루된 닉슨 대통령이 물러남으로써 다시 미국사회가 도덕적이고 정의로운 사회로 되돌아갈 것이라고 '상상'하지만 이미 미국자본주의와 정치가 타락한 상황에서 그런 상상은 유지될 수 없다. 오히려 워터게이트 사건은 체계 자체가 잔혹하고 비도덕적이며 비양심적이라는 사실을 숨기는 역할을 한다. 그러므로 그것은 타락한 체계의 정당성을 강화하는 기능을 수행하는 것이다.

여기서 '내파'와 '하이퍼리얼'은 보드리야르의 시뮬라시옹 세계를 설명하는 핵심 개념이다. 내파는 현실과 모델, 실재와 코드, 본질과 기호 사이의 구분 자체가 무의미해지고 "하나의 극이 다른 하나의 극과 구분할 수 없게 되는",[18] 즉 서로 속으로 함입되어 버린 상태를 의미한다. 그곳에선 다양한 인과적 모델이나 결정의 양식은 이미 해체되었고, 그런 양식에 의지하는 의미는 내파되었으며, 기호와 코드의 시뮬라크르만 존재한다. 바로 여기서 시뮬라시옹의 세계가 시작된다.[19] 이런 내파된 시뮬라시옹의 세계에서 모델과 시뮬라크르가 우선하며 모든 실재는 기호와 코드로 조직화된 모델의 재생산에 지나지 않게 된다. 오히려 모델과 시뮬라크르는 디즈니랜드처럼 현실보다 더 현실적인 하이퍼리얼을 구성한다. 시뮬라시옹의 사회에서 존재하는 것은 교환가능하고 대체가능한 코드와 기호

---

17   Ibid., p.25.
18   Ibid., p.57.
19   Ibid., p.57.

들뿐이다. 보드리야르는 이미 우리의 일상적 현실이 "하이퍼리얼의 시뮬라시옹적 차원"[20]에 통합되고 말았다고 주장한다.

보드리야르의 시뮬라크르 이론이 갖는 독특한 점은, 그것이 실재와 본질을 전제한 심층 모델이나 실재와의 지시적 연관성에 토대를 둔 재현구조를 전복하고 해체하는 데 있다. 그의 이론은 재현을 거부한다는 점에서는 데리다나 들뢰즈의 시뮬라크르 이론과 서로 통하는 바 있지만 그 함의에선 다른 이론가들과 뚜렷한 차이를 보인다. 사실 보드리야르의 시뮬라크르 이론은 현실보다 더 현실적인 하이퍼리얼을 주장하지만 그 하이퍼리얼의 근거는 내파된 실재가 재현 속에서 상실한 자신의 물질성을 되찾음으로써 생겨나는 것이 아니라 재현과 의미로부터 벗어날 뿐만 아니라 물질성으로부터도 벗어난 모델과 기호의 극단적 추상성으로부터 온다. 즉 실재와 의미의 내파를 주장하는 보드리야르는 시뮬라크르를 물질적이기보다는 모든 것이 등가적으로 교환되는 기호와 모델이라는 점에서 표피적이고 추상적이며 비형상적인 것으로 본다.[21] 보드리야르의 시뮬라크르는 실재로부터 분리되는 과정에서 물질성과도 대립하게 되는 것이다. 이 점에서 보드리야르는 재현으로부터 그것을 뒤흔들고 틈새를 만들어내는 이접적 시간과 차이의 물질성을 강조하는 데리다의 유령적 시뮬라크르나, 재현에서 벗어나 생성의 물질적 힘을 되찾고자 한 들뢰즈의 잠재적 시뮬라크르와는 큰 차이를 보인다. 들뢰즈식으로 말하자면, 보드리야르의 시뮬라크르는 재현으로부터 벗어남으로써 새로운 생성을 낳기보다는 재현보다 훨씬 더 추상적인 영토화의 코드와 기호의 지배로 귀

---

20 Jean Baudrillard, *Jean Baudrillard : Selected Writings* (Mark Poster ed.), Basil Blackwell : Polity Press, 1988, p.146.
21 Ibid., p.147; *Simulations*, p.10.

속되는 것이다.

이런 사실은 보드리야르가 근대적 시뮬라시옹의 단계를 설정하는 데 잘 나타난다. 그는 근대적 시뮬라시옹의 세 단계로 위조counterfeit, 생산 production, 시뮬라시옹simulation을 구분하는데, 이 개념들은 시대 구분과 연관되어 있다. 보드리야르에 따르면, 위조가 르네상스에서 산업혁명기까지의 고전시대의 지배적 도식이며 가치의 자연적 법칙the natural law에 따라 움직이고, 생산은 산업시대의 지배적 도식으로서 가치의 상품법칙the commodity law의 지배를 받으며, 시뮬라시옹은 코드가 지배하는 역사의 현 단계의 지배적 도식으로서 가치의 구조적 법칙the structural law 위에서 작동한다.[22] 현 단계의 시뮬라시옹 사회가 갖는 특성을 이해하기 위해서는 이전 단계의 특징을 간략히 살펴볼 필요가 있다. 왜냐하면 현 단계의 시뮬라시옹 사회는 이전 단계의 심화이자 단절 위에서 형성되기 때문이다.

우선 위조의 단계는 봉건질서로부터 자본주의 체계로의 이행기에 "각 기호가 명확하게 특정한 상황과 지위의 차원을 지시"[23]하던 투명한 사회에서 자본주의의 자유로운 경쟁과 계급 간 이동으로 인해 그러한 투명성이 약화되고 점차 기호의 인위성이 생겨나는 과정을 가리킨다. "결속된 기호가 종말에 이르면서 모든 계급이 종국적으로 참여할 힘을 획득하게 되는 해방된 기호의 지배가 시작"[24]되는 것이다. 이 단계에서는 한 계급에서 다른 계급으로 기호 가치의 특권이 이동하기도 하고 제한된 기호의 질서에서 수요에 따라 기호의 무한한 증식으로 이어지기도 한다. 기호는 더 이상 특정한 지위와 고정적인 가치를 가리키지 않게 된다. 하지만 근대적

---

22   Jean Baudrillard, *Jean Baudrillard : Selected Writings*, p.135.

23   Ibid., p.136.

24   Ibid., p.136.

기호는 "더 이상 차별적이지 않고 모든 장벽으로부터 해방되었으며 보편적으로 이용할 수 있게 되었음에도 불구하고 세계와의 결정적 연관성을 제공함으로써 여전히 필연성을 가장위조하고자 한다."[25] 보드리야르는 이 단계를 기호의 자의성이 드러나고 기호의 증식이 발생하지만 그 근거를 여전히 자연에 두고 있다는 점에서 가치의 자연적 법칙이 지배하는 단계로 규정한다. 그는 이런 법칙, 즉 '자연적인 것'의 문제설정, 현상과 실재의 형이상학이 르네상스 이후 부르주아의 특징적 주제가 되었다고 말한다.[26]

만일 기호가 자연이나 그에 대한 향수에 근거하기를 그만두고 무한히 증식할 때, 산업적 시뮬라크르의 단계로 진입하게 된다. 기호는 더 이상 위조될 필요가 없다. 왜냐하면 기호들은 대규모로 생산됨으로써 이전 단계에서 보았던 기호의 독특성이나 기원의 문제는 더 이상 문제되지 않으며 이제 '계열series'이 중요한 상징으로 등장하기 때문이다. 일련의 계열 속에서 두 가지 또는 n-개의 동일한 대상의 문제가 발생하고 그것들 사이에는 원본과의 위조 관계나 유사성 혹은 반영의 문제가 아니라 등가와 서로 무관심한 관계가 형성된다. "계열 속에서 대상들은 서로의 시뮬라크르로 무한히 변형되고, 대상 뿐 아니라 사람도 그렇게 변형된다. 기원적 지시의 소멸이 일반화된 등가의 법칙, 즉 생산의 가능성을 가능하게 한다."[27] 비록 이 단계가 생산에 역점을 두고 있지만 그것은 자연적 기호의 단계를 해체하고 벤야민이 말한 무한 복제가능성을 확립한다.

마르크스나 마르크스주의의 이론이 주로 두 번째 생산의 단계에 주안점을 두었다면, 보드리야르의 시뮬라시옹 이론의 가장 핵심적 특징들이

---

25   Ibid., p.136.

26   Ibid., p.137.

27   Ibid., p.137.

나타나는 것은 세 번째 단계에서다. 사실 그의 마르크스주의 비판은 바로 이 세 번째 단계를 근거로 두 번째 단계의 유효성이 상실되었음을 주장하기 위한 것이라 할 수 있다.

계열적 생산의 단계는 일시적이다. 죽은 노동이 산 노동을 지배하기 시작한 이래, 즉 본원적 축적이 종말을 맞이한 이래 계열적 생산은 모델에 의한 생산에 자리를 양보하게 되었다. 이는 기원들이나 최종적 목적을 역전시키는 문제이다. 왜냐하면 모든 형식은 그것들이 더 이상 기계적으로 재생산되지 않고 오히려 복제가능성에 비춰서 하나의 모델로 불리는 생성적 핵으로부터의 회절 diffraction로 파악되는 순간 변하기 때문이다. 이와 더불어 우리는 이제 세 번째 단계의 시뮬라크르의 한 가운데에 있게 된다. 첫 번째 단계의 원본의 위조나 두 번째 단계의 순수한 계열은 사라지고 모든 형식이 차이의 변주에 따라 진행하는 모델이 자리 잡는다. 모델과의 연계만이 의미를 생성하고 의미를 갖게 된다. (…중략…) 이것이 근대적 의미의 시뮬라시옹이며 산업화는 단지 그 주된 형식의 하나일 따름이다. 이제 계열적 복제가능성보다 더 근본적인 것은 변주이며 양적 등가보다 더 중요한 것은 차별적 이항대립이다.[28]

보드리야르는 존재와 현상의 형이상학, 그리고 생산과 결정의 형이상학이 사라지고 이제 우리는 미결정성과 코드의 형이상학에 이르게 되었다고 말한다. 마침내 재현과 결정과 지시가 사라진 시뮬라크르의 시대가 도래한 것이다. "그림자도 없고 승화도 불가능하고 반복 속에만 내재하는 계열적 기호의 어지러운 현기증 속에서 과연 누가 기호의 시뮬라시옹의

---

28 Ibid., pp.138~139.

실재가 어디에 있는지 말할 수 있을 것인가? 분명 이 기호들은 아무것도 억압하지 않는다. 심지어 일차적 과정조차 폐지되었다. 디지털의 차가운 세계가 은유와 환유의 세계를 흡수해버렸고, 시뮬라시옹의 원칙이 현실의 원칙과 쾌락의 원칙에 승리한 것이다."[29] 이 단계에서 모든 것은 시뮬라크르이며 코드와 기호의 이항대립과 그 변주로 간주될 뿐이다.

여기서 눈에 띄는 것은 모든 것이 코드와 기호로 조직화된 보드리야르의 시뮬라크르의 세계가 탈재현의 세계이면서 동시에 이미 탈물질화의 세계이기도 하다는 점이다. 재현에서 풀려난 시뮬라크르는 자체의 물질성과 숭고한 차이를 빼앗긴 채 추상적 코드와 기호 속으로 편입되고 다른 기호와의 동질적·차이적 관계로만 존재하게 된다. 사실 시뮬라시옹에 관한 보드리야르의 단계론적 설정은 단절에 지나치게 초점을 둠으로써 시대를 바라보는 데 있어 동질화의 효과를 강화한다. 시뮬라시옹의 단계에서 모든 것은 무한한 복제가능성과 교환가능성에 따라 기호와 코드로 변할 뿐이다. 그 속에서 정치, 사회, 경제와 같은 전통적 분화와 구분은 내파되었고, 과거의 기억이나 도래할 미래의 시간조차 현재와 그 기호의 산물일 뿐이며 이미 시뮬라시옹의 시간 속으로 함입되고 만다. 이런 상황에선 혁명이나 주체의 가능성 또한 사라진다. 오직 침묵하는 다수[silent majority]만 존재할 뿐이다. 역사적 주체가 혁명의 무대인 정치와 사회의 장에서 탄생한다면, 바로 이런 정치의 종말이자 죽음을 상징하는 것이 침묵하는 다수이다.[30]

보드리야르의 시뮬라크르는 포스트모던 자본주의 세계를 변혁하거나

---

29   Ibid., p.147.

30   Jean Baudrillard, *In the Shadow of the Silent Majorities or, The End of the Social and Other Essays* (Paul Foss, John Johnston & Paul Patton trans.), New York : Semiotext, 1983, p.23.

변혁의 주체를 창조하는 것과는 무관하다. 오히려 사회적·정치적 장을 중립화하는 시뮬라크르의 세계 속에서 원자화되고 파편화된 무기력한 대중만 존재할 뿐이다. 이 대중은 정치와 사회에 관여하여 자신을 적극적으로 표현하는 참여적, 능동적, 변혁적 주체가 아니라 측량되고 관찰될 뿐인 침묵적, 타성적, 수동적 객체일 뿐이다.[31] 침묵하는 다수에 대한 보드리야르의 이와 같은 설명은 시뮬라크르의 세계를 데리다나 들뢰즈와는 전혀 다른 모습으로 상상하게 만든다. 보드리야르에게 시뮬라크르의 세계는 모든 차이와 저항을 흡수하고 동질화하는 일종의 블랙홀로 상상된다. 그의 시뮬라크르적 블랙홀은 들뢰즈가 말한 시뮬라크르의 잠재적 생성과 변화가 사라진 일차원적 세계이며 전체주의적 성격을 띠고 있다. 그런 점에서 보드리야르의 시뮬라크르는 탈재현의 정치를 강조하지만 그 정치를 지탱해주는 실재적 물질성 혹은 다른 시간의 가능성을 포기함으로써 허무주의로 귀결되고 만다. 보드리야르는 이런 허무주의조차 저항적 전략으로 읽지만 그의 시뮬라크르는 그런 저항조차 무의미하게 만든다는 점에서 근본적으로 허무주의적이다.

3. 데리다의 유령적 시뮬라크르와 메시아적 초월

우선 시뮬라크르에 관한 보드리야르와 데리다의 견해 차이를 이해하기 위한 하나의 단서로서 두 사람이 마르크스의 '사용가치' 개념을 다루는 방식을 살펴볼 필요가 있다. 오늘날 마르크스의 사용가치 개념은 많은

---

31 Ibid., p.20.

비판을 받고 있다. 그 비판의 주된 요지는 사용가치 개념이 교환가치에 의해 소비되기만을 기다리면서 상품 내부에 존재하는 형이상학적 본질이나 기원 같은 것으로 전제되어 있다는 점이다.[32] 사용가치 개념을 하나의 원천이나 본질로 보는 마르크스주의적 입장을 거부한다는 점에서 보드리야르와 데리다는 견해를 같이하지만 거부의 논리와 방식에선 명확한 이론적 차이를 보인다. 앞서 지적했듯이, 모든 의미와 유용성이 기호와 코드의 교환가치에 의해 내파되어 버린 보드리야르의 시뮬라크르적 세계에서 사용가치 개념을 설정하는 것 자체가 근본적으로 환상일 뿐이다. 보드리야르는 교환가치에 선행하는 순수한 인간의 욕구나 유용성, 즉 사용가치는 존재하지 않으며, 만약 존재한다면 그것은 물신화된 개념에 지나지 않는다고 주장한다. 즉 "사용가치와 유용성 자체는 상품들의 추상적인 등가관계처럼 물신화된 사회관계이며 구체적인 용도와 목적이라는 허구적인 자명함으로 감싸여져 있는 욕구체계라는 추상"[33]이라는 것이다. 오히려 보드리야르는 사용가치 개념 자체가 교환가치를 이데올로기적으로 변호하고 물신화하기 위하여 고안된 개념에 불과하다고 주장한다.[34] 그는 사용가치가 교환가치에 보편적이고 항구적인 보증을 제공하며 교환가치를 재생산하는 이데올로기로 작용한다는 점에서 교환가치의 물신숭배보다 더 깊고 더 신비스러운 것이라고 역설한다.[35]

---

32 Steven Conner, *Theory and Cultural Value*, Oxford : Basil Blackwell, 1992, p.143.

33 Jean Baudrillard, *For a Critique of the Political Economy of the Sign* (Charles Levin trans.), St. Louis : Telos Press, 1981, p.131.

34 Ibid., p.138.

35 사용가치에 대한 이런 비판은 그의 시뮬라시옹 이론에 직접적 영향을 준 바 있는 기 드 보르(Guy Debord)의 스펙터클 사회를 비판하는 데서 잘 드러난다. 보드리야르는 기 드 보르의 스펙터클 이론을 대부분 수용하면서도 두 가지 한계를 지적한다. 우선 '스펙터클' 개념은 보드리야르가 하이퍼리얼 속에서 내파된 것으로 본 주체-객체의 관계를

데리다 또한 순수한 본질이나 기원으로서의 사용가치란 존재하지 않는다고 생각한다는 점에서는 보드리야르와 유사한 입장을 보인다. 그는 현상학이 시장과 교환가치를 괄호치는, 즉 "시장을 사고하지 않기 위해 또는 교환가치에 맹목적으로 남아있기 위해 고안된 사용가치에 대한 담론"[36]이라고 주장한다. 데리다에 의하면 현상학은 사용가치를 교환가치에 침윤되지 않은 인간의 속성과 인간적인 감각적 사물의 현상으로 간주함으로써 순수한 사용가치의 개념을 지향하는 현존의 형이상학의 전형이라 할 수 있다. "만약 우리가 사용가치만을 고려한다면, 사물의 속성들—왜냐하면 속성이 문제가 될 것이기 때문이다—은 항상 아주 인간적이며, 바로 이 때문에 안심할 수 있는 것이다. 그것들은 항상 인간에 고유한 것, 인간의 속성들에 관계한다. 그것들은 인간의 욕구에 부응하든가—정확히 이것이 그것들의 사용가치다—아니면 인간의 욕구를 위해 만들어진 것처럼 보이는 인간 활동의 산물이다."[37] 이에 대해 데리다는 보드리야르와 마찬가지로 자본주의적 상품관계 속에서 이런 순수한 사용가치를 전제하는 것은 불가능하다고 주장한다. 하지만 데리다가 보드리야르와 견해를 공유하는 것은 여기까지다. 사용가치와 교환가치의 관계를 부정하고 사용가치란 교환가치를 사고하기 위한 환상에 불과하다고 주장하는 보드리야르와 달리, 데리다가 순수한 사용가치 개념을 거부하는 것은 상품의 교환가치와 사용가치 간의 분리불가능성, 즉 시뮬라크

여전히 유지하고 있으며, 둘째는 기 드보르가 사용가치와 교환가치를 구분한 마르크스의 논법을 그대로 수용하는 한편, 스펙터클 사회를 전복할 수 있는 가능성을 사용가치의 복원에서 찾고 있다는 것이다. 이에 반해 보드리야르의 시뮬라시옹 세계란 주체와 객체의 관계가 내파되었을 뿐만 아니라 사용가치가 그 블랙홀 속으로 빨려 들어감으로써 사용가치와 교환가치의 구분조차 사라진 세계에 다름 아니다.

36　자크 데리다, 진태원 역, 『마르크스의 유령들』, 이제이북스, 2007, 291면.
37　위의 책, 291면.

르적이고 유령적인 관계를 강조하기 위해서이다. 데리다에게 자본주의적 세계에서 상품이 되는 것은 사용가치를 지닌 사물과는 전혀 다른 것이 된다는 것을 의미한다. 즉 상품의 세계에서 평범한 감각적인 사물은 "초자연적인 사물로, **감각적인 비감각적** 사물로, 감각적이지만 비감각적이며, 감각적으로 초감각적인 사물"[38]로 변한다. 데리다는 상품의 감각적 비감각적sensuous non-sensuous 성격을 상품의 시뮬라크르적이고 유령적인 성격으로 해석한다. 상품은 현상학에서 말하는 본질적인 "현상 없는 하나의 '사물'이며, 감각들을 넘어서는, 소실되는 사물이다. 하지만 이러한 초월성은 전혀 정신적인 것이 아닌 것이다."[39] 여기서 정신적이지 않다는 것은 데리다가 상품의 몸 없는 신체bodiless body, 즉 유령적spectral 성격을 말하는 것이다. 정신은 출몰하지 않는 데 반해, 유령은 햄릿의 살해당한 아버지처럼 감각적 신체를 빌려 출현하거나 출몰해야 한다. 유령이 위협적인 것은 그것이 바로 상품과 사물, 현존과 부재, 사용가치와 교환가치, 본질과 현상의 이분법을 해체하는 바로 감각적 비감각적 성격의 시뮬라크르이기 때문이다.

감각들을 넘어서는 것이 여전히 우리 앞에서 감각적인 신체 ─ 하지만 그것에게 결여되어 있는 또는 우리가 접근할 수 없는 것으로 남아 있는 ─ 의 그림자 속으로 지나간다. 마르크스는 감각적이고 비감각적인 것sensuous and non-sensuous이라거나 감각적이지만 비감각적인 것이라고 말하지 않는다. 그는 감각적 비감각적sensuous non-sensuous이고, 감각적으로 초감각적이라고 말한다. 초월성, 초과하는 운동, 넘어서는 걸음은 초과 자체 속에서 감각적인 것으로 된다. 이는 비감각

---

38 위의 책, 292면.
39 위의 책, 292면.

적인 것을 감각적인 것으로 만든다. 우리는 접촉하지 못하는 그곳에서 접촉하며, 감각하지 못하는 그곳에서 감각하고, 고통이 일어나지 않는 곳에서, 적어도 우리가 고통을 겪는 그곳에서 고통이 일어나지 않을 때, 고통을 느낀다.[40]

데리다는 감각적 비감각적인 것유령을 통해 자본주의적 교환세계에서 "상품이 사물에 출몰하고 상품의 유령이 사용가치 속에 이미 작동하고 있음"을 보여주고자 한다. 즉 현존의 세계 속에 시뮬라크르적이고 유령적인 또 다른 세계가 이미 움직이고 있다는 것을 보여준다. 데리다는 교환가치 이전에 순수한 사용가치를 설정하는 것은 이미 사용가치 속에 작용하는 상품의 유령적 계기를 부정하고 스스로에게 현전하는 동질적인 사용가치라는 기원을 도입하려는 것이라고 비판한다. 여기서 우리는 현존의 형이상학에 대한 데리다 비판의 또 다른 형태를 보게 된다. 하지만 데리다가 사용가치 개념을 부정하는 것이 아니라는 점에 유념할 필요가 있다. 다만 그는 "교환가치와 상품 형태를 만들어내는 모든 것으로부터 정화된 사용가치의 확실성"이라는 현존의 순수성을 의심할 필요가 있다고 말한다.[41] 사용가치에 관한 데리다의 시뮬라크르적이고 유령적인 논리는 사용가치를 본질적 현상으로 전제하고 있는 현상학적 입장뿐만 아니라 사용가치를 환상으로 간주하여 부정한 바 있는 보드리야르의 시뮬라시옹의 세계와도 다르다. 이 차이는 데리다의 이론과 보드리야르의 이론 간의 근본적인 차이를 드러내는 것으로 볼 수 있다. 의미와 가치들이 모두 내파되어 기호와 코드의 교환가치로 흡수되어버린 보드리야르의 시뮬라시옹 세계에서는 교환가치의 '외부' 또는 다른 시간, 즉 추상적인 시뮬라

---

40 위의 책, 292~293면.
41 위의 책, 309면.

크르의 세계를 깨고 이질적이고 타자적인 시간을 끌어들일 수 없다면, 데리다의 유령은 사용가치의 부정이 아니라 사용가치와 교환가치의 분리를 해체하고 그 사이의 유령적인 차이를 기입함으로써 현존 질서와 지배구조의 '외부'를 사고할 수 있는 계기로 작용하기 때문이다.

데리다가 마르크스의 유령specters을 복수형으로 쓰고 있듯이, 상품의 유령적 특징은 유령의 한 모습에 불과하다. 데리다의 유령 이론의 급진적 모습은 사용가치와 교환가치의 시뮬라크르적이고 유령적인 관계를 단순히 지적하는 차원을 넘어 더욱 근본적인 차원의 유령 내지 시뮬라크르의 가능성으로 나아간 데서 엿볼 수 있다. 유령 개념을 통해 데리다는 가치를 넘어선 영역, 즉 교환가치와 사용가치를 넘어선 정의justice와 증여gift의 해체 불가능한 절대적 지평을 드러내고자 한다. 그는 "순수한 사용이란 존재하지 않는 것처럼, (의미 자체, 가치, 문화, 정신(!), 의미작용, 세계, 타자와의 관계, 그리고 무엇보다 타자의 순수한 형태 및 타자의 흔적과 같이, 우리가 이를 어떤 이름으로 부르든 간에) 교환과 교류의 가능성이 사용되지-않음out-of-use — 이는 쓸모없는 것으로 환원될 수 없는 초과의 의미작용을 가리킨다 — 속에 미리 기입시켜놓지 않은 사용가치도 존재하지 않는다"[42]라고 말한다. 이 지적은 교환가치와 사용가치의 시뮬라크르적인 유령적 관계를 설명하는 차원을 넘어 교환가치 내에서 사용가치가 이미 자신의 한계를 넘어설 가능성, 즉 가치관계 자체를 넘어설 가능성을 갖게 된다는 중요한 통찰을 제시하는 것이다. 데리다에 의하면 바로 이 초과적 의미작용에 "교환을 넘어선 선물증여"과 가치를 넘어선 은총의 약속이 새겨져 있다. 이렇게 본다면, 사용가치 또한 새롭게 이해될 수 있다. 데리다는 "사용가치는, 사라

---

42   위의 책, 309~310면.

지지 않은 채, 일종의 한계, 한계 개념의 상관항이 되며, 어떤 대상도 상응할 수 없고 또 상응해서도 안 되는, 따라서 자본에 대한 일반이론^{어쨌든 좀 더 일반적인 이론}에서 복합적으로 가공되어야 하는, 일종의 순수 기원이 된다"[43]라고 말한다. 여기서 말하는 순수 기원이란 존재론이나 현상학에서 말하는 본질이나 그 현존의 시작을 뜻하는 것이 아니라 가치의 한계를 넘어설, 즉 유령의 시간이 시작되는 가능성을 의미한다. 데리다는 본질과 현상의 관계에 근거하는 현존의 존재론에 맞서 그런 정초적인 형이상학적 용어 없이 유령같이 지연되는 어긋난 시간을 탐구할 유령론^{hauntology}을 제안한다.

분명히 상품 형태는 사용가치가 아니며, 이 점에 대해 우리는 마르크스를 인정해 주어야 하고, 이러한 구별이 우리에게 제공하는 분석적인 힘을 고려해야 한다. 하지만 그것이 현재 사용가치가 아니라 해도, 사용가치에 현실적으로 현존해 있지 않다 해도, 그것은 미리 나무 탁자의 사용가치를 변용시킨다. 그것은 자신이 앞으로 될 환영처럼 사용가치를 변용하고 애도하며, 바로 여기서 신들림이 시작된다. 신들림의 시간, 신들림의 현재의 비동시대성, 신들림의 '이음매가 어긋나' 있음 역시 시작된다. 신들리기는 현재임을 의미하지 않으며, 어떤 개념의 구성 자체 안에 신들림을 도입하는 것이 필수적이다. 존재 및 시간이라는 개념을 필두로 하여 모든 개념의 구성 안에, 바로 이것이 우리가 여기서 유령론이라고 부르려고 하는 것이다. 존재론은 오직 축귀의 운동 속에서만 유령론과 대립한다. 존재론은 푸닥거리다.[44]

---

43 위의 책, 310면.
44 위의 책, 311면.

여기서 주목해야 하는 것은 데리다가 사용하는 개념과 언어이다. 유령의 출몰 시간이 갖는 비시대성, 어긋난 시간, 마치 흔적과 같이 가치의 한계를 넘어서면서 동시에 가치 속에 기입된 증여의 시간, 바로 이런 개념들을 통해 데리다가 사고하고자 하는 것은 무엇인가? 그는 왜 현재와 다른 시간, 현재의 현존과 어긋난 비-현존의 시간을 불러들이고자 하는 것인가? 『마르크스의 유령들』은 현실정치에 대한 데리다 나름의 정치철학적 개입이다. 즉 그것은 현실사회주의의 붕괴, 마르크스주의의 퇴조, 대안세력의 침체, 제어장치가 사라진 전 지구적 자본주의의 도래, 그리고 자유민주주의의 승리를 노래하는 프랜시스 후쿠야마^{Francis Fukuyama}와 같은 역사종말론의 유행이라는 반동적 상황 속에서 쓰인 것이다. 특히 후쿠야마의 역사종말론은 헤겔과 코제브^{Alexandre Kojève}의 인정투쟁을 전유하여 자유민주주의가 인정투쟁의 최종적 승자이며 '인간적 정부의 최종형태'라고 선언한 승자의 메시지를 담고 있었다.[45] 하지만 그의 역사종말론은 자유민주주의를 역사의 종점에 위치지음으로써 역사의 진보를 맹종해온 역사주의의 새로운 판본이며 자본주의의 승리를 선언한 반동적 낙관주의였다. 해체가 현실 비판에 취약하다는 비판에 답이라도 하듯이, 데리다의 유령론은 이런 상황에 정치적이고 철학적으로 개입한 것이었다. 그에게 18세기 부르주아의 신성동맹에 맞서 그들의 자기 충족적이고 현전적인 시간을 이접시키고 탈구시키며 어긋나게 만들기 위해 공산주의라는 유령을 불러냈던 마르크스를 다시 복수의 유령들의 형태로 불러냄으로써 현재의 반동적 시간에 또 다른 시간, 현재와 어긋난 탈구된 시간, 증여와 정의와 환대의 시간을 불러내는 것이 시급한 과제로 생각되었던 것이

---

45   Francis Fukuyama, *The End of History and the Last Man*, New York : Free Press, 1992, p.45.

다. 데리다에게 마르크스의 『공산당 선언』이 갖는 의의는 "유령, 곧 시뮬
라크르^{허상}와 마찬가지로 비현실적이고 잠재적이며 비실체적인 것에 불
과한 것으로 보이는 것의 현실성 내지 현존"[46]을 불러낸 데 있다. 대담하
게도 데리다는 마르크스 없는 미래, "마르크스의 기억, 마르크스의 우산
없이는, 어쨌든 어떤 마르크스, 그의 천재 / 정령, 적어도 그의 정신들 중
하나에 대한 기억과 상속 없이는 어떠한 장래도 없다"[47]라고 선언한다.

　데리다의 유령론은 그의 철학에서 갑자기 등장한 예외이거나 해체의
비정치성에 대한 비난을 변호하기 위한 데리다의 방어적인 관점에서 볼
수 없다. 『마르크스의 유령들』의 도처에서 정의, 환대, 책임, 증여와 같은
용어들과 만날 수 있듯이, 유령론은 그의 후기 철학의 주제와 밀접한 관
련이 있다. 그러므로 데리다의 유령론을 이해하기 위해서는 현존의 비-
현존을 드러내는 유령의 독특한 시간 개념과 더불어 해체의 윤리정치적
입장으로 나아간 데리다의 후기 철학과의 관련성에 대한 탐구를 우회할
수 없다. 우선 데리다는 '유령' 개념을 통해 "현존과 비현존, 현실성과 비
현실성, 생명과 비생명의 대립을 넘어설"[48] 가능성을 사고하는 한편, 실
재와 시뮬라크르의 존재론적 대립을 해체하고 탈구시키는 시간의 물질
성을 주장하고자 한다. 이는 현존과 재현을 특권화해온 서구 형이상학과
그 학문적 전통을 비판하기 위한 것이다. 데리다에 의하면 지금까지 유령
을 다룬 학자는 거의 전무했다. 즉 "실재적인 것과 비실재적인 것, 현실적
인 것과 비현실적인 것, 살아있는 것과 살아있지 않은 것, 존재와 비존재
사이의 확고한 구분, 현존하는 것과 현존하지 않는 것 사이의 대립을 그

46　자크 데리다, 『마르크스의 유령들』, 34면.
47　위의 책, 41면.
48　위의 책, 39면.

자체로 믿지 않는 학자란 결코 존재하지 않았다."[49] 이런 현실에 맞서 데리다는 모든 사회의 중심에 존재하는 타자에게 열린 또 다른 시간, 즉 '유령성'을 통해 서구의 현존적 존재론의 전통을 해체하고자 한다. 그에게 시간이란 보드리야르처럼 기호와 코드로 내파된 동질적이고 공허한 시뮬라크르의 시간이 아니다. 오히려 그런 시간을 어긋나게 만들고 탈구시키며 그 틈새 속으로 정의와 증여를 불러들이는 시간인 것이다. 그러므로 유령의 시간이란 지배자의 현재의 시간이 아니라 그 시간과 이미 '어긋난out of joint' 시간이며 현존의 동일성을 이미 오염시켜버린 차연과 해체의 시간이다. 즉 유령은 "현존 자체 속에서 현존하는 것의 어긋남, 현재의 시간이 바로 자기 자신과 어긋나는 비동시대성"을 의미하고, 나아가서 "현존하는 것의 현존 속에 근원적 타자성 및 이질성에 대해, 차이, 기술성 및 이념성에 대해 준거할 수 있는 가능성을 기입하는"[50] 시간을 상징한다.

함께 유지되지 않는 것을 함께 유지하는 것은, 그리고 함께 어울릴 수 없는 것 자체, 동일한 함께 어울릴 수 없는 것은 — 우리는 유령의 유령성으로 되돌아오듯이 계속 여기로 되돌아올 텐데 — 탈궤된 현재 속에서만, 상호 접합의 보증 없이 근원적으로 어긋난 시간의 이음새에서만 사고될 수 있다. 이 시간은 부정적 대립과 변증법적 이접의 장애를 따라 부정되고 파손되고 잘못 취급되고 잘못 기능하고 어그러진 시간이 아니라, 확실한 이음매나 규정 가능한 상호 접합이 없는 시간이다. 여기서 시간에 대해 말한 것은, 결과적으로 또는 그와 동시에, 역사에 대해서도 타당한데, 역사라는 것이 상호 접합의 효과들 — 이것이 바로 세계다 — 속에서 시간의 탈궤를 바로 잡으려는 것일 수 있다고 해도

---

49   위의 책, 37면.
50   위의 책, 151면.

그렇다. "시간이 이음새에서 어긋나 있다." 시간이 탈구되고 빠지고 벗어나고 탈궤되어 있고, 시간이 탈이 나고, 쫓기다가 탈이 나고 뒤틀리고, 고장이 난 동시에 미쳐 있다.[51]

이 시간 개념이 비판하고자 하는 것은 일직선적 진보의 진행이라는 동질적이고 공허한 시간관과 역사의 종말을 주장하는 목적론적이고 반동적인 승자의 역사주의이다. 데리다는 이런 승자의 역사주의를 거부하기 위해 발터 벤야민이 말한, 현재에 굴복하는 과거의 텅 빈 시간이 아니라 자신의 권리를 주장하는 과거의 질적인 힘, 즉 "약한 메시아적 힘weak messianic power"을 참조한다.[52] 파시즘이 암울한 먹구름처럼 닥쳐오던 유럽 반동의 시대에 벤야민은 유럽 사회민주주의에 의해 전유된 역사주의의 "동질적이고 공허한 시간"을 정지폭발시키고 "역사의 연속체를 열어 제치는" 메시아적 혁명의 시간을 복권하고자 한 바 있다.[53] 데리다는 발터 벤야민의 이런 '역사' 개념에 의지하여 또 다른 시간성, 즉 목적론적 역사주의를 비판하고 "타자, 예측 불가능한 것들, 그리고 어떤 선험적 담론에 의해 지배될 수 없는 순수한 사건"에 자신을 열어두는 '메시아주의 없는 메시아적인 것the messianic without messianism'[54]을 주장한다. 메시아주의 없는 메시아적인 것이란 '약속'과 '도래할 시간'으로만 존재하는 것이지 벤야민이 비판한 역사주의에 상응하는 존재-신학적이거나 목적-종말론적인 사고나

51　위의 책, 50~51면.
52　Benjamin, Walter, "On the Concept of History," *Selected Writings, Vol. 4. 1938~1940* (Edmund Jephcott et al. trans.), Cambridge : The Belknap Press of Harvard University. 2003, p.390.
53　Ibid., p.396.
54　자크 데리다, 『마르크스의 유령들』, 131면.

프로그램과는 무관한 것이다.

어떤 해체의 절차, 적어도 내가 스스로 참여해야 한다고 믿었던 해체의 절차는 처음부터 헤겔, 마르크스 또는 심지어 획기성에 대한 하이데거의 사고에서 볼 수 있는 역사에 대한 존재신학적인, 하지만 또한 시원始原-목적론적인 개념을 문제시하는 데 놓여 있었다는 점을 상기할 수 있게 허락해 주기 바란다. 하지만 이는 이러한 개념에 대해 역사의 종말이나 무역사성을 대립시키기 위해서가 아니라, 반대로 이러한 존재-신학-시원-목적론은 역사성을 폐쇄하고 중립화하고, 궁극적으로 소멸시킨다는 점을 입증하기 위해서였다. 따라서 문제는 또 다른 역사성을 사고하는 것이었다. 하지만 이는 새로운 역사나 더욱이 '새로운 역사주의'를 사고하기 위해서가 아니라, 메시아적이고 해방적인 약속을 — 존재신학적이거나 목적론-종말론적인 프로그램 내지 기획이 아니라 — 약속으로서 긍정하는 사고에 포기하지 않고 접근할 수 있게 해주는 역사성으로서 사건성의 또 다른 개방을 사고하기 위해서였다.[55]

데리다의 유령론은 역사의 시간성을 동질적이고 일관적인 틀에 꿰매는 목적론적 역사주의를 해체하고 그 속에 급진적 타자성과 이질성의 가능성을 각인하고자 한다. 그러므로 유령은 현재의 동질적 시간과 급진적 타자성 간의 차이에서 어긋남의, 우연성의 흔적을 갖게 되는 것이다. 여기서 유령은 그 고유한 독특성과 사건 속에 존재하는 용어이지만 현존의 형이상학을 해체하기 위한 데리다의 초기 용어들, 즉 해체, 흔적, 반복가능성, 보충대리와 기능적이고 의미론적인 유사성을 갖고 있다. 하지만

---

55 위의 책, 157면.

여기서 간과해서 안 되는 것은 그러한 유사성에도 불구하고 그 내부에는 새로운 차원의 정치적이고 윤리적인 해체 개념이 자리하고 있다는 점이다. 데리다는 1980년대 후반부터 법으로 환원불가능한 정의, 빚을 넘어선 의무, 경제를 넘어선 증여, 무조건적 용서와 환대라는 개념을 통해 해체의 윤리정치적 지평을 넓혀가기 시작한다. 그는 법과 빚과 경제교환의 "가능한 것들의 불가능성"의 지평으로서 정의, 증여, 환대, 의무의 문제를 제기한다. 데리다에 따르면 법과 빚과 경제가 해체가능하다면, 그것은 정의, 증여, 환대라는 해체 불가능성이 그 내부에 유령처럼 작용하고 있기 때문이다.[56] 데리다는 해체를 윤리적이고 정치적으로, 즉 정의와 증여와 환대로 인식하기 시작한다. 데리다에 의하면 해체란 곧 "법과 분리된", "법과 권리로 환원 불가능한" 정의의 해체 불가능성을 의미한다. 여기서 데리다가 유령을 정의와 증여와 환대 개념으로 설명하고 있는 점을 주목할 필요가 있다. 그는 현존하지 않는 유령과 타자의 문제에 관해 말할 때 그것이 '정의'를 위한 것임을 밝힌다.[57] 정의가 법의 한계와 해체가능성을 위한 해체 불가능한 지평이듯이,[58] 선물이 경제와 관련하여 불가능성의 지평이듯이,[59] 환대의 무조건적인 차원이 곧 정의이듯이,[60] 유령의 출몰은 또 다른 시간, 타자의 타자성, 프로그램이나 구도가 없는 도래할 미래에 대한 무조건적 받아들임, 즉 환대와 정의를 선언하고, 나아가서 교환경제의 해체 불가능한 한계지점으로서의 증여의 불가능한 차원을 알리

---

56   자크 데리다, 진태원 역, 『법의 힘』, 문학과 지성사, 2004, 33면.

57   자크 데리다, 『마르크스의 유령들』, 12면.

58   자크 데리다, 『법의 힘』, 34면.

59   Jacques Derrida, *Given Time : I. Counterfeit Money* (Peggy Kamuf trans.), Chicago : University of Chicago Press, 1994, p.7.

60   Jacques Derrida, *On Cosmopolitanism and Forgiveness* (Mark Dooley & Michael Hughes trans.), New York : Routledge, 2001, p. 23.

기 위함이다. 바로 여기에 마르크스(의 유령) 없이 미래는 없다고 말한 데리다의 의도가 있다.

4. 들뢰즈의 시뮬라크르와 탈재현의 정치학

데리다의 유령적 시뮬라크르는 법과 경제의 외부에 존재하는 정의의 해체 불가능성, 즉 법은 해체 가능하지만 '정의'는 해체할 수 없다는 그의 주장처럼 법과 경제의 한계에서 절대적 타자성과 또 다른 시간, 그리고 정의와 대면할 가능성을 강조한다. 그런 점에서 그의 유령적 시뮬라크르는 모든 의미와 질적 내용이 내파되어 기호와 코드로 변한 채 내부와 외부조차 사라진 보드리야르의 시뮬라크르적 세계와는 아주 다른 성격을 갖는다. 보드리야르의 시뮬라시옹의 시간이 내파된 단일하고 표면적인 시뮬라크르의 시간이라면, 데리다의 유령적 시뮬라크르의 시간은 과거와 현재, 미래가 자신의 질적 시간을 주장하는, 그리고 현재의 현존적 시간에 이미 현재의 프로그램의 재현구도 내에서 사고될 수 없는 '도래할 미래'가 약속으로 기입되어있는, 탈구적이고 이접적인 시간이다. 사실 데리다의 유령적 시뮬라크르는 보드리야르의 허무주의적 시뮬라크르의 세계조차 열어 제치는 급진적 정의와 윤리를 불러낸다. 보드리야르의 시뮬라크르가 재현으로부터 벗어나면서 그 물질성조차 박탈해버리는 허무주의적 성격을 지니고 있다면, 데리다의 유령이 갖고 있는 감각적 비감각적 시뮬라크르는 재현의 현존적 시간 속에 비-현존을 새겨 넣는 한편, 그 현존의 시간을 초월하여 정의와 증여를 불러오는 급진적 성격을 띠고 있다.

하지만 데리다의 이런 급진적 초월성이 현실 속에서 어떤 실천적 의미를 갖게 될지에 대해서는 좀 더 깊은 논의가 필요하다. 데리다의 유령이 갖는 급진적 초월성은 그것이 어떠한 현실적 프로그램도 거부하는 약속이나 절대적 요청으로만 존재해야 한다는 데서 생겨난다. 어떠한 현실적 실천도 프로그램의 유혹을 뿌리칠 수 없으며 재현적 구도 속에 갇혀버릴 위험이 있기 때문이다. 데리다가 정의, 증여, 환대를 가능한 것의 불가능성, 해체 불가능성, 절대적 개방성으로 정의하는 것은 바로 이런 유혹과 위험에 대한 경계 때문이다. 그렇더라도 데리다의 이론이 요청하는 급진적이고 절대적인 지평이 현실에서 어떤 실천적 의미를 갖게 될지에 대해서는 명확하지 않다. 데리다의 윤리정치적 사유로의 선회는 차연, 보충대리, 흔적의 논리를 펼치던 이전의 철학을 계승하는 것이면서 동시에 윤리정치적 사유로의 전환이 요구되는 이론적 변화를 겪고 있음에 주목할 필요가 있다. 차연, 보충대리, 흔적은 모두 글쓰기라는 해체의 언어적 모델에 근거했다. 그 개념들은 절대적 약속이나 요청이 아니라, 이미 말이나 목소리가 글쓰기에 의해 오염되어 있고, 의미의 현존적 통일성은 흔적과 차연의 비현존의 효과에 지나지 않으며, 자연이란 근원적 순수성은 이미 문화의 보충대리를 피할 수 없다는 것을 설명하였다. 그 개념들은 아무리 급진적이라 하더라도 해체할 수 없는 초월적이고 절대적인 지평을 마련하지 않았다. 초월성은 곧 또 다른 현존을 의미할 수 있기 때문이다. 하지만 해체가 언어적 모델에서 윤리정치적 사유로 옮겨갈 때 일정한 변화 또한 불가피하다. 정의, 환대, 증여라는 윤리정치적 개념은 '너머'를 인정하지 않는 차연과 흔적과 보충대리 개념과 달리, 법과 경제와 빚의 '너머'에 존재하는 해체 불가능성과 가능한 것의 불가능성을 개방하는 약속이자 요청인 것이다. 이런 점에서 데리다의 해체가 윤리정치적 입장으로 전환한 것은 이전의 언어적 해체 개념을 계승하는 것이면서 동시에 이전과의 긴장 또는 부분적인 단절을 함축하고 있는 듯하다. 예를 들어, 유령 개념에서 순수한 사용가치의 불가능성을 주장하고 사용가치에는 이미 교환가치가 각인되어 있다고 말할 때는 흔적과 차연 개념을 연상시키지만, 교환가치와 사용가치의 가치관계를 넘어선 정의와 증여, 은총을 말하는 대목에선 초월의 논리가 도입되고 있는 것은 아닌가 하는 의문이 든다.

데리다의 유령이 불러들이는 정의와 은총의 메시아적 약속은 유럽 반동의 시대 역사주의에 맞서 메시아적 구원의 시간을 요청했던 벤야민처럼 현실적 변혁이 봉쇄되고 패배의식이 팽배한 반동의 시간에는 적절한 개입이 될 수 있다. 하지만 그런 상황에서 벗어나 새로운 긍정과 변화의 힘이 감지될 무렵에는 모든 현실적 변혁의 프로그램과 구도를 의심하는 정의와 은총의 메시아적 약속이 과연 어떤 현실적이고 실천적인 가능성을 가질 수 있는가? 현실적 프로그램과 구도를 설정하지 않은 채 정의와 은총의 메시아적 약속이 초월적 지평으로 작용하다가 가끔 유령처럼 출몰할 때 자칫 기존의 현실 관계를 그대로 용인하는 방식으로 작용할 위험은 없는가? 나아가서 현실적 변혁의 프로그램과 재현적 구도를 사전에 설정하지 않으면서 현실에 대한 실천적 시각을 가질 수는 없는가? 이런 의문들은 데리다의 유령론에 대한 비판적 검토를 필요하게 만든다.[61] 데리다의 『마르크스의 유령들』을 비판적으로 논하는 글에서 안토니오 네그리는 데리다의 유령론이 문제 제기의 차원에서는 설득력있지만 대안

---

[61] 지젝은 데리다의 이런 사고를 높이 평가하면서도 데리다의 유령 개념이 주체가 직접 대면해야 할 책임과 행위보다 윤리의 궁극적 지평("유령적 타자성으로서의 정의의 메시아적 약속")으로만 기능하는 한계가 있다고 지적한다. 그는 해체주의가 주체의 죽음을 선포하고 해체함으로써 주체가 짊어져야 할 책임을 덜어주고 있다고 비판하는 한편, 데리다의 해체적 유령 개념은 현실의 무한한 복합성을 앞에 두고 주체의 윤리적 결단과 책임을 회피하는 사건 개념이 될 수 있다고 비판한다. Slavoj Žižek, "Introduction : The Spectre of Ideology," *Mapping Ideology*, London : Verso, 1994, pp.26~27.

으로서는 한계가 있다고 지적한다. 그는 데리다의 유령론이 마르크스주의자들이 마르크스의 유령으로 무엇을 해야 할 것인지를 전혀 모르는 상황에서 자본주의에 대한 비판의 기획을 쇄신하는 데 기여했음을 인정한다.[62] 그는 물질적 노동과 비물질적 노동, 육체노동과 지적 노동 간의 구분이 사라지고 다양한 가치형식과 연결된 대안들이 출현하는 등 생산 패러다임의 근본적 변화가 발생하고 있는 상황에서 "거대한 지각적 변화가 미래로부터, 즉 시간들의 불안하고 혼돈스럽고 탈구된 토대로부터 주어진다. 어긋나고 탈구된 시간, 바로 이것이 없다면 역사도 사건도 정의의 약속도 존재하지 않을 것이다"는 데리다의 주장이 강력한 것이었음에 동의한다. 하지만 문제는 데리다의 주장이 우리를 생산관계의 새로운 단계, 즉 "유동적이고 유연하며 전산화되고 비물질화되며 유령적인 노동"[63]이라는 생산 패러다임의 새로운 변화의 세계로 인도해야 했지만 그러지 못했다는 점이다. 즉 데리다의 정의와 유령은 "(현실적) 실천과 접촉하지 못하고 정의를 결정하는 가능한 요인들을 확인만 하고 그 자리를 떠남으로써 고독한 초월적 지평을 강조"[64]할 뿐이라는 것이다. 그 예로 네그리는 데리다의 『마르크스의 유령들』에서 마르크스가 자본주의 사회에서 "비판적이면서 전前해체적인 현존의 존재론으로 삼고자 했던"[65] 착취 개념이 거의 등장하지 않고 있다고 주장한다. 네그리는 진정으로 유령이 필요하다면 데리다의 것과는 다른 유령론, 즉 "비판의 산물일 뿐만 아니라 자본의 세계를 파괴하고 자유를 구성하는 정념, 즉 현 상태를 파괴하는 현

---

62 Negri, Antonio, "The Specter's Smile," *Ghostly Demarcations* (Michael Sprinker ed.), London : Verso, 1999, p.7.

63 Ibid., p.9.

64 Ibid., p.15.

65 Ibid., p.10.

실의 운동"[66]으로서의 유령이 필요하다고 주장한다.

테리다에 대한 네그리의 비판을 간략히 소개한 것은 그의 주장이 데리다의 유령적 시뮬라크르와 앞으로 살펴볼 들뢰즈의 시뮬라크르가 서로 다른 이론적 전통에 근거하고 있다는 것을 보여주기 때문이다. 네그리의 마르크스주의는 내재성과 잠재성에 관한 들뢰즈의 사상을 공유하고 있으며, 데리다의 정의와 윤리가 갖는 초월적 지평에 대한 그의 비판은 들뢰즈의 내재적이고 잠재적인 시뮬라크르에 대해 보다 쉽게 접근할 수 있는 계기가 될 수 있기 때문이다. 데리다가 마르크스의 유령을 말하면서 자본의 외부에 있는 정의와 증여의 초월적 지평을 말하고자 했다면, 네그리는 바로 그 자본의 외부가 이미 자본주의에 내재적임을 강조한다. 즉 자본을 극복할 힘은 자본 너머의 초월적 지평이 아니라 자본의 내부에서 이미 작동하고 있다는 것이다.

들뢰즈는 초월적 지평이 재현의 논리로 기능한다고 비판한다. 그에게 초월적 지평이란 잠재적이고 내재적이며 강렬한 힘을 가진 시뮬라크르를 유사성, 동일성, 유비, 대립이라는 재현 관계 속으로 밀어 넣는 메커니즘과 같은 것이다. 들뢰즈 사후 『리베라시옹Libération』에 쓴 들뢰즈에 관한 데리다의 짧은 조사는 많은 것을 시사한다. 데리다는 들뢰즈와 자신 사이에는 핵심적 테제와 "몸짓, 전략, 글쓰기, 말하기, 읽기의 방법"[67]에 있어 아주 긴밀한 유사성이 있다고 말한다. 그는 핵심적 테제의 구체적 예로 들뢰즈의 "변증법적 대립에 대항하는 환원 불가능한 차이, 모순보다 '더 심오한' 차이, 유쾌하게 반복되는 긍정의 차이, 시뮬라크르에 대한 주

---

66 Ibid., p.15.
67 Jacques Derrida, *The Work of Mourning* (Pascale-Anne Brault trans.), Chicago : The University of Chicago Press, 2001, p.192.

목"[68]을 언급한다. 조사라는 글의 성격을 감안하고 읽더라도 데리다 조사의 마지막 대목이 아주 흥미롭다. 여기서 데리다는 들뢰즈가 살아있다면, 그래서 자신과 약속한 토론을 벌인다면, 자신이 제기할 첫 질문은 아르토의 기관 없는 신체와 내재성 개념에 관한 것이 되었을 것이라는 말을 덧붙인다.[69] 내재성과 기관 없는 신체가 들뢰즈의 핵심 개념임을 생각할 때, 데리다의 첫 질문이 이 개념에 관한 것이 될 것이란 말은 들뢰즈와 데리다의 이론 사이에 존재하는 차이와 긴장을 느끼게 한다.

사실 시뮬라크르 개념에 관한 두 사람의 이론적 차이는 그들이 속한 철학적 전통의 차이와 무관하지 않다. 아감벤은 삶에 관한 근대 철학의 두 계보를 구분하면서 데리다를 칸트, 후설, 하이데거, 레비나스로 이어지는 초월성transcendence의 계보에 두는 한편, 들뢰즈를 푸코와 더불어 스피노자, 니체, 하이데거로 이어지는 내재성immanence의 계보에 넣는다.[70] 이 구분이 과도하게 보이고, 특히 데리다와 들뢰즈 간의 유사성을 간과한다는 점을 경계하며 받아들일 때, 이는 들뢰즈와 데리다 간의 이론적 차이를 맥락화하는 데 도움을 줄 수 있다.

이제 들뢰즈의 시뮬라크르 개념을 살펴보자. 그리고 우리가 데리다에게 제기했던 질문, 즉 현실적 변혁의 프로그램과 구도를 미리 설정하지 않으면서 현실을 새롭게 바꾸고 생성할 수 있는 가능성을 사고 할 수 있는 길이 있는가를 들뢰즈에게도 제기해보자. 들뢰즈의 시뮬라크르 개념은 유사성과 동일성에 따라 이념과 사물과 모사물을 구분하는 플라톤주

---

68   Ibid., pp.192~193.

69   Ibid., p.195.

70   Giorgio Agamben, *Potentialities* : *Collected Essays in Philosophy* (Daniel Heller-Roazen trans.), Stanford : tanford University Press, 1999, p.239.

의를 비판하기 위한 그의 초기 철학의 핵심 개념이다. 들뢰즈가 "동일성이 일차적일 수 없다는 것, 동일성은 원리로서 현존하지만 이차적인 원리로서, 생성을 마친 원리로서 현존한다는 것, 동일한 것은 차이나는 것의 둘레를 회전한다는 것, 이것이 코페르니쿠스적 혁명의 내용이다"[71]라고 말할 때, 바로 그 코페르니쿠스적 혁명을 나타내는 개념 중의 하나가 시뮬라크르라고 할 수 있다. 플라톤 철학에서 절대적 진리로서의 이데아는 유사성과 동일성의 논리, 즉 나눔의 방식에 따라 사물을 구분하고 자신의 모사물의 근거를 형성하는 데 반해, "반항적이고 유사성 없는 이미지들(허상, 시뮬라크르)"[72]은 나쁜 이미지로서 제거되고 축출되어야 한다. 하지만 들뢰즈는 바로 이 반항적이고 유사성 없는 이미지인 시뮬라크르에서 플라톤주의와 그것을 계승하는 재현의 논리를 전복할 가능성을 찾아낸다.

시뮬라크르는 정확히 말해서 유사성을 결여하고 있는 이미지, 어떤 악마적인 이미지이다. 또는 차라리 시뮬라크르는 모상과는 반대로 유사성을 외부에 방치하고 단지 차이를 통해 살아가는 이미지이다. 시뮬라크르는 그 자체가 어떤 불균등성 위에 구축되고 있다. 시뮬라크르를 구성하는 계열들은 유사하지 않고, 그 계열들의 관점들은 발산하고 있다. 시뮬라크르 자체는 그런 탈유사성과 발산을 내면화했고, 그 결과 여러 사태들을 동시에 보여주고 여러 이야기들을 동시에 들려주기에 이른다. 이런 것이 바로 시뮬라크르의 첫 번째 특징이다.[73]

들뢰즈에게 시뮬라크르는 제거되어야 하는 나쁜 이미지가 아니라 그

---

71   질 들뢰즈, 김상환 역, 『차이와 반복』, 민음사, 2004, 112면.
72   위의 책, 573면.
73   위의 책, 286면.

자체 강도와 역량과 변이의 잠재력을 가지면서 독특성과 차이를 생산하는 실천적 기호이다. 즉 그것은 "차이의 목을 조르고 차이를 재현의 사중적 굴레^{동일성, 유사성, 대립, 유비}에 종속시키면서 차이의 운반을 멈추게 하는 모든 심급들"[74]을 깨고 차이 그 자체, 즉 "차이나는 것이 차이 그 자체를 통해 차이나는 것과 관계 맺는 체계"[75]를 형성한다. 바로 이 체계 속에서 시뮬라크르는 차이의 발산과 탈중심화를 긍정한다. 영원회귀가 유사성, 동일성, 대립, 유비라는 사중의 재현적 구속을 떨쳐버리고 새로운 힘과 마주하는 것이라면, 시뮬라크르는 바로 그 영원회귀의 탈중심화된 중심을 통과하고 회귀하는 기호인 것이다. "영원회귀가 존재^{비형상적인 것}의 역량일 때, 시뮬라크르는 존재하는 것, 즉 존재자의 참된 특성 혹은 형상"[76]인 것이다. 시뮬라크르가 계열을 형성한다면, 그것은 재현의 논리와는 전혀 다른 계열을 형성하게 될 것이다. 거기에선 원본과 모상의 구분이 사라지고, 모든 재현의 논리는 허물어지며, 이념적 원형의 특권적 지위조차 장담할 수 없게 된다.

시뮬라크르의 체계는 발산과 탈중심화를 긍정한다. 모든 계열들의 유일한 통일, 유일한 수렴은 그 계열들을 모두 포괄하는 비형식의 카오스이다. 여기서는 그 어떤 계열도 다른 계열과의 관계에서 어떤 특권을 누리지 않고, 그 어떤 계열도 어떤 원형의 동일성을 소유하지 않으며, 그 어떤 계열도 다른 어떤 계열과 대립하거나 유비적이지 않다. 각각의 계열은 어떤 차이들로 구성되고, 또 어떤 차이들의 차이들을 통해 다른 계열들과 소통한다. 재현의 위계질서들을

---

74   위의 책, 625면.
75   위의 책, 624면.
76   위의 책, 163면.

대신해서 왕관을 쓴 무정부들이, 재현의 정착적인 분배들을 대신해서 유목적인 분배들이 등장한다.[77]

시뮬라크르 개념은 『차이와 반복*Difference and Repetition*』이나 『의미의 논리*The Logic of Sense*』에서 핵심적 개념으로 사용되다가 그의 후기 저작인 『철학이란 무엇인가?*What is Philosophy?*』나 『순수 내재성*Pure Immanence*』에서는 거의 사용되지 않는다. 이 개념은 다양체multiplicity, 선line, 배치assemblage, 다이어그램diagram 등과 같은 개념들에 의해 서서히 대체된다.[78] 아마 시뮬라크르 개념이 플라톤주의나 재현의 논리와 투쟁하기 위해 재현 논리와 동일한 지반 위에서 싸우는 데 필요했지만, 들뢰즈 자신의 고유한 논리를 전개하는 데는 불충분하거나 이론적 장애로 기능할 수도 있기 때문이라고 생각해볼 수 있다. 하지만 시뮬라크르 개념에 대한 정확한 인식과 그것이 데리다의 시뮬라크르 개념과 갖는 차이를 이해하기 위해서는 들뢰즈의 후기 철학에서 보다 강조되고 있는 '내재성' 개념에 대한 고찰이 불가피해 보인다.

들뢰즈는 자신의 철학을 '초월론적 경험론transcendental empiricism'이라 정의한다. 이 때 '초월론적'이라는 의미가 '초월적transcendent' 혹은 '선험적'

---

77   위의 책, 583면.

78   들뢰즈는 이미 『차이와 반복』에서 시뮬라크르 개념보다는 "이미지 없는 사유"(368)로 나아가고 있으며, 특히 시뮬라크르 개념보다는 '선'의 개념을 즐겨 사용한다. 김상환, 「보드리야르와 들뢰즈—시뮬라크르에서 선으로」, 『현대비평과 이론』 24, 2005를 참조. 특히 들뢰즈의 다른 저서들에서는 시뮬라크르 개념보다는 '선'과 유사한 의미의 "다이어그램"이라는 용어(『푸코』(*Foucault*), 『프란시스 베이컨』(*Francis Bacon*))나, 탈주선 혹은 배치(assemblage)와 같은 개념(『천개의 고원』(*A Thousand Plateaus*))이 핵심적으로 사용된다. Daniel Smith, "*Simulacrum*," *Encyclopedia of Postmodernism* (Victor E. Taylor & Charles E. Winquist eds.), London : Routledge, 2001, p.365.

이라는 의미와는 전혀 다르다는 점에 유념할 필요가 있다. '초월론적'이
라는 것은 초월적 혹은 선험적이라는 의미가 내포하고 있는 의식 주체
내부의 선험적 영역이나 외부의 초월적 존재와 혼동되어서는 안 된다. 들
뢰즈가 말하는 '초월론적'이라는 단어는 객체와 주체, 나와 너, 자아와 타
자의 구분과는 무관하다. 그것은 "객체를 지시하지 않으며 주체에 속하지
도 않는다는 점에서 경험경험적 재현과 구분되며" "비주관적인 의식의 순수
한 흐름, 전반성적이고 비개인적인 의식, 자아 없는 의식의 질적 지속"[79]
을 의미한다. 초월론적이라는 의미는 초월적이라는 의미보다 훨씬 내재
적이고 급진적인 의미를 갖는다. '초월적'이 내재성의 급진성을 간과하
고 오히려 내재성을 의식에 귀속시켜버리는 재현의 한계에 머물러 있다
면, '초월론적'은 바로 그 의식의 이전 또는 너머에 존재하면서 그 의식의
생성을 조건짓는, 즉 강도와 역량과 변이를 펼치는 내재성으로의 나아감
을 의미한다. "만일 의식이 존재하지 않는다면, 초월론적 장은 주체와 객
체의 온갖 초월로부터 벗어나기 때문에 순수한 내재성의 장으로 정의될
수 있을 것이다."[80] 초월적인 것 내지 선험적인 것이 단순히 주체의 경험
에 앞선다는 의미를 지닌다면, 초월론적인 것은 경험에 앞설 뿐만 아니
라 경험의 실질적 조건이자 발생 원천이라는 의미를 또한 지니며 재현의
지배에서 벗어난 내재적이고 강도적인 사태를 지칭한다.[81] 그러므로 초
월론적이라는 의미는 우리의 의식을 지배하고 있는 자연세계를 현상학
적으로 괄호환원치는 의식작용 자체에 머물지 않고 그것조차도 괄호칠 때

---

79 Gilles Deleuze, *Pure Immanence : Essays on a Life* (Anne Boyman trans.), New York : Zone
    Books, 2001, p.25.
80 Ibid., p.26.
81 김상환, 『차이와 반복』, 38면 각주 9를 참조.

출현하는 급진적 사태를 의미한다. 어떤 의미에서 초월론적인 것은 현상학의 급진화를 의미할 수 있다.[82] 이 초월론적 장에서는 주체나 객체는 존재하지 않고 강도와 역량과 변이의 힘들과 그들의 무한운동들이 펼쳐진다. 바로 이 무한운동들이 "스스로를 주름잡을 뿐만 아니라 다른 운동들을 주름잡고 다른 운동들에 의해 주름 잡혀지며, 무한히 접혀지는 이러한 무한성의 프랙탈화 속에서 방출들, 접속들, 증폭들을 만들어낸다."[83]

'초월론적'이라는 의미가 급진적인 것은 그것이 재현의 구속에서 벗어나 절대적 내재성에 닿고자 하기 때문이다. 그 때 내재성은 그 어떤 것에 속하거나 거기에 내재하는 것이 아니라not in something, to something 바로 그 자체에in itself 내재하는 것이다.[84] 만일 내재성이 어떤 것에 내재하는 것으로 이해될 경우 내재성은 재현의 논리로 다시 귀착하게 되고 그 어떤 것은 필히 초월적인 것으로 기능하게 된다. 여기서 내재성이 그 자체에 내재해야 한다는 들뢰즈의 언명이 그의 사상에 얼마나 핵심적인지를 알 수 있다. 사실 들뢰즈는 이를 통해 서구 철학사, 특히 초월과 재현의 철학들을 비판적으로 검토할 수 있었다. 즉 플라톤과 그 계승자의 철학에서 내재성은 초월적 유일자에 귀속되고 그 위에 포개진다.[85] 들뢰즈는 "일자 너머의 일자a One beyond the One, 바로 그것이 신플라톤주의의 공식이다"[86]라고 말한다. 기독교 철학에서도 내재성의 처지는 마찬가지이며 어떤 점에선 더 열악해진다. 내재성은 신이라는 창조적인 초월성의 틀에 맞춰 엄격하게 통

---

82   Claire Colebrook, *Gilles Deleuze*, London& New York : Routledge, 2002, p.6.

83   Gilles Deleuze, *What is Philosophy?* (Hugh Tomlinson & Graham Burchell trans.), New York : Columbia University Press, 1994, pp.38~39.

84   Gilles Deleuze, *Pure Immanence*, p.26.

85   Gilles Deleuze, *What is Philosophy?*, p.44.

86   Ibid., p.44.

제된다. 즉 초월적인 종교적 권위 속에서 내재성은 "국부적으로 또는 중개의 정도로만"[87] 허용될 뿐이다. 데카르트에서 칸트와 후설에 이르는 서양철학의 전통에서도 내재성은 코키토에 의해 의식의 한 장으로, 그것의 연장과 질로 다루어졌을 뿐이다. 즉 내재성은 선험적 주관성, 초월적 주관성, 사고하는 주체에 내재하는 것으로 간주된 것이다.[88]

들뢰즈는 이런 초월성의 철학에 맞서는 내재성의 철학자로 스피노자와 베르그송을 꼽는다. 스피노자가 "내재성이 실체와 양태로부터 비롯하는 것이 아니라 거꾸로 실체와 양태가 그것들의 전제로서 내재성의 평면으로부터 비롯한다"[89]고 주장함으로써 초월성과의 어떠한 타협도 용인하지 않았고 내재성이 오로지 그 자체에만 내재하는 것임을, 자유란 내재성에만 존재하는 것임을, 그리고 내재성 내부에 역량의 무한운동들이 펼쳐지고 있음을 주장한 철학자라면, 베르그송은 "끊임없이 자신을 확장하는 실체의 무한운동인 동시에 도처에서 계속적으로 권리상의 순수한 의식을 확산시키는 사유의 이미지이기도 한(내재성은 의식에 속하는 것이 아니라 그 반대인), 즉 카오스를 절단하는 하나의 평면"[90]을 그린 철학자이다. 여기서 우리는 들뢰즈가 "초월론적 장이란 철학적 과정의 중심에 스피노자주의를 다시 도입한 내재성의 진정한 평면"[91]이라고 말할 때, 이 말의 의미를 이해할 수 있게 된다. 이 때 '초월론적'이라는 의미는 '초월적'이라는 의미와는 전혀 다른 차원, 선험적 자아나 초월적 존재조차 강도와 역량과 변이 앞에서 그 경계가 허물어지는, 전前-개인적이고 전-인칭적인

---

87   Ibid., p. 45.

88   Ibid., p. 46.

89   Ibid., p. 48.

90   Ibid., p. 49.

91   Gilles Deleuze, *Pure Immanence*, p. 28.

순수내재성을 뜻한다.

그렇다면 내재성의 평면은 어떤 특징들로 구성되어 있는가? 들뢰즈는 "초월론적 장이 내재성의 평면에 의해 정의된다면, 내재성의 평면은 하나의 삶ª life에 의해 정의된다"[92]라고 말한다. 이 때 '하나의 삶'을 구성하는 것은 앞서 보았듯이, 주체나 객체, 혹은 대상일 수 없다. 오히려 그것은 강도와 역량과 변이가 생성하는 "잠재성들, 사건들, 독특성들"[93]이며, 주체와 객체, 대상은 이것들이 펼쳐지며 생겨난 효과일 따름이다. 내재성의 평면은 차이와 반복의 영원회귀를 통해 잠재성과 사건과 독특성을 생성하는 무대이며 시뮬라크르들이 재현의 독단적 사유의 이미지에서 해방되어 이미지 본연의 강도와 역량과 변이의 힘을 보여주는 공간이다. 그 평면은 또한 본연의 잠재적이고 강도적인 역량을 회복한 시뮬라크르들이 '비관계의 관계', 즉 마주침과 공명 그리고 '어두운 전조'를 통해 하나의 다양체를 형성하는 공간이다. 이 무대 위에서 펼쳐질 연극은 재현의 연극과는 전혀 다른 성격을 갖는다. 재현의 연극이 강도와 변이의 역량을 약화시키고 운동을 재현의 범주로 축소한다면, 내재성의 평면 위에서 펼쳐질 연극에서 체험하는 것은 "어떤 순수한 힘"이고, 이 연극의 주연은 "단어들이 존재하기 이전에 말하는 언어, 유기적 신체들보다 앞서 표현되는 몸짓, 얼굴들보다 앞선 가면들, 등장인물들보다 앞선 유령과 환영들"[94]이 될 것이다.

들뢰즈의 『차이와 반복』은 바로 이런 과정을 아주 정교하게 논의하는 책이다. 이 책에서의 결정적 대립은 이념과 재현의 대립이다.[95] 시뮬라크

---

92   Ibid., p.28.
93   Ibid., p.31.
94   질 들뢰즈, 『차이와 반복』, 45면.
95   위의 책, 416면.

르 개념과 더불어 이 대립은 『차이와 반복』의 주요 기획이 사실 플라톤주의의 뒤집기에 있음을 잘 보여준다. 들뢰즈는 "플라톤주의의 전복, 이것이 현대철학의 과제를 정의한다"[96]라고 말하는데 이는 들뢰즈 자신의 과제이기도 하다. 간단히 말해, 들뢰즈의 과제는 초월적 진리로서의 이념과 나쁜 악마적 이미지로서의 시뮬라크르를 극단적으로 대립시킨 플라톤주의에 대한 비판이다. 들뢰즈는 이념을 초월적 진리에 속하는 것이 아니라 초월론적 장, 즉 내재성의 평면에서 펼쳐지는 차이와 반복의 강도적이고 미분적인 관계로 간주한다. 그는 이념을 "n차원을 띤, 정의되어 있고 연속적인 다양체"[97]로 정의한다. 이념이 n차원을 갖는 것은 다양체의 요소들이 감각 가능한 형식이나 개념적 의미작용을 가지지 않고 어떤 역량이나 잠재성과 분리될 수 없기 때문이고, 그것이 정의 가능한 것은 그 요소들이 언제나 어떤 상호적 관계나 비율에 의해 규정됨으로써 독립성을 갖지 않기 때문이며, 그것이 연속적인 것은 그 요소들이 이상적인 다양체적 연관, 미분적 비율관계를 형성하면서 상이한 시공간적 결합관계들 속에서 현실화되어야 하기 때문이다.[98]

들뢰즈의 이념은 본질이나 재현의 논리로는 사유될 수 없다. 재현의 논리에서는 대상을 개념과 일치시키고 대상을 본질로 규정하려는 재현 주체가 중심적 위치를 차지하고 있다면, 이념 안에서는 강도와 역량과 변이가 주체나 대상의 재현에 구애받지 않고 항상 새로운 문제와 물음을 제기한다. 그 물음은 대략적으로 이미 답변이 주어져 있는 재현적 질문이 아니라 우연성, 사건, 다양체와 같은 차이에 대한 물음들이다. 이념은 항

---

96 위의 책, 149면.
97 위의 책, 399면.
98 위의 책, 399~400면.

상 사건과 변용과 우연의 편이며 비본질적인 것과 관련되어 있다. "이념의 사건과 독특성들 앞에서 '사물의 무엇됨'에 해당하는 본질은 결코 들어설 자리도, 존속할 수도 없다."[99] 그렇다면 이념은 시뮬라크르와의 대립적 관계에 놓여있는 것이 아니라 그것과 직접적 연관성을 맺고 있음, 즉 이념의 기호가 바로 시뮬라크르임이 드러난다. 따라서 시뮬라크르 개념을 이해한다는 것은 재현의 논리나 범주와는 다른 방식의 사유가 필요하다는 것을 의미한다. 들뢰즈는 시뮬라크르를 이해하기 위해서는 유사성, 동일성, 대립, 유비와 같은 재현의 범주에서 벗어나 강도들, 강도들이 이루고 있는 불균등한 계열들, 계열들을 서로 소통시키는 '어두운 전조', 그것을 잇는 공명과 마주침의 운동들 등과 같은 새로운 개념들의 도움이 필요하다고 말한다.

들뢰즈의 급진적 기획은 초월적 진리와 본질적 재현에 사로잡힌 이념을 초월론적 장으로, 즉 내재성의 평면으로 되돌림으로써 그것을 시뮬라크르와 다시 접합시키는 데 있다. 이것이 플라톤주의를 전복하기 위한 들뢰즈의 전략이다. 이는 들뢰즈가 플라톤에서 시작된 재현의 철학에 의해 축출된, 즉 시뮬라크르에 대한 정치가의 방식이 아니라 시인의 방식을 회복하고자 하는 것을 의미하는 것이기도 하다. 정치가가 역사 안에서 확립된 질서와 안정을 보존하고 확장하기 위해 시뮬라크르와 차이를 부정하는 데 열중한다면, 감성적인 것을 "차이, 누승적 잠재력을 띤 차이, 질적 잡다의 충족 이유인 강도적 차이"[100]로 느끼는 시인은 모든 질서와 모든 재현을 전복하고 시뮬라크르를 긍정한다.[101] 결국 시뮬라크르는 플라톤

---

99 위의 책, 416면.
100 위의 책, 145면.
101 위의 책, 137면.

주의에 의해 혹세무민의 이질 분자로 낙인찍힌 시인이 온갖 다양한 새로
운 힘들을 모두 유사성, 동일성, 대립, 유비의 격자 속으로 흡수해버리는
재현의 국가에 맞서 본연의 역량과 변이를 펼치는 감각적 기호인 것이다.
다시 말해, 그것은 시인이 재현의 전횡에 빼앗긴 자신의 감각적 역량을
되찾고 다시 문학의 독립성을 쟁취하기 위한 안내자의 역할을 한다고 말
할 수 있을 것이다.

　결론적으로 말해, 들뢰즈의 시뮬라크르 개념은 보드리야르나 데리다
의 시뮬라크르 개념과는 차이가 있다. 세 사람 모두 시뮬라크르 개념을
통해 서구 근대의 재현철학에서 벗어나고자 하는 공통점을 갖고 있지만
그들이 추구한 방식과 목표는 서로 달랐다. 보드리야르의 시뮬라크르가
모든 의미와 내용이 내파된 채 코드와 기호로 변한 시뮬라시옹의 세계에
서 자본주의의 타락뿐만 아니라 대중의 소멸과 저항의 불가능성을 허무
주의적으로 드러내고 있다면, 그리고 데리다의 시뮬라크르가 현존 자본
주의의 한계지점, 자본의 내부에 포함될 수 없는 정의와 은총과 선물의
요청, 즉 해체 불가능한 초월의 지점에서 들려오는 메시아적인 것의 요청
이라는 초월적 성격을 갖고 있다면, 들뢰즈는 재현의 내부에서 재현의 독
단적 사유의 이미지를 해체하고 탈주하는, 즉 새로운 연결접속을 창조하
고자 하는 강도적이고 잠재적인 시뮬라크르를 주장한다. 우리는 누구의
이론이 현실적 실천의 프로그램이나 재현적 구도를 사전에 설정하지 않
으면서 현실에 대한 실천적 태도를 갖는 데 더 유리한가 하는 질문을 던
져볼 수 있을 것이다.

　사실 이론적 관점에서 데리다와 들뢰즈의 이론을 지나치게 대립적인
위치에 두는 것은 무리가 있다. 데리다의 유령적 시뮬라크르의 이론 역
시 초월성을 근본적으로 의심하기 때문이다. 그가 현상학적 사용가치 개

넘을 비판한 것이나, 감각적 비감각적 유령 개념을 통해 사용가치와 교환가치의 시뮬라크르적이고 유령적인 성격을 주장한 점은 그가 초월이 이미 현존 속에 내재하고 있음을 간파하고 있다는 점을 보여준다. 그렇더라도 문제는 초월이 현존 속에 이미 내재하고 있다면, 그것이 정의나 증여의 초월적 요청을 넘어 구체적 현실 속에서 어떤 식으로 작동할 수 있는가, 그것을 통해 우리가 주체적으로 개입할 수 있는 것이 무엇인가 하는 질문을 던져볼 필요가 있다. 다시 말해, 윤리정치적인 관점에서 볼 때, 데리다에게 더 근본적인 차원은 유령적 시뮬라크르보다 타자에 대한 절대적 책임, 정의에 대한 무한한 요청이라는 초월적이고 윤리적인 지평이다. 하지만 들뢰즈의 내재성이란 관점에서 볼 때, 초월은 윤리와 실천능력을 분리시키는 것으로 보인다. 즉 "절대적으로 불가능한 것을 하라는 절대적 요구는 무한으로 승화된 무능력에 다름 아니다."[102] 스미스는 초월성의 철학과 내재성의 철학 간의 결정적 대립이 드러나는 것은 윤리정치적 영역에서라고 말한다. 왜냐하면 초월을 이론적으로 제거한다고 해서 반드시 그런 초월이 실천에서도 제거되는 것은 아니기 때문이다. 그는 초월성의 철학자와 내재성의 철학자를 대표하는 예로 레비나스와 들뢰즈를 들어 설명한다. 레비나스에게 윤리학은 존재와는 '다른otherwise than Being' 초월적 타자절대적 책임과 의무에서 비롯하는 것이기 때문에 존재론에 선행한다면, 들뢰즈에게 윤리학은 존재론과 같은 것이다. 그에게 윤리학은 존재자들이 존재와 맺고 있는 내재적 관계역량, 변용에서 생겨나기 때문이다.[103] 내

102　Daniel Smith, "Introduction : 'A Life of Pure Immanence' : Deleuze's 'Critique et Clinique' Project," *Essays Critical and Clinical* (Daniel W. Smith trans.), Minneapolis : University of Minnesota Press, 1997, pp.62~63.

103　Ibid., p.63.

재성이 들뢰즈 철학의 중요한 관건이 되는 이유가 바로 여기에 있다. 레비나스에 대한 스미스의 지적은 데리다에게도 해당된다. 왜냐하면 정의와 은총의 해체불가능성, 용서의 절대성, 선물의 불가능성 등과 같은 데리다의 윤리정치적 개념은 레비나스의 초월과 많이 닮아 있기 때문이다. 이런 초월성과 내재성의 윤리적 질문이 우리에게 던지는 실천적 선택은 다음과 같은 것일 터이다. 타자에 대한 절대적 책임과 해체 불가능한 정의와 증여에 대한 초월적 요구를 받아들일 것인가, 아니면 재현의 정치 구조를 파괴하고 내재성의 장 속에서 자신의 역량과 변이를 펼쳐가는 생성의 능력을 수용할 것인가. 바로 이것이 시뮬라크르의 탈재현의 정치가 결정적으로 사고해야 하는 질문이다.

제2장

코로나 이후의 세계를
맞이하는 방법

1. 코로나 시대의 문화정치

코로나 이후의 시대가 어떠해야 하는가를 두고 다양한 의견과 전망들이 쏟아지고 있다. 이런 분위기에는 부분적으로 팬데믹 사태에 대한 우리의 대처방식이 국제적으로 높은 평가를 받은 데 따른 자신감이 반영되어 있는 듯하다. 한국은 중국이나 이탈리아처럼 도시 전체를 봉쇄하는 바람에 시민들을 공포와 불안의 도가니 속으로 몰아넣지도 않았고, 영국이나 스웨덴처럼 섣불리 집단면역을 실시했다가 급속한 감염과 사회적 약자들의 희생을 초래하는 우를 범하지도 않았으며, 미국, 일본, 브라질처럼 감염 테스트와 마스크 착용을 제대로 실행하지 않는 등 정치지도자들의 잘못된 상황 판단으로 국민들을 혼란에 빠뜨리지도 않았던 것이다. 사회적 거리두기와 자가 격리를 통해, 그리고 초기 감염원 및 감염경로에 대한 철저한 추적조사를 통해 바이러스의 확산을 성공적으로 막은 사례는 세계적으로도 드물기에 한국은 국제적인 주목을 받기에 충분했다. 어느 날 깨어보니 우리는 자신도 모른 채 '선진국에 살고 있었다'는 것을 깨닫게 된 기분이다. 이런 상황이 코로나 이후의 시대를 주도해야 한다는 과도한 자신감으로 이어지고 있다.

물론 코로나 '이후'를 예측하는 일은 아직 이른 감이 있다. 미국, 일본, 유럽을 비롯한 소위 선진국들이 여전히 팬데믹의 심각한 피해에서 헤어나지 못하고 있고, 자칫 2차, 3차 코로나 사태의 재발을 맞이할 상황에 처해 있기 때문이다. 이미 세계경제는 경기침체와 마이너스 경제성장, 높은 실업률을 겪고 있으며, 앞으로의 사회경제적인 손실이 어느 정도가 될지 아직 가늠조차 못하고 있는 실정이다. 해외 언론들조차 팬데믹 사태에 대한 우려와 불안을 표출하거나 현 상황에 대한 분석에만 매달릴 뿐 코로나 이후의 상황을 생각할 겨를은 없어 보인다.

그렇다고 하더라도 '코로나 이후'를 논의한다는 것은 좋든 싫든 이제 코로나 사태가 의학과 방역의 문제를 넘어 문화와 정치의 차원으로 이동하고 있음을 보여준다. 코로나19가 사람들 사이에서 단순히 병원체로만 전파되는 것이 아니라 사회를 움직이는 힘으로, 즉 그동안 잘 드러나지 않던 해당 사회의 시스템의 순기능과 역기능을 노정하는 중요한 징후이자 계기로 기능하고 있다. 이미 자본과 국가는 이런 인식 위에서 움직이기 시작하고 있다. 팬데믹 사태에서 유통망의 자동화와 무인화 체계를 갖춘 기업들, 가령 아마존 같은 기업들의 급성장이 보여주듯, 자본은 인간들이 차단되고 고립된 상황에서 접촉 없이 살아갈 수 있는 경제체제의 구축에 집중 투자하려고 한다. 이런 상황은 팬데믹 사태가 낳은 '비정상적 상태'를 극복하려고 노력하기보다는 오히려 이 상태를 정상으로 고착화함으로써 현재를 이용하려고 한다. 하지만 그동안 자연과 환경을 파괴하고 동물들의 서식지를 빼앗음으로써 자연의 바이러스들이 인간세계로 퍼지게 만든 무분별한 글로벌화와 시장자본주의에 대한 비판과 수정이 없다면, 이런 식의 진행은 우리의 삶을 현혹하거나 조작할 수 있다. 라캉의 실재와 현실의 구분을 빌리자면, 포스트코로나 시대에 대한 성찰이 제대로 이루어지지 않는다면, 생태계 파괴, 공장화된 농축산업, 동물의 종 다양성을 축소하는 획일화된 품종개량 등 바이러스의 발생과 직결된 자본주의 체제의 '실재'를 직시하기보다는 그 실재를 '인간 없는' 자본주의라는 현실로 다시 은폐하려고 한다. 최근 자주 거론되는 '언택트' 자본주의도 자본주의의 실재를 은폐하는 자본주의의 새로운 현실일 따름이다.

코로나 '이후'를 예측하기 쉽지 않다고 하더라도 코로나19가 이미 문화정치의 영역에 들어온 또 다른 이유는 코로나 사태의 독특한 성격 때문이다. 1918년 스페인 독감[H1N1] 이후에 최근 들어 반복적으로 나타나는 일련의 바이러스들, 즉 1997년 조류독감[HSN1], 2002년 사스[SARS, 중증급성호흡기증후군], 2009년 신종플루[H1N1], 2014년 에볼라 바이러스, 2012년~2018년 메르스[MERS-COV, 중동호흡기증후군]에 이어 2019년 코로나19[COVID-19, 사스-코로나바이러스-2]로 이어지는 것에서 볼 수 있듯이, 보다 근원적인 진단과 처방이 없다면 앞으로도 이 바이러스들은 쉽사리 사라지지 않을 것이다. 사실 우리는 인간에 전염되지 않고 동물들 사이에서만 돌고 있는 바이러스의 종류가 얼마나 되는지 전혀 알지 못한다.[1] 코로나19가 정말로 위협적인 것은 인간들 사이에 전파되는 높은 감염률 때문이다. 이번 바이러스의 치명률은 그리 높지 않은 데 반해 인간사회에 대한 침투율은 매우 높은 편이다.[2] 전

---

1   리 험버, 「질병은 왜 확산되는가?—자본주의 농업과 농축산업」, 『코로나 19—자본주의 모순이 낳은 재난』, 장호종 편, 책갈피, 2020, 29면.
2   2020년 8월 6일 전 세계의 확진자 수는 대략 1900만 명을 넘어섰고 사망자는 711,922명이고 치명률은 3.74%에 이른다. 진보적 진화생물학자인 롭 월러스(Rob Wallace)는 코로나19의 치사율이 2~4%일 때 이 숫자는 0.1%인 계절성 인플루엔자에 비해 높은 편이지만 다른 바이러스의 치명률에 비하면 높지 않다고 말한다. 그에 따르면 "치사율이 10%인 사스, 5~20%인 1918년 스페인 독감, 60%인 '조류인플루엔자'(H5A1), 한때 치사율 90%에 이른 에볼라바이러스에 견줘 보면 코로나의 치사율은 그리 높지 않은 편입니다." 롭 월러스, 「진화생물학자 롭 월러스 인터뷰—코로나19 위기의 구조적 원인은 무엇인가?」, 『코로나 19—자본주의 모순이 낳은 재난』, 39면.

문가들에 따르면 우리가 백신 개발을 통해 현재의 코로나19에서 벗어난다고 하더라도 바이러스들의 변종들은 앞으로도 계속 출현할 가능성이 아주 높다. 이 말은 우리가 치명적인 바이러스의 위협이 상존하는 세계에 살고 있다는 것을 의미한다. 포스트코로나 시대라는 말이 자칫 바이러스의 반복적인 유행과 위협을 생각하지 않은 채 현재의 코로나 상황으로부터의 탈피만 보려는 것일 수도 있겠지만, 그보다 더 중요한 것은 코로나 이후의 시대에는 인간과 환경의 생태계가 매우 중요한 이슈로 등장하게 되고, 인간과 자연, 인간과 비인간 간의 공생이 보다 중요해질 것이라는 점이다. 사실 인간들의 접촉을 없애거나 최소화하려는 언택트 경제란 기후 변화와 지구 온난화와 같이 인간과 자연, 인간과 비인간의 경계들이 흐릿해지는 현실을 외면한 채 자연과 인간 사이의 경계를 더욱 높이면서 자연을 배제하고 차단하는 방향으로 나가려고 한다.

이상과 같은 이유로, 코로나19는 이미 우리의 문화정치 속으로 들어와 있다. 이는 코로나19가 우리 사회체제는 물론이고 세계체제의 장단점과 한계를 드러내는 결정적 징후이자 계기로 기능할 뿐만 아니라 이 상황을 특정한 방향으로 이용할 가능성 또한 커지고 있음을 보여준다. 포스트코로나 시대에는 이런 가능성을 누가 주도할 것인지를 두고 갈등, 경쟁, 경합이 치열하게 일어날 수 있다. 특히 이런 가능성을 두고 우리들의 삶을 더욱 공고히 하는 민주적이고 상호 연대적이며 생태학적인 방향과 그 반대방향 간의 갈등과 경쟁은 더욱 격렬해질 전망이다. 무엇보다 팬데믹 사태는 인류의 생존 자체와 연관된 문제로서 우리에게 기존의 문화정치와는 차원과 규모를 달리하는 거대하고 급진적인 이슈들을 제기하게 될 것이다. 유발 하라리Yuval Harari는 「코로나바이러스 이후의 세계」라는 짧은 글에서 코로나 이후의 세계가 과거와는 근본적으로 다른 세계가 될 것이라고 예견한다.

현재 인류는 지구적 위기에 직면하고 있다. 어쩌면 우리 세대의 가장 큰 위기일 것이다. 다음 몇 주 동안 사람들과 정부가 취하게 될 결정은 앞으로의 몇 년 동안 미래를 형성하게 될지 모른다. 그것은 우리의 의료체계뿐만 아니라 우리의 경제와 정치, 문화를 형성하게 될 것이다. 우리는 재빨리 단호하게 행동해야 한다. 우리는 또한 우리 행동의 장기적 결과들을 숙고해야 한다. 대안들을 선택할 때, 우리는 눈앞의 위협을 극복하는 방법 뿐 아니라 이 폭풍이 지나가면 우리가 어떤 종류의 사회에 살게 될지를 자문해봐야 한다. 맞다. 폭풍우는 지나갈 것이고, 인류는 살아남을 것이며, 우리 대부분은 여전히 살아있을 것이다. 그러나 우리는 다른 세계에 살게 될 것이다.[3]

이 글에서 하라리는 코로나19의 문화정치를 사고하는 데 중요한 통찰을 제공한다. 그는 현 상황을 두 쌍의 대립을 통해 설명한다. 한편으로는 정보를 통제하고 감시를 강화하는 기술을 압도적으로 행사하는 통제적 방식을 택할 것인가, 아니면 투명한 정보와 상황의 심각성을 공유하면서 시민의 자발적 참여를 끌어내는 방식을 택할 것인가 하는 것이 하나의 선택지라면, 국경을 잠그고 사람의 이동을 차단하는 민족주의적 고립의 방식을 택할 것인가, 아니면 전문가 집단들의 이동을 자유롭게 보장하고 필요에 따라 의료기술과 장비들을 적재적소에 공유하는 지구적 연대로 나갈 것인가 하는 것이 또 하나의 선택지다. 하라리는 시민의 자발적 참여와 지구적 연대의 결합을 대안으로 제시한다. 그에 의하면 앞으로 현재의 팬데믹 상황 뿐 아니라 포스트코로나 시대에도 우리들의 삶을 잘 유지하면서 보다 자유로운 정치체제와 상호 연대적인 미래 세계를 어떻게

---

3   Yuval Harari, "The world after coronavirus," www.ft.com (2020.3.20).

상상할 것인가가 관건이 될 것이다.

2. 파르마콘으로서의 코로나19

현재의 팬데믹 상황이 앞으로 어느 방향으로 나아갈지는 아무도 알 수 없다. 그리고 현재의 상황을 이해하는 방식들 또한 아주 다양해보인다. 코로나 사태가 벌어진 초기부터 SNS를 통해 자신의 생각을 지속적으로 제기해온 이탈리아 철학자 조르조 아감벤은 최근 사태를 두고 정부와 국가가 코로나 사태의 진실을 밝히지 않고 그것을 은밀하게 이용함으로써 개인의 자유와 이동을 통제하는 예외상태를 조장하고 이 상태를 연장시켜 일상을 관리하기 위한 통치 패러다임으로 삼으려고 하는 경향이 있다고 비판한다. 그는 코로나 사태로 인해 우리의 생명이 호모 사케르^{Homo Sacer}, 즉 헐벗은 생명으로 축소되는 데 반해, 생명을 다루는 의학이 이런 현실이 낳은 불안과 위기를 이용하면서 우리를 구원해줄 종교의 수준으로 부상하고 있다고 주장한다. 그는 문화정치에서 의학이 기능하는 방식을 잘 지켜봐야 한다고 말한다. 코로나 사태를 일반 계절적 플루에 비교하거나, 갑자기 닥친 팬데믹 사태로 인해 생겨난 비정상적 상태를 마치 정부가 체계적 통치전략으로 준비한 것처럼 여긴다는 비판을 받기도 했지만 그의 주장은 현 상황에서 깊은 혜안을 제공하고 있다. 한병철도 아감벤과 유사하게 현재의 팬데믹으로 인해 자유와 안전 중에서 안전이 우선시되고 생존이 절대시되는 시대가 도래하고 있다고 말한다. 그는 한 인터뷰에서 바이러스가 우리가 살고 있는 사회를 비추는 거울이라 말하면서 "우리는 궁극적으로 죽음에 대한 두려움에 근거한 생존 사회에 살고 있다"고 말한다. 그가 말하는 생존사회란 "좋은 삶에 대한 모든 의미를 잃어버리고" "건강을 위해 향락을 기꺼이 희생하며" 궁극적으로 "건강이 목적 자체가 되는" 사회를 말한다.[4] 다소 비관적인 이들의 입장과 달리 슬라보예 지젝은 현 팬데믹 상황이 그런 비관적 상황을 낳기도 하지만 새로운 세계의 가능성, 그가 말하는 '코뮤니즘'을 상상할 수 있는 가능성 또한 제공한다고 주장한다. 그는 "우리의 상황은 지극히 정치적이며" "모든 것이 가능한 상황"임을 강조하면서 우리가 야만으로의 퇴행이나 새로운 코뮤니즘으로의 이행이냐 하는 근본적 갈림길에 서있다고 말한다.[5] 지젝은 아감벤이나 한병철과 달리 팬데믹 상황이 새로운 세계를 상상하는 데 긍정적인 역할을 할 수 있다고 생각한다.

코로나19는 한병철이 말하듯이 사회를 비추는 거울이다. 하지만 그것은 사회의 단면을 비추는 거울이라기보다는 사회의 다양한 갈등과 모순, 그리고 미래의 복합적 가능성들을 비추고 드러내는 거울일 수 있다. 어쩌면 코로나19가 문화정치의 일부가 된 현 시점에서 거울이라는 비유는 수동적인 느낌을 준다. 문화정치 안에서 바이러스는 이미 문화적 행위자로 기능하면서 거울 자체를 재구성할 수 있는 힘까지 갖고 있기 때문이다. 특히 그것은 해당 사회 내부의 사회정치적 상황과 주체의 기능에 긍정적으로도 부정적으로도 영향을 줄 수 있다. 따라서 우리는 현재의 가능성들을 복합적으로 판단하고 세계의 현재와 미래를 성찰할 수 있는 열린 시각을 가질 필요가 있다. 현재 코로나19의 움직임은 데리다가 말한 파르마콘pharmakon과 유사하게 기능한다.

---

4   Byung-chul Han, "Interview with Carmen Sigüenza and Esther Rebollo : Covid-19 has reduced us to a 'society of survival'," www.efe.com (2020.5.12).
5   슬라보예 지젝, 강우성 역, 『팬데믹 패닉』, 북하우스, 2020, 123~124면.

데리다는 플라톤의 『파이드로스*Phaedrus*』를 해설하는 과정에서 약 / 독, 좋은 / 나쁜, 긍정적 / 부정적, 진실된 / 허위적인, 내부적 / 외부적 등의 개념적 대립들이 동시에 내포된, 순간적이고 차이적이며 혼종적인 유희를 생산하는 용어로서 파르마콘이라는 개념에 주목한 바 있다. 그는 글쓰기의 차연적 특성을 파르마콘이라는 용어로 설명한다. 그에 의하면 소크라테스가 글쓰기를 현실에 대한 단순한 이미지에 불과한 것으로 간주하며 모순적인 가치를 갖는 혼란스런 '파르마콘'을 부정하고자 했던 데 반해 플라톤은 글쓰기를 이항대립으로 환원될 수 없는, 근본적으로 양가적인 '파르마콘'으로 설명했다. 즉, "파르마콘의 '본질'은 그 어떤 안정적인 본질도, 그 어떤 '고유한' 성질도 갖지 않음으로써 그 단어가 갖는 어떤 형이상학적, 물리적, 화학적, 연금술적 의미에서도 실체가 아니며 (…중략…) 차이화 일반이 생산되는 일차적 매개체이다."[6]

데리다가 파르마콘을 글쓰기의 특징으로 보았듯이, 바이러스의 문화정치에서 바이러스의 기능을 파르마콘과 같은 개념을 통해 이해한다면 우리는 그 다양한 가능성들을 볼 수 있을지도 모른다. 지젝은 바이러스가 "계획과 전략을 갖추고 우리를 무찌르려는 적이 아니라, 어리석게 자가증식하는 한갓 메커니즘일 뿐"[7]이라고 말한다. 바이러스가 문화의 정치로 들어올 때 그것은 우리 사회에 치명적 독소로 기능할 수도 있고, 치료제로 기능할 수도 있는 복합성을 갖게 된다. 다시 말해, 그것은 우리를 생존과 예외상태로 몰아넣는 야만적 체제를 낳는 데 이용되기도 하고, 우리로 하여금 새로운 대안적 사회의 가능성을 상상하는 데 도움을 줄 수도

6　Jacques Derrida, *Dissemination* (Barbara Johnson trans.), London : The Athlone Press, 1981, pp.125~126.

7　슬라보예 지젝, 『팬데믹 패닉』, 130면.

있는 것이다. 다음에서는 현재 팬데믹의 문화정치 내에서 일어나고 있는 다양한 가능성들을 지적하면서 우리의 대안을 고민해보자.

무엇보다 현재의 팬데믹 상황은 자본주의의 급속한 재편과 강화를 가져올 것이다. 최근 들어 바이러스들이 반복적으로 창궐하게 된 주된 이유 중의 하나는 무분별하게 자연을 착취하는 세계화된 자본주의와 거대화된 공장 농업방식과 무관하지 않다. 롭 월러스Rob Wallace에 의하면, "현재 자본과 부관한 병원체는 없다. 아주 오지에 있는 병원체도 비록 멀리서이긴 하지만 자본에 영향을 받는다." 월러스는 바이러스가 반복적으로 나타나는 원인으로 전통적 로컬 농업을 파괴하면서 형성되고 있는 다국적 자본 중심의 대량화된 식량생산과 공업화된 축산업을 지목한다. 이런 체제는 자연을 값싼 자원과 에너지로 이용하기 위해 마지막 남은 원시림과 소농 경작지까지 마구잡이로 정복해왔다. 월러스는 이것이 삼림 파괴와 개간을 밀어붙이면서 새로운 질병이 생겨날 조건을 대대적으로 만들어내고 있다고 말한다. 즉 "다양하고 복잡한 기능을 하는 대규모 토지를 일률적으로 개간하면서 이전까지는 한곳에 갇혀 있던 병원체가 그 지역의 가축과 주민들에게 전염된다."[8] 특히 이런 병원체들이 글로벌화된 자본주의의 지역 고리들과 거점 도시들을 경유하여 전 세계로 순식간에 확산되는 것이다. 사스의 진원지인 광둥과 코로나19의 진원지인 우한이 바로 그런 지역들이며,[9] 바이러스가 런던, 뉴욕, 홍콩과 같은 자본 중심지들로 확산되는 것은 시간의 문제일 뿐이다. 문제는 바이러스의 발생 원인을 안다

---

8 롭 월러스, 「진화생물학자 롭 월러스 인터뷰—코로나19 위기의 구조적 원인은 무엇인가?」, 42면.

9 Andrew Liu, "'Chinese Virus,' World Market," *There is No Outside* (Jessie Kindig et al.), London : Verso, 2020.

고 하더라도 바이러스의 발생을 원천적으로 차단하지는 못할 거라는 점이다.[10] 미국과 중국 모두 바이러스의 발원지가 어딘지를 두고 책임을 미룰 뿐 자본주의적 농업방식의 문제점에 대해선 일언반구도 없다. 사실 미국과 중국 모두 이 농업방식에 의존하고 있기 때문이다. 다국적 기업들이 주도하는 농축산업 방식에서 미국과 중국은 서로 공생하고 있는 셈이다.

현재의 팬데믹 상황 때문에 큰 타격을 입고 있는 것은 자본주의 자체이기도 하다. 수많은 공장들이 멈춰서고 생산된 제품들의 수출길이 막히면서 실업이 대대적으로 발생하고 있다. 뿐만 아니라 전 세계의 항공업과 관광 및 여행업 등이 멈추면서 앞으로 피해가 어느 정도가 될지 가늠조차하기 어려운 실정이다. 하지만 자본주의에게 위기는 늘 기회이기도 했다. 이런 상황을 돌파하는 데 자본과 기업들이 가장 앞서 있다. 팬데믹 상황에서도 아마존, 구글 같은 플랫폼 빅테크 기업들의 급성장이 보여주듯, 자본은 인간들이 차단되고 고립된 상황에서 접촉하지 않으면서 살아갈 수 있는 상품들의 생산과 소비와 분배의 네트워크 확장에 더욱 집중하고 있다. AI기반의 자동화, 사물인터넷, 플랫폼 경제, 화상 교육방식과 콘텐츠 개발 등 이미 시작된 4차 산업혁명이 팬데믹 사태와 결합되면서 '인간 없는' 경제를 더욱 가속화할 것이다. 무인화, 자동화, 디지털 네트워크를 중심으로 하는 소위 언택트 경제는 사람들의 원자화된 분리를 이윤 창출의 기회로 이용하려고 할 것이다. 아마존, 구글, 페이스북 같은 기업들이

---

10   리 험버, 「질병은 왜 확산되는가? ─ 자본주의 농업과 농축산업」, 37면. 험버는 앞으로 생겨날 바이러스를 막을 방법으로 "산림을 파괴하고 토양에서 천연 영양소를 침출시키는 공업화된 농업과 공장형 농장을 철폐하고, 계획적이고 집산화된 안전하고 인도적인 농축산업, 지속 가능하고 우리에게 영양소를 제공하는 농축산업으로 대체해야 한다"고 말한다. 하지만 그는 이것이 불가능한 이유를 식품을 생산하는 수단을 거대자본들이 지배하고 있고, 특히 이들이 "건강에 해롭고 잠재적으로 치명적인 식품 생산 체계를 유지하는 데 이해관계를 갖고 있기" 때문이라고 말한다.

팬데믹 상황에서 선전한 것도 바로 이런 점과 무관하지 않다. 따라서 언택트 경제는 팬데믹이 낳은 '비정상적 상태'를 타개하는 데는 관심이 없으며 오히려 이 상태를 활용하는 데 혈안이 되어 있다. 그들에게 현재의 비정상상태는 새로운 정상일 뿐이다.

문제는 이런 경제가 의료, 교육, 소비, 가정생활을 비롯한 생활 전반으로 확대되고 있으며, 정부와 국가가 이런 확산과정을 추동하는 주된 행위자로 등장하고 있는 점이다. 정부는 이렇게 하지 않으면 생존할 수 없다는 식의 생존주의적 경제 논리를 부추기면서 자본에 유리한 환경을 조성하는 데 아주 적극적이다. 최근 정부가 앞장서서 의료 시장에서 원격의료를 개방하거나 교육에서도 사이버 강의의 비율을 폐지하는 등 비대면 화상강의의 대대적인 도입을 재빨리 승인해주는 것은 팬데믹이라는 예외적 상황에 대한 선제적 조치라고 할 수 있지만 교육 및 의료 환경이 처한 현실적 여건을 고려하지 않는 근시안적 처방들에 머물 수도 있다. 지역 현장의 일선에서 뛰는 의료진들의 헌신과 노력이 없었더라면 이번 코로나 사태는 상당한 어려움을 겪었을 것이다. 앞으로 생겨날 바이러스의 방역에도 지역 의료체계의 공고화가 관건인 상황에서, 현장에서 직접 뛰고 있는 의료적 실천행위를 약화시키고, 특히 발달된 의료 체계들이 서울과 수도권의 일부 병원으로 집중된 현실을 바로 잡지 않은 채 원격의료의 체계를 섣불리 도입할 경우, 지역 의료체계의 기반 자체를 무너뜨릴 소지가 있다. 중증 환자들의 경우, 이미 모두 서울로 몰려들고 있는 현실을 더욱 부추길 가능성이 높다.

교육 역시 마찬가지이다. 팬데믹 상황임을 감안하더라도 서열화되고 중앙 집중화된 대학 체제에서 사이버 강의와 비대면 화상강의들을 대대적으로 도입하는 것은 장차 교육 생태계를 교란시키고 특히 비수도권 내지 지역대학들을 생존 경쟁 속으로 몰아넣을 것이다. 특히 학생들이 부족해지는 지역대학의 현실에서 인건비 절감의 차원에서 지역 대학들이 대대적으로 사이버 강의를 도입하려고 한다. 머지않아 교수들이 사이버 강의의 관리자로 전락할 가능성도 배제할 순 없다.

이른바 언택트 경제는 이런 복잡한 현실을 말 그대로 건드리지 않으면서 이용하는 것을 전제로 작동하는 경제이다. 하지만 현실은 그렇게 녹록치 않다. 이런 경제의 치명적 한계는 팬데믹 상황으로 인해 드러난 심각한 경제적·인간적 불평등을 어떻게 다룰 것인지를 고려하지 않는다는 것이다. 무엇보다 언택트 경제는 인간과 인간의 직접적 접촉에 근거하는 수많은 비가시적 노동들, 즉 이반 일리치Ivan Illich가 말했던 수많은 그림자노동들shadow works이 없다면 애초에 불가능한 경제체제다. 일리치는 자본주의 체제에서 임금을 받는 공식노동에 비해 임금을 받지 못한 채 공식노동을 보완하는 그림자노동, 가령 가사영역의 여성노동 같은 경우의 필수적 역할을 지적한 바 있다.[11] 오늘날 언택트 경제에서 제대로 인정받지 못한 채 저임금에 허덕이면서 공식노동을 보완하는 노동형태들이 늘고 있듯이, 언택트 경제는 사실 공식화되지 않은 그림자노동들을 착취하는 상위의 경제체제일 뿐이다.

사실 이번 팬데믹 사태에서 치명적인 피해에 노출된 것은 사실 이런 분야의 노동에 종사하는 노동자들이다. 영국에서 다른 집단에 비해 코로나 치명률이 매우 높았던 집단으로서 BAMEBlack Asian Minority Ethnic 그룹이 큰 화제가 된 바 있는데, 파키스탄 이민자 출신의 런던 시장 사디크 칸Sadiq Khan까지 나서 이 문제를 정치이슈화하기도 했다. 영국 『가디언』이

---

11 이반 일리치, 노승영 역, 『그림자 노동』, 사월의책, 2015, 26~29면.

BAME의 감염률과 치명률이 높은 이유를 밝혀야 한다고 보도하자, 칸 시장은 BAME의 인구가 국민의 14%임에도 불구하고 실제 병원에 입원 중인 중층 환자의 3분의 1이 이 그룹에 소속되어 있음을 지적하면서 영국사회의 불평등 문제를 제기한 바 있다.[12] 일반적으로 젊은이들의 바이러스 치명률이 낮음에도 불구하고 유독 젊은이들이 많은 이 BAME 그룹의 코로나19 중증 환자와 치명률이 높았던 것은 이들에 대한 인종주의와 이들이 종사하는 분야가 팬데믹 상황에서 가장 취약한 분야이기 때문이라는 관측이 제기되었다. 이들이 취약한 것은 이들이 소수인종으로서 국가보건서비스NHS의 혜택을 제대로 받지 못하거나 의사, 간호사, 돌봄노동자, 운전사 등 코로나 예방의 최전방에서 일하고 있기 때문이었다. 가령 런던의 성인 사회돌봄 노동력의 67%가 이들 집단에 속한다는 조사가 있다. 코로나 사태가 우리 사회는 물론이고 세계적 차원에서도 계급적 불평등을 노골적으로 드러내는 계기가 되고 있는 것이다.

미국에서도 팬데믹 사태 이후 실업자가 거의 700만 명에 이르고 20%대의 실업률에 육박하고 있다. 흑인 조지 플로이드George Floyd가 백인 경찰의 폭력에 의해 죽게 된 사건 이후 시위가 전국적으로 확산된 데는 인종차별뿐만 아니라 팬데믹으로 인해 드러난 경제적 불평등이 깊숙이 자리하고 있음은 익히 알려진 사실이다. 한국에서도 물류 및 택배 분야와 콜센터에 종사하는 노동자들, 그리고 의료 분야에 종사하는 의료인들이 코로나19에 가장 심하게 노출되었다. 하지만 팬데믹 상황에서 공동체에 대한 이런 노동자들의 헌신적인 노력과 활동이 없었다면 코로나 사태의 진정은 요원했을 터이다. 팬데믹 사태 속에서 이들의 열악한 노동 환경이 드러

---

12 Sadiq Khan, "More BAME people are dying from coronavirus. We have to know why," www.theguardian.com (2020.4.19).

나기도 했지만 이들의 노력은 언택트 경제의 논리 속에 묻혀버리고 있다.

이런 상황에서 일부 국가와 정부는 코로나 사태를 이용해서 감시 및 억압체제를 강화하고 있다. 앞서 아감벤이나 한병철의 주장처럼 팬데믹 사태는 정부와 국가가 예외 상태이긴 하지만 국민의 생명과 안전과 자유를 다루는 방식에 중대한 전환점이 되고 있다. 중국의 우한이나 이탈리아 밀라노에서처럼 국가가 도시 전체를 봉쇄함으로써 사람 한 명 없는 을씨년스러운 도시풍경을 연출했을 때, 그것을 바라보는 우리들은 공포와 불안에 빠질 수밖에 없었고, 감염으로 죽은 자들이 애도와 장례조차 없이 '헐벗은 몸'으로 매장되는 장면은 우리에게 충격 그 자체였다. 아감벤은 죽은 자들의 시신 앞에서 우리 자신의 윤리적·정치적 원칙은 포기되고 "인간과 야만을 분리하는 문턱이 사라지는" 광경을 보지 않을 수 없었다고 말한다. 그는 "우리가 오직 구체적으로 설명하기 어려운 위험이라는 미명하에 우리와 인간 전체에게 소중한 사람들이 혼자서 죽을 뿐 아니라 장례도 없이 그들의 시신이 화장되어야 한다는 것 — 안티고네에서 오늘날에 이르기까지 결코 일어난 적이 없는 일 — 을 어떻게 받아들일 수 있는가?"[13]라고 질문한다.

일부 국가와 정부는 국민의 일거수일투족을 감시하고 그들의 행동을 추적하는 감시체제와 억압정치를 더욱 강화하고 있다. 프랑스에서 지난 3월 23일 법무장관 니콜 벨루베Nicole Belloubet는 정해진 규정 이외의 이유로 외출한 자에게 위경죄contravention를 적용해 벌금형에 처하고 상습적으로 위경죄를 범한 자는 경범죄를 적용해 6개월의 금고형에 처한다는 법률명령을 공포했다. 이는 행정권력만으로도 국민들의 방어권과 변호인의 조

---

13   Giorgio Agamben, "A Question," itself.blog (2020.4.15).

력을 받을 권리를 박탈한 채 수 천명의 사람들을 구금에 처할 수 있다는 명령을 발표한 것으로 1793년 대혁명 이후 처음 있는 일이라고 한다.[14]

사실 팬데믹 사태는 국가와 정부가 비상 상황을 이용하여 국민의 저항권을 억압하면서 권력을 더욱 강화하는 계기를 제공해주고 있다. 아마 대표적인 것이 헝가리 사례일 것이다. 헝가리 극우정권의 총리 빅토르 오르반은 팬데믹 사태에 신속하게 대처한다는 명분으로 기간 제한 없는 비상령을 의회에서 통과시켰는데 이 법령에는 격리조치 위반시 가중 처벌 뿐 아니라 의회 해산, 집회 금지, 선거 연기, 허위뉴스 유포자 처벌 등의 내용을 담고 있다. 나아가서 7월 초 홍콩 보안법이 통과되면서 홍콩의 자치와 민주화가 요원해지고, 러시아 개헌국민투표가 압도적인 찬성으로 통과됨으로써 푸틴에게 장기 집권의 길이 열린 것도 팬데믹 사태 속에서 진행된 일임을 놓쳐서는 안 된다. 팬데믹 사태는 정치권력이 독재적이든 민주적이든 국민의 생명과 자유, 권리를 통제하는 생명정치를 강화하는 길을 터주고 있다.

그렇다고 팬데믹 상황이 현재 자본과 정치권력에게 무조건 유리하게만 작용하는 것이 아니라는 점도 생각해볼 필요가 있다. 이 상황은 무엇보다 자연을 파괴하고 생태계를 뒤흔드는 기존 자본주의적 방식의 한계들을 드러냈다. 자연 생태계를 교란시키고 동식물의 서식지를 침범하면서 자연을 이윤을 위한 착취대상으로 삼아왔던 기존의 자본주의적 방식은 더 이상 유효하지 않다. 코로나19의 발생과 확산의 주요 원인이 자연과 지역의 생태계를 무분별하게 개발하고 남용해온 글로벌 자본주의라는 것이 인식되면서 인간과 자연의 공생에 대한 생태학적 각성들이 절실

14　라파엘 켐프, 「판결 없이 국민을 감옥에?」, 『르몽드 코리아』, 2020.4.29, 8면.

해지고 있다. 티머시 모턴Timothy Morton은 신자유주의적 자본주의가 인간 및 비인간 생명들의 공생적 실재the symbiotic real를 자연 / 인간의 이분법으로 분리 및 단절시켜 전유해왔다고 비판하면서 그러한 이분법의 아래로 저월低越, subscendence하여 다시 인간과 비인간의 공생과 연대를 깨닫는 생태학적 각성이 절실하다고 주장한 바 있다. 그는 "생태학적 인식이란 비인간들의 유령적 숙주와 공존하는 것이다"[15]라고 말하는데, 여기서 '유령적'이란 낯선 어법은 자연 / 인간의 이분법 아래에 있는 인간과 비인간의 공생적 얽힘 현상을 표현하는 말이다. 모턴은 자본주의가 자연을 착취하기 위해 자연과의 유령적 공생을 끊고 자연을 인간의 대립물로 '실체화' 내지 '대상화'한다고 비판한다.

> (…중략…) 자본주의가 유령적인 것과 불장난을 한다는 것이 아니라 자본주의가 충분히 유령적이지 않다는 것이다. 자본주의는 사물의 존재 ― '정상적인' 혹은 '자연적인' 고정적 본질들성질들이 없는 연장적 덩어리 ― 를 사물의 외양과 명확하게 구분짓고, 사물에게서 힘을 빼앗아 사물을 탈신비화하며 사물로부터 특성들을 박탈하고 그 데이터를 지워버리는 실체적 존재론을 함축한다. 생태학적 미래를 상상하라.[16]

팬데믹 사태를 염두에 두고 쓴 글은 아니지만 모턴의 지적은 팬데믹 사태를 초래한 자연과 생명에 대한 자본주의적 전유방식을 잘 설명한다. 코로나19와의 마주침은 우리에게, 가령 지구 온난화와 기후 변화처럼 자

---

15 티머시 모턴, 김용규 역, 『인류―비인간적 존재들과의 연대』, 부산대출판문화원, 2021, 106면.
16 위의 책, 107면.

연, 비인간과의 공생을 잊고 자연을 이윤과 추출의 대상으로 남용해온 자본주의적 삶의 방식에 대한 근본적 성찰을 요구한다. 또한 그것은 우리에게 인간의 삶의 방식 전반에 대한 성찰과 그에 근거한 대안적 경제 모델들을 상상할 것을 요구한다. 즉, 우리는 그림자 노동에 기생하는 언택트 경제모델과는 다른 차원에서 인간과 인간, 인간과 비인간, 인간과 자연의 상호 공생을 위한 보다 근본적인 새로운 경제모델을 구상할 필요가 있다. 이반 일리치는 공식노동과 그림자노동과는 다른, 지역의 토착적 삶에 근거한 자립과 자존을 위한 공생공락의 노동을 강조한 바 있다. 팬데믹 사태는 자본주의적 글로벌화가 능사가 아니라 오히려 그것이 로컬의 생태학적 상호의존 관계를 취약하게 만들었고, 그런 관계의 약화 때문에 바이러스와 같은 외부 공격에 더욱 취약하게 되었음을 절실히 깨닫게 해준다. 이런 현실은 지역의 생태계를 감안하는 지역적 생활 및 경제에 대한 관심을 고조시키고 있다. 최근 프랑스, 독일, 아일랜드 등 유럽의 중간 선거나 지방선거에서 녹색당이 급부상한 것은 바로 이런 현실을 잘 보여준다. 코로나 사태를 통해 작금과 같은 신자유주의적인 글로벌 자본주의 경제로는 인간에게 미래가 없을 것이라는 생각이 확산되고 있다. 결국 팬데믹 사태는 반생태적이고 반자연적이며 반인간적인 자본주의에 대해 근본적인 의문을 던지고 있다.

이런 의문과 더불어 나타나고 있는 중요한 정치적 현상 중의 하나는 전 세계적으로 크게 유행하던 극우 포퓰리즘의 약화와 새로운 사회민주주의적 대안에 대한 관심의 고조이다. 경제 발전과 인종주의를 포퓰리즘적으로 이용하여 정권을 잡은 트럼프, 보우소나르, 오르반과 같은 극우 성향의 지도자들과 지난 선거에서 약진했던 독일의 극우정당 'AfD'독일을 위한 대안[17]는 팬데믹 사태로 인해 그 영향력을 키웠지만 그것이 아주 허약하고 불안한 토대 위에 근거하고 있음을 드러낸다.[18] 사회보장과 사회안전망을 강화해야 할 위기 상황에서 극우 포퓰리즘 정치는 분열과 갈등을 조장함으로써 오히려 더 큰 혼란을 초래하고 사회시스템 자체의 붕괴까지 낳고 있다. 팬데믹 사태에서 이들이 쇠퇴할 수밖에 없는 까닭은 국민의 생명과 안전을 지키고 경제 침체를 막기 위해서 보다 체계적인 사회보장시스템이 필요한 상황에서 그런 시스템 자체를 공격하고 있기 때문이다. 팬데믹 상황은 국민들로 하여금 적대와 분열에 의존하는 극우 포퓰리즘의 한계를 직접 목격하게 해주고 있다.

트럼프 정부의 경우, 전 세계에서 가장 많은 확진자와 사망자를 내면서 팬데믹 대응에서 결정적 한계를 드러냈다. 조지 플로이드 사건 이후 국민통합을 통해 팬데믹 사태를 극복하려고 하기보다 자신의 지지 세력의 결집을 위해 분열과 적대의 정치를 시도하다가 인기가 급락하는 사태를 맞이하고 있는 것이다. 트럼프보다 더 극단적인 경우는 브라질 극우대통령 보우소나르를 들 수 있다. 그는 국민을 피아彼我로 구분하는 적대의 포퓰리즘으로 정권을 잡았는데 팬데믹 상황에서도 정치를 마치 포커 판처럼 운영하다가 지지 세력들마저 등을 돌리는 신세로 전락하고 있다. 브라질의 한 평론가는 팬데믹 상황에서의 그의 적대적 포퓰리즘을 "가상의 적들과의 적대를 끊임없이 만들어내고, 그런 감정들을, 코로나19를 아무 보호막도 없이 무방비 상태로 맞이함으로써 잠재적으로 수천 명을 무덤으로 보내는 자살 국가Suicidal State의 창조를 위해 동원하는"[19] 정치로 규정한다.

---

17   Constanze Stelzenmüller, "Germany's far-right a major loser from Covid-19, so far," www.ft.com (2020.6.18).

18   이윤정,「팬데믹이 가져온 의외의 결과… 유럽서 힘 잃는 극우」,『경향일보』, 2020.6.29.

19   Vladimir Safatle, "Bem Vindo Ao Estado Suicidário," N-1 Edições, São Paulo, 2020 (https://n-1edicoes.org/004). Matheus Lock , "COVID-19 and The limits of Bolsonar-

정도는 덜하지만 영국 역시 예외가 아니다. 극우 성향의 보리스 존슨 총리는 초기에 집단감염을 실시하려다가 감염자가 급속도로 늘어났고 자신도 코로나에 감염되는 등 초기대응에 실패함으로써 지지도 하락을 겪고 있다. 코로나 사태에 대한 존슨의 대응을 10명 중 3명 정도만이 지지하고, 한 때 60%가 넘던 그의 지지도는 40%대로 추락했다.[20] 이런 지지도의 추락을 떠나 영국의 NHS는 1980년대 대처 정부가 전후 합의를 깨고 철도, 전기, 교육 등 공공복지 분야를 민영화할 때 민영화를 모면했지만 비용 삭감과 긴축 정책을 피할 수는 없었다. 그 결과 상당히 부실해진 NHS는 이번 팬데믹 상황에서 심각한 한계를 드러냈다. 결국 팬데믹 상황은 매우 높고 정교한 수준의 국가 개입과 지원을 요구하고 있으며 그동안 시장 논리와 긴축 정책을 기조로 삼았던 보수당의 잔존하던 대처리즘의 약화로 이어질 가능성이 높아 보인다.[21] 보수당이 팬데믹 상황에서 사회적 약자들을 더 이상 무시할 수 없고 브렉시트를 통해 북부 잉글랜드 노동 계급의 지지를 받고 있는 처지에서 그들을 배려하는 정책을 실시하지 않을 수 없는 상황이다. 결국 팬데믹 사태 때문에 영국에서도 대처리즘의 남은 유산들이 새롭게 평가되면서 사회민주주의적 원리의 부활 가능성이 점쳐지고 있다.

이와 같이 팬데믹 상황은 극우 포퓰리즘의 허약성을 드러내는 한편, 그동안 거론조차 쉽지 않던 진보적 사회정책들의 도입을 본격적으로 논의할 수 있는 분위기를 제공하고 있다. 한국은 물론이고 미국, 일본을 비롯

---

ismh"(www.versobooks.com/blogs/4691-covid-19-and-the-limits-of-bolsonarism)에서 재인용.

20　Michael Savage, "Poll : UK government losing public approval over handling of virus," www.theguardian.com (2020.6.14).

21　로버트 페이지, 「대처리즘은 마침내 영국에서 퇴조하는가」, 『한겨레』, 2020.7.5.

한 국가들에서 전 국민을 상대로 재난기본소득의 지급이 실시되었고, 지난 선거에서 보수적인 야당들조차 기본소득을 주장할 정도로 기본소득과 같은 정책들이 논의 대상이 되면서 사회 자체가 보다 진보적인 방향으로 이동하는 추세이다. 팬데믹 상황은 일시적인 사회보장 정책의 실행을 넘어 기본소득을 비롯한 사회보장과 연대를 위한 사회민주주의적 정책들의 도입을 공론화하고 있다. 역설적인 것은 이런 정책들의 도입을 촉구하게 만든 것이 팬데믹이 가져온 예외상태와 생존사회라는 사실이다. 생존의 취약성이 오히려 우리로 하여금 좋은 삶과 사회적 연대를 위한 새로운 세계의 가능성을 상상할 것을 요청하는 것이다. 이와 같이 현재의 팬데믹 상황은 좋은 / 나쁜, 긍정적 / 부정적, 진실 / 허위, 독 / 약의 의미를 동시에 내포하는 양가적인 파르마콘처럼 어느 한 면으로만 규정하기 어려우며 다양한 가능성을 동시에 함축한다. 우리는 비관적이고 우울한 생존사회로 퇴행할 수도 있고 긍정적이고 합리적인 사회로 이행할 수도 있다. 결국 어느 길로 나아가느냐는 현 상황에 대한 우리의 판단과 역량에 달렸다.

3. 연대의 일상화를 위해

팬데믹이 선언되고 사회적 거리두기가 한창일 때, 자주 가던 식당을 오랜만에 들른 적이 있다. 그곳을 지날 때 한동안 문을 닫는다는 공지를 보았는데 오랜만에 문을 연 것이다. 텅 빈 식당에서 주인도 그렇고 나도 그렇고 걱정과 반가움이 섞인 안부를 주고받았다. 팬데믹 사태를 보면서 다시 깨닫게 된 것은 우리의 일상이 그냥 주어져 있는 것이 아니라는 사실이다. 마치 매일 마시는 공기나 물처럼, 그리고 언제든 바꿔 입을 수 있는 의복처럼 일상은 당연히 주어진 것으로 여겨졌을 뿐 깊은 숙고의 대상이 되지 않았다. 하지만 우리의 일상을 차단시켜버린 팬데믹 사태는 그 당연함이 우리의 삶을 떠받치는 필수 조건이었음을 깨닫게 해주었다. 사회적 거리두기가 한창일 때 우리의 일상이 존재하기 위해 얼마나 많은 관계들이 얽혀 있었고, 얼마나 많은 관계들이 우리의 일상을 형성하는 데 내포되어 있었는가 하는 생각이 들었다. 팬데믹 사태는 우리의 일상을 당연시하던 태도를 괄호치고 일상의 본질을 근본적으로 다시 생각하게 하는, 소위 현상학적 판단중지와 같은 것을 요구했다. 정작 일상이 격리되고 나서야 우리는 우리의 존재와 세계의 긴밀하고 깊은 관계를 다시 생각하게 되고, 나의 일상이 '나'의 일상이 아니라 수많은 관계들로 구성된 나의 '세계'였음을 깨닫게 된다. 팬데믹 사태에서 내가 세계 속에 존재한다는 것이 고립된 개인으로서 존재하는 것이 아니라 현재의 나를 있게 해준 수많은 관계들과 함께 존재한다는 사실을 절실하게 깨닫게 해주었다.

격리된 고립상태에서 필자가 느낀 경험은 역설적이게도 나를 둘러싼 세계, 즉 모두가 서로 연결된, 들뢰즈가 말한 '하나의 삶ª Life'이 존재한다는 느낌 같은 것이었다. 들뢰즈는 자신의 마지막 글인 「내재성―하나의 삶」에서 찰스 디킨즈Charles Dickens의 소설 『우리 서로의 친구Our Mutual Friend』의 한 일화를 통해 주체의 개별성을 넘어선 '하나의 삶'을 설명한다. 사람들의 멸시를 받던 한 악한이 몸져누운 채 죽음을 기다린다. 그를 돌보던 사람들이 그가 약간 회복의 기미만 보이더라도 진지함, 존경, 심지어 사랑까지 보여준다. 이 악한은 깊이 잠든 동안에도 뭔가 부드럽고 감미로운 것이 자신의 몸을 타고 흐르는 것을 느낄 수 있다. 하지만 그가 생명을 다시 되찾으려는 순간 그를 돌보던 사람들이 차갑고 냉담하게 돌아서버리고, 악한 또한 다시 비열하고 악해져버린다. 여기서 들뢰즈는 죽음과 삶 사이에 무슨 계기가 일어났던가에 주목한다. 즉 그가 주목하고자 한 것은 악한도 그의 조력자도 아니다. 오히려 그것은 생사의 전환점에서 그들 사이를 타고 흐르면서 그들을 연결하는 하나의 삶이라는 계기이다. 이 삶의 계기 앞에서 주체들의 경계는 흐릿해지고 사라지게 되는 것이다. 그러기에 악한은 부드럽고 감미로운 것이 자신의 몸을 타고 흐르는 것을 느낄 수 있었고, 그의 조력자들 또한 악한의 임종에 진지함, 존경, 사랑을 보낼 수 있었던 것이다. 들뢰즈에게 하나의 삶을 구성하는 것은 주체와 객체, 대상이 아니다. 오히려 그런 주체와 객체를 가능하게 해주는 삶의 다양한 잠재적 힘이다. 하나의 삶에서 이런 힘들은 만났다가 떨어졌다가 새로운 관계를 창조하기도 한다. 들뢰즈는 이런 과정을 하나의 삶이라 규정한다. 주체와 객체가 명확한 형태를 띠는 것은 이런 과정에서 생겨나는 효과들이다. 그는 악한이 죽음 직전 자신의 개별성을 내려놓는 순간에 "내적이고 외적인 삶의 우연적 사건들, 즉 일어난 일의 주체성과 객체성으로부터 자유롭게 풀려나는 비인격적이면서도 특이한 삶," "모든 사람이 공감하고 또한 일종의 지복을 획득하는, 개별성 없는 한낱 한 인간Homo tantum의 삶"[22]을 엿보게 된다고 말한다. 하지만 악한이 다시 살아나는 순간, 즉 그가 다시 개별성을 되찾는 순간 그런 삶은 사라져 버린다.

이 이야기를 하는 이유는, 인위적으로 고립되고 단절되면서 역설적이게도 우리는 자신의 개별적 존재보다는 하나의 삶 속에서 다른 이들과 함께 있음을 느낄 수 있었기 때문이다. 이 순간 우리는 서로를 걱정하고 서로 안부를 묻고 타인을 위해 헌신하는 등 상호 의존적이고 연대적 관계

---

22 Giles Deleuze, "Immanence : A Life," *Pure Immanence : Essays on a Life* (Anne Boyman trans.), New York : Zone Books, 2001, pp. 28~29.

속에 있음을 깨닫게 된다. 그리고 우리는 이 순간 연대의 근원이 궁금해진다. 연대는 급박하게 돌아가는 사태를 극복하기 위해 우리의 주체적 의지로써 만들어가야 할 지향점이기 이전에 우리 일상의 상호의존성 자체에서 출현하는 불가피한 사실처럼 보인다. 팬데믹 사태를 통해 우리는 연대가 삶의 구체적이고 필수적인 조건임을 깨달았다. 개인적으로 볼 때, 이번 상황은 연대의 숙명적 불가피성과 개인주의의 치명적 한계를 드러내주었다. 일상, 즉 무수한 관계망으로부터 단절된 개인은 아무것도 할 수 없는 무기력한 존재임이 드러났고, 타인과의 연대의 삶을 형성하기보다 그것으로부터 자유로운 삶을 꿈꾸는 개인주의는 우리의 일상이 우연적 관계와 필연적 관계로 짜여져 있다는 사실을 인식하지 못한다. 개인주의가 벗어나고자 하는 것은 우연적 관계들이었지 필연적 관계는 아니지 않은가!

주디스 버틀러Judith Butler는 개인주의가 자연 상태라는 환상적 허구에 근거한다고 비판한다. 이 자연 상태에서 개인은 이미 홀로 존재하는 개인으로서 다른 개인들과 서로 갈등하는 존재로 간주된다. 이 개인들 간의 갈등적 관계에서 사회적·정치적 세계가 출현한다. 홉스처럼 만인 대 만인의 갈등으로서의 자연 상태이든, 루소처럼 우리 본성의 터전으로서의 자연 상태이든 거기에는 로빈슨 크루소처럼 자기충족적인 개인이 항상 전제되어 있다. 이런 자연 상태에서 타인과의 관계는 항상 부차적일 뿐이다. 타인은 항상 나와 갈등 및 경쟁의 관계에 있을 뿐 나와 더불어 존재하는 필연적 존재로 여겨지지 않는다. 버틀러는 이런 자연 상태가 서구사상에서 거의 무의식적인 환상으로 기능해왔다고 지적한다. 따라서 개인의 개별적 존재는 상호의존적 관계보다 앞서 존재하고, 홀로 있음이 더불어 있음보다 먼저 있고, 갈등이 공존보다 앞서게 되는 것이다. 이런 개인주의의 자연 상태에서 온갖 불평등이 생겨나고 용인된다. 버틀러는 이런 개인주의에서 벗어날 때만 상호의존성에 근거한 새로운 평등 개념이 사고될 수 있다고 주장한다. 그리고 여기에 근거할 때만 인간과 비인간, 인간과 동물까지 아우르는 지구적 상호의존global interdependency에 대한 깨달음이 가능하다고 말한다. 그녀가 볼 때, 미국과 같은 나라에서 지구온난화가 생존 가능한 세계의 미래에 실질적 위협이 된다는 것을 깨닫지 못하는 까닭은 그들이 이런 지구적 상호 의존과 그에 대한 의무를 이해하지 못하기 때문이다. 버틀러는 "그들은 자신이 행하는 것이 세계의 모든 지역에 영향을 미치고, 모든 지역들에서 일어나는 일이 우리 모두가 의존하는 살아있는 환경의 연속성의 바로 그 가능성에 영향을 미친다는 것을 이해하지 못하기 때문이다"[23]라고 말한다.

인간과 동물을 비롯해 세계의 모든 거주자들에게 봉사하는 지구적 의무라는 관념은 개인주의라는 신자유주의적 신성화와는 너무나 동떨어진 것이지만 일반적으로 순진한 생각으로 무시당하기 일쑤다. 그래서 용기를 내 나의 순진함, 즉 나의 환상 ― 기존과는 다른 역환상 ― 을 드러내볼 생각이다. 어떤 사람들은 대체로 믿을 수 없다는 어조로 "당신이 어떻게 지구적 의무를 믿을 수 있습니까? 그것은 당연히 순진한 생각입니다"라고 의아해한다. 하지만 내가 그들에게 지구적 의무를 지지하지 않는 사람이 아무도 없는 세계에 살기를 원하느냐고 반문한다면, 그들은 대체로 아니라고 대답한다. 나는 이러한 상호의존성을 솔직히 인정할 때만 지구적 의무를 정식화하는 것이 가능해진다고 생각한다.[24]

이 지적이 연대에 관한 것도 아니고 팬데믹 사태를 언급하는 것도 아

---

23 Judith Butler, *The Force of Non-Violence*, London & New York : Verso, 2020, pp.43~44.
24 Ibid., p.44.

니지만 개인주의의 한계를 비판하고 내가 나를 넘어선 우리의 상호의존성에 근거하고 있으며 이것이 지구적 상호의존성과 연결되어 있음을 보여준다. 그녀는 개인주의의 자연 상태가 환상이라면 그 역환상, 즉 우리 모두가 연결된 상호의존성이 보다 근원적임을 상상하자고 제안한다. 이러한 상상력은 팬데믹 상황에서 중요한 윤리정치적 함의를 가질 수 있다. 이번 코로나 사태를 이겨내는 데 주도적인 역할을 한 것은 의료인들의 자기희생적 헌신, 시민들의 높은 연대의식, 정부의 신속하고 투명한 대처 등이 주요했는데, 이 과정에서 깨닫게 된 것은 우리 모두가 고립된 개인으로는 살아갈 수 없다는 것, 나아가서 서로 연결되고 영향을 주고받으며 서로를 위하는 상호의존적 연대감이 우리 삶의 기반이라는 것이다.

상호의존성의 관점에 볼 때, 언택트 경제를 통한 글로벌 자본주의의 활성화는 한계를 가질 수밖에 없다. 언택트 경제도 지속적으로 상호의존성을 강조한다. 거기에서도 네트워크와 소통이 가장 중요한 키워드다. 하지만 어디까지나 그 상호의존성은 개인주의에 근거하는 상호의존성, 즉 인간들 간의 신체적 연결망이 단절된 채 그들의 원자화된 고립을 네트워크로 연결하는 유사 상호연대에 지나지 않는다. 상호의존적 연대란 들뢰즈처럼 하나의 삶, 즉 개별성의 경계가 흐릿해지고 인간의 신체가 열리고 모든 감각들이 활성화되면서 정신적 교감이 이루어지는 삶에 근거하는 것이라면, 예컨대 온라인으로 쇼핑하고 네트워크로 사람과 교제하며 화상 비대면 강의로 교육하는 삶의 방식은 인간의 감각 중 시각과 같이 특정 감각만을 특권화할 뿐이다. 이런 식의 상호의존성이 갖는 심각한 위험은 오래 전에 프랑스 사상가인 기 드보르^{Guy Debord}가 지적한 바 있다. 기 드보르는 모두 고립되고 분리되어 있으면서도 스펙터클한 이미지를 통해 함께 한다는 환상을 갖는 사회를 스펙터클 사회라고 규정한 바 있다.[25] 그는 스펙터클 사회에서 인간의 구체적 삶과 체험을 추상화하고 물화하는 스펙터클한 이미지들이 지배하게 되고, 나아가서 이런 이미지들이 분리되고 추상화된 인간의 삶을 재차 허위적으로 통합한다고 주장했다. 언택트 경제는 스펙터클 사회의 연장에 다름 아니다.

포스트코로나 시대를 헤쳐 나갈 대안 중의 하나는 국제적인 시스템들이 제대로 작동하지 않는 상황에서 상호의존성에 기반을 둔 우리 삶과 터전의 회복탄력성resilience을 강화하는 방법을 모색하는 것이 될 것이다. 선진국들이 팬데믹 사태에 거의 속수무책이고, 최근 들어 바이러스 백신을 먼저 선점하려고 혈안이 되어 있으며 WHO와 같은 국제기구들이 강대국들의 정쟁의 장으로 변질되고 있는 현실에서 무엇보다 우리들이 살고 있는 지역의 회복탄력성을 굳건히 하는 것이야말로 장기적으로 갈 수도 있는 팬데믹 사태에 대한 핵심적 대처방법이 될 수 있다. 회복탄력성이란 "하나의 체계가 혼란을 흡수하고 자신의 기본적 기능과 구조를 유지할 수 있는 능력"을 말하며 그것은 "지속가능성이라는 개념과 미래의 욕구를 충족할 수 있는 잠재력을 약화시키지 않으면서 현행 체계의 요구에 부응하는 과제"[26]와 관련이 있다. 사실 팬데믹 사태 속에서 이런 회복탄력성을 가진 로컬 지역들은 대처 능력에서도 탁월한 능력을 보여주었다. 로컬의 관점에서 회복탄력성이란 삶의 상호의존성과 생태성을 더욱 긴밀하게 구성함으로써 자체 재생산 능력과 외부 침입에 대한 면역력을 키워가는 것을 의미할 수 있다. 비록 일시적이었지만 재난지원금의 역할

---

25   Guy Debord, *The Society of Spectacle* (Donald Nicholson-Smith trans.), New York : Zone Book, 1995, p.12.

26   Brian Walker & David Salt, *Resilience Thinking : Sustaining Ecosystems and People in a Changing World*, Washington & London : Island Press, 2006, p.1.

또한 그런 힘을 키우는 데 있다고 생각한다. 지원금의 사용을 해당 지역에 한정함으로써 지역의 작은 경제들을 돌아가게 하고 지역의 생태적 회복탄력성을 키워줌으로써 코로나 사태를 극복하는 데 큰 도움이 되었다. 과제는 이런 일시적 효과를 지속화하는 방법을 찾아내 이를 통해 지역의 삶과 경제의 탄력성을 키워가는 것을 고민하는 것이다. 지역의 관점에서 볼 때, 한국사회는 지극히 경제적 생존의 논리가 강력하게 작동하는 반민주적이고 불평등한 사회이다. 수도권에 인구의 절반 이상이 모여 있고 정치, 행정, 경제, 교육이 모두 집중된 사회, 그리고 지방을 거의 식민지로 여기면서 중심의 기득권을 고수하려는 사회는 로컬 삶의 상호의존성을 파괴하고 로컬의 탄력성을 빈약하게 만들며 결국에는 한국사회 전체의 민주적·생태적 탄력성을 왜곡시킨다. 바이러스의 발생이 자주 발발한 곳이 다국적 기업이나 거대자본에 의해 로컬의 생태계가 파괴된 곳들임을 기억할 필요가 있다. 코로나 이후의 세계를 상상할 수 있는 주체가 우리 자신임을 깨닫게 되었듯이, 팬데믹 사태가 낳은 재난에 맞서기 위해서는 우리 자신이 살고 있는 지역의 삶의 상호의존성과 회복탄력성, 왜곡되지 않는 생태계를 제대로 돌보는 데서 시작되어야 한다는 것을 인식할 필요가 있다.

제3장

기 드보르의 스펙터클 이론으로 본 부산공간의 변화

1. 스펙터클 사회와 도시공간의 변화

최근 들어 기 드보르Guy Debord 의 스펙터클spectacle 개념이 문화연구의 중요한 주제로 부상하고 있다. 이 개념은 이미지의 스펙터클한 효과가 지배하는 후기자본주의 사회의 문화를 정의하는 데 큰 도움을 줄 뿐 아니라 오늘날 우리 사회의 급속한 변화를 설명하는 데도 유용한 면이 있다. 하지만 이 개념은 그동안 정확하게 정의되지 않은 채 현실에 수반된 부수적 효과나 그것을 가리는 눈속임 혹은 화려한 구경거리 같은 것으로 오해된 측면이 없지 않다. 특히 푸코는 『감시와 처벌』에서 스펙터클을 전근대적인 권력의 과시 형태로, 즉 구경거리의 차원에서 파악함으로써 근대적 규율사회의 이전에 존재하던 것으로 간주하였다. 하지만 푸코의 스펙터클 개념은 용어만 같을 뿐 기 드보르의 스펙터클 개념과는 크게 관련되어 있지 않다. 오히려 드보르의 스펙터클 개념은 푸코의 근대적 규율사회 이후의 사회, 즉 들뢰즈가 말하는 통제사회society of control와 더 관련성이 있을 듯하다.

기 드보르는 "현대적 생산조건들이 지배하는 사회들의 모든 삶은 스펙터클의 엄청난 축적으로 나타나며, 한 때 직접적 체험의 대상들은 모두 표상과 이미지로 변해버렸다"[1]라고 대담하게 주장함으로써 『스펙터클의 사회_The Society of Spectacle_』를 시작한다. 드보르의 스펙터클 사회의 핵심 요지는 현대 자본주의에 의해 구체적인 삶과 체험의 조건들이 분리되고 파편화되며 추상화되는 한편, 이렇게 파편화되고 추상화된 삶을 다시 허구적으로 통합하는 것이 스펙터클의 기능이라는 것이다. 이런 주장은 드보르가 마르크스주의를 계승하는 한편 그것을 새로운 현대적 조건에 맞게 재해석하고 있음을 보여준다. 즉 스펙터클 개념은 교환가치가 사용가치를 지배함으로써 인간 노동의 산물이 인간 노동으로부터 벗어나, 마치 독자적인 생명을 가진 것처럼 보이는 마르크스의 물신숭배 개념과, 자본주의 사회에서 상품화에 의한 소외와 사물화 현상에 주목한 루카치의 견해에 근거하고 있으며, 드보르의 독창성은 이런 이론을 이미지가 지배하는 현대 사회에 맞게 적용하고 그에 대한 실천적 대안을 모색한 데 있다.

기 드보르는 이런 급진적 변화가 스펙터클한 자본주의, 즉 사물을 인간관계보다 우위에 둘 뿐만 아니라, 더 나아가 물질적 대상 자체보다 사물의 이미지를 더 우위에 두는 자본주의의 발전으로 인해 더욱 복잡해졌다고 주장한다. 이러한 물신주의는 더 이상 물신주의인 것처럼 보이지 않기 때문에 훨씬 더 복잡하고, 끈질기며, 더욱 유혹적이다. 이제 스펙터클한 이미지는 우리로 하여금 망각하기를 원하도록 만들고, 실제로 우리가 망각해야 한다고 주장하고 있다. 그 이미지들은 일상적 존재의 근저에서 축적된 끈적끈적한 안개인 것이다.[2]

---

1   Guy Debord, *The Society of the Spectacle* (Donald Nicholson-Smith trans.), New York : Zone Book, 1995, p.12. 『스펙터클의 사회』는 221개의 테제로 구성되어 있다.

2   Andy Merrifield, *Metromarxism*, London : Routledge, 2002, p.104.

스펙터클의 사회는 인간과 상품 간의 분리를 넘어 상품과 이미지의 분리가 심화되는 한편, 후자에 의한 전자의 지배가 현실적 관계로 자리 잡은 사회이다. 이는 현실관계에서 분리된 상품세계, 나아가서 그 추상화된 스펙터클 이미지가 여가와 같은 개인의 일상적 생활, 나아가서 인간 존재와 그의 삶의 시간 자체까지 지배하는 사회의 도래를 의미한다. 구체적이고 질적인 삶의 시간과 장소가 동질적인 추상적인 시간과 공간에 의해 대체되는 것이다. 드보르에 따르면 "스펙터클은 상품이 사회적 삶에 대한 식민화를 완성한 역사적 순간에 상응한다."[3]

스펙터클 개념은 단순히 이미지나 현상을 지칭하는 것이 아니라 이미지와 현상으로 구성된 스펙터클의 지배를 말한다. 때문에 그것은 특정한 메커니즘을 함축하는 물질적 과정을 함축한다. 이 과정에서 가장 중요한 것은 현상과 현실, 이미지와 현실 간의 분리seperation이며 전자에 의한 후자의 가짜 통합unification이다.

삶의 모든 양상으로 분리된 이미지들이 하나의 공통의 흐름 속으로 융합되고, 이전의 삶의 통일성은 영원히 사라진다. 이제 부분적인 방식으로 파악된 현실은 새로운 일반성으로, 즉 하나의 독립적인 거짓 세계, 오직 관조의 대상으로 펼쳐진다. 세계-의-이미지가 전문화를 향하는 경향은 자율적인 이미지 속에서 최상으로 표현된다. 그 속에서 기만은 자기 자신을 속인다. 스펙터클 일반은 삶의 구체적인 전도이며 삶이 아닌 것의 자율적 운동이다.[4]

이런 분리는 분리로만 그치지 않는다. 분리는 환상과 허위의식을 낳는

---

3   Guy Debord, *The Society of the Spectacle*, p.29.
4   Ibid., p.12.

온상이 될 뿐만 아니라 새로운 가짜 통일성을 조장한다. 하지만 그 통일성은 분리의 전면화를 표현하는 언어일 뿐이다.[5] 이는 모든 인간관계들을 개개인들로 해체·분리하는 한편, 그 개인들을 추상적 이미지를 매개로 허위적으로 통합하는 것과 같다. 이는 마치 전통적 공동체에서 생활하던 인간들을 개별적으로 분리하여 아파트의 단자화된 개별공간 속으로 편입하는 한편 그들로 하여금 인터넷의 가상공간에서 같이 있다고 느끼게 해주는 환상과 유사한 것이다. 바로 그런 분리와 분리를 영속화하는 통합의 과정이 스펙터클이다.

문제는 스펙터클이 쉽게 걷어낼 수 있는 허위적 관계가 아니라 우리 일상적 삶의 물적 조건 자체를 구성한다는 점이다. 스펙터클은 "이미지가 될 정도로 축적된 자본"[6]으로서 사물화되고 소외된 인간의 시각을 지배하는 지각의 수준을 넘어 구체적인 인간관계까지 지배하는 상품지배의 물질적 관계를 나타낸다. 다시 말해, 그것은 단순히 현실관계를 숨기고 은폐하는 이미지와 표상, 허위의식을 의미하는 개념이 아니라 상품문화의 전도된 이미지가 현실관계를 새롭게 편성하는 물질적 관계를 나타낸다. 따라서 스펙터클은 물질적 관계의 전도이면서 동시에 이미지의 물질적 관계이다. 그것은 "이미지의 집합이 아니라 오히려 이미지에 의해 매개된 사람들 사이의 사회적 관계"[7]이며 "시각적 세계에 대한 의도적인 왜곡이나 이미지들의 대대적인 유포 기술의 산물이 아니라 물질적 영역으로 현실화되고 번역된 세계관"[8]이다.

---

5   Ibid., p.12.
6   Ibid., p.24.
7   Ibid., p.12.
8   Ibid., p.13.

스펙터클 사회를 도시공간 및 도시문화의 변화와 관련지어 살펴볼 때, 주목할 필요가 있는 것은 스펙터클 개념에서 시각의 독립적 분리와 특권화의 문제이다. 스펙터클에서 시각은 인간의 감각들로부터 분리되어 자율적인 것이 된다. 그렇게 분리된 시각적 스펙터클은 인간의 활동을, 삶의 구체성과 실천성이 상실된 추상적이고 관조적인 것으로 변형시킨다. 새롭고 낯선 것과의 조우로서의 여행이 모두 프로그램화된 밋밋한 관광으로 변질되듯이, 시각의 특권화란 자기 자신의 삶으로부터의 인간의 소외alienation이자 인간 삶의 부정negation에 다름 아니다.

스펙터클이 더 이상 직접적으로 지각할 수 없는 세계를 다른 전문화된 매개물들을 통해 바라보도록 만드는 것이기 때문에 그것이 인간의 시각을, 한 때 촉각이 차지하고 있던 특별한 위치로 끌어올려야 한다는 것은 필연적이다. 감각들 중에 가장 추상적이고 가장 기만당하기 쉬운 감각인 시각은 현대 사회의 일반화된 추상에 가장 쉽게 적응할 수 있다. 하지만 이는 스펙터클 자체가 우리의 생생한 눈으로 — 비록 그 눈이 귀의 도움을 받는다고 하더라도 — 지각 가능하다는 것을 말하는 것이 아니다. 스펙터클은 정의상 인간의 활동으로부터 벗어나 있고 어떠한 재고나 수정으로부터도 벗어나 있다. 그것은 대화의 대립물이다. 표상이 독립적 존재를 띠고 있는 곳은 어디에서든 스펙터클은 자신의 지배를 확립한다.[9]

시각의 분리는 곧 시각 중심주의적 시선의 탄생을 의미한다. 시각의 분리는 인간으로 하여금 자신의 구체적 활동이나 삶의 구체적 현실로부터

---

9   Ibid., p.17.

분리하도록 만들 뿐만 아니라 자신의 삶을 지배와 통제의 시선으로 바라
보게 만든다. 즉 그것은 인간이 자신의 공간을 실천과 활동, 유희의 장소
로 인식하지 않고 관조와 감시에 의한 계획과 통제의 대상으로 인식하게
만든다. 스펙터클 속에서 인간은 관조와 감시의 대상으로 전락하고 철저
히 분리되고 소외되는 것이다.

　이런 시각의 분리와 그로 인한 추상적 공간 간의 관계에 대한 사고 뒤
에 1950~1960년대 당시 도시를 시각적 통제와 분리와 허위적 통합의
대상으로 보았던 도시주의에 대한 드보르의 비판적 인식이 자리하고 있
다는 점을 주목할 필요가 있다. 사실 드보르의 『스펙터클의 사회』와 상황
주의자들의 사고의 중심에는 1950년대에서 1970년대까지 파리에서 진
행된 급격한 현대화와 그것이 낳은 도시변화에 대한 그들 나름의 비판적
인식이 내재되어 있었다.[10] 이미 상황주의의 출범에서부터 도시이론가와
건축가들이 대거 참여하고 있었고 이들은 파리의 급격한 공간변화에 대
한 대안 모색을 자신들의 이론적·실천적 사유의 핵심 의제로 삼고 있었
다. 당시 파리는 급격하게 변하고 있었다. 신흥부르주아 계급과 행정관료
들은 파리의 도시공간에 대한 재개발을 밀어붙였다. 문제는 재개발의 방

10　박노영에 의하면 "1954년에서 1974년 사이, 파리 시 건설환경 표면면적의 24퍼센트
　　가 파괴되고 재건설되었으며, 또한 550,000명에 이르는 사람들이 이 도시로부터 도시
　　근교와 변두리 지역으로 쫓겨났다. 이 숫자는 오스만의 파리 개조 계획에 따라 이주한
　　350,000명에 필적하는 것이었다. 이 도시변화와 추방의 물결은 주로 계급과 인종의 경
　　계선을 중심으로 이루어졌다. 이 기간 동안 도시에 거주하는 노동계급 인구는 44퍼센
　　트 감소한 반면 금융업자, 개발업자, 투기자본가, 고위 행정공무원과 같은 신흥 부르주
　　아지와 상급직 간부계층은 51퍼센트가 늘어났다. 또한 1956년경부터 파리에서 시작
　　된 변두리 지역 건설은 도시를 교통이라는 벽을 통해 새로운 주택 단지들과 방리유(시
　　외, 교외)로부터 효과적으로 차단하여 사람들을 도시 중심에서 분리시키는 것을 통해
　　공동체와 단절하고 고립하는 역할을 했다." 박노영, 「기 드보르의 스펙터클 이론 연구」,
　　홍익대 석사논문, 2002.

향이었다. 그들의 발상은 기존 공동체들을 파괴하고 그 공간을 계급적 조건에 따라 재배치하는 것이었다. 우선 파리 내부에서는 전통적 주거공간과 골목과 시장들이 파괴되고 그 대신에 대로와 대형 문화센터, 대형 쇼핑몰들의 건설이 추진되었다. 특히 구도심에 살고 있던 빈곤층들은 대거 교외 지역의 거대 집단주거지로 쫓겨났다. 그 결과 도시공간은 삶의 기억과 일상적 실천이 사라진 추상적 공간으로 변질되어 갔고 계급적 차별과 분리에 따라 구획된 공간으로 변형되었다. 스펙터클화된 공간이란 바로 이런 계급적 분리를 은폐하고 숨기기 위해 스펙터클 이미지를 통해 분리된 공간을 허위적으로 통합하는 것을 의미한다. 드보르와 상황주의자들은 바로 이런 공간을 유토피아적 희망과 실천적 활동과 집단의 유희가 원천적으로 차단된 공간으로 인식했다.

이들이 이런 식의 공간변화를 주도하는 주범으로 인식한 것은 르 코르뷔지에Le Corbusier의 기능주의와 합리주의 및 그를 계승하는 도시주의였다. 르 코르뷔지에는 당시 이미 기능주의와 합리주의를 포기하고 더 유기적이고 자기충족적인 도시구조를 주장하고 있었지만 그가 꿈꾼 합리주의와 기능주의는 파리 도시계획의 근간이 되었다.[11] 도시주의는 사람들의 소통공간을 합리적이고 기능적인 공간으로 바꾸고자 하였고, 특히 자연스럽게 형성되고 오랜 역사성을 가진 골목과 시장과 같은 전통적 공간을 도시공간에서 사라지게 만들었다. 드보르는 "도시주의가 자본주의에 의한 자연적·인간적 환경의 전유양식이며, 그 양식은 절대적 지배를 향한 논리적 전개에 충실하고 공간의 총체성을 그 자신의 특별한 양식decor 속에서 재구성"[12]한다고 주장한다.

---

11   Simon Sadler, *The Situationist City*, Cambridge : MIT Press, 1999, p. 22.
12   Guy Debord, op. cit., p. 121.

도시주의는 도시 생산의 조건들에 의해 위험스럽게 모이게 된 노동자들의 원자화를 조장함으로써 계급권력을 지속적으로 유지하고자 하는 필요성을 다루는 현대적 방법이다. 어떤 방식으로든 노동자들의 결합가능성에 대항하여 벌이는 끝없는 투쟁은 도시주의에서 완벽하게 작동할 수 있는 장을 발견하게 되었다. 프랑스 혁명의 경험 이후 거리에서의 질서를 유지하기 위한 수단들을 증대하려는 모든 기존권력의 노력은 종국적으로 거리 자체를 억압하는 데서 정점에 도달하게 되었다. "문명은 (…중략…) 일방향으로만 나아간다"고 말한 루이스 멈포드Lewis Mumford는 『역사 속의 도시The City in History』라는 책에서 원거리 대중통신수단의 발견으로 인구의 고립이 훨씬 더 효율적인 통제의 수단이 되었다고 지적한다. 그러나 도시주의의 본질적 현실인 고립을 향한 일반적 경향은 생산과 소비의 계획된 필요성에 근거한 노동자들의 통제된 재통합을 또한 구현해야 한다. 이러한 체계 속으로의 통합은 고립된 개인들isolated individuals을 함께 고립된 개인들individuals isolated together로 다시 포획해야 한다. 공장과 문화센터, 휴일캠프와 주택개발은 모두 명백히 이런 종류의 거짓된 공동체의 목표를 지향한다. 이런 강제는 고립된 가족을 바로 그 가족의 세포에 이르기까지 추적해 들어간다. 그곳에서 스펙터클 메시지의 수용자는 자신의 고립이 지배적 이미지들 — 이런 고립에 의해서만 그 완벽한 힘을 획득하는 이미지들 — 로 가득 채워지게 된다는 것을 보장한다.[13](강조 – 필자)

---

13   Ibid., p.121.

2. 스펙터클로 본 부산의 경관 변화

분리와 통합의 메커니즘으로서의 스펙터클 개념은 오늘날 한국의 도시들에도 적용해볼 수 있다. 예를 들어 이 개념은 부산의 급격한 도시공간의 변화를 이해하는 데도 유용하다. 현재 부산은 과거의 제조업 중심의 근대도시로부터 서비스 관광산업 중심의 탈근대적 도시로 급속하게 탈바꿈하고 있다. 부산은 이제까지와는 전혀 다른 도시로 변하고 있는 것이다. 그동안 부산의 주요산업이었던 신발, 합판, 선박, 기계와 같은 전통적 제조산업은 이미 쇠퇴한지 오래 되었고, 대부분 타 지역이나 중국과 동남아시아와 같이 값싼 노동력을 찾아 옮겨가고 있다. 이미 1970년대 중후반부터 부산은 세계적 변화를 따라잡지 못함으로써 주요 산업이 쇠퇴하는 등 제조업의 공동화 현상을 겪고 있다. 이 공간들을 급속하게 대체하고 있는 것이 새로운 서비스산업이다. 2006년 8월에 발표된『부산지역 서비스 산업의 현황과 과제』에 따르면 이런 변화를 구체적으로 실감할 수 있다. 부산지역에서 서비스산업의 비중은 거의 70%에 육박하고 있으며 이는 제조업 비중 16%인 것에 비해 압도적으로 높은 것이다. 부산지역의 서비스산업의 현황을 보면, 사업체수의 87.4%, 종사자수의 75.9%, 지역 내 총생산의 69.7%를 차지하고 있다. 부산의 서비스산업 비중은 전국 평균 56.0%보다 19.7% 높은 편이며 서울에 이어 두 번째로 큰 서비스산업도시로 변해가고 있다.[14]

이런 변화는 산업구조의 수치상의 변화에만 그치는 것이 아니라 도시정책, 도시경관, 그리고 도시사람들의 도시에 대한 인식에 급격한 변화를

---

14 다음 도표는『부산지역 서비스산업의 현황과 과제』, 부산상공회의소(2006.8)에서 가져온 것이다.

초래한다. 현재 부산은 근대적 산업도시의 외모를 탈각하고 새로운 탈산업화된 관광서비스 세계도시를 꿈꾸고 있다. 이에 따라 도시의 도로의 확충과 도시경관의 개선에 집중적인 투자를 아끼지 않고 있다. 도시공간 내에서도 새로운 공간의 확충과 기존 도심의 재개발이 대대적으로 진행되고 있다. 우선 도시의 규모가 어디까지인지를 지각하기 힘들 정도로 도시의 규모가 커지고 있다. 해운대 및 센텀 지역의 초고층 중심의 개발과 동부산권의 관광쇼핑 단지화, 그리고 사하, 다대, 명지 등 서부산권의 급속한 개발은 부산의 모습을 일신하고 새로운 도시의 모습을 형성하고 있다. 특히 센텀시티의 정보산업단지와 광안대로를 중심으로 한 관광서비스산업과 초고층아파트 단지의 건립은 도시의 경관을 일신시켜놓고 있다.

한편 도시 내에서도 급격한 변화들이 나타나고 있다. 현재 부산 내에서 도시 내 재개발 지구로 책정된 곳만 111개구역이다. 부산시는 2001년 들어 도심재개발구역 31곳과 주택재개발지구 80곳 등 모두 111개 구역을 오는 2011년까지 집중 재개발하는 부산시 도시재개발 기본계획을 마련해놓고 있다. 계획대로 실시된다면 부산의 도시경관은 급격하게 변하게 될 것이다. 최근 재개발지구 14곳을 조사한 분석결과에 따르면 주택재개

〈부산지역 서비스산업 업종별 구조변화〉 (단위 : %, 당해년가격, GRDP 기준)

구분	1985년	1990년	1996년	2000년	2003년	2004년
서비스업	47.4	50.0	63.5	68.4	70.6	69.7
도소매업	13.3	12.6	11.5	12.6	11.4	11.0
음식숙박업	2.8	3.1	3.9	4.0	4.5	4.3
운수업	7.8	7.8	8.7	10.8	10.9	11.4
금융보험업	3.2	4.4	7.6	7.2	9.2	9.1
부동산 / 사업서비스업	6.6	7.6	13.5	13.7	12.8	12.5
제조업	31.1	28.2	21.3	19.1	15.5	16.0
전체	100.0	100.0	100.0	100.0	100.0	100.0

(자료 : 통계청, 한국통계연감 2005, KOSIS)

발은 대부분 고층 아파트 일색이 될 가능성이 높다.[15] 이렇게 된 이유는 주민 뿐 아니라 건설업체가 재개발을 통한 고수익 확보를 최우선 관심사로 여기고 있기 때문이다. 이런 변화는 초고층 아파트 위주로 도시경관을 변화시킬 뿐 만 아니라 주거 지역을 계급적 조건에 따라 분리하게 될 것이다. 이런 식의 재개발의 가장 큰 문제점은 기존에 존재하던 동네 중심의 공동체 문화를 파괴하고 사람들을 개인화와 원자화시켜버림으로써 공동체 없는 가족주의, 더 심하게는 개인주의적 주거구조로 변화시킬 것이라는 점이다. 고층아파트의 고압적인 스펙터클 이미지 속에서 공동체 문화는 유사 이미지와 환상으로만 존재하고, 집단 속에 있지만 개인들은 철저하게 원자화된다. 드보르의 스펙터클 사회가 염두에 둔 것 중의 하나도 바로 이런 변화 속에서 사람들의 일상적 삶의 양식의 변화였다.[16]

---

15 『부산일보』에 따르면 "분석결과 기존 용적률(250%)에서 신규 사업에 따른 새로운 용적률(272%)의 변화는 평균 22% 정도 증가한 데 비해 전체 건립 세대수(사업지당 평균 900세대)는 기존 세대수(사업지당 평균 530세대)에 비해 배에 달할 정도로 높아지는 등 재개발이 지나치게 사업성 위주로 흘러 결국 이로 인해 지역특성에 맞는 재개발 사업의 실시가 어려워지고 있는 것으로 나타나고 있다." 장차 부산의 도시공간은 고층아파트 중심의 건설과 주거의 계급적 분리를 특징으로 할 것이라는 점을 예상하게 한다. 『부산일보』, 2007.6.5.

16 "오늘날 기본적 주거형태가 된 아파트는 우리 삶의 양식에 어떤 변화를 가져왔는가? 아파트의 건립 이후 우리 삶은 어떻게 재조정되었는가? 우선 아파트가 요구하는 삶의 양식은 동네와 골목의 해체를 가져왔다. 그리고 동네와 골목의 공간적·문화적·심리적 기능까지 해체시켜버렸다. 나아가서는 인간의 자연스런 감각과 체험을 '편리'라는 미명 하에 합리적 계산과 통제에 맡기게 만들었다. 아파트 단지는 공장이나 병영처럼 권위주의적이지는 않지만 그 기능면에서는 공장이나 병영과 아주 유사하다. 그것은 기본적으로 삶의 총체적 양상을 일련의 단순기능들로 나누고 분리하는 근대적 기계의 일종이다. 그것의 주된 기능은 '분리'이다. 즉 그것은 사적 세계와 공적 세계, 유희와 노동, 아이의 세계와 어른의 세계, 나아가서 인간과 인간 간의 분리를 지향한다. 주민 간 소통은 고작 반상회나 경비실을 경유하는 정도이다. 특히 세대 간 경험과 친목의 공유는 철저히 분절되고 분리된다. 노인은 노인정으로, 아이들은 놀이터나 학원으로, 어른들은 집안 거실이나 헬스클럽으로 그 유희공간이 서로 분리되어 버리는 것이다. 세대 간 분

아파트 중심의 주거형태의 변화와 더불어 소비형태 또한 대대적으로 변하고 있다. 제조산업은 사라지고 그 빈 공간들이 백화점, 대형쇼핑몰, 대형유통업체, 대형멀티플렉스와 같은 서비스 시설들로 급속하게 채워지고 있다. 뿐만 아니라 현재 부산경관과 관련하여 대규모 사업들이 대대적으로 진행되고 있거나 계획되어 있다. 현재 공사가 한창 진행 중인 구 부산시청의 자리에 들어설 롯데의 106층 규모의 리조트시설, 자갈치 재개발을 통한 대형 회센터의 건립, 북항 재개발계획, 미군 시설이었던 하야리아 부대의 부산시민공원 건립, 문현동 금융단지 조성, 센텀시티의 정보산업단지 조성, 해운대 영화촬영소 및 영상기반시설들의 건립, 특히 광안대로와 남항대교의 건립은 부산의 도시경관을 완전히 일신시켜 놓을 것이다. 머지않아 부산은 지난 40년 이상 동안 수행해왔던 근대적 생산의 흔적과 기억을 말끔히 지우면서 탈산업화된 소비도시, 이미지와 스펙터클로 채워진 포스트모던 소비도시로 급속하게 변모해갈 것이다.

이런 변화를 잘 상징하는 현상이 부산의 대표적 상징물의 교체이다. 근대적 산업화 단계에서 부산의 상징물은 용두산 공원의 부산타워였다. 하지만 탈산업화 서비스 도시로의 전환과 더불어 부산의 대표적 상징물로 부상하고 있는 것은 광안대로이다. 이런 교체가 의미하는 것은 무엇일까? 그러한 변화가 갖는 문화적 의미는 무엇일까? 우선 그것은 도시의 시

리, 인간들 간 분리, 개인과 세계의 분리를 특징으로 하는 아파트에서의 생활은 근본적으로 익명적이고 개인주의적인 성향을 띠게 된다. 점차 추상화되어가는 도시에서의 삶을 가장 미시적 차원에서 완성시켜주는 것이 바로 아파트의 문화일 듯하다. 이런 익명적이고 개인주의적인 공간에서는 개인적 차원의 일탈은 가능하겠지만 공동체적 차원의 사회변화는 실질적으로 불가능해진다. 사회변화란 기본적으로 인간들 간의 소통에서 비롯하기 때문이다. 골목에서 아파트로의 변화는 근대적 권력이 가족과 개인이라는 가장 미시적 차원까지 통제해 들어가는 근대화의 완성이라고 할 수 있지 않을까?" 김용규, 「골목, 기억의 물신화를 넘어」, 『작가와 사회』, 2007 봄, 51면.

간적·공간적 변화를 상징한다. 근대적 생산도시에서 서비스 관광도시로의 변화를 의미하며, 그와 더불어 구도심에서 해운대로의 도시 중심의 공간적 이동을 의미한다. 이런 공간적 이동 못지않게 중요한 것은 도시에 대한 시민의 지각에 생겨나는 문화적 변화이다. 해발 63미터 높이 120미터 위에 서있는 부산타워는 지금은 노후하여 재개발 애기가 나오고 있고 관광객을 제외하면 찾는 사람이 거의 없는 등 과거 부산타워가 누렸던 대표적 상징물로서의 지위를 상실해가고 있다. 하지만 부산타워는 1973년 건립 당시 부산 지역을 전체적으로 조망할 수 있는 시각적 스펙터클을 선사한 최대명물이었고 지금도 부산에서 가장 넓은 가시적 거리와 전망을 제공하는 장소 중의 하나이다. 사람들이 여기서 느끼는 개인적 체험은 개인마다 다르겠지만 그것이 부산공간에서 갖는 구조적 이미지는 지극히 근대주의적이다. 즉 그것은 가난하고 누추한 일상생활의 한가운데서 솟아올라 상승과 초월에 대한 강렬한 시각적 광경을 선사한다. 부산타워는 시각을 분리시켜 특권화함으로써 자신의 누추한 삶을 대상화하게 만드는 지역민의 근대주의적 욕망과 상동적인 구조를 갖고 있다. 우선 그 높이는 성장과 개발을 지상과제로 삼고 신분상승과 초월을 지향하는 근대주의적 욕망을 상징한다. 또한 그것은 일상생활의 터전으로부터 시각을 분리하여 120미터 높이의 초월적 지점으로 올려놓음으로써 지역의 근대주의적 초월의 욕망을 구조화하고 있다.

하지만 광안대로의 상징적 의미는 전혀 다르다. 그것은 도시 내부로부터 솟아오르는 초월적 구조가 아니라 도시와 평행하여 달리는 수평적 구조를 갖고 있다. 어떤 점에서 광안대로는 초월적 시점과 시각적 분리를. 드보르의 말로 하자면, 가짜의 형태로 다시 통합한다. 광안대로를 달려본 경험이 있다면 한번 상상해보라.[17] 그것은 초월적 위치에 존재하던 시각이 일상으로 복귀하되 일상과 합쳐지기보다는 일상과의 분리 위에서 재통합된다. 이는 새로운 형태의 시각주의, 어떤 의미에서 훨씬 강화된 시각중심주의의 등장을 의미한다. 부산타워의 초월적이고 분리되고 고정된 시각transcendent, dissociated, and fixed vision이 초월의 근대주의적 욕망을 함축하고 있다면, 광안대로를 달리면서 갖게 되는 내재적이고 유동적이며 거짓 통합적인 시각immanent, mobile, and pseudo-unified vision은 무엇을 의미하는 것일까? 이것은 푸코가 말한 규율사회로부터 들뢰즈가 말하는 통제사회로의 발전과 같은 것은 아닐까? 외부의 시선에 의해 훈육되고 통제되는 주체의 등장으로부터 그런 외부의 시선을 내면화한 주체가 자신도 깨닫지 못한 채 자신의 환경을 외부의 요구에 맞춰 완성시켜가는 감정구조의 변형 같은 것은 아닐까?

시각의 차원에서 광안대로가 선사하는 시각은 부산타워가 제공하는 시각보다 훨씬 더 교묘한 것이다. 이런 시각적 경험은 부산의 관광 및 서

---

17 필자는 해운대에서 김해공항까지, 아니면 김해공항에서 해운대로 차를 몰고 가면서 자신이 살고 있는 도시에 대한 독특한 경험을 해본 적이 있다. 나는 해운대 신도시를 거쳐 광안대로를 지나 황령산 터널을 통과해 동서고가대로를 타고 김해공항에 가본 경험이 있다. 도심의 중심을 통과하면서도 도시의 구체적이고 널려있는 일상은 철저히 피하고, 마치 도시의 외부에서 그 내부를 바라보는 듯한 착각에 빠졌다. 부산이 사람들의 일상적 삶이 체현된 곳이 아니라 관광객과 같은 외부의 시선에 드러나는 '보이기 위한' 도시로 변모해가는 것은 아닐까 하는 의구심을 가졌다. 이런 외모의 변화에 큰 상징적 역할을 하고 있는 것 중의 하나가 부산의 새로운 랜드마크로 부상하고 있는 광안대로의 기능이다. 과거에 시내에서 해운대로 가는 길은 문현동, 대연동, 남천동, 수영동을 거쳐 들어가는 길뿐이었다. 해운대로 가기 위해서는 잦은 정체와 도시 내부의 일상적 풍경을 경험할 수밖에 없었다. 특히 교통체증 때문에 도시의 거추장스러운 일상과 대면하는 것은 피할 수 없는 현실이었다. 하지만 광안대로의 건설은 해운대라는 부산의 포스트모던한 풍경을 도시의 중심에 바로 끌어다 붙임으로써 도시의 이미지 자체를 바꾸고 있다. 소비이미지와 스펙터클이라는 관점에서 해운대는 부산의 외곽이 아니라 '중심'이라고 할 수 있다.

비스 산업으로의 발전과 깊은 관련이 있다. 관광과 서비스산업이 중심이 된 탈산업화 단계에서 시각중심주의는 훨씬 강력하고 스펙터클한 모습으로 작동한다. 관광은 기본적으로 스펙터클에 의존한다. 관광의 메커니즘 하에서 일상생활로부터 분리된 시각이 일상생활과 재결합하는 독특한 문화적 현상이 나타나는데, 이는 시각중심주의의 극복이 아니라 더 강력한 시각중심주의라고 할 수 있다. 근대주의적 시선이 일상생활의 리듬으로부터 시각만을 분리하여 특권화하였다면, 이제 그 분리된 시각은 일상의 현실로 귀환하여 일상생활 자체를 바꾸어가기 시작한다. 관광의 메커니즘 속에서 일상생활의 리듬과 시각의 분리는 내파되고 일상생활을 스펙터클로 변형시키는 훨씬 교묘한 시각 중심주의가 등장하고 있다.

이미지와 스펙터클로 채워진 관광도시는 시민이 주체가 되어 자신이 생활하는 도시에 대한 경험을 주체적으로 형성해가는 도시가 아니라 시민이 대상이 되는 '보이기 위한 도시'가 되는 경향이 있다. 도시가 도시 내부에서 살아가는 사람의 삶이 체화된 곳이 아니라 관광객의 시선에 따라 '보이는 도시', 즉 이미지와 스펙터클의 도시로 변한다. 맥캐널^{MacCannell}에 의하면 관광의 시선은 인간의 인식과 그 사회구조에 중요한 변화를 일으킨다. 특히 관광의 영향은 단순히 '보는' 관광객보다 관광객에 의해 '보이는' 사람과 사회에 더 크다고 한다. 즉 "관광이라는 일상적 조건하에서 궁극적으로 어떠한 사회제도도, 심지어는 가정조차도 하나의 매혹의 대상으로 전환되는 것을 거부할 수 없다."[18] 도시의 시민은 자신의 시각을 도시를 이미지로 보는 관광객의 시선과 동일시하고 그 시선을 내면화함으로써 스스로 자신의 도시를 이미지로 상상하게 되는 것이다. 결국 도

---

18 Dean MacCannell, *The Tourist : A New Theory of The Leisure Class*, Berkeley : University of California Press, 1999, p.52.

시는 시민의 내면에서 이미지와 스펙터클로 완성되는 것이다.

이런 이미지와 스펙터클의 도시에서는 사람들의 구체적인 삶은 은폐되고 도시 내의 다차원적이고 이질적이며 역사적인 모습들이 획일화되는 문화심리적 현상이 발생하게 된다. 도시 자체가 구체성과 역사성을 상실하고 추상화되는 이데올로기 구현의 장이 되는 것이다. 그 결과 시민은 도시구조 자체의 변화보다 도시의 이미지와 스펙터클에 집착함으로써 사회 개혁이나 변화를 포기하고 관광의 메커니즘에 순응하게 된다. 도시이미지의 추락을 두려워한 나머지 시민들은 도시에 대한 시민적 권리와 평등한 삶에 대한 요구를 억제하게 된다. 결국 관광도시에서 시민은 자기본위의 주체가 아니라 타인지향의 존재가 되어버린다. 드보르는 추상적이고 객관적인 외관을 갖고 있는 스펙터클의 도시가 인간들 간의 구체적인 관계를 은폐하고 그 외관만을 찬미하는 '독백'의 도시라고 말한 적이 있다.[19]

오늘날 부산에도 이런 명칭이 적용될 수 있는 것은 아닌가? 하지만 부산의 산업적·도시적 변화에는 다른 세계도시와는 다른 차원에서 한계가 있다. 그것은 사스키아 사센Saskia Sassen이 말하는 세계도시의 구조와는 뚜렷한 차이를 보인다. 부산은 자본의 전지구화와 무관하게 존재하는 무풍지대가 아니다. 현재 부산을 급격히 탈산업화하고 스펙터클한 소비의 도시로 거듭 나게 만들고 있는 데는 전지구적 자본주의로 인한 글로벌 / 로컬의 관계 변화와도 깊은 관련이 있다. 이미 부산은 전지구화의 영향으로부터 자유롭지 않다. IMF 외환위기는 그동안 국가의 보호 하에 있던 한국경제가 세계화의 과정 속으로 급속하게 편입되는 계기가 되었다. 부산 경제 또한 이 위기를 고비로 과거와는 다른 단절적 변화를 보인다. 1990년

---

19   Guy Debord, *The Society of the Spectacle*, p.19.

대 중반 이후 제조업 공동화와 그에 수반되는 결과만으로 설명되지 않는 현상들이 이미 나타나고 있는 것이다. 가장 눈에 띄는 현상은 서울과 부산, 즉 중심부와 주변부의 격차가 극복 불가능할 정도로 커지고 있는 점이다.

사실 부산의 산업구조에서 서비스 산업분야가 증가하는 현상을 산업고도화와 혼동해서는 안 된다. 이런 혼동은 서비스 산업 내부의 다양한 형태를 구분하여 보지 못하는 데서 생겨난 것이다. 중심과 주변의 격차를 이해하기 위해서는 산업고도화의 징표인 서비스 산업이 중심과 주변에 따라 얼마나 다른 형태와 내용을 갖고 있는지를 볼 필요가 있다. 부산의 서비스산업의 내부를 들여다보면, 금융과 경영, 기획을 중심으로 한 고부가가치의 생산자 서비스 부문에서는 IMF 외환위기 이후 훨씬 더 주변적이고 종속적인 처지로 전락하는 한편, 소비자 서비스 부문에서도 거대유통업체들이 지역의 영세한 상인들의 도·소매업을 급속하게 잠식해 들어가는 재구조화의 과정 속에 있다. 부산 지역의 서비스산업의 구조를 보면 그것은 산업고도화의 징표와는 무관해 보인다. 부산 서비스 산업의 주된 특징은 서비스 산업에서 도·소매업이 주종을 이루고 타 지역에 비해 운수업, 창고업, 통신업의 비중이 매우 높은 반면, 금융보험업이나 지식정보산업과 같은 생산자 서비스부문의 비중이 매우 낮다. 특히 도·소매업이나 운수·창고업의 대부분은 소규모이며 영세한 편이다. 즉 부산의 서비스산업이 부가가치가 높은 산업에는 취약한 반면, 대부분 저부가가치산업들로 구성되어 있는 것이다. 이런 현실은 IMF 외환위기를 통과하면서 훨씬 양극화된 모습을 보이고 있다. 생산자 서비스가 세계도시로 집중하는 것이 오늘날 세계문화의 중요한 현상이라면, 미약하나마 부산지역에 존재하던 금융과 보험을 비롯한 생산자 서비스들은 오히려 수도권으로 이전하거나 그 규모가 크게 축소되고 있다. 때문에 생산자 서비스 부문에서 수도권과 지역의 양극화는 날로 심화되고 있으며 그 격차가 줄어들 가능성은 요원해 보인다. 이런 현상은 단순히 한국 내에서만 나타나는 것이 아니라 이미 선진국 내에서도 일어나고 있는 세계적 현상에 가깝다. 영국, 일본, 미국의 런던, 동경, 뉴욕과 같은 세계도시들이 그 주변도시들과 갖고 있는 관계도 동일한 양상을 보이기 때문이다.

이는 전지구적 자본주의 시대의 주변부 도시의 전형적 특징이며 부산의 급격한 변화가 서울이나 다른 세계도시들과는 전혀 다른 모습을 띠는 이유를 잘 보여준다. 부산의 스펙터클이 "하나의 이미지가 될 정도로 축적된 자본"에 미달하는 것은 부산의 스펙터클이 고부가가치의 금융·정보·기획의 자본에 의해 이루어지기보다는 대부분 초고층 아파트의 주거공간에 의해 이루어지고 있다는 점 때문이다. 사실 부산의 이런 주변부적 상황은 부산의 지역적 한계이자 동시에 새로운 변화의 여지를 제공해주기도 한다. 중심에 비해 훨씬 열악한 부산의 처지는 자본 유치에 혈안이 되어 있다. 자신의 삶의 조건들의 변화를 제대로 생각해볼 겨를도 없이 자본의 요구를 맹목적으로 따른다. 지역에는 중심과 같은 여유와 규제가 없고 오히려 훨씬 강력한 생존의 논리가 작용하고 있다. 따라서 자신의 삶의 조건을 더 신속하게 바꾸고 그것이 어떻게 변하는지에 대한 자각도 없이 자본의 요구를 그대로 따르는 경향이 있다. 반면 부산의 열악한 주변적 위치가 주로 소비와 주거형태의 변화에만 집중하게 하는데, 이것이 이미지와 스펙터클로의 완벽한 전환에는 한계로 작용한다.

3. 전용과 표류 스펙터클에 맞선 문화적 전략들

기 드보르의 『스펙터클의 사회』는 장 보드리야르의 『시뮬라시옹』에 비해 큰 주목을 받지 못한 편이다. 그 이유는 보드리야르의 이론이 포스트모더니즘의 유행과 더불어 크게 유행했기 때문이고, 특히 더욱 순수한 형태의 자본주의라는 후기자본주의의 출현으로 보드리야르의 이론이 더 극적으로 보였기 때문이다. 사실 보드리야르의 이론은 드보르의 스펙터클 사회로부터 상당한 영향을 받았으며 드보르의 스펙터클의 사회에 대한 비판을 통해 자신의 이론적 설득력을 획득한 측면이 있다. 보드리야르는 기본적으로 스펙터클이 전제하고 있는 현실과 이미지 간의 관계의 전도를 인정하지 않는다. 그에게 현실과 이미지의 관계는 이미 내파되고 서로 속으로 함입되어 버렸다. 보드리야르의 이론은 오늘날의 사회를, 사회적 저항과 거부가 가능한, 즉 사용가치의 흔적이 기입된 스펙터클한 사회가 아니라 그런 흔적조차 사라지고 모든 것이 교환가치로 균질화된 시뮬라시옹의 관점에서 이해할 것을 강조하는데, 이는 이론적으로는 드보르보다 더 극단적으로 보인다. 보드리야르가 볼 때, 드보르의 스펙터클 이론은 두 가지 점에서 한계를 갖는다. '스펙터클' 개념은, 첫째 보드리야르가 하이퍼리얼한 세계 속에서 내파된 것으로 본 주체와 객체의 관계를 그대로 유지하고 있고, 둘째 드보르가 사용가치와 교환가치를 구분한 마르크스의 주장을 수용하면서 스펙터클 사회를 전복할 수 있는 가능성을 사용가치의 새로운 회복에서 찾는다. 반면에 보드리야르의 시뮬라시옹 사회에서는 주체와 객체의 관계가 내파되었을 뿐만 아니라 사용가치와 교환가치의 구분조차 사라졌다.

어떤 의미에서 마르크스에서 드보르를 거쳐 보드리야르로 나아가는 과정, 즉 상품사회에서 스펙터클의 사회로, 다시 시뮬라시옹의 사회로 나아가는 발전은 마르크스주의에서 네오마르크스주의로, 다시 포스트마르크스주의로 나아가는 발전으로 이해되는 경향이 있다. 드보르에 대한 평가 역시 이런 과정 속에서 이루어진 측면이 없지 않다. 그러다보니 스펙터클 개념이 갖는 독자적인 의의가 제대로 평가될 수 없었던 것이다. 스펙터클 개념이 새롭게 주목받게 된 이유는 그런 과정과 무관하게 스펙터클 개념의 독자적 의미가 새롭게 인식되기 시작했기 때문이다. 특히 시뮬라시옹 개념 속에 차단된 혁명과 변혁의 희망이 스펙터클 속에는 여전히 존재하는 것으로 이해됨으로써, 드보르의 이론에는 시뮬라시옹의 이미지 외에 그 어떤 실재와 현실조차 사라져버린 보드리야르의 이론에서 볼 수 없는 해방적 잠재력이 여전히 존재하고 있기 때문이다. 드보르에게 스펙터클은 마르크스의 말처럼 상품사회이지만 고도로 추상화된, 즉 상품화가 일상생활에까지 침투하여 이미지의 과잉이 넘쳐나는 사회이다. 특히 이 사회는 사회적 주체를 마비시키고 현실의 긴박한 위기를 외면하게 만드는, "상품이 사회생활의 식민화를 완성한 역사적 순간"[20]이다.

하지만 보드리야르와 달리 드보르는 이런 스펙터클에서 벗어날 수 있는 실천적 가능성을 인정하고 모색한다. 바로 이런 저항과 전복의 가능성을 도시공간 속에서 창조하고자 한 것이 드보르와 그의 동료들이 말한 '상황'이다. 이 용어는 사르트르에게서 빌려온 용어로서 우연성, 유희, 축제 등 스펙터클에서 벗어날 수 있는 가능성을 의미한다. 상황에 대한 인식을 토대로 상황주의자들은 합리주의적이고 기능주의적 도시공간의 구획과 스펙터클의 지배에 맞서 "도시적인 혼합을 옹호했고, 합리적인 도시

---

20   Guy Debord, *The Society of the Spectacle*, p.29.

를 넘어서고자 했으며, 사회생활과 도시문화 속에서의 대담성과 상상력, 유희를 다시 강조하고자 분투했다"[21] 이들에게 상황의 대표적 사례가 파리코뮨이었음은 납득할 만한 하다.

드보르와 상황주의자들은 스펙터클을 깨고 추상화된 도시공간에 구체적 삶의 기억들을 되찾아주기 위한 다양한 전략을 구사하였다. 그 중에서 가장 유명한 것이 심리지리psychogeography, 표류derive, drift, 전용détourment의 전략들이다. 상황주의자들은 고다르의 영화 〈알파빌Alphavilles〉에서 볼 수 있는 "괴기할 정도로 깨끗하고 사람이 살지 않으며 질서정연한" 이상적인 르 코르뷔지에적 도시경관을 극도로 혐오한다. 그들이 볼 때, 르 코르뷔지에적 공간은 추상적이고 합리적이며 이상적인 공간으로서 "자연, 신체, 공간, 계급과의 투쟁이 종식된 곳"으로 보였다. 인간의 주체적이고 실천적인 활동이 들여 설 여지가 거의 없는 곳이다. 이런 공간을 구체적이고 실천적인 공간으로 변형시키는 전략들이 심리지리와 표류이다. 심리지리는 인간의 자아가 도시환경과 분리될 수 없다는 점을 인정하는 한편, 그것이 도시에 대한 집단적 재전유에 유용하려면 개인의 정신 이상의 것과 연결되어야 한다고 주장한다.[22] 심리지리는 도시공간에 대한 주관적인 전유와 객관적인 탐구를 결합하고자 한다.

이런 결합은 표류라는 개념 속에도 잘 나타난다. 표류라는 개념은 모든 낯섦과 자발성이 사라진 동질화되고 추상화된 도시공간에서 유연성과 자발성을 실천적으로 창조함으로써 그 공간을 다시 구체적인 공간으로 회복하려는 실천적 활동이자 일상성의 혁명이다. 상황처럼 그것은 도시를 여행하거나 걷는 단순한 시간보내기가 아니라 자발성과 새로움과 만

---

21 Andy Merrifield, *Metromarxism*, London : Routledge, 2002, p.96.
22 Simon Sadler, *The Situationist City*, Cambridge : MIT Press, 1999, p.77.

나는 유희적-구성적 행동playful-constructive behaviour이다. 표류자는 "지능, 사교성, 성욕을 박탈당한 물탱크 속의 올챙이가 아니라 영역의 매력들과 그곳에서의 만남들을 즐기면서 도시공간을 통과하며 거기에 자발적인 독특한 길을 만들어가는 사람들"이다. 표류는 도시의 스펙터클에서 벗어나 아이들과 사람들 그리고 역사적 장소와 기억들과 만나면서 우연성과 자발성을 경험하고, 이를 통해 구체적인 현실과 다시 만나는 실천적 행위이다. 하지만 이 표류와 심리지리는 도시공간의 객관적 측면을 무시하는 것이 아니다. 그것은 항상 우연과 구상 간의 균형을 유지해가는 한편, 도시의 사회적 조건으로부터 자유로운 것이 아니라 그것과 연계된 실험적 행위양식이었다. 이런 면이 상황주의자들이 초현실주의자의 영향을 받았으면서도 초현실주의적 자동주의surrealist automatism에 빠지지 않았던 이유이다. 표류는 거리를 무질서와 혼란의 상징으로 간주하여 그것들을 합리적이고 기능적이며 분리적인 도시계획 하에 두고자 했던 도시주의에 대항하기 위한 것이다. 그것은 분리에 대한 비판이었고 공간적으로 찢어지고 분리된 것들을 다시 연결하는 실천이다. 드보르와 요른Asger Jorn이 작성한 파리의 심리지리인 「벌거벗은 도시The Naked City」에서 그들은 이상적 새로움의 도시를 부각시키기 위해 파리의 일반 지도들을 의도적으로 자르고 그 조각들을 흥미진진한 다다이스트적인 콜라주로 결합한다. 그것은 종속에 대해 불복종을, 확실성에 대해 우연성을 강조하는 심리지리지였던 것이다.[23]

표류가 한밤중에 도시를 배회하고 표류하면서 도시공간과 사람들의 우연성과 자발성을 발견하는 숭고한 전략이라면, 전용은 도시공간을 비

23　Ibid., p.98.

판적으로 전유하기 위한 예술적 실천의 일종이다. 상황주의자들은 도시를 일종의 예술작품으로 인식했다. 전용은 부르주아 예술뿐만 아니라 기존 부르주아 도시의 공간적 구조와 의미를 비판적으로 전유하는 활동이다. 그것은 예술적인 차원에서는 공식문화에 대한 공격에 참여하고, '저자'와 '독자'의 이분법적 대립을 약화시키며, 귀속, 기원성^{진정성}, 지적 소유권의 중요성을 무력화시키는 문화적 전략이다. 도시공간의 차원에서도 그것은 무단점거, 구조물 설치, 거리의 점유뿐만 아니라 그래피티, 벽화 그리기 운동과 같은 전략을 통해 사유화된 도시공간을 공유하고 재전유하려는 전략이다. 전용의 행위들은 과장하고 도발하고 논쟁한다. 그것은 사태를 뒤집고, 풍자하고, 표절하고, 환경을 해체했다가 새롭게 구성하고, 사람들과 거리 밖에서 뿐 아니라 사람의 의식 속에서도 반란을 일으킨다. 드보르에 의하면 공식문화의 관습과 사회적·법률적 규약과 정면으로 충돌하는 전용의 전략은 진정한 계급투쟁에 봉사하는 강력한 문화적 무기이다.[24] 드보르와 상황주의자들은 르 코르뷔지에적 도시주의를 단순 주거의 차원만 고려하는 주거의 통일성에 머물렀다고 비판하면서 강렬한 도시분위기를 재창조하는 환경의 통일성을 강조한다. 드보르와 상황주의자들은 이를 '통합적 도시주의^{unitary urbanism}'라고 불렀다.

　이상에서 드보르와 상황주의자들의 실천적 활동에 대한 간략한 설명을 제시했다. 이런 실천적 활동을 어떻게 수용할 수 있는지, 우리가 그들의 사고를 어떻게 전용할 수 있을지 고민하는 것은 오늘날 급격하게 변하는 도시공간을 살아가는 사람들의 몫이다. 화려한 스펙터클의 이미지와 불꽃놀이가 지배하지만 그 내부에서는 온갖 계급적 불평등과 공간적

24　Ibid., p.99; Simon Sadler, op. cit., p.44.

차별이 숨겨져 있는 도시에서 우리는 무엇을 할 것인가? 추상화된 스펙터클의 도시로 급속하게 변해가는 도시공간을 살아가는 시민이나 문화연구가들에게도 이 도시를 어떻게 표류하고 전용할 것인지를 고민해 보는 숙제가 남아있다. 오늘날의 시각으로 보면 한계도 명확하지만 드보르의 이론은 그런 숙제를 고민하는 데 중요한 이론적 통찰을 제공해준다.

도시에 대한 권리와
데이비드 하비의 『반란의 도시』

프랑스 경제학자인 토마 피케티^{Thomas Piketty}의 『21세기의 자본^{Capital in the Twenty-First Century}』은 학술서로서는 이례적으로 미국 아마존 닷컴의 베스트 셀러에 올랐을 뿐만 아니라 번역되기도 전에 국내 학계는 물론 언론에서도 자주 회자되고 있다. 이 책은 오늘날의 자본주의에 대한 매우 충격적 사실을 말하고 있다. 그 핵심적 내용은 20세기 초중반에 있었던 두 차례의 세계대전과 같은 역사적 시기를 제외하면, 지난 200년 동안 자본주의의 발전에서 자본의 수익률이 항상 경제성장률보다 높았으며, 국민소득에서 자본소득이 차지하는 비율이 꾸준히 증가해왔다는 것이다. 피케티가 분석한 바에 의하면 자본수익률은 평균적으로 4~5%의 수준을 유지해 왔고 2~3%의 수준으로 떨어진 사례가 없다. 이 말이 의미하는 바는 자본가들은 경제성장률과 크게 상관없이 계속 부를 획득해왔다는 것과 경제적 불평등은 자본주의 구조에 필연적이었다는 것이다. 그리고 피케티는 현재처럼 자본수익률이 4~5%의 수준을 유지하고 경제성장률이 1~2%의 수준을 유지하면, 자본소득의 비율은 엄청나게 증가하고 소득 불평등의 격차는 극복 불가능하게 될 것이라고 진단한다. 단적으로 말해, 오늘날 자본주의는 자본의 되물림이 고착화되는 세습자본주의의 시대로 돌입하고 있다는 것이다.

　사실 피케티의 주장은 자본 축적이 자본 간의 경쟁에 의한 이윤율 저하를 초래하고 결국 자본의 수익률이 하락할 것으로 예측했던 마르크스의 주장을 반박하는 것이기도 하다. 그에 따르면 마르크스는 "지속적인 기술진보와 꾸준히 증가하는 생산성의 가능성을 전적으로 무시"했는데 사실 "이 가능성이 사적 자본의 축적과 집중화 과정에 대한 균형추의 역할을 할 수 있는 힘이 되었다."[1] 마르크스의 판단과 달리 자본의 축적과 수익률이 지속적으로 증가해왔다는 그의 주장이 종국적으로 겨냥하고 있는 것은 오늘날의 신자유주의적 자본주의이다. 피케티는 단기적인 불평등은 불가피하지만 장기적으로는 자본의 발전이 소득의 불균형 상태를 시정하고 사회적 불평등을 해소하게 될 것이라고 예견해온 신자유주의자들의 주장이 얼마나 허구적인 것인가를 비판한다. 신자유주의가 활개를 치기 시작한 1980년대 이후 자본소득의 비율이 매우 증가했고 소득불평등으로 인한 빈부 격차는 극복 불가능한 수준에 도달했다는 사실은 이를 잘 보여준다.

　자본소득의 지속적인 증가와 경제적 불평등의 심화가 오늘날 매우 심각한 수준에 도달하고 있다는 피케티의 주장은 이미 자본주의의 도시공간에도 그대로 나타나고 있다. 나날이 부유해지는 소수들을 위한 초현대적 도시 공간과 그들의 소비와 안전을 위한 요새도시가 형성되는 데 반해, 밀집도가 엄청나게 높은 가난한 자들의 터전은 안전의 사각지대로 쫓겨나 주변화되고 있다. 하늘 높은 줄 모르고 치솟는 화려한 고층 건물과 가난과 범죄로 찌든 음습한 슬럼 간의 극명한 대립 위에 존재하는 자본주의적 도시는 피케티가 예견하는 세습자본주의의 노골적이고 극적인

1　Thomas Piketty, *Capital in the Twenty-First Century* (Arthur Goldhammer trans), Cambridge : Harvard University Press, 2014, p.10.

표현이 아닌가? 사실 오늘날의 숱한 도시풍경은 피케티의 주장 이전에 이미 그의 주장을 예증하고 있다.

포디즘에서 포스트포디즘으로의 전환이 자본의 축적방식의 변화와 포스트모더니즘적 문화와 깊이 연동되어 있음을 예리하게 지적한 마르크스주의 도시경제학자 데이비드 하비David Harvey의 주된 관심은 자본주의와 도시공간 간의 관계를 마르크스의 정치경제적 시각으로 해부하고 도시에 대한 권리와 정의의 문제를 비판적으로 사고하는 데 있다. 하비는 기존 마르크스주의적 시각과 달리 도시공간이 단순히 자본의 생산과 그다지 관계없이 자본의 소비와 분배가 이루어지는 부차적 공간이 아니라 자본이 노동을 새로운 방식으로 이용하고 약탈하는 주된 장소임을 강조한다. 그의 책『반란의 도시』는 바로 이런 하비 작업의 결정판이자 그의 책 가운데 도시적 정의와 대안에 대한 고민을 적극적으로 개진하는 책이기도 하다. 이 책에서 하비가 제기하는 질문은 크게 두 가지이다. 하나가 자본이 도시공간을 어떻게 이용하고 약탈해왔는가 하는 질문자본에 의한 도시공간의 약탈이라면, 다른 하나는 '과연 도시는 누구의 것이어야 하는가' 하는 질문도시에 대한 권리이다. 이 질문을 구체화하는 과정에서 하비는 마르크스의 주장을 비판하고 정정하고 확장한다.

우선, 하비는 도시공간을 단순히 생산과 이윤 창출과는 직접적인 관련이 없는, 즉 생산에 따르는 부차적이고 부수적인 소비 공간으로 보지 않는다. 그는 도시공간을 과잉자본의 흡수와 자본에 의한 조직적 약탈이 횡행하는 핵심적 무대로 이해한다. 그는 역사적으로 18세기 프랑스에서 있었던 오스만의 도시개혁을 비롯하여 도시공간의 형성은 "자본주의 역사 내내 과잉 자본과 노동을 흡수하는 중요한 수단"[2]이었고 지리적 불평등을 활용하는 "자본 축적의 역학에서 특수한 기능"[3]을 담당했으며, 그 대가로 "도시 대중에게서 일체의 도시권을 박탈하는 창조적 파괴과정"[4]을 수행해왔다고 주장한다. 어쩌면 이런 형성의 정점이 오늘날 부동산 개발 업자와 투기적 금융자본이 손을 잡고 도시를 약탈의 대상으로 삼는, 즉 "약탈에 의한 축적"[5]이 횡행하는 신자유주의적 도시일 것이다. 이와 같은 약탈 때문에 도시주민의 자산가치는 떨어지고, 사회서비스의 질은 점점 열악해지며, 노동시장에서의 고용기회 또한 줄어드는, 즉 도시생활 자체 의 근본적 불안정성을 특징으로 하는 도시 위기가 일상화된다. 미국의 금 융위기 직전, 만약 위기가 발생하면 미국 전체의 저소득 흑인주민이 약탈 적 서브프라임의 대출 탓에 710억 달러에서 930억 달러 정도의 자산 가 치를 잃을 것으로 추정된 바 있다.

도시공간에 대한 하비의 주장은 자본의 기능과 역할에 대한 새로운 인 식으로 이어진다. 특히 이런 인식은 마르크스의 주장을 비판하고 확장하 는 의미를 갖는다. 마르크스는 도시공간에서 이루어지는 투기, 지대, 신 용, 임대와 같은 다양한 자본의 활동을 작업장에서 이루어지는 생산자 본에 비해 가변적이고 부차적이며 중요하지 않은 것으로 이해했다. 하비 가 볼 때, 마르크스는 자본의 일반적 운동법칙을 해명함으로써 잉여가치 의 생산과 실현과정에 대한 분석에만 초점을 집중했을 뿐 "분배의 특수 성이자, 지대, 세금, 그리고 임금의 실제 운동과 이윤율을 배제"[6]하거나 이 특수성을 "우연적 인 것"으로 여겼다. 이런 시각은 오늘날 자본의 역할 중에서 점차 중요해 지는 신용과 금융의 기능, 물질적 노동에서 비물질적 노동으로의 전환에

---

2   데이비드 하비, 한상연 역, 『반란의 도시』, 에이도스, 2014, 85면.

3   위의 책, 85면.

4   위의 책, 55면.

5   위의 책, 103면.

6   위의 책, 76면.

따른 가치창출의 다원화, 특히 이윤에서 지대로의 자본 이익의 중심적 이동, 그리고 이런 변화가 도시공간에서 끼친 영향을 제대로 이해할 수 없다. 하비의 도시공간에 대한 이해는 이와 같이 달라진 자본의 역할과 약탈적 축적의 과정을 새롭게 인식할 것을 요구한다. 그는 이제 도시공간의 형성과 관련해서 생산자본이 아니라 금융자본, 의제자본, 분배적 자본들이 어떻게 작동하는지 총체적으로 점검해야 한다고 주장한다.

　이러한 주장은 안토니오 네그리와 마이클 하트의 이론과도 서로 통하는 것이다. 네그리와 하트는 공장과 일터를 넘어 도시공간, 나아가서 사회 전체를 가치 창출의 장으로 인식한다. 이들은 가치 생산이 더 이상 일터에만 존재하지 않으며 사회 전체가 가치를 생산하는 '사회적 공장'이 되었음을 강조한다. 특히 물질적 노동이 정보와 지식, 정동으로 이루어진 비물질적 노동으로 전환한 것은 가치 창출을 사회 전체로 확대하는 의미를 갖는다. 이렇게 되면 도시공간 또한 가치창출의 핵심적 장소가 된다. 네그리와 하트의 주장은 도시공간에 작용하는 다양한 분배자본의 핵심적 기능과 역할에 주목해야 한다는 하비의 주장과 일맥상통한다. 『반란의 도시』에서 하비는 여러 차례 네그리와 하트의 주장을 거론할 뿐만 아니라 중요한 이론적 근거로 삼기도 한다. 하비는 사회 전체에서 이루어지는 생산적 소비, 즉 "노동과정 자체를 자본의 일반적 운동법칙 속에 내재화되어 있는 하나의 특이성으로 간주한"[7] 네그리의 생각은 전적으로 옳다고 말한다. 그러면서 하비는 마르크스에게는 소비가 혼란스럽고 예측 불가능하며 통제할 수 없는 것이며 정치경제학의 영역 밖에 존재하는 하나의 특이성으로 여겨졌다면, 네그리와 하트는 이 특이성을 새로운 차원

7　같은 책, 80면.

으로 재개념화하고 있다고 말한다. 즉 그들에게 특이성은 "공통적인 것의 확산 과정에서 생겨나고 언제나 공통재를 지향하기 때문에 저항의 핵심적 일부"[8]가 된다는 것이다. 특히 하비는 "대도시를 공통적인 것을 생산하는 공장"[9]으로 봐야 한다는 네그리와 하트의 주장을 가져온다. 그는 이를 토대로 공통적인 것과 공통성 개념을 통해 분배자본에 대한 새로운 인식뿐만 아니라 도시에 대한 권리, 즉 도시공간에서의 저항과 투쟁을 보다 적극적으로 사고할 수 있게 된다.

마르크스가 상상했던 집단적 노동은 대부분 공장에 한정되어 있었다. 만일 우리가 마르크스의 집단적 노동 개념을 확장하여 하트와 네그리가 주장하듯이 오늘날 도시에 투입된 집단적 노동이 생산해낸 방대한 공통재가 곧 대도시라고 생각한다면 어떨까? 그렇게 되면 공통재를 사용할 권리는 공통재를 생산하는 데 참여한 모든 사람에게 주어져야 할 것이다. 이 사실은 당연히 도시를 만들어낸 집단적 노동자가 도시에 대한 권리를 주장할 수 있는 근거가 된다. 도시에 대한 권리를 획득하기 위한 투쟁은 다른 사람들이 생산한 공통적 삶에 기생하여 지대를 착취해가는 자본 권력을 겨냥해야 한다.[10]

하트는 공통적인 것을 사적인 것과 공적인 것, 국가적인 것과 구분한 바 있다. 공통적인 것은 기본적으로 소유와 대립한다. 사적인 것과 국가적인 것은 모두 공통적인 것을 이용하고 통제하고 착취하기 위한 소유의 형태들이다. 하트는 신자유주의란 사적 소유가 공적 소유뿐만 아니라 공

8 　같은 책, 77면.
9 　같은 책, 128면.
10 　같은 책, 145~146면(번역의 일부 수정).

통적인 것에 맞서 벌이는 싸움으로 정의한다. 그렇다면 중요한 것은 소유관계를 침식해 들어가는 공통적인 것을 어떻게 확장시킬 것인가 하는 점이다.[11] 하비의 주장 역시 이런 주장과 동일 선상에 있다. 하지만 하비는 공통적인 것과 사적인 것, 공적인 것의 관계가 지극히 가변적이며 그 경계들을 현실 속에서 명확하게 구획하기란 쉽지 않다고 말한다. 이 말은 하비가 이런 구분 자체를 비판하는 것이 아니라 도시에 대한 권리가 실효를 거두기 위해서 그 구분이 좀 더 정밀하고 구체적이어야 한다는 것, 즉 "대도시권 전역에서 도시 공통재가 어떻게 생산되고 조직되며 사용되고 영유되는가?"[12]에 주목해야 한다는 것을 의미한다. 가령 MB정부의 4대강 사업은 공통재에 대한 약탈의 한 사례가 될 수 있다. 강이라는 공통재를 국가가 관리와 개발이라는 미명 하에 파헤치고 개발하면서 그 이익을 국가나 기업의 소유로 넘겨주는 대표적 사례이기 때문이다. 사실 신자유주의 하에서 국가소유와 개인소유라는 구분은 큰 의미가 없다. 국가는 공통재를 잠시 국가적 소유로 만들고 난 뒤 기업자본에게 넘겨주기 때문이다. 즉 국가는 기업과 결탁하거나 그 이익을 보장하는 역할을 담당하는 자본의 핵심 기제로 기능하기도 하는 것이다. 이와 같은 공통적인 것의 사유화가 바로 신자유주의적 통치방식이다.

그렇다면 도시는 누구의 것이어야 하는가? 지난 30년 동안 신자유주의가 횡행하면서 사회적 공통재에 대한 집중적 공격이 이루어졌기 때문에 다양한 규모에서 도시 공통재를 창출하고 집단적으로 이용하는 문제가 매우 절실해졌다. 하비는 자본주의적 도시화가 낳은 피해를 차단할 수

---

11   마이클 하트, 「공통적인 것과 코뮤니즘」, 『자본의 코뮤니즘, 우리의 코뮤니즘』, 연구공간 L 편, 난장, 2012, 34면.
12   데이비드 하비, 『반란의 도시』, 146면.

있는 유일한 방법은 "잉여의 생산과 분배를 사회화하고 누구에게나 개방된 새로운 공통의 부를 확립하는 것이다"[13]라고 말한다. 이런 주장을 감안할 때, 도시에 대한 권리란 소극적 개념일 수 없다. 그것은 공통적인 것과 공통재에 대한 신자유주의적 사유화에 맞서 "도시생활을 건설하고 유지하는 사람들이 자기들이 만든 모든 것에 대한 권리를 주장할 수 있는,"[14] 즉 도시를 공통적인 것과 공통재로 만들어가는 권리를 말한다.

『반란의 도시』의 서두에서 하비는 도시에 대한 권리를 처음 말한 것이 앙리 르페브르Henri Lefebvre였다고 말하면서 르페브르의 헤테로토피아hetero-topia를 설명한다. 하비는 르페브르의 헤테로토피아를 대중들이 일상생활에서 실천하고 사고함으로써 자본의 논리와는 '다른 무언가'를 실현해가는 공간적·혁명적 실천으로 정의한다. 이 정의는 하비의 헤테로토피아 개념으로 번역될 수 있다. 즉 신자유주의가 지배하는 공간에서 그 지배적 질서와는 다른 공통적 삶을 상상하고, 그 질서를 혁명적·공간적 실천을 통해 공통재로 바꾸어가는 실천적 활동인 것이다. 이를 푸코의 헤테로토피아 개념과 비교하면 흥미로울 듯하다. 푸코는 헤테로토피아를 기존의 배치와는 다르고 기존의 배치에 이의제기를 하는 이질적인, "모든 장소의 바깥에 있는 장소들"로 정의한다. 이 헤테로토피아 내에서는 "실제 배치들, 우리 문화 내부에 있는 온갖 다른 실제 배치들은 재현되는 동시에 이의제기당하고 또 전도된다."[15] 푸코가 생각하는 헤테로토피아는 지배적 배치를 위배하고 의문을 제기하는 일종의 일탈과 위반의 공간으로서 기숙사, 양로원, 군대, 묘지, 극장 등등의 장소를 가리킨다. 이와 달리 하비

13　같은 책, 158면.
14　같은 책, 19면.
15　미셸 푸코, 이상길 역, 『헤테로토피아』, 문학과 지성사, 2014, 47면.

의 헤테로토피아는 일상의 시간과 장소에서 벗어나는 위반의 공간이 아니라 자본의 지배적 배치를 바꾸고 일상적 삶을 공통적인 것으로 만들어가는 반反자본주의적 장소를 말한다. 그것은 푸코처럼 모든 장소의 바깥에 존재하는 일탈과 위반의 장소가 아니라 모든 장소 '내부'에서 장소의 배치를 공통적인 것으로 만들어가는 것을 의미한다. 다시 말해, 하비의 헤테로토피아는 공통적인 것을 사유화해온 신자유주의적 공간배치를 다시 공통적인 것의 배치로, 자본축적의 약탈 공간을 공통적 삶의 공간으로 전환하는 실천적 장소인 것이다.

하비의 이러한 생각은 푸코 뿐 아니라 자본주의적 도시공간 내에서 소규모 공동체의 자율성을 꿈꾸는 다양한 운동들자율주의자, 자주관리파, 협동조합적 운동, 아나키즘적 공동체주의이 추구하는 것과 다른 것이다. 하비는 이런 운동들이 현장에서 집단적으로 생산하고 소비하는 사람들의 구체적 감각과 직관에 근거하기는 하지만 개별적이고 분산적인 자율성을 상상함으로써 그들과 적대적인 금융환경과 신용제도, 상업자본의 약탈적 수법을 감당하기 어려우며, 자칫 자본주의적 경쟁상대를 흉내 냄으로써 자율적 실천의 독자성을 잃을 수도 있다고 지적한다. 그는 "세계를 무대로 움직이는 자본주의적 가치법칙에 맞서기 위해서는 다양한 방식의 기술적·정치적 정교화를 도모함과 동시에 거시경제적 상호관계를 이론적으로 이해해야 한다"[16]고 말한다. 이는 하비가 근본적으로 마르크스주의자임을 잘 보여준다.

결론적으로 말해, 하비가 『반란의 도시』에서 그리는 도시공간은 자본의 약탈이 횡행하는 신자유주의적 공간에 저항하고, 대중들이 신자유주의적 사유화의 논리에 맞서 함께 일상의 공통적인 것을 구축해가며, 자

---

16   데이비드 하비, 『반란의 도시』, 213면.

본과는 다른 삶의 양식을 구성해가는, 반란과 연대와 희망의 공간을 말
한다. 도시공간의 급격한 변화를 목격하고, 나아가서 그런 변화로 인해
공통재와 공통적인 삶을 잃어가는 우리 자신을 되돌아보기 위해 하비의
『반란의 도시』를 읽을 필요가 있다.

제4부

신자유주의와 인문학, 그리고 문화연구

제1장

폐허의 대학과
'지금-여기'의 인문학

1. '지금-여기'의 인문학이 처한 아이러니

2006년 고려대학교 문과대학 교수들이 인문학의 위기를 선언한 이후 인문학을 둘러싼 환경은 많이 변한 것처럼 보인다. 외견상 인문학의 위기가 지나가고 인문학이 성황을 누리고 있는 것이 아닌가 하는 '착각'이 들 정도로 인문학을 둘러싼 이야기는 사회 곳곳에서 이루어지고 있으며 그 필요성도 그 어느 때보다 강조되고 있다. 대학 상아탑 안에서는 교육부와 한국연구재단이 인문한국HK사업에 연간 거의 4백억 이상의 막대한 비용을 지원한 결과 일부 인문학 후속세대들의 — 안정적인(?) — 연구기반이 마련되고, 그동안 드물었던 초청강연과 다양한 세미나, 대규모의 국내외 학술대회들이 연속적으로 개최되고 있는가 하면, 상아탑 밖에서도 '수유+너머'를 필두로 '철학아카데미', '여성이론연구소', '다중지성의 정원' 등과 같은 비제도권 학술단체들이 활발하게 활동하고 있으며, 부산에서도 'KBS부산시민대학', '인디고서원', '백년어서원' 등 다양한 인문학 관련 조직과 프로그램들이 왕성하게 펼쳐지고 있다.

겉모습만 볼 때 현재 우리는 5년 전 인문학의 위기가 선언될 당시와는 많이 다른, 어쩌면 인문학의 부흥과 쇄신이라 할 만한 상황을 접하고 있다. 하지만 부흥이란 위기의 징후이자 은폐일 수 있다. 우리의 시선을 조금만 다른 곳으로 옮겨보면, 인문학의 위기는 더욱 심각해지고 있는 것 또한 명백한 사실이다. 일부 국가지원 프로그램을 제외하면 대학의 인문학은 이전보다 훨씬 심각한 위기와 고전을 겪고 있다. 우선 대학 상아탑의 인문학은 제도적인 차원에서 볼 때 인문학의 필요성에 대한 빈번한 회자에도 불구하고 급격하게 위축되고 있는 처지이다. 한편에서 대학이 점차 자본의 요구에 따라 상업화와 기업화의 길로 나아가고, 또 다른 한편에서는 행정적 관료주의가 연구와 교육 위에 군림해가면서 상업적 실용주의가 득세하게 되고, 전통적 인문학과들의 통폐합, 학생들의 인문학 기피현상의 심화, 그리고 외국어 독해력과 문해력의 급속한 약화 등 인문학을 떠받치고 있던 기반들이 급속하게 허물어지고 있다. 대학이 이미 사회제도로서의 기능을 포기하고 상업적 기업과 유사한 조직으로 변해가면서 인문학의 위상 또한 크게 달라지고 있다. 실제 대학 강의실에서 이뤄지고 있는 교양으로서의 인문학은 이미 오래 전에 주변과목으로 전락하거나, 보다 실용적인 과목으로 대체되고 있다. 특히 교양과목들이 전임교수들의 손을 떠나 거의 대부분 비정규직 강사들에게 맡겨짐으로써 교양의 주변화는 날로 가속화되고 있다. 왜냐하면 비정규직 강사들이 해당 과목에 대한 개설 권한을 갖고 있지 못할 뿐만 아니라 지속적인 관리의 책임조차 그들에게 주어져 있지 않기 때문이다.

　여기에만 그치지 않는다. 안정적이고 장기적인 연구를 제도적으로 보장해주던 정년 트랙에 진입하는 연구자들은 나날이 줄어들고 있는가 하면, 이미 주어져 있는 정년 권한마저 다양한 업적평가에 의해 위협받고 있다. 오늘날 대학은 정년이 보장된 소수의 교수들을 중심으로 다양한 형태의 계약제 교수 및 시간강사들이 에워싸고 있는 계층화된 피라미드 구조를 이루고 있다. 이런 분위기의 상아탑 속에서 시대의 역사적 고민과 현실적인 학문연구를 잘 통합하고 있는 인문학적 지식인을 만나기란 쉽지 않다. 대부분의 인문학자들은 연구평가를 더 잘 받기 위해 업적 관리와 연구비 지원에 몰두하고 있을 뿐 더 이상 사회현실과 시대를 고민하는 비판적 지식인들이 아니다. 그들은 지식인의 현실적 개입이 필요한 첨예한 사회적 이슈들과 담을 쌓은 채 고립적이고 전문적인 자기만의 세계 속에 빠져있는 것이다. 특히 인문학이 인문학자들 간의 소통과 대화에 의지한다고 한다면, 그러한 소통과 대화는 점점 찾아보기 어렵다. 결국 제도로서의 인문학은 급속하게 위축되고 비판적 지식인으로서의 인문학자도 거의 고사 직전이라 말해도 과언은 아닐 듯하다.

한편 상아탑 밖의 대중인문학은 매우 활성화되고 있는 것처럼 보인다. 인문학에 대한 대중들의 요구는 그 어느 때보다 커지고 있다. 재소자, 소년원, 홈리스, 그리고 쪽방촌 주민들과 같이 사회적 소수자들이나 소외계층을 대상으로 하는 희망의 인문학 프로그램에서부터, 유명대학들이 주최하는 CEO인문학 프로그램처럼 기업가들을 대상으로 한 인문학프로그램, 그리고 백화점과 미술관 같은 곳에서 이뤄지는 주부와 소비자를 위한 인문학 강좌에 이르기까지 인문학 관련 대중강좌들은 급증하고 있다. 필자도 부산 KBS고전아카데미에서 몇 차례 강의한 경험이 있고, 필자가 맡고 있는 대학연구소에서도 소외계층을 위한 '희망의 인문학' 프로그램에 참가하고 있으며, 필자가 속한 대학에서도 CEO를 위한 인문학 과정을 개설한 적이 있다. 내용과 성격이 어떻든 이런 다양한 프로그램들을 통해 우리는 인문학이 대중 속에서 새로운 '부흥'을 맞이하고 있는 것을 목격할 수 있다. 대학이 겪고 있는 인문학의 위기를 진짜 '위기'로 느끼지 못하도록 착시현상을 불러일으키는 것은 어쩌면 이와 같은 대중인문학의 활성화 때문일지 모른다.

우리는 '지금-여기'에서 인문학을 둘러싸고 매우 아이러니한 상황과 대면하고 있다. 대학의 교육적·비판적 이념으로서의 인문학은 심각한 위기에 빠져 있는 데 반해, 대중적 요구와 유행으로서의 인문학은 호황을 누리고 있는 것이다. 왜 이런 아이러니한 현상이 일어나는 것인가? 이 질문은 우리로 하여금 '지금-여기'에서 인문학이란 무엇인가?'를 질문하게 만든다. 이런 질문이 제기될 때마다 우리는 "항상 인문학은 위기 속에 있지 않았는가?, 혹은 인문학은 위기 속에서 부흥의 계기를 마련하지 않았던가?"라고 반문한다. 하지만 이런 반문은 항상 변치 않는 인문학에만 초점을 둘 뿐 인문학의 '지금-여기', 그리고 '지금-여기'의 인문학이 처한 역설적 위치에 주목하는 태도와는 무관하다. 그동안 인문학의 위기가 문제시되었던 것은 대학 상아탑의 안과 밖, 즉 대학과 현실사회 간의 소통 부재, 또는 인문학의 학문적 가치와 대중적 가치 간의 단절과 같이 인문학의 사회적 기능을 둘러싼 것이었지 인문학의 위기와 인문학의 유행이라는 독특한 이중적 상황과 같은 것은 아니었다.

다음에서는 대학 내의 인문학 위기와 대학 밖의 인문학 부흥이 '지금-여기'의 인문학의 위기, 나아가서 사회제도에서 기업으로 변해가는 대학의 재구조화 과정 속에서 인문학 자체가 겪고 있는 위상 변화를 반영하는 두 양상들임을 보여주고자 한다. 우선 우리가 알고 있는 인문학교양이란 무엇이고, 그것이 어떻게 변해왔는가를 살펴보자.

2. '우리가 알고 있는 인문학'과 교양 개념의 변화
완성의 추구에서 자기계발로

인문학의 위기와 부흥이라는 이런 아이러니한 상황을 제대로 이해하려면, 인문학의 '내부'에서뿐 아니라 인문학 '외부'에서, 특히 인문학이라는 제도적 정치와 이 장치를 둘러싼 사회와 대학 간의 관계 변화, 그리고 이런 변화가 인문학이라는 장치에 끼친 영향을 살펴볼 필요가 있다. 왜냐하면 인문학의 위기와 부흥이라는 역설적 현상은 우리 사회를 움직이는 자본과 국가의 성격 변화, 그리고 그와 관련된 대학의 위상 변화와 무관하지 않기 때문이다. 이런 변화가 인문학과 무슨 상관이 있느냐고 반문할지 모르지만 이 변화를 주시하는 것이 인문학의 위상에 대한 진단뿐만 아니라 인문학의 위기를 어떻게 극복할 것인가 하는 문제까지 사고할 수 있게 해줄 것이기 때문이다.

우선 인문학을 사고할 때 그 자체로 사고할 수 있다는 것은 인문학을 사회적 맥락에서 독립된 것으로 이해할 우려가 있다. 우리는 인문학을 현재 우리가 처한 사회적 관계에서 분리한 채 마치 역사적·현실적 맥락과 무관한 초월적 대상으로 신비화하려는 경향을 경계할 필요가 있다. 인문학 프로그램에서 '공자'와 '맹자', 혹은 플라톤의 '국가'와 같은 동서양고전의 강의를 듣다보면, 그런 고전이 나온 이후에 일어난 엄청난 사회적 변화와 부침에도 불구하고 그것들이 마치 고대부터 지금까지 아무런 변화도 경험하지 않은 채 지금까지 그대로 유지되고 있는 듯한 착각을 하게 되는 경우가 종종 있다. 그러다보니 고전에 대한 해석적 역사나 당대적 전유는 논의에서 제외되는 경우가 종종 있다. 다시 말해, 인문학자들은 그런 고전들을 철저하게 당대와 현재의 '지금-여기'라는 역사적 맥락 속에서 이해하지 않고, 즉 고전들이 나온 '역사적 맥락'그 당대와 사상의 시대적 관계, 그것이 해석되어온 역사, 그리고 그것이 우리 시대와 갖는 실제적 관계을 제대로 논하지 않은 채 마치 공자와 맹자 그리고 플라톤이 우리 시대의 사상가인 것처럼 다루는 것이다. 우리는 인문학 고전을 역사적 관계와 맥락으로부터 분리하여 초역사적 진리로 물신화하려는 경향을 거부하고 역사적 맥락 속에서 그 텍스트들의 형성과 의미와 해석의 과정을 진지하게 살펴볼 필요가 있다. 동서양 고전을 이런 문제의식으로 읽지 않을 때, 즉 현재의 사회적 맥락을 고려하지 않은 채 그것을 우리 시대의 사상인 듯이 바로 가져올 때, 그 사상들은 우리 시대의 사회적 모순과 구조적 갈등의 문제를 해석하는 데 도움을 주지 못할 뿐만 아니라 그런 사회적 모순과 구조적 갈등의 문제를 초역사적인 문제로 이해하거나 고전을 자기수신과 자기계발의 논리로 이용하려는 경향에 일조하게 된다.

여기서는 인문학을 푸코와 아감벤이 주장하듯이 지금-여기의 현실적 맥락과 관계 속에서 작용하는 '장치dispositif / apparatus'의 하나로 보고자 한다.[1] 이렇게 볼 때, 인문학을 초월적이고 보편적인 실체가 아니라 '지금-여기'의 사회관계 속에서 움직이는 구체적인 담론적·제도적 실천으로 볼 수 있다. 아감벤은 푸코의 장치 개념을 "생명체들의 몸짓·행동·의견·담론을 포획·지도·규정·차단·주조·제어·보장하는 능력을 지닌 모든 것"[2]으로 정의하면서 "감옥·정신병원·판옵티콘·학교·고해·공장·규율·법적 조치 등과 같이 권력과 접속되어 있는 것들뿐만 아니라 펜·글쓰기·문학·철학·농업·담배·항해인터넷 서핑·컴퓨터·휴대전화 등도, 그

---

1   인문학을 '장치'로 인식하면서 작금에 유행하는 인문학 열풍을 비판하는 글로는 정정훈, 「불온한 인문학은 사유의 정치다」, 『불온한 인문학』, 후마니스트, 2011을 참조하라.
2   조르주 아감벤, 양창렬 역, 『장치란 무엇인가? 정치학을 위한 사론』, 난장, 2010, 33면.

리고 언어 자체도 권력과 접속되어 있다"는 점에서 장치의 일종이라 주장한다. 아감벤은 그 장치가 "언어적이든 비언어적이든 잠재적으로 무엇이든 (담론·제도·건축물·법·경찰조치·철학적 명제 등을) 포함하는 이질적 접합이며 이 요소들 사이의 네트워크"이고, "늘 구체적인 전략적 기능을 갖고 있고 늘 권력관계 속에 기입"되며, "권력관계와 지식관계의 교차로부터 생겨나는" 특성을 갖는다고 주장한다. 특히 아감벤은 이런 권력관계와 지식관계가 기능하기 위해서 모든 장치가 살아있는 존재를 '주체화'하는 과정과 연결되어 있다고 말한다.[3] 아감벤은 제도적·담론적 장치와 살아있는 존재, 그리고 그 사이의 주체화 과정이 서로 맞물려 있는 과정을 장치라는 개념을 통해 설명하고자 한다. 이와 같은 장치 개념을 인문학 개념에 적용할 경우, 인문학은 특정한 사회구성체 내에서 작동하는 권력과 존재의 교차점에 위치하고, 특히 그 작동을 위해 특정한 주체를 형성하고 통제하는 하나의 장치로서 기능한다. 인문학을 하나의 장치로 볼 경우, 인문학을 형성하고 있는 제도적 조건들과, 그러한 조건들 속에서 인문학이 어떤 사회적 주체화의 과정에 관여하는지를 살펴볼 수 있게 된다.

작고한 문학이론가인 빌 레딩스Bill Readings는 아주 통찰력 있는 저작인 『폐허의 대학The University in Ruins』에서 오늘날의 대학과 인문학이 처한 내외적 변화는 단순히 일국적 차원의 문제가 아니라 자본의 전지구화와 더불어 국민국가의 기능과 역할이 달라지고 있는 것과 깊은 관련이 있다고 지적한다. 그의 주장의 핵심은 "오늘날 대학이 국가의 이데올로기적인 무기에서 관료적으로 조직되고 상대적으로 자율적인 소비자 중심 기업으로 부지런히 변모해"[4]가듯이, 국민국가의 통합적 교양 이념을 제공함으로써

---

3   위의 책, 41면.
4   빌 레딩스, 윤지관·김영희 역, 『폐허의 대학』, 책과 함께, 2015, 28면.

사회적 권위와 설득력을 확보할 수 있었던 대학의 인문학 또한 바로 그 국민국가의 기능과 역할이 쇠퇴함으로써 "국민문화의 발전보다는 시장을 위한 인력 개발의 장"으로 새롭게 조정되고 있다는 것이다. 1980년대 영미권 중심으로 시작된 신자유주의적 세계화는 1989년 현실사회주의권의 붕괴를 계기로 전 지구적 차원으로 확장된다. 이런 전 지구적 차원의 자본주의가 낳은 가장 중요한 결과 중의 하나는 국민국가보다 더 강력한 힘을 행사하는 초국적 자본과 시장의 영향력과 그에 따른 국민국가의 위상 변화이다.[5] 초국적 자본은 국민국가의 경계를 자유롭게 이동하면서 활동하기 때문에 국민국가를 이윤 획득과 이동을 위한 기지로만 인식할 뿐 그 내부의 이데올로기적 통합이나 정치적 이념 따위에는 관심이 없다. 오히려 전 지구적 자본에게 그런 이데올로기적이고 문화적인 통합 자체가 부정적이고 때로는 위협적일 수도 있다. 국민국가의 입장에서도 세계시장에서의 경쟁과 생존이라는 미명하에 국민들의 요구보다 초국적 자본과 시장의 요구를 더 따르려는 경향이 있다. 마사오 미요시[Masao Miyoshi]에 의하면 그동안 국민국가가 권력과 자본의 편을 들면서도 국민 통합을 위해 규제적이고 중계적인 역할을 해왔다면, "이제 거대한 다국적·초국적 기업의 등장으로 국가와 그 개입의 힘은 눈에 띄게 쇠약해지고" "국가는 노동자들에게 살을 에는 듯한 고통과 괴로움을 안겨주는 기업 감축 및 비용절감의 경향을 저지할 수 없으며" "북미자유무역협정[NAFTA]과 다자간 협정[MAI]에 대한 요구에서 알 수 있듯이, 기업 이익을 지지"할 뿐이다. 그 결과 "고삐 풀린 기업주의와 이익 챙기기가 급증하고, 민영화, 개인주의, 집단이익주의를 위해 공공부문, 집단성, 공동체주의에 대한 부당

---

5   위의 책, 77~79면.

한 거부가 만연하고 있다."[6]

이와 같은 자본의 전 지구적 지배와 국민국가의 약화는 대학의 역할에
도 지대한 영향을 끼치고 있다. 근대 들어 자본, 국가, 대학 간에는 서로
자율적이면서도 상호 보완적인 관계가 존재하고 있었다. 그런 관계가 지
금도 지속되고 있긴 하지만, 중요한 것은 그 관계의 성격이 달라지고 있
다는 것이다. 근대 국민국가와 대학 간의 관계는 근본적으로 정치적이고
이데올로기적인 성격을 띠었다. 즉 근대 대학은 다양한 계급 간 갈등과
사회적 모순을 통합하기 위해 "공통어를 가르치고 역사, 문화, 문학, 그리
고 지리학을 중심에 배치함으로써 국민적 정체성의 구성과 전파를 요구
하던"[7] 근대 국민국가의 이념적 토대를 뒷받침하는 핵심적 제도였다. 베
네딕트 앤더슨Benedict Anderson은 민족을 '상상된 공동체'로 정의하면서 민
족의 시공간을 상상하는 데 신문과 소설의 역할이 결정적이었음을 강조
한 바 있다. 하지만 그에게 소설과 신문의 역할은 다소 과장된 측면이 없
지 않다. 상상된 공동체와 그 국민적 주체형성을 지속적으로 재생산하기
위해서는 신문과 소설 이상의 것이 필요했다. 상상된 공동체는 근대적인
시민적 주체들이 '동일한 정체성'을 가질 수 있도록 공동체의 유구한 문
화들을 발명하고 문화적 정체성을 보다 집중적으로 관리, 통합하는 한편
그것을 지속적으로 재생산해줄 제도가 필요했는데, 그 역할을 담당했던
것이 바로 근대 대학이자 인문학과 교양교육이었다.

근대 국민국가에서 근대적 주체는 곧 국민적 주체였다. 레딩스에 의하
면 "근대적 시민은 군주의 독단적인 지배에 예속되어 있는 대신 국민국

---

6   Masao Miyoshi, "Ivory Tower in Escrow," *Trepasses : Selected Writings*, Durham : Duke
University Press, 2010, p. 212.

7   Ibid., p. 209.

가, 즉 정치적 담론이 '우리 국민들'이라는 말에서처럼 주관적인 '우리'라는 주체의 집단적 언명에 호소하여 합법성을 얻는 그런 국가의 주체"인 것이다. 그는 근대국가의 목표는 "인간이라는 보편 주체이든혁명기 프랑스나 미국처럼 민주공화국 체제, 이성적 토론의 대상으로서의 국민적 주체라는 종족적 정체성이든유럽의 자유민주주의적 국민국가들, 국민적 주체의 정체성을 드러내는"[8]데 있다고 주장한다. 국민국가는 중세와 절대왕정의 속박에서 풀려난 대중들을 국민적 주체로 새롭게 형성하기 위해 민족의 오래된 유산과 전통문화를 발굴하고 보존하고 교육하기 위해 대학 인문학을 육성하고 거기에 물적·정신적 투자와 지원을 아끼지 않았다. 주로 국민국가의 경계 내에서 움직이던 자본의 입장에서도 노동과의 타협과 자신의 안정적 재생산, 그리고 잘 훈련된 노동력의 지속적인 충원을 위해 국민국가와 대학 간의 긴밀한 관계에 의지할 수밖에 없었다. 레딩스는 국민국가와 대학이 "본질적으로 근대적 기구이고 교양문화 개념의 등장은 근대성의 두 기구들, 즉 대학과 국가 간의 긴장을 다루는 특정한 방법으로 이해되어야 한다"[9]라고 말한다. 이런 주장을 통해 볼 때, 인문학과 교양이 근대 대학의 중심적 위치를 차지하게 된 것은 전혀 놀랍지 않다.

인문학이라는 장치가 근대국가 속에서 어떤 역할을 담당했는지, 즉 근대 국민국가의 형성에서 교양인문학의 기능에 대해 좀 더 살펴보자. 근대사회의 인문학적 교양론을 가장 정치하게 전개했던 사람이 영국의 문화비평가 매슈 아널드Matthew Arnold였는데, 그의 교양론의 일부를 한국에 본격적으로 소개한 사람이 영문학자 최재서였다. 최재서는 1963년에 자신이 편역한『교양론』[10]에서 아널드를 비롯하여 교양과 관련된 유명한 영국 사

8　　빌 레딩스,『폐허의 대학』, 79면.
9　　위의 책, 20면.

상가들의 글 다수를 편집하고 번역한 바 있다. 1963년이 군부쿠데타로 4·19혁명이 실패로 끝나고 박정희 군사정권이 들어서던 시기였음을 감안한다면, 이런 우익보수화의 분위기 속에서 교양론이 어떤 기능을 했을지 궁금하다. 사실 아널드의 경우도 그렇지만 근대국가에서 교양은 일반대중을 위한 것이 아니라 엘리트 지식인을 위한 것이었다. 최재서의 『교양론』도 「교양의 이념」, 「교양과 문화」, 「교양과 종교」, 「교양과 대학」, 「교양으로서의 문학」 등을 내용으로 하고 있는데, 거기에 함축된 독자는 당시 지적 수준이 뛰어난 고등학생들도 더러 있었겠지만 대개는 대학에서 인문학을 전공하거나 가르치는, 당시로서는 엘리트 지식인들이었다고 할 수 있다. 1960년대 초 대학진학률이 6%정도였음을 고려할 때, 『교양론』이 겨냥한 독자는 매우 제한적이었을 것이고, 그들의 지적 수준도 상당한 편이었을 것이다. 그러므로 교양론은 기본적으로 "지식인과 일반대중 간의 격차"[11]를 전제할 수밖에 없었다. 다시 말해, 교양론의 일차적 목

---

10   최재서 편, 『교양론』, 박영사, 1963. 이 책은 1963년에 첫 출간되었고 1970년에 4판이 발행될 정도로 많이 읽힌 책이었고, 이 시기에 교양론이 지식인들의 중요한 이슈였음을 잘 보여준다.

11   가라타니 고진은 「가능한 인문학」(『논좌』, 2007.3)이라는 글에서 "일본에서는 1960년 이후 지식인과 대중을 구별하는 사회적 계급구조가 서서히 사라져 갔습니다. 사회 속에서 모든 차이는 상대적으로 사라지고 있습니다. '계급'이 그러하며 '남/여'의 '차별'도 그러합니다. 물론 완전히 사라지지는 않았지만 그러나 차별을 얼마간 부정하기 시작하면 그런 차이를 낳는 힘 자체가 사라질 것입니다. 커다란 차이가 없는 시기, 그 차이를 해소하려는 에너지 — 때로는 '혁명'이 되겠습니다만 — 가 없는 것은 당연하며, 학문적인 정열도 옅어지고 있습니다. 다만 이것은 세계적인 경향으로 일본만의 특징은 아닙니다. 물론 일본에서는 그것이 극단적으로 표출되고 있습니다"라고 말한다. 식민지로부터의 해방, 한국전쟁, 4.19혁명과 같은 격변을 겪은 한국의 경우는 일본과는 시간적 차이가 존재하며 고진이 말하는 지식인과 대중 간의 차이가 한국에서 본격적으로 제기되는 것은 1980년대 들어서다. 이런 차이가 한국에서 어떻게 진행되고 있는가를 인식하는 것이 '지금-여기'의 인문학의 변화를 가늠하는 데 매우 중요해보인다.

적은 한 국가의 국민문화를 주도하게 될 학생과 지식인의 정신적·계몽적 각성을 위한 것이었으며 일반대중의 지적 향상은 그 다음이었을 것이다. 이 책의 「머리말」 일부를 인용해보자.

> 요새 신문에서 교양을 위한 도서 출판과 각종 집회의 광고를 아니 보는 날이 거의 없다. 이것은 우리의 민족생활이 충실해지고 우리의 사회가 문화적으로 발전하는 증거이니 참으로 반갑고도 대견한 일이다. 나는 이제로부터 23년 전에 『인문평론』을 주간하고 있었을 때에, 「교양론 특집」을 낸 일이 있었고, 또 그 뒤에도 기회있을 적마다 여러 집필가들로부터 교양에 관한 글을 얻어 잡지에 발표한 일을 기억한다. 그것은 그 시대에 **민족성의 향상을 희구하는 심정**을 표현할 수 있는 유일한 방식이었다. 물론 그 표현은 여러 모로 제한을 받았다. 이제 우리가 아무 거리낌 없이 교양과 민족성의 향상을 논의하게 된 행복을 볼 때에 감개무량하다.[12](강조 – 필자)

이 글은 교양과 민족성 간의 관계를 잘 드러내고 있다. 최재서는 식민지 시대에는 민족성을 희구할 수 없었기 때문에 교양이 제한적일 수밖에 없었다면, 이제 독립된 국가에서 교양이 민족성의 함양에 적극적으로 공헌할 수 있을 것이라는 감격스런 소회를 토로하고 있다. 이 글은 최재서에게 교양의 목적이 민족이라는 집단적 존재의 지적·문화적 수준의 향상에 기여하는 데 있다는 것을 보여준다. 최재서는 이런 입장을 바탕으로 아널드의 교양론을 비판하기도 한다. 그는 아널드의 교양론이 계급적 한계를 초월하여 인간의 완성을 이념으로 삼고 있다는 점에서 영원한 진리

---

12 최재서 편, 『교양론』, 3면.

를 포함하고, 교양의 정치적·사회적 기능을 염두에 둔 실천적 의도를 갖고 있었음을 인정하면서도 그의 교양 개념이 개인적 노력의 문제에 한정되어 있다고 비판한다. 그는 "개인적인 노력이 없이 교양이 쌓여질 수 없음은 명백하지만, 그렇다고 개인적 노력만으로 교양이 이룩될 수 없음도 또한 명백하다. 교양이 인간성의 배양일진대, 그 배양소는 외부로부터 섭취될 수밖에 없다. 그것을 우리는 문화라 부른다. 아널드의 교양론에서 문화의 문제는 전혀 취급되어있지 않다"[13]라고 평가한다. 교양을 개인적 노력의 문제가 아니라 사회적 혼란과 무질서에 대한 적극적 대안의 차원에서 고민했던 아널드에게 최재서의 비판은 그다지 타당한 지적같지는 않다. 오히려 이 지적에서 아널드의 교양론을 굳이 개인적 노력의 차원으로 제한하면서 아널드의 교양론에 전체적 차원의 문화가 결여되어 있다고 지적하는 최재서의 의도가 무엇이었는지 궁금하다. 이 글을 통해 볼 때, 최재서는 교양이 아널드에게 분명하게 드러나지 않았던 민족성의 함양에 적극 기여해야 한다는 생각을 갖고 있었다. 이렇게 지적하는 이유는 최재서를 비판하기 위한 것이 아니라 그가 국민국가의 대학에서 교양의 기능이 민족성의 함양과 밀접한 관계가 있다고 생각하고 있음을 보여주기 위한 것이다.

사실 아널드는 최재서만큼 국민문화의 정체성이 초미의 관심사이던 시기에 활동한 것은 아니다. 그가 영국 국민문화를 예찬하는 경우는 드물었다. 오히려 그는 영국문화를 프랑스문화나 독일문화와 비교하면서 영국문화의 지방성을 비판하거나, 영국 중산층의 종교적 편협성을 비판하기 위해 그리스-로마의 헬레니즘 문화의 우수성을 강조하기도 했다. 그

---

13 위의 책, 19면.

에게 영국의 국민문화는 비판의 대상이기도 했던 것이다. 하지만 영국 국민문화의 편협성을 비판한다고 해서 아널드의 교양이 국민문화의 틀을 벗어나는 것은 아니다. 오히려 그러한 비판이 국민문화의 분발을 촉구한다는 점에서, 그리고 아널드의 교양 개념이 바로 이런 열등하고 편협한 영국문화를 향상시키는 데 그 목적이 있다고 주장했다는 점에서 그의 교양은 국민문화의 함양과 무관한 것은 아니다.[14]

아널드에게 교양은 개인적 차원의 노력이 아니라 집단적이고 사회적인 이념과 같은 것이다. 즉 교양은 "완성에 대한 사랑이자 공부"이며 "순수한 지식을 향한 과학적 열정으로만, 또는 주로 그런 열정으로만 움직이는 것이 아니라, 선을 행하려는 도덕적·사회적 열정의 힘으로도 움직이는"[15] 것이다. 교양은 특정계급의 일방적이고 편협한 관점을 뛰어넘어 "사물을 있는 그대로 보려는" 공평무사한 태도와 관련이 있으며 특히 단맛^{감성}과 빛^{이성}의 종합적 훈련에 의해 '이제까지 알려진 최상의 것'을 알려고 노력하는 것이다.

완성의 추구는 단맛과 빛의 추구이다. 단맛과 빛을 위해 일하는 사람은 이성과 신의 뜻을 퍼뜨리기 위해 일한다. 기계 장치를 위해 일하는 사람, 증오를 위해 일하는 사람은 단지 혼란을 위해 일할 뿐이다. 교양은 기계 장치 너머를 보고, 교양은 증오를 미워한다. 교양은 한 가지 위대한 열정을 가지고 있으니, 단맛과 빛을 향한 열정이다. 그것은 훨씬 더 위대한 것 — 즉 그것을 퍼뜨리려는 열정이 있다. 그것은 우리 모두 완전한 인간이 될 때까지 만족하지 않는다. 그

---

14   D.R. Shumway, "Nationalist Knowledges : The Humanities and Nationality," *Poetics Today*, 19:3, 1998, p.363.

15   매슈 아널드, 윤지관 역, 『교양과 무질서』, 나남, 2006, 55면.

것은 소수의 단맛과 빛은 인류의 거칠고 빛을 보지 못한 다수가 단맛과 빛에 접촉하기까지는 불완전할 수밖에 없음을 안다. (…중략…) 나는 국민적인 삶과 사유의 불꽃이 타오를 때, 사회 전체가 아름다움에 민감하고 지혜롭고 살아 있는 사유에 가장 충만하게 젖어들 때, 그 때야말로 인류가 행복한 순간이며, 한 민족의 삶의 획기적인 시기며, 문학과 예술과 모든 천재의 창조적인 힘이 꽃피는 시절임을 거듭 주장해왔다. 다만 진정한 사유이자 진정한 아름다움이어야 하고, 진정한 단맛이자 진정한 빛이어야 한다.[16]

아널드에게 교양은 사회가 목표로 해야 할 지향점이자 계급으로 분열된 사회를 치유할 수 있는 통합적 이념이기도 했다. 교양은 부르주아 계급이든 노동자 계급이든 특정한 계급의 수준에 영합하는 것도 아니고, 특정 정파의 판단과 구호를 앞세우는 것 또한 아니다. 오히려 교양은 계급을 초월하는 공평무사함이며 "이 세상에서 생각되고 알려진 최상의 것을 모든 곳에 통용시키려고 하고, 모든 인간을 단맛과 빛의 환경 속에서 살게 하려는"[17] 임무를 지닌다. 그에게 교양인의 역할은 다음과 같다.

위대한 교양인이란 당대 최상의 지식과 최상의 이념을 확산하고, 보급하고, 사회의 한 쪽 끝에서 다른 쪽 끝까지 전파하려는 열정을 지닌 사람들이다. 지식에서부터 모든 거칠고 어색하고 난삽하며 추상적이고 전문적이고 부차적인 것을 걸러내려고 애쓰며, 지식을 인간화하여 교양있고 학식있는 사람들의 동아리 바깥에서도 그것이 효력을 미치되 그러면서도 여전히 당대 최상의 지식과 사상이며, 따라서 단맛과 빛의 진정한 원천으로 남아 있도록 애쓰는 사람들이다.[18]

---

16   위의 책, 84면.
17   위의 책, 85면.

아널드는 교양을 거의 종교적 수준까지 끌어올렸다는 평가를 받기도 했다. 그에게 교양은 근본적으로 계급이기주의에 적대적일 뿐 아니라 당대의 계급적 갈등이나 사회적 무질서를 뛰어넘는 초계급적·초종파적 이념이기도 했다. 잘 알려진 바와 같이 아널드는 당시의 귀족계급, 부르주아 계급, 노동계급을 각각 '야만인Barbarians', '속물Philistines', '우중Populace'으로 불렀다.[19] 그가 볼 때, 귀족계급은 물질적이고 타락했고, 부르주아 계급은 천박하고 편협하고 속물적이며, 노동계급은 난폭하고 파괴적이었다. 아널드 자신이 부르주아 계급에게서 영국사회의 미래를 엿보긴 했지만 교양인을 이 세 계급 중 어느 계급과 곧장 동일시하지는 않았다.[20] 사실 아널드의 계급성과 그의 교양 개념의 계급초월성 간의 긴장과 대립은 당시 근대 국민국가 내에서 부르주아계급의 교양 이념의 지위를 잘 보여준다. 부르주아계급은 다른 계급을 배제하거나 억압함으로써가 아니라 오히려 자신의 당파적 계급성을 탈색시키거나 그것을 보편적 차원으로 끌어올림으로써 자신의 문화적 지배를 공고히 했으며, 이런 과정을 국민문화의 형성과 연결지음으로써 자신의 계급이익을 유지할 수 있었다. 마사오 미요시는 국민국가의 문화적 형성과정에서 교양교육과 국민교육 간의 갈등과 협력을 잘 지적한다. 그는 교양교육이 혁명적 부르주아 계급의 "합리적이고 보편적이고 세속적이고 계몽적인" 논리와 "당파적이고 실용적이기보다는 중립적이고 객관적인" 주장에 근거하고 있었다면, 국민교육은 국민적 정체성의 구성과 전파를 통해 부르주아의 계급이익을

18　위의 책, 85면.

19　위의 책, 126면.

20　매슈 아널드의 교양론의 사회적 의미에 대한 자세한 설명은 윤지관, 『근대사회의 교양과 비평―매슈 아널드 연구』, 창작과비평사, 1995와 김종철, 「인문적 상상력의 효용―매슈 아놀드의 교양 개념에 대해서」, 『외국문학』, 12집, 열음사, 1987을 참조하라.

은폐하고자 했기 때문에 당파적이고 특히 실용적이었다고 지적한다. 그는 교양교육과 국민교육이 종종 서로 갈등적이기도 했지만 그 이해관계에서는 일치했다고 주장한다.

결국 19세기 국가는 부르주아지에 의해 설립되었고, 그것은 당시 부상하던 노동계급의 이익을 배제하는 데 완강했지만 잔존하는 귀족계급은 기꺼이 수용하고자 했다. 교양교육은 부르주아의 계급이익을 촉진했기 때문에 용인되고 심지어 장려되기도 했다. 그것은 궁정예술, 음악, 시, 극, 역사를 자신의 것으로 삼았고 시간이 경과하면서 오늘날 진지한 고급문화로 지칭되는 정전들을 확립했다. 국가가 바다 넘어 야만인들을 억압하고 이웃 국가들과 경쟁하며 계급적 상승을 갈망하는 하위계급들을 억압함으로써 시장과 식민지를 확장하는 핵심적 일에 종사하게 되면서 교양교육과 국민교육은 서로 갈등하면서도 서로 보완했다.[21]

19세기 말 영국 제국주의가 전 세계로 확장되면서 아널드의 교양 개념은 민족성과 국민문화와 보다 직접적으로 결합되게 되었고 영국 문화와 대학에서 인문학의 중추적 이념으로 자리 잡게 된다. 이 무렵에 아널드가 생각하듯 교양 개념이 국민문화의 편협성과 지방성을 비판하기 위한 이념적 가치라기보다는 오히려 영국 국민문화의 우수성을 예찬하는 국민의식이나 민족이데올로기의 일부가 되었다. 아널드의 지적 계승자이자 영국 문학비평의 거두인 F. R. 리비스Leavis는 아널드의 교양 개념을 적극 수용하면서도 아널드가 갖고 있던 유럽중심적이고 헬레니즘적인 시각보

---

21   Masao Miyoshi, op. cit., p. 209.

다 오히려 영국 국민문화의 위대한 전통을 구성하는 방향으로 나아갔다. 교양론을 민족성의 함양과 결부짓는 최재서의 교양론 역시 아널드의 문제의식보다는 교양론이 민족성과 결합됨으로써 대학 내의 지적 엘리트들의 이념이 된 20세기 초반의 영국적 상황과 더 관련이 있어 보인다.

아널드의 교양 개념에서 주목할 것은 교양 개념이 근대 국민국가와 대학 인문학 간의 관계를 사고하는 데 매우 중요한 계기를 제공해주었다는 점이다. 교양 개념은 대학의 인문학이 국민국가와 긴밀한 관계를 유지하면서도 상당히 높은 수준의 자율성을 누릴 수 있었던 이념적·제도적 근거가 되었다. 교양 개념에 기반을 둔 인문학의 상대적 자율성은 계급 갈등을 뛰어넘고 통일된 민족성의 이미지를 발명할 필요가 있던 국민국가에게 통합적 이데올로기를 제공해주는 한편, 국가가 특정 정파나 계급의 이익으로 치우치거나 사회갈등에 폭력적으로 대처할 경우 국가의 폭력을 견제하는 비판적 지식을 제공해주기도 했던 것이다. 테리 이글턴^{Terry Eagleton}을 비롯한 많은 비평가들은 아널드의 교양 개념이 19세기 중반의 치열한 계급적 갈등과 사회혼란을 은폐하려는 이데올로기로 기능했다고 비판한다. 내용적으로 볼 때 그것이 특정 계급이데올로기를 뛰어넘어 사물을 공평무사하게 바라본다고 하더라도 사회 속에서 작동하는 장치로서의 교양 개념은 '항상 이미' 이데올로기적이고 권력적으로 기능했다. 부르주아 계급이 자신의 이념을 계급을 초월하는 보편적 이데올로기로 포장함으로써 자신의 계급성을 은폐할 수 있었듯이, 공평무사하고 계급 초월적인 교양 개념은 국민국가 속에서 부르주아계급에게 보편성과 초월성이라는 가치를 제공해줄 수 있었다. 제도와 장치로서의 교양 개념은 국민국가 속에서 인문학의 이데올로기적·정치적 기능과 분리될 수 없는 것이기도 했지만, 역으로 대학 인문학의 비판적 기능과 역할을 뒷받침하기도 했다는 점을 기억해둘 필요가 있다. 인문학의 비판적 기능은 인문학의 이데올로기적 기능과 동전의 양면을 이루고 있었다.

여기서 강조되어야 할 사실은 대학 인문학이 국민국가의 후원을 받으면서도 국가로부터 높은 자율성을 누릴 수 있었던 이유가 바로 '교양' 개념 그 자체 속에 이미 함축되어 있었다는 점이다. 교양 개념을 국민국가와 연관지어 설명할 때, 그것은 국민국가의 계급초월적인 국민적 이념과 가치를 재현하면서도 국민국가의 계급적 폭력에 맞서는 비판적 기능을 가질 수 있었다는 점에서 단순히 이데올로기적 기능만 담당했던 것이 아니라 국가 자체를 비판할 수 있는 '권리' 또한 가질 수 있었다. 따라서 근대 대학과, 특히 교양으로서의 인문학이 국가의 후원을 받으면서도 국가의 억압과 폭력을 비판할 수 있는 지식인들을 대거 배출할 수 있었던 것은 국민국가, 근대 대학, 인문학 간의 상호견제와 상호보완의 관계 때문이었다.

하지만 이제 국민국가의 역할 조정과 더불어 근대 대학 내에서의 인문학과 교양의 중추적 위상은 급격하게 약화되고 있다. 인문학의 '위기'란 단순히 인문학의 쇠퇴나 인문학의 사회적 기능의 약화만을 말하는 것이 아니다. 모든 위기가 사회구조적 차원의 변동과 격변에서 생겨나듯이, 인문학의 위기는 국민국가와 근대 대학과 인문학교양 간의 기존 관계를 새롭게 재편하는 변동이 일어났기 때문에 생겨난 것이다. 특히 자본과 국민국가와 대학 간의 관계에 중대한 변화가 일어났다. 그동안 국민국가의 경계 내에 근거를 두고 활동하던 자본은 이미 초국가적인 성격을 띠어가고, 국민국가 역시 국민통합보다 초국적 자본의 이윤 추구를 더 쫓게 되었다. 뒤늦게 든든한 후원자를 잃게 되었음을 깨닫게 된 대학은 자신의 사회적·문화적 이념을 벗어던지고 지식을 상업화하기 위한 기업으로 탈바꿈하고 있다. 이러한 관계의 재정립은 자본과 국가와 대학, 나아가서 인문학 간의 관계를 새롭게 규정한다. 근대국민국가(및 자본)와 대학의 관계가 국민문화의 정체성을 형성하고 그 교양 이념을 형성하고 전파한다는 사명 하에 주로 자본과 경제를 규제하는 정치적이고 이데올로기적인 성격을 띠었다면, 이제 이윤과 효율성의 경제적 가치들이 노골화되면서 경제는 더 이상 국민문화의 이데올로기적이고 정치적인 성격에 얽매일 필요가 없게 되었다. 오늘날의 대학은 시장과 기업이 제시하는 우수성과 전문화 그리고 실용화의 요구에 적극적으로 부응함으로써 "국민문화라는 이념을 생산하고 보호하고 주입하는 역할을 통해 국민국가의 운명과 더 이상 맺어지지 않는" 전혀 "다른 기관"이 되어간다.[22]

이런 과정 속에서 그동안 대학이 담당해왔던 교양의 사회적이고 공적인 이념은 급격하게 위축되고 그 자리에는 상업적 이윤과 전문 직업주의의 논리가 득세하게 된다. 대학은 갈수록 기업과 닮아가고, 교수들도 프로젝트를 수주하는 기업마인드의 전문가들과 닮아간다. 제니퍼 워시번은 『대학주식회사』에서 경제적 이윤 창출이 대학의 가장 중요한 목적이 되면서 대학의 우선순위들이 왜곡되고, 교육기관으로서의 역할이 부차적인 것이 되면서 그동안 대학이 담당했던 세계에 대한 정신적·사회적 책임을 등한시하고 있다고 비판한다. 그녀는 "영리를 추구하다보면 정해진 방향이 없는 연구, 사회비판, 기초연구, 틀을 벗어난 새로운 사고, 그리고 경계를 허무는 실험이 설 자리는 없어질 것이며, 교육과 조언 그리고 젊은이들의 지적 재능을 키워주는 일은 차츰 이차적, 삼차적 업무가 될 것이다"[23]라고 말한다. 이런 기업대학 속에서 지식의 가치 역시 크게 달라진다. 비판적 교육학자인 헨리 A. 지루Henry A. Giroux에 따르면 "지식은 경

---

22   빌 레딩스, 『폐허의 대학』, 16면.

23   제니퍼 워시번, 김주연 역, 『대학주식회사』, 후마니타스, 2011, 343면.

제에 대한 투자의 형태로 특권화되면서 자아의 정의, 사회적 책임, 그리고 자유, 평등, 민주주의의 범위를 확장하려는 개인의 능력이라는 관점에서 볼 때 아무런 가치도 갖지 않는 것 같다. 윤리적·정치적 고민으로부터 단절된 지식은 학교가 젠더, 계급, 인종, 그리고 연령의 억압적 경계들에 대항할 수 있도록 학생들을 어떻게 교육시켜야 하는가에 대해서는 극히 제한된 시각만 제공할 뿐이다."[24]

이런 변화의 직접적 영향을 받게 될 곳이 대학의 인문학이고, 특히 교양 이념을 가르쳤던 철학과 역사, 문학 분야들이 될 것임은 명확하다. 국가가 인문학에 대한 관심을 접거나 이념적 통합보다 이윤 창출에 더 우선순위를 두면서, 대학들도 인문학에 대한 관심을 포기하거나 인문학의 가치를 보다 실용적인 차원으로 바꾸도록 압력을 행사한다. 현재 대학 내에서는 아이러니한 현상들을 자주 접하게 된다. 한편에서는 전통적 인문학과들, 특히 철학과나 일부 문학과가 통폐합되거나 실용적 명칭으로 변경할 것을 요구받는 경우가 잦아지고, 인문학을 바라보는 실용적이고 효용적인 관점이 인문학의 교양 이념을 대체하고 있다. 최근 들어 대학에서 유행하고 있는 인문학과 공학 간의 융합 및 통섭에 대한 논의들은 이런 변화를 반영하고 있으며, 심할 경우에는 인문학의 비판적 기능을 도외시한 채 인문학을 이윤 창출을 위한 아이디어 뱅크 수준으로 전락시키고 있다. 인문학이 경제적 이윤의 논리에 가까이 가면 갈수록 인문학의 전통적 위상은 약화되고 주변화될 가능성은 커진다. 다른 한편 일부에서는 인문한국HK을 비롯하여 다양한 국가지원프로그램의 건재함을 예로 들면서 국가와 인문학 간의 전통적 관계가 그대로 유지되고, 그 덕분에 인문학의

---

24 H.A. Giroux & S.S. Giroux, *Take Back Higher Education*, New York : Palgrave, 2004, p.263.

급격한 약화는 어느 정도 저지될 수 있다고 생각할지도 모른다. 하지만 인문학에서 국가의 역할이 유지된다고 하더라도 그 기능과 역할은 과거와 크게 달라지고 있다. 국가지원시스템 또한 인문학이 과거에 누린 상대적 자율성을 침식해 들어가면서, 인문학이 기업에 예속되듯이 국가의 요구에 좌우되는, 즉 인문학의 국가 예속화를 강화한다. 이미 그런 조짐들이 곳곳에서 나타나고 있다. 우선 인문학 분야에서 사회현실에 대한 비판적인 기능과 역할은 급격하게 쇠퇴하고, 오히려 현실적 관계나 그로 인해 생기는 긴장감을 전혀 느낄 수 없는 주제들만 무성해지는 인문학의 탈현실화 내지 보수화 경향이 나타나고 있다.[25] 가령 학술지 평가에 있어서도 자율적인 학술기구보다는 국가기구가 실질적인 평가 기준을 장악하면서 생겨난 중요한 결과 중의 하나는 대학 연구자들로 하여금 긴박한 현실적 문제의식과 비판의식을 억누르고 외국에서 유행하는 최신 이론이나, 현실과는 직접 관련이 없는 연구주제로 옮겨가게 만들고 있는 것이다. 그 결과 지식인은 최신 경향이나 자신의 주제만 좇는 편협한 연구자로 변해 가고 있다. 우리가 주목할 필요가 있는 것은 국민국가와의 긴장관계 속에서 나름의 자율성을 지킬 수 있었던 인문학과, 국가의 직접적 지원을 받으면서 국가에 예속되어가는 인문학 사이에 존재하는 큰 간극이다.

자본의 침해와 간섭을 어느 정도 차단하는 역할을 담당해왔던 국민국가와 대학, 특히 인문학 간의 긴장 관계 또한 달라지고 있다. 국가와 대학이 자본과 기업의 경제적 요구에 더욱 민감하게 반응하면서 인문학은 그러한 요구를 보다 직접적으로 강요받게 되고, 대학의 교양 이념은 급격히 약화되고 있다. 최재서와 아널드의 경우에서 보았듯이, 교양은 국민국가의 경

---

25   인문학의 신보수주의화에 대한 논의와 비판으로는 조정환, 「인지자본주의에서 지성의 재구성」, 『인지자본주의』, 갈무리, 2011을 참조하라.

계 내에서 지식인들이 일반 대중들이 도달하기 힘든 초월적이고 공평무사한 완성의 경지를 추구하는 것이었고, 인문학적 교양인은 그런 경지를 맛볼 수 있는 소수의 계몽적 지식인으로 여겨졌다. 그런 점에서 교양은 지식인과 대중 간의 '차이'를 전제하고 있었다. 특히 교양은 국민국가의 통합적 이념을 구현하고자 하였기 때문에 그런 이념을 침해하는 국가의 폭력과 특정 계급에 대한 일방적 지지에 맞설 수 있었다. 하지만 오늘날 그러한 교양의 이념은 유지되기 쉽지 않아졌다. 국가나 자본이 그런 교양 개념을 존중하지 않을 뿐만 아니라 교양 개념이 전제하고 있던 지식인과 대중 간의 차이 또한 소멸하고 있기 때문이다. 1960년대 초의 대학진학률이 6%에 머물렀다면, 오늘날 그것은 거의 70%에 육박하고 있다. 가라타니 고진柄谷行人은 일본의 경우를 예로 들면서 이런 현상을 '차이의 소멸'이라 지칭한다.

이러한 '종언'문학의 종언을 끝까지 파고들면 역시 '차이의 소멸'이라는 것에 있다고 생각합니다. 차이란 구체적으로 말하면 계급적 차이, 남녀의 차이, 연령세대의 차이겠죠. 이것이 없어지면 힘이 없어집니다. 예능이나 문학의 영광스러움은 차별적인 사회구조에 기반해 왔습니다. 노가쿠가면 음악극나 가부키도 원래 그런 것입니다. (…중략…) 소설이라고 말하면 나카가미 겐지가 그렇습니다. 그것은 그가 단지 지적으로 현대문학의 첨단을 달렸기 때문이 아니라, 그가 지닌 힘의 근원에 거대한 차이, 즉 차별의 문제가 있었기 때문입니다. 그러나 이 차이는 1980년대가 되자 급격히 사라집니다. 그 이유의 하나는 차별이 있는 만큼 반차별 투쟁으로 인해 그것이 해소되었다는 사정이 있습니다. 그렇다고는 하나 차별이 사라지는 것은 바라마지 않던 것이었지요. 문학을 위해 차별을 원한다면 본말이 전도된 것입니다. 만약 차별이 진정 사라진다면 문학 따위는 없어져도 좋습니다.[26]

이와 같은 차이의 소멸 속에서 그동안 차이에 근거해왔던 인문학과 교양은 어떻게 변할 것인가? 우선 인문학과 교양은 이제 소수 지식인의 전유물이 아니라 모든 사람이 향유하고 소유할 수 있는 일반 지식과 같은 것이 되었다. 교양은 적어도 지식인이라면 절차탁마해야 하는 높은 수준의 인격 수양과 완성을 지향하는 것이 아니라, 기업과 자본의 요구 앞에서, 특히 일상적 인간관계 속에서 개인의 스펙을 쌓거나 포장하는, 명실상부한 '교양'이 되고 있다. 드디어 교양은 교양이 된 것이다! 고진의 말로 하자면, 지식인과 대중 간의 차이에 근거한 높은 수준의 인격 함양을 전제하던 엘리트적인 교양이란 장치는, 차이의 소멸 속에서 대중들 간의 내면적인 구별짓기로서의 교양으로 변해가는 것이다. 즉, 민족성의 고취와 같이 공동체의 이념적 수준을 상징하던 교양은 이제 내면적 자기계발의 수단으로서의 개인적 교양으로 변하고 있다.

교양이란 장치의 이와 같은 변화는 인문적 교양인의 주체화 과정 또한 바꾸고 있다. 국민국가의 통합적 이념을 체현하며 국가로부터 일정한 거리를 유지하던 ─ 사회 통합을 지향하면서 동시에 비판적 거리를 유지하던 ─ 지사적志士的 존재로서의 교양인은 개인 내면으로 침잠하여 자기계발에 힘쏟는 주체로 바뀌어간다. 특히 이런 주체는 체제 비판적이기보다는 체제 순응적인 경향을 강하게 드러낸다. 이런 교양인은 근본적으로 보수적인 경향을 띠는데, 사회적 차원의 모순이나 구조적 갈등의 문제를 개인적 소양이나 능력의 부족과 같이 '개인적' 문제로 치환하려고 하기 때문이다. 이런 교양인은 오늘날과 같은 신자유주의적 경제의 논리와 잘 어울린다.

이제 소수를 위한 교양Culture이 다수를 위한 문화culture로 바뀌고 있다.

---

26 가라타니 고진, 「가능한 인문학」, 『논좌』, 아사히신문사출판국, 2007. 3. 이 글의 인용은 인터넷 번역판을 참조한 것이다.

다만 그 다수의 문화가 비판정신과 사회적 책임을 묻기보다는 상업적 논리에 의해 지배되는 경향이 우세해지고 있긴 하지만 말이다. 현재 우리 사회는 경제적·기술적 사회구조와 축적체제의 변화 때문에 이른바 포디즘적 생산양식의 사회에서 포스트포디즘적 생산양식에 기반을 둔 신자유주의적 '문화사회'로의 급격한 전환을 경험하고 있다. 신자유주의적 문화사회란 경제와 자본의 논리가 인격이든 문화든 인간 존재의 거의 모든 차원을 지배하는 핵심가치로 작동하는 사회를 말한다. 특히 문화와 인격은 경제논리에 의해 철저하게 침윤된 상태에 있다. 가령, 스마트폰에서부터 전자제품, 자동차에 이르기까지 디자인이나 콘텐츠와 같은 문화적 가치가 이미 그 상품의 생산과 소비를 결정하는 핵심요인이다. 현상과 외양이 실체를 결정한다는 장 보드리야르의 시뮬라시옹 사회처럼 상품의 가치를 결정짓는 것은 품질이 아니라 품질을 둘러싼 문화적 외양이다. 이 '보이지 않고 말하기 곤란한' 문화적 외양을 이해하는 데는 기존의 경제적·기술적 마인드로는 한계가 있다. 최근 들어 인문학적 교양과 감성 교육에 대한 사회적·기업적 요구가 많아지는 이유를 알 수 있다.

신자유주의적 문화사회에서 '문화'의 주요 기능은 인문학적 지식을 어떻게 실용화하고 상품화할 것인가를 지향하는 데 있다. 이런 사회에서 인문학은 체제 비판적이고 문화정치적인 의심의 기능을 상실하고 그 대신에 경제적·실용적 가치의 생산에 더 매달리게 된다. 특히 '인문학'과 '교양'은 사람들의 '자기'발견이나 '자기'계발의 핵심 수단의 역할을 맡는다. 필자는 인문학 대중강좌에서 만난 많은 사람들로부터 인문학이 그동안 깨닫지 못했던 자신을 새롭게 발견하게 해주고 자신의 삶의 의미를 되돌아보게 하는 계기가 된다고 말하는 경우를 종종 들었다. 탈산업화된 신자유주의적 사회에서 인문학은 산업화 시대에 가능하지 않았던 자기성찰의 도구가 되는 것은 분명하다. 많은 사람들이 갑자기 '인문학'을 배우려는 생각을 갖게 되고 그 속에서 잊고 있던 '자신'을 발견하고자 하는 것이다. 이것이 현재 인문학이 대중 속에서 인기를 누리게 된 중요한 이유 중의 하나이다.

하지만 신자유주의적 문화에서 인문학과 교양이 자본의 경제논리들을 개인 속으로 내면화하는 자기계발의 통로 역할을 하는 것 또한 엄연한 사실이다. 상업적이고 실용적인 지식을 추구하는 인간들은 인문학을 소비하고 향유하는 차원을 넘어 그것을 신자유주의적 자본과 체제의 지속적인 재생산을 위한 자본의 상품 논리나 거기에 어울리는 자아계발의 도구로 삼을 수 있다. 그 결과 인문학은 경제적 논리를 내면화하는 개인들의 자기계발의 수단이 되는 것이다. '자기'발견으로서든 '자기'계발로서든, 이런 인문학은 인문학을 오직 개인만을 위한 교양주의에 머물게 한다. 이런 교양주의가 갖는 문제점은 인문학의 사회 비판적 기능을 포기하고 사회 체제적 문제를 '자기 자신'의 문제로 치환함으로써 인문학을 이데올로기적으로 도구화할 가능성이 커진다는 데 있다. 이런 교양주의가 팽배한 분위기 속에서 인문학은 사회부유층이나 CEO들에게 경제자본을 보충하면서 다른 사람과의 차별짓기를 강화하는 상징적 문화자본의 수단이 될 수 있고, 사회소외층에게는 소외를 낳은 사회구조적 차원의 문제를 소외계층 자신의 문제로 치환하는 사회적 장치가 될 수 있다. 인문학의 비판적 기능이 사라지고 상품적·기업적 가치가 득세하는 신자유주의적 문화사회에서 인문학은 자칫 잘못된 체제에 비판적 질문을 제기하는 것을 차단하는 통제적이고 규율적인 장치가 될 수도 있는 것이다.

3. 자기계발과 경제논리로서의 인문학을 넘어

교육학자인 페트리샤 검포트Patricia Gumport는 오늘날 고등교육의 거시적 동향이 사회제도로서의 고등교육이라는 이념에서 점차적으로 고등교육의 이념을 기업으로 바라보는 방향으로 나아가고 있다고 진단한다. 고등교육을 사회제도로 간주하는 것은 그것이 "교육에서 자격증 수여, 나아가서 사회적 지위를 향상시키고 시민들을 사회화하는 차원으로 나아가는 광범위한 교육적·사회적 기능을 포함한다." 특히 사회제도로서의 대학에서 가장 중요한 것은 "대학은 교양교육을 촉진하고, 탐구의 자유를 보호하고, 지식의 보존과 발전을 장려하며, 지적 대화와 사회비판 그리고 체제비판을 위한 사회적 공간을 제공함으로써 지적 다원주의를 배양할 수 있을 것이라는 믿음"[27]이다. 이에 반해 대학을 기업으로 본다는 것은 전혀 다른 의미를 갖는다.

기업의 논리는 핵심적 자원과 역동적 시장에 초점을 두고 있다. (…중략…) 공적인 연구대학의 일차적 목표는 노동시장의 요구에 부응하는 기술훈련을 제공하고, 경제를 향상시키는 응용지식을 개발하는 것을 포함한다. 그 관리에 있어 대학들은 시장의 힘이라는 혹독한 현실에 주목하고 경쟁력 있는 환경을 찾아내고, 계획하고, 비용을 절감하고, 그리고 효율과 유연성에 맞도록 재조정하는 것과 같은 전략을 채택하게 된다. (…중략…) 학생들도 캠퍼스 공동체의 구성원이라기보다는 소비자로 간주되는 경향이 있다.[28]

---

27 Patricia J. Gumport, "Universities and Knowledge : Restructuring the City of Intellect," *The Future of the City of Intellect*, (Steven Brint ed.), Stanford : Stanford University Press, 2001, p.54.

대학이 사회제도에서 기업으로 변하는 것이 어떤 의미인지를 이해하는 것은 그리 간단하지 않다. 그런 변화는 단순히 대학의 가치와 이념만 달라지는 것이 아니라 교육과 연구, 행정 간의 전체적 관계뿐만 아니라 교육과정, 평가시스템, 학생과 교수의 관계, 교수직의 구조, 나아가서 대학 안팎의 서열관계를 비롯한 대학 자체의 제도적 변화까지 포함한다. 사회제도로서의 대학이 국민통합의 이데올로기적 기능을 담당해온 측면도 있지만 대학 구성원들의 계급, 젠더, 인종, 생활환경의 차이에 상관없이 사회정의와 책임과 평등의 가치를 강조함으로써 사회적 공정성과 공공성을 구현하기도 했다. 즉 사회제도로서의 고등교육은 대학에서든 대학 밖의 현실세계에서든 시민의 집단적 정체성을 강화하는 한편, 사회적 불평등을 비판하고 바로 잡을 수 있는 정의와 평등의 이념을 주장해왔다.

반면 대학을 기업으로 본다는 것은 그것과는 전혀 다른 의미를 갖는다. 즉 그것은 대학을 효율과 경쟁의 시장 논리로 본다는 것을 의미한다. 시장과 경쟁의 논리 앞에서 교수들은 자신들의 업적 관리를 위한 연구나 연구비 확보에 열을 올리는가 하면, 대학은 효율성이라는 미명하에 기존 정년제도들을 무력화시키고 다양한 형태의 불확실한 교수제도들을 도입함으로써 대학 내부를 새롭게 계층화하고 있다. 특히 대학들 간의 서열 경쟁이 매우 뜨겁게 벌어진다. 이런 경쟁 속에서 대학은 기업처럼 행정적 효율성 제고를 최우선 목표로 삼고, 교수들은 지식을 단순한 정보처럼 취급하며, 학생들은 단지 '영혼' 없는 지식의 소비자가 된다. 결국 기업으로서의 대학은 사회적 평등과 공정성, 민주주의적 가치 자체를 목표로 하기보다는 오히려 그것을 약화시키려는 위협적 세력이 될 수도 있다. 지루는

---

28 Ibid., p.55.

민주주의가 미국에서 약화되는 것과 민주주의를 신뢰하고 거기에 헌신해온 고등교육의 유산이 쇠퇴하는 것이 거의 동시적인 현상이라고 말한다. 그는 고등교육이 기업과 시장의 가치와 연계되면서 "비판적 대화, 분석, 해석의 공간이 되는 대신, 점차 그 이념이 도구적 관점에서 검증되고 기업과 정부의 기금을 끌어오는 데 성공했느냐의 여부로 평가되는 소비공간으로 정의"되면서 "민주적 공적 공간으로서의 역할을 점차 포기하고 있다"[29]고 주장한다.

이미 국민국가의 역할이 쇠퇴하고 대학이 기업처럼 변해가는 상황에서 대학을 다시 사회제도로 되돌리는 일은 쉽지 않아졌지만 대학을 사회제도로 재인식하고 재정립하는 일은 여전히 중요하다. 현재도 대학은 시장과 경쟁의 신자유주의적 논리가 지배하는 세계에서 사회정의와 공정성, 사회책임의 가치를 유지하고 현실세계에 대한 비판을 사유할 수 있는 거의 유일한 공간이다. 대학교육이 점차 소비자 지향적 교육으로 변해간다는 것은 간단한 사실이 아니라 그 영향의 사회적 파장이 적지 않다는 것을 의미한다. 즉 그것은 대학의 공공성만 침해하는 것이 아니라 사회의 공공성과 그것을 뒷받침하는 사회정의와 윤리적 책임의식까지 크게 약화시킨다. 따라서 사회제도로서의 대학의 역할을 재인식할 필요가 있다. 지루는 "대학이 민주적 미래를 가질 수 있는가?"를 질문하면서 오늘날의 대학이 공적인 선을 다시 확보하기 위해 노력해야 한다고 주장한다.

고등교육을 기업화하려는 현재의 움직임에 맞서 고등교육은 그것을 기업으로 조직하고 운영하려는 지속적인 시도들에 대항하는 공적인 선으로 옹호될

---

29   H.A. Giroux, "Democracy's Nemesis : the Rise of the Corporate University," *Cultural Studies ↪ Critical Methodologies*, 9:5, 2009.10, p.670.

필요가 있다. 교육과정이 상품으로 변하고, 학생들이 소비자로 취급받고 노동자로 훈련받으며, 교수들이 계약직 고용인의 지위로 강등되듯이, 고등교육이 이윤의 원천으로 간주되기보다 적어도 민주적 영역으로 받아들여져야 한다. 왜냐하면 고등교육은 학생들이 스스로 사고하는 법을 배우고, 권위에 질문을 던지고, 참여적 시민권의 이상을 회복하고, 공적 선의 중요성을 재주장하고, 사회 속에서 중요한 역할을 할 수 있는 능력을 확장할 수 있는, 현존하는 극히 드문 공적 공간 중의 하나이기 때문이다.[30]

진보적이든 보수적이든 인문학자의 시각에서 볼 때, 지루의 주장은 아주 당연한 것이다. 하지만 오늘날의 달라진 상황을 감안하면, 고등교육을 다시 공적인 선의 공간으로 옹호해야 한다는 지루의 주장은 방어적인 느낌이 든다. 대학이 기업화, 전문화, 상업화를 거치는 것을 무작정 거부하기란 쉽지 않아졌다. 오히려 그런 변화 과정 속에서 대학과 인문학의 역할을 새롭게 정립하는 작업이 필요해 보인다. 즉 대학의 인문학자들은 대학이 기업처럼 변해가는 거대한 흐름에 맞서는 일도 필요하지만 그러한 경향들이 지식과 인문학의 가치들에 어떤 변화를 가져오는지, 그리고 점차 침식해 들어오는 기업적 실용주의의 흐름에 맞서 대학이 인문학의 원칙적 입장만 고수할 것이 아니라 그런 실용주의를 사회적 정의와 공공성과 관련시킬 수는 없는지, 나아가서 대학조차 안토니오 네그리가 말하는 '사회적 공장social factory'의 일부가 되어가는 현실을 인정하는 한편 이런 현실을 새로운 가치 창출의 기회로 전환할 수는 없는지를 고민해볼 필요가 있다. 이 말은 상업적 가치를 무조건 거부하자는 것이 아니라 그것

30　H.A. Giroux & S.S. Giroux, *Take Back Higher Education*, p.276.

을 대학의 공공성과 사회적 책임과 관련지어 대학의 미래를 새롭게 상상하는 방식을 모색해야 한다는 것을 의미한다. 레딩스는 국민국가의 쇠퇴와 더불어 그 소우주라고 할 수 있던 근대 대학이 약화되면서 이제 대학은 국민국가를 더 이상 지시하지 않는 방식으로 나아가고 있다고 말한다. 그는 이런 과정을 대학이 국민국가의 이념으로부터 벗어나는 '탈지시화 dereferentialization'[31]라고 부른다. 이런 탈지시화로 인해 대학의 의미가 앞으로 소비자 중심의 경제 논리로 채워질 가능성이 농후한 것은 사실이지만 그는 이런 탈지시화를 대학의 미래를 사고하는 준거로 사용할 필요가 있음을 강조한다. 특히 레딩스는 대학에 국민국가의 이념처럼 거대한 초월적 이념을 새롭게 불어넣는 작업을 거부하면서 현재의 탈지시화의 조건 속에서 현실주의적으로 사고하는 '제도적 실용주의'를 제안한다.

제도적 실용주의는 오늘날의 대학이 자신의 기능을 초월적으로 주장할 필요성을 잃어가는 제도라는 것을 인정한다. 대학은 자신의 작업을 위하여 문화의 거대서사를 더 이상 필요로 하지 않는다는 점에서 더 이상 근대적이지 않다. 우수성을 좇는 관료적 제도로서 대학은 다양한 용어들을 하나의 이데올로기적 전체 속으로 통합하지 않고서도 상당 정도의 내적 혼란을 통합할 수 있다. 그리고 만약 이것들이 통합된다면, 그것은 더 이상 이데올로기의 문제가 아니며 확대되어 가는 시장 속에서 이루어지는 교환가치의 문제일 것이다. 이러한 점에 비춰볼 때, 새로운 통일성에 대한 요구가 우수성이라는 공허한 통일성에 의하여 흡수되기 쉬운 것처럼, 분열을 곧장 급진주의로 보는 주장 역시 근거가 없다. 나처럼 대학을 비판적 기능이 가능한 곳으로 생각했던 사람들

---

31   빌 레딩스, 김용규 역, 「교양 없는 대학」, 『오늘의 문예비평』, 1999.9, 221면; 『폐허의 대학』, 36면.

은 작금의 비판적 자유의 획득이 그 비판 자체의 사회적 의미의 축소와 직접적으로 비례하고 있음을 직시할 필요가 있다. 하지만 이런 사실이 변화와 혁신의 기획을 포기해야 할 이유는 전혀 아니다. 오히려 우리에게 필요한 것은 그러한 기획의 의미를 기만적으로 과장하지 않으면서, 이미 사라진 유령 도시를 다시 건설하는 데 만족하지 않는 태도이다. (…중략…) 이제 우리는 대학이 폐허화된 제도라는 것을 인정하고 어떤 낭만적인 향수에 기대지 않으면서 이 폐허 속에서 산다는 것이 무엇을 의미하는지 생각해야 한다.[32]

레딩스는 오늘날 대학에 국민국가의 초월적 이념과 같은 거대한 이념이나 가치를 부여하는 일이 어려워졌음을 강조한다. 특히 "작금의 (대학에서의) 비판적 자유의 획득이 그 비판 자체의 사회적 의미의 축소와 직접적으로 비례"할 수 있다는 지적은 대학의 비판적 가치나 사회적 이념을 주장하는 작업이 오늘날 큰 사회적 영향력을 갖지 못할 수 있다는 것을 의미한다. 대학이 국민국가에 의해서든 초국적 기업에 의해서든 단일한 이념에 지시적으로 묶인 근대 대학이 아니라 그런 이념에서 벗어나 다양한 가치들이 충돌하고 경합을 벌이는 새로운 탈근대적 대학pluriversity이 되어가는 현실에서 인문학자들은 왜 인문학이 필요한지, 왜 비판적 사유가 필요한지, 대학 내에서 인문학적 사유의 중요성을 어떻게 주장할 것인지를 새롭게 질문할 필요가 있다. 레딩스는 오늘날 대학에서 중요한 질문은 "대학이라는 제도를 어떻게 사유의 피난처로 전환할 것인가 하는 문제보다는 사유가 점점 더 어려워지고 불필요한 것으로 여겨지는 제도 속에서 어떻게 사유할 것인가 하는 문제"[33]라고 주장한다. 사실 전자의 질

---

32 빌 레딩스, 「교양 없는 대학」, 223~224면.
33 위의 글, 227면.

문은 대학 진학률 6%의 엘리트주의적 근대 대학에서나 제기될 법한 질문이다. 하지만 대학 진학률이 70%에 육박하는 현실에서는 다른 방식의 사유가 요구된다. 레딩스가 말하는 탈지시화가 오늘날 대학의 곤경과 가능성을 동시에 나타내듯이, 그 가능성에 대한 사유를 확장하고 실험하는 작업의 성공 여부에 향후 인문학의 가능성도 달려 있지 않을까 생각한다. 사실 무지한 주체가 자기계발적 주체로 나아가는 과정과 자기계발적 주체가 현실적인 비판적 주체로 나아가는 과정 중에 어느 것이 더 쉬울지는 명백한 사실이다. 사실 자기계발적이고 자기교양적인 인문학이 제대로 제기된 질문들과 마주하거나 또는 제대로 된 질문들을 제기할 수 있는 방법을 획득하게 된다면, 그런 인문학을 기존 체제를 비판하고 새롭게 사유하는 인문학으로 발전시키는 것은 그리 어렵지 않을 것이다. 이제 인문학은 자신의 가능성을 찾아 체제 밖으로 나가는 것 못지않게 체제 안에서 체제의 작동방식과 논리가 사회적 평등과 정의에 부합하는지 제대로 질문하는 작업을 제기할 필요가 있다.

이를 자크 랑시에르Jacques Ranciere의 개념을 빌어 조금 부연하자면, 랑시에르는 정치politics와 치안police이라는 개념을 독특하게 구분한 바 있다. 그에 따르면 정치와 치안은 인간들이 행하고, 존재하고, 말하는 방식을 서로 다르게 분배하는 체제를 가리킨다. 우선 치안은 인간을 공동체로 결집하는 사회조직을 가리키며 사회를 구성하는 다양한 자리와 기능들을 위계질서적으로 구획하고 분배하는 기능을 한다. 그것은 계속해서 몫을 가진 자와 몫을 갖지 못한 자들을 나누고, 몫을 갖지 못한 자들에게 몫을 갖지 못한 이유가 자기 자신에게 있음을 깨닫게 함으로써 그들을 통제하고 배제하는 기능을 수행한다. 랑시에르는 치안을 "정체성, 정해진 자리와 기능의 공동체"[34]라고 부른다. 이에 반해 정치는 "이런 정해진 자리와 기능들의 분배를 해체하는 주체화의 과정"을 의미한다. 정치는 몫의 나눔의 방식을 해체하고 재조직하는 것, 즉 "볼 수 있는 것과 말할 수 있는 것, 말과 사물, 존재와 이름 사이에 세워진 관계를 재조직하는 것"[35]이다.

이 재조직은 실재와 허구적인 나눔을 분명히 문제 삼는다. 그것은 치안적인 정체성의 논리에 다른 가능한 풍경을 맞세운다. 다른 가능한 풍경은 또한 가능한 것의 다른 풍경이기도 하다. 그 풍경 속에서 지각할 수 없고, 말할 수 없고, 어떤 식으로 행위할 수 없던 신체들은 그것을 말할 수 있게 된다. 논쟁적 주체화로서 파악된 정치가 만들어내는 것이 바로 그런 것이다.[36]

랑시에르에게 정치는 '평등'의 실천과 동의어이다. 그에게 정치는 출생, 부, 능력에 따라 각자의 자리를 부여하는 불평등한 치안의 논리를 뒤흔들어놓음으로써 "모두의 평등한 능력을 긍정하고, 지배를 위한 어떤 토대도 존재하지 않음을 긍정"하는 것이다. 랑시에르의 이 구분은 미래의 인문학의 역할을 사고하는 데도 시사하는 바가 상당하다. 앞에서 인문학과 교양에 대한 지배적인 입장과 변화를 소개했다. 필자는 현재의 인문학과 교양이 근대사회 내에서 인문학이 가졌던 지위에 비해 훨씬 더 열악해졌다고 말하고 싶지 않으며, 과거 사회의 이념적·비판적 지위로서의 교양이 누렸던 위상에 대해 향수적인 태도를 갖고자 하는 것 또한 아니다. 근대사회에서 인문학은 랑시에르가 말하는 치안과 유사한 기능을 담당해왔다. 인문학이라는 장치는 대중과 엘리트들 간의 차이를 유지하면

---

34   자크 랑시에르, 양창렬 역, 『정치적인 것의 가장자리에서』, 길, 2008, 28면.
35   위의 책, 30면.
36   위의 책, 30면.

서 개인과 사회를 통합적으로 결합하는 이념을 제공함으로써 사회조직의 몫을 '교양적'으로 배분하는 실천과 제도의 집합체였다. 국민성의 함양에 기여하는 교양의 기능이란 계급적 차이와 갈등을 은폐하고 국민문화의 정체성을 구축함으로써 대중의 감각을 통제해왔던 것이다. 제도와 장치로서의 인문학은 분명 치안의 장치였고, 인문학이 누렸던 힘 또한 그런 치안의 역할을 얼마나 잘 하는가를 공인받은 데 있었다. 물론 인문학의 통제와 치안를 뒤흔들면서 저항해온 것도 인문학이었음은 분명하다. 근대의 수많은 인문학적 성과들이 인문학이라는 장치를 뒤흔들고, 말할 수 없는 것과 말할 수 있는 것, 가시적인 것과 비가시적인 것, 들릴 수 있는 것과 들릴 수 없는 것 등의 분할을 재조직하는 '감각적인 것의 새로운 나눔'을 실천해왔다.

차이가 소멸된 현재는 인문학에 새로운 기회가 될 수 있다. 왜냐하면 평등의 가능성이 더욱 확장될 수 있기 때문이다. 경쟁이 심해지는 것은 평등이 그만큼 강력하게 자리 잡을 수 있는 기회가 되기도 한다. 대중이 인문학에 접근하기가 훨씬 용이해진 사회에서 근대적 교양 개념은 종언을 고할 필요가 있다. 교양이 자신의 한계를 넘어선 초월적 차원으로 존재하지 않고 오히려 개인의 내적 기준으로 존재하는 시대에, 즉 '교양'이 '문화'로 변한 시대에 자본의 요구에 순응하는 자기계발적 주체를, 평등을 지향하는 정치적 주체로 바꾸는 작업은 훨씬 더 용이할 수 있다. 차이의 소멸의 시대에 '차이'를 위한 경쟁이라는 순환구조에서 헤어 나오지 못하는 자기계발적 존재는 자본의 요구에 따라 자기 자신을 조정해가는 자기통제적 존재일 따름이다. 오히려 그런 차이의 폐지를 통해 평등에 기반한 새로운 자유의 가능성을 확장하는 작업에서 인문학의 미래를 엿볼 수 있지 않을까? 문화와 인문학이 통치의 일부가 되는 신자유주의적 사회에서 주체에 대한 통제와 포섭이 용이해지는 만큼 주체의 자율성의 여지 또한 커지고 있는 것은 아닐까?

제2장

대처리즘 이후의
영국문화연구

1. 제3의 길과 대처리즘의 유산

토니 블레어^{Tony Blair}의 신노동당 정부와 앤서니 기든스^{Anthony Giddens}가 주창한 제3의 길은 대처리즘과의 단절인가, 아니면 그 연장인가? 일정 기간 권력을 잡고 행사하는 집권 정부와 그 정부가 사회에 끼친 물질적·이데올로기적 영향을 구분할 수 있다면, 이 질문은 영국의 정치문화적 현실을 이해하는 데 아주 중요한 질문이다. 사실 진보 진영에서는 블레어가 자신의 이론적 토대로 삼은 기든스의 제3의 길을 대처리즘의 연장, 즉 '다른 수단에 의해 추구되는 대처리즘'으로 평가하는 사람들도 다수 있다. 가령 신좌파의 주도적 이론가인 페리 앤더슨^{Perry Anderson}은 제3의 길을 "오늘날 신자유주의의 최상의 이데올로기적 외피"[1]라고 주장한 바 있다. 앤더슨은 오히려 제3의 길이 대처리즘보다 더 교묘할 수 있다고 비판한다. 그 이유는 제3의 길이 신우파적 정권이라면 초래하고 말았을 갈등들을 완화하는 듯이 보이면서도 실은 신자유주의적 헤게모니를 더욱 적극적으로 강화하고 확장하는 방식으로 기능하고 있기 때문이다.

---

1   Perry Anderson, "Renewals," *New Left Review II*. 1, Jan/Feb 2000, p.11.

시장의 승리를 확고히 하는 가장 유리한 공식은 온정적인 공공기관들을 공격하기보다 보존하고, 나아가서 경쟁과 연대의 결합 가능함을 찬양하는 것이다. 정부 정책의 핵심은 레이건-대처의 유산을 더욱 철저하게 추진하는 것, 간혹 그 선임자들조차 감히 시도하지 않았을 조치를 취하면서까지 그것을 추진하는 것이다.[2]

자본주의와 사회주의의 사이와 너머로 가겠다고 주장하는 제3의 길은 영국의 전후 사회복지국가의 붕괴와 대처리즘의 실패 사이에서 이론적·실천적 대안으로 제기된 것이다.[3] 그런 점에서 제3의 길은 처음부터 전후 영국 현실에서 두 차례의 실패의 경험을 통해 얻게 된, 현실적 선택의 여지가 그리 넓지 않은 대안이라고 할 수 있다. 국민통합One Nation을 목표로 했던 전후 사회복지국가의 유산과, 그러한 유산을 전면 부정하고 모든 것을 시장과 경쟁의 경제 논리에 내맡김으로써 국민분열Two Nations을 조장한 대처리즘을 통합하는 일은 말만큼 쉽지 않을 것이기 때문이다. 제3의 길의 추구는, 시장을 위한 규제 완화와 부자들을 위한 세금 감면을 공약함으로써 보수당의 전통적 기반을 설득했던 블레어의 정치적 약속과 달리, 자본에 대한 적절한 규제와 그 이윤의 공평한 분배가 이루어질 때 가능할 것이다. 하지만 제3의 길은 그런 방식을 추구하지 않았다. 오히려 대처처럼 시장과 경쟁을 통해 자본주의를 확장하되 그 혜택의 일부분을

---

2 Ibid., p.11.

3 대처 집권 이후 영국은 선진자본주의 국가 중에서 가장 불평등한 국가로 전락하고 말았다는 평가까지 받았다. 블랙번(Robin Blackburn)에 따르면, 대처가 집권한 1979년에 비해 1997년에 인구의 10% 내의 가장 부유한 자들의 재산이 두 배로 늘어난 데 반해, 가난한 자의 생활지수는 대략 13% 하락했다. Robin Blackburn, "Reflections on Blair's Velvet Revolution," *New Left Review* 223, May/June 1997, p.11.

국민들에게 돌려줌으로써 복지 또한 이룩하겠다는 것이었기 때문에 구체적 현실에서는 대처리즘에 의해 촉발된 신자유주의를 더욱 강화하는 결과로 이어질 수밖에 없었다. 이러한 점에서 블레어의 신노동당은 대처리즘의 대체가 아니라 그 연장으로 평가될 여지가 다분하다. 이미 오래전에 대처가 대처리즘의 계승자로 보수당의 메이저John Major보다 블레어를 지목하기도 했다는 사실도 눈여겨볼 일이다. 논의의 정확성을 위해 대처 정부와 대처리즘은 구분될 필요가 있다. 대처 정부는 1990년 역사 속으로 사라졌다고 하더라도 대처리즘은 현재의 신노동당 정권 뿐 아니라 작금의 영국 현실 속에서도 여전히 진행 중인 역사적 현실이기 때문이다.

우선 대처리즘은 무엇이고 어떻게 형성되었는가를 살펴보자. 경제 체제나 정치 제도의 관성 때문에 한 정권의 등장과 그 정권의 정책방향이 사회의 전체적 흐름을 변화시키는 경우는 매우 드물다. 하지만 1979년 대처에 의한 영국의 정권 교체는 아주 특별한 의미를 갖는다. 선거에서 승리한 대처의 보수당 정권은 사회 전반에 자리 잡고 있던 전후 사회복지국가의 타협적 성과들과의 단절을 선언함으로써 영국 사회의 정치, 경제, 문화 전반에 중대한 변화를 끼쳤다. 1945년 이후 영국은 노동과 자본의 타협에 따라 기존 체제의 밖에서 활동하던 진보 정당과 노동계의 요구를 체제 내로 통합하는 코포라티즘적인 사회복지정책들을 추진해왔다. 이 복지정책은 사회의 다양한 계급과 조직들의 이해관계를 타협하고 통합하는 일종의 국가적 계약의 성격을 띠고 있었기 때문에, 보수당이든 노동당이든 집권 정당은 그 틀을 준수했다. 하지만 1970년대 중반부터 이와 같은 틀을 유지하는 데 영국의 경제적 기반은 이미 한계를 드러내고 있었다. 지속적인 자본 이윤과 축적을 보장하면서 의료와 교육 등의 복지정책 비용, 사회 타협으로 인한 임금상승, 사회빈곤층의 생활보호를 감당하기에는 한계가 있었던 것이다. 특히 2차 대전 동안 유럽의 다른 국가들에 비해 심각한 파괴의 경험을 겪지 않았던 영국 경제는 "지나치게 취약했고, 제국주의 시대의 전통적인 금융적 역할에 얽매여 있었으며, 전근대적이고 '후진적인', 허약한 자본구조를 가지고 있었다."[4]

사회복지국가 체제는 노동계의 요구를 수용하고 공적 부문들을 국가 속으로 통합하였으며 부의 불평등한 분배를 저지하는 정책들을 전개해 왔기 때문에 가능하면 자비롭고 온정적인 국가의 모습을 보여주고자 했다. 그 결과 복지정책과 완전고용을 추진하는 과정에서 국가의 역할은 크게 확장되었다. 전후 경제호황으로 인한 풍요의 시대와 낙관적 전망 속에서 이는 큰 문제가 아니었다. 하지만 1970년대 초반부터 불어 닥친 오일쇼크와 경기침체, 그로 인한 실업률의 급증은 국가에 큰 부담이 되었고, 국가가 담당하는 영역과 역할이 넓으면 넓을수록 그 책임과 비난은 더 많이 국가의 몫이 되었다.

이런 상황에서 집권한 대처 정부는 이전 정부들과는 전혀 다른 방식으로 대응했다. 대처 정부는 노동과 자본 간의 사회적 타협을 파기하고, 자본에 일방적으로 유리한 방식으로 영국사회의 정치, 경제, 사회, 문화 전반에서 일대 전쟁을 벌였다. 안토니오 네그리의 용어로 말하자면, 대처 정부의 방식은 "복지국가에서 전쟁국가로의 이행"[5]이라 할 만 했다. 우선 대처 정부는 복지정책이 낳은 비효율적 요소들은 시장과 경쟁의 경제논리를 앞세워 일소하는 한편, 노동 문제를 비롯한 계급 및 인종 문제로 인

---

4   Stuart Hall, "The Toad in the Garden : Thatcherism among the Theorists," *Marxism and the Interpretation of Culture* (Cary Nelson & Lawrence Grossberg eds.), Houndsmills : Macmillan 1988, p.37.

5   안토니오 네그리, 영광 역, 『혁명의 만회』, 갈무리, 2005, 323면.

한 사회 갈등은 법질서의 수호를 명분으로 내세워 강압적으로 대응함으로써 국가의 권위를 세우고자 했다. 대처 정부에게 국가의 영역을 축소하는 것과 국가권력을 강화하는 것은 다른 말이 아니었다.

우선 대처 정부는 전후 사회적 타협과 계약을 파기함으로써 노동계와 지방정부, 국민의 요구에 끌려 다니던 이전 정권들과는 확연히 다른 태도를 취했다. 대처는 키스 조지프^{Sir Keith Joseph}를 비롯한 신우파적 정치가들을 통해 '통화주의'라는 강력한 재정 정책을 추진한다. 사회복지국가의 유지가 한계에 도달하고 노동계의 요구를 더 이상 수용할 수 없는 시점에 통화주의는 노동계의 요구를 묵살하면서 자본 중심의 경제논리를 계속 추진할 수 있는 강력한 정책이자 이데올로기였다. 그것은 노동조합과 타협하거나 그들로부터 양보를 구할 필요가 없고, 과거 정부들처럼 국가의 온정적 모습을 보여주기 위하여 공적 서비스 및 행정 기구를 확장할 필요조차 없게 해주었다.[6] 대처 정부의 현실 인식은 명확했다. 즉, 오늘날 영국의 위기는 경제 운영에 국가의 간섭이 지나치게 많았고, 공공서비스 부문과 국유화된 산업에 공적 자금과 지출이 계속 증가해왔으며, 노동계의 요구를 정부기구 속으로 수용하여 공식적으로 보호해준 데서 비롯했다는 것이다. 현실 인식이 분명한 만큼 대응방식 또한 명확했다. 이러한 위기를 타개하기 위한 최선의 방안은 자본의 요구를 따르고 시장과 경쟁의 논리를 사회 전반에 관철시킴으로써 기업과 국가의 경쟁력을 확보하는 한편, 이로 인해 생겨나는 사회적 갈등과 불만은 치안과 안전이라는 법질서 확립의 차원에서 강력하게 대처하겠다는 것이다.[7]

---

6 Bob Jessop, "Authoritarian Populism, the Two Nations, and Thatchersim," *Thatcherism : A Tale of Two Nations* (Bob Jessop et al. eds.), Cambridge : Polity Press, 1988. p.82.

7 Perry Anderson, "The Figures of Descent," *English Questions*, London : Verso 1992, p.179.

중요한 것은 대처 정부의 '시장'과 '경쟁'의 논리가 경제 논리의 차원을 넘어 전후 사회적 타협의 문화적 분위기와 1960년대 이후 사회적 정의와 평등을 강조해온 급진적 진보 담론을 뒤집으려는 강력한 이데올로기로 작용했다는 점이다. 개인과 국가, 시장과 정부, 자본과 노동 간의 대립을 조장함으로써 대처 정부는 비판적이고 진보적인 세력들에 대한 공격을 넘어서 지방정부와 시민사회 자체를 인정하지 않는 차원까지 나아갔다. 즉, 시장의 논리는 "국가가 아닌 모든 것'시민사회'을 시장과 동일시"[8]함으로써 공적 영역시민사회과 사적 영역시장의 대립을 적극적으로 이용했다. 특히 대처 정부는 이런 이념적인 대립적 공세의 논리를 시민사회와 기존 정치질서의 무능력을 폭로하는 데 이용했고, 특히 이들과의 대화나 타협보다는 대중을 직접 자신의 편으로 끌어들이려고 설득했다. 기존 정치질서와 시민사회를 우회하여 대중에게 직접적으로 호소하는 대처 정부의 독특한 전략 때문에 스튜어트 홀Stuart Hall은 대처의 정책을 '권위주의적 포퓰리즘authoritarian populism'으로 정의한 바 있다. 결국 통화주의나 시장의 논리는 정치 체제의 변화를 추진하는 데 멈추지 않고 국민들의 의식에까지 침투해들어 가려고 했다는 점에서 경제 논리에 그치지 않고 강력한 정치적, 문화적, 이데올로기적 논리로 작용했다고 할 수 있다.

대처리즘이 갖고 있는 또 다른 독특한 점은, 그것이 이런 시장 중심적인 경제논리를 계급과 인종과 젠더와 같이 사회정의와 평등의 문제에 대해 아주 폐쇄적인 영국 국민성Englishness의 이데올로기로 보충했다는 사실이다. 정권 초반에 흔들리던 그녀의 입지를 강화시켜준 결정적 사건이 아

---

8   Christopher C. Harris, "The State and the Market," *Beyond Thatcherism : Social Policy, Politics and Society* (Phillip Brown & Richard Sparks eds.), Buckingham : Open University Press, 1989, p.4.

르헨티나와의 포클랜드 전쟁이었다. 포클랜드 전쟁은 1980년대 들어 경기 침체와 실업률 급증 외에도 계급, 민족, 인종의 문제로 골치를 앓고 있던 대처 정부에게 반전의 기회를 제공해준 사건이었다. 이 전쟁은 영국의 보수 언론과 의회에 의해 성전으로 치켜세워졌고, 당시 보수당 내에서 확고한 입지를 갖고 있지 못하던 대처 정권과 신우파들에게 이념적 열세를 만회할 수 있는 절호의 기회를 제공해주었다. 포클랜드 전쟁의 승리는 1956년 수에즈 사건 이후 아련한 향수로만 남아있던 대영 '제국'에 대한 망령을 되살려내기도 했다. 신우파와 보수적 언론들은 포클랜드의 승리를 새로운 영국의 탄생으로, 즉 "기나긴 침체와 회의의 시절에 종지부를 찍고 새로운 자기 확신과 자존심이 태어나는 계기"[9]로 미화했다. 하지만 새로운 영국이란 시장과 경쟁의 경제 논리로 인해 생겨난 사회적 갈등을 억압하는 한편, 과거 영국의 제국주의적 지위에 대한 향수를 부추기는 과거 지향적이면서 다른 인종들에 의해 오염되지 않는 배타적이고 보수적이며 권위적인 영국의 건설을 의미하였다. 직분에 충실한 건전하고 선량한 국민과 그렇지 못한 채 국가에 기생해서 살아가는 (비)국민, 그리고 전통적 영국의 질서와 가족의 권위를 존중하는 국민과 그것을 해체하려고 도전하는 (비)국민이라는 이분법적 논리를 통해 경쟁에서 탈락한 사회적 약자들을 배척하면서 선량하고 근면한 영국인을 위한 '영국적 가치'와 '국민성'을 강화하고자 했다.

요약하면, 대처리즘은 시장과 경쟁의 자본 논리에 근거한 신자유주의적 논리와 "'국가'와 '가족'과 같은 더욱 본능적인 이데올로기적 주제들을 정당화하는 권위적이고 신보수주의적인 경향"[10]을 결합한 것이었다. 즉,

---

9   Anthony Barnett, "Iron Britannia," *New Left Review* 134, July/August 1982, p.4.
10   Radhika Desai, "Second-hand Dealers in Ideas : Think-tanks and Thatcherite Hegemo-

그것의 기본논리는 시장 논리와 통화정책에 입각한 경쟁적 개인주의와 반국가주의를 기반으로 하여 전후 사회적 타협의 문화와 1960~1970년대의 진보적 가치들을 공격하는 한편, 그 보완으로 국가, 가족, 민족의 권위와 전통과 질서를 강조하는 토리주의적인 보수적 가치들을 적극 활용하는 것이었다.[11]

2. 대처리즘 논쟁 권위주의적 포퓰리즘 대 국민분열 정책

대처리즘은 영국사회 전반에 걸쳐 시장 논리에 부합하지 않는 '비합리적인' 요소를 적발하여 거기에 자본과 경쟁의 논리를 관철시키고자 한 시장만능주의이자 극단적 합리주의에 기반을 두었다. 대처 정부의 경제 논리는 전후 타협의 논리와의 관계를 끊고 영국 경제를 자본 주도로 재구조화하려는 강력한 토대적 힘으로 작용하는 한편, 상부구조의 문화적·이데올로기적 차원에서도 진보적 가치들에 맞서 보수적이고 반동적인 문화 공세를 강화했다. 그런 점에서 대처리즘의 경제적이고 보수적인 이데올로기는 경제적 토대와 정치적·문화적·이데올로기적 상부구조 모두에서 동시에 작동하고 있었다고 할 수 있다. 정치경제와 사회문화 전체에 걸친 이러한 동시다발적 공세에 대해 노동당과 진보진영은 속수무책이었다. 뿐만 아니라 그들은 개혁의 의제와 주도권조차 대처 정부와 신우파에게 빼앗기고 말았다. 1980년대 초중반에 이런 상황을 두고 진보진영

---

ny," *New Left Review* 203, Jan/Feb 1994, p.30.

11　대처리즘의 등장과 그것이 끼친 사회문화적 영향에 대한 논의는 김용규, 『문학에서 문화로―1960년대 이후 영국 문학이론의 정치학』, 소명출판, 2004를 참고하라.

내에서 치열한 논쟁들이 펼쳐졌다.

그 대표적인 것이 스튜어트 홀과 봅 제숩Bob Jessop의 논쟁이다. 전후 영국의 사회적 타협의 산물인 복지국가 시스템을 해체하고 영국 사회를 시장과 경쟁의 경제 속으로 몰아넣고자 했던 대처 정부의 정책들은 영국 사회의 거의 모든 부문에 영향을 끼치게 되었는데, 홀은 이런 여파의 사회문화적 의미를 통칭해서 '대처리즘Thatcherism'이라 불렀다. 홀의 주된 입장은 대처리즘이 시민사회를 부정하고 매스미디어를 통해 대중들에 대한 이데올로기적 공세를 직접적으로 펼치고자 한 점에 주목하여 그것을 문화적·담론적 방식으로, 즉 '권위주의적 포퓰리즘'이라는 헤게모니 전략으로 정의하는 것이다. 그가 볼 때, 당시 영국의 진보 진영은 여전히 정치를 경제와 분리해서 바라보는 경향, 즉 문화정치적 현상을 경제적 토대를 통해 읽고자 하는 경제주의적 경향이 강했기 때문에 문화정치적 차원의 변화를 읽어내는 데는 한계를 드러냈다. 이런 상황에서 대처 정부가 문화정치적 차원에서 국민을 동원하고 그들을 지배 블럭의 일원으로 통합해가는 헤게모니적 전략은 쉽게 이해하기 어려운 것이었다.

홀이 설명하는 대처리즘의 대략적 면모는 이렇다. 우선 경제적 측면에서 대처리즘은 전후 사회적 타협으로 이룩된 사회계약을 파기하고 국가가 관리해온 것들을 모두 시장과 경쟁의 원리에 맡기는 신자유주의적 개혁이자 자본 중심의 재구조화였고, 정치적 측면에서는 가난한 계급에 온정적 태도를 취해왔던 정통적 토리의 노선과 다른 신우파적 논리를 내세움으로써 전통적 계급과 정당 간의 역사적 대의관계를 부정하고, 국가와 시민사회, 공적 영역과 사적 영역, 국가와 국민 간의 관계를 변화시킴으로써 새로운 갈등과 적대들을 생산했다. 이데올로기적 측면에서 그것은 시장의 자유주의적 담론과 전통, 가족, 국가, 명예, 가부장주의와 질서 등의 보수주의적 주제들을 모순적으로 접합하는 새로운 담론체제를 구성했고, 문화적 측면에서는 1960년대 이후 문화의 장을 주도하던 비판적이고 진보적인 문화세력들에 대항해 영국 국민성이라는 유산에 집착하는 퇴행적 근대화를 추구하였다.[12]

여기서 홀이 주목하고자 한 것은 대처리즘 자체보다는 대처리즘이 영국 사회에서 어떻게 기능하고 있는가, 그것은 영국 국민을 어떤 식으로 호명하고 이용하는가, 그리고 전통적 노동당 지지층들은 왜 기존의 노동당보다 자본의 이익을 노골적으로 옹호하는 신우파 정권를 지지하게 되었는가 하는, 대처리즘의 헤게모니적이고 문화적이며 담론적인 차원이었다. 특히 홀은 대처리즘이 전통적으로 노동당의 노선을 지지하던 대중들의 삶과 의식까지 파고들어 그들의 의식을 신보수주의적 논리와 적극적으로 '접합articulation'해 나간 사실에 주목한다. 홀에게 핵심적인 이론적 근거를 제공해준 그람시Gramsci의 용어로 말하자면, 대처리즘은 대중의 의식과 상식에 적극적으로 개입하여 그들을 신우파적 논리 속으로 끌어들임으로써 자본과 국가, 나아가서 지배문화의 위기를 돌파하고 지배 블럭의 헤게모니를 새롭게 구성해간 문화정치적 이데올로기라는 것이다.

대처의 집권 초기인 1979년과 1983년 사이 영국의 국내 총생산은 4.2%, 산업생산량은 10%, 제조업은 17% 감소했으며 실업률은 14.1% 증가하여 실업자의 수가 3백만 명을 넘어서고 있었다. 이런 상황은 전통적으로 집권 정부의 무능력으로 여겨져 정권 퇴진으로 이어지기도 했지만, 대처 정부의 대응방식은 과거와 달랐다. 오히려 대처 정부는 이를 계기로 비판 세력들에게 역공을 펼쳤다. 대처 정부는 그 책임을 전후 사회복

---

12   스튜어트 홀, 임영호 역, 『대처리즘의 문화정치』, 한나래, 2007, 21~22면.

지체제와 거기에 안주해온 과거 정부들의 방만한 운영과 시민사회의 무능력 탓으로 돌리고, 자신의 비판자들이나 1960년대 이후 사회문화를 주도해온 진보적 문화를 '내부의 적'으로 몰아세우는 이데올로기적 공격을 펼쳤으며, 특히 그 공격을 대중들의 불만과 결합시킴으로써 대중적 경험을 자본에 유리한 방향으로 굴절시키는 이데올로기적 접합의 능력을 보여주었다. 홀은 이러한 대중의 삶과 의식 속으로 침투해 들어가는 대처리즘의 전략적 개입, 사회적으로 억압적이고 가부장적이며 인종주의적인 신보수주의적 사회기획의 반동적 성격, 통제적이고 규율적인 국가권력의 행사 등이 모순적으로 접합된 형성물을 '권위주의적 포퓰리즘'이라고 불렀다.

이 권위주의적 포퓰리즘는 대처리즘의 정치에서 중심적인 프로젝트인데, 신자유주의 정책들의 기반을 직접적으로 '국민'에 대한 호소 위에 두고, 상식적 경험과 실천적 도덕주의라는 본질주의의 범주에 이 정책들의 뿌리를 두며, 그리하여 계급, 집단, 이해관계들을 재구성해 특정한 방식의 '국민' 개념으로 만들려는 프로젝트를 말한다. (…중략…) 우파에게 이것은 큰 위험을 감수하는 전략이다. 이 전략에는 대중적 환기를 통해 민중들을 동원하는 작업이 뒤따르게 된다. (…중략…) 사회민주주의적인 합의 시절에 국가가 점령해버린 은밀히 확산되는 집단주의자들, 최신 유행의 케인즈주의자들, 도덕적 관용, 유약한 유화주의자들을 국가의 사원에서 모조리 몰아내려는 십자군운동 모임에 '국민'을 참여시키려면 이들을 동원해야만 한다. 하지만 포퓰리즘식 동원이 자칫 진정으로 대중적인 캠페인으로 발전하지 못하게 저지하려면, 포퓰리즘적 정서의 각성을 아주 적절한 순간에 차단해서 권위와의 동일시, 전통주의의 가치, 단호한 리더십 비슷한 것으로 포섭하거나 변형시켜야 한다. 이것이 권위주의적 포풀리즘이다. 이것은 또한 민감하고 모순적인 이데올로기 운동이다. 예컨대 국기, 애국심, 국가라는 유기적 은유뿐 아니라 자유시장, 신자본주의의 경쟁적 개인주의 교의 등도 포함하는 불가능한 작업을 반드시 시도해야만 했다.[13]

홀은 대처 정부가 이러한 권위주의적 포퓰리즘을 통해 영국 국민의 대중적 정서와 감정을 설득하고 지배할 수 있었다고 주장한다. 특히 그는 좌파들이 대처리즘에서 배워야 할 것이 있다면, 그것은 대처리즘의 바로 이런 헤게모니적 전략이라고 말한다. 홀이 볼 때, 좌파들은 전통적으로 경제주의적이고 환원주의적인 관점에서 문화정치적 현상을 '재현', '반영', '결정'의 관계로만 이해할 뿐 문화정치와 이데올로기가 갖는 수행적 자율성을 제대로 인식하지 못했다. 그들은 이데올로기의 상대적 자율성을 강조하면서도 '상대적'이라는 말이 갖는 의미만 관습적으로 되풀이할 뿐 문화정치가 강력한 수행성을 갖고 자율적으로 움직인다는 사실을 잘 깨닫지 못했다는 것이다. 따라서 홀의 주장은 문화정치의 영역을 새로운 방식으로 활용하는 신우파의 독특한 방식에 대한 정치한 분석이자 경제주의적 사고에서 벗어나지 못하고 있는 좌파 진영의 정치적 무능력에 대한 비판이라고 할 수 있다.

하지만 홀의 권위주의적 포퓰리즘은 진보 진영 내에서 공감을 얻기도 했지만 비판과 반발을 낳기도 했다. 우선 대처 정부의 논리를 헤게모니라는 문화정치적 시각으로 읽고자 한 홀의 시각은 정치경제적 구조 내의 모순과 적대를 간과하는, 즉 이데올로기와 헤게모니 전략에 초점을 둔 문화주의적 시각이라는 비판이 있었다. 그런 비판을 제기한 대표적 이론가

---

13 위의 책, 155~156면.

가 정치경제학자인 봅 제숍이다. 제숍은 홀의 권위주의적 포퓰리즘이 영
국 사회의 정치경제적 구조 내부의 갈등과 모순을 보지 않고 대처리즘을
하나의 단일체적인 이데올로기로 간주한다고 비판한다.[14] 그는 홀의 '권
위주의적 포퓰리즘'이 그람시의 헤게모니 개념을 문화주의적인 방식으
로 전유하고 이를 사회적, 정치적, 이데올로기적 차원의 다양한 영역들과
차원들로 과도하게 확장하고 있다고 비판한다. 즉 "이데올로기 영역의 변
화들을 너무 쉽게 영국사회의 다른 영역으로 일반화"하고 있다는 것이다.
특히 제숍은 권위주의적 포퓰리즘이 대처리즘 내에서 발생하는 모순과
긴장의 중요한 물적 조건들을 간과하고, 대처 정부와 대처리즘의 전반적
힘과 탄력성을 높게 평가함으로써 대처리즘 이면의 현실적 토대를 신비
화하는 경향이 있다고 비판한다.

제숍이 볼 때, 홀의 '권위주의적 포퓰리즘'은 세 가지 중요한 한계를 드
러낸다. 첫째, 그람시의 헤게모니 분석과 알튀세르의 상대적 자율성 개념
에 의지하면서도 주로 담론적·이데올로기적 차원에만 주목함으로써 정
치주의나 문화주의로 나아갈 위험이 있고, 둘째, '권위주의적 포퓰리즘'
에 대한 구체적 분석보다는 이데올로기적 담론이론에 근거함으로써 대
처리즘의 국가적 토대와, 대중과 권력 블럭 모두에 기반이 되는 독특한
경제적·정치적 기반을 무시했으며, 셋째, 사회생활의 한 영역이데올로기 투쟁
의 중심인 미디어와 정치을 과장하여 이 영역을 사회의 다른 영역들을 설명하는
패러다임으로 삼고 있다는 것이다.

(…중략…) 권위주의적 포퓰리즘의 접근은 대처리즘의 영향을 동질화하고

14　Bob Jessop, "Authoritarian Populism, the Two Nations, and Thatchersim," *Thatcherism* (Bob
　　Jessop et al. eds.), Cambridge : Polity Press, 1988, p. 76.

대처리즘의 호소력을 보편화하려는 경향이 있다. 권위주의적 포퓰리즘의 접근은 대처리즘의 이데올로기적 메시지에 초점을 두고 대처리즘에 지나치게 통일된 이미지를 부여한다. 이는 (이데올로기적으로 유인된) 동일한 이유 때문에 사회의 모든 부문들이 대처리즘을 지지한다는 것을 함축하기도 한다. 이 접근은 대처리즘의 사회적 토대 내부에 존재할 수 있는 내재적 균열들을 무시한다. (…중략…) 대처리즘은 하나의 단일체적 괴물로 간주되기보다는 자기모순적인 프로그램을 중심으로 한 상이한 세력의 연합으로 파악되어야 한다. 우리는 '단호한 정부,' '국가이익,' 애국주의, 노동조합 파괴 등의 일반적인 선거운동 주제들의 텅 빈(혹은 완전히 채워진?) 구절들에 집중하기보다는 그 주제들의 이면에 특정한 집단들이 동원되는 특정한 메커니즘을 분석할 필요가 있다.[15]

제솝은 대처리즘을 단일하고 통합적인 지배이데올로기로 간주하기보다는 경제, 국가, 그리고 정당 내부에 존재하는 적대와 모순의 관점에서 읽어야 한다고 주장한다. 즉 경제 권력 내부의 불안정한 동맹관계와 갈등관계, 기존 정당체제의 위기와 국가 엘리트의 자율적 결정이 증가해가는 정치적 현상, 대처의 당권 경쟁을 둘러싸고 나타난 신우파의 등장처럼 사회적 균열과 갈등, 모순 속에서 대처리즘을 이해할 필요가 있다는 것이다. 이런 시각을 근거로 제솝은 대처리즘을 '선량한 시민'과 '근면한 노동자'로 구성된 국가^{미래 국가} 대 무능력한 노동자와 지식인들로 구성된 국가^{과거 국가} 간의 계급갈등을 부추긴 '국민분열 프로젝트'로 해석하는 것이 더 타당하다고 주장한다. 제솝에 의하면 대처리즘은 과도하게 성장한 복지국가를 축소하여 최소적이고 선택적인 '사회보장' 국가를 건설하려고 함

---

15   Ibid., pp. 73~74.

으로써 케인즈주의적 복지국가에 대한 보수당의 '국민통합적' 접근과 단절하고, 전후 영국의 다양하고 수평적인 계층구조를 '단일하고 수직적인 분리의 이미지'로 변형시킴으로써 생산자와 기생자의 대립을 일반화하며, 이 구조를 관리하고 유지하기 위해 국가의 강제와 억압을 통한 법질서를 확립하고자 했다.

나아가서 제숍은 홀의 권위주의적 포퓰리즘이 제안하는 대안적 방안역시 문제가 있다고 말한다. 즉 대처리즘의 정치경제적 구조 내부의 모순과 긴장을 제대로 파악하지 않음으로써 비관주의적 전망'출구의 봉쇄'으로 흐르거나 단순히 장기적인 '대안적 비전'을 제시하는 차원에 머물고 있을 뿐이라는 것이다. 그는 홀이 좌파가 대안적 비전과 새로운 헤게모니 전략을 개발해야 한다고 주장함에도 불구하고, 정치적·이데올로기적 수준에 대한 홀의 배타적인 강조 때문에 사회 전체에 대한 대안적 사고가 제대로 이루어지지 않는다고 비판한다. 제숍은 "'권위주의적 포퓰리즘'이 영국에서 좌파적 전략을 다시 사유할 수 있는 필요조건을 제시했을지는 모르지만 성공적인 대안전략을 위한 충분조건은 결코 확립하지 못했다"[16]라고 주장한다.

제숍의 비판에 대해 홀은 대처리즘의 이데올로기와 문화정치에 주목하고자 한 자신의 입장을 사회구성체 전체의 관점에서 비판하는 것은 논점을 빗나간 것이라고 반박한다. 하지만 홀의 반박은 상호 간의 관점이나 관심 영역의 차이를 강조하는 차원에 머문 감이 없지 않다. 홀이 대처리즘의 제 양상 중에서 이데올로기적이고 담론적인 차원에서 발생한 유례없는 변화에 초점을 두었다면, 제숍은 국가와 정당 그리고 경제적 축적

---

16 Ibid., p.98.

체제의 변화에 초점을 두었다. 이들의 주장 중에 누가 더 설득력 있는가를 판단하는 것도 중요하지만, 이 논쟁을 통해 우리가 주목할 것은 1980년대 초중반 대처 정부가 영국사회 전반에 걸쳐 얼마나 급격한 변화를 낳았는가, 그리고 대처리즘이 단일한 현상이 아니라 사회의 제 분야에서 동시다발적으로 일어난 얼마나 복합적이고 모순적인 현상이었는가 하는 점이다. 대처리즘의 논쟁은 대처리즘을 정의하는 작업이 그리 간단한 일이 아님을 우리에게 확인시켜주었다고 할 수 있다.

이 논쟁에서 아쉬운 점이 있다면, 이 논쟁이 대처리즘의 폭풍이 거세게 불던 1980년대 초·중반에 벌어진 것이기 때문에 논쟁 자체가 그 당대의 급박한 현실에 얽매인 나머지 대처리즘이 향후 전 지구적으로 전개될 신자유주의의 서막이라는 사실을 정확하게 이해하지 못했다는 점이다. 제솝이 권위주의적 포퓰리즘이 오로지 국내의 이데올로기 투쟁에만 초점을 둠으로써 대처리즘의 국제적 조건들에는 주목하지 않았다고 비판하기는 했다. 하지만 제솝과 홀 모두 대처리즘이 영국사회만의 고유한 현상이 아니라는 점, 다시 말해, 전후 자본과 노동의 타협으로 형성된 대부분의 코포라티즘적인 사회복지국가들에서 1970년대 들어 성장과 이윤의 위기에 봉착하게 된 자본이 국가를 이용하여 이 타협을 파기하고 오랜 파트너였던 노동계급과 진보 세력들에게 일종의 '전쟁'을 선포했는데, 그 영국적 형태가 바로 대처리즘이었다는 점, 즉 대처리즘의 특수성이 자본주의의 일반적 변화 속에서 일어나는 것임을 어렴풋이 이해하고 있었다. 네그리는 영국과 이탈리아를 비롯한 유럽사회에서 1970년대부터 노동과 자본의 타협에 근거한 코포라티즘적 국가가 위기에 봉착하면서 자본 주도로 노동과의 타협의 고리를 끊는, 즉 "노동계급의 욕구 및 투쟁과 자본주의적 발전 사이의 모든 평행 혹은 균형의 총체적 파열을 자본주의적 견지에서 그리고 군사적 관점에서 제도화하기 위한 일련의 수단들[17]을 채택하는 위기국가의 출현에 주목한다. 위기국가는 '자본과 노동의 타협'을 '노동에 대한 명령'으로 전환하고자 하는데 이는 노동을 다각도에서 통제하려는 새로운 전략들이 구사되었음을 의미한다. 네그리는 이 명령 체제의 구체적 특징으로 "첫째, '복지국가'에서 '전쟁국가'로의 이행, 둘째, 시장의 '적극적' 활용을 재활성화하는 수단으로 케인즈주의적 경제정책을 '소극적'으로 활용하기, 셋째, 계급의 사회적 구성에 있어서의, 특히 생산을 재생산과 연결시키는 결정적인 영역에 있어서의 일체의 동질적 요소들에 대한 새로운 공격을 수반하는, 경제의 틈새들의 재구조화, 마지막으로 합의와 생산성을 이유로 새로운 제도적·국가적 가치의 관점에서 노동계급의 파편화를 재구성하는 것을 목표로 하는 '신우파'의 대규모적인 정치적·사회적 재출현"[18]을 들고 있다. 다소의 정도 차이나 현실적 상황의 차이가 있긴 하지만 이 특징들은 대처리즘의 특징들과 상당부분 중첩된다. 이런 관점에서 볼 때, 대처리즘은 영국적 현상에만 한정된다기보다 자본과 노동 간의 코포라티즘적인 타협의 고리를 끊고 노동에 대한 자본의 명령체제를 구축하려는 자본의 시도라는 전 지구적 현상이 영국이라는 지역적 현실 속에서 나타난 것이었던 것이다.

논쟁 당시 홀은 대처리즘이 단지 영국적 현상이 아니라 전 지구적 자본과 신자유주의라는 새로운 자본주의의 출현과 깊이 관련되어 있다는 것을 제대로 인식하지 못하고 있었다.[19] 하지만 몇 년 뒤 홀은 이를 반성하면서 대처리즘이 전 지구적 자본의 변화와 연결되어 있음을 깨닫게 되

17　안토니오 네그리, 영광 역, 『혁명의 만회』, 갈무리, 2005, 330면.

18　위의 책, 323면.

19　Ioan Davies, *Cultural Studies and Beyond*, London : Routledge, 1995, p.196.

었고 이를 '뉴 타임스New Times', 즉 새로운 시대라는 관점에서 새롭게 인식하기 시작한다. 여기서 홀은 '뉴 타임스'가 대처 혁명의 산물이라기보다는 대처리즘 자체가 부분적으로 뉴 타임스의 산물임을 강조한다. 여기서 '뉴 타임스'란 "서구자본주의 사회 내에서 일어나고 있는 보다 심층적인 차원의 사회적, 경제적, 정치적, 문화적 변화"[20]를 가리킨다. 이런 인식의 전환은 대처리즘 자체를 자본주의의 변화라는 더 넓고 더 깊은 전망 속에서 살펴보는 것이며 영국적 현실을 전 지구적 자본의 변화 속에서 이해하는 것이다. 특히 홀은 뉴 타임스를 포스트포디즘Post-Fordism과 관련짓는다. 그에 따르면 포스트포디즘은, ① 세기의 전환기에 2차 산업혁명을 추동했던 화학과 전자에 기반한 기술체계로부터 새로운 정보기술체계로의 전환, ② 더욱 유연적이고 전문화되고 탈중심화된 노동과정 및 조직으로의 전환과 낡은 제조기반의 쇠퇴와 컴퓨터 기반의 최첨단 정보산업의 부상, ③ 기업의 기능과 서비스 기능의 분화 및 하청산업화, ④ 선택과 마케팅, 패키지화, 그리고 디자인을 강조하고 소비자의 생활양식과 취향, 문화를 공략하는 소비의 주도적 역할, ⑤ 숙련된 남성 육체노동계급의 쇠퇴와 서비스와 화이트칼라 계급의 부상, ⑥ 더 많은 유연시간제 내지 시간제 노동의 증가와 작업장의 여성화 및 인종화, ⑦ 새로운 국제적 노동분업과 다국적 기업에 의해 지배되는 경제, ⑧ 전통적 계급분화와는 다른 새로운 패턴의 사회적 분화 등을 특징으로 한다.[21]

홀의 '뉴 타임스' 이론에 대한 비판적 검토는 접어두고 우리가 주목할 것은 홀이 대처리즘을 영국 현실의 고유한 현상이 아니라 자본주의적 축

---

20   스튜어트 홀, 임영호 역, 「뉴 타임스의 의미」, 『문화, 이데올로기, 정체성─스튜어트 홀 선집』, 컬처룩, 2015, 330면.
21   위의 책, 332~333면.

적구조의 변화 속에 자리매김하고 그 속에서 다시 읽고자 한다는 점이다. 아마 이런 시각이 가능하게 된 것은 대처 정부의 초기에 있었던 격렬한 이데올로기적·정치적 갈등과 투쟁으로부터 일정한 거리를 두게 되면서 서구사회의 변화, 나아가서 전 지구적 자본의 변화를 인식하게 된 것이 중요한 계기가 되었을 것이다. 그렇다고 하더라도 대처리즘 논쟁은 홀에게 대처리즘이 자본의 전 지구적 변화 속에서 영국적 상황의 독특성을 반영하는 것임을 깨닫게 해주었다. 다음에서는 대처리즘의 등장과 그것이 낳은 영국사회의 변화가 영국 문화와 문화연구에 어떤 영향을 끼치게 되었는지 살펴보자.

3. 전문직업주의의 지배와 문화연구의 변화

스티븐 달드리Stephen Daldry 감독의 영화 〈빌리 엘리엇Billy Elliot〉은 대처 시대 이후의 영국 사회구조의 변동을 문화적으로 잘 포착하고 있다. 광부인 아버지는 빌리에게 복싱 배우기를 강요하지만 빌리는 복싱을 거부하고 아버지 몰래 발레를 배운다. 아버지와 형의 반대를 무릅쓰고 빌리는 발레에 거의 천부적인 재능을 발휘하면서 결국 반대하던 가족의 지지를 이끌어낸다. 이 영화는 최고의 발레 댄서로 성장한 빌리가 아버지와 형이 보는 앞에서 — 영국에서 대인기를 끌었던 — 〈백조의 호수〉의 남성 주인공이 되어 비상하는 스펙터클한 장면으로 끝을 맺는다. 흥미로운 것은 이 영화의 스토리나 줄거리보다 이 영화에서 대립적으로 사용되고 있는 복싱과 발레의 은유적·환유적 기능이다. 이 영화를 영국적 맥락 속에서 읽는다면, 복싱과 발레는 단순히 스포츠나 예술을 지시하는 것에만 그치는 것이 아니라 영국사회의 문화를 드러내는 기호로 읽을 수 있으며, 특히 복싱에서 발레로의 전환은 영국 사회구조의 변화에 대한 환유로 기능하고 있다. 복싱이 육체노동에 기반을 둔 제조산업의 환유적 기호라고 한다면, 발레는 서비스와 문화산업과 같이 탈산업사회로 전환해가는 영국사회의 변화를 상징하는 환유적 기호라고 할 수 있다. 그렇게 보면 '복싱에서 발레로'의 변화는 대처리즘 이후 영국의 산업구조의 변화를 은유적으로 표현하는 문화적 상징이자 환유적 코드라고 할 수 있다. 이런 시각에서 보면, 이 영화에서 가장 극적인 장면은 빌리가 발레를 본격적으로 배우기 위해 런던에 위치한 영국 왕립 발레학교로 떠나고 난 후 아버지와 형이 빌리를 뒷바라지하기 위해 파업 철회에 동참하면서 승강기를 타고 지하갱도로 내려가는 장면과, 빌리가 발레라고는 평생 본 적도 없는 아버지와 형 앞에서 비약하는 발레 연기를 선보이는 장면이 될 것이다. 이 장면들은 새롭게 부상하는 영국의 문화산업 앞에서 과거의 제조산업이 쓸쓸히 퇴장하고 있음을 우회적으로 보여주고 있다.

대처리즘 논쟁을 통해서도 알 수 있듯이, 대처리즘은 1980년대 초반을 넘어가면서 영국 사회 전체에 훨씬 깊숙이 관철되는 한편, 일정한 성격 변화를 겪는다. 대처 정부가 들어선 초창기에 대처리즘은 시장의 논리와 배타적이고 보수적인 영국 민족성에 근거하여 전후 사회적 타협의 유산과 1960년대 이후의 진보적 문화를 부정하고자 했기 때문에 기본적으로 정치적이고 이데올로기적 성격을 강하게 띠었다. 시장과 경쟁의 논리를 전면에 내세우면서도 배타적인 국민성 개념에 의지했던 것은, 그것이 기존의 사회관계를 자본 중심의 새로운 구도로 재편해가는 과정에서 벌어질 문화정치적 투쟁에서 필수적인 이데올로기였기 때문이다. 하지만 홀이 '뉴 타임스'에서 말하듯이, 영국 사회가 포디즘 단계에서 포스트포디즘 단계로 넘어가고 자본의 축적구조가 어느 정도 정착된 상황에서는 시장과 경쟁의 경제 논리가 정치적이고 이데올로기적인 논리보다 앞서게 된다. 어떤 의미에서는 경제 논리 자체가 물질적 토대뿐만 아니라 이데올로기적·정치적 가치로 작용하는 것이다. 생존과 시장의 경제 논리보다 더 강력한 문화적·이데올로기적 논리는 없을 터이다. 왜냐하면 경제적 토대의 논리가 곧장 상부구조의 문화논리가 되는, 즉 시장과 경쟁의 경제 논리가 기존 관습과 문화를 자본 중심으로 재편할 수 있는 강력한 이데올로기적 기제로 곧장 작용하기 때문이다. 예를 들면, 1980년대 중반 이후 영국 국민성 개념에도 일정한 변화가 일어난다. 하나의 개념을 둘러싸고 있는 의미망이 사회구조의 변화에 의해 달라지면, 그 개념의 의미 또한 달라지는 법이다. 진보세력을 비판하고 건전한 국민과 나태하고 기생적인 (비)국민 사이에 분열의 쐐기를 박고 이민자들이나 소수 인종들을 배제하는 배타적인 보수주의적 가치를 강화하기 위한 이데올로기적 논리로 작동했던 영국 국민성 개념은 1980년대 후반 이후 관광과 서비스의 문화산업의 논리 속으로 통합됨으로써 경제주의적 상품 논리의 지배를 받게 된다. '모든 것을 시장으로'라는 구호 속에서 국민성과 같은 전통과 유산조차 예외일 수 없다. 오히려 왕실 군주제를 비롯해 국민문화의 전통과 유산은 가장 중요한 문화관광 상품이 된다. 1980년대 후반 이후 영국 정부가 가장 많이 지출한 문화지원의 비용이 이들 분야였음은 놀라운 일이 아니다.

요약하면, 1980년대 중반을 거치면서 대처리즘의 신보수주의적인 이데올로기적 논리는 다소 완화되고 대처리즘의 경제주의적 논리가 강력한 흐름을 형성하게 된다. 이런 변화는 대학이나 문화계에도 큰 영향을 끼치게 된다. 우선 시장과 경쟁의 경제 논리에 근거한 대처 정부의 정책은 대학사회에 큰 변화를 초래했다. 우선 대학의 평등주의적 가치를 비판하고 대학 간 치열한 경쟁을 부추김으로써 고등교육의 뚜렷한 서열화 경향을 부추겼고,[22] 이어서 대학연구의 학문적 가치 자체에도 큰 변화를 낳았다. 전자를 살펴보면, 대처 정부는 우선 대학에 재정삭감이라는 칼을 휘둘렀는데, 이는 중산층이나 여성, 그리고 노동계급 출신의 자식들이 주로 다니던 신흥대학이나 폴리테크닉과 같은 신설 대학에 치명적인 영향을 끼치게 된다. 옥스퍼드나 캠브리지와 같은 전통적 대학들은 정치계와 경제계의 지속적인 후원 하에 거의 영향을 받지 않았던 데 반해, 1960년대 이후 생겨난 신흥 대학과 폴리테크닉은 심각한 타격을 입을 수밖에 없게 된다. 대학 간의 불평등한 계층구조는 대학 내에서도 생겨났다. 재정 삭감은 대학의 교원 채용에도 큰 바람을 일으켰다. 재정삭감은 교원 채용의 동결로 이어졌는데, 인문학 분야의 젊고 유능한 인재들이 대학에서 직장을 얻을 기회가 매우 협소해졌다. 이들이 대학에서 얻을 수 있는 직업이라고는 임시계약의 강사직이 대부분이었다. 영국 대학에서 교수직을 얻기 어려워지면서 이들 중 다수는 교직을 포기하거나 교직을 찾아 캐나다나 오스트레일리아 등 다른 나라로 이주하는 현상들이 생겨나기도 했다. 젊은 사람들이 대학 교직을 얻지 못함에 따라 교수들의 노령화 현상도 뚜렷해졌다. 영국의 대학사회는 "천천히 노령화되어 가는 핵심적인 대학교수층을 중심으로 단기적인 계약에 따라 고용되는, 반半프롤레타리아트화된 임시 강사와 연구자 층이 에워싸고 있는 모습"[23]으로 점차 변해갔다.

대처 정부의 시장 논리는 대학의 구조 뿐 아니라 가치관에도 큰 영향을 끼쳤다. 대처 정부는 1960년대 이후 대학의 주요 가치였던 이론과 연

---

22   Peter Scott, *The Crisis of the University*, London : Croom Helm, 1984, p.91.
23   Ibid., pp.112~113.

구 중심의 아카데미즘academicism을 전문직업주의professionalism로 바꿀 것을 강요했다. 이런 강요의 이면에는 대학이 자본의 요구에 순응해야 한다는 신우파의 시장 논리도 전제되어 있지만, 시민사회의 토대인 대학을 복지국가의 방만함의 온상이자 정부에 비판적인 급진문화의 근거지로 본 대처 정부의 인식 또한 크게 작용했다. 그러므로 대처 정부는 대학교육의 가치를 바꿀 것을 촉구했고, 전통적 대학을 제외한 대학들은 교과과정을 소비자 중심의 직업주의적 프로그램으로 전환하라는 압박에 시달렸다. 대처 정부로부터 그동안 가르쳐왔던 인문적 교양교육 프로그램을 폐지하고 전문화된 기술교육을 가르칠 것을 가장 먼저 요구받은 곳이 폴리테크닉과 1970년대 생긴 개방대학들이었다.

공적인 문화기관들 역시 이런 압력으로부터 자유롭지 않았다. 대처 정부의 문화정책은 재정 삭감을 무기로 진보적 지식인들의 역할을 약화시켰고, 문화에도 시장과 경쟁의 논리를 적용해야 한다고 압박했다. 즉 문화도 관광서비스 및 여가 산업과 동일한 소비재로 다루어야 한다는 생각이 강요되었다. 우선 대처의 문화정책은 복지국가의 토대 위에서 모든 사람들에게 공공 서비스를 제공하고자 한 공적인 선public good으로서의 문화 개념을 거부하고, 상업문화 시장에서 대규모 소비자를 창출할 수 없는 실험적인 아방가르드 문화에 대한 보조금 지원을 중단하였으며, 개인과 공동체의 문화적 표현의 권리를 강조하는 문화민주주의를 거부했다.[24] 대처의 문화정책은 철저하게 상업문화의 이념을 근간으로 했으며 문화 지원에 대해서도 공적 기금에 기생하지 말고 기업이나 개인의 사적 기금을 찾아 나설 것을 강조했다. 브래들리Christopher H. Bradley에 의하면 대처 정부

---

24   Christopher H. Bradley, *Mrs. Thatcher's Cultural Policies : 1979~1990*, Boulder : Social Science Monographs, 1998, pp.11~12.

의 후반기에 문화산업이 국가경쟁력이라는 인식이 대두하면서 문화 분야의 공적 지원이 줄지는 않았지만 그 지원의 대부분은 미술관과 박물관과 문화관광산업의 촉진에 집중된다. 그동안 실험적 문화와 공동체의 공적 예술운동에 많은 지원을 해왔던 예술위원회Art Council에도 변화는 불가피했다. 문화산업의 경제적 가치가 강조되고 예술에 대한 전문적·행정적 경영 논리가 득세하면서 문화지식인들의 세계는 아마추어리즘으로 매도당하면서 문화산업의 전문직업주의에 의해 밀려나게 된다.

대처 시대의 초기 전반부가 정부지출의 증가를 차단하고 문화기관에 도전한 시기였다면, 후반부는 더 효율적인 행정을 특징으로 하고 예술조직들에 흥행에 성공하는 방법을 가르친 시기였다고 할 수 있다. 예술위원회에도 경영적 관습이 도입되었다. 사설 기금을 끌어들이는 다양한 방법들이 도입되었고, 1980년대 말에는 어떠한 예술조직도 이런 새로운 시스템의 논리를 피할 수 없었다.[25]

고등교육과 공적 문화기관에서 전문직업주의가 우세해진 것은 시장과 경쟁의 경제논리를 근간으로 하는 대처리즘의 공세 뿐 아니라 영국 경제의 축적구조의 변화와도 깊이 연결된 것이다. 대처 정부가 취한 자본 주도의 조치들은 영국 사회의 축적구조의 변화를 가속화하는 계기로 작용했다. 즉 그 조치들은 자본으로 하여금 이미 1970년대 중반에 한계에 도달한 포디즘적 축적체제를 새로운 축적체제로 전환하게 만드는 강력한 계기가 되었다. 자본과 노동의 타협, 그리고 장기적 투자와 회수의 선순환 구조를 기반으로 한 전통적 포디즘 체제보다 자본의 원활하고 자유로

---

25   Ibid., pp.114~115.

운 활동을 위해 노동시장의 유연성을 강화하고 단기간의 자본회수를 위한 소품종 소량생산의 포스트포디즘 체제가 선호되었다. 데이비드 하비는 이런 변화를 '유연적 축적flexible accumulation'이라 부른다. 그것은 "노동과정과 노동시장, 제품, 소비패턴의 유연성에 뿌리를 두고 전혀 새로운 생산부문의 출현, 금융서비스 공급의 새로운 방식, 새로운 시장, 무엇보다 상업적·기술적·조직적 혁신의 엄청난 강화를 특징으로 한다."[26] 대량생산이라는 '규모의 경제'를 추구하던 포디즘적 생산체제에서 고도로 전문화되고 소규모적인 시장 개척과 제품 혁신을 근간으로 한 유연적 생산체제로의 전환은 자본의 회전 속도를 단축시키고 생산과 소비의 관계를 보다 긴밀하게 만듦으로써 서비스와 소비 분야의 팽창을 낳게 된다. 특히 자본의 유연화된 운동은 포디즘 아래에서 경직된 가치들보다 "새로운 것, 유동적인 것, 순간적인 것, 일시적인 것, 그리고 우연적인 것을 더 강조하는"[27] 분위기를 조성한다. 이제 강조점은 상품의 '생산'보다 '소비'와 '이벤트'의 창출로 옮겨간다. 포스트포디즘 사회는 상품의 즉각적 유통과 자본의 원활한 회전을 최우선적 과제로 간주하기 때문에 소비 전략을 생산의 영역 속으로 통합한다. 이런 사회에서는 '광고'와 '홍보'가 상품의 생산 여부나 생산과 소비의 욕구를 창출하는 결정적 계기가 된다. 따라서 포디즘 사회와 포스트포디즘 사회의 결정적 차이는 문화양식과 소비양식의 변화에서 두드러지게 나타난다. 대량소비를 목적으로 하는 포디즘적 미학이 순전히 기능주의적인 관점에서 실용적인 효용가치를 높이 평가했다면, 단기적인 소비와 소진에 생사를 걸고 있는 포스트포디즘적 미학은 다양하고 고도로 분절된 취향, 욕구, 감수성을 만족시키기 위하여 세련된

---

26 데이비드 하비, 구동회 외역, 『포스트모더니티의 조건』, 한울, 1994, 194면.
27 위의 책, 219면.

문화전략을 구사한다.[28]

포스트포디즘 사회에서 문화의 상품화가 자본의 회전기간을 단축하기 위한 가장 중요한 전략이기 때문에 문화를 상품화하기 위한 기획들이 대대적으로 생겨난다. 1980년대 들어 영국에서 활발하게 전개된 문화연구나 문화산업의 확장은 이와 같은 변화로 인해 서비스 부문과 문화 소비의 엄청난 팽창에 근거한다. 이러한 확장은 문화의 상품화를 촉진하고, 고급문화와 대중문화 간의 경계를 흐리게 만들었으며, 고급문화 자체를 소비자의 차별욕구를 자극하는 소비제로 변형시켰다. 따라서 포스트포디즘 자체가 이미 문화적 형태를 띠었고, 문화 전략이 생산과 소비의 연결고리로 작용한다는 점을 눈여겨볼 필요가 있다.

사회경제적 축적구조의 변화, 문화산업의 부상, 그리고 대학과 문화제도의 전문직업주의적 변화는 영국에서 '문학연구에서 문화연구로'의 전환, 즉 문화연구의 부상을 가져온 결정적 계기가 되었다. 문화연구가 학문적 중심으로 부상하게 된 실제 이유는 대처리즘의 전문직업주의적 요구 앞에서 대학의 취약한 인문사회 분야가 그런 현실적 요구를 반영하면서 보다 시장 중심적인 방향으로 나가려고 했기 때문이고, 특히 자본의 축적구조의 변화로 문화산업의 팽창과 확장이 뚜렷하게 나타나고 있었기 때문이다. 스콧 윌슨Scott Wilson에 의하면 영국 대학에서 문화연구가 유행하는 것은 "낡고 난해하고 현학적이면서도 나름의 저항의식을 갖고 있던 기존의 영문학 강좌들과 비교해서 문화연구가 경제적 효율성과 시장의 요구조건에 적절하다는 점에서 우월한 가치를 지니고 있었기"[29] 때문이다. 이런 현실을 염두에 둘 때, 문화연구의 부상이 대학 인문학에 반드

---

28   Martyn. J. Lee, *Consumer Culture Reborn*, London : Routledge, 1993, p.115.

29   Wilson Scott, *Cultural Materialism : Theory and Practice*, Oxford : Blackwell, 1995, p.259.

시 유리한 것만은 아니었음을 알 수 있다.

4. 문화연구와 비물질적 노동

이런 상황 때문에 문화연구의 성격 자체에도 큰 변화가 일어났다. 1960년대의 문화연구가 자본주의적 소외와 엘리트주의적 고급문화, 그리고 획일화된 대중문화에 맞서서 민중들의 건강한 일상적 삶과 그에 근거한 문화의 전체성wholeness을 대안으로 제시했다면, 오늘날의 문화연구는 문화 자체를 상품소비의 전략으로 이용하려는 자본의 지배와 긴밀하게 연동되어 있는 상태이다. 현재 영국문화연구에서 레이먼드 윌리엄스Raymond Williams나 E. P. 톰슨Thompson과 같은 문화이론가들이 강조한 비판적이고 민중적이며 대안적인 문화연구의 역할보다는, 행정과 기획과 같은 전문직업주의적 마인드가 강조됨으로써 문화행정 및 문화기획이 문화비판과 문화민주주의의 논리를 대체해가는 상황이다.

특히 1980년대 영국문화연구에서 가장 두드러져 보이는 것은 문화생산의 과정을 탐구하거나 문화생산이 어떤 사회관계 속에서 존재하는가 하는 '생산'의 문제보다는 문화의 소비나 소비자의 능동적 역할을 강조하는 '소비' 중심적 연구들이 강력한 흐름을 형성하는 것이다. 그러다보니 문화연구에서 이데올로기나 헤게모니 개념처럼 경제적 토대와의 관련성 속에서 문화생산의 상부구조적 현상을 탐구하는 작업보다는 문화생산의 비환원적 의미작용을 강조하는 의미화의 실천signifying practice이나 문화의 소비적 향유를 강조하는 포스트모더니즘적 문화연구가 중요해졌다. 1980년대의 영국문화연구에서 가장 강조된 개념 중의 하나가 '헤게모니' 개념이었다는 점을 생각하면, 이런 주장에 문제가 있어 보이지만 문화연구의 지형을 면밀히 검토할 때, 헤게모니 개념 또한 그람시가 생각하던 의미로부터 상당부분 벗어나 포스트구조주의적인 의미화의 실천 쪽으로 많이 전유된 상태에 있었음을 간과해서는 안 된다. 이 말은 그람시의 헤게모니 개념이 사회의 계급관계 '내부'에 존재하는 상부구조의 문화정치적 차원에서 일정한 자율성을 갖고 벌어지는 세력관계를 설명하는 개념이었다면, 1980년대 이후의 문화연구에서 헤게모니 개념은 그람시에게 존재하던 사회구조와 계급적 관계, 즉 '사회의 계급관계 내부'라는 조건을 포기한 뒤 문화정치적 영역에서 벌어지는 의미화의 실천에 더욱 가까워진 개념이 되었다는 것을 의미한다. 이는 영국문화연구가 문화의 생산구조나 사회적 계급관계로부터 상당히 멀어지고 있음을 보여준다.

예를 들어, 헵디지^{Hebdige}의 『하위문화^{Subculture}』¹⁹⁷⁹는 1970년대에서 1980년대로 넘어가는 영국문화연구 중에서 가장 중요한 문화연구의 작업이었는데, 이 책에서 헵디지는 하위문화의 계급적 분화에 주목하면서도 그런 사회관계 내에서 하위문화의 상대적으로 자율적인 의미화의 실천을 탐색하고자 했다. 하위문화의 자율적인 의미화를 강조했다는 점에서 1980년대 이후의 문화연구의 중요한 통찰을 선취하면서도 하위문화를 사회계급 관계 속에서 이해하려고 한 점은 필 코헨^{Phil Cohen}을 비롯한 1970년대 하위문화연구를 계승하고 있다. 하지만 이 책은 청년문화를 그 자체 독립적인 의미화의 실천으로 보지 않고 "청년들의 활동을 특정한 사회계급과 관련짓고 있으며 모드족, 스킨헤드족과 같은 하위문화의 아무런 목적없는 활동의 타당성을 계급투쟁의 관점에서 검증하고 있다"[30]고

---

30 David Laing, *One Chord Wonders—Power and Meaning in Punk Rock*, Milton Keynes : Open University Press, 1985, p.123.

비판받기도 했다. 하지만 헵디지는 1980년대 후반 들면 하위문화에 대한 계급적 관점을 거의 포기하다시피 한다. 그는 『빛 속에 숨기』*Hiding in the Light* 1988에서 『하위문화』에서 보여주었던 계급과 인종과 문화스타일 간의 복합적 관계를 계급적 시각에 기반을 둔 상대적 자율성의 관점에서 탐구하는 작업을 포기하고 텍스트와 사물의 이미지 분석에 주로 집중한다. 그는 "문화적 실천과 사회구성체 간의 잠정적인 관계에 대한 분석에서 (…중략…) 의미화와 비의미화의 요소들을 결합하는 유동체 속에서 '의미'와 '감정'이 순환, 결합, 분리되는 네트워크를 통해 리비드적인 '정보'의 흐름이 조직화되는 과정에 대한 비판적 인식으로" 전환할 것을 강조하면서 이러한 전환이 "새로운 집단적이고 민주적인 가능성을 고양시킨다면, 자신은 기꺼이 포스트모더니스트"[31]라고 선언하기도 한다. 헵디지의 이런 주장은 문화의 향유와 소비 그리고 문화시장에 대한 새로운 평가와 관련된 것이다. 젊은 문화연구가들은 시장을 거부하기보다는 새로운 가능성과 도전의 장으로 인식하기 시작했다. 폴 윌리스*Paul Willis*는 시장은 모순적이지만 소비자에게 어떤 능력을 제공해주며 "비록 절대다수를 위한 문화적 해방으로 나아가는 최상의 길은 아니겠지만, 더 나은 길로 나아갈 수 있는 길을 열어줄 수는 있다"[32]고 주장한다. 이제 시장은 더 이상 자본의 이윤 실현과 계급재생산이 이루어지는 장소가 아니라 창조적인 상징적 문화, 곧 공통문화의 새로운 가능성이 생겨날 수 있는 장소로 인식된다.

문화의 생산과정이나 계급관계보다 문화의 소비전략과 향유를 더 중요하게 생각하는 문화연구의 이런 경향은 존 피스크*John Fiske*와 같은 문화

---

31   Dick Hebdige, *Hiding in the Light : On Images and Things*, London : Routledge, 1988, pp.223~226.

32   Paul Willis, *Common Culture*, Milton Keynes : Open University Press, 1990, p.159.

이론가에게서 잘 나타난다. 피스크는 문화상품이 경제에 의해 제약을 받지만 그것의 수용과 해석은 경제로부터 독립적이라는 점을 강조한다. 그는 람보를 저항적 인물로 전유하는 오스트레일리아 원주민의 사례를 거론하면서 수용자 측에서의 문화 해석과 전유가 자율적이고 능동적임을 강조한다.[33] 하지만 이런 문화연구의 경향에 대한 반박 또한 만만치 않다. 소비의 패턴을 결정하는 사회적 생산보다 능동적 소비행위와 자율적 해석에만 관심을 두는 것은 소비자의 선택을 조건짓는 사회적 결정을 설명하는 데 한계가 있으며[34] 자본주의적 시장 속에서 문화적 매체의 변화와 기능이 갖는 의미를 간과하는 것이 될 수 있다. 짐 맥귀건Jim Mcguigan은 윌리스와 피스크를 비롯한 이런 경향을 '문화적 포퓰리즘cultural populism'으로 규정하고 이들에 대해 "한때 그나마 설득력 있었던 네오-그람시적인 헤게모니 이론에서 벗어나 무비판적 포퓰리즘으로"[35] 표류해가고 있다고 비판한다. 그는 피스크에 대해 특히 비판적인데, 피스크가 대중문화를 무비판적으로 찬양하고 수용자의 해석을 강조하기 위해 경제적·기술적 결정관계를 희생시키고 있다고 생각했기 때문이다. 맥귀건은 피스크의 수용자 중심의 문화연구를 영국문화연구의 쇠퇴의 징후로 여기기도 한다.

여기서 필자의 관심은 이 두 가지 입장 중에 어느 한 쪽의 손을 들어주는 데 있지 않다. 그런 방식은 영국문화연구의 현 상태와 딜레마를 승인하고 거기에 동의하는 것이 될 수 있다. 문화의 소비적 해석을 강조하는 경향과 문화의 생산적 분석을 강조하는 경향 간의 대립은 영국문화연구

33　John Fiske, *Television Culture*, London : Routledge, 1987, p.313.

34　Martin Marker & Anne Beezer, "Introduction : What's in a text?," *Reading into Cultural Studies*, London : Routledge, 1992, pp.11~12.

35　Jim McGuigan, *Cultural Populism*, London : Routledge, 1992, *p*.5.

내에서 상식화된 두 흐름이며 이 대립을 넘어서는 대안적 문화연구의 가능성을 제시하지 못하고 있다. 전자의 입장이 다른 세계를 상상하는 문화연구의 비판적 기능을 단념하고 대처리즘적 시장 논리와 위험스런 내기를 벌이면서도 시장과 문화소비의 적극적 가능성을 전적으로 자본과 상업논리에 넘겨주지 않고자 한다면, 후자의 입장은 문화소비의 결정관계와 생산을 강조하면서도 과거의 경제주의적 시각 내지 계급결정론을 재차 상기시키거나 대중의 문화적 역할을 저평가하는 모더니즘적 시각 이상을 보여주지 못하기 때문이다. 이 두 가지 경향은 서로 대립적인 듯 보이지만 실은 공통적 경향을 공유하고 있다. 전자가 생산보다 소비에 초점을 두고 있다면, 후자는 소비를 생산의 관점에서 이해할 것을 강조한다. 하지만 두 입장은 모두 문화의 생산과 소비를 분리하는 대립적인 관계로 이해하고 있다. 이런 입장은 생산과 소비가 분리된 채 기계적으로 결합된 포디즘적 관계 속에서는 유용하겠지만, 문화의 생산 속에 이미 소비가 들어와 있고, 상품의 생산에 문화와 지식과 정보가 통합된 포스트포디즘적 체계 속에서는 유효하지 않을 수 있다.

1980~1990년대 문화연구가 영국에서 별다른 진전을 보이지 못한 이유 중의 하나는 포스트포디즘적 체제 속에서 생산과 소비가 결합되어 있고, 특히 그 결합 과정 속에 존재하는 문화의 위상을 제대로 설명하지 못하고 있기 때문이다. 이는 영국문화연구가 대처리즘의 경제논리와 포스트포디즘적 축적체계로의 전환이 영국사회에 갖는 의미를 깊이 있게 천착하지 못했거나 여전히 문화주의적이고 담론적인 정치주의적 시각에 기울어져 있음을 보여주는 것일 수 있다. 전통적으로 영국문화연구는 속류적 마르크스주의에 대한 비판과 민중문화에 대한 긍정적 인식을 통해 형성되다보니 경제적 메커니즘이나 경제적 생산을 강조하면 문화적 층위의

자율성을 인식하지 못하는 환원주의 내지 경제주의라는 비판을 받기 쉬웠다. 그러다보니 영국문화연구에는 '문화주의적' 경향이 강세를 띠었으며 포스트구조주의와 포스트모더니즘이 대대적으로 수용된 1980년대 이후의 영국문화연구에서 이런 경향은 더욱 강력해지는 경향이 있다. 문화연구의 두 이론적 축으로 문화주의와 (포스트)구조주의의 대립을 설정하는 경우가 많지만 이 대립이 영국에서는 '주체'와 '구조' 중 어디에 강조점을 두느냐 하는 차이만 있을 뿐 모두 문화주의를 강화하는 결과를 낳았다.

영국문화연구는 대처리즘 이후 문화생산의 사회구성체적 변화를 깊이 있게 탐구하지 못한 한계를 갖고 있다. 특히 대처리즘의 경제 논리와 자본의 일방적 공격으로 수세에 몰리다보니 자본과 시장이 어떻게 기능하는지에 대해서는 잘 인식하고 있었지만 자본과 연결된 노동과 문화의 변화에 대해서는 깊이 있게 탐구하지 못했다. 하비나 제숍과 같은 포스트포디즘 이론가들도 자본의 거대한 체제적 변화에는 예리한 인식을 보여주었지만 이 무렵 노동의 새로운 변화와 역할에 대한 깊은 이해를 보여주지는 못했다. 하지만 대처리즘의 경제적 지배와 포스트포디즘적 축적체계로의 전환은 자본과 생산의 논리를 사회의 미시적 네트워크에까지 확산하려고 함으로써 사회 전체를 가치생산의 장네그리가 말하는 '사회적 생산' 으로 만들었을 뿐만 아니라 상품의 생산에 문화와 지식과 정보를 통합함으로써 생산과 소비 간의 관계, 특히 노동의 성격에 근본적 변화를 초래하기도 했다. 자본의 변화는 일방적인 것이 아니라 노동과 관련하여 항상 이중적 문제를 제기한다. 즉 자본은 노동에 대한 새로운 통제 방식을 강구하고 보다 효율적인 지배를 위해 노동의 성격을 관리하고 통제하려고 하지만, 가치의 원천이 노동에 있는 만큼 노동에 새로운 역량과 능력을 부여할 수밖에 없는 것이다. 특히 포스트포디즘적 자본주의의 단계에서 자본의 신속한 회전과 이윤의 단기적 획득을 위해 자본이 문화와 정보, 지식을 끌어들이지 않을 수 없는 만큼 노동은 필연적으로 문화와 지식과 정보와 결합될 수밖에 없고, 그 결과 자본에 의해 통제될 수 없는 노동의 의사소통과 협력과 자율성이 더욱 강화되는 현상이 생겨나게 된다.

랏자라또Maurizio Lazzarato는 이러한 노동의 형태를 '비물질적 노동immaterial labor'이라 부른다. 그에 따르면 비물질적 노동이란 포스트포디즘적 체제 하의 새로운 노동의 형태로서 "상품의 정보적·문화적 내용을 생산하는 노동"이다. 여기서 상품의 '정보적' 내용이 노동과정을 사이버네틱스와 컴퓨터의 통제와 결합하는 현상을 가리킨다면, 상품의 '문화적' 내용은 노동이 그동안 노동으로 인식되지 않던 "문화적·예술적 기준들, 패션, 취향, 소비자의 생각, 여론들"[36]과 결합되는 현상을 말한다. 특히 눈여겨볼 것은 비물질적 노동이 단순히 노동자들이 공장 내에서 획일화된 생산품을 생산하는 노동을 말하는 것이 아니라 지식, 정보, 문화를 통한 협력과 의사소통을 강화함으로써 노동자들로 하여금 "다양한 생산과정의 협력 속에서 능동적 주체"가 될 것을 요구하는 노동이라는 점이다.

비물질적 노동이 갖는 전체적인 함의를 논하는 자리가 아닌 만큼[37] 여기서는 비물질적 노동 개념이 문화연구에 어떤 의미를 가질 수 있는지를 짧게 살펴보자. 첫째, 비물질적 노동 개념은 오늘날 포스트포디즘적 체제 속에서 문화의 변화된 위상을 사고하는 데 아주 유용하다. 즉 이 개념은 문화가 더 이상 상부구조의 문화적이고 이데올로기적인 층위에만 존

---

36 Maurizio Lazzarato, "Immaterial Labor," *Radical Thought in Italy : Potential Politics* (Paolo Virno & Michael Hardt eds.), Minneapolis : University of Minnesota Press, 1996, p.133.
37 비물질적 노동 개념에 대한 상세한 논의는 네그리 외, 김상운·서창현 역, 『비물질 노동과 다중』, 갈무리, 2005를 참조하라.

재하는 것이 아니라 상품생산의 직접적 계기로서 사회적 생산의 일부가 되었다는 점을 설명해준다. 문화는 이제 상품생산이나 상품화의 논리로 부터 더 이상 분리되어 존재하는 것이 아니다. 이러한 점보다 더 중요한 것은 바로 이러한 상품생산의 과정 속에서 문화가 생산과 결합하여 협력과 의사소통의 과정 자체를 생산함으로써 자본주의적 생산을 넘어설 가능성을 형성하게 된다는 점이다. 다시 말해, 문화는 자본주의적 상품화의 외부가 아니라, 그 내부에서 자본주의적 상품화를 넘어설 의사소통과 협력의 관계를 만들어내는 역할을 할 수 있다.

문화의 정치경제학을 주장하는 문화이론이든, 문화적 소비와 향유를 주장하는 소비자 중심의 문화연구이든, 여전히 토대와 상부구조의 구분에 근거하는 문화연구는 이와 같이 달라진 문화의 위상 변화를 설명하는 데 한계가 있다. 문화의 정치경제적 연구를 주장하는 이론가들이 문화를 여전히 정치경제적 시각으로 설명해야 할 수동적 대상으로 간주함으로써 문화가 이미 능동적 생산의 일부임을 간과한다면, 문화의 능동적 소비를 주장하는 입장은 문화의 능동적 기능을 깨닫고 있지만 협력과 의사소통을 생산하는 문화의 생산적 기능을 간과함으로써 새로운 대안적 문화연구를 창조할 수 없었다. 다시 말해, 문화의 소비와 해석의 적극성만 강조했을 뿐 그것들이 문화의 생산적 위상의 변화와 관련되어 있고 거기에서 문화의 새로운 가능성이 출현할 수 있다는 점을 인식할 수 없었다.

둘째, 비물질적 노동 개념은 문화의 생산과 소비를 사고하는 데 새로운 시각을 제공해준다. 이미 포스트포디즘의 이론가들 또한 문화와 지식과 정보가 생산의 일부가 되었음을 강조하고 있다. 하지만 이들의 논의는 주로 자본의 관점에서 생산과정에 어떤 변화가 발생하고 있는가 하는 문제에 초점을 두다보니 이 과정에서 노동 자체에 어떤 변화가 일어나고 있는가에 대해서는 깊이 탐구하지 않는 경향이 있다. 그러다보니 노동은 자본에 대해 부차적인 것으로만 비춰진다. 비물질적 노동 개념은 바로 이런 관점을 역전시켜 노동의 능동적이고 주체적인 기능을 새롭게 사고할 수 있게 해준다. 특히 자본의 관점이 아니라 노동의 관점에서 생산과 소비, 생산과 문화의 결합이 어떤 의미를 갖는지를 잘 규명해준다. 랏자라또는 비물질적 노동 하에서 생산과 소비의 달라진 결합관계를 다음과 같이 설명한다.

비물질적 노동은 생산과 소비 사이의 관계의 교차점(아니 오히려 생산과 소비의 인터페이스)에 위치하고 있다. 생산적 협력과 소비자와의 사회적 관계의 활성화는 의사소통의 과정 내부에, 그리고 의사소통의 과정에 의해 물질화된다. 비물질적 노동의 역할은 의사소통의 형식과 조건 속에서(그리고 노동과 소비 속에서) 지속적인 혁신을 촉진하는 것이다. 그것은 욕구, 상상력, 소비자의 취향 등에 형식을 부여하고 물질화한다. 그리고 이들 생산품들은 나아가서 욕구들, 이미지들, 취향들의 강력한 생산자들이 된다. 비물질적 노동을 통해 생산된 상품의 특수성(상품의 본질적 가치는 정보적·문화적 내용으로서의 그것의 가치에 의해 주어진다)은 그것이 소비의 행위 속에서 파괴되는 것이 아니라는 사실에 있다. 오히려 그것은 소비자의 '이데올로기적'이고 문화적 환경을 확대하고 변형하며 창조한다. 이 상품은 노동력의 물질적 능력을 생산하는 것이 아니다. 오히려 그것은 이 상품을 사용하는 사람 자체를 변형시킨다. 비물질적 노동은 무엇보다도 '사회적 관계'혁신과 생산과 소비의 관계를 생산한다.[38]

---

38   Maurizio Lazzarato, op. cit., p.138.

비물질적 노동에서는 소비 자체가 생산적인 것이 된다. 소비는 생산과 분리 불가능하며 또한 새로운 의사소통과 협력의 관계를 지속적으로 생산한다. 따라서 소비는 단순히 생산품의 소비를 통해 생산을 실현하는 데 그치는 것이 아니라 "커뮤니케이션이라는 용어로 정의되는 현실적이고 고유한 사회적 과정"[39] 그 자체가 된다. 그렇다면 문화를 생산과 소비 간의 대립의 관점에서 논하는 것은 이미 소비 자체가 생산물의 구성에 능동적으로 참여하는 문화의 사회적 생산의 일부라는 점을 놓칠 수 있다. 문화연구의 정치경제학을 강조하는 입장이 문화를 정치경제학 외부에 둠으로써 문화가 이미 자본주의적 생산과정의 일부임을 간과하고 있다면, 문화를 적극적 소비와 향유로 보는 것은 문화가 사회적 생산의 일부임을 간과한 채 여전히 문화에 대한 소비주의적 입장을 취하는 것이다. 이제 문화연구는 문화의 정치경제학이나 문화의 소비적 전유에 앞서 생산과 소비가 내재적으로 통합된 문화의 사회적 생산에 대한 새로운 탐구를 필요로 한다.

셋째, 비물질적 노동이 문화연구의 가능성을 사고하는 데 가질 수 있는 또 다른 의의는 이러한 사회적 협력과 의사소통의 과정이 비물질적 노동에 근거한 새로운 주체성을 활성화한다는 점이다. 생산과 소비가 통합되고 "구상과 실행, 노동과 창조성, 저자와 청중 사이의 분리가 사라지는"[40] 협력과 의사소통의 관계 속에서 자본 자체가 통제할 수 없는, "자본주의적 생산의 요구들과 노동에 대한 투쟁이 생산해온 '자기-가치화'의 형식들의 결합"을 통해서 정보와 문화에 능통한 주체성들^{대중지성}이 대거 생겨나게 된다.

---

39 Ibid., p.141.
40 Ibid., p.134.

오늘날 생산이 곧장 사회적 관계의 생산이라면, 비물질적 노동의 '원료'는 주체성과, 이 주체성이 살고 재생산하는 '이데올로기적' 환경이다. 주체성의 생산은 단지 (상업적 관계의 재생산을 위한) 사회적 통제의 도구이기를 그만두고 직접적으로 생산적인 것이 된다. 왜냐하면 우리의 탈산업사회의 목적은 소비자 / 의사소통자를 구성하는 것이고, 더욱이 '능동적인' 것으로 구성하는 것이기 때문이다.[41]

포스트포디즘적 체제 하에서 생산적 노동이 자본에 의해 실질적으로 포섭되고, 노동이 점차 정보와 문화와 결합되어 추상화되고 사회화되는 것이라면, 노동의 형태 또한 점차적으로 협력적이고 독립적이며 자율적인 것이 되고 있다.[42] 특히 문화와 정보와 지식으로 무장한 협력적이고 자율적인 주체들은 사회적 생산의 주체가 될 뿐만 아니라 문화의 자율적 주체가 된다.

비물질적 노동 개념이 문화연구와 어떻게 결합될 수 있을지는 앞으로 더 해명되어야 할 과제이며 또 다른 별도의 논의가 필요하다. 하지만 구상과 실행, 생산과 소비를 통합하면서 네트워크와 흐름을 형성하는 비물질적 노동 개념과 이 노동을 자기-가치화의 활동으로 구성하는 새로운 주체성의 출현은 여전히 이분법에 구속된 채 사고하는 문화연구의 현상황을 벗어날 수 있는 가능성을 시사한다. 무엇보다 대처리즘의 경제논리와 포스트포디즘적 축적체제 하에서 자본의 일방적인 지배가 강조되는 현실을 감안할 때, 시장과 상품화의 논리와 위험한 내기를 벌이며 소비를 강조하는 문화연구의 경향이나, 그런 현실로부터 거리를 두고 문화

---

41   Ibid., p. 143.

42   Antonio Negri, "Constituent Republic," *Radical Thought in Italy : Potential Politics* (Paolo Virno & Michael Hardt eds.), Minneapolis : University of Minnesota Press, 1996, p. 216.

를 정치경제학의 계급적 시각으로 설명하고자 하는 문화연구의 경향은 자본의 경제논리와 문화의 상품화를 가속화하는 대처리즘과 포스트포디즘의 공세를 빗겨가는 데는 한계가 있다. 이런 상황에서 비물질적 노동 개념이 내포하고 있는 사회적 생산과 의사소통의 네트워크 그리고 새로운 주체성의 형성은 자본의 일방적 논리를 역전시키고 민중의 건강한 일상적 삶과 문화의 전체성을 고민하던 문화연구의 본령에 보다 가까이 다가갈 수 있게 해준다. 문화연구가 현실에 안주하고 자본주의적 상품화의 논리와 내통하며 득을 보고 있다는 지적들이 심심치 않게 들리는 상황에서 문화연구의 성패는 그런 상품화의 논리를 뒤집고 의사소통과 협력의 흐름과 네트워크를 자율적으로 구성할 수 있는 새로운 주체성의 구성 여부에 달려있을 것이다. "오늘날 한 때 '신민subjects'이었던 사람들이 왕이나 지배계급들보다 더 지성적이고 더 잘 '무장하고' 있는 것이 사실이라면, 왜 그들이 지배계급의 구성원들과의 매개적 관계를 찾아 다녀야 하는가?"[43] 하는 네그리의 질문은 앞으로의 문화연구를 상상하는 데 중요할 수 있다.

---

43   Ibid., p.218.

참고문헌

1. 해외

Agamben, Giorgio, *Homo Sacer : Sovereign Power and Bare Life* (Daniel Heller-Roazen trans.), Stanford : Stanford University Press, 1998.

______________, *Language and Death : The Place of Negativity* (Karen Pinkus & Michael Hardt trans.), Minneapolis : University of Minnesota Press, 1991.

______________, *Means Without End : Notes on Politics* (Vincent Binetti & Cesare Casarino trans.), Minneapolis : University of Minnesota Press, 2000.

______________, "The Messiah and the Sovereign : The Problem of Law in Walter Benjamin," *Potentialities : Collected Essays in Philosophy* (Daniel Heller-Roazen trans.), Stanford : Stanford University Press, 1999.

______________, *Potentialities : Collected Essays in Philosophy* (Daniel Heller-Roazen trans.), Stanford : tanford University Press, 1999.

______________, *Remnants of Auschwitz : The Witness and the Archive* (Daniel Heller-Roazen trans.), New York : Zone Books, 2002.

______________, *State of Exception* (Kevin Attell trans.), Chicago : University of Chicago Press, 2005.

______________, *The Time That Remains : A Commentary on the Letter to the Romans* (Patricia Dailey trans.), California : Stanford University Press, 2005.

Althusser, Louis, *For Marx,* London : NLB, 1969.

______________, "Ideology and Ideological State Apparatuses," *Lenin and Philosophy and Other Essays*, New York : Monthly Review Press, 1971.

______________, *Lenin and Philosophy and Other Essays*, New York : Monthly Review Press, 1971.

Anderson, Benedict, *Imagined Communities.* London : Verso, 1991.

Anderson, Perry, *English Questions*, London : Verso, 1992.

______________, *In the Tracks of Historical Materialism*, London : Verso, 1983.

______________, "Renewals," *New Left Review* II 1, Jan/Feb 2000.

Andrew Liu, "'Chinese Virus,' World Market," *There is No Outside* (Jessie Kindig et al. ed.), London : Verso, 2020.

Badiou, Alain, *Being and Event* (Oliver Feltham trans.), London & New York : Continuum, 2005.

______________, *Ethics : An Essay on the Understanding of Evil* (Peter Hallward trans.), London : Verso, 2001.

Badiou, Alain, *Infinite Thought : Truth and the Return of Philosophy* (Oliver Feltham & Justin Clemens trans.), London & New York : Continuum, 2003.

__________, *Manifesto for Philosophy* (Norman Madarasz trans.), New York : State University of New York Press, 1999.

__________, *Saint Paul : The Foundation of Universalism* (Ray Brassier trans.) Stanford : Stanford University Press, 2003.

__________, "Universal Truths and the Question of Religion : An Interview with Alain Badiou," *Journal of Philosophy and Scripture* 3-1, Fall 2005.

Barnett, Anthony, "Iron Britannia," *New Left Review* 134, July/August 1982.

Barrett, Michele, *The Politics of Truth : From Marx to Foucault*, Cambridge : Polity Press, 1991.

Barry, Andrew et al. eds., *Foucault and Political Reason : Liberalism, neo-liberalism and rationalities of government*, Chicago : Chicago University Press, 1996.

Baudrillard, Jean, *For a Critique of the Political Economy of the Sign* (Charles Levin trans.), St. Louis : Telos Press, 1981.

__________, *Jean Baurillard : Selected Writings* (Mark Poster ed.), Basil Blackwell : Polity Press, 1988.

__________, *In the Shadow of the Silent Majorities or, The End of the Social and Other Essays* (Paul Foss, John Johnston & Paul Patton trans.), New York : Semiotext, 1983.

__________, *Simulations* (Paul Foss, Paul Patton & Philip Beitchman trans.), New York : Semiotext, 1983.

Benjamin, Walter, "On the Concept of History," *Selected Writings, 1938~1940*, Vol. 4. (Edmund Jephcott et al. trans.), Cambridge : The Belknap Press of Harvard University. 2003.

__________, *Selected Writings, 1938~1940*, Vol. 4. (Edmund Jephcott et al. trans.), Cambridge : The Belknap Press of Harvard University. 2003.

__________, "Theses on the Philosophy of History," *Illuminations : Essays and Reflection* (Harry Zohm trans.), New York : Schocken Books, 1968.

Bhabha, Homi, *The Location of Culture*, London & New York : Routledge, 1994.

Bidet, Jacques, *Foucault with Marx* (Steven Corcoran trans.), London : Zed Books, 2016.

Blackburn, Robin, "Reflections on Blair's Velvet Revolution," *New Left Review* 223, May~June 1997.

Bosteels, Bruno, "Can Change Be Thought? : A Dialogue with Alain Badiou," Alain Badiou : *Philosophy and Its Conditions* (Gabriel Riera ed.), New York : State University of New York Press, 2005.

Bradley, Christopher H., *Mrs. Thactcher's Cultural Policies : 1979~1990*, Boulder : Social Science Monographs, 1998.

Burchell, Graham, et al. eds., *The Foucault Effect : Studies in Governmentality*, Chicago : Chicago University Press, 1991.

Buse, Peter & Andrew Stott eds., *Ghosts : Deconstruction, Psychoanalysis, and History*. Houndmills : Macmillan, 1999.

Butler, Judith, *The Force of Non-Violence*, London & New York : Verso, 2020.

Callinicos, Alex, *Against Postmodernism*, Cambridge : Polity, 1989.

__________, *Against the Third Way : An Anti-Capitalist Critique*. Cambridge : Polity Press, 2001.

Christofferson, Michael Scott, "Foucault and New Philosophy : Why Foucault Endorsed André Glucksman's The Master Thinkers," *Foucault and Neoliberalism* (Daniel Zamora et al. eds.), Cambridge : Polity, 2016.

Clippinger, David, "Agamben, Giorgio," *Encyclopedia of Postmodernism* (Victor E. Taylor & Charles E. Winquist eds.), London & New York : Routledge, 2001.

Colebrook, Claire, *Gilles Deleuze*, London & New York : Routledge, 2002.

Conner, Steven, *Theory and Cultural Value*, Oxford : Basil Blackwell, 1992.

Cremonesi, Laura et al. eds., *Foucault and the Making of Subjects*, London : Rowman & Littlefield, 2016.

__________, "Philosophy, Critique and the Present : The Question of Autonomy in Michel Foucault's Thought," *Foucault and the Making of Subjects* (Laura Cremonesi et al. eds.), London : Rowman & Littlefield, 2016.

Daly, Glyn, "Introduction : Risking the Impossible," *Conversations with Žižek* (Žižek & Glyn Daly), Cambridge : Polity, 2004.

Davidson, Arnold, "From Subjection to Subjectivation : Michel Foucault and the History of Sexuality," *Foucault and the Making of Subjects* (Laura Cremonesi et al. eds.), London : Rowman & Littlefield, 2016.

Davies, Ioan, *Cultural Studies and Beyond*, London : Routledge, 1995.

Davis, Helen, *Understanding Stuart Hall*, London : Sage Publications, 2004.

Dean, Mitchell & Daniel Zamora, *The Last Man Takes LSD : Foucault and the End of Revolution*, London : Verso, 2021.

Debord, Guy, *The Society of the Spectacle* (Donald Nicholson-Smith trans.), New York : Zone Book, 1995.

Defert, Daniel, "Chronology," *A Companion to Foucault* (C. Falzon et al. eds.), Chichester : Willey-Blackwell, 2013.

Deleuze, Gilles & Claire Parnet, *Dialogues* (Hugh Tomlinson & Barbara Habberjam trans.), New York : Columbia University Press, 1987.

______, *Essays Critical and Clinical* (Daniel W. Smith trans.), Minneapolis : University of Minnesota Press, 1997.

______, *Francis Bacon : The Logic of Sensation* (Daniel W. Smith trans.), Minneapolis : University of Minnesota Press, 2003.

______, *Pure Immanence : Essays on a Life* (Anne Boyman trans.), New York : Zone Books, 2001.

______, *The Logic of Sense* (Mark Lester trans.), New York : Columbia University Press, 1990.

______, & Feliz Guattari, *What is Philosophy?* (Hugh Tomlinson & Graham Burchell trans.), New York : Columbia University Press. 1994.

DeLillo, Don, *White Noise.* New York : Penguin, 1986.

Derrida, Jacques, *Dissemination* (Barbara Johnson trans.), London : Athlone Press, 1981.

______, *Of Grammatology* (Gayatri Chakravorti Spivak trans.), Baltimore : Johns Hopkins University Press, 1998.

______, *Given Time : I. Counterfeit Money* (Peggy Kamuf trans.), Chicago : University of Chicago Press, 1994.

______, *Margins of Philosophy* (Alan Bass trans.), Chicago : Chicago University Press, 1982.

______, *On Cosmopolitanism and Forgiveness* (Mark Dooley & Michael Hughes trans.), New York : Routledge, 2001.

______, *Specters of Marx* (Peggy Kamuf trans.), New York & London : Routledge, 1994.

______, *The Work of Mourning* (Pascale-Anne Brault trans.), Chicago : The University of Chicago Press, 2001.

Desai, Radhika. "Second-hand Dealers in Ideas : Think-tanks and Thatcherite Hegemony," *New Left Review* 203, Jan/Feb 1994.

Descombes, Vincent, *Modern French Philosophy* (L. Scott-Fox et al. eds.), Cambridge : Cambridge University Press, 1981.

Dosse, François, *History of Structuralism.* vol 2, Minneapolis : University of Minnesota Press, 1997.

Durantaye, Leland de la, *Giorgio Agamben : A Critical Introduction*, Stanford : Stanford University Press, 2009.

Eagleton, Terry, *Figures of Dissent : Critical Essays on Fish, Žižek and Others*, London : Verso, 2003.

Easthope, Antony, *Literary into Cultural Studies*, London : Routledge, 1991.

Elden, Stuart, *Foucault's Last Decade*, Cambridge : Polity, 2016.

Eribon, Didier, *Michel Foucault* 1926~1984, Cambridge : Harvard University Press, 1991.

Evans, Dylan. *An Introduction Dictionary of Lacanian Psychoanalysis*, London & New York : Routledge, 1996.

Falzon, Christopher et al. eds., *A Companion to Foucault*, Chichester : Willey-Blackwell, 2013.

Feltham, Oliver, *Alain Badiou : Live Theory*, London & New York : Continuum, 2008.

___________ & Justin Clemens, "An Introduction to Alain Badiou's Philosophy," *Infinite Thought* (Oliver Feltham & Justin Clemens trans.), London & New York : Continuum, 2003.

Fink, Bruce, *Lacan to the Letter : Reading Ecrits Closely*, Minneapolis : University of Minnesota Press, 2004.

___________, *The Lacanian Subject : Between Language and Jouissance*, Princeton : Princeton University Press, 1995.

Fiske, John, *Television Culture*, London : Routledge, 1987.

Foucault, Michel, *Discipline and Punish : The Birth of Prison* (Alan Sheridan trans.), New York : Vintage, 1995.

___________, *Ethics : The Essential Works of Michel Foucault 1954-1984*, vol.1 (Paul Rabinow ed.), London : Penguin, 1997.

___________, *Foucault Reader* (Paul Rabinow ed.), London : Pantheon, 1984.

___________, *On the Government of the Living : Lectures at the Collège de France 1979-1980* (Graham Burchell trans.), New York : Picador, 2016.

___________, *Power/Knowledge : Selected Interviews and Other Writings 1972-1977* (Colin Gordon trans.), New York : Vintage, 1980.

___________, *Power : The Essential Works of Michel Foucault 1954-1984*, vol.2 (Paul Rabinow ed.), London : Penguin, 2002.

___________, *Security, Territory, Population : Lectures at the Collège de France 1977-1978* (Graham Burchell trans.), New York : Picador, 2009.

___________, *Society Must Be Defended : Lectures at the Collège de France 1975-1976*, New York : Picador, 2009.

___________, *Subjectivity and Truth : Lectures at the Collège de France 1980-1981* (Graham Burchell trans.), New York : Picador, 2017.

Foucault, Michel, *Technologies of the Self : A Seminar with Michel Foucault*, London : Tavistock, 1988.

___________, *The Birth of Biopolitics : Lectures at the Collège de France 1978~1979* (Graham Burchell trans.), New York : Picador, 2010.

___________, *The Courage of Truth (The Government of Self and Others II) Lectures at the Collège de France 1983~1984*(Graham Burchell trans.), New York : Picador, 2012.

___________, *The Government of Self and Others : Lectures at the Collège de France 1982~1983* (Graham Burchell trans.), New York : Picador, 2011.

___________, *The Hermeneutics of the Subject : Lectures at the Collège de France 1981~1982* (Graham Burchell trans.), New York : Picador, 2005.

___________, *The History of Sexuality, Vol. 1 : An Introduction* (Robert Hurley trans.), New York : Vintage Books, 1990.

___________, *The History of Sexuality, Vol. 2 : The Use of Pleasure* (Robert Hurley trans.), New York : Vintage, 1990.

___________, *The History of Sexuality, Vol. 3 : The Care of the Self* (Robert Hurley trans.), New York : Vintage, 1988.

___________, *The History of Sexuality, Vol. 4 : Confessions of the Flesh* (Robert Hurley trans.), New York : Vintage, 2021.

___________, "The Subject and Power," *Power : The Essential Works of Michel Foucault 1954~1984*, London : Penguin, 2002.

___________, "Truth, Power, Self : An Interview with Michel Foucault," *Technologies of the Self : A Seminar with Michel Foucault* (Luther H. Martin et al. eds.), London : Tavistock, 1988.

___________, "What is Enlightenment?," *Ethics : The Essential Works of Michel Foucault 1954~1984*, vol.1, London : Penguin, 1997.

Fukuyama, Francis, *The End of History and the Last Man*, New York : Free Press, 1992.

Giroux, H.A. "Democracy's Nemesis : the Rise of the Corporate University," *Cultural Studies ↔ Critical Methodologies* 9:5, 2009.

___________ & S.S. Giroux, *Take Back Higher Education*, New York : Palgrave, 2004.

Gordon, Colin, "Governmentality studies observed : Interview with Colin Gordon by Aldo Avellaneda and Guillermo Vega," *Foucault News*, 2015.

Gros, Frédéric, "Course Context," Michel Foucault, *Subjectivity and Truth : Lectures at the Collège de France 1980~1981* , New York : Picador, 2017.

Gros, Frédéric, "Course Context," Michel Foucault, *The Courage of Truth (The Government of Self and Others II) Lectures at the Collège de France 1983-1984*, New York : Picador, 2012.

____________, "Course Context," Michel Foucault, *The Government of Self and Others : Lectures at the Collège de France 1982-1983*, New York : Picador, 2011.

____________, "Course Context," Michel Foucault, *The Hermeneutics of the Subject : Lectures at the Collège de France 1981-1982*, New York : Picador, 2005.

Gumport, Patricia J., "Academic restructuring : Organizing change and institutional imperatives," *Higher Education* 39, 2000.

____________, "Universities and Knowledge : Restructuring the City of Intellect," *The Future of the City of Intellect* (Steven Brint ed.), Stanford : Stanford University Press, 2001.

Hadot, Pierre, *Philosophy as a Way of Life*, Oxford : Blackwell, 1995.

Hall, Stuart, *The Hard Road to Renewal : Thatcherism and the Crisis of the Left*, London : Verso, 1988.

____________, "The meaning of New Times," *Stuart Hall : Critical Dialogues* (David Morley & Kuan-Hsing Chen eds.), London : Routledge 1996.

____________, "The Toad in the Garden : Thatcherism among the Theorists," *Marxism and the Interpretation of Culture* (Cary Nelson & Lawrence Grossberg eds.), Houndsmills : Macmillan Education Ltd, 1988.

Hallward, Peter, *Badiou : a Subject to Truth*, Minneapolis : University of Minnesota Press, 2003.

____________ ed., *Think Again : Alain Badiou and the Future of Philosophy*, New York & London : Continuum, 2004.

____________, "Translator's Introduction," Alain Badiou, *Ethics : An Essay on the Understanding of Evil*, London : Verso, 2001.

Harris, Christopher C., "The State and the Market," *Beyond Thatcherism : Social Policy, Politics and Society* (Phillip Brown & Richard Sparks eds.), Buckingham : Open University Press, 1989.

Harvey, David, *The Condition of Postmodernity : An Inquiry into the Origins of Cultural Change*, Cambridge : Polity, 1990.

Hebdige, Dick, *Hiding in the Light : On Images and Things*, London : Routledge, 1988.

Hewlett, Nick, *Badiou, Balibar, Rancière : Rethinking Emancipation*, London : Continuum, 2007.

Jardim, Fabiana, "A brief genealogy of governmentality studies : the Foucault effect and its developments. An interview with Colin Gordon," *Educ. Presqu.* 39.4, 2013.

Jennings, Theodore W., *Reading Paul / Thinking Paul*, Stanford : Standford University Press, 2006.

Jessop, Bob, "Authoritarian Populism, the Two Nations, and Thatchersim," *Thatcherism : A Tale of Two Nations* (Bob Jessop, Simon Bromely & Kevin Bonnett eds.), Cambridge : Polity Press, 1988.

Jessop, Bob & Kevin Bonnett, *Thatcherism*, Cambridge : Polity Press, 1988.

Kay, Sarah, *Žižek : A Critical Introduction*, Cambridge : Polity, 2003.

Kelley, Mark G.E., *Foucault and Politics : A Critical Introduction*, Edinburgh : Edinburgh University Press, 2014.

______, *Foucault's History of Sexuality Volume I, The Will to Knowledge*, Edinburgh : Edinburgh University Press, 2013.

______, *The Political Philosophy of Michel Foucault*, London : Routledge, 2009.

Kojin, Karatani, *Transcritique : On Kant and Marx* (Sabu Kohso ed.), Cambridge : MIT Press, 2003.

Lacan, Jacques, *Ecrits*, Norton, New York 1977.

______, *The Seminar of Jacques Lacan VII : The Ethics of Psychoanalysis 1959-1960*, New York : W. W. Norton & Company, 1997.

______, "The Subversion of the Subject and the Dialectic of Desire in the Freudian Unconscious," *Ecrits* (Bruce Fink trans.), New York : W.W. Norton & Company, 2004.

Laclau, Ernesto, "Preface," Slavoj Žižek, *The Sublime Object of Ideology*, London : Verso, 1994.

______ & Chantal Mouffe, *Hegemony & Socialist Strategy : Towards a Radical Democratic Politics*, London : Verso, 1985.

Lazzarato, Maurizio, "Immaterial Labor," *Radical Thought in Italy : Potential Politics* (Paolo Virno & Michael Hardt eds.), Minneapolis : University of Minnesota Press, 1996.

Lee, Martyn. J., *Consumer Culture Reborn*, London : Routledge, 1993.

Lemke, Thomas, "Beyond Foucault : From Biopolitics to the Government of Life," *Governmentality : Current Issue and Future Challenges* (Ulrich Bröckling et al. eds.), London : Routledge, 2012.

Lorenzini, Daniele, "Foucault, Regimes of Truth and the Making of the Subject," *Foucault and the Making of Subjects* (Laura Cremonesi et al. eds.), London : Rowman & Littlefield, 2016.

Löwy, Michael, *Fire Alarm : Reading Walter Benjamin's 'On the Concept of History'* (Chris Turner trans.), London : Verso, 2005.

Lynch, Richard A., "Reading The History of Sexuality, Volume 1," *A Companion to Foucault* (Christopher Falzon et al. eds.), Cambridge : Blackwell, 2013.

Lyotard, Jean-Francois, *The Postmodern Condition : A Report on Knowledge*, Minneapolis : University of Minnesota Press, 1984.

MacCannell, Dean, *The Tourist : A New Theory of The Leisure Class*, Berkeley : University of California Press, 1999.

McGuigan, Jim, *Cultural Populism*, London : Routledge, 1992.

Merrifield, Andy, *Metromarxism*, London : Routledge, 2002.

Miller, Paul Allen, *Foucault's Seminars on Antiquity : Learning to Speak the Truth*, London : Bloomsbury Academic, 2022.

Mills, Catherine, *The Philosophy of Agamben*, Montreal & Kingston : McGill-Queen's University Press, 2008.

Miyoshi, Masao, "A Borderless World? : From colonialism to transnationalism and the decline of the nation-state," *The Global/Local : Cultural Production and the Transnational Imaginary* (Rob Wilson & Wimal Dissanayake eds.), Durham : Duke University Press, 1996.

____________, "Ivory Tower in Escrow," *Trepasses : Selected Writings*, Durham : Duke University Press, 2010.

Morton, Timothy, *Humankind : Solidarity with Nonhuman People,* London & New York : Verso, 2017.

Myers, Tony, *Slavoj Žižek*, London : Routledge, 2003.

Negri, Antonio, "Constituent Republic," *Radical Thought in Italy : Potential Politics* (Paolo Virno & Michael Hardt eds.), Minneapolis : University of Minnesota Press, 1996.

____________, "How and When I Read Foucault," *Marx and Foucault*, Cambridge : Polity Press, 2017.

____________, *Revolution Retrieved : Selected Writings on Marx, Keynes, Capitalist Crisis and New Social Subjects* 1967~1983, London : Red Notes, 1988.

____________, "The Specter's Smile," *Ghostly Demarcations* (Michael Sprinker ed.), London : Verso, 1999.

Oksala, Johanna, "From Biopower to Governmentality," *A Companion to Foucault* (Christopher Falzon et al. eds.), Cambridge : Blackwell, 2013.

Patton, Paul & John Protevi eds., *Between Deleuze and Derrida*, London & New York : Continuum, 2003.

____________, "From Resistance to Government : Foucault's Lectures 1976~1979," *A Companion to Foucault* (Chistopher Falzon et al. eds.), Cambridge : Willey-Blackwell, 2013.

Pecheux, Michel, "Ideology : Fortress or Paradoxical Space," *Ideology and Power in the Age of Lenin in Ruins* (Arthur Kroker & Marilouise Kroker eds.), New York : St. Martin's Press, 1991.

Piketty, Thomas, *Capital in the Twenty-First Century* (Arthur Goldhammer trans), Cambridge : Harvard University Press, 2014.

Plato, *Republic* (Robin Waterfield trans.), Oxford : Oxford University Press, 1993.

Poster, Mark, *Existential Marxism in Postwar France : From Sartre to Althusser*, Princeton : Princeton University Press, 1975.

Ranciere, Jacques, *The Politics of Aesthetics : The Distribution of the Sensible*, London : Continuum, 2004.

Readings, Bill, *The University in Ruins*, Cambridge : Harvard University Press, 1997.

__________, "University Without Culture?," *New Literary History* 26. 1995.

Revel, Judith, "'What are we at the present time?' : Foucault and the Question of the Present," *Foucault and the History of Our Present* (Sophie Fuggle et al. eds.), London : Macmillan, 2015.

Sartre, Jean-Paul, *Critique of Dialectical Reason*, vol.1, London : Verso, 1976.

__________, *What is Subjectivity?*, London : Verso, 2016.

Scott, Peter, *The Crisis of the University*, London : Croom Helm, 1984.

Senellart, Michel, "Course Context," *Michel Foucault, On the Government of the Living : Lectures at the Collège de France 1979-1980*, New York : Picador, 2016.

Shumway, D. R., "Nationalist Knowledges : The Humanities and Nationality," *Poetics Today*, 19:3, 1998.

Simon Sadler, *The Situationist City*, Cambridge : MIT Press, 1999.

Smith, Daniel, "Deleuze and Derrida, Immanence and Transcendence : Two Directions in Recent French Thought," *Between Deleuze and Derrida* (Paul Patton & John Protevi eds.), London & New York : Continuum, 2003.

__________, "Introduction : 'A Life of Pure Immanence' : Deleuze's 'Critique et Clinique' Project," *Essays Critical and Clinical* (Daniel W. Smith trans.), Minneapolis : University of Minnesota Press, 1997.

__________, "Simulacrum," *Encyclopedia of Postmodernism* (Victor E. Taylor & Charles E. Winquist eds.), London : Routledge, 2001.

Soper, Kate, *Humanism and Anti-Humanism*, La Salle : Open Court, 1986.

Sprinker, Michael ed., *Ghostly Demarcations*, London : Verso, 1999.

Stewart, Iain, "France's Anti-68 Liberal Revival," *France Since the 1970s* (Emile Chabal ed.), London : Bloomsbury, 2015.

Taubes, Jacob, *The Political Theology of Paul* (Dana Hollander trans.), Stanford : Standford University Press, 2004.

Thoburn, Nicholas, *Deleuze, Marx and Politics,* London : Routledge, 2003.

Virno, Paolo, *A Grammar of the Multitude* (Isabella Bertoletti et al. trans.), New York : Semiotext, 2004.

Walker, Brian & David Salt, *Resilience Thinking : Sustaining Ecosystems and People in a Changing World,* Washington & London : Island Press, 2006.

Willis, Paul, *Common Culture,* Milton Keynes : Open University Press, 1990.

Wright, Elizabeth & Edmund Wright eds., *Žižek Reader,* Oxford : Blackwell, 2000.

Young, Robert J. C., *White Mythologies : Writing History and the West,* London : Routledge, 2004.

Zamora, Daniel et al. eds., *Foucault and Neoliberalism,* Cambridge : Polity, 2016.

Žižek, Slavoj, *Enjoy Your Symptom! Jacques Lacan in Hollywood and out* (revised ed.), London & New York : Routledge, 2001.

__________, "Introduction : The Spectre of Ideology," *Mapping Ideology* (Žižek ed.), London : Verso, 1994.

__________, "Lacan in Slovenia," *A Critical Sense : Interviews with Intellectuals* (Peter Osborne ed.), London & New York : Routledge, 1996.

__________ ed., *Mapping Ideology,* London : Verso, 1994.

__________, *The Metastases of Enjoyment : Six Essays on Woman and Causality,* London : Verso, 1994.

__________, *The Plague of Fantasies,* London : Verso, 1997.

__________, *The Sublime Object of Ideology,* London : Verso, 1994.

__________, *The Ticklish Subject : The Absent Centre of Political Ontology,* London : Verso, 1999.

__________, *Welcome to the Desert of the Real,* London : Verso, 2002.

__________, *Žižek Reader* (Elizabeth Wright & Edmund Wright eds.), Oxford : Blackwell, 2000.

__________ & Glyn Daly, *Conversations with Žižek,* Cambridge : Polity, 2004.

__________, Judith Butler & Ernesto Laclau, *Contingency, Hegemony, Universality : Contemporary Dialogues on the Left,* London : Verso, 2000.

Zupančič, Alenka, *Ethics of the Real,* London : Verso, 2000.

2. 국내

고진, 가라타니, 「가능한 인문학」, 『논좌』, 아사히신문사출판국, 2007.

__________, 조영일 역, 『근대문학의 종언』, 도서출판b, 2006.

__________, 이신철 역, 『트랜스크리틱』, 도서출판b, 2013.

그로, 프레데리크 외, 심세광 외역, 『미셸 푸코－진실의 용기』, 길, 2006.

김상환 & 홍준기 편, 『라캉의 재탄생』, 창작과비평사, 2002.

______, 「보드리야르와 들뢰즈－시뮬라크르에서 선으로」, 『현대비평과 이론』 24, 2005.

김용규, 「골목, 기억의 물신화를 넘어」, 『작가와 사회』, 2007 봄.

______, 『문학에서 문화로－1960년대 이후 영국 문학이론의 정치학』, 소명출판, 2004.

김종철, 「인문적 상상력의 효용－매슈 아놀드의 교양 개념에 대해서」, 『외국문학』 12, 열음사, 1987.

네그리, 안토니오, 영광 역, 『혁명의 만회』, 갈무리, 2005.

______________ 외, 김상운 외역, 『비물질노동과 다중』, 갈무리, 2005.

니체, 프리드리히, 백승영 역, 『바그너의 경우·우상의 황혼·안티크리스트·이 사람을 보라·
    디오니소스 송가·니체 대 바그너』, 책세상, 2002.

데리다, 자크, 진태원 역, 『마르크스의 유령들』, 이제이북스, 2007.

__________, 진태원 역, 『법의 힘』, 문학과지성사, 2004.

드릴로, 돈, 강미숙 역, 『화이트 노이즈』, 창비, 2005.

들뢰즈, 질, 하태환 역, 『감각의 논리』, 민음사, 2008.

________, 이정우 역, 『의미의 논리』, 한길사, 1999.

________, 이정임 외역, 『철학이란 무엇인가』, 현대미학사, 1995.

________, 김상환 역, 『차이와 반복』, 민음사, 2004.

________, 이경 역, 『미셸 푸코』, 동문선, 2003.

________ & 펠릭스 가타리, 김재인 역, 『안티 오이디푸스』, 민음사, 2014.

________ & 펠릭스 가타리, 김재인 역, 『천 개의 고원』, 새물결, 2001.

랑시에르, 자크, 양창렬 역, 『정치적인 것의 가장자리에서』, 길, 2008.

레딩스, 빌, 김용규 역, 「교양 없는 대학」, 『오늘의 문예비평』 34, 1999.

________, 김영희 외역, 『폐허의 대학』, 책과 함께, 2015.

렘케, 토마스, 심성보 역, 『생명정치란 무엇인가』, 그린비, 2015.

롭 월러스, 장호종 편, 「진화생물학자 롭 월러스 인터뷰－코로나19 위기의 구조적 원인은 무
    엇인가?」, 『코로나 19－자본주의 모순이 낳은 재난』, 책갈피, 2020.

리 험버, 장호종 편, 「질병은 왜 확산되는가?－자본주의 농업과 농축산업」, 『코로나 19－자
    본주의 모순이 낳은 재난』, 책갈피, 2020.

맥기, 미키, 김상화 역, 『자기계발의 덫』, 모요사, 2011.

메리필드, 앤디, 남청수 외역, 『매혹의 도시, 맑스주의를 만나다』, 이후, 2005.

바디우, 알랭, 박정태 역, 『들뢰즈—존재의 함성』, 이학사, 2001.

__________, 현성환 역, 『사도 바울』, 새물결, 2008.

__________, 이종영 역, 『윤리학』, 동문선, 2003.

__________, 이종영 역, 『조건들』, 새물결, 2006.

__________, 조형준 역, 『존재와 사건』, 새물결, 2013.

__________ & 파비앵 타르비, 서용순 역, 『철학과 사건』, 오월의봄, 2015.

박노영, 「기 드보르의 스펙터클 이론 연구」, 홍익대 석사논문, 2002.

박찬부, 「S(∅) : 대타자 속의 결핍의 기표—사회적 불가능성의 변증법」, 『비평과 이론』 13, 한국비평이론학회, 2003.10.

벤야민, 발터, 진태원 역, 『법의 힘』, 문학과지성사. 2004.

비드머, 페터르, 홍준기 역, 『욕망의 전복』, 한울, 1998.

서동진, 『자유의 의지와 자기계발의 의지』, 돌베개, 2009.

소포클레스·아이스퀼로스, 천병희 역, 『오이디푸스 왕』, 문예출판사, 2001.

심세광, 「미셸 푸코와 서양 고대철학—권력론의 심화로서의, 서양 고대철학에 대한 윤리적 해석」, 『인문과학』 73, 2019.5.

아감벤, 조르조, 김상운 외역, 『목적 없는 수단』, 난장, 2009.

__________, 정문영 역, 『아우슈비츠의 남은 자들』, 새물결, 2012.

__________, 김항 역, 『예외상태』, 새물결, 2009.

__________, 양창렬 역, 『장치란 무엇인가? 정치학을 위한 사론』, 난장, 2010.

__________, 박진우 역, 『호모 사케르—주권권력과 벌거벗은 생명』, 새물결, 2008.

아널드, 매슈, 윤지관 역, 『교양과 무질서』, 나남, 2006.

알튀세르, 루이, 이종영 역, 『마르크스를 위하여』, 백의, 1996.

양운덕, 『미셸 푸코』, 살림, 2003.

양창렬, 「아감벤의 잠재성 개념에 대하여—(무)능력의 아포리아」, 『오늘의 문예비평』 60, 2006.3.

에리봉, 디디에, 박정자 역, 『미셸 푸코, 1926~1984』, 그린비, 2012.

영, 로버트 J.C., 김용규 역, 『백색신화』, 경성대출판부, 2008.

오모다 소노에, 김상운 역, 『푸코 이후—통치성, 안전, 투쟁』, 난장, 2015.

워시본, 제니퍼, 김주연 역, 『대학주식회사』, 후마니타스, 2011.

윤지관, 『근대사회의 교양과 비평—매슈 아놀드 연구』, 창작과비평사, 1995.

일리치, 이반, 노승영 역, 『그림자 노동』, 사월의책, 2015.

이상길, 「열광의 정치학―미셸 푸꼬의 「계몽이란 무엇인가?」에 관하여」, 『안과밖』 38, 2015.

정정훈, 「불온한 인문학은 사유의 정치다」, 최진석 외편, 『불온한 인문학』, 후마니스트, 2011.

조정환, 『인지자본주의』, 갈무리, 2011.

지젝, 슬라보예, 박정수 역, 『그들은 자기가 하는 일을 알지 못하나이다』, 인간사랑, 2004.

__________, 이성민 역, 『까다로운 주체』, 도서출판b, 2005.

__________, 주은우 역, 『당신의 징후를 즐겨라』, 한나래, 1997.

__________, 김소연 역, 『삐딱하게 보기』, 시각과 언어, 1995.

__________, 이현우 외역, 『실재의 사막에 오신 것을 환영합니다』, 자음과모음, 2018.

__________, 「실재의 사막에 오신 것을 환영합니다」, 『비평』 6, 생각의나무, 2001.

__________, 홍준기 역, 「유전공학으로부터 정신분석학으로」, 김상환 외편, 『탈이데올로기 시대의 이네올로기』, 칠학과현실사, 2005.

__________, 이수련 역, 『이데올로기의 숭고한 대상』, 인간사랑, 2002.

__________, 강우성 역, 『팬데믹 패닉』, 북하우스, 2020.

__________, 이만우 역, 『향락의 전이』, 인간사랑, 2001.

진태원, 「정치적 주체화란 무엇인가―푸코, 랑시에르, 발리바르」, 『을의 민주주의』, 그린비, 2017.

최재서, 『교양론』, 박영사, 1970.

칸트, 이마누엘, 임홍배 역, 「계몽이란 무엇인가 하는 문제에 대한 답변」, 칸트 외, 『계몽이란 무엇인가』, 길, 2020.

푸코, 미셸, 오생근 역, 『감시와 처벌』, 나남, 2000.

________, 고든, 콜린 편, 홍성민 역, 『권력과 지식―미셸 푸코와의 대담』, 나남, 1991.

________, 오트르망 역, 『담론과 진실―파레시아』, 동녘, 2017.

________, 이정우 역, 『담론의 질서』, 서강대출판부, 2002.

________, 박정자 역, 『비정상인들』, 동문선, 2001.

________, 오트르망 역, 『비판이란 무엇인가 / 자기수양』, 동녘, 2016.

________, 김상운 역, 『사회를 보호해야 한다』, 난장, 2015.

________, 오트르망 역, 『생명관리정치의 탄생』, 난장, 2012.

________, 이규현 역, 『성의 역사 1―앎의 의지』, 나남, 2005.

________, 문경자 외역, 『성의 역사 2―쾌락의 효용』, 나남, 2005.

________, 이혜숙 외역, 『성의 역사 3―자기 배려』, 나남, 2005.

________, 오생근 역, 『성의 역사 4―육체의 고백』, 나남, 2019.

푸코, 미셸, 오트르망 역, 『안전, 영토, 인구』, 난장, 2011.

________, 오트르망 역, 『자기해석학의 기원』, 동녘, 2022.

________, 심세광 역, 『주체의 해석학』, 동문선, 2007.

________, 이상길 역, 『헤테로토피아』, 문학과지성사, 2014.

퓨레디, 프랭크, 정병선 역, 『그 많던 지식인들은 다 어디로 갔는가』, 청어람미디어, 2005.

핑크, 부르스, 맹정현 역, 『라캉과 정신의학』, 민음사, 2002.

하비, 데이비드, 구동회 외역, 『포스트모더니티의 조건』, 한울, 1994.

________, 한상연 역, 『반란의 도시』, 에이도스, 2014.

하트, 마이클, 박서현 외역, 연구공간 L 편, 『자본의 코뮤니즘, 우리의 코뮤니즘』, 난장, 2012.

홀, 스튜어트, 임영호 역, 『대처리즘의 문화정치』, 한나래, 2007.

________, 임영호 역, 『문화, 이데올로기, 정체성 ─ 스튜어트 홀 선집』, 컬처룩, 2015.

3. 원문출전

「주권권력에서 생명권력으로 ─ 푸코의 『성의 역사 1 ─ 앎의 의지』를 중심으로」, 『코키토』 85
　　　(2018.6).

「미셸 푸코의 권력 모델의 변화와 비판의 의미 ─ 전쟁에서 통치성으로」, 『대동철학』 84
　　　(2018.12).

「통치받지 않을 자유 ─ 미셸 푸코의 마지막 5년」, 『코기토』 97 (2022.6).

「지젝의 대타자와 실재계의 윤리」, 『비평과 이론』 9-1 (2004 봄 / 여름).

「'주체로의 복귀'와 새로운 윤리의 가능성 ─ 바디우와 지젝」, 『대동철학』 43 (2008.6).

「주체와 윤리적 지평 ─ 바디우와 아감벤의 '바울론'을 중심으로」, 『새한영어영문학』 51-3
　　　(2009 가을).

「시뮬라크르의 물질성과 탈재현의 정치학 ─ 보드리야르, 데리다, 들뢰즈」, 『영어영문학』
　　　52-2 (2006 여름).

「코로나 이후의 세계를 맞이하는 방법」, 『황해문화』 108 (2020.9).

「스펙터클 이론으로 본 부산공간의 변화」, 『오늘의 문예비평』 68 (2008 봄).

「도시는 누구의 것인가? ─ 데이비드 하비, 『반란의 도시』」, 『오늘의 문예비평』 94 (2014 가을).

「대학의 변화와 '지금-여기'의 인문학」, 『대동철학』 57 (2011.12).

「대처리즘의 문화정치와 문화연구의 가능성」, 『안과밖 ─ 영미문학연구』 26 (2009.5).